LES ABSENTES

Né en 1963 en Belgique, Vincent Engel est professeur de littérature et d'histoire contemporaine à l'université de Louvain, où il dirige également le Centre d'études de la nouvelle. Critique littéraire et essayiste, il a reçu de nombreux prix littéraires, notamment le prix Victor Rossel des jeunes pour *Retour à Montechiarro* (Fayard, 2001). Vincent Engel a publié récemment *Les Angéliques* (Fayard, 2004), *Le Don de Mala-Léa* (Le Grand miroir, 2006) et *Othello, passeur* (Les Impressions nouvelles, 2008, en collaboration avec Yves Vasseur et Franco Dragone).

Paru dans Le Livre de Poche :

LES ANGÉLIQUES

OUBLIEZ ADAM WEINBERGER

REQUIEM VÉNITIEN

RETOUR À MONTECHIARRO

VINCENT ENGEL

Les Absentes

ROMAN

JC LATTÈS

ISBN : 978-2-253-12175-6 – 1re publication LGF

Rien qu'un mot. Rien qu'une prière.
Rien qu'un mouvement de l'âme.
Rien qu'une preuve que tu vis encore
et que tu attends.
Non, pas de prière, rien qu'un souffle,
pas même un souffle, rien qu'une disponibilité,
pas même une disponibilité, rien qu'une pensée,
pas même une pensée,
rien qu'un profond sommeil.

Franz KAFKA.

À Ingrid, pour sa présence exigeante

et au professeur Georges Jacques.

Première partie

Gioacchino Bruchola
1833-1889

Avant les autres j'aurai su
Que le seul sentiment qui dure
C'est le chagrin d'une rupture
Où je n'aurais jamais rompu

Maxime Le Forestier.

Assise devant son miroir, Paulina Bruchola eut un serrement de gorge qui échoua sur un soupir prolongé. Elle avait eu, dans la discrétion qui lui seyait, vingt-neuf ans le mois dernier. Ce soir, Anastasio, son frère cadet, célébrait ses dix-huit hivers avec faste. Ses trois sœurs étaient parties, deux dans les Ordres, une en Ombrie. Paulina avait eu quelques prétendants ; elle s'était même attachée à un jeune baron beau parleur et enjoué, qui lui avait aimablement fait la cour six mois durant. Avait-il été refroidi par le dévouement maternel que Paulina manifestait envers son frère et dont elle parlait comme d'un sacerdoce ? Ou bien, comme tant de jeunes gens, avait-il musardé et porté ses regards, puis ses mains, sur des filles plus libres ? Plus belles et plus jeunes aussi, songea Paulina en soupirant derechef. À dix-huit ans, Anastasio pouvait attendre et ne semblait pas pressé ; mais elle, bientôt, serait définitivement hors concours. Il lui resterait la possibilité de rejoindre ses deux cadettes dans l'amour divin et il se pouvait qu'elle s'en satisfît ; depuis son enfance, la prière avait été une musique douce qui berçait la conscience et apaisait les doutes. Le prêtre qui avait accompagné leur mère dans ses derniers instants, et qui était devenu un vieillard un peu sourd, lui répétait à l'envi tout le bien que Dieu pensait d'elle, de son abnégation et de sa piété. Paulina s'étonnait que l'on pût être récompensé pour des actes posés sans les avoir véritablement prémédités ; la vie avait choisi pour elle, elle était restée parce que les autres étaient parties, à commencer par leur mère, morte avant que le fils tant attendu eût atteint sa dixième année.

Paulina se souvenait de ce soir où elle avait exprimé, au terme d'un repas quelconque, son vœu de demeurer au Castello tant que son frère n'aurait pas de fils. Un vœu ? Elle aurait pu aussi bien manifester son désir de se marier. Ou ne rien dire. Mais elle avait parlé, émis cette hypothèse. Nul, à table, n'avait songé à l'interroger sur ses motivations ni à mettre dans la balance le sacrifice que cela représentait pour une jeune fille de son âge. Peut-être avait-on jugé que c'était sage, vu ses maigres atouts. Toujours fut-il que l'on entérina l'annonce ; les verres n'étaient pas encore vidés que déjà cette phrase s'était figée dans le marbre d'un jugement sans appel. Paulina revoyait sa main, posée à côté d'une assiette qui était demeurée pleine ; ses doigts longs étaient apparus maigres, sa peau jeune précocement disposée aux rides. La fourchette qu'elle tenait était tombée lorsqu'un frisson avait parcouru le bras de Paulina ; mais elle ne fit aucun bruit en échouant sur la nappe épaisse.

Paulina secoua ses longs cheveux bouclés. Elle s'appliqua à donner un peu d'épaisseur et de vie à des lèvres étroites et séchées par l'amertume des prières ignorées. Elle ne devait pas se laisser submerger par ce vague à l'âme. La fête, ce soir, devait être magnifique. Pour son frère d'abord ; pour leur père ensuite, qui attendait le mariage de son fils pour refermer la parenthèse d'une vie conforme à celles de tous ses ancêtres : plaisante, sans souci ni mérite.

Elle jeta un œil par la fenêtre ; le soleil couchant caressait les prés et les bois, ourlait de feu les flancs dénudés des collines toscanes et faisait scintiller les vitres des voitures qui, en procession, montaient vers la demeure des Bruchola. Après plus d'un siècle d'exil, ces ors secs, que noyait la nuit et qui s'effritaient en poussière sous le doigt, étaient la seule gloire qu'avaient connue les Bruchola, sans qu'ils pussent, cette fois, incriminer les Medici.

En effet, c'était sur un mamelon du val d'Orcia, vert et gras au printemps, brun et sec en été, qu'avaient fait souche, en 1678, les chevaliers Bruchola. Déçus de Florence et des Medici qui, depuis deux siècles, s'obstinaient à ignorer leurs mérites et les bénéfices qu'ils auraient retirés de leurs conseils et des responsabilités qu'ils auraient pu leur confier, les Bruchola avaient choisi de punir l'arrogante cité en l'abandonnant. Le premier exilé avait acquis à bas prix cette terre au sud de Sienne, délaissée par un hobereau naïf qui faisait la route inverse et montait à Florence pour y tenter sa chance et, croyait-il, goûter aux richesses et à la gloire. La devise des Bruchola – « Un jour, triomphera » – avait trop longtemps supporté d'être déclinée au futur.

La demeure du Toscan avait été rasée et les Bruchola avaient érigé à sa place une orgueilleuse bâtisse aussitôt baptisée pompeusement le « Castello ». Sa masse de briques ocre et de tuiles rouges écrasait la paisible colline et tenait tête aux ciels bleu brillant de l'été comme à ceux, gris et bas, de l'automne.

Le père de Paulina, Ambrosio Bruchola, arrière-petit-fils de l'ancêtre responsable de ce glorieux échouage en val d'Orcia, y était né en 1742. À trente-cinq ans, il s'était résigné au mariage et avait choisi une femme qui avait mis quinze ans et cinq grossesses pour lui donner enfin un héritier mâle, Anastasio, né en 1792, onze ans après sa sœur aînée.

Les musiciens s'étaient mis à l'œuvre. Paulina aimait la musique. Quelque chose chatouilla l'aile de son nez ; elle fut surprise de recueillir une goutte humide sur la pointe de son doigt. Elle se leva, ajusta sa robe et descendit.

Alors qu'elle posait le pied au bas du grand escalier, elle fut accostée par un jeune homme élancé, accompagné par une ombre à la chevelure sombre.

— Paulina ! Vous êtes ravissante !

Elle reconnut Valerio Ponaci, dont la famille possédait des vignobles à Montalcino, et au bras duquel elle avait quelquefois valsé. Il devait avoir vingt-trois ans et ne s'était jamais intéressé à elle au-delà d'une danse de courtoisie ; mais il était un convive aimable et séduisant, de cette beauté sans mode qui émeut les futures belles-mères avant leurs filles, et il était toujours agréable d'être saluée par un homme que les jeunes filles convoitaient.

— Je vous présente ma sœur Arianna, dont c'est ce soir la première sortie dans le monde…

Paulina serra la main au poids insensible qui se tendit vers elle et dévisagea Arianna.

— Je suis enchantée de vous accueillir, et plus encore que le Castello soit le lieu de ce baptême.

Arianna eut un sourire transparent et, pour toute réponse, inclina la tête dans un mouvement si soudain que Paulina, craignant une chute, fit un pas en avant, prête à la retenir. Mais la curieuse poupée cristalline se redressa avec lenteur et se replaça dans l'ombre fraternelle.

— Vous ne nous aviez jamais parlé de votre sœur, Valerio…

— Les bals ne sont pas propices aux discussions familiales !

— Mon frère ne s'est rendu compte de mon existence que le jour où j'ai ressemblé aux femmes qu'il courtise.

La voix d'Arianna fit sursauter Paulina qui s'était déjà faite à l'idée que cette créature fût muette ; elle découvrait un timbre caverneux qui contrastait avec cette silhouette frêle en même temps qu'un esprit qui anima la beauté troublante de ce visage impavide. Valerio partit d'un rire gauche.

— Je finirai par regretter de l'avoir emmenée avec moi !

Paulina l'écoutait à peine ; elle était éblouie par cette métamorphose et par la découverte qui s'offrait à ses yeux. Une intuition fiévreuse s'empara d'elle, qu'elle se garda de clarifier par crainte d'en éloigner la réalisation. Elle s'avança et, d'autorité, prit le bras d'Arianna.

— Avant que vous en arriviez là, mon pauvre Valerio, laissez-moi guider cette enfant…

Arianna se laissa faire et Valerio les regarda s'éloigner en souriant ; après quoi, il parcourut l'assemblée et repéra ses cavalières prochaines.

Paulina entraîna Arianna dans les salons. La jeune fille était redevenue le masque impassible qu'elle était à son arrivée. Paulina avait-elle rêvé, était-ce un jeu de la lumière ?

— Parlez-moi de vous… Puisque votre frère ne nous a rien dit !

À mots brefs, de sa voix grave, Arianna avoua ses seize ans et la vie modèle d'une fille de bonne famille. Paulina devina la suite, qui resta dans le silence : elle était jeune, ravissante, ses parents étaient riches. Elle entamait ce soir le rituel des parades prénuptiales qui conduirait rapidement à l'hymen désiré par la famille, sinon par Arianna – mais qui se souciait de son désir ? Pas Paulina, certainement. Ses joues sèches se tendirent de satisfaction. La maîtresse de maison chercha à percer les goûts de son invitée, qui cita des auteurs dont Paulina n'avait pas entendu parler et des musiciens qui lui étaient davantage familiers, ce qui autorisa une ébauche de dialogue. Lequel hélas ! s'épuisa après deux échanges, car la musique s'accommode mal des mots. Mais Paulina tenait à son intuition ; sans épiloguer, elle fendit le petit attroupement qui s'était constitué autour du père et du fils.

Arianna plissa les paupières pour mieux distinguer les traits du garçon qui effleurait des lèvres la main qu'elle lui tendait. Il n'était ni laid ni beau, conforme à ce qu'elle avait deviné derrière la description convenue qu'en avait faite Valerio ; un front lisse que ne ridait aucune pensée trop profonde, aucune inquiétude véritable ; un ventre qui marquerait, au gré des ans, la satisfaction d'exister et celle, plus grande encore, de s'en aller, d'un pas mesuré, vers un repos éternel. Un sourire de commerçant obséquieux sous la pupille d'un aristocrate décadent. Elle serra les lèvres pour ne pas crier lorsqu'elle perçut qu'Anastasio l'observait avec beaucoup d'attention, de ce regard luisant qu'avaient les hommes quand ils mettaient leurs yeux au service de leurs appétits. On lui parlait ; elle n'entendait rien, ni Anastasio ni Paulina demeurée dans son dos. Valerio avait été habile, en confiant à la sœur le soin de présenter sa marchandise. Arianna ne bougeait plus, elle redevenait cette poupée qui effrayait ou captivait la plupart des hommes. Mais l'effroi ou la passion étaient une chance encore ; face à Bruchola, il ne lui restait qu'à se résigner et se soumettre. Au mieux le jeune homme se sentait-il intrigué par la jeune fille, émoustillé par une beauté dont les ombres lui demeureraient inaccessibles.

Malgré la fraîcheur de l'hiver, Paulina tint à lui faire admirer le parc, la vue, cette grosse bâtisse qu'elle appelait château avec un fier enrouement. Serait-ce ici, vraiment, qu'il lui faudrait vivre, clore sa jeunesse, ses appétits, ses rêves ? Inutile de se retourner ; Valerio la suivait des yeux, ravi de constater que tout se déroulait comme escompté. Elle savait qu'avec ses amis il rirait de ces chevaliers infatués, si prompts à se laisser berner. Mais berner, vraiment ? Anastasio ne serait pas trompé : Arianna était désirable, une fiancée parfaite. Ou presque. Un défaut infime, un crapaud dans le diamant. Pas celui, commun et grossier, que l'on pouvait supposer et qui ruinait la valeur des jeunes vierges offertes en pâture aux mâles triomphants, dispensés par la nature de ces sceaux infaillibles qui rendent vaines toutes paroles, même celles qui clameraient l'outrage, alors que cette même langue s'offrait à eux, complaisante, pour se parer d'innocence et de pureté chaque fois qu'il le fallait pour séduire. Non, Anastasio ne constaterait rien le soir de ses noces. Il déflorerait avec orgueil celle qui n'aurait d'autre choix que de s'ouvrir à ce qui lui tenait lieu de passion. Il se pouvait même qu'il ne comprît jamais qu'il avait été floué.

Paulina lui parlait de leur domaine – elle disait « notre domaine », « nos terres » avec une exaltation qui l'incluait et qui lui donnait la nausée. Arianna songeait avec émoi aux murailles brunes de sa ville, aux rues et à leurs pentes épuisantes où elle avait joué son enfance et décliné ses espoirs, aux fenêtres infinies où riaient des visages amis, à la place grouillante de vie, perchée au sommet de la cité, d'où l'on apercevait, au loin, une campagne plaisante plantée des vignes qui la rendaient prospère et heureuse, ivresse d'un argent source d'insouciance, une campagne qui nourrissait et s'offrait à la promenade sans réclamer que l'on s'y installât pour vivre… Les champs et les prés n'étaient beaux que par éclipse, parce que l'on savait que l'on ne devrait pas y demeurer. Arianna avait appris que les Bruchola avaient quitté Florence pour ce pays perdu où le bourg le plus proche, Montechiarro, comptait à peine trois cents âmes, et où les éléments, pluie, vent et soleil, régnaient en maîtres dans la solitude d'un tableau si beau que l'on n'aurait osé y bouger par peur de perturber l'agencement trop parfait des détails et des couleurs, des courbes d'un paysage sans la moindre bâtisse et des chemins déserts où campaient des chèvres et des paysans épuisés.

Arianna s'efforçait de ne pas écouter Paulina. Elle noyait son regard dans l'horizon empourpré qui déployait ses palettes pour des peintres absents. Bientôt la nuit. La nuit, déjà.

Arianna était sublime et le temps pressait. Le temps et Paulina. Car enfin, Anastasio n'était pas pressé. Il n'avait que dix-huit ans. Quelques conquêtes, des paysannes culbutées dans le foin ou des domestiques dans les chambres, suivant les saisons et les températures, des jeunes filles de bonne famille à qui l'on volait un baiser après une danse et une coupe de vin. Il avait cru déceler dans les soupirs de ses proies la reconnaissance des seuls talents qui comptassent pour un homme, avec la maîtrise des armes de chasse ; mais il pouvait estimer que quelques années d'insouciance et de pleine liberté lui seraient utiles pour parfaire un apprentissage dont l'ultime bénéficiaire serait son épouse légitime. Cependant, Arianna était sublime et Paulina pressée. Empressement partagé par leur père, qui avait dû attendre jusqu'aux lisières de la vieillesse pour se voir enfin gratifié d'un héritier. Sublime donc, la jeune Ponaci, et aussi l'ombre d'une dot confortable, très confortable. Soit, on n'en avait pas besoin, un Bruchola ne se mariait pas pour des motifs aussi triviaux ; mais c'était une perle à ajouter au collier de louanges que lui tressait Paulina. Sublime Arianna, regard envoûtant, chevelure soyeuse, fines chevilles, gorge merveilleuse… Mais n'y avait-il pas aussi quelque chose de… ? Le vocabulaire dont Anastasio disposait pour parler des femmes ne s'étendait pas jusqu'à ces terres troubles. Quoi donc ? Paulina, qui mentait avec conviction, n'avait rien remarqué. Ambrosio n'avait pas besoin de mentir ; sa vue baissait et il avait été ébloui. Paulina était formelle : bien sûr, Anastasio pouvait attendre, mais il n'était pas près de retrouver un parti pareil. Pareil : de cette qualité. De cette fraîcheur. Et Ambrosio d'évoquer ses petits-enfants. Et puis, à voix basse et graveleuse, feignant de croire que Paulina n'entendait pas : rien n'empêcherait Anastasio de poursuivre son initiation dans d'autres bras. Pour autant que ceux d'Arianna ne lui suffissent point. Il y avait eu un rire écarlate échoué dans un étranglement apoplectique. Certaines évocations pouvaient achever un vieillard. Paulina s'efforçait de sourire innocemment. De toute manière, elle ne verrait ni ne dirait rien.

Elle avait entamé les négociations officieuses avec Valerio. Qui avait feint la surprise sans pousser jusqu'à l'effarouchement. Ambrosio pouvait aller trouver le vieux Ponaci, plus jeune et plus vaillant que lui. Il suffisait qu'Anastasio consentît. Pourquoi refuser ? Voulait-il la revoir, pour mieux la connaître ? On pouvait organiser un dîner, sous un prétexte quelconque dont nul ne serait dupe. Mais qui laisserait une porte de sortie au cas – improbable et que Paulina refusait d'envisager – où Anastasio aurait eu un motif sérieux de remettre en cause le jugement d'excellence rendu sur Arianna Ponaci.

Les choses se passèrent comme la jeune fille l'avait redouté. Processus irréversible, condamnation irrévocable, aboutissement inéluctable. Pelotonnée au fond du siège de la voiture, elle contemplait le paysage qui défilait. De Montalcino au Castello des Bruchola, deux heures de route lente. Et trop rapide. Par la fenêtre, elle voyait les collines dorées, ces terres éventrées qui s'apprêtaient à recevoir les prochaines semences, dociles, soumises depuis des siècles à la main de l'homme, à sa charrue violente, puisant en elle seule la force de nourrir et d'enfanter encore et encore, pour le bénéfice unique de ceux qui la piétinaient. Était-ce parce qu'elle nourrissait avant d'enfanter que la terre, cependant, avait l'avantage sur les femmes ? Ou parce que ses fruits nourrissaient tandis qu'il fallait nourrir ceux de la femme ? Seuls les êtres souffraient si les enfants de la terre manquaient. La terre, elle, ne souffrait pas. Ce n'était qu'un mot accolé par les hommes quand la sécheresse ou quelque autre calamité les frappait, eux, à travers celle qu'ils avaient asservie. Et les femmes, souffraient-elles ? Peut-être, mais les hommes n'en parlaient pas. Grasses et fertiles à une saison, sèches et stériles le reste de leur vie, sans larmes. En hiver, et dès l'automne, soulagées des labours. Les pensées d'Arianna battaient la campagne, et la campagne ne ressentait aucune sympathie pour la jeune fille. Du moins ne lui disait-elle rien. Arianna devait cesser de penser, devenir comme l'humus, impassible, attendre, sans y songer, que printemps et été s'épuisassent, n'espérer plus que l'apaisement des vents de septembre. Le printemps était cruel, qui plantait ses illusions et ses espoirs dans le regard tendre des fleurs. Les fleurs rêvaient-elles de fuir ? Leur unique voyage les conduirait dans un vase ou sur une tombe. Parfois dans les cheveux d'une gamine dont les pas ne la mèneraient pas plus loin, dans l'obligation des draps puis dans la consolation du linceul. Les fleurs ne rêvaient pas. Arianna s'était ouverte à la brise mutine, au soleil insouciant. Elle avait observé l'horizon. Au-delà de l'aube, il y avait une vie : pourquoi celle-ci ne lui appartiendrait-elle pas ? Cieux toscans, cyprès élégants, oliviers séculaires, soyez mes témoins ! J'ai seize ans et une existence s'offre à moi ! Les cieux n'écoutaient pas, les cyprès ne voyaient rien, les oliviers secouaient leurs branches avec lassitude. Ne rêve pas, Arianna.

Face à elle, dans le cahotement de la voiture, sa mère somnolait pour ne pas risquer de croiser le regard de sa fille. Elle avait replié ses bras, plus gros et plus tendus que son cœur, sur une poitrine où se logeait son unique générosité : celle de la chair. À côté d'elle, Giovanni Ponaci, maître un instant menacé, songeait sans doute que, bientôt, tout rentrerait dans l'ordre et que Dieu avait créé les filles pour éprouver la force des pères. Arianna chercha à se souvenir des paroles que son père lui avait accordées depuis qu'elle avait éclos à la vie. Les arbres avaient été plus loquaces. Au moins, quand elle était enfant, l'avaient-ils laissée parler et feint, dans leur frémissement végétal, une attention complaisante, une sympathie complice. Aujourd'hui, Arianna savait que tout cela n'était que le fruit de son imagination ; mais elle n'avait jamais eu l'occasion d'imaginer que son père lui en offrait autant. Quant à Valerio… À l'autre bout de la banquette, les yeux braqués sur la route, il évaluait le bénéfice qu'il retirerait de cette opération. On ne trahit pas quand on se soumet à son père et à son propre intérêt. Arianna serait une fleur sans rêve, soumise à la cueillette ou à la faux du faneur, elle ne se prendrait plus pour un oiseau ; les garçons étaient des oiseaux, des rapaces libres d'aller, de chasser, de piller le nid d'autrui. Le prêtre l'avait proclamé : les femmes étaient les racines des familles, telle était leur noble tâche. Bénies soient-elles, qui offrent leurs entrailles, leur corps, leur jeunesse, leur vie, leurs rêves !

La route bifurqua sèchement. Devant Arianna se découvrit un bourg aux pierres brunes, assoupi sur un sommet. Des rubans de cyprès dégringolaient pour accueillir les visiteurs improbables et les mener jusqu'aux portes médiévales d'une cité qui, elle aussi, avait peut-être nourri des rêves de puissance avant de se figer dans le minerai de son destin. Montechiarro était la plus importante agglomération dans les environs du domaine des Bruchola. En s'y promenant, Arianna oublierait les noms des villes féeriques, des chimères lointaines dont on aurait su la préserver. Ce ne serait pas nécessaire ; Arianna ne s'en souvenait déjà plus. Elle dessinait en pensée les contours du Castello prétentieux, les salles trop vastes et les chambres trop petites, les paysans accablés et taiseux, le parc qui singeait avec orgueil ce que la nature, alentour, réussissait sans peine ni extravagance. Elle avait aperçu, au fond de ce parc, à la lisière des prairies et des champs, l'éclat d'un ruisseau que l'été n'asséchait pas complètement et qui gonflait même, en contrebas, jusqu'à former un étang qu'Anastasio lui avait dit « charmant », du ton de celui qui ne s'y était jamais arrêté. Elle sentait la main rêche de Paulina qui s'agrippait à son coude. Elle avait tout de suite compris que cette femme sans mari, trop vieille déjà pour effacer les disgrâces de son âge, se vengerait sur elle d'un sort dont, pourtant, elles étaient toutes deux victimes. Certains soulageaient leurs douleurs en les partageant.

La villa, l'allée. Le cœur qui accélérait et dépassait les chevaux. On logerait pour la nuit, le Castello ne manquait pas de chambres pour héberger des convives, ni de domestiques pour pourvoir à leur service. Depuis une semaine, Arianna avait subi les louanges d'une famille qui n'avait, jusqu'alors, récolté que des sarcasmes convenus. Valerio avait vanté les qualités d'Anastasio avec lequel il n'avait jamais condescendu ne fût-ce qu'à une chasse au lapin. Sur le perron, un valet s'apprêtait à ouvrir les portières, à aider ces dames à descendre. Dans la voiture, on s'ébroua, on proféra quelques syllabes sur les lieux enchanteurs dans lesquels nul n'aurait jamais songé à chanter ni à s'installer, si loin de tout. Des ombres sur le seuil; l'arbre sec de Paulina, la barrique d'Ambrosio, le tronc florissant du jeune Anastasio dont le souffle était court.

Elle arrivait, dans quelques instants elle serait devant lui, il lui resterait une poignée d'heures pour se décider. Bien sûr, il pouvait reculer, on en serait quittes pour un dîner, les Ponaci repartiraient avec leur fille et leur dot, Anastasio recouvrerait sa liberté et le visage endeuillé de sa sœur. Depuis qu'il avait accepté ce projet d'invitation, il s'efforçait de recomposer les traits d'Arianna, redoutant de l'embellir excessivement, incapable cependant de l'enlaidir. Il s'était essayé à la dévêtir, puisant dans ses souvenirs ancillaires les éléments les plus attrayants.

La voiture s'immobilisa et l'on procéda aux salutations d'usage. Il avait eu raison de ne pas l'enlaidir: elle était merveilleuse. Le mot était parfait, un peu usé sans doute, mais la merveille était pour lui, et flambant neuve; une merveille donc. Lui: un vieillard déjà, malgré ses dix-huit ans; Arianna percevait, sous la peau tendre, l'âge accumulé par une famille sans histoire ni fantaisie, sans ambition autre que de passer agréablement le temps imparti par le sort, dans un coin perdu où triompher ne coûtait rien. Un mari dont elle ne devait rien attendre de plus que ce que son père avait offert à sa mère. Rien par rapport à ce qu'il lui avait dérobé. Jusqu'à ce qu'elle ne fût plus que cette ombre incapable même d'une parole de réconfort pour sa fille. Un mari qui l'engrosserait l'une ou l'autre fois et qui grossirait régulièrement pour manifester sa réussite aux yeux du petit monde qui l'entourait.

La table à elle seule disait tout : la porcelaine importée et démodée, le cristal qui jouait à la pierre précieuse sous les éclats d'un lustre vénitien, les flacons, les nappes, les serviettes ; cela sentait ces funérailles en grande pompe où l'on se prenait à envier le défunt de jouir d'un tel faste. Ce soir, après les agapes, la vaisselle serait inventoriée puis rangée, pour ressortir vingt ans plus tard, lorsque Arianna s'apprêterait à recevoir ceux à qui l'on vendrait alors une fille ou qui offriraient la leur à un fils si fier d'avoir les yeux de sa mère et le regard de son père. Elle frissonna en s'asseyant. Face à Anastasio, évidemment. Si son frisson avait été perçu, sans doute lui aurait-on proposé un châle. Le brouhaha des conversations préliminaires et insignifiantes, avant les allusions sur l'état de la marchandise, de la fortune, des plats, des sauces, de la façon dont on l'accommoderait, l'éloge des jeunes filles accommodantes et taiseuses, pourquoi parler quand on n'a rien à dire ? Ambrosio fut disert sur le plaisir qu'il y avait à vivre ici, dans cette partie du val, préservée des pièges et des tracas du monde. Et puis, ils avaient les moyens de voyager, lui-même se rendait parfois à Rome ou à Milan ; il se remémora, dans une émotion ponctuée par les soupirs d'une mauvaise digestion précoce, un lointain périple à Paris, évocation qui alluma une larme rosée au coin de son œil car, précisa-t-il, c'était du temps où vivait encore sa chère épouse. Ainsi donc, songea Arianna, il y avait une femme libre dans cette demeure, dont le fantôme ne lui serait d'aucun secours, pas plus qu'il ne l'avait été pour Paulina et ses trois sœurs dont il fallut subir l'éloge, elles avaient toutes si bien obéi à ce que l'on attendait d'elles, c'est-à-dire rien, et qui sait si elles ne finiraient pas par se croire comblées.

Pourquoi Arianna avait-elle de telles pensées ? La voix de sa mère geignait quand, par maladresse, sa fille en laissait échapper une. Tu ne seras jamais heureuse, ma pauvre fille, alors que c'est si simple… Bien sûr, vivre ainsi était aisé si l'on acceptait de mourir tôt et de feindre les mouvements, les grimaces et les paroles que l'on attendait de ces cadavres serviles que l'on nommait épouses. Arianna resta tendue sur sa chaise durant tout le repas auquel elle ne goûta presque pas, c'était délicieux pourtant, absolument, et tous les produits provenaient du domaine, on avait des truffes exceptionnelles cette année et le vin ! Bien sûr il ne valait pas celui que produisaient leurs invités, mais n'était-il pas tout à fait honorable ? Ponaci, qui ne souffrait nul autre vin que le sien, se fendit d'un éloge ambigu, mensonge profane, cette piquette lui donnerait des aigreurs, être père d'une fille pareille était une souffrance dont il entendait guérir au plus vite, dût-il pour cela boire d'aussi amères potions – lorsqu'il faisait couler une gorgée dans son long cou craquelé comme une terre d'été, il retenait sa respiration dans l'espoir de ne rien goûter. Valerio viendrait chasser, il y avait ici des richesses et des loisirs qu'Anastasio souhaitait partager avec lui. En attendant, il essayait, à chaque plat nouveau, de nouer la conversation avec Arianna, elle était vraiment d'une grande beauté mais pourquoi demeurait-elle si distante, si froide, si mystérieuse ? Et il s'étonnait des mots qui se bousculaient dans sa tête, comme des candidats à l'embauche d'avance convaincus qu'ils ne conviendraient pas. Serait-elle ainsi tout le temps (et combien durait une vie) ? Partout ? À table comme au lit ? Était-ce la timidité, l'émotion ? Pouvait-on être à ce point présente par sa beauté et absente par son attitude ? Comment des yeux noisette si fins pouvaient-ils être aussi inquiétants qu'un miroir qui ne réfléchirait aucune image ?

— Ainsi donc, deux de vos filles sont entrées au couvent ? reprit d'une voix sourde Ponaci après qu'une question posée à sa fille se fut figée dans la glace de son silence et de sa distraction.

Arianna sursauta. Le regard de son père la fusillait, le grondement de sa voix était celui de l'orage menaçant le Golgotha, le martèlement des bourreaux prêts à la clouer en croix ; pourquoi l'abandonnait-il ? Mais il ne l'avait jamais accompagnée. Arianna devait choisir entre le purgatoire et l'enfer, et elle ne croyait plus assez en Dieu pour espérer, par l'un ou l'autre, gagner son paradis. Elle mordit sa langue pour refouler ses larmes.

— Oui, j'aime beaucoup me promener dans la campagne, répondit-elle à Anastasio qui parut ahuri, mais ne lui avait-il pas posé cette question, précisément, avant que Ponaci n'intimât à sa fille de rentrer dans l'ordre ?

Il n'était pas possible d'effacer tous les pièges qu'une bonne éducation avait placés en vous pour vous faire abdiquer de vos rêves et de votre personnalité. Sur la terrasse, après le repas, grisée par le vin – d'abord celui qu'elle n'avait pu refuser, ensuite celui qu'elle avait choisi comme allié –, elle s'était montrée charmante lors du tête-à-tête compassé et insipide avec Anastasio, tandis que Valerio s'amusait à être cruel et se montrait galant envers Paulina. Laquelle riait un peu trop fort et pour le coup devait rêver à une double victoire, la succession réglée et pour elle les félicités d'une prison nouvelle. Se pouvait-il que des femmes se satisfissent d'un sort qui faisait à ce point horreur à Arianna ? Elle n'était pas normale, quand comprendrait-elle sa chance ? Sa mère se tordait les mains chaque fois qu'elle le lui répétait, Arianna tu cours à ta perte, tu ne connais pas ton bonheur et tu le pleureras lorsqu'il sera à jamais perdu ! Il était perdu mais Arianna ne pleurerait pas, une fleur sur laquelle on s'extasierait sans voir qu'elle était déjà séchée. Arianna jouait son rôle. Cela devait être si agréable de vivre ici, et son regard se griffa aux troncs obscurs noyés dans la nuit.

Elle avait murmuré qu'il devait être tellement agréable de vivre ici, Anastasio était troublé, il n'aurait pas cru au début du repas que cette beauté glacée s'animerait de la sorte et lui ferait cette confidence, ni que cette phrase pourrait à ce point l'émouvoir, une déclaration d'amour à sa personne et à son domaine, à sa famille, son histoire ! Jamais encore une jeune fille n'avait évoqué cette aspiration, et celles qu'il avait troussées ne réalisaient pas la chance qu'elles avaient de vivre ici. Ému, Anastasio avait profité de l'obscurité et de l'éloignement des autres convives pour effleurer les phalanges d'Arianna. Elle avait sursauté, prise par un accès de nausée violente ; que n'oserait-il pas, ce jeune homme imbu de lui-même, de sa famille ridicule, de son domaine minable ? Mais elle se reprit, laissa sa main sur la balustrade de pierre, qu'Anastasio n'osa toutefois plus approcher ; il était normal que les filles à marier fussent farouches, elles ne pouvaient offrir trop vite ce qu'il faudrait partager toute une vie, et plus encore maintenir désirable. Et, à son âme et son corps défendant, Arianna se conformait aux attentes : elle se rendait désirable et désirée, sous les sourires béats ou narquois des proches qui feignaient de ne rien voir.

Elle avait dit qu'elle aimait se promener. Ils se promenèrent donc, lors des trois rencontres qui précédèrent le mariage, prévu pour octobre 1811. Anastasio lui fit découvrir des sentiers et des prairies, des champs et des bois auxquels il n'avait jamais prêté attention, et elle déambulait sans plus se départir de ce sourire curieux, distrait et froid, traître qui la rendait si belle. Elle avoua un penchant particulier pour la rivière et, alors qu'ils étaient sur la rive, à un endroit où l'eau venait caresser un tapis d'herbe tendre, sans prévenir, elle se déchaussa, retroussa légèrement sa robe et, s'étant assise sur l'herbe, plongea son pied dans un mouvement à la fois si sauvage et si sensuel qu'Anastasio demeura figé, ébahi, tremblant, troublé par ce pied nu dans l'eau, entre effroi et désir violent, tenu à distance par le sourire de la jeune fille, un sourire qui ne ressemblait en rien à celui qui l'avait précédé, un sourire radieux et qui, plus que tout autre, excluait Anastasio.

— Si vous le désirez, je ferai construire ici un ponton où nous amarrerons une barque, bredouilla-t-il pour tenter de la repêcher et de la ramener à sa rive.

Son sourire se noya. Ses yeux, un moment illuminés par quelque illusion, retrouvèrent leur écorce infranchissable. Elle retira son pied, se redressa, rajusta sa robe. Un ponton, des berges, une barque pour rappeler qu'il n'y avait nulle part où aller, aucun point de fuite.

Ambrosio insista pour que le mariage eût lieu au Castello et à ses frais. Ponaci exigea seulement d'offrir les vins ; il ne voulait pas subir à nouveau l'outrage des cépages de Bruchola. Ambrosio et Paulina orchestrèrent une fête grandiose, selon leur échelle, où toute la contrée fut conviée. Ils ne s'étonnèrent pas que la famille de la mariée eût si peu d'invités, c'était à tout prendre une aubaine : inutile d'être prodigues pour des gens que l'on ne reverrait jamais.

Paulina jeta toutes ses forces dans ces préparatifs, sans négliger ceux qui la concernaient directement ; elle fut presque ravissante dans son ample robe à peine démodée, qui faillit la rajeunir aux yeux de ceux que l'alcool ne tarda pas à rendre conciliants. Arianna vécut cette journée dans un brouillard qui ne se dissipa jamais ; la messe dans la chapelle trop exiguë pour contenir tous les invités – car nul n'aurait manqué le mariage du fils unique des Bruchola, pas même, et Ambrosio en étrangla de fier orgueil, le comte Ottavio Della Rocca, ours replié sur son domaine et qui avait coutume de mépriser les invitations du chevalier. Ce fut le seul qu'Arianna remarqua d'ailleurs, quand ce géant blond aux yeux étonnamment bleus se pencha vers elle et, avant de lui parler, sonda son regard avec une émouvante vibration des pupilles.

— Je vous souhaite tout le bonheur possible, murmura-t-il enfin sans la lâcher des yeux, tandis qu'Anastasio, à sa droite, prenait le souhait à son compte.

— Soyez sûr qu'elle l'aura !

Arianna apprécia furtivement le changement d'expression de Della Rocca, qui offrit au jeune marié un sourire carnassier qui valait une lame en pleine poitrine. Ce qu'Anastasio ne vit pas, mais qui réchauffa brièvement le cœur d'Arianna. Y aurait-il dans ce val des êtres susceptibles de la comprendre ? Pensée fugace, vite engloutie dans le tourbillon d'une fête où elle enterra ses secrets.

Il y eut des plats à n'en plus finir, des danses et du vin pour noyer les pensées d'Arianna. Anastasio dansait bien, ne sachant pas, toutefois, comment prendre plus près de lui cette cavalière qui lui appartenait désormais comme aucune avant elle, mais qui semblait entraînée dans un autre tourbillon, lointaine, qui ne s'abandonnait jamais, ne se laissait pas mener, indocile – dansait-elle ou fuyait-elle ? se demanda-t-il au détour d'une forlane où il avait failli perdre pied, en même temps que la face.

Mettrait-elle une telle fougue lorsqu'ils se retrouveraient seuls sur la piste de leur lit ? Cette idée l'émut ; il faudrait se montrer à la hauteur, et cela promettait des sommets inédits. Anastasio triompha ce soir-là, buvant les regards des jeunes gens ébahis par la beauté de cette nymphe que nul encore n'avait vue et qui, dès sa première sortie, avait été accaparée par Anastasio Bruchola – qu'avait-il pour mériter cette aubaine ? Il n'en savait rien lui-même, sinon qu'il la méritait ; et il ignorait les lueurs moqueuses et les conversations jalouses où il se murmurait qu'une telle félicité subite devait contenir sa part d'ombre. N'avait-elle pas d'ailleurs quelque chose d'inquiétant dans le regard, dans le geste, dans la voix ?

Le lendemain, Paulina arracha des mains de la servante les draps qu'elle portait au lavoir. Elle eut un rire qui effaça les aigreurs de la nuit ; il n'y avait pas eu tromperie sur la qualité de la jeune fille et Paulina pouvait espérer que son sacerdoce prendrait bientôt fin. La migraine lui épargna de songer que, même prochaine, cette libération viendrait trop tard.

Elle ne chercha pas davantage à percer les motifs de l'air maussade de son frère qui descendit seul pour déjeuner. Aurait-il pu avouer sa désillusion ? La fougue de la danseuse n'était pas contagieuse et l'amante n'en avait rien reçu. Elle s'était mise nue dans un geste qui faisait croire à une parfaite indifférence ; et, alors qu'Anastasio s'extasiait devant une splendeur plus vive que celle qu'il avait imaginée, elle s'était étendue sur le lit, avait répandu sur l'oreiller la couronne noire de ses cheveux et avait attendu que son désormais mari vînt et accomplît ce qui devait être pour lui la justification et l'aboutissement de cette journée et de ce mariage. Un long moment, Anastasio était demeuré immobile, fixant ce ventre plat et blanc qui frémissait sous les coups trop rapides d'un cœur désespéré. Il avait dégluti au détail de ses seins menus, avait fui le regard de bois dur qui ne le lâchait pas puis s'était à son tour déshabillé. Il s'était appliqué comme jamais, songeant qu'Arianna n'avait pas l'expérience dont elle disposait pour la danse. De cet art, elle avait conservé dans l'étreinte la distance qu'elle instaurait avec son cavalier, lequel chevaucha, s'essouffla mais ne dompta point une créature qui semblait morte sous son corps ruisselant.

— Es-tu heureuse ? avait-il susurré alors qu'il s'allongeait à son côté, dans l'essoufflement d'une œuvre accomplie sans panache.

Il l'avait tutoyée. C'était un droit puisé dans une intimité profanée. Elle n'avait pas répondu, les dents serrées, et avait remonté le drap sur elle. Pour se libérer d'une main qui s'attardait sur son sein, elle s'était retournée sur le flanc.

Jamais Anastasio n'aurait confié cela à sa sœur, pas même à son père qui lui demanda pourtant, avec un sourire grivois, si « tout » s'était bien passé. De son point de vue, d'ailleurs, la réponse devait être positive ; avec un peu d'acharnement, un enfant surgirait de cette union.

Anastasio s'efforça, avec maladresse et application, de rendre heureuse son épouse. Heureuse selon ses critères, bien entendu : il voulait qu'elle s'extasiât dans leurs étreintes, qu'elle y fît preuve d'audace et d'inventivité ; qu'elle parlât de délicieuses banalités à table et, en termes simples et choisis, des livres qu'elle lisait. Pouvait-on attendre plus de la vie ? Un enfant, bien sûr.

Trois fois par jour, Anastasio s'enquérait de son bonheur ; pour ne pas risquer une discussion vaine et pénible, elle hochait la tête et affichait son sourire lointain. Son regard maintenait close la porte de son âme, comme fixé sur un horizon à elle seule perceptible. Du moins était-elle libérée de sa famille qui semblait l'avoir oubliée le lendemain de ses noces. À défaut d'avoir pu réaliser ses rêves, que ce passé de cauchemar fût à jamais englouti.

Paulina la gâtait, la forçait à manger, aveugle aux grimaces de sa belle-sœur trop belle, cela passerait, elle s'y emploierait, quelques kilos, une bibliothèque surannée et vite épuisée, un piano médiocre ; quelques grossesses ; dans une dizaine d'années, Paulina n'aurait plus rien à lui envier. Sinon qu'elle aussi aurait vieilli de dix ans, grossi, enlaidi, tandis qu'Arianna partait d'une beauté qui semblait inaccessible aux attaques et aux outrages.

Le ponton avait été bâti et la barque y était amarrée. Les premières semaines, profitant des beaux jours d'automne, Anastasio l'avait accompagnée dans ces promenades qui étaient le seul moment où elle paraissait heureuse comme il souhaitait qu'elle le fût. C'était si simple. Et si ennuyeux. Anastasio n'aimait guère les balades, sauf pour la chasse, un fusil à la main. Arianna le regardait rarement. Les yeux de la jeune femme effrayaient son mari, qui détournait les siens et préférait s'attarder sur les mains fines ou le cou frêle.

Valerio participa à une battue organisée par son beau-frère. Il observa sa sœur à la dérobée, qui devina qu'il était venu pour s'assurer que tout était réglé. Elle réussit à ne pas se retrouver seule avec lui mais songea ensuite qu'il n'avait sans doute pas recherché ce face-à-face où ils n'auraient rien pu se dire, sinon des paroles de haine.

Valerio ne revint plus. Chacun, au Castello, apprit à laisser la jeune femme déambuler dans le parc et la campagne avoisinante, préférant ces sorties à un silence différent de celui auquel ils étaient habitués.

Anastasio s'inquiétait cependant. Malgré ses efforts et son ardeur, que seule la beauté d'Arianna stimulait, il lui semblait piétiner. Il n'avait pas réussi à lui arracher un véritable soupir qu'il ne pût confondre avec un bâillement. Peut-être était-elle trop jeune. Peut-être fallait-il qu'elle connût une première grossesse.

— Tu sembles parfois si songeuse, osa-t-il un soir, après avoir pesé plusieurs jours durant les mots qu'il convenait d'utiliser.

Elle ouvrait la bouche et il devina qu'elle allait prétexter de la fatigue et se retourner pour s'endormir. Il s'empressa de la devancer.

— Tu… j'ai parfois l'impression que tu me… caches quelque chose…

Il eut peur de ses paroles.

— Ne te méprends pas ! Je te fais toute confiance…

Et qu'aurait-elle pu faire ici pour le tromper ?

— Mais… je ne sais pas, c'est comme si tu avais un secret, un… Je suis ton mari, tu peux tout me confier, tu ne dois rien craindre…

Elle le dévisagea, presque surprise, puis décela dans ses yeux sombres un tremblement qui contredisait ses propos : surtout qu'elle ne confiât rien, les secrets effrayaient Anastasio. Comment aurait-il pu se charger de celui-là dont il ignorait tout, jusqu'à la possibilité d'exister ? Pour ne pas l'alarmer, elle baissa les yeux.

— Ne t'inquiète pas. Je dois simplement m'habituer à cette nouvelle vie.

L'hiver fut pénible : il confina le clan dans le salon où brûlait sans relâche un feu qui peinait à les réchauffer. Il n'était pas question de sortir, ni pour la chasse ni pour se promener. Il fallut lire et relire les quelques ouvrages dignes d'être feuilletés, jouer aux cartes et aux dames, jouer à la dame qui cousait et brodait. Refouler sa rage, ses larmes, ses peurs. Ne rien dire, essayer de ne pas penser. Être une fleur séchée, morte déjà. Chaque soir, désœuvré, Anastasio s'efforçait d'être un bon amant ; chaque matin, le regard scrutateur de Paulina cherchait les signes d'une maternité. Ambrosio sombrait petitement. Dans leurs étreintes, Arianna eut des cris de rage et de détresse, des spasmes de dégoût qu'Anastasio prit pour de la joie – mais qui l'effrayèrent un peu. Pouvait-on pleurer de plaisir ? L'idée était plaisante, mais le geste d'Arianna pour se retourner et se blottir sur son silence la rendait peu vraisemblable. Et Paulina, qui guettait les moindres bruits en provenance de la chambre de son frère, se réjouissait amèrement, sûre même dans son inexpérience que sa belle-sœur concevrait sans jouir.

Arianna n'attendit pas la confirmation du printemps pour ressortir, ni même ses prodromes pour s'échapper. L'eau, au pied du ponton, n'était plus gelée. Les yeux d'Arianna étaient noyés, lavés par le désespoir, elle avait cédé, elle était vaincue, elle ne pourrait plus supporter cela, ce corps sur le sien, dans le sien, cette vie qui, elle l'avait sentie depuis la veille, prenait racine en elle et deviendrait de cette tribu, de cette race haïe qu'elle avait voulu fuir à jamais et qui l'avait rattrapée, matée, anéantie. Que pouvait-elle encore espérer ? Sinon glisser sur le ponton et ne pas se débattre, à deux doigts de la barque indolente.

Ponaci père et fils vinrent seuls pour l'enterrement ; la mère d'Arianna était, dirent-ils, trop affectée par le drame. Ils accompagnèrent la dépouille d'Arianna jusqu'au caveau familial des Bruchola. Ambrosio avait hésité ; c'était la première fois qu'il fallait envisager la possibilité qu'un Bruchola reposât aux côtés de deux épouses, car il était évident qu'Anastasio devait se remarier. Si au moins Arianna avait eu le temps de laisser derrière elle un orphelin…

De tous, Paulina fut la plus affectée ; la mort d'Arianna la frappait dans le dos. Elle haïssait cette jeune sotte, cette imprudente incapable de résister à l'appel de la nature, qui la laissait seule à nouveau, plus responsable que jamais, suppléante d'un père au bord de la tombe et d'un frère dont elle redoutait qu'il optât pour un veuvage précoce et volage. N'avait-elle pas tout fait pour que la jeune fille se sentît accueillie ? Cette remarque, qu'elle ânonna à plusieurs reprises, laissait supposer que Paulina doutait de la cause accidentelle du décès. De toute manière, c'était une fuite, une désertion. Quand on était investie d'une telle mission, on redoublait de prudence. La mission d'Arianna ? La liberté de Paulina et la perpétuation des Bruchola. Cette dernière seule n'était pas irrémédiablement compromise.

Paulina avait raison d'être inquiète ; Anastasio sortit du cimetière avec une conviction : il n'était pas près de se remarier. Non parce qu'il était inconsolable ; frustré peut-être d'une beauté parfaite, mais une femme drapée de mystère, qui serait toujours demeurée une étrangère. Sans doute y avait-il des individus qui n'étaient pas nés pour le bonheur, si beaux ou si riches fussent-ils ; Arianna était de ceux-là. Pas Anastasio. Avec qui aurait-elle pu être heureuse si elle ne l'avait pas été avec lui ? Sans doute pas la félicité absolue, l'extase plénière ; Anastasio n'était pas orgueilleux à ce point. Mais au moins un sourire, quelques instants de volupté, un doux abandon aux plaisirs de cette vie insouciante.

Paulina n'attendit pas deux mois pour évoquer la nécessité d'un remariage ; il s'écria qu'elle n'avait pas de cœur. Elle lui jeta un regard haineux mais ne dit rien. Pourquoi s'acharnait-elle ? Après tout, il était capable de se gouverner, il n'avait plus besoin d'un chaperon ; si Paulina voulait partir, épouser Dieu ou le premier venu, qu'elle le fît ! Et si elle se sentait investie d'une mission sacrée, qu'elle ne pleurât point. N'y trouvait-elle pas son compte ? La vie au Castello était plus agréable que dans un couvent. Quant au mariage… Tout bien pesé, cette situation devait lui convenir également, quoi qu'elle en dît, malgré les airs sombres et les tenues noires qu'elle arborait et ne quitta bientôt plus.

Anastasio résista cinq ans durant lesquels il compta avec nonchalance les fleurettes des champs et quelques lys de bonne famille. Paulina avait été sa sœur, puis elle avait joué le rôle de la marâtre ; elle rentra lentement dans celui de l'aïeule et se confit en haines inavouées et en fausses dévotions qui lui donnaient le loisir de marmonner et de maudire la terre et les êtres qui la peuplaient. Puis, Anastasio rencontra une jeune fille à la tête légère, au corps docile et aux envies simples comme ses longs cheveux clairs qui se laissaient sagement dompter dans des coiffures sans extravagance. Cristina Baldo paraissait n'attendre de la vie que la chance d'épouser un homme tel que lui et de s'installer dans le domaine, à l'ombre d'un vieillard et d'une belle-sœur que la nouvelle rajeunit un peu. Ambrosio jugea avec sagesse qu'il ne fallait plus tenter le sort et il mourut deux semaines après un mariage qui donna lieu à une fête raisonnable. Par précaution autant que par superstition, Anastasio avait fait démonter le ponton et débiter la barque, et il déconseilla les promenades à sa jeune épouse. Elle n'y tenait guère : elle aimait recevoir, jouer aux cartes, lisait peu, parlait pour deux. Son rire défroissa la demeure que les dernières années avaient fripée et sa chevelure dorée, qu'en privé elle libérait, aérait l'atmosphère lourde du Castello. L'insouciance de Cristina fut contagieuse et Paulina se reprit à croire que, dès qu'un fils naîtrait, elle s'en irait à son tour jouer l'épouse riante. Et amoureuse, car Cristina aimait aimer. Anastasio était soulagé ; Arianna était un mauvais souvenir qu'il se gardait de visiter, sur sa tombe ou dans sa mémoire.

Trois ans après ce second mariage, Cristina, dont le ventre s'était merveilleusement arrondi, mourut en couches. Le chagrin d'Anastasio fut réel et profond, mais Paulina se crut maudite. Il lui fallut des semaines de dévotion pour se relever de ce deuil. Elle se cramponna à sa mission avec l'énergie d'un naufragé à qui ne reste qu'une planche vermoulue. Et, durant de longues années, elle lutta contre les flots de l'obstination fraternelle à ne plus se marier. Le combat entre le frère et la sœur assombrit le Castello ; muet, imperceptible, il tapissa les ombres de griefs et occulta les fenêtres. Anastasio fut le plus souvent possible absent ; la présence de Paulina se fit sans cesse plus pesante.

Paulina atteignit les berges glauques de la cinquantaine. Elle avait renoncé à ses rêves et n'avait pas cherché à découvrir les plaisirs de la chair avec un domestique qui n'aurait pas eu besoin de l'aimer ni le choix de la mépriser. Elle avait séché encore, sombre et maigre. Sa peau s'était parcheminée et s'y lisait le roman terne d'une longue défaite et d'un ennui éternel. Paulina ne cédait que pour le vin qu'elle consommait avec un peu trop de zèle, dès la tombée du jour. Comme un explorateur parti en quête d'un nouveau monde, elle guettait désormais, sur l'horizon, l'orage qui engloutirait son vaisseau et la soulagerait de ses devoirs comme de ses peines et de ses frustrations ; mais il fallait avant cela sauver le clan, coûte que coûte. Anastasio avait grossi, sa jovialité insipide s'était noyée dans les replis de ses bajoues ; elle devinait qu'il s'était résigné. Les Bruchola allaient disparaître. On léguerait le domaine aux lointains neveux, nés de leur sœur, que l'on n'avait plus vus depuis des lustres. Lesquels vendraient un lieu qui ne leur disait rien. Cette perspective faisait frissonner Paulina d'horreur. À force de chantage, d'imprécations et de menaces, elle obtint *in extremis* que son frère lui donnât carte blanche pour sauver la situation.

Il ne chercha pas à savoir comment elle réussit à jeter dans son lit une jolie brunette de dix-huit ans, nommée Albertina Da Fabiano. C'était une orpheline bien née, élevée dans une pension réputée de Florence. Désargentée sans doute, à charge d'une institution qui ne refusa pas l'aubaine. Comme Cristina, Albertina avait été éduquée pour remplir cette fonction et jouer ce rôle ; contrairement à elle, son organisme ne fit pas défaut. Elle était robuste et serait vite grasse. C'était sans importance et Anastasio retrouva du plaisir à coucher dans son lit. Pratiquer une jeunesse le revigora, il perdit du poids, orchestra quelques bals en l'honneur de son bonheur retrouvé et commanda la plus belle fête organisée au Castello depuis 1810 lorsque, dix mois après sa troisième nuit de noces, il serra enfin dans ses bras un poupon joufflu doté des attributs royaux indispensables, et qui fut baptisé Guglielmo.

Albertina était une jeune femme parfaite, discrète, réservée, souriante, qui écoutait sans marquer d'impatience les propos décousus d'une vieille belle-sœur libérée d'une trop longue attente. La grande différence d'âge ne favorisait pas les échanges véritables, ni avec Paulina ni avec Anastasio ; mais personne ne semblait en souffrir, et certainement pas les deux aînés.

Un second fils parut deux ans plus tard, à qui échut le prénom de Gioacchino ; puis, en 1837, un troisième, Alfredo. Et l'on conclut en 1840 lorsque l'on s'aperçut que Geronimo, le quatrième fils, présentait de sérieuses déficiences.

Lorsque naquirent les enfants tant attendus, Paulina fit la somme des sacrifices qu'elle avait consentis à cette impérieuse mission, et découvrit que le résultat n'était rien moins que sa vie. Elle ignorait certes ce qu'elle aurait pu devenir en d'autres circonstances ; mais, comme il arrive souvent chez les êtres insatisfaits, ce que l'on n'a pas eu paraît toujours ce qui nous était dû et dont la privation résulte d'une injustice criant vengeance. Paulina aurait-elle été plus heureuse mariée à un homme qui l'aurait emmenée loin du Castello ? Lui aurait-il fait goûter aux brefs plaisirs de la chair et imposé les longs périls des maternités ? Enfin, pouvait-elle s'estimer malheureuse ?

La vieille fille aurait été surprise si on lui avait fait remarquer combien la dévotion profane et sacrée dont sa vie était, à ses yeux, une éclatante manifestation, combien donc ce dévouement absolu recouvrait d'acrimonie et de ressentiment. Surprise et choquée, comme une sainte soupçonnée d'un péché véniel au terme d'un martyre censé lui ouvrir les portes du paradis. Pouvait-on adresser des reproches à ceux qui donnaient tout sans rien recevoir en retour, sinon l'ingratitude ?

Soixante ans passés ! Pendant presque toutes ces années, elle était restée au Castello dans l'attente qu'un enfant vînt la libérer ; à présent que quatre gamins couraient dans ses jambes, elle luttait, à petits coups de porto ou d'eau-de-vie, contre le dégoût qui l'envahissait au spectacle quotidien de cette jeunesse bruyante, tumultueuse, à qui des parents trop bienveillants laissaient faire n'importe quoi, que les précepteurs n'auraient pu dresser davantage puisqu'on leur interdisait ce genre d'initiative, et qui passaient le plus clair de leur temps à jouer et à tracasser les servantes et les domestiques.

Gioacchino menait la bande. Il orchestrait les activités du groupe avec fermeté, imagination et talent. Guglielmo était un grand chiot écervelé à la tignasse rebelle, dont le rire faisait frissonner les servantes et grimacer Paulina ; Alfredo était une nature silencieuse et obéissante qui ne s'opposait jamais aux décisions de son aîné. Des quatre enfants, il était le seul que Paulina tolérait près d'elle ; il l'accompagnait volontiers pour prier dans la chapelle, convaincu que les litanies et les pensées de sa tante étaient aussi pures que les siennes. Lui seul également passait de longues heures aux pieds de sa mère, à relire les rares livres pour enfants que recelait la bibliothèque du Castello. Contrairement à Guglielmo mais comme Gioacchino, il veillait à son hygiène et passait plusieurs fois par jour son visage angélique sous l'eau froide de la fontaine.

La mère et le fils parlaient peu ; cette intimité tacite irritait cependant Paulina qui, lorsqu'elle les surprenait ensemble, invitait l'enfant à une séance d'oraison dans la chapelle.

— Va avec Paulina, acquiesçait Albertina sans songer à discuter l'ordre.

Et Alfredo prenait le sourire aigre de la vieille fille pour l'expression d'une ardente spiritualité.

— Allons prier pour le salut de ce pauvre Geronimo, concluait la tante triomphante, qui savourait la grimace endolorie de la mère, coupable d'avoir enfanté une fois de trop et qui se consolait à grand renfort de sucreries qui adoucissaient ses remords et engluaient son âme.

Mais aucune patenôtre n'aurait pu, sur cette terre, œuvrer au salut de ce rejeton dont l'esprit ne franchit jamais totalement le seuil du langage et de l'humanité. Les appels à la prière de Paulina masquaient la répulsion profonde que cet enfant avait éveillée en elle dès sa naissance. Avant tous les autres, elle avait détecté le monstre dans la chose fripée et gluante que la sage-femme avait présentée à la parturiente. Au premier de ses cris, Paulina l'avait détesté et maudit, comme le reflet de sa propre malédiction. Comme elle, Geronimo allait vivre pour rien ; contrairement à elle, son animalité lui épargnerait la conscience de sa déchéance. Toute sa vie, on s'occuperait de lui, alors qu'elle avait consacré la sienne aux autres, à son frère, à la race. Cette race qui échouait sur ce dégénéré surgi des chairs de sa mère comme pour se moquer de cette prétention à faire durer le nom des Bruchola.

Tant qu'il fut petit, Geronimo demeura dans les coins des salons ou de la cuisine, prostré le plus souvent, un œil vitreux posé sur le monde qui l'entourait et qui ne paraissait pas le concerner. Parfois, il était agité par une crise qui faisait jaillir une écume grasse des différents orifices de son visage, mêlée de cris plaintifs de basse-cour menacée. La nourriture était alors le seul moyen de le calmer.

En grandissant, Geronimo développa l'attachement

d'un animal domestique pour ses maîtres, lesquels furent ses frères, et plus particulièrement celui qui les menait : Gioacchino. Lorsqu'il eut cinq ans, il fit comprendre, à l'aide de glapissements et des quelques syllabes laborieusement maîtrisées, qu'il voulait participer aux jeux des trois autres. Ils l'accueillirent dès que Gioacchino en eut donné le signal, ce qui réchauffa le cœur d'Albertina et fit grincer les dents de Paulina.

— Il faudrait le confier à une institution spécialisée, décréta-t-elle un soir.

Jusqu'alors, chacun des arrêts qu'elle avait rendus avait été suivi d'une application scrupuleuse et sans la moindre discussion. Pourquoi en aurait-il été autrement ? Cela ne concernait que la révocation de telle servante ou des détails encore plus insignifiants de la vie quotidienne du Castello. À l'énoncé de ce verdict, Albertina pâlit mais ne dit rien. Anastasio interrompit sa mastication et contempla son cadet comme s'il venait de se souvenir qu'il existait. Mais avant qu'il eût pu peser les avantages de cette proposition, la voix de Gioacchino s'éleva.

— Non.

La fourchette de Paulina chut bruyamment dans son assiette. Elle regarda avec stupéfaction et colère le gamin qui venait de la contester.

— Gioacchino ! murmura Albertina.

Paulina fit taire sa belle-sœur d'un revers de sa main sèche. Un sourire curieux barra son visage.

— Et pourquoi donc, Gioacchino ? demanda-t-elle en fixant le rebelle droit dans les yeux.

L'enfant ne céda pas.

— Parce que c'est notre frère. Aucun Bruchola ne doit quitter le domaine.

Le sourire de Paulina coula sur une méditation songeuse qu'elle conclut sur une phrase sibylline, à peine audible :

— À chacun sa croix…

À douze ans, Gioacchino était un enfant aux traits agréables, bien proportionné, d'un caractère vif que l'absence d'autorité véritable et l'aisance de sa situation avaient rendu excessivement sûr de lui. Il gardait le plus souvent les poings serrés et savait en user avec efficacité dans les pugilats qui l'opposaient à Guglielmo ou à des fils de paysans, par jeu ou pour rappeler son autorité. Alors que l'aîné était continuellement agité, Gioacchino était capable de maîtriser l'énergie qui l'habitait. À de rares exceptions, il perdait le contrôle de ses nerfs et se mettait alors à trépigner. Sa voix, devenue stridente, frappait les oreilles aussi douloureusement que ses poings le visage de ses adversaires.

Pour Paulina, bien qu'elle ne ressentît aucune affection particulière pour ce neveu, il était évident qu'il serait appelé à prendre le domaine en main à la disparition de son père. Les trois autres seraient éparpillés par la vie. Alfredo était mûr pour les ordres, Guglielmo pour l'armée et Geronimo pour l'asile. Malgré sa répugnance, elle se résolut donc, après cette incartade, à éclairer Gioacchino sur quelques éléments fondamentaux et historiques de leur famille.

— Gioacchino, lui dit-elle du ton le plus doux qu'elle put, connais-tu l'histoire de notre famille ?

— Un peu, répondit-il, surpris par la question.

— Et sa devise ?

Gioacchino redressa la tête, gonfla le torse et déclara fièrement :

— Un jour, triomphera !

— Exact, fit Paulina avec un de ses sourires ambigus qui pouvaient aussi bien déboucher sur une friandise que sur une gifle. Mais sais-tu ce que cela signifie ? Nous n'avons jamais partagé la propriété. À chaque génération, un fils s'est détaché et a triomphé des autres. Lesquels s'en sont allés vivre et mourir ailleurs.

— Comment s'est-il imposé ? demanda Gioacchino, intrigué.

— Naturellement. Parce qu'il était le meilleur.

Gioacchino fit la moue.

— Je n'ai pas envie que mes frères partent.

Paulina eut un rictus satisfait : Gioacchino avait compris qu'elle le considérait comme l'élu.

— C'est très généreux de ta part, Gioacchino, mais il le faudra. Un jour, tu triompheras à ton tour ; pour cela, tu ne dois pas te laisser apitoyer.

Gioacchino comprit l'allusion, mais se cabra.

— Je ne veux pas que mes frères partent, répéta-t-il d'une voix ferme. Pas même Geronimo. Nous avons toujours vécu ensemble et nous sommes heureux comme cela.

Paulina eut un rire acide et agacé.

— Tu n'as que douze ans ! Tu ignores ce que signifie le mot « toujours »…

Son rire sombra dans le puits noir de son ressentiment. Mais Gioacchino ne désarma pas.

— Geronimo est débile, tu le sais, reprit-elle durement. Il aurait mieux fait de mourir à la naissance. Très vite, il sera impossible de s'occuper de lui. Imagines-tu vivre ici, avec ta femme et tes enfants, dans la compagnie de ce… monstre ?

Le visage de Gioacchino se ferma et un léger tremblement agita sa paupière.

— Vous êtes bien restée avec notre père !

L'attaque surprit la vieille dévote qui resta la bouche ouverte.

— Oh moi ! finit-elle dans un soupir sépulcral, cela

ne compte pas ! Je ne suis demeurée que pour mon frère. Et pour ce domaine. Pour la famille. Pour toi.

Elle martelait chaque raison comme une pierre de son tombeau.

— Sans moi, ce pauvre Anastasio n'aurait sans doute jamais eu d'héritier et notre nom se serait éteint avec lui ! Mais je disparaîtrai bientôt…

— Mon père n'a pas eu besoin de vous pour avoir des enfants ! risposta Gioacchino, les dents serrées.

Paulina perdait pied. Cette conversation prenait un tour auquel sa vie ne l'avait pas préparée.

— Pour avoir des bâtards, peut-être ! lâcha-t-elle. Mais pour ce qui est des héritiers légitimes…

Gioacchino pâlit et ne répondit rien. Paulina reprit un peu d'assurance.

— Tu es un idéaliste, mon pauvre enfant ! Tu te laisseras dévorer tout cru, et les autres triompheront sur ton cadavre ! Vois les choses comme elles sont et non comme tu les imagines ! Et les choses sont laides, Gioacchino ; les gens trichent, mentent. Les hommes ne pensent qu'à profiter des femmes, les femmes ne pensent pas ! Je devine que tu vas invoquer l'honneur ! L'honneur ! L'horreur, oui ! Quand tu te rends compte de tout cela, bien souvent, il est l'heure de mourir…

Elle s'enflammait. Que croyait-il, ce gamin béat ? Que les êtres étaient bons et vertueux, et que l'on pouvait partager ses richesses avec tous ? Non ! Seuls les plus forts triomphaient ! Son père était un pleutre qui devait tout à sa sœur ! Il avait trompé toutes ses épouses avec des servantes et des paysannes… Gioacchino était-il prêt à partager ses biens avec les dizaines de demi-frères et de demi-sœurs que son père avait engendrés ?

— Tu ne me crois pas ? Mais à quoi penses-tu que ton père passe son temps quand il s'enferme dans sa chambre ? À lire la Bible, peut-être ? Il ferait mieux, pour préparer son âme de pécheur ! Et ta mère ? Que…

— Taisez-vous !

Le cri avait jailli, impérieux, strident. Des larmes s'accrochaient honteusement aux paupières de Gioacchino.

— Vous êtes méchante…

Il tourna les talons et partit en claquant la porte, la laissant médusée, soudain dégrisée du mauvais alcool qu'elle avait distillé.

Dehors, Gioacchino se mit à courir. Il laissa libre cours à son chagrin et à l'outrage qu'il venait de subir. Il gagna les berges du ruisseau dont l'approche leur était interdite sans la présence d'un adulte. Là s'était noyée la première femme de son père, disait-on. On, qui prétendait également que cet homme en avait eu plus de trois.

Jusqu'à la tombée du jour, il resta assis sur un tronc d'arbre. Il ne comprenait pas pourquoi il s'était emballé de la sorte, pourquoi il s'en était pris à cette vieille tante. Paulina faisait partie du décor familier, sur lequel Gioacchino ne s'était jamais interrogé. La vie lui plaisait parce que les êtres et ce qui l'entourait lui semblaient immuables, éternels. Le temps était une notion abstraite qui n'avait d'autre fonction que d'accroître sa force et de le faire grandir, ainsi que ses frères. Les gens étaient ce qu'ils paraissaient être. Bien sûr, il avait déjà surpris l'un ou l'autre en flagrant délit de mensonge ; mais il s'agissait de paysans ou de domestiques. C'était normal. Dans l'ordre des choses. Pourquoi Paulina avait-elle dit cela ? Si elle mentait, pour quelle raison l'avait-elle fait ?

Le crépuscule n'apporta aucune solution à ces interrogations. Même, l'esprit du jeune garçon était plus embrouillé encore que lorsqu'il était arrivé au bord du ruisseau. Une seule certitude : il ne se sentait capable de parler de cela à personne. Il lui faudrait tirer cela au clair tout seul. Et puisqu'il ne pouvait en parler, il observerait.

Pour Gioacchino, le processus fut inexorable et désastreux. À force d'épier ses familiers, il découvrit des étrangers. Il se cacha un jour dans une armoire paternelle et découvrit que Paulina avait dit vrai, lorsqu'il aperçut, entre les planches, Graziella, une des filles affectées aux cuisines, qui se déshabillait sans rechigner et écartait les jambes pour permettre à son père, soufflant et transpirant, d'assouvir ses envies sans trop d'effort. Elle parut y prendre autant de plaisir que lui, bien que l'affaire n'eût pas duré longtemps ; elle se rhabilla prestement et disparut vaquer à ses autres tâches. Gioacchino nota le geste vif pour glisser dans son giron la pièce que le maître lui tendait, avec un sourire repu. C'était donc cela…

Plus tard, il tomba nez à nez avec elle alors qu'il traînait dans les communs avec l'espoir, mêlé de crainte, de croiser celle que ses agissements n'avaient pas empêchée, redescendant de la chambre du mari, de servir le thé à l'épouse trompée. Graziella s'arrêta et le dévisagea avec un sourire plein de sous-entendus.

— Alors, c'était bien ? demanda-t-elle enfin.

Son cœur se mit à battre à tout rompre et, à son corps défendant, il se sentit rougir.

— De quoi parles-tu ?

— Je t'ai vu, cet après-midi, dans l'armoire ! C'est ton frère qui t'a donné l'idée ? Tu es encore un peu jeune, non ? Lui, il adore… Il ne se débrouille pas trop mal !

Gioacchino devait faire une drôle de tête, car Graziella éclata de rire.

— Doux Jésus, on dirait que tu tombes des nues !

C'est le cas de le dire… Tu étais là par hasard ? Tu ne te doutais de rien ? Je ne peux pas le croire ! C'est pour ça que tu n'es pas venu tout de suite, après… Moi, je m'attendais à te voir débarquer, pour ton baptême… J'ai été la première, pour ton frère ; si tu veux…

Elle n'acheva pas sa phrase ; blême, Gioacchino la gifla et disparut en courant.

Mais il ne tarda pas à se trouver ridicule. Son père profitait d'une servante qui profitait de son père. C'était pareil avec son frère. Depuis combien de temps celui-ci couchait-il avec Graziella, et avec d'autres ? Bien qu'il s'en défendît, les paroles de Paulina poussaient leur fiel dans son âme ; la sève que la puberté faisait couler en lui déplaçait le centre de gravité de ses réflexions vers des zones moins raisonnables mais combien plus sensibles. La servante n'avait-elle pas raison ? Pour améliorer son sort, qu'avait-elle à offrir, sinon sa jeunesse et son corps ? De leur côté, les femmes de la maison n'avaient plus rien à proposer ; Albertina paissait, obèse et béate. Les cris et les halètements de Graziella étaient plus sincères, plus profonds. Plus troublants aussi.

Il retourna la voir, un soir, dans la petite chambre qu'elle occupait dans les dépendances. Elle le reçut froidement.

— Qu'est-ce que tu imagines ? Que je suis une putain qu'on peut battre et prendre à sa guise ? Ton père ne m'a jamais frappée…

Gioacchino réussit à ne pas baisser les yeux.

— Je veux savoir.

— Savoir quoi ?

Sa voix s'adoucissait déjà.

— Pourquoi.

— Pourquoi j'accepte de… ?

— Non, l'interrompit-il. Pourquoi mon père…

Elle eut un petit rire et passa la main sur la joue de Gioacchino, qui ressentit une brûlure vive et planta ses ongles dans la paume de ses mains pour contenir le geste qui aurait mis fin à l'échange.

— Mon pauvre petit ! Les hommes ont besoin de ça, tu le découvriras vite… C'est plus fort qu'eux…

— Mais il est marié…

Elle soupira et tenta de l'attirer près d'elle.

— Écoute, Gioacchino, moi, je ne suis pas le soldat des curés. La morale, tu sais… Je survis. Ta mère, je crois que ton père l'aime, mais bon… elle est vieille, déjà. Et puis, elle est… Enfin, les hommes veulent des femmes jeunes, des femmes… Tu n'aurais pas dû nous surprendre, tu es encore trop jeune pour ça…

Gioacchino se raidit.

— Je ne suis pas trop jeune !

— Ah non ? répondit-elle en riant. Tu veux me le prouver ?

Elle fit ce soir-là son initiation, comme elle l'avait fait pour Guglielmo. Ce fut bref. Ce fut éblouissant. Gioacchino, éperdu, sombra dans ce corps doux et généreux et découvrit avec stupéfaction que les plaisirs qu'il avait pu éprouver jusqu'à cet instant n'étaient rien comparés à celui qu'une femme procurait.

Il voulut revenir. Elle se déroba. Lui qui, en tous domaines, faisait preuve d'une telle assurance, ne sut comment s'y prendre. Il marqua de la négligence dans la direction de la meute fraternelle, au soulagement d'Alfredo qui en profita pour lire davantage, mais au dépit des deux autres. Il finit par parler à Guglielmo.

— Il n'y a pas qu'elle ! précisa l'aîné avec un grand rire bourbeux. Même si elles ne sont pas toutes aussi dociles… Je ne savais pas que tu étais intéressé ; si tu veux…

— Je n'ai pas besoin de toi ! riposta sèchement Gioacchino, qui entendait rapidement reprendre l'ascendant sur son frère dans ce domaine où seul l'âge avait conféré à l'aîné une éphémère avance.

Gioacchino découvrit l'éventail extrêmement réduit des attitudes, des passions et des idées. Son père était un homme agréable, certes, mais qui avait des envies et des besoins semblables à ceux du palefrenier, que Gioacchino avait surpris, dans la grange, avec une jeune paysanne. Sa mère, quoi que Paulina eût insinué, n'avait à présent plus d'autre occupation que l'ennui élégant de sa condition. S'était-elle jamais trouvée dans la position de Graziella ? C'était difficile à imaginer. Quant à sa tante, elle cultivait l'aigreur de sa rancœur et de ses alcools.

Parfois, sur le terrain de ses promenades solitaires ou des jeux qu'il orchestrait encore, Gioacchino s'interrompait, au sommet d'une colline, et observait le paysage, l'horizon sans surprise d'une Toscane qui avait pris, à ses yeux, les contours d'une habitude ; était-ce pareil ailleurs ? La médiocrité des êtres, qu'il découvrait, n'était-elle pas due à ce pays étroit, étriqué, pauvre en natures humaines et en types forts ? Les hobereaux du cru que son père conviait pour des bals n'étaient que les déclinaisons ternes de ces petites passions et de ces désirs convenus. Un oiseau passait dans le soleil. Gioacchino soupirait. Et songeait à Graziella. Paulina et elle avaient raison : les hommes ne pensaient peut-être bien qu'à « ça ».

Quelques semaines après avoir reçu du corps de la jeune servante cette troublante révélation, il n'y tint plus. Il devait revoir Graziella, renouveler cette expérience à laquelle toutes les fibres de sa peau aspiraient dans une insupportable exaspération des nerfs. Il se tapit dans l'ombre des cuisines pour l'observer et guetter le moment où elle serait seule. Elle semblait tendue. Elle renversa plusieurs objets et se fit tancer par la vieille Giuletta qui était aux communs ce que Paulina était au *piano nobile*. Gioacchino crut même déceler une larme qui coulait sur la joue de la jeune fille. Il n'en ressentit pas d'émotion particulière, sinon un désir accru.

Soudain, elle s'éclipsa et monta l'escalier. Le cœur battant, à bonne distance, Gioacchino la suivit. Il devina rapidement où elle se rendait : dans la chambre de son père. Il savait qu'il n'avait rien à espérer tant qu'elle serait là. Mieux valait redescendre et aller dépenser son énergie à se battre ou à courir. Mais il monta. Le cœur meurtri retourne, sans le savoir, au fer qui l'a blessé.

Il se colla contre la porte. Il ne verrait rien, puisqu'il n'avait pu la devancer et gagner sa cachette. Il n'en avait pas besoin : les images étaient en lui, il se les jouerait au gré des sons qui franchiraient le panneau de bois.

Il mit quelques instants à réaliser que Graziella ne soupirait pas mais qu'elle parlait. Que son père et elle ne faisaient pas l'amour mais discutaient. Ce n'était pas les badineries d'amants ; le ton monta rapidement. Quelques mots parvinrent distinctement aux oreilles de Gioacchino : Graziella parlait d'enfant. Le sang lui monta au visage : était-elle en train de rapporter à son père qu'il avait... ? Mais la voix grondante d'Anastasio mit terme à cette inquiétude :

— Tu es folle, ma fille ! Il est hors de question que je reconnaisse cet enfant. Qui me prouve, d'ailleurs, qu'il est de moi ? Tu vas retourner dans ta famille...

Il y eut un sanglot rageur puis la porte s'ouvrit violemment et Graziella surgit devant lui. Il trébucha et se retrouva assis par terre. Elle eut un haut-le-corps en l'apercevant et, derrière elle, Anastasio pâlit. Graziella renifla, passa la main sur ses yeux et fixa sans faiblir l'héritier légitime.

— Regarde, Anastasio, siffla-t-elle sans se retourner ; ton fils guette les miettes ! Tu n'as pas tort : tu n'es peut-être pas le père ; mais c'est certainement un Bruchola !

Elle eut une moue méprisante pour le gamin qui demeurait tétanisé, humilié devant la servante, et refit face à Anastasio qui s'était approché.

— Tu peux me dire pourquoi notre enfant ne pourrait pas profiter de ta richesse ? Je te laisse ton nom, il pue... Mais sache que je me battrai !

Elle enjamba Gioacchino et redescendit l'escalier.

Gioacchino ne bougeait toujours pas. Son père toussa et vint vers lui. Il se caressait le menton d'une main et cherchait visiblement quelque chose à dire à son fils en cet instant délicat et imprévu. Enfin, un petit sourire entendu apparut.

— Te voilà un homme ! Tu verras, elles ne sont pas toutes aussi... vindicatives. Mais elle comprendra. D'une manière ou d'une autre. Et puis, les filles ne manquent pas... Allez ! relève-toi... Et pas un mot de cela à ta mère ou à ta tante, évidemment !

Il n'attendit pas que son fils obéît à son injonction et referma la porte, le laissant dans l'obscurité de l'escalier de service, sans autre issue que de repasser par les communs.

Gioacchino retrouva Graziella derrière les bâtiments. Assise sur une botte de foin, elle reniflait encore, mâchoires crispées. Gioacchino n'avait jamais prêté attention aux pleurs des femmes. Quant aux larmes de ses frères, elles faisaient partie intégrante de leurs jeux et confortaient sa prédominance sur eux. Les siennes seules comptaient que, depuis toujours, il s'efforçait de cacher à autrui. Il s'arrêta à quelques pas d'elle, sur la défensive. Elle leva vers lui des yeux gris de tristesse et de dépit.

— Ah, c'est toi…

Il crut qu'elle allait le chasser, mais elle se contenta de frotter son joli visage avec sa main.

— Approche… je ne vais pas te faire mal… Tu aurais vraiment mieux fait de ne rien savoir de tout ça !

Quelques larmes se pressèrent à nouveau sur sa paupière, qu'elle refoula fièrement. Prudemment, Gioacchino avança jusqu'à elle.

— Pourquoi es-tu venu ?

Il ne le savait pas. Il était sorti, guidé par le magnétisme du malheur, peut-être, l'aura du désespoir des femmes qui les rendait si puissamment attirantes.

— Ton père t'a envoyé pour me convaincre de partir ?

— Non ! cria-t-il, choqué qu'elle pût imaginer cela.

— Vous êtes tous pareils… Vous vous amusez avec nous, et puis…

Elle posa la main sur le sexe de Gioacchino et serra les doigts. Gioacchino sursauta mais ne se dégagea pas.

— Vous jouez avec ça, avec nous… C'est bien gai, l'amour, bien sûr !

Ses phalanges accentuaient leur pression. La douleur prenait la place d'une trouble jouissance.

— Mais tu vois, de ton machin, il y a parfois autre chose que ton petit plaisir qui sort…

Cette fois, il ne résista plus et, se mordant les lèvres pour ne pas crier, il bondit en arrière.

— Excuse-moi, mon agneau… Mais tu t'en remettras. Tandis que lui, là…

Elle posa la paume sur son ventre encore plat, toujours désirable, dont Gioacchino se rappelait la douceur avec une émotion qui bataillait contre la blessure que venait de lui infliger Graziella.

— Mais je ne me laisserai pas faire ! dit-elle en redressant la tête. Tu peux me dire pourquoi il n'aurait pas droit à la belle vie, comme toi ou tes frères ? Il est des vôtres…

Elle se tut. Gioacchino ne bougeait pas, tétanisé. Elle eut un sourire triste.

— Tu as quand même envie, hein ? C'est pas possible, les hommes…

Elle réfléchit un instant.

— Tu n'as qu'à m'épouser ! reprit-elle avec un rire aigre. Comme ça, on aura tous les deux ce qu'on veut… Ton père appréciera peu !

Quel regard lui décocha Gioacchino en découvrant cette proposition fantasque, à laquelle Graziella n'avait pas dû croire plus d'un quart de seconde ? Il n'en sut rien d'autre que la moue dégoûtée de la jeune servante et son crachat qui tomba à ses pieds.

— Ne prends pas cet air… Je sais bien que tu n'as pas besoin de m'épouser pour trouver une fille… Tu es jeune, mais j'ai l'impression que tu as déjà tout compris !

Elle se redressa, rajusta sa robe et lissa ses cheveux en arrière, avant de les nouer dans sa nuque.

— Ne t'en fais pas. Je me débrouillerai toute seule.

Gioacchino la regarda partir, incapable de faire un geste vers elle, de prononcer une parole. Jamais il n'aurait imaginé, même dans les rêveries érotiques qui l'avaient envahi depuis sa première expérience, qu'une femme pût être aussi attirante.

Paulina avait des oreilles dans les coins les plus cachés du domaine, sensibles par-dessus tout aux rumeurs les plus sordides, celles qui risquaient de mettre en péril la haute idée qu'elle se faisait de son honneur ou de conforter le mépris dans lequel elle rangeait le reste de l'humanité. Elle reçut l'annonce des turpitudes de ses neveux comme la confirmation d'une déchéance annoncée et d'une appartenance à une race élue et supérieure. Guglielmo et Gioacchino étaient des hommes, c'est-à-dire des animaux vicieux dont toute l'intelligence était asservie aux occupations de cet organe ridicule qui leur pendait entre les jambes ; mais c'étaient des Bruchola, et le nom n'était pas près de s'éteindre. Cette servante était un jouet qui pouvait être remplacé, et ce qu'elle portait en elle n'était qu'un brouillon dont Paulina se débarrasserait, d'une manière ou d'une autre.

L'obstination de Graziella compliqua les choses. Que croyait-elle, la gueuse ? Paulina regretta de n'être pas un homme pour étrangler cette impudente, ou du moins lui faire entendre raison par la force. Impensable de demander à son frère de l'y aider, ni même à un palefrenier. Le scandale devait être étouffé, si nécessaire avec le nourrisson. À contrecœur, Paulina dut sortir sa bourse. L'argent était le langage le plus efficace avec cette engeance. Graziella fit cependant la sourde oreille. La peste ! Avide ! Paulina augmenta une dernière fois la somme et menaça. Fit comprendre qu'il n'y avait rien d'autre à espérer. Il ne fallait plus traîner ; c'était une de ces filles à pérorer, à ameuter la basse-cour pour s'épancher sur ses malheurs et colporter les pires ragots sur les vices supposés des maîtres. La plèbe adorait cela, elle prêtait foi aux pires commérages. Et puis, Dieu sait ce qu'elle pouvait raconter aux enfants. Le chantage. Avec les mots, avec le corps. Anastasio n'en était pas à son premier bâtard ; ces aventures n'étaient plus une question d'émotion, mais de sale habitude dont il ne parvenait pas à se détacher. Mais cette fille s'était donnée par vice et par vile ambition. Qu'elle retournât à sa fange ! On ne devenait pas Bruchola : on le naissait. Dans le respect des règles.

Aux grands maux… Paulina régnait sur la pharmacopée du Castello. Les poisons aussi étaient des remèdes. La servante but sans se douter de rien. Se mit à tousser, à faiblir. Elle ne mourrait pas, Paulina était prudente. Et charitable. La pauvre fille n'était pas faite pour le travail de servante. Une jolie somme convaincrait ses parents de la reprendre sous leur toit misérable, dans leur logis crasseux et lointain. Graziella n'eut plus la force de résister, cramponnée à la vie, la sienne, celle qui poussait dans son ventre. Paulina avait brandi le spectre de la contagion ; nul ne put l'approcher, et surtout pas Guglielmo et Gioacchino. L'aîné n'y prêta pas attention ; il l'avait déjà remplacée par une autre. Gioacchino n'osa rien. Il observa de loin, comme il en avait pris l'habitude. Plongé dans des pensées qui le blessaient d'autant qu'elles demeuraient opaques, confuses, bouillonnantes comme son sang irrigué, depuis le lit de Graziella, par une fièvre nouvelle que les soins solitaires n'apaisaient pas.

Paulina veilla personnellement au départ de l'infortunée. On la coucha sur la paille d'un chariot que conduisait un vieux paysan. La consigne était passée : pas une servante ne vint lui dire adieu. Sur le seuil des communs, Giuletta, forte d'un droit tacitement acquis par sa longévité, observa la scène, un sourire satisfait sur les lèvres, le poing fiché dans l'épaisseur de ses reins. Anastasio était absent ; Albertina, qui avait entériné la version officielle présentée par sa belle-sœur, avait tenu à ce que celle-ci ajoutât trois pièces. Mais elle ne poussa pas la charité jusqu'à sortir. Seul Gioacchino s'approcha de la voiture, sourd aux injonctions de sa tante. Graziella gisait, les yeux mi-clos, la respiration courte, le front luisant.

— Graziella…, murmura-t-il.

Elle entrouvrit les paupières et tourna vers lui des pupilles hagardes, inexpressives.

— Graziella, je…

Ses lèvres frémirent, des bulles de salive éclatèrent dans un bruit désagréable. Puis, la tête de la jeune femme retomba.

— Gioacchino, recule-toi ! grinça Paulina dans le dos du garçon. Tu risques d'attraper le mal… Allez, Nino, en route !

Elle fit claquer sa langue et l'équipage se mit en route. Gioacchino sentit la main sèche et squelettique se poser sur son épaule comme une serre de charognard, et se dégagea vivement.

— C'est vous qui avez fait ça ! s'écria-t-il en faisant face à la vieille femme.

— Fait quoi ? Nous débarrasser de cette infection ? Oui, et tu peux m'en remercier ! Qu'est-ce qui te prend, jeune coq ? Tu es fier d'avoir manié ton… outil ? Tu aimes ça, comme les autres ! Je n'y peux rien, tant pis pour vous. Des filles, tu en auras d'autres…

— Graziella…

— Quoi ? Quelle histoire t'es-tu inventée, pauvre fou ? Je suis intervenue à temps, décidément ! Qu'est-ce que tu imagines ? Que tu lui dois quelque chose ? On ne doit rien à ces voleurs ! Que tu as réussi à l'engrosser ? Et alors ? De tels enfants sont des monstres qui ne pensent qu'à tuer leur père ! Amuse-toi, si ça te démange, mais, par le ciel, ne t'attache jamais à ces filles ! Et remercie ta pauvre tante de se charger des tâches ingrates quand tes… divertissements prennent racine dans ces ventres faciles !

Devant les yeux de Gioacchino, la charrette s'éloignait et, sur le plateau, le corps inerte de Graziella. À ces images Gioacchino mêlait celles du corps joyeux, soyeux, doux, chaud, ces images qu'il ressassait sans trêve depuis que leur source lui était inaccessible. Jusqu'à cet instant, il avait pu espérer que les choses s'arrangeraient, que… Mais Paulina venait de s'interposer une fois encore entre ses illusions et lui. Et il la détesta violemment.

— C'est vous, le monstre ! hurla-t-il, strident.

Sur le seuil, Giuletta sursauta et un sourire mauvais illumina son visage bouffi.

— Vous ne savez pas ce que c'est… Vous êtes… un vieux tronc sec…

Gioacchino ne trouvait pas les mots de sa colère, de sa déception. Paulina n'avait jamais touché un corps pareil, mâle ou femelle, n'avait jamais ressenti le feu qui s'emparait des amants, ce feu bouleversant qui n'avait encore embrasé Gioacchino qu'une fois, mais dont l'ardeur ne faiblissait pas. Comment dire cela ? Il ne le put et finit en bredouillant sa rage. Paulina se drapa dans sa dignité outragée et partit vers les communs, passer sa rage sur Giuletta qui comprit trop tard qu'elle aurait mieux fait de ne pas assister à la scène.

La vie reprit. La blessure de Gioacchino se cicatrisa imperceptiblement. L'air de rien, il commanda à Guglielmo de lui trouver une autre fille et sut apprendre de lui les précautions utiles. Il renoua avec le plaisir et les corps anonymes qui s'offrirent à lui surent effacer presque complètement le souvenir du premier d'entre eux. Ce ne fut plus jamais la même sensation, mais elle crût en intensité physique, en fougue et en sophistication.

Il cessa d'observer ses parents ; il savait tout d'eux, et ce n'était pas grand-chose. Il fuyait Paulina, qui ne chercha pas à renouer. Parfois le reprenait la mélancolie en considérant l'étroitesse de son pays et de l'esprit de ses habitants. Au-delà de l'horizon, était-ce différent ? Sûrement. Mais partir ? Graziella s'en était allée, et ce ne semblait pas être pour le paradis. Il avait lu quelques romans d'aventures, le précepteur avait évoqué quelques villes prestigieuses : Rome, Florence, Milan, Venise, Paris, Londres… L'ombre de Paulina lui murmurait déjà, de toute sa médiocre autorité, que l'on inventait des histoires pour partir, et que l'on trouvait des prétextes pour rester.

Quelques mois plus tard, le Castello fut réveillé à l'aube par le hurlement d'une servante dans la cour. Il y eut de l'agitation à tous les étages. Gioacchino fut un des premiers à sortir.

Sur le perron, dans un panier d'osier sommaire, gisait le cadavre d'un nouveau-né minuscule, gris, fripé et horrible. Un message avait été joint, qui signalait au monde la mort du dernier des Bruchola. Le nom était inscrit en lettres énormes, une accusation si flagrante que même le plus analphabète des domestiques l'aurait déchiffrée. Par chance, ils n'étaient que trois ou quatre à avoir aperçu cet objet répugnant quand Paulina déboula, écarta les uns et les autres et s'empara du panier qu'elle s'empressa de faire disparaître.

— Allez travailler ! hurla-t-elle aux domestiques qui ne s'étaient pas immédiatement repliés vers leurs tâches. Et toi…

Elle tourna la tête vers Gioacchino dont les yeux restaient figés sur le paquet qu'elle gardait contre elle.

Elle eut un coup d'œil pour vérifier qu'ils étaient seuls et qu'on ne pouvait plus l'entendre.

— Qu'est-ce que tu veux ? Savoir si tu as eu un fils ou une fille ? Pauvre idiot !

Elle se détourna.

— Qu'allez-vous faire ? demanda-t-il d'une voix sourde.

— Je le donnerais à manger aux chiens si je ne craignais pour leur santé... Ou qu'ils le refusent. Ne t'occupe pas de ça ! Rentre.

Bonifacio Della Rocca avait toujours éprouvé les plus grandes difficultés à dire non. Ce qui ne signifiait pas qu'il était prêt à dire oui à n'importe quoi ; à trente-sept ans, aussi blond que son père et plus imposant encore, il n'était pas décidé à se marier et qu'il fût seul depuis la mort d'Ottavio, l'année précédente, à gérer le domaine de la villa Bosca n'y changeait rien. L'histoire des Bruchola, auxquels il n'avait pas eu la force de refuser l'invitation à laquelle il se rendait à présent, ce 14 août 1847, prouvait à suffisance qu'en ces matières il ne fallait rien précipiter. Le père de Bonifacio lui avait souvent raconté le premier mariage d'Anastasio Bruchola avec une énigmatique créature : « J'ai eu l'impression d'être présenté à l'une de ces martyres des premiers âges de l'Église, livrée à des lions qui feignaient de veiller sur elle. Mais en même temps, au contraire des chrétiens persécutés, elle paraissait refuser les choix qui l'avaient menée là, comme si on l'avait convertie de force à une religion qui lui répugnait. » Le comte était revenu troublé de ce mariage mais n'avait plus eu l'occasion d'approcher la jeune femme ; il n'était pas un intime des Bruchola et ne souhaitait pas le devenir. L'annonce de son décès, cependant, à peine un an plus tard, l'avait confirmé dans une intuition qu'il n'avait pas eu le loisir d'approfondir.

La vie mondaine, dans ce coin retiré du val d'Orcia, était des plus restreintes. Cela convenait à Bonifacio, plus encore qu'à son père. N'auraient été la connaissance qu'il avait des usages et cette réticence à dire non, il ne serait jamais sorti du domaine, sinon pour les activités qui y étaient liées. Car, contrairement aux Bruchola et aux autres propriétaires terriens de la région, Della Rocca gérait en personne et avec soin l'exploitation de son domaine, jusqu'à la vente de ses produits. Une autre particularité le conduisait à payer généreusement les paysans qui travaillaient pour lui et à les fréquenter avec plus de plaisir que les aristocrates du val ou les notables du bourg voisin où il ne se rendait que par nécessité.

Mais il était plaisant parfois, surtout lorsqu'on était muré dans la solitude d'une vaste villa, de se plonger dans une foule insouciante. Parfois : cela faisait cinq ans qu'il n'était plus allé au Castello. L'occasion, cette fois, était le seizième anniversaire de l'aîné, Guglielmo. Il y aurait là des visages connus, certains fréquentés plus souvent que les Bruchola, l'une ou l'autre jeune fille en âge de se marier et désireuse d'être présentée à ce célibataire farouche qui n'avait pas encore fait son choix et à qui l'on ne connaissait nulle aventure. Peut-être se murmurait-il des propos malveillants sur les réticences que le comte pouvait éprouver à l'égard des représentantes d'un sexe qui n'était beau que pour ceux qu'il tentait ; Bonifacio haussa les épaules. Il ne se marierait pas pour mettre un terme à des ragots. De toute manière, les gens de ce monde croyaient toujours ce qu'ils voulaient et ils avaient le temps d'inventer. La tête des paysans, quant à elle, était pleine de superstitions que seule l'éducation aurait pu combattre. Que chacun imaginât ce qu'il lui chantait ! Bonifacio mènerait sa vie comme il l'entendait, seul à décider pour ses affaires sentimentales comme pour celles qui touchaient au domaine.

La route jusqu'au Castello lui plaisait et le paysage sut le distraire de ces pensées stériles. Les champs, les vignobles et les oliveraies qu'il parcourait lui appartenaient encore ; cela se voyait à l'état de ses cultures. Des paysans, transpirant sous le soleil, le saluaient de loin ; s'il ne pouvait mettre un nom sur chaque silhouette, toutes lui étaient familières. La vie était douce et Bonifacio l'aimait ordonnée et précise comme ces oliviers et ces vignes aux rangées rigoureuses et souples à la fois, qui donnaient, avec la mosaïque des champs en leurs états variés – de l'or du blé fauché aux bruns infinis de la terre labourée –, sa perfection au pays. Tout ici, depuis des siècles, avait été dessiné par le labeur de l'homme : les courbes, les chemins, les allées de cyprès ; il n'y avait pas un détail qui n'eût été apporté délibérément pour embellir le paysage et y rendre la vie plus simple. Bonifacio était responsable de ces terres et de ceux dont la survie dépendait de ce que l'on produirait. La beauté, ici, était le signe de la réussite et de l'efficacité.

Il arriva bientôt au sommet d'un mamelon aride où commençaient les terres des Bruchola. De là, on apercevait, au loin, le village de Montechiarro, doré et paisible, où vivaient nombre des ouvriers agricoles employés par le comte ou d'autres propriétaires. Depuis le Moyen Âge, peu de chose avait évolué dans cette bourgade, sinon la ruine qu'orchestraient le temps et l'incurie des hommes. Della Rocca savait que la Toscane avait été riche et prospère, et peut-être l'était-elle encore dans les villes importantes ; mais ici, dans ces terres agricoles, seuls quelques hobereaux consanguins prenaient encore la pose. Le siècle était au travail, pas à la gloire. Les Bruchola, par paresse et incompétence, laissaient sombrer leur domaine. Sur l'autre versant de la colline, en effet, s'étendaient des champs envahis d'herbes sèches, des oliviers qui disputaient leur place aux chardons, des vignes mal taillées qui produiraient un raisin sur et un vin aigre. Les paysans qui travaillaient ici n'avaient ni la force ni l'envie de saluer le passant. Ils savaient que leur sueur payait les fêtes et les chasses de ceux qui possédaient une terre dont ils n'étaient pas dignes. Mais pourquoi donc Bonifacio avait-il accepté cette invitation ? La vue de ces friches lui donna envie de rebrousser chemin ; mais il poursuivit sa route.

— Comte Della Rocca ! Je suis ravie de vous revoir ; vous vous faites si rare…

Albertina l'accueillit la première. Elle avait considérablement grossi depuis leur dernière rencontre, mais conservait ce visage doucement insipide qui tenait les soucis et les angoisses à distance. Albertina avait deux ans de moins que lui mais paraissait d'une autre génération. Il était toutefois difficile de ne pas répondre à son sourire ou de lui reprocher la négligence de son mari pour son domaine ; Della Rocca lui baisa la main.

— Le travail me laisse peu de temps…

À côté d'Albertina, se tenait, assise dans une chaise roulante, une vieille femme que Bonifacio ne reconnut pas tout de suite. Albertina anticipa sa question.

— C'est cette pauvre Paulina, dit-elle en baissant la voix. Elle a été victime d'une chute, dans un escalier. C'est un miracle qu'elle ne soit pas morte ! Mais elle est depuis totalement paralysée, et muette…

Bonifacio reconnut la sœur d'Anastasio et les dégâts que le malheur causait aux êtres. Il s'inclina vers elle, mais Paulina ne parut même pas noter sa présence, les yeux vitreux braqués sur un horizon intérieur que l'on devinait embrumé, le menton pendant qui entrouvrait des lèvres où luisait un fil de salive épaisse sur des dents jaunes et déchaussées.

Albertina fut interrompue par Anastasio.

— Vous ne vous êtes pas encore résolu à imiter les propriétaires qui, comme moi, font appel à des intendants chevronnés pour les dispenser de ces tâches accablantes !

— C'est que tous les régisseurs compétents ont déjà été engagés par des propriétaires plus avisés que moi… Et puis, je prends un vif plaisir dans toutes ces activités que vous prétendez accablantes.

Anastasio fit tomber la cendre d'un énorme cigare.

— Vous êtes décidément un original, Della Rocca ! Mais je suis content de voir que cela ne vous interdit pas tout à fait de sacrifier, parfois, à la fête ! Ah, voici mes fils…

Deux jeunes gens s'approchaient du petit groupe. Guglielmo était à présent un échalas au visage mangé d'acné, qu'un tic nerveux secouait à intervalles réguliers, comme s'il cherchait à se débarrasser de ces impuretés disgracieuses. Il arborait l'air hautain des adolescents stupides à qui le bouillonnement du sang tenait lieu d'esprit. Bonifacio le félicita pour cet anniversaire et Guglielmo répondit par une grimace embrouillée, tandis que sa mère le couvait d'un regard ému et admiratif. Derrière lui, Gioacchino observait les adultes qui lui faisaient face, les yeux plissés, la bouche coincée sur une mimique ambiguë.

— Alors, comte, toujours pas marié ? décocha le gamin avec un aplomb qui fit pousser un cri gêné à sa mère et un rire trouble à son père.

Indifférent à ces réactions et les yeux rivés à ceux de cet homme qui le dépassait de deux têtes, il poursuivit avec arrogance :

— Quoi ? Le mariage est une chose importante, non ? La plupart des gens ne parlent que de ça.

Son père avait cessé de rire et toussa. Guglielmo gloussait et dansait d'un pied sur l'autre.

— Allons, Gioacchino, cela suffit…

— Mon père s'est marié à trois reprises avant de trouver la femme qui convenait. C'est-à-dire celle qui lui a fait des enfants légitimes. Vous ne devriez plus traîner, Della Rocca…

Il n'appartenait pas à Bonifacio de faire l'éducation de ce paltoquet et il était vain de répliquer en blessant ses hôtes.

— Vous avez sûrement raison, Gioacchino. Je pense même que vous devriez profiter de cette fête pour conquérir le cœur d'une jeune fille…

— Croyez bien que je m'y emploierai !

Il se pencha vers sa tante.

— Voulez-vous que je vous promène dans le parc ? chuchota-t-il.

Sa voix était un filet doux et tranchant à la fois. Paulina, qui n'avait jusqu'ici témoigné d'aucune émotion, écarquilla les paupières, comme prise d'épouvante.

— Laisse ta tante, Gioacchino, intervint Albertina. C'est gentil de t'occuper d'elle, mais elle préfère sûrement rester ici et voir du monde…

— À votre guise, conclut Gioacchino qui tourna les talons après les avoir claqués, suivi par son frère écarlate.

— Je vous prie de l'excuser, s'empressa Albertina. Il est… très vif !

Avant qu'Albertina ou Anastasio eût repris à son compte et sous les dehors de la civilité la question incongrue de leur rejeton, Bonifacio les assura qu'il n'était nullement offensé et il prit congé pour les laisser accueillir leurs autres convives. Avant de s'éloigner, il nota que la tête de l'infirme était pesamment tombée sur une poitrine décharnée. La paupière entrouverte laissait voir un globe sanglant qui tournait, fou et muet.

De groupe en groupe, Bonifacio échangea quelques propos anodins avec des gens qu'il reconnaissait comme voisins en s'étonnant de ne jamais songer à eux en leur absence. Il aperçut avec soulagement Alberto Achilli, notaire à Montechiarro. Cet homme replet et débonnaire, aux tempes grisonnantes, était âgé d'une petite cinquantaine d'années mais en paraissait plus. Par sa fonction, il était au courant de beaucoup de choses et, sur ces secrets, d'une absolue discrétion. Comme il était habituel dans cette corporation, il occupait l'étude détenue par sa famille depuis de longues générations, installée dans le plus beau palais de la bourgade qui n'en dénombrait que trois.

— Bonjour, comte ! dit-il en s'avançant vers Bonifacio. Je suis… heureux de vous rencontrer ici. Les occasions sont… rares ! Mais étant donné les raisons qui conduisent les gens dans l'étude d'un notaire, sans doute faut-il… s'en réjouir !

Il avait cette curieuse manie de faire précéder certains vocables, qu'il jugeait sans doute plus importants, par une suspension de la phrase au cours de laquelle il fixait son interlocuteur, comme pour ajuster le tir et les mots, ou déterminer s'il était digne de la révélation qui sourdait.

— De fait, Achilli ; je ne songe toujours pas à me marier, je ne me préoccupe pas encore de mon testament et n'ai l'envie ni d'accroître mes possessions ni de m'en défaire.

Ils s'étaient mis à marcher et s'étaient imperceptiblement éloignés des invités pour cheminer dans le parc.

— Le mariage et la descendance sont des questions particulièrement… sensibles dans cette maison.

— J'ai eu l'occasion de m'en rendre compte. De tels enfants seraient plutôt un encouragement au célibat !

Bonifacio se souvint trop tard que le notaire était marié depuis longtemps à une matrone qui noyait son infertilité dans une gourmandise sans limites.

— Je ne disais pas cela… tenta-t-il.

— Ne vous inquiétez pas, comte. Je n'ai pas le caractère d'un Bruchola, ni sa… susceptibilité en ce qui concerne l'avenir du nom ou de l'étude. Pour cette dernière, au demeurant, l'avenir est assuré par la clientèle et non par les notaires qui la dirigent. Tant qu'il y aura des âmes à Montechiarro, l'étude vivra. Les familles de notaires n'ont pas d'autres histoires que celles de leurs contemporains et de leurs… secrets ; quelle importance que je sois remplacé par un fils ou un jeune homme inconnu ? Un nom, cela finit toujours par n'être qu'un peu… d'encre sur du papier. Je suis parfois surpris de ce désir forcené, chez la plupart des hommes, de se… reproduire, de se prolonger à travers des enfants qui s'acharneront, le plus souvent, à vous ressembler aussi peu que possible !

Achilli sortit de sa poche un cigare qu'il présenta à Della Rocca, lequel le refusa. Le notaire entreprit d'allumer l'imposant cylindre.

— Notez… en ce qui me concerne… je serais évidemment ravi d'avoir un héritier. Au moins aussi longtemps qu'il n'aura pas… déjoué mes rêves et mes illusions, ou ne m'aura pas fait comprendre qu'il est temps que je laisse la place ! Mais ma femme est trop âgée à présent et, pour être franc, je ne suis pas… l'homme le plus malheureux de ce val.

— Compte tenu de votre profession, on s'attendrait à trouver en vous un plus ardent défenseur du mariage et de la procréation !

— Je ne suis pas le prêtre du village ; j'ai charge des biens et des liens terrestres. À défaut de promettre le paradis, j'ai à cœur que mes contemporains soient… heureux, autant que faire se peut. Avec ou sans épouse, avec ou sans enfant. Je ne suis pas sûr que cette maison, qui n'a pas manqué de femmes et déborde aujourd'hui de descendants, soit… paradisiaque.

— Je sais… J'ai vaguement entendu parler de cette dernière et sinistre affaire…

Le notaire se tourna vers lui et arrêta de marcher.

— Cette malheureuse servante devenue folle ? Une histoire tragique, effectivement. Nous n'en connaîtrons jamais que… l'écume judiciaire, et je suis certain qu'elle recouvre de ces secrets… médiocres et ignobles dont les familles riches n'aiment pas s'encombrer ! Cette jeune femme a été condamnée pour le meurtre d'un nourrisson dont elle attribuait la paternité à Anastasio Bruchola, voire… à ses fils. La cour n'a retenu que le crime d'infanticide…

— Il est réel, non ?

— Autant que le désespoir d'une servante abusée par ses maîtres…

Leurs pas les avaient menés au bord du ruisseau. Achilli, du bout de sa chaussure, fit rouler un caillou dans le courant. Ils restèrent silencieux quelques instants. Une grosse pierre atterrit dans les flots, à quelques pas d'eux, et manqua de les éclabousser. Ils sursautèrent et entendirent le rire fausset de Guglielmo, accompagné par la voix âpre et coupante de Gioacchino.

— Bel endroit, n'est-ce pas ? Mais méfiez-vous ; un fantôme femelle pourrait surgir de la vase et vous attirer pour vous engloutir ! On nous a toujours défendu de venir ici.

Les deux garçons avancèrent jusqu'à la berge, à côté des adultes.

— Mais c'est l'anniversaire de Guglielmo et il a tous les droits aujourd'hui !

— Et vous les prenez tous les jours, j'imagine, ne put s'empêcher de répliquer Bonifacio.

Gioacchino ne répondit pas mais darda sur lui un regard assassin. Puis, il se détourna et jeta une seconde pierre qu'il tenait dans la main.

— Avez-vous un ruisseau dans votre propriété, Della Rocca ? C'est utile pour régler certains problèmes domestiques.

Il refit volte-face.

— Mais vous allez manquer la fête !

Et il entraîna Guglielmo, qui n'avait pas dit un mot et avait gardé une expression béate devant la faconde de son frère.

— On pourrait se demander si Anastasio Bruchola a eu raison de… persévérer, commenta le notaire d'une voix songeuse. Peu de choses sont plus désagréables que l'arrogance et la grossièreté…

— La bêtise peut-être ?

— Ne dites pas cela ; Gioacchino est de loin l'enfant le plus… intelligent de cette maison. Capable de gentillesse… Allez savoir ce qui se passe dans les âmes… et dans ces familles !

Achilli parut chercher dans les remous de l'eau une réponse à cette question, puis il soupira.

— Allons, quittons cet endroit… Non pour obéir aux injonctions de Gioacchino, mais parce que j'ai cru entrevoir un buffet des plus appétissants. N'est-ce pas une manière discrète et… agréable de laver ce genre d'affront ?

S'il n'y avait eu la compagnie d'Achilli, Della Rocca s'en serait retourné sur-le-champ. Il songeait à cette très jeune morte dont son père avait perçu l'angoisse et revoyait les eaux claires du ruisseau. La rumeur paysanne évoquait un suicide ; Arianna était-elle arrivée au Castello avec le mal qui avait fini par avoir raison d'elle, ou l'y avait-elle contracté ? Ce secret appartenait pour toujours à la rivière, laquelle depuis longtemps l'avait dissous dans la mer. Bonifacio frissonna en se remémorant les sous-entendus de Gioacchino. L'adolescent n'avait jamais connu Arianna, mais que n'avait-il entendu à son propos, depuis qu'il était en âge de comprendre les chuchotements des servantes et de subir les silences de ses parents ? Bonifacio vida le verre de champagne que lui tendait Achilli. Qu'allait-il imaginer ? Il n'avait rien à faire avec cette famille et certainement pas à se mêler de leurs histoires. Anastasio était un brave homme qui s'occupait mal de ses terres, comme la plupart des propriétaires de la région. Gioacchino grandirait et finirait par lui ressembler, à moins qu'il ne partît purger sa fougue et sa morgue dans l'armée, laissant à un de ses frères le soin de rester ici et de reprendre le domaine. Et, de toute manière, Bonifacio n'avait pas à les fréquenter souvent. Il prit une seconde coupe.

— Vous n'attendrez tout de même pas que l'heure soit venue de rédiger votre testament pour me rendre visite à Montechiarro ? l'interrompit Achilli. À défaut d'avoir une progéniture, nous disposons d'une table des plus consolatrices…

— Je vous promets de ne pas attendre !

Gioacchino fit tomber brutalement Geronimo de sa selle sur un tas de foin coupé.

— Crétin ! gronda-t-il entre ses dents. Tu as failli me pisser dessus tellement tu avais la frousse !

Alfredo avait déjà mis pied à terre. Le visage de Geronimo se tordit dans une grimace qui l'enlaidit davantage et Alfredo se précipita pour le prendre par les épaules et lui coller une main sur la bouche, rejoint par Gioacchino.

— Tais-toi, imbécile ! Si vous voulez vous amuser, il faut absolument être silencieux !

Il força Geronimo à le regarder.

— Tu veux t'amuser, pas vrai ?

Un vilain sourire coula sur sa face noyée de larmes et de morve.

— Ouais…, dit-il dans un couinement qui lui valut un nouveau bâillon.

— Ta gueule ! Tu vas l'alerter et tout sera fichu ! Tu as envie de rater cette occasion comme la précédente ?

Geronimo parut terrorisé à cette idée et ravala ses larmes. À côté de lui, Alfredo gigotait et, sans s'en rendre compte, portait sans cesse la main à son entre-jambe. Gioacchino regarda ses frères avec dégoût ; c'était donc cela, les hommes, quel que fût leur âge.

— Ça vous démange tous les deux, n'est-ce pas, puceaux minables ?

Geronimo battit l'air de sa lourde tête tandis qu'Alfredo rougissait.

— Vous avez de la chance de m'avoir... À votre âge, j'ai dû me débrouiller tout seul. Allez, suivez-moi. Et pas un bruit ! Ils sont dans le fenil qu'on aperçoit là-bas. Du moins si cet abruti de Guglielmo a été à la hauteur.

Ils formèrent une file indienne, Alfredo derrière, Geronimo coincé entre ses deux frères, et arrivèrent contre le fenil où Gioacchino fit signe de s'arrêter et de garder le silence. À seize ans bientôt, il avait l'allure sèche d'un enfant mal grandi, nerveux et trop mince, agité par un constant tremblement intérieur. Il tendit l'oreille. On percevait des froissements de paille et des soupirs qui allumèrent chez Geronimo des sourires humides, tandis qu'Alfredo s'empourprait à nouveau. Gioacchino demeura impassible, attentif, et évalua le cours des événements ; quand retentit un petit jappement, bref et plus grave, il bondit et contourna les ballots, suivi des deux cadets.

Au milieu de la paille, Guglielmo se retournait, ravi et ruisselant, abandonnant sur le dos une mignonne paysanne entièrement nue qui poussa un cri en voyant surgir la petite bande. Elle chercha à couvrir sa poitrine et son intimité des mains mais, en riant, Guglielmo lui bloqua les poignets tandis que Gioacchino s'agenouillait devant elle, les jambes enserrant ses hanches.

— Qu'y a-t-il ? N'as-tu pas apprécié le travail de mon frère ?

En retrait, Alfredo et Geronimo ne quittaient pas des yeux le corps nu et tremblant de la paysanne, le sexe humide et énorme encore de leur aîné, qui l'exhibait sans pudeur aucune.

— Nous aimerions que tu fasses un petit cadeau à nos chers frères… Un baptême, tu comprends ? Ça ne te gênera pas, je crois, tu aimes bien te faire prendre par des chevaliers, non ?

Elle le fixait avec des yeux affolés, incapable de parler sinon pour répéter, litanie inutile : « Non, non, je vous en prie… » Gioacchino la gifla violemment et se tourna vers ses frères.

— Qui commence ? Toi, Geronimo, amène, sans quoi tu vas exploser tout seul !

Le gamin avança en tremblant, l'écume aux lèvres, cherchant maladroitement à baisser sa culotte. Gioacchino se redressa et, d'un geste vif, tandis que Guglielmo maintenait leur proie, il tira Geronimo à lui et acheva de le déshabiller. Il rit en dévoilant le sexe minuscule de son frère, dressé dans l'air et frémissant.

— Ce n'est pas avec ça qu'il va te faire mal, ma belle ! Tu ne sentiras rien !

Il poussa Geronimo qui tomba à plat sur le ventre de la fille. Elle se débattit mais Gioacchino vint prêter main-forte à son frère et lui colla une pièce de ses vêtements sur la bouche. Geronimo s'activa comme un forcené maladroit, sous les rires de ses deux acolytes. Cela ne dura pas longtemps ; le gamin couina, tandis qu'un flot de larmes coulait des yeux sombres de la jeune fille. Gioacchino repoussa Geronimo en arrière et se tourna vers Alfredo.

— À ton tour… tu n'auras pas dû attendre longtemps !

Alfredo avait les yeux écarquillés. Il pâlit brusquement.

— Non…, murmura-t-il.

— Allez, abruti, ce n'est pas le moment de flancher ! Montre que tu es un homme !

Gioacchino voulut se relever mais il redouta que Guglielmo ne suffît plus à maintenir la fille.

— Viens ! hurla-t-il d'une voix stridente.

Guglielmo et Geronimo, chacun à leur manière, invitèrent Alfredo à partager ce morceau de choix. Les seins de leur victime frémissaient, palpitaient comme le cœur d'un oiseau blessé à mort avant que le chien l'achevât pour le porter à son maître.

— Viens !

— Non ! répondit Alfredo en criant plus fort, tandis qu'il prenait les jambes à son cou.

— Crétin, gronda Gioacchino.

Il se retourna vers la fille.

— Tant pis pour lui. Mais rassure-toi, je t'ai gardé le meilleur pour la fin… Tirez-vous, vous autres !

Guglielmo et Geronimo obtempérèrent aussitôt et laissèrent leur frère seul avec la fille.

Quand ils furent partis, Gioacchino se déshabilla entièrement et s'allongea à côté de la fille qui pleurait, des sanglots doux et à peine audibles. Il lui caressa les seins et la força à le regarder.

— Pourquoi tu fais ça, Gioacchino ? lui demanda-t-elle tandis que ses larmes redoublaient. Tu peux être si gentil, parfois… Mais là ! Pourquoi ?

— Tais-toi…, répliqua-t-il en s'assombrissant. Fais-moi l'amour gentiment, et ne pose pas de questions.

— Non ! sanglota la fille. Dis-moi pourquoi ?

Les mains de Gioacchino se serrèrent sur les poignets frêles et sa mâchoire se crispa.

— Et toi, pourquoi fais-tu ça ? Qu'est-ce que tu espères obtenir, en couchant avec Guglielmo ou avec moi ? Ou avec mon père ? N'espère rien, sauf le plaisir que tu peux prendre… et donner. Les règles sont fixées, ma pauvre petite ! Ne rêve pas à les changer… Pas ici, en tout cas.

— Parce que tu crois que c'est différent ailleurs ! Il y a partout des salauds pour profiter…

— Tais-toi !

Il avait crié. La fille prit peur et se pelotonna sur elle-même. Gioacchino s'adoucit et tenta d'écarter ses bras pour embrasser sa poitrine. Elle résista et ses pleurs reprirent.

— Laisse-moi !

Gioacchino insista. Elle finirait par céder. Il replongerait dans ce corps de femme qui lui procurait de tels plaisirs. Et de tels regrets. Elle ouvrirait ses bras, offrant ses seins, son ventre, son sexe à sa vue, à ses mains. Elle céderait, parce qu'elle n'avait pas le choix.

— Je t'en supplie… murmura-t-elle.

Elle faiblissait. Ses bras s'écartaient. Gioacchino aperçut un mamelon, le nombril. Puis, brusquement, il se redressa et saisit ses vêtements.

— Rentre chez toi, siffla-t-il sans plus la regarder. Et pas un mot, compris ?

Il retrouva ses frères près des chevaux et passa sa colère sur Alfredo, tandis que Guglielmo achevait de rajuster sa veste sur sa grande carcasse dégingandée. Mais il s'interrompit soudain et pointa une silhouette qui avançait, montée sur un cheval blanc.

— Qui est-ce ? demanda Guglielmo, les yeux plissés pour tenter de distinguer malgré la distance.

— Ce sont les terres de Della Rocca, répondit Gioacchino. Je suppose que ce doit être cette princesse qu'il a ramenée de Venise… Une bonne affaire, j'imagine ! Son altesse méprise les demoiselles du pays, à moins qu'aucune d'entre elles ne soit sensible à ses charmes… Il a dû courir dans une ville qui vient de se faire humilier par les Autrichiens pour trouver une femme venue on ne sait d'où !

— Tu as dit qu'elle était à Venise…

— Mais il semble qu'elle ne soit pas vénitienne.

— Comment s'appelle-t-elle ?

— Lætitia Malcessati… ou plutôt Della Rocca, puisque ce prétentieux s'est enfin résolu au mariage… Depuis qu'elle est arrivée, il refuse toutes les invitations. Pas seulement chez nous… Ou elle est sublime, ou elle cache un défaut abominable !

Brusquement, Gioacchino talonna son cheval et partit au galop en direction de la cavalière.

Celle qu'il poursuivait ne modifia pas son allure, même lorsqu'elle ne put ignorer l'arrivée du chevalier. Il ne rompit que lorsqu'il fut à sa hauteur et salua la jeune femme qui tira sur les rênes.

— Mes hommages, princesse…

Il fut malgré lui impressionné par la fermeté et la beauté sauvage de celle qu'il accostait, son regard presque noir, assombri encore par une épaisse chevelure jais.

— Qui êtes-vous ? demanda-t-elle d'une voix singulièrement grave.

— Je vous prie de m'excuser, dit-il en plongeant dans un salut. Chevalier Gioacchino Bruchola. Nous aurions pu avoir déjà été présentés, mais votre mari décline toutes les invitations ; vous devriez le convaincre de changer d'attitude ! Bientôt, plus personne ne vous conviera et vous vous ennuierez à mourir ! Car j'imagine que, fille de Venise, vous êtes friande de fêtes ; les nôtres…

— Je vous sais gré de votre sollicitude, chevalier, l'interrompit-elle en opposant à son sourire sournois une dureté du visage qui le décontenança. Mais ce n'est pas le comte qui nous tient reclus à la villa ; tel est mon souhait.

Le cheval de Gioacchino recula de trois pas.

— Dans ce cas… Sans doute voulez-vous prendre le temps de vous adapter au climat ! Nous attendrons que vous soyez prête. Vous verrez : il y a quelques personnes dignes d'intérêt dans ce pays.

— Je n'en doute pas. Au revoir, chevalier.

Elle partit au trot. Gioacchino ne bougea pas ; cette femme ne ressemblait pas à celles qu'il fréquentait. Elle venait d'ailleurs… Il revint vers ses frères à pas lents, songeur. Mais il retrouva sa morgue en arrivant près d'eux.

— Alors ? lui demandèrent-ils en chœur.

— Une sacrée garce… et un caractère de chien ! Le comte doit s'amuser… Mais un fameux morceau. Je la lui emprunterais volontiers ! Bien qu'à mon avis, elle doive être aussi froide dans un lit que distante sur un cheval ! On pourra toujours lui montrer notre rivière…

Le soir, à table, ils narrèrent leur rencontre. Anastasio et Albertina avaient eux aussi entendu raconter beaucoup de choses : Bonifacio Della Rocca, pour une raison inconnue, était parti précipitamment pour Venise. Quelques semaines plus tôt, la révolution menée par Daniele Manin avait été vaincue par les Autrichiens et le choléra, anéantissant pour un temps encore les rêves de plus en plus ardents d'un État italien indépendant. Qu'est-ce qui pouvait pousser un homme qui n'avait jamais manifesté aucun intérêt pour la politique à abandonner son domaine au moment où le printemps exigeait qu'on le surveillât – du moins pour de tels originaux qui n'avaient pas de régisseur ? Les Bruchola n'avaient pu percer ce mystère ; certains évoquaient une dette, d'autres un coup de folie. Toujours était-il qu'au bout de quelques jours il était revenu, accompagné d'un curé vénitien et de cette princesse qu'il venait d'épouser. Nul n'avait jamais entendu parler d'elle auparavant et il était impossible de savoir si le comte la connaissait avant et s'était rendu à Venise pour l'y retrouver et l'épouser, ou s'il l'avait rencontrée lors de ce voyage.

La première hypothèse était la plus rationnelle, mais la seconde offrait le grand intérêt d'une énigme : pour quel motif impérieux ce mariage précipité avait-il eu lieu ? Lors du dernier bal, Anastasio avait essayé d'interroger Achilli, sans doute la personne du val la plus proche de Della Rocca. Mais le notaire était resté muet, affirmant ne rien savoir et n'avoir même pas encore croisé la jeune mariée.

Anastasio, fort de son expérience, se garda de tout commentaire et fut embarrassé par les moqueries de Gioacchino. Albertina trouva le moyen de détourner la conversation.

— Le curé de Montechiarro est mort…

— Cette vieille baderne ? coupa Gioacchino. Je suis surpris d'apprendre qu'il vivait encore ! Pour l'enterrement de notre pauvre tante Paulina, il n'avait pas l'air beaucoup plus vif qu'elle…

— Gioacchino ! s'insurgea mollement sa mère.

— Qui va le remplacer ? interrogea Alfredo d'une voix faible, peut-être guidé par le souci de détourner la conversation.

— D'après ce que je sais, répondit le père, ce serait ce curé que Della Rocca a ramené de Venise. Le père Baldassare, si je ne me trompe.

— Diantre ! Il semble que le comte ait décidé de prendre le val en main et de le mettre à l'heure vénitienne ! Nous devrions songer à installer une gondole sur la rivière…

Gioacchino avait à peine seize ans mais il régnait sur la fratrie de manière incontestée et même, de plus en plus, sur l'ensemble de la famille. Paulina s'était éteinte quelques semaines auparavant, après de longs mois de végétation. On l'avait retrouvée morte dans son lit, un matin ; le décès avait allégé l'ambiance morne qui pesait sur le Castello depuis l'accident qui avait paralysé Paulina. Si la vieille fille avait cru que le domaine dépendait d'elle, sa mort avait appris à ceux qui avaient fini par se laisser convaincre qu'il n'en était rien et que l'habitude régissait mieux la vie courante qu'une femme amère et tyrannique. Alfredo était le seul à avoir marqué du chagrin, lors de la messe de funérailles, ce qui lui avait valu les moqueries cruelles de Gioacchino.

Celui-ci, depuis la disparition de sa tante, avait changé, sans que personne, cependant, notât grand-chose, les Bruchola n'étant pas portés à l'observation d'autrui. Sa rancune avait été assouvie par la longue paralysie de la vieille femme puis par son décès. Il savait à présent qu'il lui fallait grandir, devenir un homme ; il devinait que tous, autour de lui, s'attendaient à ce qu'il reprît le domaine, comme Paulina le lui avait laissé entendre, et il était résolu à ne rien en faire. Et à ne pas révéler ce dessein. Il ignorait encore, toutefois, si ce refus s'accompagnerait d'une vie au Castello en compagnie de ses frères, qu'il commençait à mépriser – marque d'un amour ou d'un espoir déçus –, ou d'un départ à l'étranger, au-delà des collines toscanes. Il en rêvait mais, pour l'heure, se contentait de ses rêves. Quant à son goût pour l'amour, marqué par le drame de Graziella, il oscillait entre une envie de tendresse qui le laissait souvent honteux et les germes d'une violence qui ne lui faisait pas honneur.

Dans les premiers temps, Gioacchino observa avec un étonnement qui se teinta rapidement de cynisme l'emprise qu'il parvint à prendre sur les êtres qui l'entouraient. Il songea que, pour beaucoup, la soumission était un confort. Ensuite, lentement, il perdit la conscience de cette triste vérité et choisit de profiter des êtres, remettant à demain l'espoir d'en rencontrer un – une, plutôt – qui contredirait cette règle médiocre et serait son égale.

Pour assurer le train de vie qu'il souhaitait, il y avait une nécessité impérative : veiller à ce que les revenus fussent suffisants. Quand il eut pris l'ascendant sur un père déclinant, il analysa le fonctionnement global du domaine, établit quelques comparaisons avec les propriétés voisines, gérées par des amis, et arriva à une double et prompte conclusion : il pouvait gagner plus et devait trouver le moyen de se libérer plus encore que son père des contraintes de la gestion. Il convainquit Anastasio d'ordonner à leur intendant d'accroître le rendement des terres. Celui-ci fit valoir que, pour ce faire, il conviendrait de moderniser et de rationaliser certaines techniques ; Gioacchino lui répondit qu'il avait carte blanche pour autant que cela ne coûtât rien. À son avis, la clef du rendement résidait avant tout dans la main-d'œuvre ; ne faisait-on pas preuve à son égard d'une coupable bienveillance ? Les paysans étaient par nature paresseux et profiteurs ; il fallait les reprendre en main avec l'énergie nécessaire et obtenir d'eux une première amélioration des rendements avant d'envisager de leur simplifier la tâche – solution dont les Bruchola supporteraient toute la charge et dont seuls ces pouilleux bénéficieraient. Gioacchino n'eut pas besoin de menacer le contremaître pour le convaincre de la justesse de cette analyse ; l'homme n'avait que peu de scrupules et ne se souciait avant tout que de son intérêt, lequel était lié à celui de ses patrons et non des paysans qu'il méprisait.

Mais cela ne pouvait suffire ; Gioacchino comprit également que l'on n'obtenait pas un prix suffisant pour les denrées revendues. Il convainquit son père d'imiter les propriétaires voisins qui faisaient appel aux services d'un négociant récemment installé à Montechiarro.

Umberto Coniglio était un fils d'artisan siennois qui, bien que ruiné par une conjoncture sociale et économique défavorable, avait inculqué à sa descendance le sens de l'effort et une vigueur marchande exceptionnelle. Délaissant la boutique paternelle, Umberto Coniglio avait senti l'évolution des marchés : il y avait une place à prendre dans la chaîne conduisant les denrées premières du producteur au consommateur. De plus, il y avait gros à gagner dans la transformation de ces matières et l'élaboration de produits finis qui plaisaient de plus en plus aux habitants des grandes villes – huile, vins, fromages. La plupart des producteurs n'avaient pas les moyens de développer ces marchés, soit parce qu'ils étaient entièrement accaparés par leur labeur, soit parce que, à l'instar des Bruchola, il s'agissait de propriétaires peu soucieux de diversifier une activité dont le rendement, même faible, leur suffisait. Coniglio avait mis sur pied un réseau remarquable qui lui permettait de vendre dans toutes les villes importantes de la moitié nord de l'Italie, et il commençait à entrevoir des opportunités vers la France et l'Angleterre. Sans rien changer à leur mode de fonctionnement, les propriétaires qui firent affaire avec lui obtinrent un gain substantiel immédiat. Et ceux qui écoutèrent ses conseils, modernisèrent leurs outils et adaptèrent leur production aux demandes nouvelles, connurent un essor spectaculaire.

Bruchola n'envisageait pas d'appartenir à cette seconde catégorie – qui d'ailleurs ne représentait, en 1850, qu'une part infime de la clientèle de Coniglio. Les chevaliers étaient de cette race que méprisait le marchand : celle des aristocrates qui n'ont jamais dû travailler pour assurer leur survie. Pour l'heure, Coniglio ne pouvait se passer d'eux ; trop de terres appartenaient à des gens de cette sorte, qui maintenaient le servage sous des formes à peine atténuées et constituaient une des entraves principales à la modernisation d'un pays autrefois lumière du monde, et aujourd'hui abruti sous la férule de nations étrangères. Coniglio était un libéral, bien entendu, qui suivait de près les heurs et malheurs des révolutions en Italie et dans le reste de l'Europe. La nécessité de vivre et de gagner son pain, de même que le coin retiré où il avait installé le siège de sa société, l'empêchaient de prendre une part plus active au développement politique de l'Italie ; mais non seulement il était convaincu de jouer son rôle dans cette marche vers l'émancipation, car il n'y avait pas d'évolution politique sans essor économique, mais il avait en plus réussi à se faire nommer au conseil municipal de Montechiarro. C'était peu, sans doute, à l'échelle des enjeux politiques ; mais il pouvait se prendre là des décisions qui étaient susceptibles d'influer, en bien comme en mal, sur le développement de ses activités, et il voulait au maximum en maîtriser les paramètres, autant que contribuer au progrès de toute la région.

Quand Anastasio Bruchola demanda à le rencontrer, Coniglio était installé depuis trois ans dans un gros bâtiment qui formait l'angle sud-ouest de la grand-place de Montechiarro. Il y vivait seul, occupant quelques pièces du premier étage et dédiant le reste aux stocks qu'il y engrangeait avant de les distribuer dans le reste du pays. Une vingtaine d'hommes travaillait pour lui. Coniglio hésita ; il connaissait les Bruchola de réputation. Il savait quelles étaient les potentialités de leur domaine, bien supérieures à ce qui en sortait pour l'heure, mais aussi que les conditions de travail des paysans attachés à ces terres étaient les pires de la province. Son premier mouvement aurait donc été de refuser. Mais d'une part sa situation, bien que florissante, était encore précaire ; ses fournisseurs n'étaient pas assez nombreux pour lui permettre d'amortir le risque d'une mauvaise année ou du désistement de l'un d'eux. Ses réseaux et la demande se développaient plus rapidement que l'offre et il ne pouvait refuser une nouvelle source d'approvisionnement. Par ailleurs, sa nature lui enseignait qu'il fallait toujours laisser une chance aux événements et, dans la mesure du possible, essayer de les maîtriser.

Coniglio était un pragmatique ; il signa donc avec Bruchola un contrat similaire à celui qu'il avait proposé à d'autres et, dès la première année de cette collaboration, la famille put consacrer un bénéfice inespéré à quelques fêtes mémorables, auxquelles le négociant fut invité et où il ne fit qu'une brève apparition.

Ni Anastasio ni Gioacchino ne se rendirent à Montechiarro pour signer le contrat avec Coniglio. Ce fut un autre motif qui amena le jeune homme derrière des murailles qu'il n'avait pas franchies plus de cinq fois depuis sa naissance.

Gioacchino avait été troublé plus qu'il ne l'aurait jamais admis par le bref face-à-face avec la jeune épouse du comte Della Rocca. Lætitia avait réveillé l'émoi qui, jadis, s'était emparé de lui devant le corps de Graziella. Plus encore, elle entraînait dans son sillage les ombres des pays lointains où le monde, la vie et les êtres vengeaient de cette médiocrité à laquelle Gioacchino se voyait condamné. Mais Lætitia n'était pas Graziella, et Gioacchino avait vieilli. L'émotion du jouvenceau s'était dégradée, un alcool mauvais se distillait dans des souvenirs confus et des envies à la fois inexprimables et insatiables. D'emblée, Lætitia l'avait attiré et lui avait paru inaccessible. La confusion des sentiments qu'avait éprouvés Gioacchino s'était dès lors muée en une rancœur très vive à l'encontre du mari d'une si ravissante femme, un vieillard de quarante ans qui se permettait d'épouser une créature qui, à quelques années près, avait l'âge de Gioacchino.

Il avait aussi été blessé par le regard dur de la cavalière. Depuis quelques années, il avait pris l'habitude de séduire les jeunes filles de la bonne société, dans les bals organisés au Castello. Lætitia n'avait pas été sensible à ses charmes. Elle avait osé l'écarter et déclarer n'avoir nul désir de le mieux connaître, ou simplement de profiter des fêtes des Bruchola. Aurait-elle été laide ou de l'âge de sa mère, l'outrage n'aurait pas été et Gioacchino s'en serait tiré en plaignant l'infortunée incapable de saisir une telle opportunité. Mais justement, dans ces conditions, il ne la lui aurait pas offerte.

Autre chose l'avait troublé, qu'il mit quelques jours à identifier ; sa vague ressemblance avec un portrait qui dormait dans une des ombres du Castello, représentant Arianna, la première épouse de son père dont le fantôme encombrait encore la mémoire des plus vieux domestiques. Sans doute était-ce pour la gravité des regards.

Durant plusieurs semaines, il partit en promenade, seul sur son cheval, aux lisières des terres du comte. Il ne s'en souvenait plus, mais il était envahi par la même angoisse qui avait conduit ses premières observations, après que sa tante l'eut mis en garde contre la petitesse du monde. Mais soit la princesse avait mis un terme à ses balades une fois l'automne venu, soit elle avait choisi un autre itinéraire. Dans les deux cas, Gioacchino se consola en décrétant que c'était à cause de lui ; il l'avait impressionnée, effrayée. Cela pouvait s'avérer une excellente manière d'obtenir les faveurs d'une femme. Pour autant qu'elle ne demeurât pas hors d'atteinte.

C'est pourquoi un vendredi de novembre réchauffé par un retour du soleil, Gioacchino, qui rôdait sur la frontière des propriétés, se résolut et éperonna son cheval.

Il ne se souvenait pas d'avoir jamais poussé jusqu'à la villa Bosca. C'était une vaste demeure de pierres brunes qui, contrairement aux habitudes de la région, était nichée dans un petit bois de chênes-lièges parsemé de quelques pins. Cette imbrication sylvestre et l'ombre que dispensaient les feuillages donnaient aux bâtiments une dimension plus réduite et plus modeste, alors que l'ensemble devait être aussi vaste que le Castello. Il n'y avait aucune prétention dans cette bâtisse ni dans le jardin plein de roses et de lauriers qui l'entourait ; tout y baignait dans un calme, une fraîcheur, une discrétion qui ne pouvaient qu'être étrangères à Gioacchino. Il faillit d'ailleurs rebrousser chemin. Il n'en fit rien cependant. D'abord, il tenait prête une explication pour sa présence ici, alors qu'il n'avait pas été prié : devant les refus répétés de Della Rocca, il n'avait d'autre choix que de venir leur remettre en mains propres l'invitation à un prochain bal. Ensuite, ce qui l'accueillit, aux abords déserts de la demeure, lui interdit de tourner la bride.

C'était une mélodie, au piano, qui s'échappait d'une fenêtre ouverte. Bien sûr, Gioacchino connaissait un peu la musique, celle qui animait les bals voire, plus rarement, celle des concerts de chambre où il fallait se montrer pour entretenir sa renommée. Mais ce qu'il entendait là n'avait rien en commun avec ce à quoi il était accoutumé. Et ce fut un ensorcellement similaire à celui du visage de Lætitia – et sans doute par celui-là renforcé.

Il attacha son cheval à un arbre et s'approcha de la fenêtre comme un voleur. C'était un adagio mélancolique qui, imperceptiblement, dessinait dans son âme les contours du vide qui risquait de le submerger – un vide qui, peut-être, murmurait le piano, n'était pas inéluctable ; Gioacchino n'était pas encore ce qu'il s'efforçait de devenir avec un acharnement endiablé, ou désespéré. Il arriva sous la fenêtre et se dissimula dans un énorme laurier-rose.

Il aperçut le profil de Lætitia, ses mains fines qui caressaient les touches. C'était pour lui qu'elle jouait ainsi, abandonnée, souriante ; c'était à lui que s'adressaient ces notes limpides et dont l'apparente simplicité lui aurait semblé un piège mièvre et ridicule sous les doigts d'une autre. D'où venait cette musique inouïe, sinon du cœur de cette princesse plus belle que jamais ? À qui était-elle destinée sinon à lui seul, Gioacchino, qui avait fait le chemin jusque-là, pour lui prouver que…

Gioacchino ne remarqua pas tout de suite que les mains de Lætitia étaient restées suspendues en l'air avant de se reposer sur les genoux. Le silence qui prolongeait cet adagio, c'était encore la voix de Lætitia. Le bruit du tabouret mit fin à l'enchantement. Gioacchino sursauta ; la pianiste s'était relevée et cambrait son dos, la main posée dans le creux des reins. Son visage était serein, angélique, si différent du masque impénétrable et dur qu'elle avait opposé à Gioacchino lors de leur première rencontre, plus désirable que jamais. Gioacchino n'avait qu'un pas à franchir, un bond et il se retrouverait devant elle ; elle tressaillirait sans doute, mais il l'apaiserait aussitôt, il avouerait le charme subi à son écoute, il redeviendrait l'adolescent ébloui, il la supplierait de reprendre ce morceau si… Ses yeux quittèrent le visage de Lætitia et descendirent, glissèrent sur son cou, sa gorge – le souffle du chevalier se faisait douloureux et court –, sa poitrine, son ventre… Il suffoqua, avortant le geste dont il n'avait pas encore posé l'ébauche. Ce ventre n'était pas celui de la cavalière surprise dans sa randonnée. Il s'était arrondi, une sphère douce et délicieuse sur laquelle Lætitia avait posé la paume, et qui parut à Gioacchino la plus monstrueuse des obscénités. Il demeura pétrifié, blotti dans l'ombre, jusqu'à ce que Lætitia eût quitté la pièce. Alors, précipitamment, comme le voleur qu'il était – mais quel larcin avait-il commis qui n'eût été vengé par ce que cette ultime vision venait de lui ravir ? –, il revint à son cheval, le décrocha et partit au galop, sans se soucier d'être aperçu.

Quel idiot il faisait ! Cette princesse était comme les autres, prête à s'offrir à un vieux et à lui faire des enfants en échange d'une vie tranquille ! L'idée du comte chevauchant le corps nu de Lætitia lui était odieuse ; la garce s'était déshabillée, s'était étendue, elle avait docilement écarté les jambes, elle avait feint les gestes et les soupirs pour contenter le vieillard indigne qui profitait d'un fruit qui aurait dû lui être défendu ! Et puis, grosse de cette vile besogne, bientôt déformée par cette vie intruse, elle s'était assise au piano pour combler son ennui, pour attirer Gioacchino et lui infliger cet affront…

Après un galop éperdu, il cheminait au pas, le long d'une route de rocaille qui serpentait dans les collines. Une terre sombre et épaisse reprenait son souffle et attendait que le printemps vînt faire battre la sève dans les profondeurs mêlées d'humus et de pluie, que le labeur de la vie reprît son rituel immuable et si fragile. Les cyprès balançaient leur haute chair verte sur le lacis d'os gris des arbres alentour. Dans un tournant, Gioacchino découvrit, sur un mamelon voisin, le bourg de Montechiarro, château de pierres et de briques assoupi qui dominait le val, souverain munificent guettant des pèlerins qui ne viendraient jamais. Bruchola arrêta sa monture et jura contre le vent qui faisait perler ses yeux. Cette idiote ne méritait pas qu'il s'intéressât à elle. Il lui fallait trouver une jeune proie pour dégorger sa rage, laver son humiliation. C'était tellement simple, l'amour avec ces filles ! Il n'avait qu'à… Il n'en avait pas envie. Pas maintenant. Il ne voulait plus penser à Lætitia ; il ne pensait qu'à elle.

La cloche de la petite église de San Stefano égrena sur Montechiarro et le pays son chapelet de bronze. Elle sonnait pour Gioacchino. Là-bas, un homme pouvait l'éclairer. Il relança son cheval au galop.

Il entra dans la cité par la porte du Soleil, qui ouvrait sur un lacis de ruelles miséreuses où logeaient des paysans dont peu travaillaient chez eux ; les salaires consentis par les Bruchola ne leur permettaient pas de vivre ailleurs que dans les masures en ruine qui parsemaient la campagne et où, depuis leur naissance, ils s'entassaient, toutes générations confondues. Il y avait là un choix de gamines complaisantes à qui on extorquait aisément des faveurs en échange d'une promesse volatile. Mais ici, elles étaient protégées par leurs parents et les voisines qui connaissaient les intentions des gens comme lui. Et puis, il ne venait pas pour ça.

Les sabots de sa bête glissaient sur les dalles usées du chemin qui grimpait raide jusqu'à la rue principale, laquelle, dans un ovale ascendant, menait de la porte de Sienne jusqu'à la grand-place, avant de redescendre, par une pente plus abrupte, vers son point d'origine, en passant devant San Stefano. S'il prenait à gauche, Gioacchino devrait traverser la place et passer devant les entrepôts de Coniglio. On le verrait, des gens s'interrogeraient sur les raisons de cette visite insolite dans un bourg que le chevalier avait coutume de brocarder. Il n'avait pas à se justifier et se rendait où il le désirait ; mais il préféra toutefois tourner à droite. Le palais Palomini laissait pendre des volets pourris qui avouaient un long abandon. D'autres bâtiments, moins prestigieux, partageaient ce naufrage. Qui pouvait être encore assez fou pour s'installer dans un de ces villages arriérés ? songea Gioacchino, méprisant. Ne fallait-il pas être folle aussi pour quitter Venise et venir s'enterrer dans ce pays ? Folle, ou poussée par une raison impérieuse. Gioacchino voulait savoir.

Il attacha son cheval à un antique anneau accroché à un pilier, devant l'église. Quelques ombres l'avaient observé, des visages de vieilles sorcières avaient grimacé. Sur le parvis, il n'y avait qu'un chat maigre et fier que Gioacchino chassa d'un coup de cravache. Le vantail de bois était entrouvert. Une odeur âcre de poussière et d'humidité accueillit le visiteur. La nef était obscure et semblait déserte, délaissée même par Dieu. Gioacchino fréquentait peu les lieux saints et presque exclusivement la chapelle familiale, quand une circonstance exceptionnelle le lui imposait. Un jour, il avait entraîné une paysanne dans une chapelle isolée dans les champs ; la fille s'était effarouchée et avait redouté le blasphème, la foudre. Le plaisir de Gioacchino n'en avait été que plus vif.

— Il y a quelqu'un ? demanda-t-il d'une voix forte qui résonna petitement.

Personne ne répondit. Il s'apprêtait à ressortir pour aller frapper à la cure lorsqu'une porte latérale grinça et libéra un flot de clarté qui vint lécher une colonne de pierre blanche. Une silhouette ronde se glissa dans l'église.

— Vous souhaitez me voir, chevalier ?

— Vous me connaissez ? répondit Gioacchino en se raidissant, tandis que le prêtre avançait tranquillement vers lui.

La porte s'était refermée, ramenant la pénombre. Gioacchino écarquilla les yeux pour tenter de distinguer les traits de l'homme qui s'arrêta à trois pas.

— Votre venue à Montechiarro est un événement suffisamment exceptionnel pour que tout le monde en soit déjà informé… Et plus encore si ma modeste église en est le but.

Baldassare était un vieillard au visage charnu, qui s'exprimait dans un italien sonore.

— Ces fainéants n'ont rien d'autre à faire !

— Il s'agit pour la plupart d'ancêtres qui n'ont plus la force de travailler dans vos champs, ou d'enfants qui ne l'ont pas encore… Mais dites-moi : que puis-je pour vous ? Souhaiteriez-vous vous confesser ?

Le jeune homme ricana.

— Me confesser ? Vous voulez rire, *padre* ! Je n'ai rien à me reprocher. Et personne n'a le droit de me juger !

— La confession n'est pas un procès et, que vous le vouliez ou non, Dieu est et sera notre juge…

Gioacchino eut un geste d'humeur.

— Nous verrons bien.

— Soit. Mais alors, qu'attendez-vous de moi ?

— Qu'est-ce qui vous fait croire que vous pouvez m'aider ?

Baldassare sourit. De toute évidence, l'arrogance de Gioacchino ne parviendrait pas à lui faire perdre son calme.

— Vous ne vous seriez pas déplacé pour le seul besoin de prier, d'autant qu'il me semble avoir compris que vous ne le ressentez guère. San Stefano est désert et je suis le seul villageois que l'on peut être sûr de rencontrer ici à peu près n'importe quand, sauf lorsque je suis auprès d'un mourant ou au bord de sa tombe. Donc…

— Je dois vous parler.

— Pas de Dieu, j'imagine.

— Vous imaginez bien. D'une femme.

Baldassare plissa les yeux. Gioacchino tourna sur lui-même, nerveux.

— N'y a-t-il pas un autre endroit où nous pourrions discuter ?

Baldassare l'entraîna dans la cure et l'invita à prendre place devant une table en bois rustique, sur une chaise incommode. Le chevalier fit la moue mais s'assit. Le flegme du prêtre le perturbait ; il frottait ses mains l'une contre l'autre, pestant contre cette démarche irréfléchie et ne sachant plus comment entamer la conversation.

— Je vous écoute, chevalier... Vous parliez d'une femme ; s'agirait-il d'une jeune fille qui aurait vos faveurs mais qui n'agréerait pas à vos parents ?

Gioacchino se recula contre le dossier qui grinça, et il fit craquer les articulations de ses phalanges.

— Non ! C'est... Vous venez de Venise, n'est-ce pas ?

— Effectivement, répondit-il, placide, les paupières plissées par une curiosité qui aviva la nervosité de son vis-à-vis.

— Curieuse idée ! Venir vous enterrer dans un trou pareil alors que...

Baldassare eut un sourire.

— Êtes-vous déjà allé à Venise, chevalier ? Cette ville a terriblement souffert de la guerre que lui ont livrée les Autrichiens. Elle vous semblerait sans doute moins vivante que ce pays. Et je peux vous assurer que je le trouve, moi, infiniment plus agréable. Mais je ne suis pas une femme...

— Pardon ?

— Vous m'avez dit vouloir m'entretenir d'une femme, non de moi.

— Oui. C'est...

Cette situation était ridicule, humiliante. Que s'imaginait ce curé minable, dans cette masure misérable, avec ce rictus hautain ? Bruchola était tendu sur sa chaise comme un arc prêt à lâcher.

— Ne voudriez-vous pas parler de la princesse ?

Bien malgré lui, Gioacchino se sentit rougir violemment.

— Lætitia Malcessati, qui a épousé le comte Bonifacio Della Rocca devant moi, à Venise, est, il est vrai, une jeune femme d'une grande beauté...

Baldassare avait parlé lentement, en détachant chaque mot le plus distinctement possible, comme s'il faisait la leçon à un petit enfant.

— Sans doute l'avez-vous aperçue lors d'une de ses balades dans la campagne, parce qu'elle…

— Le comte se comporte comme un rustre ! Depuis ce mariage extravagant, il décline toutes les invitations ! Les gens se demandent… des rumeurs commencent à courir…

Il reprit de l'aplomb. En se présentant comme l'âme charitable venue mettre en garde contre les médisances, il recouvrait sa dignité et pourrait questionner habilement. Si du moins Baldassare était dupe.

— Des rumeurs ? Lesquelles ?

Il ne paraissait nullement inquiet. Gioacchino toussa.

— Une telle différence d'âge, un mariage aussi précipité… Vous connaissez les hommes, mon père…

— S'il ne s'agit que de cela, je puis vous rassurer, chevalier ; non seulement le comte et la princesse s'aiment, mais en plus, ils ne se soucient pas de ce que les mauvaises langues peuvent broder sur leur union. Ne stigmatisiez-vous pas, en arrivant, ceux qui avaient le temps de colporter les informations ? Que dire alors de ceux qui répandent le mensonge et la calomnie ! Je peux comprendre que, dans votre milieu, on regrette que Lætitia ne vienne pas rehausser vos fêtes de sa beauté ; peut-être suffira-t-il d'attendre. Quant au reste, soyez tranquille : il ne s'agit pas d'une jeune fille séquestrée contre son gré dans un château maléfique, sous les griffes d'un monstre sanguinaire !

— Elle joue du piano…

Ce prêtre était en train de se moquer de lui, et tout ce qu'il trouvait à répliquer, c'était cet aveu lamentable ! Baldassare se tut et se pencha vers lui.

— Seriez-vous allé jusqu'à la villa, chevalier ?

Il planta son regard dans celui de Gioacchino qui détourna la tête.

— Je… je voulais les inviter à un bal. Ils ne répondent

pas aux invitations que je leur envoie, alors… Quand je suis arrivé, j'ai entendu un piano. Une musique…

Le prêtre se recula et sourit à nouveau.

— Je vois ! Vous êtes, vous aussi, tombé sous le charme d'Alessandro Giacolli !

Gioacchino sursauta.

— De quoi parlez-vous ? lança-t-il d'une voix stridente et indignée.

— De la musique que vous avez dû entendre et qui vous a laissé une telle impression. Ce sont des partitions que j'ai rapportées de Venise. Il y a quelque chose d'envoûtant dans ces œuvres… quelque chose qui donne à chacun l'impression que cette page n'a été écrite que pour lui. N'est-ce pas ?

Pris de court et furieux d'être ainsi démasqué, Bruchola se releva.

— Je ne sais pas. Je n'ai pas bien écouté. Je venais juste les inviter…

— Et le comte a-t-il répondu positivement ?

— Je ne l'ai pas vu. Au revoir, *padre*.

Durant les mois suivants, l'humeur de Gioacchino fut maussade. Il décommanda d'autorité un bal puis en organisa un autre dans la précipitation, au cours duquel il dansa sans relâche jusqu'à minuit, avant de disparaître, seul. Il harcela l'une ou l'autre servante mais ne poussa que rarement son avantage jusqu'à la consommation d'une chair qui n'osait se refuser à lui. Il réussit cependant à ne plus songer trop souvent à cette femme inaccessible et à son secret, qui devait être d'une confondante trivialité. Ses rêves de voyage en étaient pollués, à moins de considérer que rien ne résistait à la fréquentation de ce pays mesquin.

Parfois, néanmoins, un rêve récurrent venait troubler son sommeil, dont il avait du mal à se libérer : Lætitia, dont le ventre était si rond qu'il venait caresser le bord du clavier, jouait, paupières closes et lèvres sensuellement entrouvertes sur une extase qu'elle refusait de partager, cet air que Gioacchino avait surpris et dont il n'était pas capable de se souvenir une fois réveillé. Ce que sa mémoire avait conservé et qu'elle amplifiait rêve après rêve, c'était les sentiments confus qui s'étaient emparés de Gioacchino lorsqu'il l'avait découverte.

Même ce rêve étrange et pénétrant s'estompa. Il y eut une occurrence où Lætitia joua nue et s'interrompit

– sans que la mélodie cessât – pour s'étendre sur le sol, gavant de désir Gioacchino tapi dans l'ombre de son fantasme. Il s'apprêtait à la rejoindre lorsque, de son sexe offert à sa vue, jaillit une tête d'enfant, dont les yeux morts fixaient le voyeur impuissant. Gioacchino jouit à cet instant et se réveilla, trempé, doutant de l'ultime vision de ce rêve : ce bébé lui ressemblait. Après cette humiliation, il n'y eut plus de songe apparenté et Gioacchino recouvra un peu de sa sérénité. Jusqu'à ce qu'une nouvelle stupéfiante courût dans le pays et échouât au Castello.

Une dizaine de jours auparavant, au terme d'un accouchement difficile où la mère et l'enfant avaient failli périr, Lætitia Della Rocca avait donné le jour à un garçon que l'on avait prénommé Domenico. La mère s'était rétablie et l'enfant avait été confié à une nourrice qui lui avait rapidement rendu les forces dont il avait besoin pour affronter l'existence. L'information n'avait rien que de prévisible et Gioacchino en prit connaissance avec un rictus méprisant et presque indifférent – comment avait-il été assez fou pour s'émouvoir de la sorte ? Mais l'histoire ne s'arrêtait pas là ; peu après la naissance, un jeune homme, surgi sans doute du passé mystérieux de cette princesse, était venu frapper à la porte de la villa Bosca. Le comte l'avait laissé entrer et parler à son épouse. Laquelle, le lendemain de cette visite, abandonnait fils et mari pour suivre l'inconnu – certains prétendaient qu'ils étaient partis pour l'Amérique, d'autres pour l'Allemagne dont le ravisseur était originaire.

C'était extravagant. Incroyable. Cette femme, que Gioacchino avait voulu croire soumise et domptée pour se guérir du feu qu'elle avait allumé en lui, cette princesse avait osé délaisser un nouveau-né, enfreindre toutes les règles, tous les codes, tous les fondements de l'amour maternel et de la fidélité conjugale pour suivre un inconnu ! Pour elle du moins n'était-il sans doute pas un inconnu ; mais qui savait ? Une histoire de fous. À le rendre fou. Était-ce un marché conclu avec Della Rocca ? Un enfant contre sa liberté ? Sinon, pourquoi le comte avait-il laissé son rival voir Lætitia ? L'honneur aurait dû lui commander d'écarter à jamais l'impudent !

Mais elle... Toutes les audaces et les coups d'éclat qui avaient ponctué la vie encore courte de Gioacchino étaient relégués au rang de caprices enfantins devant cet acte tragique et radical. Passionné. Et si Lætitia était partie avec cet homme, n'aurait-il pas pu, lui aussi, la convaincre de quitter son mari insignifiant pour le suivre – pour l'emmener vers cet ailleurs qui, par le retour de cette femme, aurait recouvré son enchantement ?

C'était une pensée insupportable. Sans un mot pour la tablée noyée dans ses commentaires, il partit, sella son cheval et courut ventre à terre vers Montechiarro.

La mine sévère et triste du père Baldassare le confirma dans son intuition : le prêtre savait. Il réserva à son visiteur un accueil beaucoup plus froid que lors de leur rencontre précédente.

— Qu'y a-t-il, chevalier Bruchola ? Je suis occupé, je n'ai pas de temps...

Gioacchino l'attrapa par le col.

— Je dois savoir, *padre* !

Baldassare se dégagea et le fixa.

— Savoir quoi ?

— Pourquoi elle est partie ! Avec qui !

Il fut surpris par le son noyé de sa voix.

— Cela ne vous regarde pas.

— Mais dites-moi au moins la vérité !

— Quelle vérité ?

— Elle est partie ?

— Oui.

— Elle a abandonné son fils ?

— Oui.

— Et Della Rocca n'a pas réagi ?

Baldassare eut un geste d'impatience.

— Si vous êtes venu me demander la confirmation des rumeurs, vous pouvez vous en aller. Je n'ai rien à vous dévoiler sur une affaire qui ne regarde que le comte et son épouse. Quand bien même je vous en dirais plus, je doute que vous soyez jamais en mesure de comprendre.

— Qu'est-ce qui vous permet de dire ça ! hurla-t-il en tentant de ressaisir le prêtre, qui se déroba à temps.

— Vous êtes transparent comme du verre blanc, Gioacchino. Je devine parfaitement ce qui vous agite. L'amour est un mystère que vous ne percevrez jamais tant que vous en rangerez la résolution dans ce qui orne votre entrejambe. Qu'avez-vous cru ? Que vous pourriez séduire la princesse ? Que si un étranger était venu la ravir, vous auriez pu en faire votre maîtresse ? Quel avantage pour elle ! Tromper son mari, que vous méprisez, et sauver les apparences, garder son fils et son rang ! Et pour vous, ajouter une conquête sans vous engager à rien sinon à assouvir vos instincts misérables !

Au fur et à mesure qu'il parlait, Baldassare s'était enflammé et c'était lui à présent qui menaçait le chevalier, lequel, désarçonné, subissait ce sermon impromptu et sauvage. Le visage rond du prêtre avait perdu sa bonhomie et luisait d'une colère qui faisait trembler ses joues.

— Mais dites-moi, que comprenez-vous si je vous confie que c'est par amour l'un pour l'autre que le comte et la princesse ont agi de la sorte, abandonnant à l'autre ce qui lui était le plus cher, et par amour encore que Lætitia s'en est allée, et par amour que ce jeune inconnu a choisi de briser ce qui s'était construit ici, dans ce val paisible ? Rien, évidemment ; vous ne comprenez rien. Vous avez volé un éclat de ce mystère et de cette musique comme un singe chaparde un diamant sans avoir la moindre idée de ce qu'il détient ! Et ce sera déjà un miracle si ces images et ces sentiments usurpés vous conduisaient à ne plus abuser de malheureuses qui n'ont pas la force de s'opposer à votre indigne noblesse !

Il s'arrêta pour reprendre souffle puis recula d'un pas.

— Adieu, chevalier. J'ai à faire.

Dès le début du printemps 1858, on pressentit que la saison serait catastrophique. Il n'avait presque pas plu et la chaleur avait été anormalement élevée. Pourtant, seuls deux hommes dans le pays en furent conscients et s'appliquèrent à en combattre les effets. Ils ne s'étaient cependant jamais concertés ; Coniglio rêvait de pouvoir revendre la production de Della Rocca, la meilleure de la région, mais il savait que le comte négociait seul, et non sans talent, l'écoulement de ses récoltes. Ce qu'il avait appris sur Bonifacio renforçait son désir de collaborer avec cet aristocrate qui contredisait l'opinion exécrable qu'il nourrissait à l'encontre de cette caste de paresseux et de profiteurs ; mais cela le confirmait aussi dans l'idée que, pour l'heure, toute démarche de sa part était vouée à l'échec – et il ne voulait pas s'exposer à l'affront d'un refus. Il était encore jeune dans la profession ; il devait conforter sa position, montrer ce qu'il pouvait déjà obtenir avec des produits de moindre qualité avant de convaincre Della Rocca qu'il était possible d'obtenir des prix très supérieurs à ceux auxquels il vendait aujourd'hui. Le désastre annoncé de cet été 1858 compromettait cette stratégie patiente ; les fournisseurs de Coniglio ne semblaient pas conscients du danger et estimaient qu'il ne leur occasionnerait qu'une gêne passagère. Ni la famine ni les épidémies qui pouvaient l'accompagner ne les concernaient. Pour Coniglio cependant, rien ne pourrait compenser une mauvaise année. Aussi, dès les premiers prodromes, il courut auprès des propriétaires avec lesquels il était en contrat pour les supplier de prendre les mesures nécessaires.

— Prenez exemple sur Della Rocca ! répétait-il, au risque de froisser les susceptibilités. Il a renforcé l'irrigation de ses terres, il a fait creuser des bassins de retenue. Il veille sur l'approvisionnement de ses paysans et sur la qualité de l'eau qu'ils boivent ; une épidémie de choléra vous appauvrirait doublement !

Certains consentirent quelques efforts, parce que leur situation financière n'était pas florissante. Mais cette précarité leur interdit de prendre toutes les précautions nécessaires. Coniglio leur conseilla de se regrouper pour mettre leurs ressources et leurs outils en commun. C'était encore plus délicat, car ceux qui ont peur et redoutent de perdre referment les bras sur leurs maigres biens plutôt que de tendre la main pour les faire fructifier par le partage.

La majorité fit comprendre de manière plus ou moins cinglante au commerçant qu'il n'allait pas leur apprendre leur métier et qu'il n'aurait qu'à jouer sur la pénurie pour compenser les chutes de production.

— Moins nous produirons et plus nous gagnerons ! lui cracha au visage Gioacchino Bruchola à côté de son père, qui paraissait ne pas comprendre ce que Coniglio essayait de lui expliquer, rageant contre l'arrogance du fils et l'abrutissement du père. Vous voulez que nous dépensions de l'argent au profit de ces gueux, au risque de vendre moins cher notre production ? Vous êtes idiot, Coniglio ! Autant que ce Della Rocca que vous citez en exemple ! Si ça l'amuse de se ruiner pour des paysans qui viendront lui voler le reste, tant mieux pour lui ! Il en a l'habitude, il a déjà laissé filer sa femme ! Mais je vois clair dans votre jeu : vous essayez de nous faire porter la responsabilité de votre échec ! Nous ferons notre travail ; à vous de faire le vôtre ! Si effectivement les récoltes sont mauvaises, le moindre sac de farine vaudra une fortune. Les Florentins et les Romains seront à genoux devant nous ! Cette sécheresse est une aubaine…

Coniglio serra les mâchoires et partit sans un mot ; il n'aurait pu qu'agonir d'injures celui qui n'était à ses yeux qu'un crétin prétentieux et incompétent, prêt à spéculer sur la misère et le malheur d'autrui sans se rendre compte qu'il creusait sa propre tombe. La pire des menaces qui pesaient sur le domaine de Bruchola et de leurs semblables n'était pas la sécheresse mais leurs propriétaires. Tôt ou tard, les Bruchola seraient ruinés ; Coniglio en était convaincu. Mais, dans l'intervalle, ils auraient entraîné dans leur chute des innocents qui ne possédaient pas un lopin de terre aussi grand que celui dans lequel ils reposeraient. Et peut-être Coniglio lui-même.

La seule personne raisonnable avec laquelle Coniglio pouvait échanger des vues et demander conseil était le notaire Achilli.

Au début du mois de juin, quelques jours après la naissance d'Andrea, son premier fils, Coniglio se rendit chez Achilli, dans l'imposant bâtiment familial érigé sur une portion des remparts sud.

Le notaire le conduisit sur l'admirable loggia d'où l'on jouissait d'une vue incomparable sur le val cuisant de chaleur. Il servit deux verres de grappa. Coniglio demeura un instant debout, accoudé à la rambarde de pierre.

— Quel pays magnifique ! Et dire qu'il est entre les

mains d'incapables... Cette Toscane, qui a été le cœur de l'Europe, est aujourd'hui en ruine... Et la responsabilité ne peut en être imputée à quelques barbares qui nous auraient envahis ! Les Toscans sont les artisans de leur décadence...

— Pas tous, pas tous... tempéra le notaire en tournant le regard vers les bois qui, à l'est, marquaient la lisière des terres du comte Della Rocca. Mais cet été qui s'annonce caniculaire n'arrangera rien... Des gens mourront, des propriétaires seront mis en banqueroute... J'imagine que votre inquiétude est particulièrement vive...

Coniglio hocha la tête.

— Je dois convaincre Della Rocca de me confier la vente de sa production.

Achilli toussota.

— Le comte est un propriétaire avisé, qui ne délègue à personne le soin de son bien, ni en amont ni... en aval.

— C'est une erreur, répondit Coniglio. Vendre est un métier pour lequel la rigueur morale est une faiblesse dont profitent les autres. Ses acheteurs engrangent un bénéfice colossal, parce que ses produits sont de qualité supérieure et qu'ils se retrouvent sur les meilleurs étals, dans les grandes villes. Della Rocca n'a pas la connaissance des réseaux qui lui permettraient d'aller au plus près de ces marchés et de toucher la plus grosse part du prix final.

— Vous oui...

— Non seulement je les maîtrise, mais je peux lui en faire profiter !

— Et en profiter vous-même... Ainsi que ses paysans.

Coniglio parut satisfait que le notaire comprît toutes les implications de son projet, et il sortit une boîte de cigarillos.

Le notaire fut sensible aux arguments. Il suggéra à Coniglio de faire une proposition de contrat à Della Rocca. Celui-ci viendrait certainement lui en parler ; Achilli saurait alors appuyer la démarche du commerçant.

Les verres furent remplis et les deux hommes sirotèrent silencieusement. Des pensées décousues et vagabondes ramenèrent le notaire sur le champ de ses préoccupations professionnelles.

— Dites-moi, avec l'expansion de vos affaires, n'allez-vous pas bientôt manquer de place dans votre bâtiment ?

Umberto sourit.

— Connaissez-vous le propriétaire du palais Palomini ?

— Je l'ai entrevu après le décès de son père, il y a… quarante ans. Vous souhaiteriez acquérir cette ruine ? Je doute qu'elle soit adaptée à votre activité…

— Je conserverai mon bâtiment actuel pour ma société et j'installerai ma famille dans le palais, après l'avoir restauré évidemment.

— Montechiarro aurait toutes les raisons de se réjouir si un de ses concitoyens rendait vie et… dignité à ce palais ! Je vais me renseigner. Mais même si vous obtenez un prix intéressant, la rénovation vous coûtera cher… Je comprends que vous ayez besoin de conclure un marché avec Della Rocca.

Il se redressa et, joyeux, resservit à boire.

— Il me semble que les choses vont… bouger dans notre petite ville !

Anastasio sentit une gêne au niveau de l'estomac et fit une grimace qui accentua la moue de son vis-à-vis.

— Je sais que cette somme est importante, *cavaliere*, mais c'est une commande de votre fils et vous…

Le vieil homme fit un geste de la main pour l'interrompre et respira profondément.

— Quelle chaleur ! Ne vous justifiez pas, Compari, je fais toute confiance à mon fils et je vais vous payer de ce pas !

Il se releva pesamment et passa dans la pièce voisine, tandis que son créancier essuyait la sueur qui inondait son front. On entendit Anastasio ouvrir une porte, un tiroir, s'affairer quelques instants, froisser du papier. Une plume gratta. Puis il revint, souffla longuement et tendit un document à Compari.

— Tenez, un billet à ordre que vous pourrez remettre à ma banque.

Compari prit le papier et le tortilla, rongé de chaleur et de confusion.

— C'est que…

Anastasio soupira.

— Quoi donc ? Me suis-je trompé sur le montant ?

— Non, mais… serait-il possible que… vous me payiez… directement ?

— Vous ne me faites pas confiance ? interrogea Bruchola en plissant les paupières.

Compari n'osa pas lui avouer que le banquier avait refusé d'acquitter le précédent, par chance d'un montant insignifiant et que le marchand avait pu reporter discrètement sur le présent décompte.

— Absolument pas ! Mais la saison est dure, je cours sans relâche et je n'ai pas le temps... De plus, je dois moi-même, dans une heure, payer un de mes fournisseurs et je comptais sur...

En grognant, Anastasio reprit le billet qu'il déchira et il retourna dans la pièce voisine. Il fut moins long.

— Tenez, maugréa-t-il en abandonnant une liasse de billets. Il manque un cinquième de la somme, mais je n'ai pas davantage. Ce n'est pas prudent de conserver trop d'argent chez soi, n'est-ce pas ? Vous auriez dû m'avertir, j'aurais pris mes dispositions. Vous n'avez qu'à reporter le solde sur la prochaine facture.

Trop heureux de récupérer déjà quatre-vingts pour cent de la dette, Compari s'empressa de disparaître.

Anastasio se rassit et fit grincer la chaise. Il ouvrit le grand carnet où, scrupuleusement, il accomplissait la tâche principale d'un Bruchola : inscrire les entrées et les sorties, afin d'établir l'état de la fortune familiale. Il nota dans la colonne « débit » la somme qu'il venait d'acquitter et, en commentaire : « Bal du 17 juillet 1858 – Compari ». Les lignes supérieures étaient toutes, ou presque, de cette nature. Depuis quelques mois, Gioacchino multipliait les fêtes au Castello. Ses frères en étaient les premiers ravis et Anastasio ne songeait pas à s'en plaindre. Gioacchino ne semblait pas vouloir se comporter comme leurs ancêtres l'avaient toujours fait, comme Paulina aurait voulu qu'il le fît, mais Anastasio n'avait pas le cœur de l'en blâmer, ni même de chercher à le convaincre d'agir autrement. Il paraissait désireux de conserver ses frères auprès de lui, plutôt que de les envoyer faire leur vie ailleurs ; personne ne s'en plaignait. Bien sûr, tout cela coûtait ; mais Gioacchino, qui avait commencé à s'intéresser à la gestion du domaine, balayait les remarques de la main : ils étaient riches, en argent et en terres, et il n'y avait aucune raison de se contraindre.

Pourtant, il n'y avait plus eu de rentrée depuis quelques semaines et Anastasio avait dû se résoudre à vendre un terrain. En compulsant les feuilles qui, d'une voix sèche, racontaient l'histoire insignifiante de la famille depuis des générations, Anastasio constata que jamais la situation n'avait été aussi critique. Dans son coffre secret, connu de lui seul et de Gioacchino, il y avait certes de quoi tenir longtemps, à condition d'être raisonnable – ce que son fils refusait d'envisager. Et Anastasio n'envisageait pas de s'opposer à lui. Il trouverait d'autres solutions. Après tout, des gens comme Compari devaient le voler largement ; il avait payé une partie, cette fois, mais s'estimait quitte du solde. Et à l'avenir, plus question de règlement en espèces.

Les choses allaient s'arranger : Coniglio devait arriver d'un moment à l'autre pour le décompte de la dernière récolte. Le régisseur lui avait dit qu'elle n'avait pas été bonne, comme partout. Presque partout, puisqu'il semblait que Della Rocca s'en sortait mieux. Mais Della Rocca ne traitait pas avec Coniglio et Della Rocca n'organisait pas de fêtes, il vivait solitaire, triste, travaillait presque autant que ses paysans ; Anastasio n'avait rien à lui envier.

Il sortit à pas lents. Le moindre effort lui coûtait. La chaleur. Peut-être devrait-il songer à maigrir un peu. Il était tôt encore, pourtant ; tout le monde dormait, la fête de la veille avait duré jusqu'à l'aube. Les domestiques seuls s'affairaient. Anastasio avait le sommeil rare et fragile ; il s'était levé après avoir somnolé deux ou trois heures. Grand mal lui avait pris : Compari l'avait trouvé.

Anastasio se laissa choir sur le banc de pierre adossé à la façade, dans l'ombre. Il suait d'abondance et peinait à respirer. Gioacchino avait été bien inspiré d'organiser des jeux d'eau pour leurs fêtes, cela avait un peu rafraîchi l'atmosphère. Mais c'était fini, l'eau s'était évaporée depuis longtemps et les prévisions du régisseur, qui s'était en vain opposé à ce projet, s'étaient réalisées : les citernes du Castello étaient vides. La rivière, au fond du parc, était un chemin de cailloux ; personne, cet été, ne risquait de s'y noyer.

Une voiture, attelée à un cheval gris, s'engagea dans l'allée. Coniglio était ponctuel, comme toujours. Sa silhouette mince se détachait à l'avant. Il conduisait lui-même. Économe, Coniglio. Et travailleur, lui aussi. Triste comme Della Rocca, la noblesse en moins. Mais un homme efficace grâce à qui les caisses des Bruchola allaient se remplir, en attendant que les citernes fissent de même. La voiture parvint au pied du perron et Coniglio sauta à terre.

— Bonjour, chevalier !

Anastasio fit mine de se relever mais retomba aussitôt et laissa le marchand monter jusqu'à lui pour lui serrer la main.

— Bonjour, Coniglio… C'est toujours un plaisir de vous voir.

Umberto fit une petite grimace qui anima son visage froid et anguleux.

— Je ne suis pas sûr que ce sera le cas aujourd'hui.

— Nos récoltes ne vous ont-elles pas été livrées ? interrogea Anastasio en plissant les paupières.

Les battements de son cœur ne s'étaient pas calmés. Il aurait dû laisser Gioacchino recevoir le négociant, mais

Gioacchino n'aimait pas s'occuper de ces détails, encore moins le lendemain d'une fête.

— Si. En temps et en heure. Voici le détail : toutes les quantités ont été contrôlées et certifiées par votre contremaître. J'ai indiqué le prix que je peux vous en proposer.

Anastasio prit le document et entreprit de le parcourir. Le soleil grimpait dans le ciel, il léchait à présent la première marche du perron. Bientôt, il ne serait plus possible de se tenir ici ; Anastasio devrait se relever, et cette perspective lui paraissait insurmontable. Les lignes et les chiffres dansaient devant ses yeux brouillés par la sueur qui coulait de son front. Il fit un effort pour fixer son attention. Les lignes et les chiffres se calmèrent. Coniglio attendait, impassible. Un seul chiffre intéressait Anastasio, l'unique qu'il pourrait comparer de mémoire avec celui de la récolte précédente : le montant total de la transaction. Coniglio avait eu raison : ce n'était pas un plaisir de le voir aujourd'hui. Les lignes se remirent à virevolter.

— C'est… beaucoup moins que l'année dernière…, balbutia-t-il d'une voix pâteuse.

La chaleur s'engouffrait dans sa bouche, sa gorge, sa poitrine.

— Précisément soixante-dix pour cent de moins, oui. Je vous avais avertis, mais votre fils n'a pas voulu m'écouter.

— Comment… ?

— Comment est-ce possible ? Regardez d'abord les quantités : elles sont dérisoires. Et puis…

Coniglio redescendit jusqu'à la voiture et en remonta un sac qu'il déposa devant Anastasio. Il l'ouvrit et en sortit quelques grains poussiéreux.

— Jugez vous-même, *cavaliere*, le blé que vous me vendez ! Je sais que vous ne vous mêlez guère de cela, mais vous savez quand même reconnaître un blé qui donnera une farine digne de ce nom et un autre qui produira une poudre dont seuls des affamés feront leur pain…

Anastasio prit les grains et les fit rouler entre ses doigts bouffis. Ils s'effritèrent aussitôt. Coniglio avait raison.

— Je respecte le contrat qui me lie à vous, Bruchola ; je vous ai proposé un prix conforme à mes engagements, mais je ne suis pas sûr de pouvoir en tirer même la moitié, malgré la pénurie générale. Et je redoute le pire pour les olives et le vin. Aucun contrat ne vous oblige de prendre soin de vos terres et de ceux qui y travaillent. Il ne s'agit que de votre intérêt. Quant à l'engagement qui nous lie, il n'est pas irrévocable… Reprenez la situation en main, Anastasio. Vous avez un domaine magnifique qui est en train de s'effondrer. Les fêtes…

—Vos conseils sont précieux, Coniglio… Je sais ce que je dois faire. Avez-vous l'argent ?

Avec une moue méprisante, le marchand sortit une enveloppe.

— Voilà ; vous pouvez vérifier.

— Non, je…

— J'insiste pour que vous recomptiez avant de signer le reçu.

Péniblement, Anastasio décacheta l'enveloppe et sortit l'argent. Des pièces roulèrent sur le sol, que Coniglio ramassa. Les doigts bouffis du vieil homme frottèrent les billets, tandis qu'il suait de plus en plus. L'opération de comptage fut longue et laborieuse, mais les automatismes le sauvèrent ; Anastasio avait toujours été habile en calculs. C'était juste. D'une main tremblante, il signa le reçu. Cela ne couvrait pas la moitié des frais engagés par Gioacchino le mois précédent.

— Merci, Coniglio. Je suis sûr que vous vous débrouillerez très bien pour le vendre. Vous êtes imbattable en affaires… À ce propos, on m'a rapporté que vous aviez racheté le palais Palomini, à Montechiarro. J'imagine que vous en avez obtenu un excellent prix, vu son état…

Coniglio parut sur le point de répliquer mais il se ravisa ; Anastasio n'était plus en état de comprendre quoi que ce fût.

Bruchola ne fut pas soulagé par le départ du marchand. Coniglio avait peut-être raison, mais ce domaine ne lui appartenait pas. Avait-il des vues dessus ? Ces conjectures fatiguaient Anastasio. Il ne demandait qu'un peu de pluie pour réalimenter ses caisses et ses citernes. Et pour le rafraîchir. Le soleil grignotait, dans quelques minutes il lui écraserait les pieds. Gioacchino pouvait également surgir. Inutile de lui en parler. Tout s'arrangerait. Son cœur retrouverait son rythme, et son souffle aussi. Ranger ce document, inscrire la rentrée dans le livre – car c'était tout de même de l'argent. Une somme. L'année prochaine serait meilleure. Son banquier ne pourrait pas lui refuser un prêt. Le soleil se lançait à l'abordage. Anastasio se releva et, pas à pas, ahanant, il revint dans son bureau. Une éternité passa. L'ombre des couloirs n'offrait aucun apaisement. Une bonne voulut le secourir ; il la chassa d'un geste qui l'épuisa et le contraignit à un long arrêt. La sotte avait disparu sans demander son reste et Anastasio n'avait pas la force de la rappeler pour s'agripper à son bras.

Quand il échoua enfin dans son bureau, un concert de carillons retentissait dans sa tête. Le feu du soleil était resté coincé dans sa poitrine et lui brûlait la gorge. Il atteignit son fauteuil et s'y jeta comme dans une mer promise. Il ferma les yeux et attendit qu'un semblant de calme revînt, après quoi il inscrivit la recette et glissa le relevé dans le tiroir où il rangeait ce genre de documents.

Le médecin diagnostiqua une crise cardiaque. Anastasio n'était pas mort mais, lorsqu'il quitterait le lit où il serait contraint d'attendre des jours meilleurs, il ne fallait plus compter qu'il marchât. La chaise roulante qui avait servi à Paulina allait reprendre du service.

Gioacchino fut contrarié par cet incident mais, d'une voix à peine audible, son père l'enjoignit de ne rien changer à cause de lui. À son chevet, le jeune homme eut une grimace mauvaise ; il n'avait pas une seconde envisagé de modifier quoi que ce soit. Ces fêtes n'étaient qu'une étape, une manière de patienter. Peut-être n'aurait-il pu l'expliquer à personne, tant cela se jouait, dans son âme, au rythme d'un bouillonnement inarticulé, mais la vie ici lui était devenue insupportable. L'horizon le narguait, les nuages dessinaient des sourires de femmes qui, protégées par la distance céleste, se moquaient de lui. Paulina lui avait expliqué les règles de la famille ; Gioacchino les rejetait. Il partirait. Sans renoncer pour autant à jouir des richesses familiales.

L'automne apporta enfin de la pluie et de la fraîcheur. Cela ne sauva pas les récoltes d'olives et de raisins des Bruchola, qui furent encore pires que ce que Coniglio redoutait. Mais il avait entre-temps réussi à convaincre Della Rocca, appuyé discrètement par le notaire auquel le comte avait effectivement rendu visite après sa première rencontre avec le commerçant. Coniglio lui avait payé au prix fort une marchandise d'une qualité qu'il n'avait jamais obtenue de ses autres fournisseurs, même les années clémentes. Il n'en respecta pas moins ses engagements et dut revenir chez les Bruchola avec le détail des récoltes d'automne. Il savait qu'Anastasio avait subi cet accident de santé le jour même de leur dernière entrevue, mais il n'en avait ressenti aucune culpabilité ; il se souvenait de l'état du vieillard obèse et était convaincu que cela se serait produit de toute manière. Et Coniglio n'était en rien responsable de cette débâcle. Mais il était probable qu'il lui faudrait désormais affronter Gioacchino, et cette perspective le renforçait dans son désir de rompre dès que possible toute collaboration avec de tels propriétaires.

Il faisait froid, l'hiver s'était chargé d'effacer le souvenir de la canicule. Toute la famille Bruchola était réunie dans le grand salon ; devant le feu, Albertina faisait à Anastasio, tassé dans sa chaise, une lecture qu'il ne semblait pas entendre ; les quatre frères étaient réunis autour d'une table de jeu et, dans un nuage de fumée, abattaient consciencieusement leurs cartes. Le silence pesant était ponctué des seuls rires satisfaits de Gioacchino qui, même face à d'aussi piètres adversaires, ne devait pas résister au plaisir de tricher, songea Coniglio. C'était tous des hommes, à présent ; Geronimo avait dix-huit ans, même si tout en lui donnait l'impression qu'il n'en avait pas plus de dix. Dans la clarté vive d'une débauche de bougies, le visage rond et luisant de l'infirme était figé sur une béatitude animale. Devant lui, grave et absent, Alfredo serrait ses lèvres fines. Coniglio, qui n'était pas venu pour s'apitoyer, fut interrompu dans son observation.

— Ah, Coniglio… prononça Anastasio d'une voix faible.

Umberto vint lui serrer la main et salua son épouse. Il crut déceler une lueur d'inquiétude dans la pupille de l'infirme, mais ce n'était sans doute qu'un éclat du feu.

— Quel bon vent vous amène ?

Dans son dos, Umberto entendit une chaise glisser et la voix aiguë de Gioacchino.

— Un vent glacial, je parie !

— Il est vrai que les saisons, cette année, sont assez

excessives. Je vous ai apporté le relevé pour les ventes d'olives, d'huile et de vin…

Avant que Gioacchino les eût rejoints, Coniglio tendit le document à Anastasio qui s'en saisit d'une main tremblante. Mais il n'eut pas la force de le porter à ses yeux et le transmit à son fils. Umberto soupira, résigné à la scène qui ne manquerait pas de suivre. Il prit les devants.

— Je vous avais prévenu, dit-il en s'adressant au seul Anastasio ; les récoltes sont encore pires que les précédentes. J'ai cette fois encore respecté mes engagements et je vous offre le meilleur prix possible…

— Mais c'est une honte ! s'exclama Gioacchino. Vous vous moquez de nous, Coniglio !

Anastasio s'agita sur sa chaise dont les roues grincèrent. Umberto se raidit et fit face au jeune homme.

— J'ignore qui se moque de qui ; ce que je sais, c'est que votre production, cette année, est catastrophique.

— Elle l'est partout ! Nous en avions parlé, Coniglio ! La pénurie va vous permettre de vendre ces produits une fortune ! Vous vous enrichissez sur notre dos !

Le visage fin du jeune chevalier s'était empourpré, mais un éclat glacé dans son iris contredisait de manière ambiguë cette indignation véhémente.

— Vous vous trompez, répondit Coniglio d'une voix basse, se contenant. D'abord, la situation n'est pas partout catastrophique ; ensuite, si vous pensez pouvoir faire fortune avec ces produits, je vous les rends volontiers. Vous n'aurez qu'à en négocier vous-même la vente et empocher la totalité du plantureux bénéfice que vous croyez pouvoir réaliser avec cette… marchandise !

— Il n'en est pas question, souffla Anastasio. Coniglio fait bien son travail et il connaît son métier… C'est une mauvaise année, mais elle sera effacée l'année prochaine, n'est-ce pas ?

— Je vous le souhaite, répondit Umberto, la mâchoire crispée.

Il devina que Gioacchino trépignait de rage, sans trouver d'argument à opposer. Coniglio était pressé d'en finir et de quitter les lieux. Autour de la table, les trois frères s'étaient arrêtés de jouer et les observaient, comme du bétail inconscient des tractations que leur maître concluait avec le boucher. Le négociant tendit l'argent et le reçu, qu'Anastasio signa précipitamment. Gioacchino n'eut pas le temps de réagir.

— Passez une excellente fin de journée, fit Coniglio en saluant.

Et il s'éloigna, Gioacchino sur les talons. Quand ils furent seuls, le jeune homme l'attrapa par le bras.

— Vous avez réussi à abuser mon père, mais c'est la dernière fois ! glapit-il.

D'un geste froid, Umberto se dégagea.

— Je serai le premier ravi de pouvoir vous payer très cher une qualité supérieure, et je me réjouis de deviner dans votre attitude le souhait de seconder efficacement votre père dans sa tâche.

Gioacchino le regarda s'éloigner avec un mauvais rictus. Il détestait ce bourgeois et ce qu'il représentait, et il savait que cette haine était réciproque. Coniglio avait raison, évidemment ; mais il était hors de question de le reconnaître.

La saison était à l'ennui. Il y avait bien quelques chasses, un bal ou l'autre, mais Gioacchino ressentait de plus en plus douloureusement les frontières du pays et les morsures d'un mal qu'il refusait d'analyser. Il avait repris la gestion des comptes du domaine et compris que la faillite les menaçait. Le régisseur lui avait rapporté que Coniglio s'occupait à présent des affaires de Della Rocca, lequel s'était vu offrir des prix largement supérieurs à tout ce que les Bruchola avaient jamais obtenu. C'était un affront, qui venait se superposer à un autre, noyé, depuis des mois, par un patient travail de déni.

Gioacchino n'était plus venu à la villa Bosca depuis ce jour où il avait épié Lætitia à la fenêtre du salon. Tout était différent, désormais, et pas seulement la saison. Aujourd'hui, il ne se cacherait pas au pied d'une fenêtre ouverte et nul piano ne pourrait fléchir sa détermination. Il venait demander des comptes au comte ! Lequel, après avoir abusé du corps de cette femme, entendait à présent voler à Gioacchino le revenu de ses terres. Il avait intérêt à… à quoi ? Gioacchino ne savait pas ce qu'il pouvait retirer de cette démarche. Il devinait qu'elle était vaine, comme la plupart des actes qui se commettaient autour de lui, dans le cadre étriqué de ce domaine asphyxiant. Peut-être espérait-il que cela provoquerait un processus puissant, qui lui permettrait d'enfin mettre un terme à cet enfermement ? C'était flou. Son âme sombrait petit à petit dans l'eau délétère de cette vie médiocre. Il se cramponnait au ressentiment qu'il nourrissait à l'encontre de gens qui, comme Della Rocca, avaient triomphé, puis échoué, là où Gioacchino aurait su se montrer digne de sa victoire.

Gioacchino revint au Castello très satisfait de la manière dont il prétendit avoir mouché ce comte arrogant.

— Vous auriez dû le voir ! Il croit peut-être qu'il suffit d'avoir de plus grosses olives…

Il eut un geste obscène qui fit rire aux éclats Guglielmo et Geronimo.

— Il s'est engagé à exiger de ce porc qu'il nous paye autant qu'à lui. Voilà comment on règle les problèmes !

Il eut un regard condescendant pour son père qui, vautré dans sa chaise roulante, l'avait écouté sans marquer la moindre émotion. Son esprit était-il encore assez vaillant pour comprendre ? Ni son corps ni sa volonté, quoi qu'il en fût de son intelligence, n'étaient plus en mesure de le faire réagir.

Mais Gioacchino finit par constater que Della Rocca n'avait pas tenu sa parole. Y avait-il vraiment cru ? Quoi qu'il en soit, c'était une déclaration de guerre.

Au retour d'une chasse, il aperçut devant le perron la voiture de Coniglio. Il poussa un cri de satisfaction et s'exclama.

— Ah ! le chien vient enfin s'excuser !

Coniglio était dans le salon, assis devant Anastasio qui semblait avoir recouvré quelque vigueur – un signe que Gioacchino interpréta d'abord positivement. Mais son père ouvrit la bouche et prononça quelques mots qui contredirent cette appréciation.

— Ce n'est pas possible, Coniglio…

— Qu'est-ce qui n'est pas possible ? s'écria Gioacchino en marchant à pas vifs et sonores vers les deux hommes.

Coniglio se retourna et, le plus calmement du monde, se releva.

— Je suis venu annoncer à votre père que je mettais un terme à notre collaboration. Je ne puis continuer à être le seul à faire de réels efforts pour faire fructifier ce que mon partenaire néglige.

Gioacchino s'empourpra.

— Vous n'avez pas le droit ! Vous êtes lié par contrat et…

— Je connais mes obligations. J'ai laissé à votre père la somme correspondant aux indemnités prévues pour cette éventualité. Si vous voulez racheter les récoltes de cette année, je vous les laisse au prix que je vous ai consenti ; je n'ai pas encore réussi à les vendre.

Le jeune chevalier s'était mis à trépigner mais Coniglio ne se montra nullement impressionné.

— Je peux d'ailleurs vous réconforter : je romps avec tous les propriétaires qui n'ont pas été capables de prendre le minimum de mesures indispensables pour sauver ce qui pouvait l'être des récoltes. L'Italie bouge, Bruchola, et c'en est fini du Moyen Âge et de ses mœurs féodales. Ceux qui ne sauront pas s'adapter seront balayés.

— Alors Della Rocca…

— Le comte a été assez naïf pour défendre votre cause après que vous l'avez menacé. Mais quand il a constaté la médiocrité de vos produits, il s'est senti morfondu, humilié…

— Humilié ?

— Par vous. Parce qu'il avait eu un ridicule réflexe de caste. Peu importe : il a compris. Alors, chevalier, dois-je vous faire livrer votre blé, vos olives, votre…

— Ça suffit !

Ils se retournèrent, surpris, vers Anastasio qui s'était redressé.

— Allez-vous-en, Coniglio, poursuivit-il d'une voix lasse.

Le marchand eut l'intelligence de comprendre que ces paroles étaient un conseil bienveillant plus qu'un ordre. Il salua d'un mouvement de tête et s'éloigna, poursuivi par les invectives de Gioacchino.

— Gardez-les ! Je sais bien que vous allez vous enrichir sur notre dos ! Nous n'avons pas besoin de vous ! Vous nous le payerez !

Mais Coniglio estima qu'il l'avait déjà payé assez cher.

Anastasio ne vit pas le printemps et sa femme, bien que beaucoup plus jeune que lui, plongea dans une vieillesse avancée en même temps que l'on enfouissait l'homme auprès de qui elle avait vécu avec le sentiment de n'être pas malheureuse.

Gioacchino ne manifesta aucun chagrin devant ce décès. Qu'avait été son père pour lui ? Une figure lointaine jusqu'à ce que Paulina lui ouvrît les yeux. Puis, un homme faible qui n'avait jamais été en mesure de rien lui refuser. Un mou, qui ne l'avait convaincu que d'une chose : ne jamais grossir. Cause ou conséquence, l'obésité était, aux yeux de Gioacchino, liée à cette terre, à cette immobilité, à cette impossibilité de partir dont la tombe était l'aboutissement parfait. Enterrer son père fut pour lui le largage d'une première et décisive amarre.

Toutefois, la suite immédiate de ce décès fut qu'il se trouva investi du rôle de *pater familiae*. Il refit l'examen des comptes. Le désastre était proche, si l'on ne prenait pas des mesures radicales ; mais Gioacchino connaissait aussi la réserve secrète de son père, laquelle était presque intacte. Il n'était plus possible de maintenir le même train de vie. Pour quatre, du moins. Mais pour lui, les perspectives étaient suffisantes. Ses frères étaient des abrutis qui ne méritaient pas le mal qu'il se donnait pour les divertir, à l'exception de Guglielmo qui savait se battre, tirer et s'occuper des femmes. Il s'était opposé à leur départ d'abord pour contredire cette vieille folle de Paulina, ensuite parce qu'il n'aurait pas supporté d'être privé de cette petite cour servile. Mais sa bonté avait des limites, lesquelles étaient atteintes.

Il fallait mettre en place les éléments qui lui permettraient de réaliser son dessein : recentrée sur sa seule personne, une continuité des plaisirs auxquels il était impensable de renoncer. Les obstacles étaient peu nombreux. Et puis, le départ.

Il prit d'abord soin de congédier le régisseur. Outre que les piètres récoltes pouvaient être imputées à son incompétence, l'homme ne semblait pas disposé à se dévouer sans condition à son nouveau maître. Il accepta le verdict sans réagir, comme s'il s'y attendait ou n'espérait rien d'autre ; il empocha la somme dérisoire que Gioacchino lui concéda après avoir expliqué que des circonstances regrettables lui interdisaient de garder un collaborateur certes remarquable, mais qu'il n'était plus en mesure de rémunérer correctement. Gioacchino fut tout à fait rassuré lorsqu'il apprit que le bonhomme avait embarqué pour l'Amérique.

Il n'entendait pas pour autant assumer personnellement cette responsabilité ; dans les soirées de jeu – il avait développé une passion pour ce loisir plus grande encore que la conquête de filles qui lui laissaient souvent un goût amer –, il avait repéré un gaillard, un

Milanais d'une trentaine d'années, habile aux cartes, rusé sans être trop intelligent, toujours en quête d'argent, sans position précise ni famille. Gioacchino savait que l'homme, Stefano Ponti, cherchait une situation qui lui permettrait de ne plus dépendre seulement des cartes.

Ce que Gioacchino lui proposa convint parfaitement : surveiller le domaine, en tirer le maximum sans rien changer aux méthodes en vigueur, contrôler drastiquement les dépenses. Ces restrictions, bien entendu, ne s'appliqueraient pas à Ponti qui pourrait s'installer dans la plus belle chambre et qui disposerait de tous les pouvoirs ; il ne devait rendre compte qu'à Gioacchino, lequel lui écrirait régulièrement pour lui communiquer les montants à transférer et l'adresse, qui varierait au gré de ses pérégrinations.

Quand cela fut conclu, il réunit sa famille.

— Écoutez-moi bien, tous ; notre malheureux père a été victime de gens malhonnêtes, à commencer par le régisseur et ce porc de Coniglio. Nous sommes au bord de la banqueroute. Nous sommes débarrassés de ces deux voleurs, mais cela ne suffira pas ; nous devons nous résoudre à des sacrifices.

Il regarda le troupeau qui l'écoutait, accablé, muet et soumis d'avance à toutes les décisions qu'il prendrait. Sa mère, dont les cheveux avaient blanchi en quelques semaines, affichait un sourire de martyre béate, l'ascèse en moins, car seul Rubens l'aurait admise en image de sainte ; Guglielmo qui, en renonçant définitivement à sa place d'aîné, avait pris la vilaine habitude de se tenir courbé, avait l'air effaré, parce qu'il pressentait sans doute ce que cela signifiait en termes de privation ; Geronimo, qui ne comprenait rien, dodelinait sa grosse tête déformée par une affreuse grimace ; et Alfredo, grave, était sans doute le seul que cette perspective ne dérangeait pas : il serait enfin libéré de cette éreintante initiation au vice et au sexe, loisirs auxquels, malgré une lourde hérédité, il ne trouvait toujours aucun plaisir.

— Je vais tâcher de nous sauver, poursuivit Gioacchino. Je pars pour les grandes villes, dans l'espoir de trouver de l'argent et de bons partis pour chacun de vous.

Il n'expliqua ni comment il escomptait dénicher cet argent ni comment il espérait convaincre des familles riches d'offrir leur fille et sa dot à des chevaliers ruinés reclus au fond d'une vallée sans attrait. Ils acceptèrent de la même manière le pouvoir de Ponti, promu grand intendant du château, délégué suprême du maître absolu.

— Je parlerai à travers lui ; vous devrez lui obéir comme si c'était moi. Dans quelques années, nous aurons redressé la situation et nous pourrons reprendre notre vie coutumière. Courage !

Avant de partir, il prit soin de cacher dans le coffre secret l'argent que Coniglio avait versé lors de la résiliation du contrat. Il ne dévoila l'existence de ce coffre à personne et surtout pas à Ponti, en qui il n'avait qu'une confiance limitée – et pouvait-on accorder davantage à un individu qui acceptait de jouer un tel rôle ? Puis, la bourse pleine, ses bagages chargés sur une seconde monture qu'il pourrait vendre si l'occasion ou la nécessité s'en présentait, il embrassa fébrilement mère et frères, donna ses dernières recommandations à Ponti et partit au galop remplir sa noble mission, sous le regard ému et attendri des siens, convaincus que leur salut était entre les mains de ce fils, de ce frère héroïque.

Au sommet de la première colline, il s'arrêta et essuya les larmes que le vent avait fait jaillir. Son cœur battait comme s'il avait couru pour arriver là. Il partait... Il songea à Paulina et cracha par terre. Qu'elle emportât en enfer son bonheur étriqué qui puait la tombe ! Elle lui avait révélé la laideur de ce monde, mais avait voulu le convaincre qu'il n'y avait nulle autre beauté. C'était ce que Gioacchino, enfin, s'en allait vérifier. Ailleurs, c'était les terres où des femmes comme Lætitia étaient libres et insouciantes, capables de comprendre la valeur d'un homme tel que lui. Il emportait avec lui des adresses et quelques recommandations, glanées dans les bals des environs, qui lui permettraient de pénétrer rapidement dans la meilleure société des principales villes du nord de l'Italie ; de là, il chercherait la même chose pour quitter le pays et gagner des villes plus prestigieuses encore, comme Berlin, Paris, Londres... Ses rêves galopaient plus vite que ses montures et il poussa un hurlement de joie lorsqu'il sut avec certitude qu'il avait quitté le duché de Toscane. C'en était fini de cette province étriquée ; la vraie vie l'attendait !

Il s'arrêta à Turin, Gênes, Mantoue, Pavie, Bergame, Côme, Milan, puis poussa jusqu'à Vérone, Vicence, Padoue, Trévise et enfin Venise. Il fut ébloui. Tout lui parut plus beau, plus trépidant, plus authentique. Les femmes étaient plus belles, plus désirables ; les hommes étaient des adversaires dignes de ce nom, ou des partenaires avec lesquels on pouvait bâtir des projets solides. En un mot, la vie était plus dense, plus réelle. Le Castello se noyait, jour après jour, dans les brumes d'un mauvais rêve qui aurait duré trop longtemps. Gioacchino se laissa emporter dans une ronde dont il refusa de voir qu'elle était autant, sinon plus, factice que son existence en Toscane. Il relégua dans le même oubli Paulina et Graziella, sa famille et ses anciens concitoyens. Parfois, le souvenir de Della Rocca ou de Coniglio venait lui gâcher son plaisir, ou celui de Lætitia amoindrissait celui auquel il goûtait. Que les premiers fussent maudits ! Quant à la princesse, ne pouvait-il espérer, au terme d'un collier de conquêtes féminines, la retrouver, ou dénicher celle qui lui ressemblerait ?

Ces images mêmes s'estompèrent. Il se mit à jouer mais tricha peu. Il séduisait, car il ne manquait ni d'esprit ni de charme. Il racontait les fêtes qu'il organisait dans son château, sans hésiter à embellir les unes et l'autre, et certain de ne jamais y emmener aucune de ses conquêtes. Ponti envoyait régulièrement l'argent que Gioacchino lui réclamait, et il ne fut pas malaisé de faire croire qu'il était un excellent parti. Il se laissa convoiter, séduisit des mères et des filles ; et s'il ne se servit jamais de l'épée qu'il gardait près de lui, il se félicitait de manier aussi adroitement celle dont la nature l'avait doté et qui faisait crier grâce à ses tendres victimes.

Pour ne rompre ni s'engager avec aucune, il développa autour de lui une légende mystérieuse, à laquelle il mêla sans vergogne les fantômes des premières épouses de son père et celui de Lætitia, y ajouta un sombre récit de vengeance, un complot ourdi par un bourgeois et un noble dévoyé. Certaines voulurent le consoler contre leur sein, d'autres le protéger entre leurs jambes ; il se laissa faire par toutes mais prendre par aucune.

Il prit goût à ces récits incohérents, qui avaient surgi sans qu'il l'eût prémédité, au fil d'une de ces conversations auxquelles il n'était pas possible de couper si l'on voulait séduire une jeune fille de la société – il n'y avait qu'avec les servantes que l'on pouvait faire l'économie de ces préliminaires, et Gioacchino ne voulait pas se satisfaire de ce genre de compagnie. Petit à petit, cette légende construite sans grande cohérence se substitua à sa mémoire, ou s'y imbriqua si intimement qu'il ne fut plus possible de nettoyer cette dernière ni d'y trier la part de vérité et celle d'invention.

Cette transformation progressive tint peut-être aussi au fait qu'il procédait toujours de la même manière. Quand il arrivait dans une ville nouvelle, il descendait dans l'un des meilleurs hôtels d'où il entrait en contact avec la personne qu'il avait placée en tête de liste. On l'invitait une première fois ; il plaisait ; une marquise ou une comtesse se proposait pour l'héberger ; il feignait de refuser, il ne voulait pas déranger ; on insistait : il ne pouvait déranger puisque la dame était seule dans son palais, abandonnée pour quelque excellente raison par son mari. Il s'installait, transmettait sa nouvelle adresse à Ponti, à laquelle le fidèle intendant envoyait argent et rapports. Puis, à l'heure où sa nouvelle maîtresse repue s'endormait, il se levait sans bruit et, sur le papier de la belle, avec la plume du mari, il écrivait une lettre à sa mère, qu'elle lirait à ses frères, où il racontait les efforts qu'il ne déployait pas pour eux, où il se plaignait amèrement du mal qu'il y avait à trouver de l'argent. Il dépeignait sous le jour le plus noir les conditions déplorables dans lesquelles il était contraint de vivre pour les sauver. L'amante esseulée se réveillait, le cœur battant à l'idée d'avoir été trompée ; puis elle l'apercevait, vêtu d'une chemise, qui faisait crisser la pointe de la plume.

— Que fais-tu ? demandait-elle d'une voix endormie.

— J'écris…

— À qui ?

— À une femme.

Elle se redressait et ses seins surgissaient.

— Moi ?

— Non.

— Une maîtresse ?

Une langue coquine et inquiète pointait entre les dents, tandis qu'elle se mettait à genoux sur le lit, les fesses, encore humides de plaisir, sur les talons.

— La première de toutes…

Cela suffisait pour qu'elle se levât et vînt exiger, d'une ferme nudité, des éclaircissements sur cette rivale. Gioacchino tournait la tête et baisait le sein ou le ventre ou ce qui se présentait à sa bouche.

— Ma mère, lâchait-il quand la jalouse était assez proche pour vérifier que les premiers mots étaient bien « *Cara Madre* ».

Puis, pour éviter qu'elle lût davantage, il posait la plume pour tracer quelques lignes de romance sur le corps de son hôtesse.

Le jour venait toutefois où il avait fait le tour des curiosités locales et de leurs divers attraits. Le jour aussi où, malgré sa prudence, il décelait les signes que l'état de grâce dont il profitait pouvait décliner. Même décidé à faire des efforts, Gioacchino se fatiguait vite de mentir aux mêmes personnes : c'était un art épuisant qui nécessitait une mémoire sans faille, une attention toujours aux aguets et une imagination inépuisable. Et comme il tissait le récit de sa légende sans trop de rigueur, les accrocs finissaient toujours par apparaître. La première lettre de Ponti servait alors de prétexte : il était menacé, ses ennemis Coniglio et Della Rocca l'avaient repéré et avaient dépêché un tueur sicilien ; ou l'état de santé de sa mère le requérait de toute urgence. La beauté alanguie à côté de laquelle il avait feint de prendre connaissance de la terrible nouvelle poussait un soupir, l'entourait une dernière fois de ses bras pour le retenir, se couchait sur lui, s'offrait, se dépensait en extravagances qu'elle n'avait parfois jamais osées avant ce jour ; à moins que, elle aussi lassée par un amant qui n'était, tout compte fait, qu'un homme parmi d'autres, elle se contentât d'un bâillement maquillé en soupir et d'un ultime câlin en guise d'adieu.

Gioacchino faisait ses paquets et partait dans une autre ville. Celles qu'il quittait et à qui il promettait de revenir lui donnaient des noms, des adresses ; elles devinaient qu'elles seraient trompées et, à tout prendre, préféraient savoir par qui. Elles ne se souvenaient pas qu'à son arrivée ce n'était pas chez elles que Gioacchino était d'abord venu frapper, mais qu'il les avait conquises dans les salons de celles-là.

Il avait aussi appris à aimer Verdi dont on faisait grand bruit dans toutes les villes d'Europe, et jusqu'à Paris où il arriva en 1862, ébloui, auréolé du charme méditerranéen et de représentant de ce peuple qui luttait, fier et farouche, pour son indépendance. L'opéra l'ennuyait, il avait bâillé durant une représentation de *La Traviata* et s'était félicité de ce que cette réaction réflexe fît parfois couler des larmes qui ressemblaient comme deux gouttes d'eau à celles des émotions sincères et des chagrins profonds. À Paris, outre la langue à laquelle certains salons et l'une ou l'autre dame en villégiature l'avaient déjà accoutumé, il fit la découverte d'une frivolité particulière à la ville et à laquelle il mit quelque temps à s'habituer. Tout ici pliait devant le plaisir du langage ; il fallait décrypter les sous-entendus et ne jamais se fier aux déclarations formelles. Il n'était pas rare que l'on raillât ce à quoi l'on attachait la plus grande importance et que l'on prît un ton grave et un air tragique pour évoquer des faits anodins ou exprimer des opinions auxquelles on ne se sentait lié en rien. Mais l'étranger qui avait le malheur d'abonder dans l'un de ces sens trop clairement indiqués était aussitôt jugé comme le pire des goujats ou le plus ridicule des tartuffes. Par chance pour lui, Gioacchino eut le temps de faire cet apprentissage sur le dos d'autrui ; et sa virilité, précédée par une assez belle réputation, lui ouvrit les portes que son peu d'habileté langagière lui aurait gardées closes.

Ponti avait parfaitement compris ce que voulait Gioacchino et ce qu'il était prêt à tolérer en contrepartie : l'argent dont il avait besoin pour mener la grande vie et les garanties de ne devoir remettre les pieds au Castello que si le cœur lui en disait, en échange de quoi Ponti avait carte blanche. Il était donc de l'intérêt du régisseur que son patron ne revînt pas ; aussi, quel que fût le montant demandé par Gioacchino, Ponti l'expédiait à l'adresse indiquée. Le Milanais savait qu'à ce rythme la ruine serait rapide ; mais en attendant, il y avait moyen de vivre confortablement et de se constituer un trésor de guerre qui lui permettrait d'envisager l'avenir avec sérénité.

Ponti était un homme à l'image de sa nature : il semblait petit et insignifiant lorsqu'il se trouvait dans une société qui lui était supérieure ou qu'il espérait gruger au jeu ; mais qu'il se trouvât en position dominante, et aussitôt sa colonne vertébrale réapparaissait, sa tête se redressait, son front dégagé luisait au soleil de sa médiocre gloire et son regard, à la couleur indéfinissable, brillait, orgueilleux et hostile. Il s'était adjugé la chambre des maîtres, reléguant Albertina dans celle de Gioacchino, ce que la mère accepta de bonne grâce – comme tout le reste. Elle avait vécu sans jamais poser de questions, heureuse et sereine. Il était trop tard pour commencer et elle ignorait jusqu'aux mots qui auraient pu traduire un éventuel désarroi. Elle s'abandonna donc au sort et à celui qui en prenait les rênes et ne chercha pas à trouver une consolation ou un réconfort auprès de ses fils, n'ayant jamais eu avec eux une affection qui serait allée jusqu'aux phrases pour l'exprimer.

Pour acquitter les sommes exigées par Gioacchino et s'enrichir personnellement, Ponti n'hésita pas à vendre les tableaux, meubles et tapis – achetés jadis par un aïeul pour trois fois rien et qui, sans que nul s'en souciât, avaient pris une valeur parfois considérable –, des terres, n'importe quoi susceptible d'être négocié. L'homme ne manquait pas d'entregent ; il fit signer à Gioacchino des documents qui lui permirent d'emprunter des sommes importantes. Les fournisseurs et les banquiers devinaient que l'individu n'était pas un saint et qu'il n'œuvrait pas pour le bien de ses employeurs ; mais ceux-ci avaient mauvaise réputation, il y avait par ailleurs de tels gains à réaliser pour tous les complices, que personne ne réagit ou ne tâcha d'avertir les frères ou leur mère. Sous son règne, le Castello plongea dans une léthargie qui contrastait avec le faste et la frénésie qui avaient prévalu du temps où Gioacchino présidait aux festivités. Les convives les plus réguliers s'étonnèrent d'abord : leurs invitations n'étaient plus honorées et aucune ne venait plus de cette famille dont on finit par se rappeler qu'on l'avait toujours trouvée bizarre et sans intérêt. Puis, on les oublia, de cette amnésie comme un faux sommeil, paupières entrouvertes, qui guettait un désastre quelconque, lequel vengerait l'affront.

Geronimo, Alfredo et leur mère se plièrent sans broncher à cette austérité nouvelle. Geronimo récrimina au début, les femmes lui manquaient comme au chien son os à ronger, et il ne devait pas espérer en conquérir sans l'aide de Gioacchino ; mais il trouva le moyen de décharger son énergie sur le dos des rats et des chats qu'il chassait à mains nues, avant de les tuer en leur brisant la nuque dans de grands cris de joie barbare. Pour Alfredo, le départ de Gioacchino fut un soulagement et le régime imposé par Ponti presque une bénédiction ; le régisseur le laissait traîner à sa guise dans la bibliothèque et le parc, et ses rares besoins étaient ainsi satisfaits. Quant à Albertina, elle sombra avec un sourire céleste dans les brumes douces d'une apaisante sénilité ; aucun confort ne lui semblait plus précieux que celui de ne devoir rien décider.

Guglielmo seul occasionna quelques inquiétudes à Ponti. C'était à présent un homme, qui aurait dû s'être trouvé une occupation, une femme ; c'était toujours un adolescent à l'esprit brouillé par une énergie mal canalisée, privé de guide et qui souffrait de voir ses caprices inassouvis. Comme Geronimo, et avec une conscience plus vive, il conservait toute son admiration envers son frère, sans jamais soupçonner dans le départ de celui-ci le reniement d'une relation fraternelle privilégiée. Il menaça Ponti de le dénoncer à Gioacchino. L'homme ricana intérieurement et fit rapport à son patron, lequel donna comme instructions de pourvoir son frère en servantes et de l'envoyer chasser aussi souvent que possible. Pour le reste, le vin devrait suffire. Grâce à quoi, Ponti réussit à prendre le contrôle de l'animal, au désespoir muet des pauvres filles qui n'avaient pas la possibilité d'échapper à leur sort.

Le déclin d'Albertina fut à l'image de celui du domaine. Du moins Alfredo l'interpréta ainsi, dans la conscience confuse qui, ailleurs, aurait peut-être permis au jeune homme de développer une nature généreuse et sensible. Mais il avait été soumis depuis son enfance aux brutalités de Gioacchino. Ses interlocuteurs avaient été un cadet dont la débilité offrait comme unique voie d'expression une sexualité et une bestialité qui révulsaient Alfredo, ou une mère qui, ayant fait de la soumission la règle unique de son existence, n'accordait à ses proches, en guise de conversation, que des sourires aux anges et des silences qui donnaient envie de marcher sur la pointe des pieds. Alfredo n'avait jamais pu être que l'ombre de ces promesses, une plante mal poussée aux bourgeons desséchés. Pourtant, quelque chose en lui, peut-être très animal, était attaché à cette femme dont il était né : elle lui avait offert une vie et, même si celle-ci ne lui plaisait pas, même si les souffrances y pesaient plus lourd que les joies, une reconnaissance indéfectible lui était acquise. Cela ne se traduisait guère par des paroles ; mais dès qu'il le pouvait – et le départ de son tortionnaire l'y autorisait sans retenue –, Alfredo venait s'installer près d'elle, pour lire ou simplement se taire. Il la regardait vieillir et s'effacer. Son âme inquiète notait, sans alerter une conscience qui aurait été impuissante à susciter une quelconque réaction, le patient pillage auquel se livrait Ponti. Et ce qui, chez un autre, aurait conduit à l'édification d'une vive spiritualité, s'étiola chez Alfredo en une croyance superstitieuse, convaincue du lien merveilleux qui attachait la lente dissolution de sa mère à celle de la demeure dans laquelle ils vivaient enfermés comme dans le monastère du plus mendiant des ordres pénitents.

Cette sensibilité prévalait sur la réalité des faits ; comme toujours, lorsqu'il était question de superstition, elle ne se trompait que sur les liens établis entre eux. À la veille du décès d'Albertina Bruchola, Ponti avait à peu près vidé le Castello. Il n'y restait que le mobilier strictement nécessaire pour une vie quotidienne toujours plus austère, à l'exception de l'appartement du régisseur, encore richement meublé et décoré. Le printemps venait de déployer sur le pays ses verts présages ; même sans attention particulière, les récoltes seraient bonnes, à moins d'une catastrophe imprévisible. Geronimo avait horriblement grossi, sans qu'il fût possible d'établir avec certitude la nature des aliments qui l'avaient conduit à une rose obésité qui parachevait sa ressemblance avec les cochons. Guglielmo avait pris un teint grisâtre et sa constante agitation intérieure s'était muée en tics nerveux qui lui donnaient parfois une allure plus folle qu'au cadet. Lui aussi avait épaissi, de ce gonflement maladif que conféraient l'alcool et l'oisiveté. Leur mère, depuis plusieurs jours, ne quittait plus le fauteuil du salon où les servantes s'efforçaient de lui prodiguer le peu de soins que nécessitait celle que la vie semblait avoir déjà désertée. Alfredo ne l'avait pas quittée, gardant le plus souvent la main posée sur la sienne. Un sentiment curieux s'était progressivement développé en lui, qui hésitait entre la tristesse et la félicité, ce mélange étrange, douloureux et apaisant à la fois qui annonçait la fin d'une période. Personne, dans le Castello, ne se souciait d'eux ; Ponti ne s'occupait jamais de ce qui ne perturbait pas son pillage et sa sérénité, Guglielmo était parti à l'aube pour une chasse sanglante et Geronimo ronflait bruyamment dans sa chambre. Seules les servantes passaient parfois pour s'assurer qu'il ne fallait rien, et pour vérifier si Albertina vivait encore. Comme Alfredo, elles sentaient que la mort avait pris ses quartiers dans la demeure et qu'elle y déroulait le dais sombre de sa magie. C'était une mort de vieille femme qui se préparait, pour laquelle le cérémonial pouvait être lent, imperceptible, mélancolique comme un adagio ténu, un point d'orgue infiniment prolongé. Pas le presto violent des mères déchirées par la naissance d'un fils assassin, l'allegro sinistre du meurtre ou l'orgueilleuse marche funèbre des suicides. Tout se préparait note à note, tout dont on ne savait rien, des détails qui ne se percevraient que lorsque, tous en place, le tableau final surgirait et que la mort, en artiste consommée, se retirerait sans attendre d'autre hommage que la densité particulière du silence prolongeant le désaccord ultime.

Alfredo avait somnolé. Il ouvrit les yeux et perçut sourdement la transformation du silence. N'y montait plus la respiration saccadée et parcimonieuse de sa mère, dont on aurait cru qu'elle aussi subissait l'impitoyable avarice de Ponti. Sous ses doigts, il sentit la chair déjà trop froide. Il se releva lentement et se pencha sur elle. Ses paupières étaient à moitié closes, son visage, que les graisses avaient gardé lisse et que le trépas avait encore adouci, était impassible. Elle s'était échappée sans rien confier de plus à son fils. Pas de dernier conseil, pas de révélation. Il devrait continuer seul, et cela ne serait pas un grand changement. Pourtant, rien ne serait plus comme avant, songea-t-il vaguement, tandis qu'il refermait les yeux de la défunte et que ses lèvres, machinales, murmuraient un embryon de prière. Une servante passa la tête par la porte, elle aussi attirée par ce vide qui avait réveillé Alfredo. Il lui fit un mouvement du menton pour confirmer son intuition ; on pouvait mettre en œuvre le second acte, celui de l'effacement des corps. Puis, il sortit.

Il y avait du soleil. Le départ d'Albertina n'avait pas plus froissé la nature qu'un vent coulis. Alfredo songea furtivement à ses frères, à la manière dont ils réagiraient. Sans doute pas plus que l'herbe qu'il foulait, que les branches qui s'étiraient dans le matin lumineux. Une seule crainte le traversa un moment : et si Gioacchino revenait ? Alfredo ferma les yeux et respira profondément. Il crut sentir se poser sur lui, venu d'une hauteur qui ne pouvait plus qu'être céleste, le regard rassurant de sa mère. Gioacchino pouvait revenir, mais il ne resterait pas. Et de toute manière, il n'était pas encore là. Personne, hormis Alfredo et la petite servante, n'était au courant. Quand la nouvelle atteindrait-elle Gioacchino ? Alfredo n'en savait rien ; il n'avait jamais écrit à son frère.

Il avait marché sans réfléchir. Ses pas l'avaient conduit vers le bas du parc, le ruisseau où, enfant, il leur était interdit d'aller jouer. Les fêtes de Gioacchino avaient réhabilité l'endroit, avant que les restrictions ne le rendissent à son état sauvage. Il noya les images de ses frères qui y avaient forcé certaines gamines et qui… Le murmure du ruisseau montait vers lui, limpide et insouciant. Alfredo sursauta ; il avait entendu un cheval renâcler. Guglielmo ? Son cœur s'affola. Il était sur le point de rebrousser chemin lorsqu'il aperçut la silhouette du cavalier qui attachait sa monture en chuchotant des paroles qu'Alfredo n'entendit pas – sans doute une injonction au calme. Ni ces gestes, ni cette voix, ni cette frêle silhouette ne pouvaient appartenir à Guglielmo. Alfredo, rasséréné, se rapprocha doucement. C'était un enfant, blond et fluet. Alfredo s'avança encore.

— Bonjour, salua-t-il.

Le visiteur sursauta et le regarda, le visage blême. Même ses yeux pâlirent jusqu'à paraître blancs. Alfredo eut un geste rassurant. Instinctivement, il s'était reconnu dans la crainte du gamin.

— N'aie pas peur. Comment t'appelles-tu ?

— Domenico Della Rocca, répondit-il après une hésitation.

Alfredo ressentit un serrement au ventre – quelque chose, en lui, lui intimait l'ordre d'attaquer – en même temps qu'un curieux picotement dans la nuque. Il n'y avait pas de hasard, chantonnait la rivière. Il sourit.

— Moi, je suis Alfredo Bruchola. Tu es courageux de venir ici. Tu voulais narguer mes frères ?

Domenico était écarlate. Sa main restait crispée sur la bride de son cheval.

— Je ne veux narguer personne… Je sais que nos familles…

— Tu n'as rien à craindre de moi. Ces histoires ne m'intéressent pas. Et puis…

Il respira profondément. Le ciel, au-dessus de sa tête, lui souriait.

— Et puis, maman vient de mourir. Ce matin…

Cette confidence inopinée surprit Domenico. Il observa attentivement le jeune homme ; il ne ressemblait pas à l'image qu'il s'était bâtie des frères Bruchola : mince, d'une élégance naturelle qui s'ignorait, le visage doux, presque féminin.

— Je suis désolé, balbutia-t-il. Je… je vais vous laisser. Vous devez…

— Non, reste.

Le ton était posé. Domenico comprit qu'il aurait pu partir sans danger, sans autre risque que d'attrister Alfredo. Il acheva de nouer la bride autour du tronc puis s'avança.

— Mais dis-moi, poursuivit Alfredo, pourquoi es-tu venu ici ? Est-ce la première fois ?

— Non… Je ne suis pas venu souvent. Deux ou trois… c'est… Elle insistait tellement…

Alfredo fronça les sourcils et regarda autour de lui. Les images des violences orchestrées par son frère à l'encontre de jeunes paysannes resurgirent ; est-ce que ce gamin…

— De qui parles-tu ?

Domenico s'empourpra.

— Rien… C'est…

— Dis-moi !

La dureté de cet ordre le surprit lui-même.

— Excuse-moi, reprit-il, contrarié par ce cri qui avait menacé la fragile harmonie de ce matin de deuil et de rencontre.

— Vous allez vraiment me prendre pour un fou. C'est… ce n'est pas quelqu'un de vrai…

Il observa Domenico. Ses iris avaient retrouvé leur bleu naturel, profond et parsemé de brins d'or. Il ne connaissait pas grand-chose aux êtres. Il avait grandi parmi des monstres et des ombres. Il n'avait jamais croisé un enfant pareil, jamais été confronté à une émotion de cette sorte, de cette ampleur. Domenico avait-il surpris un ange, comme il avait lu que cela arrivait parfois aux âmes sensibles que Dieu avait élues ?

— C'est une femme… je ne la connais pas. Je… je l'aperçois parfois. Mais je sais qu'elle n'existe pas. Comme ma mère…

— Ta mère n'existe pas ?

— Si, mais… je ne l'ai jamais connue. Pourtant, je la vois parfois aussi, comme cette femme. Moins souvent.

— Des fantômes ! murmura Alfredo, émerveillé et admiratif.

Domenico le regarda, les yeux écarquillés.

— Des fantômes ? Non… non ! Pas ma mère en tout cas. Je suis sûr qu'elle n'est pas morte. Et puis, les fantômes, je n'y crois pas. Je sais que ce sont des images.

— Elle te parle ?

— Ma mère, non. L'autre, oui. Elle m'a demandé de venir ici. Elle m'a dit qu'elle adorait cet endroit.

Domenico émit un bruit curieux, entre rire et sanglot contenu.

— C'est ridicule ! Oubliez ce que je viens de vous dire ! Vous voyez, je suis fou… Je n'ai jamais parlé de ça à personne. Je ne sais pas pourquoi…

— Une femme est morte ici, interrompit Alfredo, songeur.

— Je sais. On m'a raconté son histoire. Je crois que c'est elle que j'imagine.

— Elle s'appelait Arianna, reprit Alfredo, de plus en plus rêveur. Elle aurait pu être ma mère.

Ils se turent. Domenico, le premier, s'assit sur la berge. Alfredo le rejoignit. Ils restèrent longtemps ainsi, silencieux, chacun dans ses rêveries, caressant les souvenirs de celles qu'ils n'avaient jamais connues. Alfredo enviait ce jeune garçon, Domenico regrettait de s'être confié.

— Oubliez ce que je vous ai dit… Ce sont… des histoires de gosses. Ça va me passer. C'est mon cheval qui m'entraîne ici, il… Je ne viendrai plus, je vous le promets.

Alfredo s'apprêtait peut-être à lui dire qu'il pouvait venir quand il le voulait, mais des cris lointains retentirent. Ils se relevèrent tous deux précipitamment. C'était Geronimo. Alfredo s'était-il trompé ? Le cadet était-il bouleversé par la mort de sa mère, comme un chiot pourrait l'être ? Sans doute n'était-ce que Ponti qui lui infligeait une de ses réprimandes coutumières, à coups de ceinture, parce qu'il l'avait surpris en train de se livrer à quelque pratique honteuse.

Alfredo voulut rassurer Domenico mais l'enfant s'était déjà reculé jusqu'à l'arbre où son cheval s'était cabré en percevant les hurlements. Avant qu'Alfredo pût parler, Domenico était en selle et s'apprêtait à faire volte-face.

— Vous oublierez ?

Alfredo opina, un peu triste. C'était une belle histoire, une qui lui plaisait. Domenico éperonna sa monture et disparut. Alfredo soupira. Pourquoi Arianna, la première épouse de son père, avait-elle choisi le fils Della Rocca pour… ? Elle n'allait tout de même pas apparaître aux enfants qu'elle n'avait pas eus. Domenico avait disparu. Il se passait des choses étranges, les jours où mouraient les mères. Alfredo remonta vers le Castello. Domenico avait dit douter de la véracité de ses visions. Il lui avait demandé de l'oublier. N'était-ce pas Alfredo qui avait rêvé ?

Rêve ou réalité, cette rencontre fut enfouie en même temps qu'Albertina. Alfredo avait eu raison de se rassurer : non seulement, leur mère fut enterrée avant que Gioacchino fût averti, mais de plus, il ne jugea pas opportun de revenir partager un chagrin qu'il n'éprouvait pas. Guglielmo avait réagi avec une hébétude indifférente, le regard noyé dans l'écume du mauvais vin que lui servait Ponti. Seules les réactions de Geronimo furent violentes, alors qu'on aurait pu s'attendre à ce qu'il remarquât à peine la disparition. Les coups de Ponti ne réussirent pas à calmer le forcené, pas plus que les efforts d'Alfredo. À contrecœur, le régisseur se résolut à appeler le médecin, qui prescrivit des drogues puissantes et recommanda de le garder enfermé – avec l'interdiction formelle de participer aux funérailles. Alfredo perçut que le praticien préconisait l'internement. À la grimace de Ponti, il fut évident que cette mesure serait réglée en interne.

De fait, l'intendant fit aménager sommairement une dépendance du Castello, deux pièces vétustes envahies par les araignées et les courants d'air, au-dessus de l'écurie. Les travaux consistèrent en un dépoussiérage approximatif, la pose d'un lit et d'une table, et surtout le renforcement des portes et la condamnation des fenêtres. Ponti, profitant de l'abrutissement dans lequel les drogues avaient plongé Geronimo, l'y conduisit et l'enferma à double tour.

Comme toute dépense qui ne contribuait pas à son bien-être était jugée sacrilège, Ponti abandonna aussitôt le traitement prescrit par le médecin. Les cris de Geronimo ne tardèrent pas à envahir de nouveau la cour du Castello. Pour ne pas les entendre, Alfredo, que le bref état de grâce offert par la mort de sa mère avait déjà déserté, incapable d'imaginer qu'il devait secourir un frère dont il doutait du caractère humain, passait ses journées dans des pièces où les cris étaient étouffés par les murs et la distance. Quand Guglielmo s'énervait et menaçait d'aller égorger son cadet, Ponti l'envoyait chasser ou lui servait à boire. Le régisseur en personne, aidé par un robuste garçon d'écurie, s'occupait de Geronimo : une fois par jour, ils montaient dans son antre, accompagnés par une servante terrorisée qui avait comme mission de nettoyer la nourriture que Geronimo n'avait pas mangée et qu'il avait fait voler dans la pièce, de vider le pot de chambre et, parfois, quand ils étaient vraiment trop crasseux, de changer les draps.

Une fois par semaine, les deux hommes sortaient Geronimo dans la cour pour le laver. À cette occasion, Ponti recourait aux potions calmantes ; une fois que les effets se manifestaient, Geronimo, qui avait accueilli le verre salvateur avec des hurlements de joie, sortait, dodelinant, et se laissait déshabiller entièrement, au vu de tous. Sous les rires grossiers des garçons de ferme et des servantes qui y voyaient la pauvre vengeance des outrages qu'elles subissaient, Geronimo était aspergé d'eau froide et frotté énergiquement ; il se laissait faire, béat, mou comme un sac de farine. Parfois, dans un état qui tentait d'exprimer ses intentions, il faisait un pas vers une fille qui se reculait en riant, tandis que Ponti, sans ménagement, reprenait le contrôle du triste fauve.

La première fois que cette séance humiliante s'était déroulée, une semaine après l'enterrement, la jeune servante qui s'était occupée de la défunte s'était approchée d'Alfredo qui contemplait la scène, impassible.

— Vous n'allez pas permettre ça…

Alfredo, surpris, l'avait regardée sans réaliser. Elle avait compris ; il n'y avait rien à attendre de cette engeance.

À peine séché, Geronimo était ramené dans sa chambre. Quelques heures plus tard, quand la magie de la drogue se dissipait, les cris retentissaient à nouveau, à chaque fois plus aigus, plus douloureux.

L'état du malade s'aggrava, tant du fait de son évolution propre que du traitement inhumain infligé par celui qui était supposé prendre soin de lui. Les hurlements de Geronimo finirent par devenir intolérables, d'autant que Guglielmo, même saoul, ne les supportait plus et menaçait de passer à l'acte. La mort de Geronimo n'aurait sans doute pas déplu à Ponti ; mais il était au stade final de son plan et ne souhaitait pas être contrarié. Un matin que Geronimo, émergeant de son mauvais sommeil, entamait son chant halluciné, Ponti et son acolyte grimpèrent dans le repaire, lourdement chargés. Il y eut quelques cris, de l'agitation, des coups de marteau ; puis un grand silence, qui dura les jours suivants. La servante ne dut plus les accompagner et on aurait pu craindre qu'ils eussent eux-mêmes assassiné le forcené si le garçon d'écurie ne montait de la nourriture et si, preuve plus évidente, une semaine plus tard, ils n'avaient sorti Geronimo pour sa toilette hebdomadaire. Ceux qui prirent la peine de s'interroger sur les causes de ce miracle conclurent que Ponti s'était résolu à se réapprovisionner en potion. On n'apprit que plus tard la nature exacte du nouveau traitement mis en place.

Comme Alfredo l'avait sourdement compris, la mort d'Albertina coïncida avec le tarissement des richesses du Castello. Cette mort avait inquiété Ponti parce qu'elle avait risqué de provoquer le retour de Gioacchino. Ç'aurait été pour lui une catastrophe ; aussi avait-il pris soin d'attendre que l'enterrement eût eu lieu et d'insister, dans sa lettre, sur le fait que rien ne justifiait un déplacement. Après tout, le fils ne s'était pas soucié de sa mère quand elle vivait et Ponti ne lui avait pas vraiment caché qu'elle déclinait ; l'orphelin n'allait pas venir pleurer sur une tombe muette ! Mais il ne fallait plus traîner. Aussi, avant que la première récolte fût engrangée, vendit-il tous les produits prévisibles pour cette année à un négociant qui accepta ce pari garanti par une clause de remboursement partiel au cas où les rendements seraient de trente pour cent inférieurs à ceux prévus dans leur accord. Ponti extorqua un dernier emprunt à la banque en hypothéquant ce qui pouvait encore l'être, avec la complicité d'un notaire peu scrupuleux – ce n'était pas Achilli ; Gioacchino n'avait-il pas signé toutes les autorisations nécessaires ? Enfin, il vendit les dernières pièces de valeur : le mobilier du salon, de la bibliothèque et de la salle à manger, ainsi que les dernières toiles dont une se révéla particulièrement précieuse : un triptyque de l'école siennoise, dont le tableau central représentait une Vierge à l'Enfant, le gauche, l'Annonciation, et le droit, la Fuite en Égypte, tandis que la prédelle illustrait, de manière saisissante et brutale, le Massacre des Innocents.

Lorsque les transporteurs vinrent charger les derniers meubles, Alfredo, affolé, essaya de s'opposer à l'enlèvement de la bibliothèque ; mais un homme lui montra le document signé par Ponti et l'écarta brutalement, sourd aux protestations d'un énergumène qu'il prenait au mieux pour un domestique. Alfredo se mit en quête de Ponti, mais en vain. Il chercha alors Guglielmo et le trouva, ivre mort, écroulé dans son lit à côté d'une fille qu'Alfredo n'avait jamais vue et dont la nudité adipeuse et sans vergogne lui donna envie de vomir.

Il retourna dans la bibliothèque où les livres avaient été jetés sans ménagement sur le parquet. Désespéré, il en prit quelques-uns pour les ranger ; mais il n'y avait plus la moindre planche pour les accueillir, hormis celles du sol. Sa gorge se noua. L'appréhension d'un drame pointait. Les domestiques, qui avaient assisté au déménagement, chuchotaient et l'observaient à la dérobée. Alfredo tâcha de se ressaisir ; Ponti allait arriver et fournir des explications.

Mais Ponti ne parut pas. Ni ce jour, ni le lendemain. Guglielmo, qui avait dessaoulé, n'avait manifesté aucun étonnement en découvrant le salon vide et il avait ri en apprenant le sort de la bibliothèque.

— Ça t'apprendra ! Si tu étais normal, comme moi, tu te contenterais d'un lit, d'une table, d'une fille et d'une bouteille.

Alfredo n'avait rien à espérer de lui, pas plus à jeun que grisé, ce qu'il fut à nouveau une heure plus tard. Il eut une pensée pour Geronimo, mais l'idiot ne pouvait pas l'aider et il redoutait de découvrir son logement et son état.

Dans la chambre de Ponti, régnait le désordre des débâcles. Les armoires avaient été emportées elles aussi, de même que tous les meubles un peu précieux. Quelques vêtements trop usés étaient jetés à terre. Sur une table bancale, des papiers : les dernières lettres de

Gioacchino. Une note, de la main de Ponti, indiquait l'adresse parisienne du chef de tribu. Sans doute l'avait-il laissée en savourant la scène, en pensée : Gioacchino, de retour au Castello, découvrant l'ampleur du désastre et de sa bêtise. Alfredo n'hésita pas, malgré la répugnance qui s'emparait de lui à l'idée de revoir son frère : il prit une feuille et écrivit une brève missive qu'il s'empressa d'expédier à l'adresse indiquée, en priant pour que ce ne fût pas un ultime piège de Ponti.

La nouvelle de cette fuite se répandit dans le domaine puis dans le reste du pays comme une traînée de poudre. Guglielmo, qui réalisa enfin, vociféra et jura qu'il étriperait de ses mains tous ceux qui étaient responsables de cette infamie, à commencer par ce chien de Milanais, et sans oublier Coniglio et Della Rocca – cet esprit faible, fragilisé par l'alcool, ne sut toutefois pas justifier comment il établissait un lien entre les trois ; il se contentait de reprendre les ingrédients servis par son frère dans les rares lettres qu'il avait envoyées.

Aussitôt, une foule de domestiques et d'ouvriers agricoles vinrent réclamer leur maigre dû, que Ponti n'avait plus payé depuis plusieurs mois, sous le prétexte qu'il attendait le revenu des récoltes. Les créanciers suivirent, au premier rang desquels les banquiers livides qui évaluaient, en grinçant des dents, ce qu'ils pourraient tirer de ce que l'escroc n'avait pu emporter – un os à ronger, compte tenu des dettes amassées. Alfredo ne put répondre à chacun que la même chose : il ne savait rien, n'avait rien, ne pouvait rien.

Après trois jours, il se résigna à monter chez Geronimo. Il n'était jamais allé dans ce lieu et ne put imaginer qu'il eût jamais été moins ignoble que ce qu'il découvrit. Attaché par des lourdes chaînes fixées à une colonne, bâillonné, les vêtements poisseux et déchirés, baignant dans ses excréments, amaigri, Geronimo le regarda entrer avec un regard d'halluciné prêt à mourir d'effroi, ou de monstre sur le point de mettre en pièces quiconque tomberait entre ses griffes. Incapable de trancher entre ces deux hypothèses, épouvanté par sa découverte et révulsé par l'odeur insoutenable, Alfredo se précipita dehors. Il dénicha le reste de la potion et le vida, sans souci des doses, dans un verre qu'il porta à son frère, en tremblant et en surmontant avec peine son dégoût. Quand il fut débarrassé de son bâillon, Geronimo poussa un hurlement qui glaça le sang de tous les habitants du Castello, et tira sur ses chaînes, délirant, lorsqu'il aperçut le verre. Il l'avala d'un trait, la moitié ruisselant sur son menton et son torse – ce qui sans doute lui sauva la vie, à constater l'état de somnolence dans lequel il sombra aussitôt avec ce qu'il avait réussi à ingérer.

Alfredo obtint l'aide réticente du garçon d'écurie, qui ne manifesta aucun remords et fit comprendre qu'il ne l'aidait que dans l'espoir d'être payé. Ils détachèrent Geronimo, le lavèrent et lui enfilèrent des vêtements plus décents, avant de le ramener dans sa chambre. Puis, Alfredo appela le médecin qui vint en maugréant et ordonna, dès qu'il constata l'état du malade, qu'il fût interné au plus vite dans un asile. En attendant que des infirmiers vinssent saisir le forcené, on prolongea les prises de drogue. Alfredo ne vit plus jamais la couleur des yeux de son frère.

Gioacchino était à Paris, en train de jouir de sa première comtesse française, fleur de cette noblesse d'Empire qui aurait trouvé incongru que l'on préférât s'incliner sur la chair froide d'une mère plutôt que de baiser la sienne, si chaude et si douce. Mais cette fois, Gioacchino n'hésita pas lorsqu'il reçut la lettre de son frère :

> Ponti a tout volé et s'est enfui. Nous n'avons plus rien, je crois. Il serait bon que tu reviennes.

Lorsqu'il arriva au Castello, le cœur serré par le regret de revenir sur des lieux qu'il espérait relégués à jamais dans l'oubli, les derniers huissiers venaient d'emporter les meubles sans valeur que Ponti avait dédaignés et les livres sans intérêt qui jonchaient le sol de la bibliothèque. Guglielmo fulminait dans la cour, privé de son fusil également saisi et sous l'œil d'un gendarme robuste. Quand il aperçut Gioacchino, il se précipita vers lui.

— Enfin ! Tu vas leur dire, à ces porcs, que tout ça nous appartient, que c'est la faute de Coniglio, de Della Rocca et de Ponti, ils doivent tout nous rendre, il faut les pendre, les…

Gioacchino eut du mal à l'interrompre. Il réprima le dégoût que lui inspirait cette débâcle, et d'abord celle qui se marquait sur le corps bouffi de son frère.

— Calme-toi !

En un clin d'œil, il évalua la situation. Il avait pris un risque en revenant, mais il n'avait pas le choix. Il fallait agir vite. Un homme en redingote noire sortit sur le perron et manifesta une vive satisfaction en l'apercevant.

— Chevalier Gioacchino Bruchola, j'imagine… Luigi Scrozzi, juge. On m'a chargé de ce triste dossier. Votre défunte mère et vos frères semblent avoir été victimes d'un escroc doublé d'un tortionnaire. Nous ignorons si les circonstances du décès de votre mère sont liées à ses agissements, mais l'état de votre jeune frère, Geronimo, est assurément le fruit des tortures qui lui ont été infligées.

Gioacchino feignit l'émotion et l'effarement.

— Mon Dieu ! Quelle horreur ! Où est-il, ce pauvre Geronimo ?

— À l'asile, répondit froidement le juge, nullement impressionné par cette manifestation de sympathie. Et s'il survit, il est probable qu'il n'en sortira jamais plus.

— Je... je suis atterré ! Sans cette lettre d'Alfredo... Où est-il, d'ailleurs ?

— Dans la chapelle. Il n'en sort presque pas. J'ai cru comprendre qu'il voulait entrer dans un monastère ; il n'aura guère de mal à faire vœu de pauvreté...

Scrozzi eut un petit sourire qui déplut à Gioacchino.

— Je n'aime pas votre ironie ! Nous sommes une famille respectable frappée par un drame !

— À votre place, chevalier, j'éviterais de m'en prendre aux représentants de la loi... Vos deux frères cadets sont victimes, je n'ai aucun doute à ce propos ; à en croire les domestiques, ce qu'ils ont subi mérite toutes les mansuétudes.

— Ce Ponti...

— Je ne parle pas de lui. Et puis, n'est-ce pas vous qui l'avez recruté ?

— Oui, mais je ne me doutais pas que...

— C'est probable, interrompit le juge. Mais vous correspondiez régulièrement avec lui. Nous avons retrouvé vos lettres, des mandats...

Du coin de l'œil, Gioacchino nota que Guglielmo reculait lentement et disparaissait, tandis que le gendarme, répondant à un léger geste de la tête du juge, s'approchait d'eux.

— Je lui faisais confiance ! s'écria Gioacchino. Ce n'est tout de même pas un crime ! Si j'étais son complice, serais-je revenu me jeter dans les bras de la justice ?

— Ce sera à cette justice de répondre à cette question, rétorqua le juge, placide. En attendant, et puisque vous semblez de bonne volonté, vous accepterez certainement de répondre à quelques questions.

Gioacchino soupira ; les gens honnêtes avaient toujours une longueur de retard. Il se recomposa un visage serein.

— Très volontiers, monsieur. Je n'ai rien à vous cacher. Je vous demanderai seulement de me permettre d'aller me rafraîchir dans ma chambre…

Sans attendre, Gioacchino gravit les marches du perron et s'engouffra dans la demeure. Il ne s'attarda pas sur les lieux méconnaissables, salis, vieillis, nus et misérables comme une femme trop âgée contrainte de se déshabiller. Quatre à quatre, il monta l'escalier et pénétra dans la chambre qu'avait occupée son père avant Ponti. Il se pencha discrètement par la fenêtre ; le juge et le gendarme faisaient les cent pas. Son cheval était là ; impossible de le récupérer. Où était passé Guglielmo ? Gioacchino frappa du poing sur le mur ; quel idiot il avait été de revenir ! À présent, son sort dépendait presque totalement du peu d'intelligence dont son frère aîné pouvait faire preuve…

Fiévreusement, Gioacchino fit jouer le mécanisme dévoilant le coffre scellé dans la pierre et l'ouvrit d'une main tremblante. L'argent était là, intact ! Pour peu qu'il parvînt à échapper à ce juge prétentieux, il pourrait reprendre sa vie là où il l'avait laissée, libéré à jamais du fardeau de son passé et de sa famille.

Il fourra les liasses de billets sous sa veste. Il y avait aussi un pistolet chargé, une arme assez petite à la crosse en bois arrondie achevée par une pièce de métal doré. Cela pouvait être utile. Sans bruit, étonné par son calme, il revint à la fenêtre. Le juge manifestait les prémices d'une impatience qui le conduirait, bientôt, à envoyer le gendarme à la recherche du chevalier.

— *Addio !* chuchota Gioacchino avec un sourire mauvais.

Prestement, il sortit et dévala l'escalier de service qui conduisait à l'arrière du bâtiment. Il sursauta en découvrant l'ombre d'un homme et d'un cheval. Son poing serra l'arme, mais il reconnut Guglielmo qui piétinait.

— Ah ! enfin ! Je me demandais ce que tu faisais…

Il ne fallait jamais désespérer, songea Gioacchino.

— Où as-tu trouvé ce cheval ? Je croyais qu'on nous avait tout saisi…

— C'est celui du gendarme, répondit Guglielmo avec un sourire édenté.

Depuis le premier départ de Gioacchino, en 1858, bien des choses avaient changé dans son pays. Le royaume d'Italie s'était constitué, grâce au courage d'un Garibaldi et plus encore à l'intelligence de Cavour, et Vittore Emmanuelle II régnait à présent sur un territoire unifié du nord au sud, ce qui allait permettre au juge Scrozzi de se lancer à la recherche des fugitifs et de mobiliser les polices du royaume. Les frères Bruchola profitaient toutefois de trois atouts : d'abord, la rapidité et le fait qu'ils avaient toujours un coup d'avance ; ensuite, tout n'était pas encore rodé dans le nouvel État ; enfin, la Vénétie était encore autrichienne. Rome échappait aussi à l'Italie ; mais outre que Gioacchino n'y était jamais allé et n'y bénéficiait d'aucune relation, les États pontificaux étaient une prison, tandis que Venise restait une porte ouverte sur l'Europe septentrionale et les plaisirs.

Ils furent à la terrasse du Florian avant que Scrozzi pût les rattraper. Guglielmo ouvrait des yeux d'enfant sur la ville qu'il découvrait. Depuis le retour du frère prodigue, il renaissait. Gioacchino n'avait pas tardé à mesurer la déchéance de son aîné et sa dépendance à l'alcool ; mais il constata également l'emprise accrue qu'il pourrait exercer sur lui. Ce fut pour cette raison, et non parce que Guglielmo l'avait aidé à s'enfuir, qu'il avait décidé de le garder avec lui ; à présent qu'il lui faudrait pourvoir à ses revenus, un garçon tel que Guglielmo pouvait s'avérer utile. Pour autant qu'il le gardât sous contrôle et que Guglielmo acceptât – et supportât – de refréner ses habitudes.

— Ici, nous sommes à Venise, Guglielmo. Une ville dont tu ne soupçonnes rien ; ce que tu vois, là, n'est qu'une parure extérieure. Je connais cette cité, j'y compte des amis…

Guglielmo l'écoutait, les yeux écarquillés, la bouche entrouverte, béat et admiratif.

— Les filles sont plus belles que partout ailleurs, poursuivit-il en se penchant pour chuchoter cette information que Guglielmo engloutit avec un rictus répugnant. Mais, reprit Gioacchino d'une voix forte, tout est différent, ici. Comporte-toi comme au Castello : tu es mort dans deux jours.

Guglielmo pâlit.

— Rassure-toi ; avec moi, rien à craindre. À une condition : que tu m'obéisses aveuglément, que tu ne prennes aucune initiative et…

— Et ? interrogea Guglielmo, inquiet mais déjà soumis.

— Que tu cesses de boire.

De pâle, le visage de Guglielmo se fit blême. Gioacchino se recula sur sa chaise.

— Si tu ne t'en sens pas capable, tu peux retourner en Toscane.

Guglielmo eut un geste de panique.

— Non ! Ça ira, je ne boirai plus ! Plus… du tout ?

— Seulement quand je t'y autoriserai.

Guglielmo soupira et laissa à nouveau son regard flotter sur la place et ses passants, principalement les élégantes, assuré que leurs sourires lui étaient destinés.

Une claque sur le menton le fit sursauter et presque tomber à terre ; deux jeunes femmes qui marchaient à proximité rirent, tandis que Gioacchino lui tendait un mouchoir pour essuyer le café qui avait giclé sur sa veste.

— Si tu continues à regarder les filles avec cet air de paysan ahuri, tu ne réussiras même pas à convaincre les putains de la Giudecca ! Allez, suis-moi ; je vais t'ouvrir les portes de palais et de plaisirs que tu ne soupçonnes même pas !

Les cinq années durant lesquelles Guglielmo avait subi la loi de Ponti et où Gioacchino avait goûté à une liberté et des plaisirs illimités, avaient creusé entre les deux frères un abîme que rien n'aurait pu combler. Gioacchino pesta contre les mœurs rustres et inélégantes de ce lourdaud, qui lui rappelait son passé et le monde avec lesquels il avait voulu rompre.

Gioacchino entreprit de le dresser. Il lui enseigna comment se tenir dans un salon vénitien et ressuscita son passé de danseur et de mondain de province. Puisqu'à la clef, il était question de retrouver des filles dans son lit, Guglielmo fut un élève relativement doué. Il avait retrouvé son mentor qui s'occupa, comme jadis, de lui fournir des filles complaisantes ; que souhaiter de plus ? Il ne se plaignit pas que ces filles fussent moins belles, ou que Gioacchino ne les recrutât point dans la bonne société des salons.

Les palais permettaient peut-être de briller et de tuer le temps, mais pas de vivre ; aussi, les deux frères se mirent à fréquenter les salles de jeu où se retrouvaient non seulement une partie du public mondain croisé ailleurs, mais aussi la faune colorée et cosmopolite des aventuriers du lucre. Au début, ils se montrèrent prudents ; Gioacchino chercha à percer les secrets de la chance, les moyens de tricher et de s'enrichir sans effort ni danger dans une société d'initiés autrement plus vigilants que les provinciaux sur lesquels il s'était fait les dents, en Toscane. Il se risqua à quelques parties de cartes et développa des talents qui lui permirent bientôt de ne plus vivre sur leurs économies, tandis que Guglielmo s'avéra plus doué aux dés et aux jeux de hasard où il apprit à épauler la chance, qui est souvent distraite.

Durant les quelques mois de leur séjour vénitien, ils ignorèrent superbement la ville, laquelle fut le théâtre le plus indifférent de leurs médiocres exploits sur des planches qui en avaient connu de plus éblouissants. Le soleil les voyait peu et surtout à l'aube, quand ils rentraient d'une nuit de fête et de jeux. Gioacchino avait loué le premier étage d'un petit palais vétuste, le long du Canareggio, où ne pénétraient que des filles assez légères pour ne pas faire grincer un parquet oublieux des splendeurs passées, et pour ne pas s'appesantir sur le manque de luxe du lieu de leurs ébats.

La rouerie de Ponti avait néanmoins porté un coup à l'amour-propre de Gioacchino, autant qu'à ses ressources financières. Il n'était évidemment pas question d'avouer à son frère qu'il avait été le premier agent de leur ruine ; Guglielmo ne le considérait-il pas comme son sauveur ? Gioacchino abonda dans ce sens ; balançant entre Ponti, Coniglio et Della Rocca, il attisait régulièrement une rancune qui, mêlée à la violence dont Guglielmo pouvait faire preuve, pourrait être un jour utile. Lui-même y trouvait son compte ; n'y avait-il pas, dans ces reproches, un fond de vérité ? La légende qu'il étoffait, mensonge après mensonge, avait achevé de reléguer la vérité tout au fond d'un puits fangeux.

Il entraîna Guglielmo, un soir, pour une réception donnée dans un palais ayant son entrée sur le Grand

Canal, la Ca' d'Oro. Par l'entremise d'une maîtresse, il était l'invité d'une femme dont il avait parfois entendu parler, mais qu'il n'avait jamais rencontrée. Marie Taglioni était une fille de l'Europe des fêtes et des cours, ancienne ballerine étoile de renommée internationale, adulée par les artistes et les têtes couronnées, maîtresse du prince Troubetskoy qui lui avait d'ailleurs fait don de ce palais, un des plus beaux de Venise. Aujourd'hui, la Taglioni venait rarement à Venise, occupée par les cours qu'elle donnait à Londres ou Paris. Ses retours et les réceptions qui les ponctuaient étaient un événement prisé d'un microcosme auquel Gioacchino n'appartenait pas encore.

— Bonsoir, *signori*... Vous semblez un peu perdus !

L'homme qui les avait abordés était un curieux personnage, à l'abondante chevelure blanche, dont le regard étincelant se fixait avec malice sur ses interlocuteurs.

— Pas du tout, répliqua Gioacchino, vexé qu'on pût le supposer mal à l'aise dans un élément aussi naturel.

— Je vous prie de m'excuser si ma formulation vous a froissés, reprit le vieil homme avec un large sourire ; j'ai cru simplement noter que c'était la première fois que vous êtes les hôtes de cette chère Marie... Permettez-moi de me présenter : Tommaso Reguer. Je suis un vieil ami de la maîtresse de ces lieux. Et vous ?

— Chevalier Bruchola, répondit sèchement Gioacchino. Et voici mon frère Guglielmo.

— Enchanté, *cavalieri* ! Je puis vous présenter à Marie. Elle se trouve dans le salon voisin ; elle est très entourée, mais j'ai le bénéfice d'un accès privilégié qui me permettra de vous conduire jusqu'à elle sans délai. Le souhaitez-vous ?

Avant de répondre, Gioacchino parcourut des yeux la foule déjà nombreuse, en quête de celle qui les avait introduits ici et dont la présence lui aurait permis de se débarrasser de ce personnage. Mais il ne la vit pas ; et comme il était venu dans l'idée d'étendre ses relations, il accepta avec froideur, comme pour signifier que c'était lui qui rendait service à ce Tommaso Reguer, et non l'inverse. Guglielmo suivit sans commentaire, fasciné par le faste environnant.

— Je vois, dit Reguer, que votre frère semble sous le charme de ce palais ! C'est effectivement l'un des plus beaux du Canal, ou du moins le fut-il. Car même si Marie est une amie, je déplore la manière dont elle a dirigé la restauration de cette antique et magnifique demeure ; il y avait, entre autres merveilles, un remarquable escalier gothique dans la cour intérieure, qu'elle a supprimé, sur le conseil du plus effroyable des architectes… Marie fut la plus grande étoile de la danse en Europe, mais cela ne dispense pas tous les autres dons ! Elle a d'ailleurs commis quelques erreurs politiques, comme celle de préférer les Autrichiens aux révolutionnaires vénitiens, en 1848. Bien sûr, les événements lui ont donné raison à court terme, puisque la révolution a échoué et que les Autrichiens dominent toujours la cité et la province ; mais l'Histoire lui donnera tort ! Ce dont, grâce à sa beauté et à son tempérament, nul même parmi les plus irréductibles nationalistes ne lui tient véritablement rigueur…

Tout en parlant, Reguer se frayait un passage vers la pièce centrale, plus brillante et plus animée. Guglielmo ne l'écoutait pas et Gioacchino commençait à le trouver insupportable. Il lui tardait d'être face à cette femme, dont il lui importait peu de savoir si elle était douée en architecture ou en politique ; par contre, plus il avançait dans le sillage de son guide, plus il évaluait le potentiel des convives ici rassemblés. Cette Taglioni pouvait détruire tous les palais vénitiens qu'il lui chantait, si elle lui permettait de renouveler ses relations et de pénétrer dans des cercles qui, jusqu'à présent, lui étaient demeurés inaccessibles. Sans doute n'avait-elle plus l'âge pour faire une maîtresse agréable ; mais elle était à celui où l'on appréciait d'avoir encore des amants. Gioacchino était prêt à quelques sacrifices.

Ils aboutirent enfin au milieu d'un groupe qui faisait cercle autour d'une femme qui miroitait davantage que les lustres suspendus au-dessus de leurs têtes. Elle avait des finesses d'articulation qui rappelaient la danseuse, des lourdeurs de hanche qui dénonçaient la paresse du succès et des flétrissures de peau qui trahissaient l'infamie de son âge. En la découvrant, Gioacchino espéra qu'elle avait appris à donner sans recevoir, satisfaite des flatteries prodiguées par des mots dont rien ne permettait de deviner qu'ils n'étaient pas sincères, grâce à l'éloignement des corps et la pudeur des grands sentiments.

Quand elle aperçut Tommaso, elle écarta ceux qui l'entouraient et s'approcha.

— Mon ami ! *Carissimo !* Quelle joie de vous revoir ! Et qui m'amenez-vous ?

Le cercle se décomposa et elle tendit une main éclatante de brillants que Tommaso baisa, imité par les chevaliers.

— Marie, c'est une joie que j'ai plaisir à partager. Quant à ces deux jeunes gens, je viens de les rencontrer. Ils paraissaient quelque peu perdus et je me suis permis de vous les amener.

Gioacchino s'inclina et se présenta.

— Et d'où venez-vous, chevalier ?

— Peu importe, puisque nous sommes ici ! tenta Gioacchino.

— Détrompez-vous ! poursuivit Marie avec un large sourire. Moi, voyez-vous, je suis née à Stockholm. L'auriez-vous imaginé ? Moi pas ! C'est parce que j'ai parcouru l'Europe que je suis arrivée ici. Et je n'ai honte d'aucun des lieux où je suis passée !

Piqué par la crainte qu'on pût le croire honteux, Gioacchino précisa leur origine. Marie se tourna vers Tommaso.

— Décidément, vous êtes lié à ce pays ! Tous les quinze ans, vous me présentez un Toscan… N'était-ce pas déjà de cette région que venait ce très bel homme ?

— Le comte Della Rocca ? répondit Tommaso sans paraître noter l'émotion que ce nom éveillait chez les deux chevaliers. Certes. Mais j'ignorais complètement que nos amis étaient toscans, et ce pays est vaste…

— Connaissez-vous le comte Della Rocca ? reprit la Taglioni.

Guglielmo allait ouvrir la bouche mais Gioacchino s'était ressaisi et lui écrasa le pied.

— De nom, oui.

— Vous voyez ? Le monde est minuscule ! Saviez-vous que c'est chez moi, dans ce palais, qu'il a rencontré sa femme, la ravissante Lætitia Malcessati ? Au fait, vous ne m'avez jamais donné de leurs nouvelles, mon cher A…

— C'est une longue histoire, l'interrompit le vieil homme, et je n'ai moi-même plus vu cet homme depuis quinze ans ! Mais j'imagine que les chevaliers ne sont pas venus à Venise pour entendre parler de leurs voisins !

Le nom de Lætitia avait plus ému Gioacchino que celui du comte et il mit quelques instants pour réagir.

— Nous… nous ne les connaissons pas.

Tommaso le dévisagea avec curiosité, sans se départir de son fin sourire qui sembla excessivement ironique à Gioacchino. Mais Marie poursuivait, faisant valser, au gré de son exaltation, les corps maigres de ses cheveux.

— Si je ne me trompe, les Malcessati occupaient la Ca' da Mosto…

— Je suis désolé, ma chère Marie, mais effectivement, vous vous trompez. Depuis le lointain séjour du tsar Paul, ce palais exceptionnel est malheureusement à l'abandon.

— C'est le drame de cette ville ! Mais je ne puis sauver toutes ces ruines !

— Certes, s'inclina Tommaso.

Gioacchino n'écoutait plus. Il s'efforçait au calme, mais le sang lui battait les tempes. Ainsi, ce vieillard énervant connaissait Della Rocca et Lætitia ! Se pouvait-il qu'il les eût abordés par pur hasard, ou était-il en train de leur tendre un piège ? Mais celui qui pourrait les rouler n'était pas encore né ! songea-t-il en oubliant que Ponti s'était déjà présenté à l'examen et l'avait réussi avec brio.

— Êtes-vous depuis longtemps à Venise ?

Gioacchino ne réalisa pas tout de suite que Marie Taglioni lui destinait cette question mondaine et sans autre intérêt. En bredouillant, il donna une date.

— Vraiment ? Comment se peut-il que nous ne nous soyons jamais rencontrés ? Quels salons fréquentez-vous ?

Gioacchino cita quelques noms.

— Oh ! s'exclama-t-elle, ce sont des salons où l'on joue ! J'adore jouer, mais je suis trop mauvaise perdante ; alors, je les évite ! Vous jouez, chevalier ?

— Un peu…

— Méfiez-vous ! Et ne vous risquez pas à défier notre ami ! Mine de rien, c'est un joueur que l'on dit exceptionnel !

Tommaso accepta le compliment avec son éternel sourire.

— N'exagérez pas ! Vous allez me faire perdre tout partenaire !

L'allusion au jeu avait suffi à ramener Gioacchino à la réalité de cette soirée.

— Vous jouez ? demanda-t-il avec une grimace carnassière.

— Cela m'arrive, répondit le vieil homme. Mais je ne fréquente plus les salles spécialisées ; je me limite à quelques parties en duel, chez moi. Et la dernière remonte à plusieurs mois !

Marie poussa un petit cri d'excitation.

— Je devine qu'un défi va vous être lancé ! N'est-ce pas, *cavaliere* ?

— Je ne sais pas... Peut-être.

Tommaso prit le bras de Marie.

— Nous verrons cela plus tard. Si vous me permettez, *signori*, j'aimerais présenter une autre connaissance à notre hôtesse, et celle-là n'est pas toscane. Nous nous reverrons certainement...

Il salua d'un mouvement de tête et entraîna Marie vers la porte.

— Qui est ce vieux fou ? fulmina aussitôt Guglielmo que seule la peur des réactions de Gioacchino avait tempéré.

— Tais-toi, imbécile ! gronda celui-ci en le dirigeant vers le balcon qui surplombait le canal.

Ils s'adossèrent à l'ombre d'une statue de femme nue qui ne les émut pas.

— C'est un ami de Della Rocca ! reprit Guglielmo. Je vais...

Guglielmo eut un geste du bras qui manifestait sans ambiguïté ses intentions, mais Gioacchino l'interrompit.

— Tu ne vas rien faire du tout. Quoi qu'il en soit, nous n'avons rien à craindre. Il a dit qu'il n'avait plus vu le comte depuis quinze ans. Par contre, je crois qu'il y a moyen de gagner beaucoup d'argent. Ce Tommaso est un vieil homme qui se croit très fort ; une proie facile !

Il ne dit pas à Guglielmo qu'il envisageait aussi de le faire parler de Lætitia et du comte. Il s'apprêtait à rentrer dans la salle lorsque Tommaso surgit sur le balcon.

— Cette statue de Vénus est plus propice aux rendez-vous amoureux qu'aux complots ! Mais la vue sur le canal est magnifique, vous avez raison de venir l'admirer. Ainsi donc, chevalier, vous jouez…

— Cela m'arrive. Vous aussi, semble-t-il ; accepteriez-vous de…

— Vous savez, je ne joue presque plus. Et uniquement à mes conditions.

— C'est-à-dire ?

Le vieil homme, qui paraissait soudainement très sérieux, s'accouda à la balustrade.

— Je ne joue que chez moi, comme je l'ai déjà dit, aux jeux que je choisis et pour de très grosses sommes. Avec l'âge, on a besoin de stimulations de plus en plus fortes… trop fortes peut-être pour de jeunes gens comme vous !

Gioacchino tiqua.

— Détrompez-vous !

Tommaso lui tournait le dos, souriant au canal et à ses feux illusoires. Dans le palais, le tumulte de la fête enflait ; sur le canal, un gondolier poussa un cri et une mouette passa devant eux, sillage d'argent dans la nuit scintillante.

— Pratiquez-vous les échecs, *cavaliere* ?

— Oui, répondit-il sans hésiter.

— Vingt-cinq lires la partie, demain soir, chez moi ; d'accord ? Un duel, rien que vous et moi.

— D'accord.

— Parfait !

Tommaso se retourna si vivement que les Bruchola reculèrent.

— Tenez, voici ma carte. Je vous attends à six heures…

Lorsqu'il frappa à l'imposant vantail du palais où Tommaso lui avait dit résider, Gioacchino songea qu'il n'avait pas envisagé la possibilité que son hôte ne fût pas totalement seul ; il y aurait des domestiques avec lesquels il faudrait compter et ruser. Mais le très vieux laquais qui vint lui ouvrir le rassura. Il pénétra dans les lieux en barbare sûr de sa victoire.

Le faste intérieur contrastait agréablement avec la façade sombre et décatie : des statues austères, représentant des personnages sans doute importants jadis mais inconnus de Gioacchino – et donc sans importance –, accueillaient le visiteur de leurs regards sévères et minéraux, et l'accompagnaient dans la montée du monumental escalier de marbre. Gioacchino, refusant de se sentir impressionné, ralentit néanmoins le pas à l'approche de l'énorme tableau qui, du haut du premier palier, écrasait ceux qui avaient l'audace de gravir les marches. Le sujet, à l'évidence, était religieux et la figure centrale, celle d'un Dieu en colère répandant sur une foule paniquée les foudres de son implacable justice. Alors que Gioacchino accédait aux derniers degrés, une voix grave retentit et ricocha sur les pierres froides.

— Eh bien, chevalier, se pourrait-il que vous fussiez impressionné par une simple toile ?

Bruchola ne put masquer sa surprise, ce qui ajouta à son mécontentement.

— Un tableau…

Tommaso Reguer, qui l'avait accueilli du sommet de l'escalier, descendit à sa rencontre.

— Un tableau ! Bien sûr, mais pas n'importe lequel, ni de n'importe qui ! C'est une œuvre terrifiante de Michelangelo Buonarroti, une toile qu'il a réalisée en prévision de la commande pour la chapelle Sixtine. Le panneau du Jugement dernier, comme vous l'avez certainement deviné. Il paraît que le pape Paul III fut tellement effrayé par ce tableau qu'il insista auprès de son peintre pour qu'il atténuât l'ire divine. Sans doute ce saint-père, père d'ailleurs de nombreux enfants, redoutait-il ce moment… Cela dit, il n'a peut-être pas eu tort ; si un peu de crainte renforce la foi et le pouvoir, son excès peut tout ruiner. Mais n'est-ce pas le cas de tous les excès ?

Il était arrivé au niveau de son invité à qui il tendit la main.

— Vous n'avez donc pas à rougir d'avoir frémi en découvrant ce qui fit trembler un pape !

— Je n'ai ni rougi ni frémi ! riposta Gioacchino mal à l'aise.

— Je vois… Vous n'êtes pas de ceux que les représentations impressionnent !

— Ni les représentations, ni la réalité.

— Parfait ! J'étais sûr que vous n'usurpiez pas votre titre de chevalier ! Mais venez ; nous ne sommes pas là pour discuter de peinture.

Il le conduisit dans un fumoir de style anglais dont tous les murs étaient couverts de boiserie. Sur une table, un échiquier en bois précieux avait été disposé et, sur un second plateau, une série de flacons, de verres et de boîtes à cigares. Reguer nota le regard de son hôte qui inspectait les lieux.

— J'ai demandé à Giuseppe de tout préparer, afin que nous n'ayons plus à le déranger. Il est seul à assurer mon service et n'est plus très jeune, comme vous l'avez constaté. Moi non plus, ce qui me rend sensible à son état et m'incline à l'épargner ! Si toutefois vous aviez une envie qui ne pourrait être satisfaite par ce que nous avons prévu, je l'appellerai…

La situation se présentait sous les meilleurs auspices ; Gioacchino s'empressa de décliner l'offre.

— Nous sommes là pour jouer, n'est-ce pas ? dit-il avec un sourire retrouvé.

Tommaso approuva et lui laissa choisir sa place, puis ils tirèrent au sort la couleur. Gioacchino obtint les blancs. Durant la journée, il avait revu, avec un compagnon de tripot, quelques stratégies, notamment des ouvertures de partie qui, à en croire ce maître, étaient imparables, sauf pour les plus avertis.

Au gré des premiers coups, Gioacchino se renforça dans la certitude de sa supériorité. Il captura trois pions avec un sourire modeste, et une tour avec un très léger cri de satisfaction. Face à lui, Tommaso semblait déplacer ses pièces à l'aveuglette, tel un maréchal surpris par une attaque imprévue. Gioacchino suivait pas à pas la tactique apprise, que les ripostes de son adversaire ne parvenaient pas à déjouer. Il songeait déjà que le vieil homme avait préjugé de ses forces.

— Ainsi donc, vous venez de Toscane ? questionna subitement Reguer après avoir avancé sa dame de quatre cases en diagonale.

Gioacchino se souvint que le jeu n'était pas la seule raison de sa venue ici.

— Oui, répondit-il laconiquement, en tâchant de ne pas perdre le fil de la partie.

— Ne croyez pas que je cherche à vous déconcentrer ! reprit l'autre. Si vous préférez, nous pouvons attendre la fin pour discuter un peu.

Faire avancer la reine…

— Vous ne me déconcentrez pas.

— Dans ce cas… Je ne sais si je dois dès lors prendre votre cavalier ! Cela doit être une ruse…

Gioacchino sursauta. Il n'avait pas vu qu'il découvrait dangereusement une pièce aussi précieuse. Il s'efforça de bluffer.

— Ça…, dit-il avec un sourire crispé.

Reguer parut ne pas l'entendre et, d'un geste élégant, posa son fou sur la case ; le cavalier s'envola et fut rangé sur le côté encore vide de l'échiquier.

— Je prends le risque ! Sinon, je serai mat dans deux coups !

Gioacchino essaya de voir comment sa pièce perdue aurait pu le mener si vite à la victoire, alors que, dans la stratégie laborieusement retenue, elle ne devait plus intervenir. Se souvenait-il correctement ?

— Si j'ai bien compris, vous connaissez mon ami Bonifacio Della Rocca ? poursuivit Tommaso en reposant la main sur le bord de la table.

— De nom… J'ai dû le rencontrer à l'un ou l'autre bal, il y a très longtemps.

Que devait-il jouer à présent ? Le fou de Reguer menaçait un pion que rien ne protégeait. Fallait-il le sauver au risque de marquer le pas dans son attaque ? Ce n'était qu'un pion, après tout… Gioacchino maintint ce qu'il pensait être le cap – mais il n'en était plus tout à fait sûr.

— Moi-même je n'ai plus de nouvelles depuis des lustres, dit Tommaso d'une voix calme, tandis qu'il s'emparait de l'insignifiante victime. J'ignore d'ailleurs s'il vit encore.

— À ma connaissance, il n'est pas mort.

— Vous en semblez déçu…

Gioacchino sursauta.

— Pardon ?

— Je vous prie de m'excuser ; une facétie de mauvais goût. Le ton de votre voix devait davantage marquer votre dépit devant le sort changeant de la partie… Échec !

Le fou s'était en effet aligné sur le roi. Si Gioacchino avait pu bouger librement, il aurait pu, lui aussi, menacer le roi adverse avec sa reine, mais il lui fallait maintenant sauver sa pièce maîtresse. Il avança un pion pour barrer la route au fou.

— Je crains que cela ne suffise pas…

Avec sa reine, Reguer abattit celle de Gioacchino qui n'avait pas repéré la menace – qu'aurait-il pu y changer, puisque son roi était visé ? Sans la reine, la stratégie s'effondrait. Gioacchino toussa et tâcha d'échafauder seul une tactique de rechange. Il avança un cavalier qui dormait au troisième rang depuis longtemps.

— Échec et mat !

Le cavalier noir avait bondi et s'était positionné en embuscade, épaulé par la reine et le fou qui bloquaient les issues que les propres pièces de Bruchola avaient condamnées, lequel blêmit.

— Vous aviez pourtant bien commencé, poursuivait le vainqueur tandis que le vaincu observait en vain le damier, à la recherche d'une faille. Une ouverture redoutable à laquelle les meilleurs succombent souvent !

Tommaso Reguer se releva et marcha vers les flacons.

— Désirez-vous un cognac ?

Sans attendre la réponse, il remplit deux verres et en porta un à Gioacchino.

— Vous m'avez distrait, dit celui-ci d'une voix étouffée.

— Vous m'avez assuré du contraire ! Mais si vous

acceptez la revanche, je vous promets de me taire jusqu'au terme.

— C'est que…

Tommaso but une gorgée.

— Chevalier Bruchola, votre habitude du jeu doit également vous mettre à l'abri des humeurs qui peuvent troubler le néophyte dans ses défaites ! Mais si vous soupçonnez, dans mon amorce de discussion, une manœuvre déplacée, je vous accorde l'annulation de la manche et donc de vos pertes.

Gioacchino hésita. Puis, il redressa le torse et vida son verre d'un trait.

— Je n'ai pas besoin que vous me fassiez de tels cadeaux !

— Bien ! Je vois que vous êtes un homme d'honneur ! Le comte Della Rocca ne jouait pas, à ma connaissance, mais il aurait apprécié…

Piqué au vif, Gioacchino répliqua immédiatement.

— Un homme d'honneur ne se serait pas laissé cocufier de la sorte !

Tommaso Reguer prit le temps de boire avant de répondre.

— Pour quelqu'un dont vous ne connaissez que le nom, vous semblez au courant de détails très intimes !

— Tout le pays en a ri.

— Les gens rient souvent de ce qu'ils ne comprennent pas.

Gioacchino regretta que la conversation en fût si rapidement venue à ce sujet, autant qu'il fut irrité par les réponses de son hôte.

— Il n'y a rien de mystérieux dans cette histoire ! reprit-il avec arrogance.

— Éclairez-moi alors, je vous prie. Peut-être qu'à défaut de connaître le comte, vous avez fréquenté sa jeune épouse ?

Le cœur de Gioacchino eut un pincement qu'il réprima aussitôt, dans un mouvement de gêne.

— Non ! Mais si j'ai bien compris, elle ne vous est pas étrangère…

Tommaso reprit place devant l'échiquier et replaça les pièces pour une nouvelle partie.

— C'est exact. Je l'ai présentée au comte, précisément à l'endroit du balcon où je vous ai retrouvés, chez la Taglioni. Je puis préciser que je la connaissais mieux que le comte, et même depuis l'enfance. Sa mère est une femme remarquable et leur famille est tout à fait prestigieuse…

— Cela ne l'a pas empêchée d'abandonner son mari et son fils pour le premier venu !

— Ne réduisez pas les drames des autres à l'un de ces vaudevilles qui font tellement rire le bon peuple parisien, aux dépens des douleurs et des sentiments que de braves gens éprouvent au plus profond de leur chair !

— Je vois ce que je vois.

— En l'affaire, je pense que vous n'avez pas vu grand-chose, de votre propre aveu. Mais nous voilà prêts pour une nouvelle manche ! Choisissez…

Il tendit ses deux poings serrés chacun sur une pièce de couleur différente. Gioacchino frappa du doigt la main gauche.

— Noir. Je commencerai donc.

Tommaso fit tourner le plateau et, sans perdre de temps, avança un pion de deux cases. Gioacchino chercha dans ses souvenirs quelle ouverture pourrait convenir – plus question d'adopter la même ! Puis il se résolut à faire confiance à son instinct et opéra un mouvement identique.

Ce fut dans le silence le plus religieux, en douze minutes, qu'il fut cette fois battu.

— Cela nous fait deux parties à zéro, et mérite

un second cognac ! Mais dites-moi, pourquoi vous intéressez-vous autant à Lætitia ?

Gioacchino, qui buvait son second affront, sursauta.

— Je ne vous ai jamais dit que je m'intéressais à cette femme !

— Excusez-moi ; c'est ce que j'avais cru comprendre. Peut-être n'ai-je que projeté sur vous un intérêt personnel… Je serais très heureux de savoir ce qu'elle est devenue. Mais j'imagine que vous n'en savez rien…

— Rien du tout.

— Je crois qu'elle est partie en Amérique.

— C'est ce que l'on prétend. Mais si vous êtes un ami de la famille, je m'étonne que vous ne soyez pas informé par sa mère.

— Je n'ai plus revu la princesse depuis le mariage de Lætitia. J'ignore si elle vit encore. Peut-être a-t-elle succombé à son chagrin…

Gioacchino s'était mis à jouer nerveusement avec des pièces.

— Vous semblez impatient d'en découdre, chevalier ! Prêt pour une troisième joute ? J'espère que vous avez de quoi acquitter vos dettes…

Gioacchino sortit une bourse qui paraissait bien garnie et la posa sur la table.

— Et vous, *signor* Reguer ?

L'homme se dirigea vers une porte intégrée dans une des cloisons de bois qu'il ouvrit, laissant entrevoir un coffre dont les ombres trahissaient un contenu généreux. Les yeux de Gioacchino scintillèrent.

— Encore faudrait-il que je vous doive de l'argent, chevalier ! Mais rassurez-vous, je peux me permettre de perdre quelques parties…

Il glissa ostensiblement une liasse épaisse de billets dans la poche intérieure de sa veste.

Deux heures plus tard, Gioacchino tapait rageusement sur la table alors que, pour la sixième fois, Tommaso Reguer avait acculé son roi et prononcé les trois mots fatidiques.

— Les échecs sont un loisir de femmes et de vieux ! s'écria-t-il d'une voix aiguë.

— Il est vrai, répondit Reguer placide, qu'il s'agit d'un jeu requérant du calme et de la concentration, ce dont les femmes et les vieux sont davantage capables que les jeunes gens et les hommes fougueux de votre espèce. Mais n'étant ni une femme ni un vieillard comme moi, rien ne vous obligeait d'accepter cette confrontation. Ni de renchérir de la sorte ! Vous voilà, je le crains, lourdement endetté…

Gioacchino tâta la poche dans laquelle il avait caché son pistolet. Les paupières de Reguer, à qui le mouvement n'avait pas échappé, se plissèrent.

— Je m'assoupis ! poursuivit Gioacchino.

— Nous pouvons en rester là, si vous le souhaitez. Je demanderai à Giuseppe de nous préparer un repas qui vous consolera de vos pertes…

Gioacchino se releva et se mit à arpenter la petite pièce.

— Je n'ai pas peur et encore moins besoin d'être consolé ; mais je ne veux plus des échecs !

Reguer était demeuré assis.

— Je me méfie des cartes, répondit-il posément. Trop de hasard et de possibilités de… fraude.

À nouveau, le poing de Gioacchino s'abattit sur la table.

— Croyez-vous que je triche pour gagner ? Aux cartes, je suis imbattable ! Mais là, c'est vous qui avez peur !

— Calmez-vous, chevalier. Pour vous, je veux bien faire une exception. Je vous offre la possibilité de vous refaire aux cartes, puisque tel est votre atout !

Il ouvrit le tiroir devant lui. Gioacchino se raidit. Reguer interrompit momentanément son geste.

— Rassurez-vous, je ne cache pas d'arme ! Nous ne sommes pas dans un *saloon* américain ! Au fait, êtes-vous déjà allé dans ce pays fascinant ?

Il sortit un paquet de cartes neuves qu'il tendit à Gioacchino, tandis qu'il se levait pour débarrasser la table de l'échiquier. Gioacchino prit les cartes, les inspecta et entreprit de les mélanger.

— Non. Qu'irais-je faire là-bas ?

— Retrouver la belle Lætitia… Allons, ne soyez pas si susceptible ! Ce n'est qu'une mauvaise plaisanterie. Mais avouez que c'est une curieuse coïncidence…

— Quoi donc ?

Les deux hommes reprirent place, Gioacchino passant sa nervosité grandissante sur les cartes qu'il battait et rebattait.

— Que vous soyez un proche du comte Della Rocca et que je vous rencontre à l'endroit précis où…

— Je ne suis pas proche de ce… !

— Je ne parlais qu'en termes géographiques. Je vous saurai gré, au demeurant, de ne pas injurier mes amis. Votre animosité m'étonne, d'ailleurs ; un homme si bon aurait-il pu vous causer des torts ?

— Un homme si bon !

Gioacchino se mordit la langue. Il toussa.

— Je vous ai dit que je n'ai aucun rapport avec lui.

— Cela n'interdirait pas qu'il vous ait nui… Mais si tel est le cas, je ne pourrais croire que ce fût délibérément. Enfin ! puisque j'ai choisi le premier jeu, je vous laisserai décider du second ! Encore que, vu le nombre de joueurs, le choix est réduit.

— Le poker !

— Diantre ! Voilà qui nous ramène en Amérique, sur les traces de cette malheureuse Lætitia.

Gioacchino, qui avait commencé à distribuer, s'interrompit.

— Pourquoi malheureuse ?

— Vous avez raison : mieux vaut l'imaginer heureuse !

— Je vous répète que cela ne m'intéresse pas.

Les parties se succédèrent à un rythme régulier. Tommaso finit par laisser sur la table le flacon de cognac ainsi que les cigares, dont l'un et l'autre se servaient régulièrement. Ils parlèrent peu, et seulement pour le jeu. Gioacchino refit son retard et se félicitait d'avoir flairé chez ce vieil excentrique une aubaine exceptionnelle. Au poker, il n'avait aucune chance, quelle que fût la variante choisie.

— Décidément ! s'écria Tommaso lorsque les pertes se furent équilibrées. La chance m'abandonne !

— La chance ?

— Elle n'existe pas aux échecs. Pour être honnête, il faut reconnaître que vous faites preuve d'une impassibilité et d'un contrôle de vos émotions surprenants… « *Poker face* », comme on dit en Amérique ! Il ne faudra pas longtemps pour que je sois votre débiteur !

Et, de fait, une demi-heure plus tard, la dette s'était inversée. Pris par le jeu, Gioacchino ne pensait à plus rien d'autre. À quoi aurait-il pensé, d'ailleurs ? Il avait été bien sot de vouloir faire parler cet original d'une femme à peine entraperçue et depuis si longtemps oubliée. Que ce visage magnifique demeurât dans les limbes de l'oubli ! Par contre, il y avait une fortune à saisir ici, et Reguer avait été imprudent de dévoiler son coffre. Il était vieux, ils étaient seuls, le domestique n'était pas un obstacle. L'opportunité était trop belle, même s'il fallait ensuite fuir Venise, où de toute manière Gioacchino commençait à s'ennuyer. Ce Reguer n'était-il pas un ami de Della Rocca ? Celui-ci n'était-il pas partiellement responsable de la banqueroute et de l'exil de Gioacchino ?

— Ciel ! Je crois que je vais crier « pouce » ! soupira Tommaso alors qu'il n'avait qu'une paire à opposer au brelan de Gioacchino.

— Vous n'y pensez pas ! Auriez-vous peur ?

— Pas plus que vous n'aviez peur de perdre aux échecs ; mais cela fait longtemps que nous jouons, et je n'ai gagné que deux parties… Votre supériorité dans cette discipline est incontestable !

— Je n'ai pu remporter aucune manche aux échecs, tandis qu'il vous est possible de revenir… C'est cela, le plaisir du poker ! En quinze minutes, je puis tout perdre à nouveau !

Tommaso se laissa convaincre et Gioacchino redistribua une main. Il s'arrangea pour la perdre, comme il savait le faire pour réamorcer un adversaire intéressant, susceptible de perdre beaucoup plus. Tommaso remporta la suivante sans que Gioacchino y fût pour rien : il étala une magnifique quinte que le perdant salua avec un rictus curieux. Il perdit encore la troisième, alors que Tommaso n'avait qu'une paire de valets à opposer à la sienne – de dix. Heureusement, Gioacchino remporta les trois manches suivantes. Puis se remit à perdre. Le flacon de cognac était vide, la tête lui tournait. La chance le lâchait, il était temps d'envisager d'autres ressorts… À moins que ce diable d'homme trichât ? Après tout, le jeu lui appartenait, on était chez lui… En distribuant, Gioacchino examina discrètement les cartes. Tommaso, qui prenait son retour en grâce avec la même impassibilité que sa brève déroute – au contraire de Gioacchino qui commençait à trépigner –, observa la manœuvre avec un sourire narquois.

— Me soupçonneriez-vous de quelque malversation ?

— Non ! bredouilla Bruchola. Mais… je m'étonne de ce revirement…

— Je n'ai pas mis en doute votre intégrité lorsque vous gagniez. Je vous l'ai dit : ce jeu tient trop au hasard ! Nous pouvons arrêter, si vous le désirez à présent. Je pense que nous sommes revenus au score qui prévalait avant que nous abandonnions les échecs…

C'était exact : Gioacchino venait de reperdre une fortune.

— Jamais !

— Jamais ? C'est un peu long, cela… C'est donc vrai qu'il existe une ivresse des cartes. Et quand celle de l'alcool s'y ajoute…

Gioacchino coupa Tommaso en annonçant une mise excessive. Son adversaire sourit.

— Pensez-vous, continua-t-il en allumant un cigare, que le comte Della Rocca aurait pu jouer sa femme au poker ? C'est le genre de mise qui devrait vous plaire, non ?

— Je vous ai dit que…

Mais il n'acheva pas. C'était certainement une tactique pour le déstabiliser. Il changea trois cartes et oublia aussitôt la remarque de Reguer : quatre dames s'alignaient dans sa paume. Il relança la mise en la doublant.

— Je n'ai pas besoin du poker pour gagner des femmes ! Alors, vous suivez ?

— Vous semblez très sûr de vous…

Tommaso tira sur son cigare.

— J'imagine que vous avez de bonnes raisons… Je ferais mieux de vous laisser.

La chance était de retour. Il allait l'écraser.

— Mais je prends le risque !

Lorsque les cartes tombèrent, Gioacchino découvrit avec stupeur quatre rois qui coiffaient ses reines. Le sang lui monta d'un coup au visage ; il se releva d'un bond, bouscula la table et sortit son pistolet.

— Vous trichez ! vociféra-t-il.

Il ne comprit pas ce qui se passa ensuite. Il avait menacé Reguer de son arme ; le vieillard, loin de paraître effrayé, avait commencé à rire. Son rire avait enflé, la main de Gioacchino s'était mise à trembler, le rire était devenu un rugissement qui vrillait la tête du chevalier enivré. Au moment où le coup de feu partit, l'obscurité se fit brutalement. Il y eut un silence inquiétant. Les tempes de Gioacchino battaient avec force. Puis, la voix de Tommaso retentit, plus puissante et plus grave, sans qu'il fût possible de la localiser – seule certitude, il n'était plus assis devant lui et il n'avait pas été blessé.

— L'apprentissage de la perte est décidément le plus douloureux qui soit, n'est-ce pas, *cavaliere* Gioacchino Bruchola ?

Son arme était déchargée et, dans le noir, il ne distinguait rien. Le vieil homme ne pouvait cependant pas être loin ; il suffisait de l'attraper et il cesserait alors de ricaner et de donner des leçons.

— Montrez-vous !

La voix de Gioacchino était perçante comme un cri de vieille femme terrorisée.

— Auriez-vous peur d'un vieillard désarmé ?

Il avait encore bougé. Gioacchino fit un pas en avant, mais il ne voyait toujours rien, il avait trop bu ; il heurta la table et tout ce qui s'y trouvait se répandit avec fracas sur le sol. Le rire de Tommaso retentit, effrayant, qui remplit la salle comme une cohorte de démons. Un éclair aveuglant jaillit et fit surgir une face horrible aussitôt renvoyée dans l'obscurité. Le genou gauche de Gioacchino était blessé. Il sentait la sueur ruisseler sur son front. Avec son arme, il fit des moulinets dans le vide, marchant au hasard. Une main de fer agrippa son poignet ; l'arme tomba et Gioacchino fut projeté dans la pièce jusqu'à ce qu'il heurtât un mur. Il hurla de douleur. Ce ne pouvait être Reguer qui l'avait saisi avec cette force ! Nouvel éclair, autre apparition, rire plus rugissant que les précédents. Les ténèbres l'écrasèrent derechef.

— Vous feriez mieux de fuir, Bruchola ! Ce qu'il y a dans votre misérable bourse de tricheur suffira pour cette fois, mais je vous conseille de ne pas demeurer à Venise ; votre tête y sera bientôt mise à prix, comme elle l'est déjà en Italie ! Fuyez !

À tâtons, Gioacchino glissa contre la paroi, jusqu'à ce que sa main trouvât une clenche qu'il actionna fébrilement. C'était une porte, la bonne, celle qui donnait sur le couloir, l'escalier, l'issue. Sans chercher à discerner son ennemi dans le rai de lumière qui surgit, il se précipita. Le Dieu terrible du tableau le regarda s'enfuir avec un sourire méprisant, tandis que le rire démoniaque le poursuivait jusqu'au rio pluvieux.

Sans reprendre souffle, il courut chez eux. Guglielmo dormait. Il le réveilla en sursaut.

— Gioacchino ? Que se passe-t-il ?

— Dépêche-toi ! On s'en va !

Un sourire inquiet apparut sur le visage encore endormi de Guglielmo.

— Tu l'as assassiné ?

— Tais-toi, crétin !

Ils fourrèrent quelques affaires dans un sac. Gioacchino avait perdu son arme et sa bourse, dans laquelle il n'avait heureusement pas mis grand-chose, puisqu'il était décidé à ne pas perdre. Sans rien expliquer à son frère abasourdi, il l'entraîna, sous la pluie qui rechargeait les canaux d'une eau aussitôt salie, vers la gare où ils embarquèrent dans le premier train. Gioacchino jetait des regards nerveux vers les soldats autrichiens qui patrouillaient et ne prêtaient aucune attention à eux ; ce vieux fou n'avait pas encore donné l'alerte. Il ne l'aperçut pas, dans l'ombre d'une colonne, qui devisait à voix basse avec un commissaire de police.

— Vous êtes sûr, *signor* Edern, que vous préférez les laisser fuir ?

— Quelle charge avons-nous contre eux ?

— Il vous a tiré dessus !

— Sans témoin. Il rétorquera que je l'ai effrayé, que le coup est parti tout seul… C'est un homme tellement sensible, si émotif ! Du noir, une allumette, des ombres ; cela a dû suffire pour le convaincre que le diable en personne s'en prenait à lui. Et Guglielmo n'était pas là. Non, commissaire ; je préfère les voir s'éloigner au maximum de la péninsule plutôt que d'attiser une rancune qui les rendra plus violents et plus dangereux. Plus la distance sera grande entre eux et un certain val où vivent des amis chers, et mieux je dormirai… Il suffira de vous assurer qu'ils quittent le pays.

— Je m'en charge, faites-moi confiance !

— Pourquoi tu tiens tellement à le rencontrer, l'empereur ? Moi, à ta place, je me débrouillerais pour rejoindre votre Garibaldi, là ; lui, c'est un homme ! Quelle gueule ! Quelle allure !

— Je te l'ai déjà expliqué : je ne peux pas retourner en Italie.

Gioacchino s'assit sur le lit, puis se leva et entreprit de se rhabiller. Charlotte resta étendue sur le drap rejeté, simplement impudique, ses seins énormes endormis sur un buste que la pauvreté gardait trop mince, les jambes presque maigres entrouvertes sur un sexe roux qu'elle vendait à ceux qui venaient, dans ce quartier minable, chercher un peu de plaisir ou de soulagement. D'une autre, Gioacchino n'aurait pas supporté ces questions et ces conseils, qu'elle répétait invariablement chaque fois qu'il venait chercher dans son lit une étreinte facile qui le purgeait de la rage provoquée par les entrelacs inextricables de la bonne société du Second Empire. Était-ce parce qu'elle lui rappelait Graziella ? Pas de sensiblerie. Qui était Graziella ? Un visage tordu dans les brumes de l'oubli, noyé dans les mensonges accumulés.

C'était chez Charlotte que les deux frères en fuite étaient d'abord venus se réfugier, avant que Gioacchino eût pu vérifier que les relations nouées jadis existaient encore, se souvenaient de lui et seraient en mesure de l'aider. Ils l'avaient rencontrée sur un trottoir de Pigalle, alors qu'elle se faisait rudoyer par un homme dont l'obésité et la laideur avaient suffisamment déplu à Gioacchino pour qu'il le choisît comme exutoire de sa honte. Honte d'avoir été piégé par un vieillard, d'avoir dû fuir, de se retrouver démuni dans une ville dont il avait déjà mesuré la frivolité. Par reconnaissance et parce qu'elle était sensible au charme méridional, Charlotte les avait d'abord hébergés chez elle, puis leur avait déniché un appartement, une auge indigne de leur rang mais conforme à leurs moyens, jusqu'à ce que Gioacchino trouvât le moyen de renouer avec la fortune – ce qui ne pouvait manquer.

Un an plus tard, cependant, il n'avait amélioré que sa maîtrise du français. Au jeu, la crainte de nouveaux déboires et la volonté de percer les secrets de l'univers parisien l'avaient dissuadé de tricher ; les gains s'en étaient ressentis. Et Charlotte était devenue une habitude. Elle avait pour lui des tendresses qu'aurait une fille pour un proxénète régulier et bon prince ; quand elle laissait deviner cette vision des choses, Gioacchino réprimait un accès de fureur. Il était chevalier ! Tôt ou tard, il triompherait à nouveau, il retrouverait le train de vie dû à son rang et à sa valeur ! Le jour où la fortune lui sourirait à nouveau, il disparaîtrait sans faire ses adieux. Et que personne ne vînt croire, en attendant, qu'il s'attachait à cette fille aux cheveux de feu et aux étreintes routinières.

Il n'avait pas été simple de convaincre Guglielmo de s'installer à Paris et d'y vivre dans une pauvreté que le bougre croyait à jamais révolue depuis le retour de son cadet et leur départ de Toscane. Durant tout le trajet, alors que Gioacchino flairait la présence des policiers à leurs trousses et les entraînait sans repos vers la frontière, il avait geint et supplié qu'on retournât à Venise, mieux encore, chez eux, au Castello. Sans égard, Gioacchino lui avait expliqué que seules les prisons les y accueilleraient. Cette perspective aurait pu tenter Guglielmo davantage que l'exil et l'inconnu ; Gioacchino joua la carte à laquelle cet esprit borné paraissait le plus sensible : la vengeance. Une fois encore, à Venise, ils avaient été victimes de Coniglio et Della Rocca. Plus que jamais, ils devaient se venger. Pour cela, il était impératif d'abord de se refaire financièrement, ensuite de s'éloigner le temps nécessaire pour qu'on les oubliât.

Une idée curieuse qui, comme un champignon, avait tissé son mycélium dans le terreau d'événements étrangers les uns aux autres, avait alors germé dans l'esprit de Gioacchino : sa fortune nouvelle ne viendrait pas du jeu, car il ne fallait pas qu'elle fût seulement financière, mais elle serait aussi sociale, historique. Ce qu'il avait entendu dire du nouvel empereur des Français, fier héritier de ce premier Napoléon qui avait défié les plus puissants, lui paraissait la clé d'une gloire partagée. Il se convainquit qu'il avait des talents à offrir à un tel monarque et que celui-ci ne pourrait ignorer, moins encore mépriser ses services. Pour ce qui était de leur nature, Gioacchino en ignorait tout ; mais une rencontre avec Bonaparte suffirait pour régler ce détail. Et, grâce à lui, la devise des Bruchola serait, pour l'éternité, un fait accompli.

Gioacchino abandonna Charlotte à son lit et partit se changer. Il avait rendez-vous, ce soir, avec une certaine marquise, apparemment bien renseignée sur sa personne, qui avait fait connaître son souhait de le rencontrer en son hôtel particulier. De là, ils partiraient à l'opéra, écouter *La Belle Hélène* dont le Tout-Paris ne se lassait pas depuis sa création triomphale, quelques mois auparavant. On avait assuré à Gioacchino que la marquise, de vieille noblesse mais de mœurs modernes, avait des entrées auprès de Napoléon III ; mais la beauté de cette femme de vingt-cinq ans à peine aurait suffi à convaincre Gioacchino d'accepter une invitation qui, si elle impliquait un détour par l'opéra qui ne l'enthousiasmait guère, promettait de finir dans un lit plus luxueux que celui de la pauvre Charlotte.

La marquise l'attendait dans une somptueuse robe gris perle, rehaussée de quelques brillants très simples qui devaient valoir une fortune et qui ne détournaient pas les regards d'une poitrine ferme et rebondie, ni d'un interminable cou blanc au sommet duquel flottaient un menton énergique et un sourire vermillon. Lequel sourire scintilla à l'arrivée de celui qu'elle avait choisi pour égayer sa vie durant une soirée au moins, et un peu plus s'il s'avérait à la hauteur du portrait qu'en avaient dressé certaines amies. La marquise était très exigeante ; sa jeunesse, sa très grande beauté, la finesse de son esprit et de sa taille, sa richesse enfin le lui permettaient. De même que son mari, plus âgé, d'un physique quelconque et, tare plus grande, beaucoup moins riche qu'elle. Son exigence n'en était que plus difficile à satisfaire. Son dernier amant l'avait longtemps comblée ; mais la diplomatie impériale l'avait requis et envoyé au bout du monde, où il n'était pas question qu'elle le suivît, la marquise étant aussi incapable de quitter Paris que son amant son épouse légitime. Elle savait que Gioacchino n'était pas réputé pour sa conversation ou sa culture ; mais pour le reste, il était un athlète comme il s'en rencontrait peu à Paris. Le mérite en incombait sans doute à son origine italienne, à elle seule gage de qualité et de prouesses amoureuses.

— Chevalier ! Vous êtes venu à pied !

— Paris est une ville si belle, et la saison est agréable…

Il lui baisa la main avec délicatesse.

— Mais Paris semble terne devant vous !

On avait eu raison au moins sur le point de la conversation. Il ne restait qu'à espérer que l'on n'eût pas menti pour le reste.

— Nous prendrons un fiacre. Il est trop tard pour que je fasse atteler ma voiture. On voit que vous êtes un homme de la campagne ! Vous ne soupçonnez pas les pièges que les trottoirs parisiens tendent sous les pieds des femmes…

Elle fit signe au domestique qui s'empressa de sortir pour héler une voiture. Gioacchino eut l'air embarrassé ; il n'avait pas songé à cet aspect des choses. Maudite ville où il lui arrivait si souvent de se sentir maladroit, lui qui n'avait jamais douté de lui ! Mais la jeune femme ne lui laissa pas le temps d'inventer une excuse.

— Allons-y, mon ami ! Mon mari ne nous accompagnera pas, il est retenu pour ses affaires à Londres. C'est le seul charme que je trouve à cette ville…

Elle eut une expression coquine.

— Les affaires de votre mari ?

Le sourire fondit. Gioacchino comprit, d'abord qu'il avait dit une bêtise, ensuite ce qu'elle avait voulu exprimer avec finesse.

— Ah oui, bien sûr, Londres ! Et fait-il des affaires dans d'autres villes ?

Le sourire revint.

— J'ignorais que mon mari vous intéressait tant…

— Ses absences uniquement ! répondit vivement l'Italien, soulagé d'avoir redressé la situation.

Elle contint dans son giron un soupir résigné.

— Je pense que la voiture est arrivée…

Elle lui tendit le bras qu'il saisit délicatement tandis qu'ils descendaient le perron. Le toucher de ses doigts racheta les errements de sa langue.

La marquise avait sa loge à l'opéra ; Gioacchino était son invité. Durant le court trajet, elle le fit parler de son Italie natale, et il en profita pour glisser quelques allusions sur l'empereur que la marquise ne releva pas, sinon par l'ombre d'une amorce de bâillement. Ils furent bientôt au pied du Théâtre des Variétés, mêlés à une foule élégante. La marquise était connue ; de nombreux spectateurs vinrent la saluer et Gioacchino fut contraint de garder une position en retrait, deux pas derrière elle. Profitant d'une brève accalmie dans ses mondanités, elle se retourna vers lui.

— Tenez, chevalier, ce jeune homme va vous conduire à ma loge ; je vous y rejoins dès que j'aurai salué quelques amis. Je ne veux pas vous imposer ce rituel assommant, mais je ne puis m'y soustraire.

Cela ne se discutait pas.

Dans la loge, Gioacchino eut le temps d'observer la salle qui se remplissait lentement d'élégants brillant de parures et de bons mots. Il cherchait des yeux celle qu'il commençait à redouter, et donc à désirer davantage, d'autant qu'elle était sans conteste la plus belle femme qu'il lui eût été donné de croiser à Paris – voire dans l'absolu. Des souvenirs confus revenaient : n'était-il pas parti de Toscane dans l'espoir de trouver une telle femme ?

Les lumières baissèrent. Une sonnerie appelait les retardataires. Gioacchino redouta un instant qu'elle se fût moquée de lui et que, dans une loge voisine, elle se rît de son air penaud, aux côtés d'un autre. Il la chercha plus encore dans la pénombre qui montait, mais la porte s'ouvrit dans son dos et elle se glissa à sa droite.

— Avez-vous déjà vu *La Belle Hélène* de M. Offenbach ?

— Non, avoua Gioacchino, trop heureux de la retrouver pour mentir.

— Vous verrez, cela vous changera du *signor* Verdi ! Je l'aime beaucoup aussi, notez, mais ceci est tellement plaisant et drôle ! C'est la cinquième fois que je viens. Mais vous savez, bien sûr, que je me prénomme comme cette reine que tant d'hommes courtisent…

L'arrivée du chef évita à Gioacchino une réplique maladroite sur la beauté d'Hélène.

Il eut du mal à suivre l'intrigue, qui lui parut assez grotesque et dont il ne comprit qu'imparfaitement les paroles – c'était déjà ardu de suivre les Français quand ils parlaient. Il passa plus de temps à scruter, dans la pénombre, le profil admirable d'Hélène, puisqu'ainsi elle s'appelait. Elle sourit sans relâche, sinon pour rire à l'unisson d'un public qui goûtait aux polissonneries de ces rois antiques faussement soumis aux lois divines et sociales, et qui n'avaient d'autre préoccupation que leur plaisir sous les dehors de la respectabilité.

L'entracte marqua la reprise de cet autre spectacle où Gioacchino avait son rôle à tenir. Pendant que les applaudissements faiblissaient et que les lumières se ravivaient, il se tortura afin de trouver la phrase idoine pour renouer la conversation. Mais la marquise ne lui en laissa pas le temps.

— Alors, Gioacchino, auriez-vous pu répondre aussi bien que le beau Pâris à cette charade ?

— C'est que…

La question n'appelait pas de réponse. Ils sortirent de la loge.

— C'est trop drôle ! poursuivait-elle. Je ne m'en lasse pas ! Mon mari trouve cela frivole et indigne de l'opéra ; mais moi, j'adore ! Et puis, derrière les rois et l'Antiquité, c'est de nous que cela parle, non ?

— Nous ? Bien sûr, ravissante Hélène…

— Je parlais de notre société, de cette France qui courtise un dictateur qui a réduit à l'exil un homme aussi exceptionnel que Victor Hugo ! Vous avez lu Hugo ? Il faut… On peut aimer Offenbach et Hugo ! En tout cas, je le puis. Mon mari déteste Hugo autant qu'Offenbach.

— C'est pour cela que vous l'avez envoyé en exil à Londres ?

La réplique était parfaite et fit rire la marquise ; elle n'était pas de Gioacchino qui avait été devancé par un échalas des plus élégants, surgi dans leur dos.

— Frédéric ! s'écria Hélène. Quelle surprise, je vous croyais en Allemagne !

— Vous ne pouvez tenir éloignés de vous tous les hommes qui vous admirent…

C'était léger et vif ; le dialogue se poursuivit durant quelques répliques, tandis que Gioacchino, à nouveau relégué dans l'ombre, rongeait son frein, incapable de reprendre sa place dans la conversation par une saillie réussie. Les deux jeunes gens conclurent cette joute galante par une allusion à un voyage pour Cythère que Gioacchino ne comprendrait qu'une heure plus tard, au final de l'opéra.

Autre chose le perturbait dans les propos de la marquise : son jugement sur l'empereur. Pouvait-il espérer qu'elle l'aiderait ? Ce fut elle-même, cependant, qui revint sur le sujet et lui rendit quelques espoirs, après que le Frédéric se fut éloigné.

— Je vous ai peut-être blessé en parlant comme je l'ai fait de l'empereur… On m'a rapporté que vous cherchiez à le rencontrer ; est-ce vrai ?

— C'est exact. Mais c'est strictement… pour affaires. J'ai un projet qui…

Ils furent à nouveau interrompus. Cette fois, Gioacchino connaissait les importuns et, malgré son déplaisir d'être dérangé, il s'évertua à leur faire la conversation, de crainte de les voir remplacés par d'autres qui l'ignoreraient. Ils burent du champagne et la conversation, badine et insignifiante, permit d'atteindre la reprise du spectacle sans autre incident.

À la tombée du rideau, Gioacchino put quand même sortir un compliment, laborieusement élaboré durant tout le second acte. Il tint lieu de remerciement et amusa la marquise, à défaut de la convaincre que de l'esprit était venu au chevalier par la grâce d'Offenbach.

— Je suis heureuse que cela vous ait plu. Dites-moi, auriez-vous prévu de nous emmener quelque part pour souper ?

— Ce sera où vous voulez, très belle Hélène…

— Alors, si vous n'y voyez pas d'inconvénient, ce sera chez moi ; je n'ai pas très faim et Gustave n'a pas son pareil pour accommoder en cinq minutes des merveilles à partir de trois fois rien. D'ailleurs, nous ne sommes pas pressés, n'est-ce pas ?

Elle eut une mimique espiègle qui combla Gioacchino. Il ne lui vint pas à l'idée que la jeune femme était résolue à œuvrer pour ne pas gâcher sa soirée et son plaisir et qu'elle évaluait déjà au plus bas les chances que cette liaison durât plus de quelques heures. Mais elle était toujours prête à être délicieusement surprise.

— Je n'y vois que des avantages, chère marquise…

C'était délicat comme un crottin de cheval devant le perron. Elle songea fugitivement, tandis qu'ils descendaient le grand escalier, que la vertu devait protéger de ces déconvenues, mais conclut qu'à son âge, c'en serait une plus cruelle encore que de se résoudre à cette mortelle protection.

Gioacchino ne se doutait qu'imparfaitement du piège dans lequel il était tombé. Il y avait en lui un peu de la dignité d'un Indien à moitié nu exhibé devant un monarque empoudré et perruqué. Il ne savait plus pourquoi il était parti de son pays, il avait perdu les rêves fragiles qui l'avaient mis en selle. Certes, il avait songé à Lætitia en découvrant la marquise ; mais n'était-ce pas la marque du pire oubli, qu'il pût la confondre avec cette mondaine dont la seule raison de vivre était de jouir de tout et de tous ?

Une table de deux couverts était joliment dressée, nimbée dans la clarté de quelques bougies. Ils burent du champagne et puis du vin. Pendant le repas, Hélène évoqua les nouvelles que Stendhal avait consacrées à l'Italie et chercha à faire parler Gioacchino, des nouvelles autant que de son pays. Il s'embrouilla.

— Mon Dieu, quelle violence chez vos compatriotes ! ponctua-t-elle enfin lorsqu'elle se sentit proche de bâiller. Je commence à redouter de rester seule avec vous !

— Vous n'avez rien à craindre…

— Je ne sais pas si cela me rassure !

Son sourire s'effaça vite devant le visage décontenancé du Toscan qui ne savait plus sur quel pied danser.

— Je plaisantais, Gioacchino… Avez-vous encore faim ?

Maladresse après maladresse, il accepta avec empressement de se resservir de gigot. D'un air las, elle fit retentir la clochette et le domestique arriva. Quand Gioacchino fut servi, elle se leva.

— Finissez tranquillement, mon ami ; j'en ai pour cinq minutes.

Elle ouvrit une porte qu'elle laissa béante. Confus,

Gioacchino engouffra le morceau de viande et les légumes qu'on lui avait servis, vida son verre et attendit que la belle revînt. La tête lui tournait, il avait peut-être abusé de cet excellent vin. Il ne quittait pas des yeux l'entrebâillement qui laissait deviner une pièce chaleureuse, un boudoir intime où dansaient les reflets d'un feu. Hélène ne revenait pas. Cinq minutes passèrent. Il y eut quelques frottements d'étoffe, une ombre sur le mur du boudoir ; Gioacchino quitta la table et s'avança à pas de loup vers l'huis. Il glissa la tête : la pièce était tendue de velours grenat et or. Dans un éclair, il aperçut, creusé dans le mur, un coffre où dormaient des pierres étincelantes. Sur un sofa moelleux, devant l'âtre, Hélène offrait son corps à la caresse des flammes, à défaut de mieux. Elle ne tourna pas la tête mais l'entendit.

— J'ai failli m'endormir…, prononça-t-elle d'une voix rauque. On m'avait pourtant vanté vos talents…

Gioacchino eut un sursaut d'orgueil qui chassa une partie des vapeurs éthyliques et il s'empressa. Avec ferveur, il pressa la bouche contre la sienne et ses doigts coururent sur sa poitrine et son ventre. Elle se laissa faire quelques instants puis le repoussa fermement jusqu'à le faire tomber sur l'épais tapis. Avant qu'il pût réagir, elle s'agenouilla au-dessus de lui, le déboutonna et, d'une main experte, tandis que les yeux de son amant ne pouvaient se détacher de sa toison où dansaient les reflets du feu, elle fit jaillir son membre.

— Je refuse les hommages d'un homme dont le goût de la semence ne me plaît pas, murmura-t-elle en glissant la langue sur ses dents.

Après quoi, elle se baissa et entreprit de sucer avec expertise la verge ébahie de l'Italien, suffoqué par une telle audace. L'étonnement et l'ivresse, la langue maîtresse d'Hélène, conduisirent très vite Gioacchino au bord de l'extase. Avant de jouir, il songea avec inquiétude que ce genre de pratique expéditive était plutôt réservé à Charlotte, quand il souhaitait se décharger rapidement, sans s'attarder ; ici, il devait encore combler celle qui aspirait son suc jusqu'à la dernière goutte, avec des mouvements de bouche qui le faisaient se raidir de plaisir. Enfin, elle lâcha le sexe luisant qui retomba avec un bruit flasque sur le ventre de son propriétaire, et elle se glissa sur lui, chaude et frémissante, une main posée sur l'outil en décomposition.

— Vous êtes accepté à l'épreuve suivante, *signor* Gioacchino… Mais il va falloir me faire patienter jusqu'à ce que votre ami retrouve toute sa vigueur…

D'autorité, elle guida sa tête jusqu'à son entrejambe. Gioacchino cueillit à plein nez l'odeur acidulée de son désir et, le cœur battant, lança sa langue à travers la broussaille humide qui cachait l'entrée du sanctuaire. Il s'appliqua mais il n'excellait guère à ces pratiques, qu'il trouvait un peu humiliantes. Hélène se contorsionnait de plus en plus et son amant crut que c'était de plaisir jusqu'à ce qu'elle le repoussât.

— Seriez-vous puceau de la langue ? lança-t-elle, agacée.

Avant qu'il pût répondre à l'injure, elle lui replongea le nez dans ses nymphes impatientes et frustrées. Blessé dans ce qu'il avait de plus cher, Gioacchino redoubla d'efforts, bavant d'abondance, tandis que sa main allait et venait sur la hampe du drapeau de son triste état. Hélène gémissait toujours mais il y manquait ce crescendo au faîte duquel le mâle pouvait savourer sa victoire et se laisser aller à son plaisir, dans les cas où il lui fallait d'abord songer à celui de sa partenaire. Enfin, à deux doigts de l'étouffement et de la noyade, il estima qu'il était prêt à l'abordage ; il se redressa et, sans plus laisser à Hélène le temps de diriger les opérations, il la pénétra avec un petit cri de satisfaction.

— Ceci devrait vous combler…

Les bras tendus, les mains de chaque côté de ses

seins, il entreprit d'aller et venir avec force en elle, guettant sur son visage l'annonce de la jouissance. Mais les gémissements s'espacèrent, le regard d'Hélène restait fixe, presque ironique. Gioacchino accéléra le rythme lorsqu'il s'aperçut que la belle ne semblait pas goûter à ses assauts, et encore lorsqu'il sentit que son allié fidèle baissait les bras. Elle se dégagea.

— Ne soyez pas impatient… Mon mari est le seul à pouvoir jouir de moi sans que cela soit toujours réciproque…

Avec autorité, elle reprit les choses en main, guida la bouche et les doigts de son amant, tandis que les siens s'appliquèrent à le ranimer.

Elle arriva à ses fins. Pour lui, ce fut laborieux et sans plaisir. Il jouit petitement, soulagé. Pour elle, ce fut satisfaisant, sans plus, et donc décevant eu égard aux félicités escomptées. Ou ses confidentes s'étaient jouées d'elle, ou elles se contentaient de peu. Elle ne retint pas l'hypothèse que Gioacchino avait pu être en méforme ce soir, car cela aurait impliqué qu'elle lui laissât une seconde chance – ce dont il ne pouvait plus être question. À moins qu'à la pointe du jour il réussît à se rattraper. Mais il s'endormit comme un soudard aviné et ne refit surface que lorsque sa maîtresse d'une heure se fut levée, à défaut d'avoir pu dormir, ruminant cette soirée perdue, ce don d'elle qui s'avérait un gaspillage indigne de sa notoire splendeur, préméditant des motifs et des moyens de vengeance contre celui qui ne s'était pas montré à la hauteur de sa réputation. Rien d'autre ne régissait sa vie ; cette frustration était proche de l'offense. Elle allait se venger, à sa manière, conforme aux principes de son existence : jouir et jouer.

Dans son cabinet de toilette, tandis qu'elle œuvrait à se recomposer une apparence, elle se souvint qu'il lui avait parlé de l'empereur et de son souhait ridicule de le rencontrer. Elle eut un mauvais sourire et se rendit à son secrétaire, où elle entreprit de rédiger deux lettres.

Elle remit la première à Gioacchino lorsqu'il se réveilla.

— J'ai cru comprendre, lui dit-elle avec le plus adorable minois, que vous souhaitiez être introduit auprès de Napoléon…

— Mais vous ne semblez pas l'avoir en grande estime…

— Est-ce nécessaire pour être proche des gens ? Il se fait que j'ai des entrées qui pourraient vous aider. Portez cette lettre à l'adresse indiquée ; cela devrait vous mener droit au but.

Elle lui tendit la feuille.

— Vous pouvez la lire…

Sans croire encore à sa chance, Gioacchino parcourut le billet.

> Cher Ami
>
> Je vous confie le chevalier Bruchola que j'ai en grande estime. Il souhaite rencontrer l'empereur pour un sujet de la plus haute importance ; je vous saurai infiniment gré de l'y aider.
> Croyez en ma reconnaissance et en ma gratitude,
>
> Hélène, marquise de *.

C'était inespéré ! Il fallait supposer que, malgré tout, il l'avait comblée durant cette nuit dont il ne conservait qu'un souvenir flou et mitigé. Il se précipita sur elle et voulut l'embrasser, mais elle l'écarta.

— Allons, Gioacchino, j'ai à faire ce matin.

— Nous… nous reverrons-nous ?

— Peut-être. Je vous ferai signe ; ma situation ne me permet pas…

— Je comprends, je comprends !

Il prit congé, aux anges. Elle pouvait ne plus se manifester ! Il s'en sortait plutôt bien ; certes, elle était d'une exceptionnelle beauté, mais trop difficile à contenter, pas assez docile. À présent que les portes impériales allaient s'ouvrir, Gioacchino pouvait l'oublier.

Avant même qu'il eût posé le talon sur le trottoir, la seconde missive était confiée à un coursier, pour le même destinataire. La marquise y précisait les véritables instructions à appliquer envers l'individu qui viendrait présenter la première enveloppe.

Gioacchino ne s'étonna pas que l'adresse ne fût pas celle du palais impérial, mais celle d'un sinistre ministère. Il songea que le palais était le lieu du décorum et des fastes, tandis que le travail quotidien s'accomplissait dans les administrations, où se trouvaient les dossiers et le personnel qui en avait la charge.

Il fut accueilli par une sorte de concierge à l'imposant costume, qui le scruta de bas en haut avec condescendance. Fort de son rang, Gioacchino fut aussi hautain et demanda à voir l'homme dont le nom était inscrit sur l'enveloppe.

— C'est à quel propos ? répondit le gardien, impassible.

— C'est personnel. Cette lettre explique tout.

Gioacchino la brandit et l'autre condescendit à s'en saisir ; mais la marquise avait pris soin de la cacheter, après que Gioacchino l'eut parcourue.

— Je vais la porter à M. de Clercy, dit-il avec une moue dédaigneuse. Attendez-moi ici.

Il disparut avec l'enveloppe et Gioacchino fit les cent pas jusqu'à son retour.

— M. de Clercy vous prie de bien vouloir patienter ; il est actuellement en rendez-vous, mais vous recevra dès que possible.

L'attente dura une heure, au terme de laquelle Gioacchino était au bord de l'esclandre ; le concierge reparut et le guida dans un dédale de couloirs et d'escaliers, jusqu'à une discrète porte de bois. Il frappa et une voix de stentor cria d'entrer.

André de Clercy était un homme sec et plutôt laid, qui s'efforçait de s'embellir par un sourire de guinguois aux dents très blanches et très carnassières.

— *Cavaliere !* Cette adorable Hélène me dit le plus grand bien de vous ! Que puis-je faire pour vous être agréable ?

Gioacchino, calmé par cet accueil, prit place dans le fauteuil qu'on lui désignait. Ce qu'il voulait ? Cela lui semblait clairement exprimé dans la lettre :

— Je souhaiterais rencontrer l'empereur.

— Je sais, je sais… Parlez-moi de ce projet !

— C'est que… c'est confidentiel, vous comprenez ?

M. de Clercy eut une grimace.

— Je suis dans les confidences de l'empereur ! Si vous voulez que je vous aide, il faut m'en dire davantage.

— Cela concerne l'Italie ; il y a des opportunités…

— L'Italie ! Vous avancez sur un terrain périlleux !

— Je sais, mais…

On frappa à la porte.

— Qu'est-ce que c'est ! hurla M. de Clercy.

Un homme au teint rougeâtre passa la tête.

— Ah ! Mercier !

Puis, se tournant vers Gioacchino.

— Je vous prie de m'excuser un instant, une affaire très délicate… Ne bougez pas, je reviens aussitôt !

Il se leva et disparut en entraînant le dénommé Mercier par le bras. Gioacchino n'osa pas se lever et trépigna dans son fauteuil durant la demi-heure que nécessita ce dossier délicat. Puis, la porte s'ouvrit avec vigueur et M. de Clercy reprit place, en jetant un coup d'œil à sa montre.

— Seigneur, que le temps file ! Je dois rencontrer le ministre, il déteste attendre…

Il saisit une feuille, trempa sa plume et traça deux lignes que Gioacchino n'eut pas l'occasion de déchiffrer avant que le billet se retrouvât plié et glissé dans une enveloppe, laquelle fut scellée sur-le-champ.

— Je suis navré de ne pouvoir vous accorder plus de temps, chevalier ; l'idéal serait que vous reveniez me parler de cela plus en détail, mais j'ai cru comprendre que vous étiez pressé. Et les désirs de la marquise sont plus que des ordres ! Tenez, portez ce mot à mon confrère, Gonzague Livaron ; il est l'homme de la situation ! Attendez devant mon bureau, un huissier va venir vous chercher pour vous y conduire ; n'essayez pas de vous aventurer seul dans ce labyrinthe, vous risqueriez de ne plus jamais en sortir !

Gioacchino s'était levé et bredouillait quelques syllabes incohérentes que l'autre interpréta à sa guise.

— Ne me remerciez pas ! Les amis d'Hélène me sont aussi chers qu'elle-même !

Il mena son visiteur vers le couloir et le lâcha devant un fauteuil couvert de velours rouge.

— Voilà, ici ! L'huissier arrive ! Bonne chance, mon cher ! Je ne doute pas de votre succès…

Il serra vivement la main que Gioacchino lui avait tendue et disparut à pas pressés dans le ventre noir d'un couloir.

Pour la troisième fois, Gioacchino se retrouva dans cette position d'attente qu'il supportait difficilement. Seule la pensée d'être si près du but lui permit de trouver la patience nécessaire pour supporter cette ultime épreuve ; l'empereur était là, quelque part dans ce dédale, pharaon vivant au cœur d'une pyramide à l'image de la société qu'il dirigeait. Mais plus que l'empereur, ce qui attendait Gioacchino n'était rien moins que la justification de ces années d'exil, d'aventure ; il ne savait plus exactement ce qu'il cherchait – et l'avait-il jamais su ? – mais une clarté se maintenait, à l'horizon de son esprit, celle-là même qui avait nourri d'orgueil des générations de Bruchola : la certitude d'un triomphe. Et peu importait, finalement, les moyens et les motifs de cette victoire.

Il ne resta pas assis longtemps et arpenta le couloir, poussant à chaque passage toujours un peu plus loin, l'oreille tendue en quête du moindre pas, du plus infime craquement de parquet, du plus ténu chuchotement derrière les portes sévères qui montaient la garde à distance régulière. À gauche, le couloir s'enfonçait dans la pénombre. Les avancées progressives de Gioacchino n'en avaient pas encore découvert le bout. À droite, il avait retrouvé l'escalier par lequel il était arrivé. Trois autres couloirs débouchaient là et il n'osa s'aventurer dans aucun, de peur de perdre son chemin et de manquer le guide qui devait le mener à la lumière, au soleil impérial. Pour tuer le temps, il ébaucha quelques amorces de dialogue avec l'empereur, s'interrogea sur le protocole dont il ignorait les règles – devait-il attendre que Sa Majesté lui parlât en premier, pouvait-il lui serrer la main ? Le temps mourut et ressuscita aussi vite ; le guide n'arrivait pas. Pour ne pas épuiser les maigres ressources d'une patience éprouvée, il évita de sortir sa montre. Elle ne fut pas nécessaire pour évaluer que cette attente se prolongeait indûment.

Enfin, il explosa. L'empereur était là, à deux pas, et des forces funestes voulaient le faire échouer ? Aucun piège de corridors ne pourrait venir à bout de sa détermination ; Gioacchino trouverait l'empereur tout seul, puisque ceux qui devaient le servir refusaient d'accomplir leur devoir ! Il partit droit devant lui et opta instinctivement pour une de ces stratégies qui avaient dû causer la mort de nombreux pilleurs de tombes mais qui, dans un bâtiment de l'administration française, s'avéra judicieuse : à chaque croisement, il s'engagea dans le passage le plus large. Pour ce qui était de l'étage, il opta, dès qu'un escalier se présenta, pour le *piano nobile*. Durant sa marche triomphale, il ne croisa que quelques employés ternes et subalternes qui, au passage de ce flamboyant personnage, saluèrent respectueusement sans l'interroger sur les motifs de sa présence en ces lieux.

Il déboucha dans un couloir assez vaste pour y former une haie d'honneur. Le sol était couvert d'un épais tapis rouge. D'un côté, un escalier monumental ; de l'autre, une porte d'au moins quatre mètres de haut et autant de large, ornée en son milieu de deux énormes anneaux dorés. Gioacchino ne songea pas à s'étonner de l'absence de gardes pour veiller sur l'empereur ; il avança, courant presque, jusqu'aux battants qu'il heurta d'un poing résolu. Une voix grave retentit ; poursuivant sa lancée, Gioacchino entra et se précipita vers l'immense bureau derrière lequel trônait un homme chauve et replet dont le regard stupéfait découvrait l'énergumène qui fonçait sur lui et, à trois pas, s'arrêta pour s'incliner profondément, avant de déclarer dans un français teinté d'un puissant accent italien :

— Majesté, je suis votre serviteur !

Gioacchino releva la tête et découvrit le visage ahuri de celui qu'il ignorait être le ministre régnant sur ce bâtiment et ses dossiers, mais qu'il reconnut comme n'étant pas l'empereur. L'homme d'État se ressaisit et agita frénétiquement une clochette, sans même se donner la peine d'écouter le charabia de Gioacchino qui s'évertuait à présent, maladroit et désespéré, d'expliquer cet incident, mêlant à ses explications incohérentes des imprécations et des injures à l'encontre d'une marquise et de personnalités éminentes de ses services. Des gardes arrivèrent qui se saisirent du forcené et l'emmenèrent *manu militari*.

Il se retrouva dans un commissariat où un officier de police suspicieux l'interrogea longuement sur ses origines et examina d'un œil incrédule les documents établissant l'identité de ce drôle de chevalier. On le mit dans une cellule où, malgré ses protestations véhémentes, il dut croupir quelques heures, un temps qui suffit largement à gaver sa rancune contre ces gens qui, c'était évident, s'étaient ouvertement moqués de lui. Cela n'alla pas sans crainte d'abord ; si, pour une raison ou une autre, on décidait de l'expulser et de le confier à la police italienne ? Ou si on l'accusait d'avoir voulu attenter à la vie de l'empereur, ou de ce ridicule ministre ?

Pendant ce temps, M. de Clercy, qui riait toujours, éclaira son supérieur. Le ministre comptait lui aussi parmi les admirateurs de la marquise. Remis de sa frayeur, il sourit puis envoya une note au commissariat exigeant la libération du sieur Bruchola. L'incident était clos, il ne fallait jamais pousser la plaisanterie trop loin ; être mauvais amant – de quel autre crime le bougre aurait-il pu se rendre coupable ? – ne justifiait pas la prison, et c'était une peine assez sévère, déjà, que d'être privé du sein d'une telle maîtresse après avoir eu le privilège d'en jouir.

On tira Gioacchino de sa cellule et on l'abandonna sur le trottoir. Là, dans la clarté joyeuse et frivole des réverbères parisiens, Gioacchino n'eut plus d'autre préoccupation que sa rage. Paulina avait raison : les êtres étaient méprisables, pas un ne méritait qu'on lui fît confiance. Plus que son orgueil bafoué par la plaisanterie cruelle d'une courtisane, une corde fragile venait de se rompre en son âme, l'ultime fil d'un tressage déjà usé et qui seul le rattachait encore à ses rêves flous d'adolescence.

Il revint jusqu'à l'appartement où son frère menaçait de sombrer dans la démence. Gioacchino le calma de deux gifles puis lui offrit une fiasque que l'autre but tandis que son seigneur et maître lui expliquait les changements qui allaient survenir dans leur vie. À celui qui était devenu une épave et ne pouvait plus être, au mieux, que l'instrument de sa colère et de sa vengeance, il servit le récit auquel lui-même achevait d'adhérer.

Il était évident, désormais, qu'un complot les visait, orchestré par les ignobles Della Rocca et Coniglio. Il ne fallait plus rien attendre de l'empereur, expliqua-t-il à Guglielmo stupéfait, ni de cette société parisienne qui ne pensait qu'à s'amuser au détriment des autres.

Ces quelques mois de vie mondaine avaient permis à Gioacchino de pénétrer dans certaines des plus riches demeures de la capitale. Puisque la société parisienne n'avait pas voulu des frères Bruchola, ceux-ci devinrent cambrioleurs et se payèrent d'affronts dont la plupart étaient purement imaginaires – ils n'en étaient pas moins cuisants.

La première à faire les frais de ce revirement professionnel fut Hélène. La marquise était sortie à cinq heures, comme à son habitude ; les domestiques étaient presque tous en congé, sauf un vieux maître d'hôtel à moitié sourd. Guglielmo monta la garde après avoir aidé son frère à escalader un muret.

Gioacchino retrouva sans peine le salon où ils avaient mangé et le boudoir où elle avait dévoilé son corps et, surtout, son coffre. Il agit avec maîtrise et précision, comme au temps où il s'amusait de ses partenaires de jeu en trichant. Le coffre était là, entrouvert ; il le vida et repartit par où il était venu.

Le plaisir que, dans un premier temps, Guglielmo avait pu trouver à cette vie nouvelle, s'éroda rapidement ; il lui fallait travailler, prendre des risques et limiter, les jours d'opération, sa consommation d'alcool. Mais cette existence n'était pourtant pas sans avantage ; d'abord, elle procura de vives satisfactions à Gioacchino qui se vengeait de ce monde hypocrite. N'était-ce pas une manière de triompher ? Ensuite, elle leur permit de s'enrichir facilement. Ces promenades illicites ne manquaient pas d'attrait ; elles exigeaient de l'adresse, de la souplesse et une certaine forme d'intelligence qui correspondait exactement à celle de Gioacchino. Et, cerise charnelle sur le gâteau de leurs appétits, elle leur offrit des filles complaisantes et simples, pour lesquelles ce genre de personnage tenait lieu de héros.

Charlotte observa cette évolution avec une inquiétude que Gioacchino prit pour de la jalousie, ce qui l'amusa avant de l'agacer. Dès qu'il le put, il quitta l'appartement de La Chapelle où même les plus dociles des filles répugnaient à rester et emménagea dans un logement modeste mais plus spacieux, sur l'île de la Cité, qu'une vieille femme venait entretenir sans poser de questions. Charlotte ne les suivit pas. Gioacchino passa encore la voir, de loin en loin, puis s'en désintéressa tout à fait lorsqu'il comprit que la pauvre fille avait une âme de petite sœur et qu'elle entendait œuvrer à son salut.

C'était elle pourtant qui lui avait ouvert les portes d'un univers interlope de receleurs et de truands qui l'accepta avec plus de franchise et même d'honnêteté, à ses yeux, que le beau monde. Il apprit à négocier la revente de ses larcins, il acheta un pistolet pour remplacer celui qu'il avait perdu chez ce diable de Vénitien, auquel il lui arrivait de rêver, à son plus vif déplaisir.

Les choses auraient pu sans doute durer ainsi longtemps, nonobstant les jérémiades de Guglielmo à qui le soleil manquait et qui ne s'accoutumait pas aux méandres de la langue française, malgré les consolations des lèvres parisiennes. Gioacchino serait peut-être devenu un patron de la pègre locale, où d'autres Italiens occupaient déjà une position enviable. Il aurait vieilli sans perdre son accent d'origine qui plaisait tant aux filles, et se serait embourgeoisé, attendant vingt ans pour croiser la marquise et savourer le plaisir de la découvrir fanée. Mais, cela ne pouvait se passer ainsi ; il y avait les fantômes de son passé, blottis dans l'ombre de ses ressentiments, cette légende à laquelle il avait fini par adhérer plus encore que son frère, et le reliquat d'un rêve assassiné, celui d'un départ et d'un salut, qui n'était plus qu'une fièvre lui interdisant de demeurer en place.

Ils allaient fêter leur premier anniversaire de truanderie. De forfait en forfait, ils avaient acquis une habileté qui renforçait l'audace dont ils faisaient preuve. Jamais ils n'avaient été surpris, inquiétés ou soupçonnés. Qui, dans ce monde où ils puisaient leurs ressources, se souvenait encore de Gioacchino et aurait pu le croire assez téméraire ? Il eut envie de célébrer à sa manière cette date et choisit, pour ce faire, de retourner chez la marquise, décidé d'y abandonner un indice qui ferait comprendre à la traîtresse qu'il s'était vengé de sa mauvaise plaisanterie. Sans doute l'avait-elle oublié, et comment aurait-elle pu imaginer que cette petite cruauté avait eu de telles conséquences, elle qui ne connaissait rien de Gioacchino ?

Aucune voiture devant l'entrée ; tout était calme. Guglielmo seul manifestait de l'énervement ; une sourde superstition l'inclinait à redouter un retour sur le théâtre d'exploits antérieurs. Mais Gioacchino l'avait fait taire ; il monterait la garde comme à l'accoutumée, un sifflet en bouche pour alerter son frère en cas de venue importune. Quant à Gioacchino, que pouvait-il redouter ? Si la chance, pour la première fois, lui faisait faux bond, il était armé.

Il entra sans difficulté dans la maison silencieuse. Tout semblait désert. Le salon était vide. Gioacchino colla son oreille contre la porte du boudoir ; personne. Il tourna le bouton et poussa le panneau. Le sofa attendait les prochains ébats d'Hélène avec une indifférence veloutée. Gioacchino nota que l'on avait songé à poser un tableau devant le coffre. Un Cupidon joufflu y surveillait un couple d'amants, scène supposée détourner le regard des voleurs et les ramener à la fonction de cette pièce, ou les envoyer chercher ailleurs leur butin. Gioacchino ricana et marcha vers le mur, lorsqu'une cloison, dont il n'avait jamais deviné qu'elle était amovible, pivota. Hélène apparut. Elle poussa un petit cri en découvrant l'intrus, qui se mua en ricanement lorsqu'elle l'eut reconnu.

— Bruchola ! Je ne pensais pas avoir le plaisir de vous revoir… Auriez-vous perdu quelque chose lors de votre dernier passage en ces lieux ? Certainement pas votre vertu… Je parle de votre vertu de gentilhomme, pas celle de l'apprenti libertin plutôt décevant… Vous avez proprement vidé mon coffre !

Bruchola était d'abord resté figé, puis s'était ressaisi. Le sang se mit à battre violemment ses tempes, tandis qu'un tremblement sauvage s'emparait de son esprit et de son corps.

— Vous êtes mauvais perdant, *cavaliere*, poursuivait Hélène qui faisait preuve d'un calme olympien. Et vous n'avez aucun sens de l'humour. Il paraît que vous avez été particulièrement ridicule, chez le ministre. Les quelques bijoux que vous m'avez dérobés n'étaient pas cher payer le plaisir que cette farce m'a procuré…

Elle n'avait rien compris, cette oie ridicule ! Une haine irrépressible montait en lui ; ah ! elle croyait s'en être tirée à bon compte ! L'addition allait seulement lui être présentée, pour des outrages qu'elle ne soupçonnait pas.

— À défaut d'avoir pu être comblée par…

Elle s'interrompit et réprima un cri de douleur ; Gioacchino venait de la saisir violemment par les poignets. Elle se reprit et le fixa crânement.

— Que comptez-vous faire, monsieur ? Revenir était une faute de goût, mais elle n'est pas étonnante dans votre chef. Fuyez toutefois avant d'en commettre une qui vous serait plus préjudiciable.

— Pour parler, vous êtes très forte ! ricana Gioacchino.

— Vous n'êtes pas meilleur causeur qu'amant ! Il n'y a que pour le vol… J'imagine que je ne suis pas la seule bénéficiaire de vos nouveaux talents. Je n'ai rien dit à personne. Partez avant que je change d'avis…

Gioacchino lui tordit le bras. Elle cria. Il lui posa la main sur la bouche et la poussa sur le sofa.

— Oui, je suis un voleur ! gronda-t-il, haletant de fureur. Et tu vas voir ce que je vais encore te voler !

Elle tenta de se débattre. Sa morgue avait été remplacée par une peur qui monta encore lorsque, déchirant ses vêtements, Gioacchino la mit nue prestement. Il lui fourra un de ses foulards dans la bouche. Qu'elle se taise ! que plus un mot ne sorte de ces lèvres, de ce puits de fiel ! À moitié suffoquée, elle se contorsionna vivement. Alors, il lui assena quelques coups terribles sur le visage. Que périsse cette beauté dont elle est indigne ! Elle retomba, inerte mais toujours consciente.

Gioacchino dégagea fébrilement son membre raide et la pénétra. Que jouisse le vainqueur, à jamais triomphant de ses scrupules enfantins ! Le regard vague, elle le vit au-dessus d'elle, l'écume aux lèvres, la bouche déformée par une grimace, allant et venant en elle avec rage. Cela ne dura pas. Elle sentit dans ses chairs comme un coup de sabre qui lui raviva les esprits en même temps que la nausée. Mais il se dégageait, triomphant, le sexe brillant. Elle ne bougeait toujours pas, il restait à deux pas d'elle, prêt à la frapper encore si elle manifestait la moindre volonté de se libérer de son bâillon.

— Ça, ça te laisse sans voix, non ? dit-il, essoufflé, tandis qu'il se rajustait.

Elle ne put réprimer un sourire tandis que sa gorge essayait de prononcer quelque chose. Pourquoi n'avait-elle pas eu la sagesse d'attendre que le monstre repu fût parti ? Songea-t-elle, avec la lucidité des soldats les plus aguerris, que cela n'aurait rien changé à son sort, que celui-ci était scellé ? Toujours fut-il que cette mimique acheva de rendre Gioacchino fou de colère. C'était le sourire méprisant de Paulina, de ce prêtre arrogant, de cet insupportable joueur d'échecs vénitien, de tous ceux et celles qui s'étaient mis sur sa route pour dénoncer, d'un rictus, les faiblesses d'un homme qui ne pourrait jamais être à la hauteur de ses rêves. Il se rua sur elle et se coucha tout du long sur son corps. D'une main, il couvrit le foulard et la bouche, tandis que de l'autre, après avoir malaxé les seins et le ventre doux de la jeune femme, il prit son arme. Les pupilles d'Hélène se dilatèrent lorsqu'elle sentit glisser en elle quelque chose de trop froid, trop mince et trop dur pour être l'organe de son agresseur.

— Vous aimez les histoires italiennes de Stendhal, si je me souviens bien… Savez-vous que, dans mon pays, les amants trompés punissent leurs maîtresses adultères par où elles ont péché ? Vous trompez votre mari, mais vous faites de même avec tous les hommes qui ont le bref privilège d'essayer de satisfaire vos ardeurs…

Il imprima au canon un mouvement de va-et-vient.

— Profitez-en, belle Hélène, ce sera votre ultime orgasme…

Elle chercha désespérément à se dégager, contractant les muscles de son ventre et de son sexe pour expulser cette verge vengeresse ; mais Gioacchino la calait de tout son poids et de toute sa force, riant de l'effroi qui déformait ces yeux superbes, ces yeux qui avaient ensorcelé tant d'hommes, ces yeux qui avaient ri de lui. Un frisson le parcourut : dans ces iris affolés, il retrouvait le regard de Paulina, sur le palier, une seconde avant qu'il la précipitât dans l'escalier et, au-delà, dans la prison de sa paralysie. Il pressa la détente. Les chairs d'Hélène, le corps de son amant assassin, les velours tendus sur les murs étouffèrent le bruit de la détonation. Une vague rouge déferla dans ses iris, le foulard s'empourpra. L'effroi avait laissé la place à la douleur, puis au vide. Sa tête retomba sur le côté, ses beaux cheveux comme une couronne de fleurs sur un catafalque, et son long cou de cygne, crispé par la peur, se détendit. Gioacchino ressentit un bien-être ô combien plus vif qu'après avoir joui. C'était donc si excitant de tuer ! Il extirpa l'arme de son étui sanguinolent et l'essuya sur les vêtements d'Hélène, après l'avoir portée à ses narines pour en humer les fragrances d'amour, de poudre et de mort. Il vit que l'artère jugulaire de la jeune femme palpitait encore, une course désordonnée et perdue d'avance vers le précipice. Il saisit un coussin et, dans un geste froid et précis, le pressa sur le visage de l'agonisante, jusqu'à ce qu'il fût assuré que la mémoire de ce qui venait de se produire ici n'appartenait plus qu'à lui seul.

Il dégagea les étoffes qui la couvraient et apprécia

une dernière fois ce corps autrefois parfait, dont le sang s'écoulait par les lèvres. Un brouillard glissa soudain devant ses yeux, une voix retentit dans sa tête qu'il mit quelques instants à reconnaître : celle de Tommaso Reguer lorsque l'obscurité s'était faite dans la pièce. Il s'ébroua. Le vieux fou était à des centaines de lieues et, cette fois, l'arme de Gioacchino n'avait pas manqué sa cible. La voix s'estompa. Gioacchino passa une dernière fois le doigt sur les tétons de la morte.

— *Peccata...*

Après le meurtre de la marquise, les frères Bruchola quittèrent précipitamment la France.

Ils voyagèrent.

Ils connurent la mélancolie des errances, les froids réveils sous la tente, l'étourdissement des paysages et des ruines, l'amertume des sympathies approximatives. Gioacchino du moins ; Guglielmo suivait, animal domestique de plus en plus abruti par la perte des repères et l'abus d'alcool. Ils se joignirent à la troupe de Garibaldi pour son ultime baroud d'honneur et échouèrent avec lui aux portes de Rome. Gioacchino crut un temps que le héros national serait sa dernière chance ; n'était-il pas italien ?

Au bivouac, un soir, alors que l'assaut français se préparait et qu'à leurs pieds, Rome bruissait de rumeurs et de tensions – les robes du pape qui priaient pour la défaite des chemises rouges, les nationalistes qui rageaient contre cette intervention étrangère – une femme, accompagnée d'une guitare et d'une flûte, se mit à chanter. Guglielmo, aviné, s'était endormi, et ses ronflements étaient couverts par les rumeurs du grand air. Gioacchino était las ; depuis le départ de Paris, il courait, fuyait, saoul de sa course, s'interdisant de songer, de rêver, de se souvenir, sinon des pires images de son état nouveau de meurtrier, le visage d'Hélène déformé par la mort et la douleur. Il ne remarqua pas tout de suite qu'une voix s'élevait dans la nuit pour clamer autre chose que des ordres ou lancer l'alarme. La flûte avait commencé, un rythme saccadé auquel répondait la guitare. Le jeu était approximatif, sans doute, et le talent des musiciens n'arrivait pas à la hauteur de ceux que Gioacchino avait pu entendre à l'opéra ; mais il n'avait jamais été passionné, il n'allait pas au théâtre pour écouter mais pour plaire et séduire. Ici, plus rien de cela. Une bataille se préparait, il se pouvait qu'il fût tué – même s'il n'y pensait pas, même si son esprit refusait d'envisager la possibilité de son anéantissement. Il y avait peu de femmes, et aucune ne se serait prêtée au jeu de la séduction que Gioacchino avait si longtemps mené. Tout était englouti dans un passé sombre. Et pourtant, cette flûte et cette guitare, leurs rares notes égrenées dans le faux silence du Janicule firent sursauter Gioacchino. Il tourna la tête vers le feu et le trio qui, malgré la guerre, prenait le temps de chanter, pour divertir leurs compagnons, pour leur donner du courage, pour simplement leur rappeler que la vie ne se réduisait pas à la guerre. « *Come mai puoi / Vedermi piangere ?* » Le cristal des mots s'éleva sur celui des cordes et du souffle de la flûte. Une femme, sans colère, qui demandait à son amant infidèle de lui laisser au moins la pudeur de sa tristesse, à moins qu'il souhaitât la voir morte ? Après tout, n'était-ce pas tellement plus simple pour être quitte des gens qui nous pesaient ? Les voir mourir, d'une manière ou d'une autre, repartir serein, avec la certitude que plus jamais leur présence n'encombrera notre existence. Gioacchino frissonna. Cette voix lui faisait mal, mais il ne pouvait pas la faire taire, et l'aurait-il voulu ? Elle entraînait dans son sillage des visages noyés, de larmes ou de sang, d'eau trouble et de noir oubli : Paulina, dont le cadavre chaud avait encore gêné sa vie en lui offrant les consolations de la cruauté ; Graziella, et son enfant assassiné par plus d'une main, qui lui avait offert le baptême d'une douleur qu'il n'avait jamais reconnue ; Lætitia, disparue en lui abandonnant la brûlure de ceux qui ne peuvent quitter le feu qu'ils haïssent ; Hélène qui…

Il laissa aller sa tête en arrière. Le ciel scintillait. La voix ne s'arrêtait pas, ni la guitare, ni la flûte. Guglielmo ronflait. Personne ne verrait Gioacchino pleurer. Jamais. Il sortit son revolver et le glissa sous son nez, y cherchant des odeurs qui, hormis celle de la poudre, n'existaient plus que dans son esprit brouillé. Par chance pour la chanteuse, elle allongea sa dernière note et les instruments se turent peu après.

Rien ne fut différent, car plus rien ne pouvait changer pour lui. Garibaldi échoua, mais Gioacchino ne s'attendait à rien d'autre. Parmi les cadavres des chemises rouges abandonnés par les soldats de Napoléon III victorieux, il aperçut celui de la femme qui, la veille, se lamentait sur son faux chagrin bafoué. Elle offrait à présent, à la vue de tous, dans l'impudeur de la mort, ses yeux écarquillés, la blouse déchirée qui laissait paraître un sein glacé, rouge et bleu. Devant elle, Gioacchino eut un petit rire malade et s'éloigna vivement, dans un hoquet.

Guglielmo avait été grièvement blessé lors de l'ultime assaut sur le mont Janicule. Gioacchino s'en crut débarrassé et ne ressentit aucune peine ; mais Guglielmo revint, guéri physiquement mais encore plus amoindri psychiquement. Gioacchino le reprit dans son ombre. Il fut l'exécuteur des basses œuvres, l'associé docile prêt à tout, pour autant que son frère lui fournît vin et femmes. Gioacchino n'attendait plus rien mais ne pouvait pas s'arrêter. Il était parti, il lui fallait aller toujours plus loin. N'était-ce pas pour cela qu'il avait quitté la Toscane, la sécurité d'un avenir tracé de toute éternité, le sort des Bruchola ?

Ils fuirent donc et glissèrent vers le Sud, la Pouille inconnue, le Gargano sec et hostile où, de bandits mondains, ils devinrent, avec la patience obstinée de ceux qui ont signé un pacte avec la mort, des truands, *banditti* sans scrupule auréolés de fausse gloire, tachés de sang véritable. Et le temps passa dans la monotone litanie des exactions et des crimes auxquels les Bruchola s'adonnèrent tout entiers, Guglielmo pour le corps, Gioacchino pour l'âme.

— Papa ! Tu me racontes encore l'histoire, quand tu es arrivé avec le chevalier ?

Gioacchino ouvrit les yeux et grimaça. Il s'était endormi sur le seuil, le soleil était haut à présent et seules les branches de l'énorme hêtre l'avaient protégé. La fillette était debout à côté de lui et tenait sa main. Elle était jolie, maigre et noire comme sa mère, mais le regard brillant, vierge encore des défaites et des renoncements qui l'attendaient ici. Du haut de ses huit ans, elle exigeait une de ces histoires absurdes que Gioacchino lui avait servies, une fois qu'il avait eu admis qu'il ne partirait plus d'ici avant longtemps et qu'il ferait bien de s'attacher un peu à une femme, sous peine de se retrouver seul comme un chien errant. Combien d'années s'étaient écoulées depuis sa fuite de Paris ? Tant qu'il doutait y être jamais allé. Sa mémoire n'était d'ailleurs plus qu'un enchevêtrement de récits fous où la seule cohérence était une haine sans fond pour des hommes qui étaient peut-être morts.

Un cri de nourrisson retentit dans la masure contre laquelle il s'était adossé avant de sombrer dans le sommeil. Une voix énervée s'éleva à l'intérieur.

— Alicia ! Laisse ton père tranquille. Il te pourrit la

tête avec ces histoires ! Et toi, grand fainéant, viens m'aider !

Gioacchino soupira et se redressa en grinçant des dents.

— Va, va, chuchota-t-il à la gamine dont le visage s'était obscurci. Je te raconterai plus tard…

Elle fit une moue et s'éloigna vers la forêt qui entourait de toutes parts le minuscule hameau, au cœur de la *Foresta Umbra*, où Gioacchino venait se réfugier quand ses hommes et lui avaient besoin de repos et d'une femme qui s'offrît sans contrainte.

— Gioacchino !

Il gronda un juron et rentra dans l'ombre empuantie de la maison.

— Aide-moi ! Ce porc a encore tout salopé…

Maria avait démailloté le petit Nicola qui hurlait, le visage cramoisi. Elle tendit à Gioacchino un tas de vêtements souillés qu'il saisit du bout des doigts avec répugnance.

— Oui, c'est de la merde ! Et c'est celle de ton fils ! Et je peux te dire qu'il a l'air aussi débile que ton frère !

Gioacchino avait mal à la tête. Vieillir était une malédiction.

— Ne dis pas de mal de Guglielmo, éructa-t-il d'une voix pâteuse, sans conviction – ne passait-il pas des heures à déverser des tombereaux d'injures sur cet abruti qui collait à ses basques comme un mauvais sort ?

— J'en dirai si je veux, et de toi aussi ! Tu as beau bourrer le crâne de la gamine avec tes histoires de spadassins et de tes combats héroïques, vous n'êtes que des *banditti* ! Et un jour, les Piémontais vous auront. Et moi, je crèverai à élever tes enfants !

C'était une malédiction de vieillir loin des palais, des villes où l'on pouvait s'amuser et être servi.

— Et ton Garibaldi ! Tu vas encore lui raconter que tu

l'as suivi dans son expédition à Rome, alors qu'avec ses hommes, il est venu massacrer les nôtres ? Mais qu'es-tu venu faire dans le Gargano, *cavaliere* ! Pourquoi un fier Toscan est-il venu pourrir dans la Pouille ? Pourquoi veux-tu gâcher ma vie ?

Une malédiction et une humiliation quand, depuis près de vingt ans, après avoir dû faire preuve de la plus grande fermeté et de la plus absolue férocité pour s'imposer dans un pays maudit où les gens du Nord étaient tous considérés comme des traîtres à la solde du Piémont, il avait pillé les domaines des riches, des nobles, des bourgeois, eux-mêmes traîtres aux Bourbons réfugiés dans les aubes du pape, eux-mêmes affidés à ce royaume d'Italie infâme ; quand il avait hissé son nom au rang des légendes de la Pouille, quand il avait violé et assassiné plus de femmes et d'hommes qu'il ne pouvait compter ; quand il devait accepter qu'une femme lui parlât de la sorte parce qu'elle était la seule avec laquelle il pouvait coucher sans devoir la violer, parce qu'il pouvait introduire en elle autre chose que son arme. Parce qu'elle lui permettait de revenir malgré ses invectives, de s'étendre sur son corps maigre. Parce qu'elle élevait ses deux enfants malgré ses récriminations et qu'il était certain que ces enfants étaient de lui et de lui seul, Alicia si mignonne et déjà si rêveuse, Nicola, à peine né et déjà détesté par une mère trop pauvre pour dépenser son amour.

— Arrête, Maria… Je ne t'ai pas apporté que du malheur…

Elle avait collé le bébé contre son sein nu, après avoir laissé tomber les hardes qui la couvraient. Il faisait sombre dans la pièce, l'odeur de lait rance, d'urine et d'excrément prenait à la gorge. Une humiliation et une souffrance, le crâne qui battait, la nausée, les blessures du corps, un sommeil trop léger pour couvrir des douleurs trop profondes. Gioacchino jeta les linges dehors et s'assit sur le seuil. Le soleil lui frappa le dos, mais un léger courant d'air dissipa la nausée qui menaçait. Nicola tétait, il ne pleurait plus, et Maria s'était tue elle aussi, le visage penché sur l'enfant, ses longs cheveux de jais ruisselant sur la poitrine.

— Tu es belle, comme ça…

La voix de Gioacchino était à peine perceptible. Maria haussa les épaules et le bébé toussa. Elle n'était pas belle ; elle était la seule. La seule qui pouvait se dénuder devant lui sans y être forcée, sans être violée sur-le-champ. Pourquoi ? Gioacchino n'en savait rien. Il préférait ne pas le savoir. Ressemblait-elle à Graziella ? Gioacchino ne s'en souvenait pas. Quand il revenait près de Maria, après une expédition, chargé de son butin ou des cadavres de ses hommes, il cessait de penser. Il cessait d'être le chef triomphant devant lequel tous tremblaient, même ceux à qui il accordait le droit de vivre parce qu'ils vivaient pour lui, pour le servir, pour se battre à son service, prêts à tuer et à mourir. Il s'asseyait sur le pas de cette ignoble masure qui était désormais le palais le plus somptueux auquel il pouvait prétendre. Il s'étendait sur une paillasse grouillante, à côté de Maria. Il lui caressait le ventre, les seins. Il lui faisait l'amour. Avant, elle l'injuriait. Après aussi. Pendant, elle se taisait et le tenait serré entre ses jambes, entre ses bras, comme si elle ne redoutait rien tant que son départ. Après, elle le chasserait en le maudissant quand elle le sentirait repu, reposé, prêt à reprendre ses rapines, ses razzias héroïques. Elle ne criait pas, dans l'étreinte, à peine sa respiration qui s'accélérait. C'était peut-être pour ça que Gioacchino revenait. Toutes les autres femmes hurlaient en le voyant, quoi qu'il glissât dans leur fente profanée. Quand il jouissait en elle, de feu ou de fluide. Il n'y prenait plus beaucoup de plaisir. Un peu plus avec son revolver. Il laissait le reste à ses hommes et à Guglielmo qui ne se lassait jamais des femmes. Et il pensait parfois à Maria. Aucune des femmes nues allongées devant lui, depuis vingt ans, n'avait ce que Maria seule possédait alors, même les plus riches, les plus jeunes, les plus radieuses : elle avait la beauté brute de la vie. Une vie que Maria disait vomir mais à laquelle son long corps émacié était rivé, ses cuisses maigres, son ventre sec, seuls ses seins étaient ronds sur des côtes saillantes, et Gioacchino pensait souvent que c'était ses seins qui la maintenaient en vie. Une vie que les autres malheureuses qui croisaient la route de Gioacchino avaient le temps de pleurer, lorsque leur ventre implosait et que le sang déferlait en elles, foule en rouge panique courant vers l'issue pour échapper au piège – mais le piège était là, au bout de la course.

— Pourquoi tu n'arrêtes pas, Gioacchino ? On pourrait ouvrir une auberge ou un petit commerce à San Nicandro…

Le pire, dans la vieillesse, n'était-ce pas cette tentation de s'asseoir pour regarder la vie sombrer ? Renier ce que l'on avait été, fût-ce le pire. L'ombre d'une Charlotte passa devant ses yeux : y avait-il vraiment eu, dans cette ville détestée, une femme pour lui proposer, elle aussi, de tenir un négoce avec elle ?

— Je ne peux pas, Maria. Tu le sais.

L'enfant achevait son repas. Ses lèvres demeuraient collées au téton mais ses joues bougeaient à peine. Il s'endormait imperceptiblement, repu, rassuré.

— Je sais, dit-elle sourdement en berçant son fils.

Elle savait : trop de sang, trop de meurtres, trop d'ennemis. L'armée, la police ; ceux-là, on pouvait s'arranger. Mais les autres, qui voulaient se venger. Qui guettait le moment où le chef redouté baisserait la garde. Elle était folle de s'attacher à lui. Un jour, signal du crépuscule, ses ennemis découvriraient ce refuge, sa « famille », si on pouvait utiliser ce mot pour la femme qui l'acceptait sous son toit et élevait sa progéniture. Maria paierait, et ses enfants, pour les crimes de cet homme. Aurait-elle des remords en mourant ? Mourir une fois serait assez. Sa vie, de toute manière… Et celle qui attendait Alicia et Nicola ne méritait pas qu'on la regrettât.

— Tu dois arrêter de farcir la tête d'Alicia avec tes histoires. Elle est assez folle comme ça.

Alicia… Gioacchino aurait voulu qu'on la prénommât Lætitia. Mais quand il était revenu, l'enfant était née et sa mère avait tranché, ce serait Alicia, pas question de se laisser envahir par ces noms que, d'instinct, elle soupçonnait maléfiques. Elle n'avait pas voulu de cette gamine et moins encore de son frère, huit ans plus tard, mais ils étaient venus, elle n'avait pas eu la force de chasser leur père. Elle mâchait des herbes sur les conseils d'une vieille édentée, rebouteuse, sorcière, qui lui avait promis que, si ça ne marchait pas, elle la débarrasserait de l'ange maudit qui essaierait encore de se frayer un chemin vers la vie à travers son ventre.

Alicia n'était pas folle. Gioacchino lui apprenait à lire quand il était là. Elle était vive et retenait tout. Il gonflait le torse ; elle tenait de lui, pas de cette race pouilleuse d'illettrés, de cette plèbe misérable qu'il haïssait presque autant que ceux qu'il rançonnait et assassinait, et d'abord parce qu'elle était si démunie qu'on ne pouvait rien lui ravir, sinon une vie à laquelle elle tenait si peu. Alicia-Lætitia saurait lire, elle était de la race des Bruchola, race déchue sans doute mais noble. Comme toutes les gamines de la région, elle adorait les récits absurdes de ces lointains chevaliers français, transmis dans ce coin improbable par un mystère que Gioacchino ne pouvait expliquer, répétés, amplifiés, embellis par des générations d'adultes qui y prenaient autant de plaisir que les mômes, qui y trouvaient une justification ridicule aux méfaits des brigands locaux, héros de la lutte contre les étrangers qui voulaient leur imposer un royaume hostile. Pour Alicia, son père était un dieu. Un héros. Le sang sur ses mains se transmuait en or. Ou c'était celui-là même du Christ, son autre héros. Maria crachait sur la croix, le curé la vouait aux gémonies, mais sa fille la rachèterait et Maria enrageait de cette foi juvénile que rien n'ébranlait, surtout pas la fureur maternelle.

— Ça lui passera. Tous les enfants aiment les histoires.

— Qu'est-ce que tu en sais ? Tu en as eu beaucoup, avant ? Avec tes princesses, tes duchesses, tes marquises… Regarde, même moi, je gobe tes histoires ! Je dois être la seule qui t'ait accepté tel que tu es, *cavaliere banditto*…

— Tu es une reine, et toutes les marquises sont mortes.

— Je ne veux pas savoir comment tu les as tuées.

Gioacchino soupira. Il ne parlait pas à Maria de sa vie, de ce qu'il faisait quand il n'était pas là. Mais les rumeurs se propageaient vite dans le Gargano. Les pauvres et les riches parlaient, et les pauvres écoutaient les riches, personne n'était mieux informé qu'eux, ils auraient pu guider la police et l'armée droit sur les plus dangereux, les plus recherchés, mais les riches n'écoutaient pas les pauvres et ces derniers ne parlaient qu'entre eux. Maria savait presque tout et inventait le reste. Elle ne pensait pas, comme les autres, que Gioacchino et sa bande les vengeaient des humiliations et des privations ; elle savait qu'un jour, la gloire sanglante passerait et que Gioacchino paierait. Et qu'elle se retrouverait seule avec le sang de son sang et la chair de sa chair.

— Et puis, si tu tiens tellement à faire son éducation, pourquoi tu ne restes pas ici ? D'accord, on n'ira pas à San Nicandro ; mais tu n'es plus obligé de…

L'enfant bougea. Un bruit de pas. Gioacchino soupira et se releva en grimaçant. Il avait mal au dos. Cinquante ans passés, en route vers le gouffre des soixante. C'était Guglielmo. Bouffi, laid à faire peur, le visage colonisé par l'alcool et la vérole. Une bouche presque sans dents, une haleine de charogne.

— On a les renseignements…, prononça-t-il d'une voix où se mêlaient la hargne rance et la désespérance miraculeusement prolongée. C'est bon pour demain.

Gioacchino l'entraîna vers le bois.

— Je t'ai déjà dit de ne pas parler de ça devant Maria.

Guglielmo eut un hoquet.

— C'est pas tout, articula-t-il encore.

Avec le temps, il avait pris les habitudes et les tournures des gueux qui leur servaient de troupe. Pas Gioacchino. Il parlait toujours comme un étranger, comme un élégant. Cela troublait ses victimes. Trouble bref ; Gioacchino ne s'entretenait jamais longtemps avec elles.

— Quoi d'autre ?

— Un type est arrivé. Il voulait se joindre à nous. Il vient de là…

— De là ?

— De… Toscane. De Montechiarro.

La voix de Guglielmo s'était mise à trembler, de même que ses mains, comme chaque fois que le souvenir de Montechiarro ravivait la douleur de se savoir, inconsciemment, déchu. Le cœur de Gioacchino se serra. Sa brûlure était plus vive, car sa douleur était consciente. C'était là qu'il aurait dû conduire Maria et leurs enfants. Les installer dans le Castello. Dans leur rang.

— Et alors ?

— *Ils* sont toujours vivants. Bien vivants. Riches. Des enfants. Della Rocca, un fils sans caractère. Coniglio, deux fils : un ambitieux qui rêve de politique, un demeuré qui travaille avec son père.

Les derniers mots de Guglielmo se noyèrent dans des larmes aux relents de mauvais vin.

— Débarrasse-toi de ce type. On ne peut pas lui faire confiance. Tout ce qui vient de là-bas porte malheur.

Guglielmo le dévisagea avec la reconnaissance d'un vieux chien. Son frère, c'était le pistolet enfoncé dans l'orifice qui convenait selon le sexe – c'était sa marque, sa signature. Lui, c'était le couteau, sur la gorge. Sur, et puis dans. Une caresse puis un plongeon. Lui aussi avait détesté le fugitif dès qu'il avait prononcé les noms maudits. Sans savoir qu'il se condamnait ; il n'avait fait que répondre aux questions de Guglielmo et il avait même dû répéter. Ah oui ! le marchand et le comte… Une ruse. Un peu de bave coula sur le menton du vieux brigand. Il allait retourner au bivouac, à quelques lieues de là ; il entraînerait le Toscan à l'écart. Ce dernier était jeune mais Guglielmo l'aurait par surprise. La lame plongerait plus rapidement. S'il le pouvait, il enverrait à Montechiarro la langue du traître. Ou ses parties génitales.

Guglielmo allait s'éclipser mais Gioacchino le rattrapa.

— Demain à l'aube. À la croix de San Pietro. Pas d'alcool ce soir.

Guglielmo se rembrunit mais acquiesça. Il se saoulerait de son exécution. Et demain, ce serait l'orgie du pillage et du butin.

— Tu crois pas que c'est dangereux, quand même ? Don Paolo nous donne souvent du travail.

Don Paolo, richissime propriétaire. Une femme splendide, trois enfants solides. Un domaine vaste comme une province. Des centaines de paysans soumis, des *condottieri* pour étendre son empire et ruiner ses concurrents. Grand, massif, imposant, des favoris princiers, une moustache de bandit. Gioacchino avait gagné beaucoup d'argent pour et grâce à don Paolo. Il le détestait. Il savait que don Paolo le savait. Qu'il se méfiait de lui. Qu'il commençait à s'en défier. Il se croyait supérieur, intouchable. Ce n'était qu'un bourgeois parvenu. Gioacchino allait lui montrer qui était le véritable maître du pays. Peut-être même prendrait-il la place de don Paolo. Sa place, sa villa somptueuse, ses richesses. Pas sa femme, sauf pour la violer. Il installerait Maria dans ce domaine, à quelques lieues d'ici ; inutile de courir jusqu'en Toscane. Don Paolo servirait de victime expiatoire. Mais il ne dit rien à Guglielmo. Ce n'était d'ailleurs pas très clair dans son esprit. Pourquoi attaquer don Paolo ? Peut-être seulement parce que Gioacchino s'ennuyait.

— Est-ce que je me suis déjà trompé ?

Guglielmo ouvrit la bouche, resta immobile un instant puis hocha la tête lourdement.

— Jamais…

Jamais, toujours… Quelle importance, à présent ?

— Va.

Gioacchino revint vers le petit groupe de masures en torchis. Une voix fluette retentit dans son dos.

— Qu'est-ce qu'il voulait, *zio* Guglielmo ? J'ai entendu qu'il parlait de la Toscane ; tu vas retourner dans ton château ?

Alicia avançait vers lui, souriante, pieds nus sur les feuilles et la terre sèches, insouciante et dupe.

— Mon château… Peut-être.

— Raconte-moi, papa. Maman n'entend pas. Combien de Sarrasins as-tu tués le jour où tu as récupéré les reliques de San Nicandro ?

Don Paolo avait été utile à Gioacchino ; Gioacchino l'avait aidé. De ces besoins mutuels qui renforçaient les haines. Ils avaient œuvré à leur mutuelle protection. Sécurité pour le propriétaire, impunité pour le bandit. De la condescendance chez le premier, du mépris chez le second. Et chez les deux, la nécessité de ne pas le manifester. Gioacchino avait été propriétaire dans une autre vie, même s'il avait des difficultés pour raviver des souvenirs précis. Gioacchino était un aristocrate, même s'il était devenu un hors-la-loi, un chef de bande. Il s'était imposé là où de plus redoutables brigands, et de plus expérimentés, avaient d'abord cherché à l'éliminer. Ils s'étaient inclinés ou couchés à jamais. Loin des salons et des villes modernes, Gioacchino était devenu sûr de lui, conscient de la force terrible que lui conférait l'inconscience qu'il prônait des conséquences de ses actes. Le visage de la marquise, au moment où ses viscères explosaient, était l'image qu'il convoquait le plus souvent pour se redonner du moral. Surtout quand il avait dû subir l'arrogance de don Paolo. Un jour, il embrocherait ce gros porc de bourgeois sur son revolver, il lui tordrait la nuque pour voir l'expression de son regard affolé quand il presserait la détente. Un jour : aujourd'hui. Le moment était venu. Un matin, Gioacchino s'était réveillé à côté de Maria, sur ce lit puant. Nicola dormait entre eux, il aurait pu l'écraser vingt fois. Alicia était roulée en boule sur une natte, à même le sol. Gioacchino devenait vieux. Don Paolo avait le même âge que lui mais il dormait dans un lit confortable, à côté d'une femme qui ne devait pas consacrer une part de sa nudité, de sa vie, de sa beauté à un marmot confié aux nourrices, aux gouvernantes, à tous ceux que don Paolo payait pour son bien-être. Comme Gioacchino. Un domestique parmi les autres, contraint à vivre dans les plus misérables des conditions. Ce n'était pas juste, avait songé Gioacchino. Il avait couché dans des palais somptueux, avait enfilé des habits de soie. Il aurait suffi de peu pour que don Paolo ne fût qu'un de ses fournisseurs, son obligé, plutôt que l'inverse.

Nicola s'était mis à geindre. Avant les pleurs, sans se réveiller totalement, Maria s'était tournée et avait présenté son sein à l'enfant qui s'était aussitôt mis à téter. Gioacchino l'avait détesté. Il aurait voulu pouvoir jeter le bébé à l'autre bout de la pièce, porter sa bouche sur ce mamelon, faire l'amour à Maria. Comme don Paolo pouvait le faire dans l'aube naissante à son épouse libre et disponible. Et Gioacchino avait reporté sa rage contre don Paolo. C'était fini. Il allait prendre sa place. Il deviendrait le seigneur du pays. Il n'avait rien dit à Maria ; tant que l'ennemi ne gisait pas sur le sol, les tripes éclatées, rien n'était sûr. Et puis, Maria n'aurait pas aimé savoir. Quand tout serait prêt, il la ferait venir avec les enfants. Elle était trop pauvre pour poser des questions sur l'origine d'une telle félicité. Ils s'installeraient. On les respecterait. La famille Bruchola ferait souche dans le Gargano. Gioacchino vieillirait calmement dans des draps de satin et son fils prendrait la relève. Les parenthèses du sang et de l'errance se refermeraient.

La troupe se rassembla au sommet de la colline. Le fil rosé de l'aube tremblotait à l'horizon, derrière les bâtiments de don Paolo. Gioacchino passa ses hommes silencieusement en revue. Quinze gaillards dont il refusait de retenir les noms, sauf s'ils avaient la chance de survivre plus d'un an. Guglielmo, les yeux bouffis, qui avait finalement jugé que l'interdiction d'alcool ne s'appliquait pas à lui, le frère du chef. Gioacchino vérifia que le « pistolet du jugement », comme il avait baptisé l'arme qui avait ouvert les entrailles de la marquise et inauguré une sinistre tradition, était chargé. Contre sa cuisse, était accroché le Colt qu'il utilisait pour son travail, le pistolet étant réservé à cette unique fonction. Aujourd'hui, Gioacchino avait prévu qu'il servirait à deux reprises. Il commencerait par elle, sous les yeux de son mari. Puis les enfants. Il les laisserait à Guglielmo. Et enfin don Paolo. Qui à cet instant dormait sans doute encore, insouciant. Ou chevauchait sa femme. Une dernière fois. Cette pensée déplut à Gioacchino qui donna le signal. La troupe partit au grand galop. Gioacchino l'avait répété : pas un cri avant d'être dans la maison. Quelques paysans, déjà à l'ouvrage autour de la propriété, virent le nuage de poussière et comprirent aussitôt ; sans donner l'alerte, ils décampèrent. On prierait pour le repos des morts, qui ne se seraient déjà pas beaucoup fatigués de leur vivant. Les bêtes qui paissaient s'écartèrent. Dès qu'ils eurent franchi le portail, les bandits se séparèrent comme convenu. Un groupe pour les domestiques qui commettraient l'erreur de l'héroïsme, un autre, conduit par Gioacchino, pour la maison, les chambres où dormaient les maîtres, qui passeraient vite de sommeil à trépas.

Une servante hurla avant de s'effondrer, le front écarlate. La maison sursauta, des portes claquèrent. Gioacchino connaissait les lieux, don Paolo avait tenu à les lui faire admirer, pour afficher sa puissance, pour mesurer sa supériorité. Gioacchino grimpa l'escalier quatre à quatre, il fallait arriver dans la chambre avant que don Paolo eût pu saisir son arme.

Dans le lit, le drap ramené sur sa poitrine nue et affolée, il n'y avait que la femme de don Paolo.

Un épais nuage de fumée s'élevait au-dessus de la plaine et commençait à s'étirer sur la forêt. De l'orée, où Gioacchino s'était arrêté un instant pour contempler le désastre, on apercevait les silhouettes des quelques rescapés qui fuyaient vers la route, le village, la ville. Dans deux heures, don Paolo serait averti. Ce soir, au plus tard, il découvrirait les cadavres de sa femme, de ses enfants, des quelques intrépides qui avaient voulu défendre leurs maîtres. Il pleurerait peut-être. Il crierait de rage. Il déclarerait la guerre à Gioacchino Bruchola. Guglielmo, pâle comme un mort, ne cessait de répéter :

— Il devait être là, il devait être là…

— Tais-toi, crétin ! Il n'y était pas.

Deux des leurs étaient morts. Ils les avaient abandonnés dans la cour avec leurs victimes. De toute manière, le pillage était signé. Seul Bruchola était capable de le mener. Et assez fou. Pillage, meurtres, butin : de l'argent, des bijoux.

— En route. Pas de temps à perdre.

Ce soir, don Paolo hurlerait ; cette nuit déjà il réunirait des hommes. La police, l'armée. L'État prêterait main-forte à cet escroc qui avait plus de sang sur la conscience que Gioacchino. Sur la conscience, pas sur les mains – uniquement sur celles des autres. Demain à l'aube, la chasse débuterait. Il fallait avancer sans traîner. Quitter le pays. Fuir encore, poussé par le meurtre de trop.

Gioacchino observa ses hommes ; des gueux désespérés, affolés maintenant, qui attendaient qu'il les sauvât. Avec lesquels il venait de se condamner à vivre jusqu'à la potence. Non. Ils pouvaient crever, de trouille ou d'une balle dans la peau ; Gioacchino s'en sortirait. Une fois de plus.

— Va avec eux jusqu'au refuge. Je vous rejoins.

— Pas question ! cria un des hommes, un Sicilien rustaud qui les avait rejoints deux mois auparavant. Tu vas te tirer avec le pognon et nous laisser…

La balle qui pénétra dans sa bouche et brisa une vertèbre cervicale l'empêcha d'achever son accusation. Gioacchino rengaina son Colt et jeta un ordre bref à Guglielmo.

— Prends son cheval. On en aura besoin.

Il tira sur la bride et partit au galop.

Le Sicilien était un abruti. Gioacchino aurait besoin d'eux pour couvrir sa fuite. Et celle de son frère. Il les lâcherait sans doute l'un après l'autre, mais ils seraient utiles. Avant de partir, cependant, Gioacchino tenait à rendre une dernière visite. Que tout son rêve ne fût pas un cauchemar.

— Papa !

Alicia se jeta dans ses bras dès qu'il mit pied à terre.

Il la serra un moment, gêné par l'émotion de la gamine, et plus encore par la sienne. Il vieillissait vraiment. Puis, il l'écarta. Maria était sur le seuil, grave et sévère. Elle savait, elle avait déjà compris. Ce qui s'était produit et ce qui allait advenir.

— Va, dit Gioacchino en repoussant l'enfant. Je dois parler à ta mère.

Alicia s'éloigna. Il viendrait après avoir parlé à sa mère, pour lui raconter une histoire ou lui apprendre à lire.

— Il y a de la fumée dans la vallée.

La voix de Maria était comme toujours, sourde et résignée. Gioacchino ne répondit pas.

— On dit que c'est chez don Paolo. Tout brûle. Ils sont tous morts.

— Pas tous.

— Pourquoi es-tu revenu ? Tu devrais déjà être loin. Ou en enfer.

— Je voulais te dire…

— Tais-toi.

Il s'avança, la força à ouvrir les mains et y déposa son butin. Elle le dévisagea avec dégoût.

— Prends ça. Je voulais… j'ai raté. Mais personne ne te connaît. Va à San Nicandro, ouvre une auberge. Sois discrète. Élève les enfants. Qu'ils aillent à l'école.

Il avait craint qu'elle rejetât l'argent, mais il sentit les doigts qui se crispaient sur le papier.

— Quand tout sera calmé, je reviendrai.

— Ne mens pas, Gioacchino. Ne mens plus. Ça ne se calmera jamais. Tu ne te calmeras jamais. Tu es fou. Tu danses avec la mort et la souffrance des autres. Je ne sais pas pourquoi j'ai accepté, pourquoi je t'ai ouvert ma porte, mes bras… Je ne sais vraiment pas. Le pire, tu vois, c'est que je ne le regrette pas.

Une autre n'aurait pas achevé le troisième mot. Mais Maria parlait, comme jamais encore, et Gioacchino l'écoutait, tête baissée, le regard perdu sur le sol, misérable, sur les pieds nus et jaunes de la femme qui lui parlait comme aucune femme n'aurait osé lui parler, sur ses jambes osseuses qui ne ployaient pas devant lui.

— Je ne sais pas pourquoi je ne le regrette pas. Je devrais, cent fois, mille fois. Autant regretter ma vie, alors. C'est elle qui m'a jetée dans tes bras. C'est elle qui te reprend. En échange, ton sale argent. Tu l'as pris à pire que toi, c'est pour ça que je le garde. Mais ne me mens pas, Gioacchino.

— Tu ne veux pas que je revienne ?

— Je ne crois pas que tu reviendras. Si tu le peux, par miracle, reviens. Pour ta fille.

— Pour toi ?

Elle ne répondit pas et glissa la liasse dans sa jupe. Ils restèrent un moment immobiles, face à face. Gioacchino eut un besoin confus de parler, de lui avouer tout – mais quoi, tout ? –, de se confier, de raconter sa vie, ses rêves, ses… Quelque chose qui ne lui ressemblait pas, une impossible rédemption, une faiblesse qui lui aurait fait honte vingt ans plus tôt. Vieillir était un naufrage, décidément, qui durait toujours trop longtemps. Nicola se mit à pleurer.

— Pars. Si tu veux nous aider, ne reste pas ici. Et si tu veux te sauver. Avoir une chance de revenir.

Il eut un geste pour lui saisir le bras, la prendre contre lui, mais elle était déjà loin, sans plus un regard ni un mot. Gioacchino se retourna. Alicia n'était pas là. Il sauta en selle et cravacha sa jument.

— Tu aurais dû voir quand le gars s'est retrouvé devant lui ! On le tenait à deux, on lui a baissé le froc, on l'a forcé à se plier en deux, il criait comme un goret à l'abattoir, tu vois, et c'était exactement ça, à l'abattoir, il le savait, le gars, qu'il allait crever et d'abord crever de mal, on nous connaissait, on nous respectait, on avait fait la campagne de 67 sur Rome, on n'avait peur de rien et tout le monde avait peur de nous, et le gars pissait de trouille, plié en deux, les fesses en l'air, et Gioacchino lui a fait ce truc que tout le monde connaît maintenant, sa marque de fabrique, une version pour les hommes et une pour les femmes, il lui a enfoncé son pistolet et le gars a eu un hoquet, tu aurais dû voir ça ! On riait comme des fous, et puis le coup est parti et le gars, il avait les intestins fragiles et la peau aussi, ou alors il était mal foutu, parce que normalement, la balle ne sort jamais, elle échoue dans les poumons ou dans l'estomac, ou dans le cœur avec de la chance pour le gars, sinon ça peut durer et ça doit sembler plus long que la vie entière, cette mort-là, mais le gars, cette fois-là, la balle est ressortie par le ventre, on en avait partout…

Cela faisait une heure que Guglielmo parlait frénétiquement, sans s'interrompre sinon pour porter à ses lèvres le flacon d'eau-de-vie, pelotonné sur lui, tremblant de froid devant le minuscule brasier où il n'avait pu mettre à cuire que des racines ignobles. Il divaguait pour oublier le gel, la faim, la soif. L'autre, en face, n'avait plus la force de l'écouter ni de l'interrompre, grelottant, glacé, fiévreux, l'estomac convulsé sur le vide. Guglielmo, pour la vingtième, la centième fois, lui narrait les exploits lamentables des frères Bruchola dans le Gargano, sans quoi il aurait eu droit à l'expédition de 1867, au portrait de Garibaldi, l'aventurier dépeint comme un fou et un pleutre, ou bien, plus probable encore, à la diatribe contre ce marchand et ce noble toscans, coupables de tous leurs maux et qu'ils étaient venus châtier, ici, dans ce val envahi par la neige, le gel, la glace et la mort lente pour le trio famélique de vieux bandits, uniques survivants de la traque impitoyable menée contre eux par don Paolo, avec l'appui de l'armée, les chiens piémontais trop heureux de cette complicité locale inespérée qui leur permettrait de supprimer une des pires tribus de *banditti* de la région. Don Paolo avait juré qu'il planterait la tête des Bruchola sur une pique, à l'entrée de sa propriété, leurs parties génitales en cravate.

— Je te dis pas... poursuivait Guglielmo que rien n'aurait pu empêcher de dire, d'égrener le chapelet d'horreurs commises par son frère et lui, dont il était fier, des exploits de chevaliers comme le murmurait la petite Alicia qui ne connaissait que les légendes qu'elle s'inventait. Et ça, c'est rien, rien, tu entends ! à côté de ce qu'on réserve à ces chiens de Coniglio et de Della Rocca ! Après, on récupérera notre château, tu verras, les gens du pays seront à nos genoux, ils vont payer !

Le malade qui n'entendait plus que le linceul du vent déployé sur lui toussa. Guglielmo le dévisagea avec dégoût.

— Faut tenir, vieux. Bientôt, la vie de château… Ne crois pas qu'il fait toujours comme ça, la neige, le gel… J'ai jamais vu ça. C'est peut-être un coup de ces porcs. Ça ne marchera pas.

La toux ne s'arrêtait pas. Guglielmo soupesa le flacon et, à contrecœur, alla glisser le goulot entre les lèvres du moribond pour y faire couler les dernières gouttes. Quand il s'aperçut qu'elles avaient glissé sur le menton, il jura.

— Imbécile, fais gaffe ! Y en a plus…

Mais l'ancien paysan de Pouille, jadis si pauvre qu'il s'était fait voleur, et ce soir si misérable qu'il allait bientôt mourir, ne réagit pas à l'annonce de ce drame et se roula plus encore contre le mur de roche.

Un bruit de pas léger fit tourner la tête à Guglielmo qui porta la main à son arme. C'était Gioacchino.

— Il est mort ?

— Pas encore.

Gioacchino pressa son doigt sur le sternum de l'homme qui poussa un gémissement.

— Il y a une ferme, à deux lieues. On va aller y chercher de quoi manger.

— Tu ne voulais pas te faire remarquer…

— On a déjà attaqué des fermes. Je ne te parle pas de tuer les fermiers ; juste leur emprunter un peu de nourriture. De toute manière, je suis allé repérer les lieux ; pas grand-chose de changé, dans ce trou ! Nous allons bientôt agir. Viens…

Ils abandonnèrent le feu et le compagnon mourants et montèrent sur leurs chevaux épuisés. Gioacchino s'efforça de ne pas regarder l'épave qui portait comme lui le nom de Bruchola. Que tout finisse, enfin…

— Les bêtes sont aussi affamées, constata Guglielmo. On va bientôt avoir trop de viande pour deux !

— Sans elles, on est morts, Guglielmo.

Une lumière vacillante apparut. La neige épaisse étouffait le bruit des sabots.

— Si on les tuait pour s'installer chez eux ? Ils ont du feu, de la nourriture…

— Tais-toi !

C'était une ferme misérable, en ruine. Les deux brigands relevèrent le chiffon noir censé les masquer durant leurs méfaits. Par la fenêtre, Gioacchino aperçut les silhouettes de deux vieux en train de vider un brouet. L'homme releva la tête soudain, alerté par son instinct, sa connaissance des infimes variations du silence. Gioacchino se rejeta en arrière ; mais les bruits dans la masure indiquaient que le fermier cherchait son fusil et qu'il allait sortir. Gioacchino se précipita et défonça la porte. La femme hurla, et plus encore quand son mari s'écroula, assommé d'un coup de crosse. Guglielmo sortit son couteau et s'approcha de la fermière terrorisée.

— Arrête ! Attache-la.

Guglielmo grogna mais obtempéra. Si Gioacchino devenait sentimental… Pendant qu'il se servait du matériel de fortune trouvé sur place pour réduire la vieille à l'immobilité et au silence, Gioacchino fouilla la pièce. Il trouva un jambon et un morceau de pain sec. Il prit deux brassées de foin dans l'étable et les jeta devant le museau des chevaux, qui se mirent à manger lentement.

Gioacchino et Guglielmo repartirent, mâchonnant un bout de viande sèche. Guglielmo songeait sombrement qu'ils auraient pu coucher là, devant l'âtre, ou qu'il aurait aimé égorger la femme, cela faisait longtemps que son couteau ne servait plus qu'à trancher des branches ou de la viande durcie, il avait peur de perdre la main. Mais le jambon lui faisait du bien, et du mal en même temps ; était-il vrai que, des années plus tôt, vingt, vingt-cinq, pas loin d'ici, il jouissait d'un lit propre, d'une table servie par des domestiques plus heureux qu'il ne l'était à présent, avec de la viande, des fruits, des légumes, du pain, des filles ? Était-ce un méchant cauchemar, cette jeunesse dorée à danser dans les bals, à boire gaiement, à trousser les servantes, à chasser des journées entières pour le seul plaisir, sans songer à la faim, à la soif, à la désespérance de dormir seul ? Ou un cauchemar, cette vieillesse de vagabond, de brigand de petit chemin ? Était-ce vrai qu'il allait avoir soixante ans, lui qui se voyait toujours tel qu'à vingt ans, niant le corps épais et difforme qui le suivait partout, les traits pourrissants qui le narguaient dans les reflets des flaques où il ne se lavait plus ? Gioacchino avait vieilli mais il était resté mince, nerveux, souple et violent. Comme un chef. Mince : la seule résolution de sa jeunesse qu'il avait tenue. Guglielmo était las mais il suivrait son frère, le terme était proche, ils étaient là pour se venger définitivement de ces porcs qui les avaient traqués jusque dans le Gargano où ils auraient pourtant pu être heureux, comme ces chiens qui allaient bientôt payer, c'était pour cela qu'ils étaient de retour dans le val d'Orcia travesti par l'hiver. Gioacchino avait interdit d'aller au Castello, on verrait plus tard. Guglielmo songeait qu'il faudrait sans doute en chasser des usurpateurs, les chasser ou les égorger, Gioacchino ne pouvait pas éternellement l'empêcher de trancher dans le vif, d'accord pour épargner les gueux, mais ceux qui les avaient spoliés ne méritaient aucune pitié.

Quand ils parvinrent à leur campement, les deux feux s'étaient éteints. Quelques braises rougeoyaient encore faiblement et Gioacchino les ranima ; mais le mercenaire était raidi par le froid. Guglielmo jura encore en songeant qu'il faudrait l'ensevelir et qu'avec ce froid, ce serait pénible. Ils n'étaient plus que deux, tels qu'ils étaient partis d'ici, une éternité auparavant. Un à un, leurs hommes avaient été sacrifiés pour échapper à don Paolo. Il n'y aurait plus de bande, plus de traque. Gioacchino allait se venger non pas, comme le croyait cet abruti de Guglielmo, pour redevenir des seigneurs. Au mieux, ils s'échapperaient pour une ultime errance. Peut-être Venise, y retrouver ce fou de Tommaso dont le souvenir avait hanté nombre de ses nuits. Mais il devait être mort dans son lit, celui-là, et Venise était loin, Gioacchino était fatigué. L'image de l'agonie de la marquise ne l'apaisait plus, elle s'était effacée devant celles, plus troubles, plus troublantes, de la petite Alicia, de Maria et d'autres spectres... Maria et les enfants avaient-ils pu se sauver ? Pour se redonner du courage, Gioacchino se disait qu'après, il retournerait là-bas, déguisé ; il rentrerait comme le plus pauvre des vagabonds dans San Nicandro et demanderait l'adresse de Maria, il serait accueilli par la joie simple d'Alicia, par le regard incrédule et sévère de Maria, et il se tapirait là, jusqu'à la fin, dans l'ombre d'une cuisine, caché de tous sauf de Maria et des enfants. Puis il partait de ce rire aigu qui lui blessait les oreilles ; devenait-il gâteux pour nourrir de telles chimères ? Oubliait-il qui il était, ce qu'il avait été ? Ce serait un échec pire que tous les autres, pire que la prison, pire que la mort. Un échec trop doux pour être vrai.

Au lever du jour, ils se brisèrent les ongles à couvrir le cadavre de pierres et de blocs de terre gelée. Guglielmo n'arrêta pas de geindre, pourquoi ne pouvait-on pas l'abandonner ainsi ? Gioacchino ne voulait pas perdre de temps à lui expliquer. De toute manière, il fallait attendre. Ce soir, répétait-il à son frère pour lui donner du cœur à l'ouvrage, ce soir ils seraient vengés.

— Comment tu veux faire ?

Ils commenceraient par les entrepôts de Coniglio, à Montechiarro. Le commerçant vivait là, il mourrait là.

Ensuite, la villa du comte. Guglielmo désapprouvait ; pourquoi ne pas commencer par Della Rocca ? Gioacchino n'en savait rien ; c'était comme cela qu'il le voyait, pas autrement.

Ils se cachèrent ensuite dans un bois où leurs traces seraient moins visibles. Il y eut une éclaircie, le soleil revint caresser le val blessé par le froid. Ils virent passer un chevreuil mais Gioacchino ne sortit pas son arme ; le bruit aurait résonné dans toute la vallée et il ne lui restait qu'un barillet chargé. Pour consoler Guglielmo, il lui laissa achever le jambon. Était-il vrai qu'il avait vécu ici ? Qu'il avait fui ce val retiré pour vivre l'existence que requérait la haute opinion qu'il avait de lui ? Le soleil s'amusait comme un enfant à jouer sur la neige, ce n'était pas si fréquent ; par endroits, la terre sombre refaisait surface, au pied des oliviers impassibles dont certains, sans doute, ne verraient pas le printemps, emportés par ce gel inhabituel. Les chemins déserts étaient noyés dans cette solitude immaculée. Au loin, on apercevait les murailles de Montechiarro, ocre couronne sur le crâne d'un vieux souverain somnolent. Guglielmo s'était endormi. Des corbeaux croassaient, peut-être avaient-ils flairé la charogne mal recouverte. Comment s'appelait ce garçon qui les avait suivis jusqu'ici ? Gioacchino n'en savait plus rien.

La nuit tombée, ils se glissèrent silencieusement dans les ruelles vides. Le froid était revenu brutalement à la charge. Ils avaient entouré les sabots de chiffons. Ils glissèrent devant l'église, remontèrent à droite vers la grand-place et empruntèrent les ruelles pour ne pas tomber droit sur celle-ci. Les souvenirs de Gioacchino étaient étonnamment précis. Ils arrivèrent au dos du bâtiment. Gioacchino avait prévu de rentrer par un soupirail dans la cave où le marchand entreposait ses produits. Là, ils n'auraient qu'à l'attendre. Il se faufila dans l'ouverture étroite. Pour Guglielmo, ce fut plus laborieux. Il jura, rentra son ventre, Gioacchino tira ; enfin, il atterrit dans le sous-sol.

— Ça résonne… murmura Gioacchino.

Ce n'était pas normal. Avec les tonneaux et les sacs, les sons ne devaient pas se répercuter sur les parois. Coniglio aurait-il tout vendu ? Fait faillite ? Ils avancèrent lentement.

— Tu es sûr que ce porc habite toujours ici ? chuchota Guglielmo.

— Il va finir par descendre… on pourra l'égorger. Attends…

Gioacchino frotta une allumette pour se repérer. Malgré tout, sa mémoire avait besoin d'un peu de lumière.

— Par là… On pourra se cacher près de la porte…

Il ne dit pas à son frère que le vide de la cave l'inquiétait. Il continua à avancer. La flamme s'éteignit, il craqua une seconde allumette. De l'autre main, il serra la crosse de son arme ; il lui semblait avoir perçu un bruit, une respiration.

— Je n'aime pas ce plan, Gioacchino…

— Tais-toi !

À cet instant, une voix forte retentit. Comme jadis à Venise. La flamme fut soufflée, la voix criait de ne plus bouger, les sommait, eux, les Bruchola, de se rendre. Tout était fini. Gioacchino demeura pétrifié tandis que Guglielmo sortait son couteau et se ruait dans le noir sur l'ennemi invisible. Il y eut un coup de feu, un cri, le son mat d'un corps qui s'effondrait. Gioacchino recouvra ses esprits et, en courant, repartit vers le soupirail. À bout de souffle, il gagna son cheval et partit à bride abattue vers la villa. Au moins, celui-là…

Le vent glacé se dressait devant lui, sa carne peinait, il la cravachait sans pitié, la voix l'avait dit, c'était la fin de toute façon, il fonçait sur la route gelée, dans son dos, il devinait, trop loin pour le rattraper à temps, un cheval lancé à sa poursuite, enfin l'allée, les cyprès, la villa endormie dans le petit bois, l'autre se rapprochait, Gioacchino s'arrêta au pied du perron, sauta à terre, grimpa les marches, brisa la vitre d'un coup de crosse.

— Della Rocca ! hurla-t-il, strident. Tu vas payer !

Une balle siffla à ses oreilles. Son poursuivant était arrivé ; dans la clarté lunaire, il reconnut Coniglio, vieilli sans doute mais plus fringant que lui, plus beau, sain, riche, qui criait pour prévenir son ami, son complice. Alors, un torrent haineux ragaillardit le chevalier bandit qui se jeta sur le marchand et lui planta un couteau dans le ventre. Coniglio ouvrit la bouche, lâcha son arme et se plia en deux sur le bras de son assassin avant de s'effondrer, la lame toujours plantée, tandis que Gioacchino ricanait.

— Je t'ai quand même eu, vieux porc !

Il y eut des bruits dans son dos, des lumières, des cris. La villa se réveillait, des gens venaient ; Gioacchino les accueillerait ! Bienvenue en enfer ! Les légendes devenaient réalité, les raisons inventées pour nourrir son errance justifiaient à présent un retour sanglant qui ne rachetait rien. En haut d'un escalier, un vieillard apparut, hagard, qui ne comprenait pas ce qui se passait, c'était lui, celui qui avait joui de Lætitia, qui ne l'avait pas gardée, qui avait causé la ruine des Bruchola, qui… En un bond, Gioacchino fut au bas de l'escalier, sans se soucier de ceux qui le mettaient en joue, un autre bond, il fut contre Bonifacio, cala le canon sur sa tempe grise et tira, hurla de joie devant le crâne qui explosait, puis il repartit sous les balles, riant comme un dément. Il sauta en selle, c'était fini, il était vengé, Maria pouvait l'attendre, il revenait, débarrassé de cet idiot de Guglielmo, tout était simple désormais !

Mais quand il tomba sur la troupe armée qui arrivait à la rescousse, tout se dissipa. Il était de retour et ne repartirait plus. Un homme le menaçait, le visage défiguré par la peur ; malgré les autres qui l'entouraient et braquaient leur arme sur Gioacchino, celui-ci savait qu'il aurait eu le temps de l'abattre, un dernier avant le grand saut, à l'évidence un fils Coniglio, il lui ressemblait, en plus veule, Umberto au moins n'avait pas eu peur. Gioacchino pouvait le tuer. Il ricana une dernière fois, reprit son arme, l'enfourna dans sa bouche et tira avant d'avoir pu reconnaître le goût âcre de la poudre.

DEUXIÈME PARTIE

Domenico Della Rocca
1850-1919

L'homme crie où son fer le ronge
Et sa plaie engendre un soleil
Plus beau que les anciens mensonges.

Louis Aragon.

La mort d'un proche offre parfois à ceux qui survivent la possibilité d'une vie nouvelle. C'est ce qui arriva à Alberto Achilli dont l'imposante épouse mourut prématurément d'une crise cardiaque, en décembre 1854. Cette défaillance était-elle due à une surcharge pondérale qui n'avait fait que s'aggraver, au point que, durant la dernière année de sa triste existence, elle n'avait plus quitté sa chambre où la seule chose qu'elle partageait encore avec son mari était les repas ? À moins que ce ne fût le chagrin de n'avoir pas été à la hauteur des espérances légitimes d'un époux qu'elle laissait veuf et sans enfant. C'était du moins ce que les gens racontaient ; Alberto Achilli, avec philosophie, savait qu'il n'aurait servi à rien de faire connaître la vérité, laquelle était simple, cependant : il n'en voulait pas à sa femme de n'avoir pu enfanter, d'autant qu'il admettait la possibilité qu'il fût seul responsable de cette infertilité.

Dans son âme paisible et comptable, il découvrit cependant un vide, causé par le veuvage. Il avait aimé cette femme, sans doute, et se rendait compte trop tard que les sentiments que l'on n'a pas exprimés à temps laissent une étrange blessure. Le vocabulaire et la littérature de sa profession ne lui permirent pas d'approfondir cette douleur au-delà du supportable, mais ils lui suffirent pour envisager d'un autre œil les affaires qui conduisaient les gens dans son étude, et tout particulièrement – bien que, justement, cette affaire-là ne se fût pas réglée chez lui – le comte Della Rocca et ce très jeune enfant déjà confronté à l'abysse d'un départ.

Il songea que, dans sa tristesse, Bonifacio Della Rocca avait quand même la consolation d'un fils. Il n'y avait pas que l'héritage et la transmission d'un domaine ou d'une étude ; il y avait aussi la compagnie quotidienne d'un sang jeune qui fût le vôtre. La mort de sa femme fit prendre conscience à Achilli qu'il ne s'était définitivement pas résolu à l'idée de n'avoir pas d'enfant. Il l'avait confié au comte Della Rocca lors de cette invitation au Castello : être père l'aurait rendu heureux, et plus encore qu'il ne l'avait admis. Mais c'était aussi un homme de conviction morale et religieuse et qui, par sa profession, avait le plus vif respect pour ce qu'étaient les choses et les liens qui attachaient les êtres et les possessions. Un notaire n'aimait pas forcer le sort ; cela débouchait le plus souvent sur des complications d'écriture. Ses actes étaient l'enregistrement de ce qui était, non ce qui en provoquerait la modification. Il acta donc son état de marié puis celui de veuf. L'un et l'autre avaient des conséquences et engendraient des obligations. Il conduisit respectueusement en sa dernière demeure celle qui avait rempli sa part du contrat et que l'on ne pouvait accuser de l'échec relatif de ce qui n'était pas une clause. Alberto Achilli n'avait que cinquante-trois ans ; quand bien même il savait qu'on lui en donnait dix de plus, il n'avait aucune raison de se résigner à une fidélité au-delà de ce qu'exigeait la loi, quand de surcroît elle avait déjà été plus grande que ce que toléraient les mœurs.

Seules sa fortune et sa position sociale faisaient encore de lui un « beau » parti. Rétif à l'ascèse, il arborait le ventre replet qui était aussi un attribut de sa fonction. Ses traits étaient neutres et sa moustache n'était pas plus expressive que le trait de plume duquel il soulignait l'intitulé des actes consignés dans son étude. Ce n'était donc pas un bel homme, et il n'était plus jeune ; mais il était jovial et facile à vivre, doué d'une intelligence aiguë et discrète qui, à force de les fréquenter, lui permettait de comprendre les motivations les plus secrètes de ses contemporains tout en évitant de les juger. Seule Lætitia lui était demeurée un mystère, et plus particulièrement sa fuite. Mais il ne la connaissait pas et moins encore sa famille ; or, il était de ceux qui pensent que le pays détermine les mœurs et les caractères aussi sûrement que le sang des parents. Et son récent chagrin de veuf, s'il n'éclairait pas les motivations de la jeune fugueuse, l'avait rendu plus sensible aux conséquences de cet acte chez ceux qui restaient. Mais n'était-ce pas dans la nature de sa charge ?

La société humaine est tissée de nécessités et d'envies, d'attentes et d'offres, et l'on nomme hasard la manière dont elles se croisent, nouant tel lien plutôt que tel autre. Giuseppe et Antonella De Pretis étaient propriétaires des reliquats d'une fortune qui avait été énorme avant d'être engloutie dans des opérations téméraires et un domaine dont il aurait fallu s'occuper davantage. S'ajoutait à ce bilan une fille d'une trentaine d'années toujours célibataire. Son physique était agréable pour autant que le regard s'arrêtât à la moitié supérieure de sa personne ; Clara était née avec une sévère malformation des jambes. Dès son jeune âge, et peut-être à cause de ce handicap, elle avait manifesté un caractère trempé, ce qui lui avait permis de surmonter les verdicts sans appel des médecins et de marcher sans aide, quoique avec un boitement prononcé. Revers de la médaille, ce caractère était couplé à une intelligence très vive qui la rendait caustique, tout particulièrement à l'égard des jeunes gens qui, malgré sa difformité, manifestaient de l'intérêt pour sa personne. Ils étaient tous repartis convaincus que la plus grave claudication de la demoiselle n'était pas celle que l'on voyait ; et bientôt, plus aucun garçon ne se hasarda à lui faire la cour, fût-il jeune ou non. Au grand désespoir de son père qui voyait fondre sa fortune aussi vite que les années qui lui restaient à vivre. Quant à la solution du couvent, elle était écartée à cause de l'esprit critique et sauvage de Clara.

Elle n'était pas dépourvue de cœur et son ironie avait toujours été une défense pour conjurer le sort qui l'avait maltraitée. Elle s'en voulait cependant de causer de tels soucis à son père, d'autant qu'elle n'était pas opposée aux perspectives d'un mariage. Seulement, elle n'acceptait pas que ses jambes lui imposassent de s'attacher au premier qui aurait la bonté de fermer les yeux sur sa disgrâce. Mais le temps passait pour elle aussi et, à ce défaut de naissance, s'ajoutait celui d'un âge qui transforme les demoiselles en vieilles filles. Sa mère était malade, son père approchait des soixante-dix ans et Clara savait que l'intelligence la plus vive était une tare et une souffrance quand on était condamné à une solitude contraire à ses aspirations.

Quand la nouvelle du veuvage d'Achilli parvint aux oreilles de Giuseppe De Pretis, il en conçut un grand espoir. Il invita le notaire à dîner quelques semaines après l'enterrement. Il n'avait jamais été dans les habitudes d'Alberto de refuser une invitation et celle qu'il avait des tractations matrimoniales, souvent couplées à des intérêts patrimoniaux et économiques, lui permit de percer les intentions du vieux père. Il connaissait

Clara, sa situation et son caractère. Comme il était un être subtil, il avait depuis longtemps décelé la finesse sous l'impertinence. Il serait aveugle sur son handicap si elle l'était pour son âge et sa corpulence ; mais, en se rendant chez ses hôtes, il estimait qu'une telle probabilité était faible.

Pourtant, Clara se montra aimable et ne fit preuve d'aucune acerbité. Peut-être ne fut-ce dû, au départ, qu'à la considération qu'elle accordait à un homme en deuil ; mais, outre les raisons qui pouvaient la persuader qu'il était temps de changer d'attitude, elle découvrit chez Alberto un être délicat, non dépourvu d'humour et d'une grande lucidité.

Un an après la mort de sa première épouse, Alberto Achilli épousa donc Clara De Pretis, dans la plus stricte intimité. Ce fut une cure de jouvence pour le notaire qui se souvint qu'il avait été jeune et qu'il n'avait pas assez goûté à des joies qui lui plaisaient plus qu'il n'avait choisi de s'en souvenir ; pour Clara, la découverte fut également agréable et la surprise totale. Elle s'était mariée sans trop songer à cet aspect de la vie conjugale qu'elle ne concevait qu'en termes de devoir, conduisant peut-être à la conception de l'enfant qui manquait à Alberto. Elle avait su, depuis longtemps, repousser les appels de la chair, laquelle, jamais exaucée dans les attentes de sa jeunesse, avait fini par se taire. Ce devait être une contrainte épisodique ; cela s'était avéré une source infinie de félicité. L'un et l'autre avaient du temps à rattraper et une revanche à prendre.

En dehors de ces moments, quand Alberto ne travaillait pas, ils surent décliner à deux leurs intelligences et leur curiosité envers la nature humaine. Jamais Alberto n'avait été aussi disert en son logis ; jamais Clara n'avait été aussi sereine, réservant son ironie pour clouer l'un ou l'autre de leurs concitoyens au pilori de ses défauts et de ses faiblesses. Elle avait rapidement fait connaissance des habitants de Montechiarro et tenait en piètre estime la plupart des notables, à l'exception de Coniglio dont elle avait mesuré l'esprit et le courage, et du père Baldassare. Celui-ci ne s'était jamais départi de sa méfiance à l'égard des bourgeois et des nobles du pays, dont il refusait toutes les invitations ; mais cela ne l'avait pas empêché d'apprécier une femme exceptionnelle, laquelle avait perçu les cicatrices qui aveuglaient le vieux prêtre.

Baldassare avait à peine noté la mort de la première femme du notaire, son remariage et la naissance du fils que Clara ne fut pas longue à lui offrir, même si, par sa fonction, il avait été un des premiers avertis. Mais ce qui était exceptionnel pour chacun des individus concernés par un de ces événements qui conduisaient même les moins fervents chrétiens à l'église, constituait pour le curé la litanie du quotidien. Son expérience et les épreuves traversées avaient fait de lui le serviteur de ses semblables bien plus que de Dieu. Il avait choisi de ne pas faire grief au Créateur des souffrances vécues ni même de celles qui avaient frappé les gens qui lui étaient le plus chers ; mais il avait également refusé de le remercier pour les miettes de bonheur tombées sur terre. S'il était en Toscane, s'il pouvait, aux aubes claires ou brumeuses, savourer la pureté indifférente d'un paysage consolateur et apaisant, ce n'était pas à Dieu qu'il le devait mais à un personnage aux allures d'aimable démon, souvent croisé à Venise et qui avait joué un rôle déterminant non seulement dans sa fuite, mais aussi – et c'était lié – dans la rencontre entre Della Rocca et Lætitia. Depuis le départ de celle-ci, il évitait d'évoquer ce nom avec Bonifacio, et avec qui d'autre l'aurait-il pu ? Aussi, lorsqu'il guettait le reflet des humeurs des ciels, durant les quelques moments de répit que lui octroyait son très laïc sacerdoce, il caressait le souvenir de cet homme, songeant qu'il finirait peut-être par douter de son existence – mais pas avant que l'idée de Dieu se fût définitivement dissoute dans son âme.

Une visite, un soir glacial de décembre, raviva pour longtemps sa mémoire. Baldassare rentrait des quartiers pauvres de la bourgade où il avait accompagné dans ses derniers instants de douleur un homme encore jeune, père de cinq enfants et terrassé par un mal que le médecin, faute d'argent, n'avait même pas pris la peine de diagnostiquer. Comme tant d'autres, il mourait des suites d'une longue et incurable pauvreté, avec les secours d'une religion qui, toute sa vie, lui avait appris à subir son sort sans broncher. Baldassare avait prononcé les prières et donné les sacrements parce que c'était ce que l'agonisant et les siens attendaient de lui. À quoi aurait servi de dénoncer cette injustice quand une révolte n'aurait pas même permis de mourir plus dignement ? Et puis, ces gens n'étaient pas aussi idiots que l'Église, alliée des puissants, voulait le croire : il y avait, chez certains du moins, une lucidité ironique qui, *in petto*, clamait l'inanité de la foi pendant qu'ils accomplissaient leurs dévotions. Ceux-là savaient qu'avec Baldassare il n'était pas nécessaire de feindre. Le mourant, au moment de se confesser, lui avait murmuré :

— *Padre*, ne m'en voulez pas, mais je n'ai rien à me reprocher. Si quelqu'un à cette heure doit se confesser, c'est ceux pour qui j'ai travaillé et qui m'ont pris ma vie, qui prendront celles de ma femme et de mes gosses pour engraisser leur marmaille de paresseux. Je ne dis pas ça pour le comte, j'aurais aimé travailler pour lui, mais on ne choisit pas… Alors, je n'ai rien à confesser, *padre*, mais je veux juste vous dire merci. Pour ce que vous êtes. Vous ne pouvez pas grand-chose, les riches ne vous aiment pas, sauf le comte, vous êtes vieux, mais vous ne mentez pas. Si jamais je vois Dieu tout à l'heure, s'il n'est pas occupé à accueillir un roi, je lui dirai qu'il a loupé le coche et qu'il aurait dû vous faire pape. Il peut encore vous faire saint, mais ça ne sert à rien, les saints, sauf à faire taire les pauvres…

Baldassare avait souri, ému.

— Je te promets que je ne serai jamais saint…

Le malade s'était enfoncé dans la paillasse et avait perdu connaissance. Après le décès, Baldassare était demeuré quelque temps auprès de la famille, puis il était rentré, insensible au vent du nord qui harcelait pourtant les passants téméraires.

Quand il poussa la porte de la cure, qu'il ne fermait jamais à clef, il fut agréablement surpris en découvrant une belle flambée dans l'âtre. Face au feu et dos à la porte, une ombre voûtée était assise qu'il reconnut aussitôt, avant même que retentît une voix familière et amicale.

— Eh bien, Baldassare, je constate que le départ de Venise ne vous a pas rendu moins dévoué aux plus nécessiteux ; car je devine que vous n'étiez pas à une soirée mondaine !

— Asmodée Edern ! Vous êtes bien la dernière personne que je m'attendais à revoir, et celle dont la vue me réchauffe le plus le corps et l'âme !

Le visiteur se leva et les deux hommes se donnèrent longuement l'accolade.

— Pourquoi doutiez-vous de me revoir ? Me trouvez-vous si vieux ?

— Je n'imaginais pas que vous vous éloigneriez jamais de Venise.

— Vous vous trompez, mon ami ! Je réside peu dans cette cité mortissime, qui n'est pas près de se remettre du retour de ces maudits Autrichiens ! Mais je ne suis pas venu vous donner des nouvelles d'un monde que vous avez quitté, sauf erreur de ma part, sans regret.

— Avez-vous du moins des nouvelles d'Alessandro ?

— *Maestro* Giacolli ? Il vit mais ne parvient plus à composer une ligne, ce qui correspond à une mort plus douloureuse que la vraie. Venise ignore ce qu'elle a perdu avec le départ d'Alessandro, ce ne sont pas toujours ceux qui restent qui souffrent le plus ! Que ce soit courage ou lâcheté, celui qui fuit subit aussi la douleur de la perte – et il n'y en a pas de pire !

Le prêtre resta songeur.

— Au fait, cher Baldassare, vous n'avez pas tenu votre promesse…

— Ma promesse ?

— En quittant Venise, vous m'aviez juré de m'envoyer une copie de ces partitions !

Le visage rond du prêtre rougit.

— C'est exact ! Je suis inexcusable… Elles sont à la villa Bosca, chez le comte Della Rocca. Avec tous ces événements, je n'ai pas encore pu réaliser ce travail. Si vous le voulez, nous pouvons aller chez Bonifacio et…

Asmodée l'interrompit d'un geste.

— Non, laissez cela. Je vous taquinais. Ce qui ne signifie pas que cette musique ne m'intéresse pas au plus haut point ; mais j'ai le temps, ne serait-ce que pour le plaisir de contredire ceux qui me croient vieux. D'une manière ou d'une autre, je suis assuré que ces partitions me parviendront.

— Vous irez tout de même jusqu'à la villa ?

— Non, mon ami. Et je vous prie instamment de ne jamais évoquer cette visite…

— Mais…

— Je descendais à Rome pour une affaire pressante, et j'ai voulu voir ce pays où les hasards de la vie vous avaient établi. Bien que la saison ne soit guère favorable, il me semble que vous devez être ici… au septième ciel !

— Je préfère la terre ! Mais vous avez raison. Cependant… il s'est passé des choses terribles…

D'autorité, Asmodée déboucha une bouteille de vin et remplit deux verres.

— Je sais ; mais que pouvais-je faire ? Je ne suis pas un magicien !

— Certains le pensent…

— Pas vous, Baldassare ! Je favorise quelques rencontres, comme celle de Lætitia et de Bonifacio chez cette étonnante Maria Taglioni ; mais le reste n'appartient qu'à ceux qui choisissent de mener leur vie où bon leur semble – même si ce port paraît funeste à tous les autres. Il m'a paru déceler que le comte prenait ce départ avec… stoïcisme.

— C'est exact. Son souci majeur est que Lætitia, où qu'elle soit à présent, soit heureuse.

— C'est généreux.

— Avez-vous des informations ?

Asmodée vida son verre avant de répondre.

— J'ai cherché, je cherche encore. Les fugitifs ont bel et bien gagné l'Amérique et y filent le parfait bonheur, semble-t-il. Rien que Della Rocca ne puisse supputer ; de grâce, ne lui dites rien ! Mes renseignements sont trop maigres. Et je crois que, dans de telles situations, l'imagination est à la fois plus fidèle et plus efficace que la réalité. De toute manière, je doute que Lætitia revienne jamais.

— Pas même pour son fils ?

Asmodée laissa la réponse échouer dans les crépitements du feu. Baldassare soupira, se leva et remit une bûche.

— Que peut-on faire ? Domenico est le fruit de l'amour, sans doute ; mais le comprendra-t-il ? Et quel est cet amour qui, d'une certaine manière, l'ignore et le met à l'écart ? Encore peut-il être sûr d'une vie sans autre souci… Et puis…

— Et puis ?

— Je… je sais des choses sur cette histoire que je ne puis divulguer.

— Ah ! Le piège de la confession !

— Nous parlons plutôt de secret… J'ai croisé ce Raphael avant qu'il se rende chez Della Rocca…

Quelques semaines avant de voir Bonifacio, Lætitia avait fait la connaissance, à Berlin, d'un jeune Allemand, Raphael von Rüwich, et ils étaient tombés éperdument amoureux l'un de l'autre. Apprenant cela, la mère de Lætitia était revenue reprendre sa fille ; ç'avait été presque un enlèvement. Les deux femmes s'étaient réfugiées à Venise. La princesse Malcessati s'opposait hystériquement à un mariage entre sa fille et ce Raphael, pour des motifs dont elle refusait tout aussi passionnément de donner la clé. Lors d'une soirée dans un palais vénitien, elles avaient fait la rencontre du comte qui avait paru le meilleur des partis pour la mère et qui, plus encore, avait été ému par la jeune fille ; quelques jours plus tard, elles apprenaient l'arrivée prochaine de Raphael, qui ne renonçait pas. Redoutant que sa mère l'entraînât à nouveau dans une fuite sans fin, Lætitia était venue trouver le comte dont elle avait noté l'intérêt qu'il lui portait. Elle ne lui avait rien caché ; elle aimait Raphael mais cet amour était condamné ; l'obstination du jeune homme lui interdisait tout espoir et la condamnait à subir la folie de sa mère ; elle ne pouvait promettre l'impossible, mais… Le comte avait alors lui-même proposé de l'épouser, quoi qu'il advînt. Peut-être finirait-il par se faire aimer ; du moins serait-elle heureuse, et cette perspective lui suffisait.

— J'ai tâché de le convaincre de s'en aller. Il s'est alors confessé, afin de m'expliquer pourquoi il ne pouvait pas renoncer à cet amour et pourquoi, par ailleurs, la mère de Lætitia le combattait avec un tel acharnement. Je sais, mais ce savoir ne peut être dévoilé. J'ignore en outre s'il pourrait aider Domenico.

Il y eut un silence. Asmodée ne chercha pas à profiter de son ascendant sur le vieux prêtre pour le faire parler, et il attendit que Baldassare relançât la conversation.

— Pour le reste, que puis-je pour améliorer les conditions de vie de ces malheureux qui sont attachés à des terres et à des propriétaires par des liens aussi astreignants et révoltants parfois que du temps de la féodalité ? Cependant…

— Oui ?

— Il y a parmi eux des enfants qui mériteraient qu'on leur offre les moyens de mener une autre vie. L'un d'eux particulièrement, Adriano, un gamin de huit ans, vif, curieux, travailleur… Ses parents sont paysans, ils ont déjà perdu deux enfants ; Adriano les aide, comme tous les enfants de son âge. Je lui ai appris à lire et à calculer, presque en cachette ! Par chance, il apprend très vite ; mais que deviendra cette intelligence ?

Asmodée posa la main sur l'épaule de Baldassare.

— Je vous fais confiance : vous réussirez à l'aider, d'une manière ou d'une autre. Qui sauve une vie sauve l'humanité ; et l'instruction est le plus précieux et le plus beau des présents que l'on puisse offrir ! Il n'y a pas de liberté sans elle. Ayez confiance, Baldassare.

— Confiance…

— En vous. Dans ce gamin. Et dans la vie aussi. C'est un tyran qui a parfois ses moments de distraction, ce qui permet à certains de trouver la voie du bonheur !

— C'est vous qu'Adriano aurait dû rencontrer, pas un vieux prêtre impuissant comme moi ! Ne voulez-vous pas…

— Je vous l'ai dit, Baldassare : d'abord, je ne suis pas un magicien ; ensuite, je ne suis jamais venu à Montechiarro !

Asmodée reprit l'épais manteau qu'il avait posé sur une chaise et l'enfila.

— Vous n'allez pas repartir cette nuit, par ce froid ! s'alarma Baldassare.

— N'ayez crainte, mon ami. J'ai été ravi de vous revoir, mais je ne peux m'attarder davantage.

Baldassare n'osa pas demander s'il aurait la chance de le revoir ; cette visite était déjà inespérée et les deux amis étaient vieux l'un et l'autre, même si le temps semblait impuissant contre la vitalité d'Asmodée. Le visiteur serra une dernière fois son hôte. Dehors, la nuit était sombre et déserte. Un geste d'adieu, et il disparut en direction de la porte de Sienne. À part le feu allumé de sa main, dont il ne resterait bientôt que quelques cendres, il n'y avait déjà plus aucune trace du passage d'Asmodée Edern à Montechiarro.

— Je suis absolument confus et désolé… Vos indications étaient pourtant parfaites et précises…

L'arrivant, un long et maigre jeune homme très pâle aux cheveux sombres et emmêlés, vêtu d'une lourde redingote noire, s'épongeait le front qui ruisselait sous l'effet conjugué de la chaleur et de la confusion. Il sortit de ses sacs une liasse de documents qu'il tendit au comte Della Rocca, amusé.

— Je suis arrivé dans une propriété où j'ai été fort mal reçu par des… énergumènes très peu civilisés qui se donnaient des airs de chevaliers d'opéra. Quand je leur ai dit que je cherchais la villa Bosca, ils ont…

— Ri ? Hurlé ? Tempêté ?

— Tout cela à la fois, répondit-il, décontenancé. Serait-ce l'habitude, dans la région ?

Bonifacio partit d'un rire franc.

— Cher *Signor* Mestri, vous découvrirez assez vite que les gens de Toscane ne sont fondamentalement pas d'une autre espèce que vos concitoyens milanais, et il doit se trouver dans cette imposante cité des… énergumènes, comme vous les qualifiez fort à propos, semblables aux chevaliers Bruchola, dans la propriété desquels il semble que vous vous soyez malencontreusement égaré. Rassurez-vous, ils sont uniques en leur genre dans la région, et vous ne devriez pas les revoir…

L'ombre d'un sourire apparut sur le visage de Piero Mestri.

— Tant mieux… J'imagine que je me suis fourvoyé après Montepulciano et… Quoi qu'il en soit, je suis ravi d'être enfin arrivé à bon port !

C'est ainsi que Piero Mestri, Milanais de vingt-deux ans, arriva à la villa à l'automne 1856 pour veiller à l'instruction de Domenico. Quelques mois auparavant, Bonifacio avait accepté de prendre en charge les études de ce jeune paysan, Adriano Lungo, dont le père Baldassare vantait les qualités. Mais si Adriano était parti pour un collège de Sienne, Domenico resterait à la villa ; les Della Rocca n'avaient jamais aimé s'éloigner de leur domaine – et sans doute le départ de Lætitia avait-il accru cette appréhension.

Piero Mestri avait étudié la philosophie et la littérature et, bien qu'il présentât tous les signes d'une extrême timidité qui ne s'estompait que dans la fréquentation prolongée d'un petit nombre d'individus – en quoi sa situation à la villa Bosca était absolument idéale –, il affichait un goût prononcé pour la psychologie de ses semblables, fussent-ils les plus différents.

Domenico, âgé alors de six ans, se plut aussitôt dans la compagnie de cet homme plutôt grand et sec, qui semblait, par sa démarche et ses attitudes, vouloir se fondre dans la première ombre venue. Domenico était un enfant doux et silencieux ; reclus dans la propriété familiale, il ne comptait en dehors de ce cocon aucun ami, à l'exception du père Baldassare. Blond comme son père mais d'une stature plus frêle qu'il devait à sa mère, le teint pâle, le visage grave, il inspirait une retenue même chez les paysans qui fréquentaient la maison. On l'aimait, cependant, et d'autant plus qu'on lui devinait comme compagnie le chagrin causé par l'abandon de sa mère. C'était un sujet dont on ne parlait pas, chez les Della Rocca ; on avait dévoilé à l'enfant une partie de la vérité, sans fard, mais sans s'étendre non plus : sa mère était partie ; il ne fallait pas espérer son retour. Elle n'était pas morte, cependant, et cette absence creusait dans l'âme du jeune garçon un vide, un tourbillon que les images et les mots à sa disposition ne parvenaient pas à calmer. Lorsqu'il entendait parler d'un petit paysan qui avait perdu sa mère, il songeait confusément que celui-là avait de la chance : il savait où elle se trouvait. Mais il apprit rapidement à ne pas poser de question et à garder pour lui ses réflexions. Son père, qui l'aimait avec la force et la tendresse maladroites des hommes que rien ni personne n'ont préparés à ce rôle, l'observait de loin, prompt à s'inquiéter de ses moments de mélancolie autant qu'à se réjouir de ses instants de joie enfantine. Quant à Mestri, il tâchait d'éveiller l'enfant aux plaisirs de l'esprit et aux richesses de la culture ; mais son caractère introverti ne le poussa pas à combattre chez son élève une propension au repli et à la mélancolie. Domenico serait un enfant sans problème pour son maître, autant que ce dernier serait un professeur d'une tolérance extrême pour tout ce qui ne touchait pas directement aux savoirs qu'il avait pour mission d'inculquer.

Il y avait pourtant chez Domenico de quoi intéresser le Milanais, au-delà de ses capacités intellectuelles. En effet, comme il en fit part à Bonifacio et au père Baldassare à l'occasion d'un repas, un mois après son arrivée, il nourrissait un projet ambitieux et aussi surprenant que l'aurait été chez un inverti une passion pour le corps féminin.

— J'aimerais, expliqua-t-il après avoir toussé pour se donner de l'assurance, mener une étude portant sur la nature humaine. Plus précisément, comprendre les raisons qui poussent les uns à rechercher la compagnie de leurs semblables et les autres à la fuir. Il doit être possible d'établir des catégories, une typologie de caractères et…

Ses convives le dévisagèrent avec étonnement. Mestri faillit s'étrangler.

— Bien sûr, il me faudra longtemps… Je dois rassembler un maximum d'informations sur le plus grand nombre de cas…

On s'était abstenu de lui faire remarquer que, paraissant rentrer sans ambiguïté dans la seconde hypothèse où la timidité croisait les différents degrés de la misanthropie, il lui serait ardu de venir à bout de cette tâche, à moins d'évoluer lui-même et de traverser tout le spectre.

Le père Baldassare songea également qu'avec Domenico Mestri disposait d'un beau spécimen pour son étude, mais que, hélas ! il ne fallait pas compter sur le précepteur pour vaincre le brouillard qui semblait s'étendre entre l'enfant et ses proches. Baldassare ne s'en était ouvert à personne ; peut-être n'était-ce que l'effet des brumes qui prenaient possession de lui, l'âge avançant. Et en parler aurait nécessité l'évocation de la disparue, ce qui, au fur et à mesure que le temps passait, devenait de plus en plus délicat entre les murs épais et muets de la villa Bosca. Quand il se trouvait seul avec Domenico, il hésitait et le questionnait rarement. Leur amitié tenait à la qualité du silence qui s'établissait entre eux. L'enfant glissait la main dans celle du vieil homme et ils partaient sur les chemins poussiéreux qui tissaient des liens invisibles entre Montechiarro et le domaine des Della Rocca.

Baldassare était un vieil homme usé par une ville, Venise, et ses intrigues corrosives comme l'eau trouble des canaux. Bien sûr, ce val l'avait si bien adopté qu'il en avait épousé les tournures de patois et que les ors de la basilique Saint-Marc avaient, à ses yeux, été fondus pour devenir cette terre aux teintes infinies, à rendre fous les peintres, cette glèbe qui ne cédait qu'en éclats énormes au soc des charrues. L'arrivée du vieux prêtre dans ce val toscan avait été pour lui une renaissance. Il ne se lassait pas de ces paysages, de cette clarté sur les pierres, sur la terre, ce ciel au bleu profond où les nuages posaient pour des peintres dont ils ignoraient la disparition. Il aimait la lourde humanité de ses ouailles, fusions de chair et de sentiments à qui la vie avait interdit le rêve et les projets, mais qui se cramponnaient à l'existence et à la terre généreuse de ce pays comme si nulle richesse ne comptait davantage. Mais, à son âge, les renaissances n'étaient que des hoquets.

Quelques jours avant le Vendredi saint de 1858, Baldassare quitta la pauvre et douce église de San Stefano pour une promenade. Il commença par le cimetière où il avait accompagné nombre de malheureux que la terre avait soulagés des tâches qu'elle imposait aux vivants. Il aimait cet endroit paisible où les épaisses murailles délabrées du village coiffaient d'une couronne fraternelle les croix de pierre ou de bois. De l'autre côté, le pays étalait ses splendeurs dans l'indifférence du soleil. La terre, décidément, était la charnière de la vie, songea le vieillard. L'agitation des rêves et des combats au-dessus, et en dessous… Quoi donc ? Le prêtre eut un petit rire qui secoua la poussière : quelle importance !

Il quitta le cimetière. Son cœur et ses pensées s'étaient tournés vers ses amis de la villa Bosca, à qui il devait d'être ici. Bonifacio, digne dans sa fidélité à la parole donnée à celle qu'il avait voulue heureuse ; Domenico, grave dans les échos d'une absence dont il n'avait pas encore mesuré les contours. Depuis plusieurs semaines, il tournait et retournait le souvenir de la confession du jeune Allemand. Pourquoi les prêtres, accablés par l'exigence du secret, n'étaient-ils pas soulagés par la grâce de l'amnésie ? Tout avait été ravivé par une question que Domenico avait laissé échapper : comment se faisait-il qu'il n'eût jamais, au moins, rencontré sa grand-mère ? Et puis, dans la foulée : pourquoi celle-ci s'était-elle opposée à un amour si puissant ? Bonifacio avait répondu : Alba Malcessati avait définitivement rompu les liens avec eux, et il n'avait jamais rien su de ses motivations. Avec franchise, il avait évoqué l'explication la plus plausible : sans le savoir, dans le pesant secret des adultères, Raphael était le demi-frère de Lætitia.

Si seulement les choses pouvaient être aussi simples ! avait songé Baldassare, qui était demeuré muet. Domenico avait bu cette réponse sans un mot et son visage grave s'était refermé. Certaines réponses faisaient regretter le mystère des questions.

Baldassare était le seul, dans ce val, à connaître la vérité. Jusqu'à sa fuite, Lætitia elle-même l'ignorait et n'avait pu, dès lors, la partager avec Baldassare. Raphael la lui avait-il révélée ? Baldassare n'en savait rien. Mais il sentait que le temps lui était compté. N'y avait-il pas des cas où le prêtre pouvait se délier de son serment ? Sûrement. Il aurait pu aller trouver l'évêque. Ensemble, ils auraient dégagé une solution. Ou du moins, un apaisement. Mais Baldassare n'en voulait pas. C'était avec sa conscience qu'il devait s'arranger. Et au-delà du secret, se posait une question plus cruciale : cette clé aiderait-elle Domenico ?

Ces derniers jours, Baldassare n'avait presque pas dormi. Ce secret l'empoisonnait. Et si Raphael avait menti ? S'il ne s'était agi que d'un roman inventé pour supprimer un obstacle ? Baldassare savait qu'il n'aurait pu s'opposer à la volonté du jeune homme, mais ce dernier l'ignorait, il ne le connaissait pas. N'était-ce pas une de ces âmes romantiques et fantasques prêtes à toutes les imaginations pour plier la réalité à leurs désirs ?

Sur le chemin de gravier qui remontait vers Montechiarro, Baldassare soupira douloureusement. Dans quelques jours, il devrait célébrer le martyre et la mort d'un homme fait Dieu, puis sa résurrection. Lui, qui n'était qu'un homme, avait déjà vécu la chance d'une renaissance, et la mort qui approchait le couperait à jamais des gens qu'il aimait et voulait aider. Pouvait-il parler à Domenico ? Le devait-il ? Il eut en tout cas envie de les revoir, son père et lui, et il s'engagea sur la route qui menait au domaine, malgré un soleil déjà pesant.

Sur son chemin, il aperçut au loin des paysans qui le saluèrent d'un geste du bras ; ils étaient tous requis pour les travaux du printemps et Baldassare savait qu'ils étaient inquiets, cette année. Il n'avait pas plu suffisamment et, dans de nombreux domaines, on n'avait pas veillé à mettre en place une bonne irrigation. Della Rocca était une exception à cette règle de négligence et de désinvolture, dont les premières, sinon les seules victimes seraient les paysans. Au gré de sa promenade, Baldassare constata que ces inquiétudes étaient fondées : les champs qui, à cette période de l'année, étaient d'ordinaire d'un vert dense et gourmand étaient chichement coiffés d'une poussière verdâtre, presque blanche sous un ciel d'un bleu dense et impassible, où aucun nuage ne se profilait pour démentir les plus sombres prophéties. Baldassare soupira à nouveau et épongea son front ; du moins aurait-il la consolation de confier son corps à cette terre solaire plutôt qu'à la glaise lourde et stérile de San Michele.

Enfin, il parvint au tournant où, sur la colline face à Montechiarro, on apercevait le bourg, ses murailles qui prolongeaient la terre rocailleuse dans un élan insuffisant vers le ciel. Les cyprès imperturbables buvaient l'ombre qu'ils projetaient sur le sol. Le damier des champs et des prairies avait déjà été plus beau, mais – et peut-être était-ce un effet de la sécheresse redoutée – il sembla à Baldassare qu'il n'y avait jamais eu autant de fleurs. Lui qui, si longtemps, n'avait connu que la pierre et l'eau glauque des canaux, découvrait, dans sa tardive jeunesse, que rien ne pouvait égaler cette route, ce pays où l'on devait pouvoir être heureux – Dieu était-il l'artisan de tout cela ? Le vieux prêtre eut un petit rire sec ; Dieu n'était plus pour lui qu'une image signant le manque d'imagination des hommes. Sans doute avait-il lui-même trop longtemps côtoyé cette image pour s'en débarrasser tout à fait, mais à cette heure, elle n'était pas même une ombre de cyprès sur la terre ocre. Mourir ne servait à rien, du moins fallait-il refuser de le croire ou de le reconnaître ; seul vivre importait. Et partager cette vie avec quelques êtres, connus et inconnus, dans la beauté d'un tel pays, pouvoir, au crépuscule, s'allonger sur le talus, dans le fossé, devant ce paysage, entouré de cette affection rugueuse, avare de mots et de gestes, riche de regards gavés d'une splendeur souvent méconnue mais qui n'en existait pas moins, au-delà de ceux qui s'en émouvaient ou l'ignoraient mais qu'elle façonnait toujours, de gré ou de somme, jamais de force, une splendeur qui demeurerait, qui guetterait sur le chemin le voyageur ébloui, arrêté, stupéfait, à l'instant de sa naissance ou de sa mort.

Une mélodie monta aux oreilles de Baldassare, venue de son cœur, jouée par ses souvenirs conviés pour un concert d'adieu. Un chant de Giacolli, chant d'adieu et de reconnaissance, romance d'un prêtre qui remettait son âme aux hommes et aux femmes de ce pays. Les paroles avaient été écrites par Giacolli, elles surgissaient à la mémoire de Baldassare :

> Il nous faudra
> tout quitter
> à jamais.
>
> Il nous faudra
> attendre
> l'adieu
> pour comprendre
>
> enfin
>
> que l'on aimait
> ce qu'à jamais
> on a perdu.

Non, *maestro* Giacolli, ton vieil ami Baldassare aura profité des leçons de ce val ; il aura compris avant, sans attendre les adieux. Il aura rejoué *ad libitum* les ors de ta musique, il l'aura tendue comme un voile de mariée sur ce pays serein et rude, il l'aura nourrie des regards d'inconnus, de rires d'enfants, de pépiements d'oiseaux, de soupirs paysans. Il aura dit merci avant de tout quitter. Mais il n'aura pu confier son secret…

Le ciel, les fleurs et la ville se mirent à tournoyer autour de lui. Le sol s'adoucit pour le recevoir. Il crut encore percevoir des cris et des ombres qui remontaient des champs, des voix qui se précipitaient sur la route. Il sourit. Était-ce ainsi que les choses devaient être pour Domenico ? Baldassare chassa le souvenir, définitivement inutile, de Raphael. Il avait la chance de mourir jeune au terme d'une vie trop longue, et qui peut-être n'avait duré que pour recouvrer cette jeunesse et l'embaumer dans ce paysage aux senteurs d'éternité.

Baldassare avait toujours gardé ses distances avec les notables ; aussi, la plupart d'entre eux boudèrent la messe de ses funérailles, dite par un prêtre venu d'un village voisin et visiblement ravi de porter en terre un confrère aussi populaire auprès du petit peuple. San Stefano fut comble ; pas un paysan n'aurait manqué cet adieu. Les habitudes sociales restèrent cependant plus fortes : le premier rang fut réservé aux quelques personnalités qui vinrent malgré tout. Il y eut évidemment le comte Della Rocca et son fils, accompagnés par Piero Mestri qui paraissait bouleversé par la présence d'une telle foule. Coniglio s'était mêlé discrètement à la foule, sans sa femme que les dernières semaines de grossesse confinaient chez elle. Alberto Achilli s'était assis à côté du comte tandis que Clara se fondait dans les rangs des femmes. En quelque mois, une amitié réelle s'était nouée entre Baldassare et elle ; son arrivée à Montechiarro était trop récente pour qu'ils eussent eu le temps de prolonger dans des actes une complicité et une sympathie mutuelle. Et Clara songeait, en regardant la bière en bois clair, qu'il faudrait un miracle pour qu'un prêtre d'une telle étoffe revînt s'installer dans ce bourg perdu et offrît aux plus nécessiteux non pas les consolations pour subir leur sort, mais l'espoir d'un monde meilleur, ici-bas, dont ils étaient dignes.

Tandis que le prêtre débitait son discours sans âme ni chaleur, Clara se pencha légèrement pour observer la rangée des hommes : le comte Della Rocca affichait un visage de marbre, comme si, avec le père Baldassare, c'était une part de sa vie qu'il enterrait ; mais l'expression de Domenico l'effraya. Elle le connaissait à peine, sinon ce qui se racontait sur lui et sa mère ; mais en le voyant, les yeux fixés sur le cercueil, elle frissonna : l'enfant paraissait se tenir davantage dans le monde des morts que dans celui des vivants. Ce furent exactement les mots qui lui vinrent à l'esprit ; mais elle n'en parla à personne et mit cette impression sur le compte de l'émotion, refusant de croire qu'un garçon de cet âge, même abandonné par sa mère, pût ne pas se placer résolument dans le camp de la vie.

Domenico venait de fêter son treizième anniversaire. Mestri lui avait ouvert les portes du savoir, son père l'avait gardé sous l'aile de son affection distante et maladroite. Personne, jamais, n'avait répondu aux questions qu'il se posait et qui revenaient toujours au même point : sa mère. Le seul qui l'avait connue et qui aurait pu lui en parler, à l'âge où les questions s'étaient clarifiées et où Domenico aurait été en mesure d'entendre des réponses, était Baldassare ; mais le religieux était mort. Le jour de son enterrement, l'enfant avait ressenti un grand froid s'emparer de lui en contemplant le cercueil muet. Autour de lui, les vivants se taisaient, noyés dans leurs pensées, dans leur chagrin, dans leur ennui. Aucun n'osait affronter son regard. N'y aurait-il plus que des morts pour lui répondre ? Pour lui raconter l'histoire de celle qui était partie après lui avoir offert l'embarrassant cadeau de la vie ?

Qui veut la paix ne questionne pas le silence d'autrui ; puisque Domenico ne manifestait aucune émotion particulière, Mestri ne s'étonna pas que le nom du disparu fût effacé des conversations de l'enfant. Quant à son visage éternellement grave, le précepteur voulait le lire comme un masque de sagesse précoce. Son regard bleu, qu'il fixait sans ciller sur son interlocuteur, variait curieusement, du pâle au noir ; Mestri optait pour des jeux de lumière, de ceux qui donnent à la mer ses couleurs changeantes.

Mais Domenico ne guérissait pas. Solitaire, il poursuivit les promenades que, jadis, il entreprenait au côté du prêtre. La campagne se taisait sur son passage et les herbes seules conservaient les échos des paroles joyeuses du vieux Vénitien, qui ne s'était jamais lassé des splendeurs de ce pays. Une beauté qui n'avait pas retenu sa mère. Un calme qui ne répondait pas aux questions, qui n'apaisait pas les angoisses. Domenico se surprit à parler au vent, qui cueillait sur ses paupières des larmes de dépit. Personne ne répondait. « Baldassare… », murmurait-il, « maman… ». Rien. « Pourquoi ? » Parce que. « Où êtes-vous ? » Nulle part. Partout.

Il arriva qu'une réponse jaillît. Il fallut quelques pas joyeux à l'enfant pour constater que c'était lui qui avait parlé. Qui s'était répondu. Lui, et personne d'autre. Il eut peur. Bien que jeune et étranger aux mots durs des diagnostics, il sentit l'odeur de la folie autour de lui. Il n'était pas fou ; il était malheureux. Une ombre se profila sur le sol, près d'un arbre. Une ombre qui enroulait ses bras sur sa détresse et souriait pour adoucir sa peine. Il secoua la tête. La branche se balançait dans le vent et griffait la terre. Il n'y avait rien, encore et toujours. Il courut jusqu'à la villa.

Mais il revint. Et l'ombre aussi. Dans les champs, sur les chemins. Dans la maison. Elle prit son temps, à moins que ce ne fût lui qui hésita avant d'accepter cette présence. Laquelle ? Difficile à dire. Impossible à partager. « Est-ce que les fantômes existent ? » avait-il osé demander à Mestri. Lequel était parti dans une longue théorie sur la crédulité, les croyances ancestrales sur ce qui s'ouvrait après la mort. Le précepteur n'avait pas deviné les motivations profondes de la question. Les fantômes n'existaient pas. Ils n'étaient donc pas dangereux. Si une ombre prenait, pour Domenico, les contours d'une femme, si elle chuchotait à son intention des paroles douces et réconfortantes, rien ne le menaçait.

Les ombres s'épaissirent. À chaque réveil, Domenico s'attendait à les retrouver à son chevet. À chaque coucher, il prenait congé d'elles et s'endormait dans le soupir d'une chanson séraphine. Son chagrin se dissipa lentement, mais son mutisme, à l'égard de ses proches, se renforça. Nul ne s'en inquiéta ; le silence était une vertu que la famille Della Rocca pratiquait depuis des générations. Les ombres acquirent une silhouette. Et se dédoublèrent. L'une d'elles, assurément, n'était autre que sa mère, Lætitia, partie au bout du monde au nom d'un amour auquel Domenico ne comprenait rien ; celle-là demeurait silencieuse. Mais l'autre, d'une jeune femme inconnue, entreprit de lui parler. Amorce d'un dialogue assez peu cohérent d'abord, pour un enfant peu coutumier des mots ; des chansons, des comptines, des histoires nostalgiques, mélancoliques. Des invitations au voyage qui ne dépassaient jamais l'horizon connu. Mais une présence plus chaude à son cœur que celle des vivants qui l'entouraient d'une affection trop froide.

Domenico comprit qui était cette femme lorsqu'elle l'entraîna vers un ruisseau, situé dans la propriété des Bruchola. Il savait que son père n'appréciait pas cette famille, qu'il avait eu des démêlés avec eux, quelques années auparavant. Mestri les dépeignait comme des aristocrates décadents, qui ne méritaient ni leur rang ni leur fortune. Mais Domenico ne les avait jamais rencontrés. Il avait entendu dire que le père était mort et qu'un des fils était parti à l'étranger. Que ces chevaliers étaient supposés détester les Della Rocca. Et puis, il y avait la triste histoire de la première femme d'Anastasio Bruchola, Arianna, croisée par son grand-père le jour de ses noces et si vite enterrée, après qu'on l'eut repêchée dans la rivière.

Sur la rive de laquelle l'ombre l'avait guidé. On était loin de la demeure des Bruchola et personne ne s'aventurait jusque-là. Les paysans croisés dans les champs ne se souciaient pas de ce gamin en balade. Domenico n'avait pas compris, d'abord, pourquoi elle avait choisi cet endroit. Il crut deviner, ensuite, qu'elle y était attachée. Et que ce lien n'était pas heureux. Ou plutôt, ambigu : elle y avait souffert, et y avait trouvé aussi la liberté. Fallait-il souffrir pour s'affranchir ? L'ombre de sa mère, de loin, hochait la tête, sans répondre.

En 1868, Piero Mestri dut admettre qu'il n'y avait plus de raison pour lui de demeurer davantage à la villa Bosca. Les douze années qu'il y avait vécues n'avaient modifié ni son aspect physique ni son caractère. Toujours grand, sec et hirsute, il était affligé d'une myopie qui s'était accrue et avait renforcé l'écarquillement d'un regard qui ne voyait pas clair. Le handicap ne lui pesait guère car on ne lui voyait que rarement le nez chaussé de lunettes. Plus que jamais, ce qu'il devinait du monde avoisinant lui convenait mieux que la réalité, pour laquelle le microcosme familier de la villa lui suffisait.

Domenico était à présent un jeune adulte, toujours aussi silencieux et calme, qui avait entrepris de seconder son père dans la gestion du domaine. Mais le précepteur n'avait plus d'autre domicile que cette maison et il réalisa qu'il redoutait de la quitter. Il supplia Bonifacio de pouvoir prolonger son séjour ; il voulait achever son étude qui se rappela opportunément à son souvenir. Il proposa de verser une pension régulière. Bonifacio ne crut pas à la possibilité d'achèvement d'un tel projet mais accéda avec plaisir à la demande, en refusant toute participation financière.

Le vieux rêve de Baldassare s'était réalisé : son protégé, Adriano, était devenu instituteur et le conseil municipal de Montechiarro avait approuvé l'ouverture d'une école communale. Adriano était un homme dont la robustesse seule et la mise modeste rappelaient les origines paysannes ; pour le reste, il avait les attitudes de qui se sait investi d'une mission doublée d'une dette, ce qui décuplait son dévouement pour une tâche qui lui semblait la plus importante qui fût.

L'école démarra lentement ; il y eut à vaincre les résistances multiples des parents et des enfants. Les premiers hésitaient à priver leur famille de bras précieux pour assurer le quotidien au nom d'un avenir dont rien ne prouvait qu'il serait meilleur que le présent ; les seconds succombaient souvent à une paresse naturelle que ne jugulait pas la perspective de s'élever socialement. En hiver, la classe, bien chauffée, était remplie. Elle se vidait au printemps, ne laissant que les plus petits et les plus faibles. Le jeune instituteur n'était pas surpris ; il s'attaquait à des résistances ancestrales et devait compter avec le sentiment, blessant pour les parents, d'être inférieurs à leurs enfants, analphabètes devant un gamin qui leur lirait le journal. Il n'était toutefois pas possible d'attendre que les parents fussent instruits ! Ainsi germa l'idée qui permit à Mestri de renaître : une école destinée aux adultes.

— J'imagine ce que cela peut représenter pour ces gens, répondit le précepteur lorsque Adriano vint lui exposer son projet. Mais je ne vois vraiment pas comment je pourrais t'aider !

— C'est simple : en dirigeant cette école pour les parents.

Mestri se récria, écarlate. S'il se targuait de connaître l'âme humaine, il n'avait jamais discuté plus de dix minutes avec un de « ces gens » et ne s'était jamais occupé que d'un élève. Mais Adriano insista ; il avait obtenu du conseil municipal l'autorisation d'utiliser la salle de classe et Mestri recevrait une rétribution, modeste certes, l'initiative n'ayant pas suscité un enthousiasme débordant.

Mestri finit par céder.

Son premier cours, il le donna plié en deux tant il souffrait de crampes à l'estomac. Adriano avait joué de toute son influence pour attirer du monde et Bonifacio avait offert une prime à ceux de ses paysans qui suivraient les cours de Mestri. Une trentaine d'élèves s'étaient ainsi retrouvés, le visage grave et attentif, pour la plupart des mères qui n'éprouvaient pas les mêmes réticences que leurs maris et qui voulaient accompagner leurs enfants. Durant les cinq premières minutes, Mestri lutta contre l'envie de fuir. Seuls ceux du premier rang entendirent ce qu'il marmonnait et n'y comprirent rien. Un remous commença à gagner les rangs lorsque Adriano intervint.

— Le professeur Mestri n'est pas habitué à un public aussi sage ; je crois que vous l'intimidez !

Il y eut des rires. Mestri sursauta, regarda ses élèves comme s'il les découvrait à l'instant. Il fut ému par ces visages simples, ces yeux d'adultes brillant d'une naïveté enfantine, cette concentration des traits qui, plus que tout compliment, témoignait de la confiance que ces paysans lui accordaient. Lui qui voulait connaître les gens réalisa que des gens attendaient de lui le minimum de connaissances qui leur assurerait la dignité et la maîtrise des principes d'un libéralisme qui, sans la participation de ces citoyens, resterait un jeu intellectuel réservé à une élite. Fugitivement, tandis qu'il cherchait à apaiser son cœur, il songea qu'il aurait bientôt trente-cinq ans et qu'il était temps de naître à une humanité incarnée. Il se redressa, toussa pour éclaircir sa voix et plongea dans ce nouvel apostolat dont il devint, au bout de deux semaines, le plus farouche défenseur.

Aussi prit-il comme une offense personnelle la décision du conseil, deux ans plus tard, de mettre un terme à cette initiative qui rencontrait un trop beau succès. Il tempêta, harcela les conseillers. Quand il comprit que cela ne servirait à rien, il vint trouver Bonifacio pour lui demander son congé ; il voulait s'installer à Montechiarro, dans les quartiers pauvres et y ouvrir une école permanente pour les adultes. Et ce fut là, dans une maison sans confort, que le vieux garçon, à qui on ne connaissait aucune aventure sentimentale, reçut une aide inattendue qui allait achever de bouleverser sa vie.

Clara Achilli avait toutes les raisons de se réjouir de son mariage : son mari était le plus brave homme possible et ils menaient une vie commune sereine et complice, partageant leurs avis sur les événements et les individus qui en étaient les acteurs, à Montechiarro ou plus loin, au gré des informations puisées dans la presse qu'ils lisaient tous deux avec passion. Toutefois, la vie sociale de Clara était des plus réduites ; les femmes de sa condition ne l'intéressaient guère même si elle recevait des visites régulières, prétextes à des confidences plus ennuyeuses qu'embarrassantes dans leur monotone et médiocre audace. Le curé était un être gris et insignifiant qui, comme Clara l'avait pressenti, n'avait pu remplacer Baldassare auprès de ses ouailles. Il y avait certes Giancarlo, leur fils ; Clara l'avait adoré passionnément, surtout lorsqu'elle comprit qu'elle n'aurait pas d'autre enfant. Mais donner n'est pas gage de recevoir ; plus elle chérissait cet enfant, plus son mari le gâtait et le couvait d'une même tendresse, plus se manifestait chez Giancarlo une froideur étrange. Ses parents crurent d'abord à un caractère introverti, peu expansif. Cette distance n'était-elle pas la manifestation d'une vie intérieure intense ? Mais l'enfant n'en apporta pas la moindre preuve : sa religiosité était empreinte de mimétisme et de conformisme, et pas une question, pas une remarque ne permit de reconnaître là l'aboutissement d'une réflexion personnelle et originale.

Clara s'en voulut d'abord. Alberto et elle étaient-ils trop vieux ? Était-ce le résultat de ses années de célibat durant lesquelles elle avait fait preuve d'ironie envers les hommes ? Le couple Achilli vivait-il trop reclus du monde ? Alberto la rassura : elle n'avait aucun reproche à se faire. La nature des êtres dépendait de facteurs qu'il n'était pas toujours possible de maîtriser, ni même d'identifier. Les meilleurs parents pouvaient donner naissance à des monstres – et Alberto s'empressa de préciser qu'il ne croyait pas que leur cas fût aussi dramatique. Il conclut que Giancarlo développerait assurément d'autres qualités, et que le temps ne manquerait pas d'œuvrer positivement.

C'était un argument de notaire qui ne convainquit qu'à moitié Clara. Elle songea alors que leur couple était peut-être trop uni et que l'enfant n'y trouvait pas sa place ; mais elle passait des heures avec lui, s'évertuant à partager jeux et confidences. En vain. Giancarlo jouait, certes, mais avec l'acharnement de celui qui ne songeait qu'à vaincre ; et quant aux confidences, Clara finit par croire qu'il ignorait le sens de ce mot.

Ce fut un chagrin profond pour elle. À douze ans, il fut évident que la nature de Giancarlo serait telle : froide, distante, indifférente. Les rondeurs, qu'une gourmandise triste et laborieuse autant qu'un héritage paternel avaient données au gamin, n'étaient pas empreintes de cette jovialité qu'on associe d'habitude aux enfants rebondis. Bien sûr, il affirmait à certaines occasions qu'il aimait ses parents, et rien n'aurait pu laisser croire qu'il les détestât ; mais ce n'était que rhétorique, dans sa bouche, paroles convenues pour être quitte d'une explication ou d'une querelle. Alberto soupirait : n'avait-il pas disserté, jadis, sur le fait qu'il ne fallait pas nourrir d'espoirs excessifs sur ses enfants ? Mais Clara était une mère ; le caractère de son fils la frappait dans sa chair, comme si une part d'elle-même la reniait de la plus cruelle des manières.

N'y tenant plus, et répondant à une demande de l'adolescent, ils le mirent en pension.

Giancarlo y trouva matière pour renforcer son caractère et pour le rendre plus désagréable encore : il y incorpora des opinions rétrogrades qui heurtaient même son père, pourtant enclin à toutes les indulgences et habitué à la plus grande impartialité.

Clara se morfondait donc, bien qu'elle lût beaucoup, et le sentiment de son inutilité devint difficile à supporter. Elle fréquentait un peu l'instituteur et son épouse, qui étaient devenus des intimes de leur maison. Clara approuvait pleinement le projet éducatif de l'école des enfants, et plus encore celui qui fut mis en place pour leurs parents. Mais elle ne put s'opposer, malgré l'appui de son mari, à ce que le conseil mît un terme à une expérience unique dans la région.

— Alberto, lui dit-elle d'un ton résolu, je trouve cette décision inadmissible.

C'était un soir de septembre. Dans les vignes, dont on apercevait les lignes régulières du haut de la loggia, on achevait les vendanges. Un soleil, soulagé à l'idée du prochain répit automnal, s'écrasait mollement sur les collines, avant de se laisser engloutir par le vieux volcan qui, depuis des millénaires, n'essayait plus de rivaliser avec lui et se contentait de cette victoire ténue mais quotidienne.

— Je suis d'accord avec toi, soupira Alberto que l'âge et l'embonpoint essoufflaient. Mais que veux-tu ? Nous avons voté ; Coniglio et moi étions... minoritaires. Il y a bien eu Ludovico... J'ai essayé de les convaincre...

— Ce sont des idiots ! Ils ne se rendent pas compte que leur bourg restera un trou perdu et arriéré tant qu'ils n'offriront pas à tous leurs concitoyens les moyens de prendre leur destin en main !

— Il faudrait d'abord qu'ils considèrent ces paysans comme... leurs concitoyens !

— Mestri ne se résigne pas ; il va ouvrir une école dont il s'occupera seul.

— C'est courageux. Mais je devine à ta voix que cela ne te paraît pas... suffisant. Quoi que tu envisages, et pour autant qu'il ne faille... rien demander au conseil, tu as mon accord.

Elle sourit et posa tendrement la main sur celle d'Alberto.

— Quel pays magnifique, murmura-t-il. Quand ses habitants comprendront-ils que le malheur qu'ils y entretiennent est une... injure à la beauté du monde ?

— Lorsqu'ils seront instruits, Alberto.

— Alors, j'ai bien peur que le malheur ait encore de belles années devant lui !

C'est ainsi que, de son pas raide, Clara Achilli descendit les ruelles étroites de Montechiarro et vint frapper à la porte de « l'école des pauvres », comme la surnommaient déjà, avec une aigre condescendance, les notables qui ne pouvaient s'opposer à l'initiative de cet original soutenu par le comte Della Rocca. La classe se terminait, une dizaine de femmes et trois hommes prenaient congé de leur maître, lequel distribuait des livres à ceux qui en demandaient. L'apparition de la dame suscita une gêne immédiate ; les élèves se dispersèrent et Mestri se retrouva seul et embarrassé devant sa visiteuse.

— *Signor* Mestri, je suis Clara Achilli, la femme du notaire. Je viens offrir mes services pour vous seconder dans votre tâche. Je n'épiloguerai pas sur l'aveuglement et la lâcheté de ceux qui n'ont pas osé poursuivre cette mission essentielle…

— Votre mari, bredouilla Mestri, a pourtant essayé…

— Mais il n'a rien pu faire. Aussi soutient-il entièrement ma démarche. J'ai du temps libre et, si je ne suis pas aussi instruite que vous, je pense pouvoir être utile.

La gêne de Mestri et de ses élèves fut de courte durée. Clara fut une fée claudicante qui, lorsqu'elle lisait à voix haute les romans qu'elle avait choisis, faisait briller comme des joyaux d'enfance les regards des adultes qui se serraient dans la pièce minuscule pour l'écouter. Elle leur fit découvrir Boccace, Homère, Dante, mais aussi les romans du siècle qui parlaient d'Histoire et de misère, qui peignaient les peines et les rêves des hommes, leurs efforts pour changer le monde et le rendre aussi beau que l'art.

Elle animait aussi un atelier de couture, qui fut le prétexte à la diffusion discrète, entre femmes, de conseils d'hygiène, voire plus intimes encore, qui faisaient jaillir de beaux et larges éclats de rire ; après quoi, les mères rentraient chez elles, souriantes, la tête droite et fière. Il ne s'agissait jamais de grandes idées, de découvertes géniales et révolutionnaires : simplement les ingrédients d'une dignité pas à pas recouvrée, d'une humanité conquise, d'une liberté acquise contre la tyrannie du quotidien et de l'ignorance.

Mestri était admiratif ; une complicité étroite ne tarda pas à s'établir entre eux, sous les auspices bienveillants d'Alberto Achilli à la table duquel Mestri devint un habitué. Il n'y avait aucune ambiguïté dans leurs relations ; c'était deux adultes dont la jeunesse était passée sans folie ni frustration qu'ils ne pussent surmonter par la force de leur caractère ou la finesse de leur sensibilité. Ils apprirent à s'apprécier et cheminèrent vers l'amour en musardant dans les sentes de l'amitié – alors que cette dernière n'était souvent, par rapport à l'amour, qu'une consolation ultime sur les cendres froides de la passion. Et ce chemin fut long et patient.

En 1885, Giancarlo Achilli revint de Milan où il avait achevé ses études de droit. Depuis des années, il n'avait plus fait à Montechiarro que de courts séjours où il s'était conduit comme le client hautain d'un hôtel choisi faute de mieux. Clara et Alberto s'étaient résolus à cohabiter avec cet étranger qui portait leur nom et qui ne manquait pas de les embrasser le jour de son arrivée et celui de son départ. Il était acquis qu'il reprendrait un jour l'étude de son père ; ce n'était donc même pas qu'il nourrissait des rêves d'aventure ou qu'il méprisait ce bourg trop petit pour ses ambitions. Clara qui, chaque jour, fréquentait les plus démunis s'émerveillait de découvrir chez ceux qui n'avaient aucune chance une volonté et une chaleur qui manquaient à son fils. Cette école lui permit de faire le deuil de cette affection filiale, bien qu'elle dût toujours se garder de trop tourner ses pensées de ce côté-là de son cœur.

Alberto mourut. Clara en éprouva un chagrin terrible. Cet homme l'avait sauvée de la solitude et de son aigreur, lui avait offert des années de bonheur et le luxe suprême, pour une femme de son époque, de la liberté. Il lui avait fait confiance. À l'enterrement, qui rassembla tout le pays, elle s'efforça de ne pas regarder le visage impassible et replet de Giancarlo, qu'aucune larme ne vint adoucir.

Ce dernier, dont la rigidité s'était aggravée de principes, voyait d'un mauvais œil que sa mère fréquentât cette « école de pouilleux », comme il l'appelait. Reprenant l'étude de son père, il crut qu'il régenterait les habitants de la maison et il demanda à sa mère de mettre un terme à ces activités. Avec l'âge, Clara n'avait rien perdu de sa fierté et de son caractère ; elle lui opposa une fin de non-recevoir qu'il ne se risqua pas à contester.

Pendant un an, ils s'évitèrent soigneusement. Le lendemain du premier anniversaire de la mort d'Alberto, Clara fit savoir à son fils qu'elle désirait lui parler sur-le-champ. Le clerc qui l'avait accueillie n'avait pas osé lui barrer le chemin, pourtant interdit à quiconque ne disposait pas d'un rendez-vous ; elle poussa la porte avec fermeté et pénétra dans le bureau du pas le plus décidé que lui permettaient ses jambes malades. Giancarlo leva la tête, prêt à s'emporter contre l'importun ; il se calma dès qu'il aperçut le visage déterminé de sa mère qui, sans y être invitée, s'assit devant son fils et claqua du doigt dans son dos pour signifier au clerc médusé qu'il pouvait disposer.

— Vous désirez me parler, mère ? Cela pourrait peut-être attendre ce soir, j'ai beaucoup de travail et…

— Ton père n'aurait jamais osé me faire cette remarque. Il est bien d'autres choses d'ailleurs qu'il ne m'aurait pas infligées et que je dois supporter de ta part depuis un an. Que dis-je, depuis un an ! Depuis toujours ! Tu n'as jamais été un enfant tendre ou affectueux, mais soit, c'est ton caractère. Tu n'as pas pleuré ton père. Depuis un an, nous vivons à nouveau sous le même toit ; tu n'as pas eu pour moi une parole ou un regard aimable, ne serait-ce que poli. Tu me traites comme une étrangère à qui tu reproches de s'occuper d'autrui. Des « pauvres », qui plus est. Tu es ce qu'il convient d'appeler un ingrat.

— Mais…

— Tais-toi ! je n'ai supporté cette attitude qu'en mémoire de ton père. Il m'a toujours aidée à être aussi heureuse que me le permettaient ma condition et mon état. Je n'ai d'ailleurs que deux amis véritables : ton père et le professeur Mestri, qui m'a offert son soutien durant cette année éprouvante. J'ai attendu un an et je pense que tout le monde s'accordera pour dire qu'Alberto méritait que je porte son deuil trois cent soixante-cinq jours durant, même si j'ai dû, pour cela, endurer le supplice de ta présence. Sache que je ne resterai pas une heure de plus ; tu pourras, à dater de ce soir, disposer de la totalité de cette demeure qui t'appartient de droit. Je n'emporterai que quelques affaires personnelles.

— Où partez-vous ? demanda Giancarlo, abasourdi.

— Je vais m'installer chez le professeur Mestri qui m'a fait l'honneur de m'accorder l'asile.

Giancarlo resta figé, la bouche grande ouverte, le souffle court.

— Je te priverai de la satisfaction d'un aveu autant que de la consolation d'un démenti ; libre à toi, avec ce qui te reste de bonne conscience, d'imaginer s'il fut mon amant avant ce soir.

Sans attendre que son fils recouvrît ses esprits, elle se releva et partit comme elle était venue, claudiquant et claquant les portes.

Après quelques minutes, les employés de l'étude s'inquiétèrent du silence qui se prolongeait. L'un d'eux alla frapper d'un doigt timide sur la porte du bureau et, en l'absence de réponse, poussa le panneau d'une main tremblante. Ils aperçurent le notaire qui n'avait pas bougé, pétrifié par l'annonce et le départ de sa mère, et ils crurent que le fils allait prématurément connaître un sort identique à celui de son père. Mais Giancarlo se ranima en découvrant les visages dans l'entrebâillement et se mit à hurler et à les traiter de tous les noms.

Cela n'empêcha pas Clara De Pretis de s'installer chez Piero Mestri, dans la minuscule demeure où elle apprit à se passer du luxe auquel elle avait été accoutumée. Le nouveau couple fut fêté dans le quartier comme des jeunes mariés. Et presque tout Montechiarro, à l'exception de ceux qui ne voulurent pas se compromettre aux yeux du jeune notaire, se retrouva deux mois plus tard, en juillet 1886, pour le mariage, dans la petite église San Stefano.

Domenico avait accepté d'être le témoin. C'était un homme, à présent, toujours célibataire. Son enfance avait coulé ; puis, il s'était efforcé d'être un homme. De mimer la vie, sans trahir ses songes. Très jeune, il s'était senti vieux. Quand Clara et Piero se marièrent, son père était devenu un vieillard qui semblait plus alerte que son fils. Plus grand, plus robuste. Domenico restait un être chétif, peu contrariant. Bonifacio l'avait initié à la gestion du domaine. Il s'appliquait. Mais refusait de se marier. Pour quoi faire ? Il y avait des douleurs qu'on ne voulait pas réitérer. Ce qui ne l'empêcha pas de se réjouir pour ses amis, les rares personnes avec lesquelles il passait son temps libre, qui était vaste.

Et puis, les Bruchola revinrent.

— Alors, comte Della Rocca, souffrez-vous moins du mal de mer ?

La vieille dame vint rejoindre Domenico qui s'était accoudé au bastingage. Elle portait l'étole en renard argenté, parfaitement accordée à sa chevelure argentée, qui avait amusé le Toscan la veille, dans le somptueux restaurant des premières classes. En dessous d'eux, sur l'entrepont, une foule misérable s'agglutinait, résignée, qui ne songeait déjà plus à lever les yeux vers les nantis des classes supérieures, mâchant, pour tromper leur faim de chance, l'espoir de la terre promise où, à leur tour, ils se hisseraient jusqu'aux plus hauts étages de la société et de la félicité.

— Ça va mieux, répondit Domenico.

— Ces pauvres gens, poursuivit-elle. Ils ne se doutent pas de ce qui les attend… Cela fait vingt ans que mon mari et moi nous sommes installés aux États-Unis, et nous étions partis avec de l'argent et des relations ; malgré cela, tout n'a pas été facile. Mais ces malheureux, chassés par la famine… La plupart seront refoulés sans pitié. Ils rentreront plus pauvres qu'ils n'étaient partis, accablés par un échec de trop !

— Certains réussiront quand même…

— Certains. Mais la majorité de ceux qui passeront

le contrôle de l'immigration se retrouvera exploitée dans les chemins de fer, la construction, entassée dans des quartiers pourris et engloutis dans la délinquance… Soyez heureux de ne faire à New York qu'une visite de tourisme !

Elle se rejeta en arrière. Les rangs de perles, sur sa poitrine généreuse, rirent dans le vent.

— Mais ils parient sur l'avenir, conclut-elle. Leurs enfants réussiront. Tout bouge sans arrêt dans ce pays, alors que chez nous, hélas… Votre Toscane s'en sort mieux ; mais dans le Sud… Ce *dottore* florentin, d'ailleurs…

Domenico eut un geste d'humeur.

— *Signora* Caponi, je ne partage en rien les opinions insupportables de ce prétendu professeur ! L'idée que les Italiens du Nord soient de race saxonne, laborieuse et courageuse, alors que ceux du Sud seraient des Méditerranéens abâtardis, cette idée est ridicule et scandaleuse ! La dégénérescence de certaines familles toscanes d'illustre lignée, le courage des paysans et vous-même, *signora*, venue de Naples, suffiraient à me convaincre que ces idées de race sont une invention de pleutres cherchant dans la science les moyens de dominer les autres sans effort.

— Vous êtes adorable, Domenico ! Vous permettez que je vous appelle ainsi ? Vous avez l'âge de mon fils. Il n'a pas d'aussi beaux yeux que vous. Lui, c'est un Méditerranéen, sans aucun doute ! Et vous, blond au regard bleu, vous confortez les thèses de ce soi-disant scientifique ! Allons nous asseoir et parlez-moi un peu de vous. Nous avons encore de longues journées à passer sur ce paquebot…

Ils s'éloignèrent du bord et prirent place dans deux transats. Ils étaient seuls ; l'heure matinale, le temps incertain et la houle maintenaient les passagers dans leur cabine ou dans les salons.

— Ai-je bien compris ? Votre départ est dû à un drame… Je ne veux surtout pas être indiscrète !

Elle l'était avec la tendresse d'une grand-mère que l'on n'aurait à supporter que le temps des vacances. Alors, Domenico lui raconta la fin tragique de son père, assassiné par un fou qui le jugeait responsable de la banqueroute familiale survenue vingt ans plus tôt.

— D'après ce que je sais, ils n'ont pas peu contribué à la mauvaise réputation du Sud, puisque ces pieux descendants des Goths y ont exercé le noble métier de bandits et d'assassins durant leur longue absence…

— C'est horrible ! s'émut Giuletta Caponi. Quel âge avait votre père ?

— Soixante-dix-neuf ans.

— Un bel âge… Mais une fin pareille ! Et votre mère ?

Domenico ne répondit pas tout de suite. Il redoutait la question ; à partir du moment où il avait accepté cette invitation absurde pour New York, il s'était exposé à l'affronter. Et cela avait été un des premiers enseignements de ce périple : il avait vécu quarante ans coupé du monde dans le seul but, peut-être, de ne devoir jamais répondre à cette question : « Et votre mère ? »

— Elle… elle m'a…

Quel mot utiliser ? « Quitté » ? « Abandonné » ?

— Elle est partie après ma naissance.

Mme Caponi, qui avait laissé aller sa tête en arrière pour profiter d'un maigre rayon de soleil, se redressa.

— Partie ? Vous voulez dire…

Domenico ne voulait rien dire. Il parla quand même et, tandis qu'il les articulait, il fut surpris par la sonorité des mots.

— Elle m'a laissé à mon père pour suivre un homme à New York.

C'était des mots froids, distants, médicaux, nécrologiques, qui ne soignaient rien, n'enterraient personne, qui au contraire réveillaient le vide que Domenico avait comblé à sa manière durant toutes ces années. Des mots préludes à une histoire dont l'auditeur serait maître, libre d'inventer une vérité à mille lieues de celle des événements. Il se crut obligé de préciser, découvrant l'expression horrifiée de son interlocutrice.

— Un jeune Allemand qu'elle aimait, semble-t-il, depuis longtemps et dont sa mère l'avait séparée…

Une ombre mélancolique glissa sur le visage ridé. Le scénario se précisait, une romance éternelle, les amours contrariées dont nombre de femmes âgées aimaient à se souvenir, à défaut de les avoir vécues. Pour l'apaiser tout à fait, Domenico ajouta :

— Mon père ne lui en a jamais voulu.

Cela parut satisfaire Giuletta qui reposa son épaisse chevelure grise sur la toile tendue du fauteuil.

— S'est-il remarié ?

— Jamais.

Une belle histoire… Giuletta eut un remords.

— Mais pour vous ! Cela a dû être terrible…

Il ne répondit rien ; le chant du vent et des vagues suffit. Comment dire cela ? Les images, leur apparition, leur disparition ? Les années durant lesquelles il n'avait pas vécu, se contentant de vieillir sans s'en rendre compte, dans la compagnie unique de fantômes sortis de sa seule imagination ? Avouer que…

— Est-ce pour la retrouver que vous entreprenez ce voyage ?

C'était ce qu'avait cru Domenico quand, quatre ans après l'assassinat de son père, il avait reçu ce courrier et le billet pour New York. La lettre, signée par un certain Mr Thomas Reguer, citoyen américain, n'en parlait pas, pourtant. Elle ne lui était d'ailleurs pas directement adressée : elle paraissait la réponse, tardive, à un premier échange dont Domenico n'avait retrouvé aucune trace dans les archives de son père, et proposait à l'aimable comte de venir à New York pour s'entretenir plus longuement des perspectives d'avenir évoquées ensemble. Coniglio aurait peut-être pu l'éclairer, mais Coniglio était mort lui aussi, après avoir abattu Guglielmo Bruchola dans les caves d'un bâtiment depuis peu occupé par son fils Andrea. Les Bruchola ignoraient ces changements, tout comme l'installation de Coniglio dans le palais Palomini, la construction des entrepôts Coniglio-Broncci – l'associé qu'Umberto avait engagé pour pallier la défection de son fils aîné, Andrea, et l'incompétence de Roberto, le cadet. Domenico n'avait pu interroger Andrea : celui-ci avait clamé haut et fort qu'il rendait les Della Rocca responsables de la mort d'un père qu'il avait pourtant passé sa jeunesse à contrarier.

À la réflexion, Domenico songea que c'était mieux ainsi. Cette invitation était trop curieuse. Ou son père était sur le point de conclure quelque chose de si important qu'il n'en avait jamais parlé à personne, ou ce n'était qu'un prétexte. Dans les deux cas, cette lettre avait secoué la conscience de l'orphelin qui, depuis le drame, se laissait sombrer dans une mélancolie qui inquiétait ses rares amis, lesquels se relayaient pour le sortir de sa torpeur, lui rendre le sourire, mais en vain. Comment aurait-il pu leur expliquer les raisons profondes de ce désespoir ? Le seul auquel, peut-être, il aurait pu se confier ne l'avait pas compris : Alfredo Bruchola, averti par les autorités, était sorti du couvent où il vivait reclus depuis la ruine de sa famille et avait emporté les corps de ses frères. Les deux hommes s'étaient brièvement croisés, parce que Domenico, épuisé de chagrin, avait cherché à le rencontrer.

— Elles ont disparu, Alfredo… Elles n'étaient pas là…

Le moine, que les années de pénitence et de privations avaient transformé en une momie sèche et jaunâtre, l'avait regardé avec des yeux hagards ; peut-être même ne l'avait-il pas reconnu.

Domenico avait continué à sombrer seul. Elles n'étaient pas là… Sans relâche, il repassait les images de la nuit tragique, le réveil brutal, les bruits, les cris, son père, hébété, en haut de l'escalier, Umberto en bas qui hurle, le fou qui plante sa lame dans le ventre du négociant puis qui se rue, grimaçant, sur le vieil homme, le revolver, la détonation, le corps qui s'effondre, l'assassin qui s'enfuit, d'autres coups de feu, Domenico qui se précipite, qui regarde en tous sens, les yeux affolés, noyés de larmes, et elles… Absentes. Elles qui l'accompagnent tous les jours, depuis tant d'années, qui envahissent parfois ses nuits, Arianna qui divague sur les ruisseaux et parfois cherche à le séduire, depuis qu'il est un homme, qui se dénude et chante dans le ruisseau, sa mère qui glisse, muette, ou qui lui murmure d'une voix grave qu'il ne doit rien regretter, qu'il ne doit pas lui en vouloir non plus, la vie en Amérique est aussi un sacrifice, elle aimerait tant le revoir, ses images, ses fantômes, ses déesses tutélaires, elles ne sont pas là, ni au chevet de Bonifacio, le crâne brisé, ni dans l'ombre de l'escalier, ni pour pleurer ni pour trembler, ni à ses côtés pour le consoler, le protéger. Disparues. Enfuies quand il avait eu le plus besoin d'elles. Enfouies dans le fracas du réel.

— J'imagine qu'en apprenant ce drame elle vous a écrit pour que vous la rejoigniez…

Giuletta poursuivait en solo une conversation que Domenico avait abandonnée pour replonger dans ses pensées. À sa mimique, il devina qu'elle ne trouvait pas ce geste suffisant : Lætitia aurait dû faire le voyage elle-même. Mais, au front plissé de la vieille Napolitaine, on percevait les hypothèses qui s'enchaînaient ; peut-être cette femme ne pouvait-elle pas entreprendre ce voyage, parce qu'elle était trop vieille, impotente – ou mieux, poursuivie par la justice italienne ! N'était-ce pas le moins pour une mère qui avait préféré son amant à son fils, malgré la mansuétude de ce dernier et de son père ?

— Cela va vous faire un choc de la revoir…

Elle avait oublié que Domenico n'avait ni répondu à sa question initiale ni entériné aucune des hypothèses qu'elle avait échafaudées. Ses yeux clignèrent, ses paupières s'affaissèrent. La rêverie éveillée allait se prolonger dans le sommeil. Domenico attendit que la respiration de sa voisine confirmât cette envolée, puis il se redressa et revint vers le bastingage.

En bas, la foule compacte n'avait pas changé, grise et dense. Des femmes recroquevillées sur leur bébé, des hommes abrutis d'ennui, des enfants que l'exiguïté enfiévrait autant que la perspective de cette terre miraculeuse. De haut, Domenico distingua quelques gamins, solitaires ou en petits groupes, qui paraissaient voyager non accompagnés, partis rejoindre un vague parent pour échapper au naufrage de leur foyer. Pouvait-il se plaindre ? Il allait débarquer avant ce troupeau, il passerait la douane tête haute, sans crainte, accueilli comme un touriste opulent venu enrichir les New-Yorkais les plus prospères, il irait loger dans un de ces hôtels dont, au repas, Caponi lui avait vanté le luxe et le confort, l'eau courante, l'électricité, une multitude de merveilles plus exceptionnelles les unes que les autres, symboles de cette vie que convoitaient tous ces candidats au bonheur qui refusaient de croire que les portes d'un tel paradis pussent demeurer closes devant eux, ou ne s'ouvrir que par les entrées de service. Il songeait à lui, à cette détresse qui l'avait tyrannisé jusqu'à l'arrivée de cette lettre, deux mois auparavant, une détresse si totale qu'il avait voulu mourir – les mots avaient un petit écho ridicule quand il les évoquait là, face à l'océan, au-dessus de ces compatriotes qui ne pouvaient plus vivre dans son pays.

Pourtant, jamais les visions de Domenico ne l'avaient empêché de voir ou de comprendre ce qui se passait autour de lui ; seulement d'y prendre une part active, d'y jouer un rôle déterminant. Il lui arrivait de considérer qu'il s'agissait peut-être là d'une caractéristique familiale ; quel acte déterminant son père avait-il posé, à part ce voyage à Venise, en 1849, dont il ne parlait jamais et dont l'unique trace était cette musique qu'il jouait, solitaire et nostalgique, une musique qui, pour son fils, était tantôt une caresse vite excédante, tantôt une douce torture ? Pour le reste… Était-ce cela, vivre ? se demandait parfois le jeune homme. Devrait-il à son tour épouser quelqu'un qui peut-être disparaîtrait après lui avoir donné l'enfant nécessaire à la transmission des biens – et de la malédiction ?

Il était souvent arrivé à Domenico de se sentir vide, creux comme une coquille de noix rongée de l'intérieur ; on lui avait dérobé sa vie, il passerait, à peine plus consistant que les spectres des femmes disparues. Mais à d'autres moments, quand la clarté du soleil estival pesait sur la terre et écrasait les ombres, toutes les ombres, il s'était senti lourd, figé, enraciné, incapable d'agir, résigné à demeurer là jusqu'à ce que la lumière disparût.

Jamais il ne s'était marié, ni ne l'avait envisagé. Son père n'était plus là pour le lui reprocher, et il ne lui avait jamais fait la moindre remarque de son vivant. Il croyait comprendre, sans doute. Il regrettait, sûrement. Et faisait confiance au temps ; ne s'était-il pas lui-même résolu fort tard ? Domenico avait grandi et, contrairement aux enfants de Coniglio et d'Achilli, qui partirent étudier à Milan, il s'était résigné à ne pas bouger, à suivre les traces de son père et les ombres de ses chimères qu'il convoquait de plus en plus souvent pour combler la solitude et le silence d'une demeure trop grande. Parfois, il se joignait à ses amis pour un repas à Montechiarro. Il appréciait particulièrement Umberto Coniglio, qui avait pour ce garçon ombrageux une affection qu'expliquaient sans doute les appréhensions grandissantes qu'il nourrissait envers ses propres fils : Andrea, l'aîné, se révélait un caractère déterminé et tranché, mais ambitieux à l'excès, orgueilleux et vaniteux, peu enclin à reprendre la société paternelle. Depuis son adolescence, il clamait son souhait de briller en politique et de jouer un rôle déterminant dans la direction du pays. Roberto, le cadet, était son portrait opposé : pâle, soumis, d'une intelligence médiocre, viscéralement attaché à une mère qui, avec le temps, était passée d'une terne transparence à une volumineuse tyrannie domestique dont Umberto commençait à souffrir, alors qu'il aurait espéré profiter des fruits de son labeur acharné, dans le palais conquis et rénové.

Domenico lui plaisait parce qu'il n'avait pas les préventions de classe qui avaient conduit Bonifacio à le blesser lors de l'intempestive démarche de Bruchola ; il était en outre travailleur, intelligent et discret. Le marchand soupçonnait peut-être que le jeune homme portait un fardeau qui expliquait en partie ce tempérament secret, presque mystérieux ; il devinait sans peine que la source en était la disparition de sa mère. Grâce à ses relations commerciales, le négociant avait pu éclairer une partie de la vie de Lætitia et de son amant après leur départ de Toscane. Cela tenait en peu de chose : ils avaient quitté l'Europe et s'étaient installés à New York, où ils s'étaient mêlés à la bonne société. Puis, sans explication, ils étaient partis du jour au lendemain pour le cœur d'un pays ouvert à toutes les aventures. Plus personne n'avait entendu parler d'eux. L'hypothèse la plus probable était qu'ils avaient péri sous les flèches des Indiens qui menaient aux colons et aux chercheurs d'or une guerre impitoyable.

Peu après ces révélations, Bonifacio avait enfin montré à son fils la lettre que la jeune mère avait écrite pour tenter d'expliquer son terrible geste.

> Je ne puis résister, cher Bonifacio. Je vous avais prévenu… Je suis déchirée et, pourtant, je ne puis même pas vous jurer que je suis heureuse, comme vous le souhaitiez, mû par cette générosité merveilleuse qui fait de vous un saint et de moi une damnée. […] Je n'ai pas la force de vous retirer encore l'affection de notre fils. Peut-être comprendrez-vous combien ce sacrifice m'est douloureux ; sachez du moins qu'il murmure que je vous ai aimé autant qu'il m'était possible d'aimer un autre que Raphael.

— Pourquoi as-tu attendu si longtemps ? lui avait demandé Domenico.

Bonifacio avait paru embarrassé, quoique le ton de Domenico ne fût pas agressif. À peine y notait-on un voile de tristesse. Le fils avait lu la lettre une première fois, puis l'avait relue et relue encore. Les deux hommes étaient face à face, séparés par cette lettre, ils se regardaient, le père cherchait les mots pour expliquer ce trop long silence, pour en briser la gangue durcie par le temps, et il ne trouvait ni les mots ni la raison, rien que des excuses, la fragilité supposée de Domenico, le souci de le préserver, de le protéger, l'espoir peut-être qu'il oublierait ce qu'il n'avait jamais connu ; le fils scrutait le regard de celui qui avait été abandonné sans protester, sans résister, qui avait accepté l'inacceptable et tu ce qu'à tort il trouvait indicible. Tout pouvait être dit ; sa mère ne le faisait-elle pas, à travers cette lettre ? Bien sûr, elle n'avait pas eu la force de le lui exprimer de vive voix. Mais en rédigeant cette missive, elle s'adressait aussi à ce fils qu'elle abandonnait, qu'elle offrait à l'homme abandonné, en remerciement de sa liberté recouvrée. Par ses peurs, Bonifacio avait privé son fils de la voix de sa mère ; mais pouvait-il deviner que cet enfant taciturne s'était inventé des compagnes de brume qui lui souriaient là où les autres ne voyaient que le soleil ou la pluie ? Domenico avait été aussi secret sur ses visions que Bonifacio sur ses souvenirs et ses reliques. Tous deux vivaient avec le fantôme différent d'une disparue et sans doute n'auraient-ils pas été capables de la reconnaître dans l'évocation de l'autre. Dans l'absence, des étrangères étaient nées, comme cette musique étrange de Giacolli qui, pour chacun, éveillait des sentiments si personnels.

Existait-il un lien entre le destin de ces partitions et Lætitia ? Attendait-elle Domenico pour mourir pardonnée, ou pour renouer avec une vie perdue en échange d'une autre, inespérée ?

Après avoir reçu cette lettre, les visions de Domenico s'étaient modifiées ; jusqu'alors, seule Arianna lui parlait. Sa mère, toujours blottie dans l'ombre, se tenait muette. Enfin, elle avait reçu une voix.

Elle lui avait dit de ne pas en vouloir à son père, et sa voix était grave et douce comme le vent d'automne dans les sarments fanés. De ne plus embarrasser ses proches et, pour eux du moins, de tourner la page ; alors, Domenico avait remercié son père pour la lettre, Coniglio pour les renseignements glanés. Il avait accepté l'idée que sa mère, avec son amant, avait été massacrée par des sauvages, demandé que l'on érigeât dans le parc une stèle à sa mémoire et qu'on dît une messe à sa mémoire.

C'était un récit auquel il était possible de croire. Possible et raisonnable. Il y en avait d'autres, également possibles mais moins raisonnables, que Domenico avait gardés par-devers lui. À qui en aurait-il parlé ? Et puis, il restait avec certaines de ses questions, déjà posées jadis à Baldassare, lequel n'avait pas vraiment répondu : de quelle nature étaient cette passion si forte et l'interdit qui pesait dessus, dont Alba Malcessati était l'impitoyable gardienne ? À ces interrogations, ses visions ne répondaient pas. Comment l'auraient-elles pu puisque, comme le reconnaissait Domenico dans ses moments de lucidité, elles ne pouvaient proférer que les réponses que lui-même détenait ?

Sans trop savoir ce qu'il en ferait, il avait commandé des prospectus sur les trajets en paquebot vers New York ; il n'avait toutefois pas dû consulter sa mère pour rejeter cette idée et confier à la poubelle les documents diligemment envoyés par la compagnie maritime, où un employé zélé s'était trop vite réjoui à la perspective d'un passager différent des émigrants entassés dans la troisième classe.

La vie sur le paquebot fut d'une brillante stérilité, partagée en deux moments, exception faite des nuits : ceux où l'on mangeait, ceux où l'on attendait le repas. Des tables de jeu recevaient les amateurs, les fumoirs accueillaient les adeptes du cigare, les femmes bavardaient là où les conditions climatiques le leur permettaient, de préférence sur le pont supérieur, tandis que les gouvernantes surveillaient les enfants, inquiètes à l'idée qu'ils pussent se perdre dans l'immense vaisseau et tomber entre les mains des sauvages de troisième classe. Le commandant les rassurait : la discipline la plus stricte était assurée par ses hommes et plus encore par la crainte d'être dénoncé aux autorités, lors de l'arrivée, et aussitôt rembarqué pour un retour en enfer.

La brave Giuletta Caponi avait adopté Domenico et l'introduisait dans tous les groupes où elle-même pénétrait avec l'aplomb d'une propriétaire dans un château ouvert au public. Elle expliquait à qui voulait l'entendre qu'elle faisait le trajet deux fois par an, pour rendre visite à sa sœur, religieuse dans un couvent napolitain.

— J'ai essayé – et j'essaie encore à chaque visite ! – de la convaincre de venir à New York. Il y a aussi des couvents là ! Quitte à se retirer du monde, que ce soit au moins près de la seule personne qui lui reste attachée sur cette terre ! Cela m'éviterait le voyage… Mais elle refuse ! Croit-elle que Dieu n'entendra plus aussi distinctement ses prières ? Je lui ai dit : Dieu est partout ; tu peux le prier n'importe où ! Elle ne m'écoute plus. Un jour, elle m'a répondu qu'on lui avait rapporté que New York était la ville du diable et que les gens n'y priaient plus. Je vais pourtant à la messe tous les dimanches, lui ai-je rétorqué ! Cela ne l'a pas convaincue. Et pour être franche, il m'arrive de sauter une ou deux semaines…

On devinait rapidement que, tout bien pesé, Giuletta était satisfaite de la situation et que la présence de sa sœur, même enfermée dans un couvent new-yorkais, aurait été plus pesante que cette nécessité de traverser l'Atlantique, ne serait-ce que pour le plaisir évident qu'elle y prenait, à commencer par ce salon permanent qu'elle pouvait tenir et par l'ascendant qu'elle exerçait sur ceux qui faisaient le voyage pour la première fois ; à l'en croire, sans ses conseils avisés, ils n'auraient pu envisager de survivre à destination plus de trois jours.

— Si vous ne m'écoutez pas, martelait-elle de son index, le premier jour, vous serez dépouillé de tous vos bagages ; le second, de votre argent ; et le troisième de vos vêtements, avant de vous retrouver, tout nu et pourri, dans la rivière ! On en repêche des dizaines tous les matins, des cadavres d'imprudents ! Sans parler des désespérés…

Si un de ses auditeurs, plus arrogant, avait le malheur de faire valoir qu'il était déjà venu et n'avait connu aucun de ces déboires, elle le toisait crânement et lui demandait à quand remontait son dernier périple. Cela remontait toujours à plus de cinq ans. Elle s'exclamait alors et lançait l'estocade :

— Autant dire que vous n'êtes jamais venu ! Cette ville change si vite que moi-même, qui ne la quitte que six semaines, il me faut bien deux mois pour prendre la mesure de tous les changements survenus durant mon absence ! Et c'est pareil à Naples !

Les salons feutrés et luxueux des premières classes ne pouvaient être le théâtre de rivalités véritables. Tous feignaient d'accorder le plus grand crédit aux affirmations de la *signora* Caponi, laquelle se satisfaisait de cet accord diplomatique. Avec Domenico, elle adopta cependant une attitude différente ; elle lui épargna ses conseils touristiques, puisqu'il était acquis qu'il ne voyageait pas pour le plaisir.

En contrepartie, il lui était impossible d'échapper longtemps à sa sollicitude, d'autant qu'il ne supportait guère de demeurer dans sa cabine. Si confortable fût-elle, ce n'était jamais qu'un local exigu et mal aéré, insupportable pour qui avait toujours vécu entouré d'espace, de soleil et de vent. L'océan ne lui était pas plus familier et il ne put se défaire, de tout le trajet, du malaise suscité par cette immensité ondoyante dont les couleurs n'étaient que les reflets assombris d'un ciel qui lui était totalement étranger. La nuit, quand tout le monde dormait, Domenico gagnait le pont et se postait à la proue, tourné vers une Amérique qui ne se dévoilait pas encore. Sa mère, quarante ans plus tôt, avait entrepris cette traversée. Elle s'était retrouvée sur un pont semblable, serrant dans ses bras l'homme qu'elle aimait au point de tout abandonner pour le suivre. Domenico avait essayé de la faire parler : quelle était la raison qui avait, aux yeux de sa mère, d'abord rendu ce mariage impossible ? Il cherchait à imaginer les pensées de Lætitia devant cette immensité liquide, celle qui s'étendait entre son passé et elle, celle qui s'amenuisait entre elle et son avenir. Être au bord de l'eau, c'était être au bord du temps, exclu, impuissant.

Arianna aussi s'était tenue ainsi, immobile, fascinée, avant de confier son angoisse aux flots apaisants.

Alors, dans les embruns qui lui permettaient de confondre sa peine, il écarquillait les yeux à la recherche d'une de ses images familières, il plissait le front, se concentrait comme un magicien privé de ses pouvoirs. Parfois, il captait une amorce de capeline, un froissement de robe qu'un coup de vent, une corne de brume ou le pas d'un marin dissipait impitoyablement. Épuisé, il regagnait sa cabine, convaincu qu'il était ridicule, ridicule de nourrir ces chimères, ridicule de ne pas vivre normalement, ridicule d'être ainsi parti, à l'invitation d'un inconnu qui ne comprendrait peut-être pas pourquoi il était venu.

La veille de leur arrivée, Giuletta vint à sa rencontre, très excitée.

— Domenico ! Je vous cherchais partout ! Venez, nous avons beaucoup de chance… Je l'ai repérée dès notre départ, mais il m'a fallu tout ce temps pour la convaincre…

Elle lui expliqua qu'une princesse milanaise avait des dons inouïs de médium et qu'elle avait accepté de les inviter à une séance de spiritisme.

— De quoi ? demanda Domenico, éberlué.

Giuletta le dévisagea, désolée que ce pauvre garçon fût à ce point ignorant.

— Elle peut faire parler les esprits… Les esprits des gens qui sont morts. Vous pouvez leur poser des questions, et ils répondent ! Je me suis acharnée pour qu'elle accepte, je l'ai fait pour vous ! Vous semblez tellement malheureux…

Estomaqué, Domenico hésita entre rire et fureur ; mais Giuletta avait l'air si déterminée et ravie ! Après tout, n'avait-il pas passé des années à pratiquer un spiritisme égoïste ?

Il suivit son guide dans un petit salon, que le capitaine, expliqua-t-elle, avait mis à leur disposition, moyennant le droit d'assister à la séance.

— Sa femme est morte il y a trois ans, alors qu'il était en mer. On lui a rapporté que, durant son agonie qui fut terrible, elle n'avait cessé de l'appeler, comme pour lui confier quelque chose, un secret, un aveu… Ça doit être insupportable : connaître l'existence d'un secret qui vous concerne et ne pas être en mesure de le percer ! J'en deviendrais folle…

Le salon était plongé dans la clarté de quelques bougies. Les hublots avaient été occultés. Le capitaine et la princesse étaient déjà en place, silencieux et recueillis, et ils saluèrent les arrivants d'un hochement de tête cérémonieux. Sans un mot, Caponi poussa Domenico sur une chaise et prit place à côté de lui. La princesse portait une robe noire très décolletée ; c'était une femme très grande, très mince, très belle, sans âge, décorée par de magnifiques brillants dans les cheveux, sur la gorge, aux poignets et aux doigts. Le capitaine ne la quittait pas des yeux et il vint à Domenico le soupçon que le chagrin du veuvage était un alibi pour se faire consoler par cette femme.

La princesse expliqua d'une voix rauque et caverneuse comment il fallait procéder, après s'être assurée qu'il n'y avait là que des personnes ouvertes aux mystères et non des esprits sceptiques ou ironiques qui auraient compromis non seulement le succès de cette séance mais aussi le crédit dont jouissait la prêtresse auprès des habitants de l'autre monde.

— Nous allons commencer… Comte Della Rocca, notre amie m'a raconté votre terrible histoire. J'y ai pensé sans relâche depuis… Et j'ai la conviction que l'esprit de votre père a déjà tenté de prendre contact avec moi… qu'il vous appelle…

Elle s'était exprimée avec une telle conviction que, malgré ses préventions, Domenico fut ébranlé. La princesse enjoignit à chacun d'étendre les mains au-dessus du guéridon, jusqu'à ce que leurs doigts se touchassent. Domenico frissonna, il n'était pas coutumier du contact physique avec ses contemporains. Puis, elle leur prescrivit de frôler, avec l'auriculaire, une planchette que Domenico n'avait pas encore remarquée ; après quoi, elle ordonna un silence qui dura certainement dix minutes, au cours duquel il fut impératif que l'on cessât de penser. Soudain, la planchette se mit à bouger, une bille roula et se positionna sur une lettre, puis une seconde.

— C'est cela… commenta la voix sépulcrale de la médium. C'est votre père… Vous pouvez lui poser une question, comte Della Rocca !

Quelle question aurait-il voulu poser à son père qu'il n'ait eu le temps de lui poser en quarante ans de vie commune ? Bonifacio n'en savait pas plus sur sa mère que lui, sa vie avait été sans autre mystère… C'était ridicule ! Pourtant, Domenico restait assis, figé, la gorge nouée.

— Je… je ne sais pas, balbutia-t-il misérablement. Vous… vous disiez qu'il voulait me parler…

Les paupières closes de la princesse vibrèrent.

— Comte Della Rocca, que souhaitez-vous dire à votre fils ?

Il y eut un silence. La princesse fit une grimace.

— C'est une question trop complexe… murmura-t-elle. Il y a quelque chose, quelqu'un qui interfère… Posez une question plus simple, comte… N'oubliez pas, votre père sait à présent des choses qu'un vivant ne peut connaître… Ne réfléchissez pas, laissez parler votre cœur…

— Est-ce que ma mère est vivante ?

La question avait jailli. Domenico se mordit les lèvres. La princesse reformula la demande.

— Comte Della Rocca, votre épouse vit-elle encore ?

Un nouveau silence, une nouvelle grimace, plus accentuée, presque douloureuse, qui effraya les participants.

— Je ne saisis pas… c'est étrange… je… on dirait que… Elle est là… elle est là…

Une ombre passa dans le dos de la Milanaise. Domenico sursauta et replia ses mains. La princesse poussa un cri, tandis que le capitaine et Giuletta regardaient Domenico d'un air désolé et accablé.

— Le cercle est rompu… chuchota le capitaine.

La princesse semblait épuisée. Le capitaine s'empressa, mais elle le repoussa d'un geste théâtral.

— Laissez-moi ! Ce que j'ai vu… laissez-moi… Partez !

À contrecœur, Giuletta et le capitaine accompagnèrent Domenico sur le pont.

— Je suis désolé, bredouilla-t-il. Je ne sais pas ce qui…

Giuletta fut la première à se ressaisir.

— Ne vous excusez pas ! C'était… inouï ! Il faut qu'elle nous dise ce qu'elle a vu…

Mais, sans ménagement, Domenico prit congé et remonta sur le pont supérieur. Peu lui importait ce que ses deux compagnons pourraient penser. Il ne voulait pas savoir ce que cette folle avait vu, il le devinait trop bien ! Elle avait perçu sa propre folie, celle de Domenico, celle qui grevait sa vie, qui le clouait sur le quai tandis que les navires, les trains, les vies s'en allaient ; Domenico demeurait, il attendait le retour des images, car ceux qui revenaient changeaient, Domenico guettait ceux qui s'en étaient allés, il ne pouvait les reconnaître dans ceux qui débarquaient, les images étaient fausses, toujours en retard, toujours mélancoliques, toujours, d'abord, reflets de sa crainte… Pourquoi avait-il accepté ce rituel absurde ?

— Tu avais besoin de nous… murmura à ses côtés la voix grave de Lætitia.

Le soleil se couchait. Des élégants se promenaient près de lui, des amoureux se tenaient tendrement, le regard tourné vers cet Ouest rougeoyant où rien ne mourait ; au bas, les émigrés guettaient l'horizon où la vie renaîtrait. On sentait la fin du voyage, une fébrilité s'emparait du bateau, des troisièmes aux premières classes ; ceux qui s'étaient côtoyés allaient se quitter et s'oublier sans remords. Domenico ne tourna pas la tête, des larmes glissaient qu'il voulait masquer, confier au vent. Pourquoi ? Pourquoi revenaient-elles alors qu'elles avaient été absentes quand il avait eu besoin d'elles ? Le rire rare d'Arianna glissa dans les embruns. Sans elles, depuis le drame, pouvait-il prétendre qu'il avait vécu ? Il était en train de se dissoudre, il allait sombrer. Elles l'avaient appelé à New York. Impossible pour elles de revenir à la villa, les Bruchola les en avaient chassées. « Ils m'ont déjà tuée », murmura Arianna ; « Et moi… » Domenico étouffa un sanglot ; c'était grotesque !

— Je suis navrée… Je crois que cette expérience vous a ébranlé plus que je ne l'aurais cru…

La pauvre Giuletta Caponi l'avait retrouvé. Elle lui sourit maladroitement et lui tendit un joli mouchoir en dentelle.

— Il ne faut pas croire ces histoires, mon ami… Je voulais juste nous distraire ! Laissez les morts enterrer les morts… Il y a longtemps que je n'ai plus lu la Bible, mais cette phrase, je ne l'oublie pas. Nous avons tous nos fantômes ; lorsque nous vivions encore à Naples, notre premier fils est mort, à trois ans, d'une fièvre… C'est pour cela que nous sommes finalement partis en Amérique. Là-bas, personne n'était malade et les enfants ne mouraient pas dans les bras de leur mère impuissante ! Nous avons tous nos fantômes et nos illusions… Cette princesse est un peu folle, sans doute. Je suis navrée…

Domenico aspira une grande bouffée d'air salé. Le soleil achevait de s'engloutir dans une débauche de dégradés qui rendait les amoureux plus amoureux, et les mélancoliques plus mélancoliques. Il se retourna vers la vieille Napolitaine et s'efforça de lui sourire. Elle parut rassurée.

— Venez ; c'est notre dernier repas à bord ! Le capitaine m'a assuré que ce serait mémorable.

Bien avant l'aube, après les quelques brèves heures de sommeil que le vin seul lui avait octroyées, Domenico remonta sur le pont. Il se sentait calme à présent. Devant lui, la mer était déserte et noire. Ce voyage était une erreur sans doute, mais pas moins que sa vie. Pourrait-il être déçu ? Pas s'il parvenait à garder à l'esprit qu'il n'en attendait rien. Il s'installa dans un transat et s'enroula dans une couverture. Arianna glissa devant lui, silencieuse. Plus loin, sa mère gardait les yeux braqués sur l'horizon où New York allait surgir. Il ne voulait pas leur parler.

Il y eut des cris : à l'horizon, montait la terre, le Nouveau Monde, tout en verticalités, à commencer par le bras tendu de cette statue que Giuletta avait décrite comme la huitième merveille, symbole de tout ce que ce pays représentait pour ceux qui accostaient. Une dernière fois, Giuletta vint près de lui et lui tendit un carton où se trouvait inscrite son adresse. Une saute de vent défit une mèche grise qui vint se coller dans les yeux de la Napolitaine.

— Je ne me lasse pas de ce spectacle... soupira-t-elle en rajustant l'indisciplinée. Je me demande si je ne fais pas ce voyage pour la seule joie de l'entrée dans le port de New York ! Oubliez tout ce que vous savez ou croyez savoir sur les villes, Domenico, et sur la modernité ; soyez vierge et pur comme un enfant !

Domenico ne lui répondit pas qu'il n'aurait aucune peine à suivre ce conseil, puisqu'il n'aurait, pour ce faire, qu'à rester ce qu'il était.

Le navire glissa lentement dans le passage qui ouvrait New York à l'océan, ou qui menait celui-ci aux rives de Manhattan. Sur New York, Domenico avait lu quelques articles et vu quelques représentations, des dessins dont on se demandait s'ils n'étaient pas issus du cerveau d'un halluciné et de rares photographies qui faisaient douter de la fiabilité de ce procédé nouveau. Umberto Coniglio, qui y avait des contacts mais n'y était jamais allé, confirmait que c'était cependant conforme à la réalité, et même en deçà. Maintenant que l'île se présentait aux yeux de Domenico, monstre marin hérissé d'épines de pierre, à la gueule ouverte pour engloutir les candidats à l'exil dans ses entrailles terrifiantes, il admit que le négociant devait avoir raison. Un soleil étincelant faisait trembler sur l'eau un léger voile que crevaient les dizaines de flèches, profanes et religieuses, érigées dans le ciel américain. On n'entendait encore que les sirènes des bateaux, petits et gros, qui se frayaient un passage dans la baie, les cris des marins, l'excitation des passagers, et l'on devinait le tumulte de cette cité pour l'heure encore figée et muette.

Domenico était ébloui. L'air du large, chaud et humide, faisait flotter les pans de sa veste et il restait là, figé, sous le choc de cette ville voguant en rivalité avec le ciel, mais aussi ce qui en fondait la magie, l'intense pouvoir d'attraction qu'elle exerçait sur tous ceux qui convergeaient vers elle des quatre coins d'Europe, cette aimantation qui attirait vers un monde inconnu les naufragés d'un vaisseau en perdition, venus pour recommencer leur vie et collaborer à la naissance d'un univers guéri des maux ancestraux, causes des malheurs de ces aventuriers, de ces désespérés, de ces curieux.

Il fallut encore longtemps avant que le paquebot s'immobilisât. Sur le quai, une foule attendait, des dockers prêts à décharger les bagages des plus riches, des policiers qui endigueraient le flot des immigrants et canaliseraient les passagers, opéreraient un premier tri en fonction de la hauteur des passerelles empruntées pour gagner la terre ferme et promise. Domenico avait confié sa malle à un employé et avait été un des premiers passagers à quitter le pont. En dessous, toujours plus bas décidément, par cette logique sociale qui épousait les évidences géographiques, sur une passerelle dont la rambarde se réduisait à une grosse corde usée, la foule noire et dense des candidats au rêve qui se jaugeaient sourdement, croyant peut-être que la fortune de l'un signerait la défaite de l'autre. Certains tenaient nerveusement serré entre leurs doigts le document qui devait faciliter leur admission ; d'autres scrutaient les badauds sur le quai, à la recherche du père, du cousin, de l'oncle venu leur prêter main-forte pour affronter les douaniers et les officiers chargés de sélectionner les arrivants. Domenico avançait à pas lents, derrière une grosse dame qui n'arrêtait pas d'asticoter deux fillettes indolentes comme des poupées de chiffon. Comment reconnaîtrait-il Mr Reguer ?

Il ne s'en inquiéta pas longtemps ; à peine eut-il

touché le sol, surpris de retrouver une fixité qui le fit vaciller un moment, qu'un homme en redingote et chapeau melon s'approcha de lui.

— *Signor Della Rocca, I presume ?*

Domenico vit d'abord des yeux gris étonnamment rieurs, puis une abondante chevelure blanche. Mr Reguer était un vieux monsieur souriant et plein d'entrain.

— Vous parlez anglais ?

— Un peu…

— Mais j'imagine que vous n'avez guère eu l'occasion de pratiquer la langue de Shakespeare dans votre belle Toscane !

— Effectivement ; mais si vous ne parlez pas italien…

Mr Reguer leva la main.

— Rassurez-vous ! J'ai tellement voyagé que je ne sais plus quelle est ma langue maternelle ! Anglais, italien, français, espagnol ou russe… Je me débrouille même en chinois ! C'est pour cette raison que j'ai une prédilection pour cette ville : aucune famille n'y est installée depuis plus de deux siècles, mais il est tellement simple de s'y sentir chez soi, d'où que l'on provienne, pour peu que l'on se laisse emporter ! C'est le paradoxe de ce pays : vous pouvez y développer des racines pour peu que vous soyez continuellement en mouvement. Allez, suivez-moi ; bienvenue à New York !

Il fit signe à un porteur qui prit en charge les bagages de Domenico, puis le dirigea vers la douane où il l'assista dans des formalités qui parurent à l'Italien singulièrement légères par rapport à celles que remplissaient ses compagnons de route.

— J'ai acquis une notoriété dans cette ville qui permet de simplifier certains aspects du quotidien, expliqua-t-il lorsqu'ils se retrouvèrent assis côte à côte dans une calèche. À votre air surpris, j'imagine que vous me prenez déjà pour un de ces « gangsters » dont la presse européenne fait grand bruit ! Détrompez-vous : il est encore possible, dans ce pays, de voir la vertu triompher !

La voiture s'engagea sur une avenue bordée d'immeubles dont les plus bas comptaient quatre étages. Au fur et à mesure qu'ils avançaient, les constructions grimpaient et la chaussée se remplissait de voitures attelées, de chevaux, de trams et de passants. Domenico découvrait tout cela avec des yeux stupéfaits.

— Étonnant, n'est-il pas ? Et ce n'est qu'un début, croyez-moi ; ces *skyscrapers*, dont le plus haut dépasse déjà les cent pieds, ont pour objectif déclaré de narguer le ciel et de chatouiller les nuages. Ils offrent une expansion verticale à cette ville coincée sur une île étroite. On peut imaginer que, grâce à l'invention de Mr Otis, l'ascenseur, elle soit un jour plus haute que large !

Au rez-de-chaussée des immeubles qui bordaient l'avenue – Domenico avait lu sur une plaque qu'ils se trouvaient sur Broadway –, s'étirait une théorie de boutiques brillantes, d'un luxe qui semblait ici une évidence, et qui était à ses yeux une absolue extravagance.

— À quoi avez-vous pensé en découvrant Manhattan ? À San Giminiano, je parie ! En mille fois plus grand et plus pacifique ! Encore que… il est vrai qu'ici également, la hauteur et la puissance des tours sont là pour témoigner de celles de leurs propriétaires. Et la guerre qu'ils se mènent entre eux n'est pas moins impitoyable, quand bien même les moyens sont moins sanglants.

— L'idée ne m'en était pas venue… J'ignore d'ailleurs à quoi j'aurais pu comparer cela !

Ils arrivèrent en bordure d'un parc.

— Central Park ! Malgré un manque de place qui deviendra encore plus évident dans les décennies futures, la municipalité a voté la construction de ce magnifique espace vert au cœur de la ville. Ma maison, où j'aurai le plaisir de vous héberger, se trouve à deux pas, dans une rue perpendiculaire, aussi calme qu'une ruelle de village ! Voulez-vous déjeuner tout de suite ou souhaitez-vous vous reposer un peu ?

— J'ai eu toute une traversée pour me reposer.

Domenico ne dit pas qu'un malaise étrange s'emparait de lui tandis qu'il découvrait cette cité et que son hôte parlait sans relâche ; qu'était-il venu faire ici, décidément ? Mais Thomas Reguer lut dans ses pensées – ou plutôt interpréta-t-il justement les expressions contrastées qui animaient son visage et son regard, dont le bleu s'était assombri.

— Je devine que vous vous posez des questions sur les raisons de votre présence ici, et donc de mon invitation. Rassurez-vous, mon intention n'est pas de me jouer de vous ; dès que nous serons attablés, je vous expliquerai tout et vous parlerai sans détour.

L'hôtel de Reguer était un bâtiment très élégant de trois étages, en briques brunes et pierres grises. Un portique précédé d'un escalier accueillait les arrivants, séparé du trottoir par un minuscule jardin planté de roses et bordé par un grillage en fer ouvragé. Un domestique en livrée vint ouvrir et débarrassa les deux hommes.

— Je vous laisse vous installer dans votre chambre ; Charles va vous y conduire et montera vos bagages. Dès que vous serez prêt, descendez me rejoindre ; je serai dans cette bibliothèque…

Il pointa du doigt une pièce où, par la porte entrouverte, on apercevait sur tous les murs des étagères de bois sombre chargées de livres, du sol au plafond.

Domenico suivit Charles et découvrit une chambre adorable et cossue, dans le plus pur style anglais, disposant d'une salle de bains. Sur le paquebot, il s'était familiarisé avec le luxe de l'eau chaude courante et de l'électricité domestique. Une odeur de savon et de fleurs séchées emplissait la pièce. Un lit énorme, si épais que l'on pouvait craindre de s'y engloutir, tendait ses draps à l'arrivant ; mais Domenico avait hâte d'entendre Reguer.

La bibliothèque était encore plus impressionnante quand on la contemplait de l'intérieur ; l'accumulation parfaitement ordonnée de reliures, pour la majorité en cuir brun, marron, rouge ou grenat, loin d'intimider ou de donner le vertige, aiguisait l'envie de saisir un livre au hasard et de s'y plonger, assis dans un fauteuil profond. C'était d'ailleurs ce à quoi s'adonnait Mr Reguer lorsque Domenico poussa le battant entrouvert. Il se redressa et posa le livre sur une table basse.

—Veuillez excuser ce vice pour la lecture qui me fait tout abandonner pour un roman, dès que j'en ai la possibilité ! J'y trouve l'ordre, la beauté et la cohérence qui font tant défaut à la vie… Ce qui ne veut pas dire, loin s'en faut, que le bonheur soit au rendez-vous de chaque chapitre, ni même de chaque livre. En quoi il s'agit aussi d'un reflet de nos existences, mieux organisé ! J'étais occupé à relire *L'Éducation sentimentale* de Gustave Flaubert, un Français que j'ai un peu fréquenté à Paris. Un chef-d'œuvre écrit par un homme peu commode ! Je ne m'en lasse pas ; l'avez-vous lu ?

Domenico reconnut son ignorance.

— Quel dommage !

Il reprit le livre et le tendit à Domenico qui le feuilleta distraitement.

— De quoi cela parle-t-il ? demanda poliment Domenico, soucieux de plaire à son hôte.

— De rien.

— Pardon ?

— De rien ! Ou, plus précisément, du temps qui passe et d'une vie qui, de projets avortés en renoncements médiocres, échoue dans l'impasse d'une vieillesse où deux amis qui ont, en leur jeunesse, rêvé de gloires et d'amours resplendissantes se disent que le meilleur moment de leur existence fut une lointaine visite dans une maison close – scène que, non seulement, le romancier a pris soin de ne pas relater en son temps, mais qui s'avère en outre être une débâcle complète ! Et quel style ! « Ce fut comme une apparition : elle était assise, au milieu du banc, toute seule, ou du moins il ne distingua personne, dans l'éblouissement que lui envoyèrent ses yeux. » Magnifique, non ?

Domenico toussa et reposa le livre sur la table. Thomas Reguer poursuivit son commentaire enthousiaste.

— Peut-on mieux décrire le moment sublime de ce que l'on appelle bêtement un « coup de foudre », sans songer que, si la foudre frappait vraiment les amoureux, ils ne seraient plus en mesure de chanter leur passion ? La soudaineté, l'aveuglement qui efface l'univers autour de l'être aussitôt aimé d'un amour dévorant – et qui dévore en premier lieu les insignifiants alentour. Et en même temps, le « comme » qui nous ramène à la littérature : nous ne sommes ni dans le réel ni dans le surnaturel, ce que pourrait laisser supposer l'apparition. L'écriture nous met à distance pour nous permettre de voir, de sentir… de comprendre !

Malgré lui, Domenico évoqua la malheureuse expérience de spiritisme.

— Fichtre, mon ami ! C'est dans les romans que l'on parle de « mélancolie des paquebots » ; sur les vrais navires, c'est d'abord l'ennui qui sévit et qui conduit certains à subir ce genre de supercherie où l'on est supposé tuer le temps en ressuscitant les morts ! J'espère que personne n'a eu le mauvais goût de vous faire croire que votre père répondait à cette sollicitation…

Domenico pâlit.

— Vous avez connu mon père…

Thomas Reguer le prit par le coude.

— Allons manger, mon ami. J'ai beaucoup de choses à vous dire.

Il s'arrêta devant une aquarelle où des touches de couleur laissaient percer, sur fond de noces entre le ciel et l'eau, des palais et des clochers.

— Venise… D'une certaine manière, ce que je vais vous raconter commence là ! Y êtes-vous déjà allé ?

— Non.

— Turner, qui est l'auteur de cette toile, en a donné une vision qui, à mon avis, va modifier la manière dont nos contemporains, et plus encore ceux du siècle prochain, verront et sentiront cette ville étonnante. Tout le monde croit connaître Venise, même ceux qui n'y sont jamais allés, jusqu'à ce qu'un peintre nous dévoile que la ville s'est jouée de nous et vient, une fois encore, de se métamorphoser !

La salle à manger était une vaste pièce très claire meublée d'acajou. Sur les murs, plusieurs tableaux, dont une autre toile où Domenico reconnut Venise, mais pas le peintre.

— Cette Venise-là, c'est celle de Whistler. Comme ce magnifique portrait de sa mère… La Venise de Whistler est également magique. Il en a décrit les recoins les plus insolites, les moins connus, et il a préféré les ombres et les voiles de la nuit aux éclats et aux dorures de la journée. John Ruskin, à qui Venise doit tant, déteste Whistler, et c'est un drame quand deux hommes d'une telle valeur s'affrontent et se nuisent... Whistler est un inclassable et Ruskin a un tel besoin de classer ! Mais Venise prendra ce que ces deux amoureux lui offriront et elle les oubliera... Je vois que vous êtes touché par cette mère...

Domenico avait en effet quitté Venise pour contempler le portrait. C'était une toile assez grande où les gris et les noirs dominaient, exception faite du visage de la vieille femme, assise de profil devant un mur prolongé par un rideau qui fermait une ouverture.

— Est-ce parce que la vieillesse ruine les perspectives d'avenir que Whistler les a supprimées ? Seule la ligne du tapis qui s'échappe sous le rideau donne un peu de profondeur ; mais justement, le rideau est baissé, le spectacle est terminé – ou le sera bientôt pour cette austère et digne vieillarde qui porte déjà le deuil de sa vie...

La porte s'ouvrit et une imposante matrone entra, les mains chargées d'un plat en porcelaine.

— À table ! lança joyeusement Reguer. J'ai engagé une de vos compatriotes comme cuisinière, et vous n'aurez sûrement pas à vous en plaindre, car Bianca est une virtuose ! Qui plus est, une authentique Vénitienne !

Bianca leur servit un premier plat de coquillages minuscules, frits dans une très légère pâte, arrosés d'un vin blanc sec. Domenico attendait que son hôte entamât son récit.

— Je ne vais ni épiloguer ni épaissir le mystère, entreprit Reguer après avoir goûté le vin. Vous savez, n'est-ce pas, que votre père s'est rendu à Venise en 1849 ?

— Oui. Il y a rencontré ma mère et... Seriez-vous cet Asmodée Edern qui...

— À vos yeux, j'imagine que vous considérez cette perspective comme totalement impossible !

— C'est que... ce monsieur, si j'ai bien compris, était déjà très âgé. Et en 1879, un Allemand est venu...

— Rechercher les partitions d'Alessandro Giacolli ! Je sais.

— Alors, vous êtes...

Reguer éclata de rire.

— Non, je ne suis pas Asmodée Edern ! Mais c'était un ami très proche dont je suis, en quelque sorte, l'exécuteur testamentaire.

— Il est...

— Mort ? Hélas oui. Il approchait du siècle, bien qu'on lui aurait donné, la veille de sa mort, vingt ou trente ans de moins ! Votre père, donc, est allé à Venise à cause de – ou grâce à – son propre père, tout comme vous devez à votre géniteur d'être en cet instant à New York. Votre grand-père était un ami d'Asmodée Edern et nourrissait quelques inquiétudes relatives au caractère de son fils, qu'il jugeait trop... calme, indifférent et désespérément célibataire. Peu avant sa mort, il écrivit à son ami Asmodée et lui demanda de veiller sur son fils et, si possible, de provoquer quelque chose qui influerait de manière positive et durable sur l'attitude de Bonifacio. Asmodée inventa une histoire de reconnaissance de dette que votre père ne songea pas à mettre en doute et qu'il vint, comme Asmodée l'y invitait, acquitter à Venise. La cité venait d'être reprise par les Autrichiens, et peu de lieux étaient moins touristiques alors !

— Cet Asmodée avait-il prémédité de présenter ma future mère à mon père ?

— Pas le moins du monde. Mais il avait confiance dans les effets qu'un tel dépaysement ne manquerait pas de produire.

— J'imagine qu'il n'a pas été déçu...

— Allons, ne prêtez pas à mon ami des sentiments

qui lui étaient étrangers ! Et n'oubliez pas que les individus sont libres et responsables ; votre père savait ce qu'il faisait en acceptant d'épouser la princesse Lætitia Malcessati !

— Je sais tout cela. Cette femme qui est partie pour ne pas contrarier son bonheur et sa liberté était ma mère.

Domenico se surprit de formuler les choses aussi durement. Sa main s'était involontairement crispée sur la fourchette et le regard qu'il porta sur le portrait de la vieille avait la noirceur d'un ciel d'orage.

— Je comprends la douleur du fils abandonné ; mais considérez une chose, que votre père a eue à l'esprit dès l'instant où il a rencontré Lætitia : la force exceptionnelle de l'amour qui la liait à ce jeune homme. Je vous en reparlerai, parce que c'est l'essentiel… Laissez-moi d'abord achever les préliminaires. Donc, votre père repart de Venise avec une épouse inattendue, un curé perdu et des partitions abandonnées. Je résume… En 1879, un compositeur novice, Jonathan Celnik, vient frapper à votre porte pour récupérer ces partitions ; il est le disciple d'Alessandro Giacolli, lequel, vieux, malade, frappé de stérilité créatrice, espère trouver dans ces musiques du passé de quoi honorer l'unique commande du brave homme qui, depuis trente ans, lui offre le gîte et le couvert, par amour fou pour sa musique – une musique à laquelle le créateur a renoncé. Et une musique qui, à en croire Asmodée, est particulièrement attachante…

— C'est exact.

À cette évocation, sa main se détendit et l'azur de ses iris se dégagea.

— Je serais très intéressé de pouvoir parcourir ces partitions !

— M. Edern ne vous les a-t-il pas montrées ? Ne les avez-vous pas retrouvées dans ses affaires ?

— Hélas non ! Je reprends : en 1879, Celnik repart

avec ces documents précieux pour Berlin, via Venise. Mais il emporte autre chose…

— Une lettre de mon père adressée à Asmodée Edern.

— Effectivement. Et cette lettre…

— Attendez, je crois deviner : mon père nourrissait à mon égard les mêmes inquiétudes que le sien envers lui, aggravées par la disparition de ma mère et par son incapacité d'en parler avec moi. N'aurait-il pas eu alors, par la venue de ce M. Celnik, l'idée de demander à Asmodée de jouer un rôle similaire vis-à-vis de moi ?

Reguer sourit et laissa Bianca remplacer l'assiette vide par une autre, chargée de pâtes aux cèpes.

— C'est à peu près cela. Néanmoins, sachant Asmodée très âgé, il n'a pas osé formuler la demande aussi précisément. C'était plutôt une porte entrouverte, un appel discret, un souhait formulé à mi-mots…

— Le moins qu'on puisse dire, répondit Domenico d'une voix sombre, c'est que cet Asmodée n'a pas répondu aux attentes de mon père !

— Asmodée était très vieux, il ne disposait en outre d'aucune information qui aurait pu vous aider à retrouver votre mère ou vous convaincre de sa mort.

Domenico s'emporta.

— C'est ridicule ! Nous savions à l'époque que ma mère avait gagné l'Amérique et était morte sous les flèches des sauvages !

Reguer eut une grimace amusée et servit du vin rouge.

— Disons que votre père n'était pas convaincu que vous fussiez convaincu de cette histoire… À tort ou à raison…

Il n'attendit pas que Domenico précisât.

— Et puis – mais nous en reparlerons –, vous n'auriez pas eu totalement tort, car cette version n'est que partiellement exacte…

Domenico fit tomber sa fourchette.

— Comment savez-vous tout cela ?

— Asmodée m'a écrit en 1879 pour que j'enquête…

Le cœur de Domenico se mit à battre à tout rompre. Sur le mur, le portrait de la vieille femme s'assombrit encore et il crut déceler, sur le visage de cette mère inconnue, un sourire fugace.

— Mon ami, calmez-vous ; je n'ai pas de révélation miraculeuse à vous offrir. Songez d'abord que, si votre mère vit encore, elle est presque aussi vieille que cette sévère Ms. Whistler. Sans doute vous en êtes-vous construit l'image d'une jeune femme, et la réalité serait douloureuse… Mais si l'hypothèse d'une attaque indienne est hasardeuse, il est par contre très probable qu'elle et son amant ont effectivement péri quelque part dans cet immense territoire où ils se sont enfoncés dans les années 1850. Terrible pays que ce *Far West* américain, surtout il y a quarante ans ! Certes, les Indiens étaient dangereux, mais ils ne faisaient après tout que défendre leurs terres et leur droit à exister face à des colons aussi déterminés qu'eux. Tout est tellement complexe : parmi ces colons, la plupart, c'est vrai, cherchaient simplement une terre à cultiver pour échapper à la pauvreté… Mais il y eut aussi les ruées vers l'or, l'appât d'un gain facile… Il est très difficile d'imaginer comment et pourquoi deux jeunes aristocrates européens, fortunés, installés dans la bonne société new-yorkaise, laquelle ne diffère pas tant de ses homologues européennes, ont été emportés par cette fièvre colonisatrice d'un pays où les conditions de vie étaient effroyables !

— Mais alors ?

— Mon cher comte, vous attendez une réponse depuis quarante ans, mais la pauvre Bianca a beaucoup travaillé pour que vous goûtiez un plat qui, lui, ne saurait patienter plus longtemps. Mangez, buvez et je continuerai mon récit. Et puis, je vous le rappelle, je ne ferai pas apparaître votre mère, encore moins la jeune fille qu'elle fut au moment où elle vous a laissés, votre père et vous, pour répondre à cet irrésistible appel !

À nouveau, le regard de Domenico se tourna vers le tableau : Reguer avait raison. Son père avait conservé l'image d'une jeune femme et lui s'en était bâti une sur ce modèle. La représentation avait toujours été plus forte, dans son esprit, que la nouvelle de la mort de Lætitia rapportée par Coniglio. D'une certaine manière, cette annonce la confortait. Avait-il jamais vraiment espéré retrouver celle dont l'image était présente au quotidien ? Il chercha à imaginer Lætitia vieillie, assise dans un fauteuil où coulait l'essentiel de ses journées…

— Asmodée est mort quelques mois après avoir reçu le courrier de votre père. Désigné comme son exécuteur testamentaire, je me suis d'abord attaqué aux dossiers les plus urgents et j'ai reporté la mise en ordre des innombrables papiers qui encombraient son palais vénitien, sans oublier son appartement parisien. Ce n'est donc que plusieurs années plus tard que j'ai retrouvé la lettre de votre père et que je me suis souvenu des informations qu'Asmodée m'avait demandées ; je vous avoue que je n'avais pas accordé une grande attention à cette requête. J'avais certes glané quelques renseignements, mais guère plus que ce dont vous disposez déjà. Il y avait, sur la lettre, une note manuscrite d'Asmodée qui m'était destinée ; il m'enjoignait à ne perdre de vue ni l'affaire ni les personnes concernées, vous tout particulièrement. De retour à New York, j'ai repris mes investigations, mais sans progresser. Et puis, j'ai été happé par d'autres préoccupations… Jusqu'à ce que, il y a à peine quelques mois, la nouvelle du drame me parvienne enfin, avec un énorme retard. Je me suis senti coupable…

— Il n'y a pas de raison ; qu'auriez-vous pu changer à la folie de ce chevalier ?

Reguer toussa et resservit du vin.

— Rien, sans doute ; mais Asmodée m'avait demandé de veiller sur vous ! J'ai appris que vous sembliez plongé dans une mélancolie funeste…

— Je me demande qui a pu vous fournir de telles informations !

— Un bref séjour à Montechiarro – l'auberge, sur la place, ne manque pas de charme –, quelques questions discrètes…

— Vous êtes venu à Montechiarro ?

— Une région magnifique ! Je comprends que vous n'aimiez pas vous en éloigner.

— Mais pourquoi n'êtes-vous pas venu à la villa pour me parler ?

— J'aurais pu le faire, sourit Thomas. Et je m'y serais sans doute résolu si vous n'aviez pas répondu à mon invitation. Mais j'ai des choses à vous montrer. Les mots sont importants, certes, mais les images sont à la source de tout, ne croyez-vous pas ?

Il plongea son regard pétillant dans celui de Domenico qui baissa la tête.

— Et puis, il y avait cette lettre de votre père qui, en rappelant ce que lui-même avait connu grâce à son père, suggérait qu'un voyage… initiatique pourrait être salutaire !

À nouveau, les yeux bleus de Domenico s'assombrirent.

— Qu'avez-vous à me montrer et à quoi pensez-vous m'initier ? Avez-vous l'intention de me présenter à une princesse locale pour que je l'épouse et la ramène à Montechiarro ?

— Votre père aurait certainement été très heureux de

vous savoir marié et l'avenir du domaine assuré, parce que je pense qu'il ne considérait pas cela uniquement en termes d'héritage familial ; de nombreuses familles dépendent, directement ou indirectement, du bon fonctionnement de vos affaires, comte Della Rocca. Mais je n'ai pas cette intention, rassurez-vous ! Je veux déjà vous montrer cette ville où votre mère a vécu et où elle a été extrêmement heureuse. Bien sûr, la ville a beaucoup changé depuis ; les immeubles s'envolent et les demeures anciennes cèdent la place, qui est rare et chère. La maison où a vécu votre mère a disparu dans un incendie avant d'être rasée. Votre mère l'avait déjà quittée. Elle se trouvait – je vous montrerai l'endroit – en plein cœur de Central Park, qui n'existait pas encore. Ce qui confirme ce que je vous disais des mutations urbaines ; même si votre mère était restée à New York et même si cette maison n'avait pas brûlé, elle aurait été démolie pour laisser la place non pas à un *skyscraper*, mais à cet étonnant parc dont une des finalités, dans l'esprit de ses concepteurs, est de rappeler aux New-Yorkais que tout Américain, même le plus citadin, conserve un lien indéfectible avec la nature ! Cela doit surprendre un Toscan : chez vous, cela fait deux mille ans que la nature est façonnée et dessinée par l'homme, pour composer ce qui, à mes yeux, constitue la plus belle représentation du paradis terrestre ! Mais vous me répondrez sans doute que l'enfer est planté de vertes intentions…

Domenico accepta de se laisser guider par ce curieux personnage. Rationnellement, il trouvait cela absurde ; mais sa vie l'était-elle moins ? Mr Reguer avait touché juste sur un point : il ne s'agissait pas seulement de veiller à une succession familiale à laquelle Domenico refusait de songer, mais avant tout d'assurer l'avenir du domaine, d'une manière ou d'une autre. À cette responsabilité, Domenico ne pouvait se soustraire. Dans cette ville industrieuse, où Reguer l'entraîna des quartiers miséreux des immigrations italienne, chinoise, juive, irlandaise, aux quartiers sélects de la haute finance, tout le monde travaillait ; Domenico admit qu'il devait sortir de cette léthargie dans laquelle il était plongé depuis l'assassinat de son père. Jusqu'alors, le domaine avait continué à fonctionner presque normalement, mû par la force de l'habitude ; mais il fallait davantage.

Tout était ici si différent de ce qu'il connaissait que Domenico se serait cru plongé dans un rêve, une fantasmagorie merveilleuse et un peu inquiétante. Cette impression fut particulièrement forte dans Central Park, non par la vue de la nature domestiquée, des lacs, des allées pimpantes, pas même par la présence insolite de gondoles sur une des pièces d'eau, manœuvrées par d'authentiques Vénitiens immigrés eux aussi, avec leurs précieuses embarcations, mais par le fait que, derrière les arbres et les bosquets, on apercevait les toits des hôtels majestueux, cette ceinture de pierres taillées et de briques, de routes chargées de voitures, de trams et de piétons empressés, un spectacle qui renversait la perspective ancestrale voulant que les villes fussent encerclées, de près ou de loin, par la campagne.

Reguer le conduisit sur une vaste pelouse où couraient des enfants que surveillaient des nounous noires, tandis que leurs mères, assises sur des couvertures, vêtues de blanc, protégeaient du soleil leurs sourires et leur peau délicate sous des ombrelles qu'elles faisaient tournoyer avec grâce. Ici, déclara-t-il, avaient vécu Raphael et Lætitia.

— D'après mes renseignements, ce jeune homme avait perdu ses parents dans un accident tragique, quelques semaines après le mariage de votre père. Il avait hérité d'une fortune colossale qu'il avait transférée dans une banque new-yorkaise. Avant même de savoir s'il récupérerait ou non cette femme dont il était fou… La maison qu'il avait achetée ici était une splendeur. Ils ont tout de suite été acceptés dans la meilleure société de la ville, qui n'a pas les réflexes protectionnistes des vieilles villes : ici, le seul sésame est l'argent.

Domenico observa la pelouse, songeur. Il chercha dans les groupes un visage qui serait celui de sa mère – ou d'Arianna. Lætitia avait vécu ici, et il n'y avait plus rien. N'était-elle pas aussi irréductiblement absente de ce lieu qu'elle l'était de la villa Bosca ? Et plus peut-être, puisque nul ici, à part deux hommes en pèlerinage, ne songeait plus jamais à elle.

— Puisque vous êtes si bien informé, Mr Reguer, savez-vous pourquoi ce mariage n'a pas été possible ?

— Regrettez-vous d'être en vie ?

Un ballon, lancé par un vigoureux gamin, échoua contre leurs jambes et Reguer le renvoya d'un shoot énergique à son expéditeur, visiblement ravi qu'un adulte aussi vieux fût capable d'une telle prouesse.

— Pardon ?

— Si votre grand-mère n'avait pas tenu à empêcher cette union, votre père n'aurait jamais rencontré votre mère. En admettant qu'il l'ait malgré tout croisée, elle ne l'aurait pas regardé. Quant à ses motivations, j'en ignore tout. Vous-même, si je ne me trompe, n'avez jamais rencontré cette aïeule, qui fut par ailleurs une beauté aussi remarquable que sa fille. On peut imaginer des raisons majeures, justifiées par le fait que cette princesse fit un très vilain mariage dont elle se consola en collectionnant les amants. On peut tout expliquer, sans doute, mais est-ce toujours un gain ? Admettons l'hypothèse la plus triviale : qu'y gagnons-nous ? Et nous explique-t-elle pourquoi, envers et contre tout, Raphael et Lætitia se sont rencontrés et aimés comme il semble que l'on ne peut s'aimer que dans les livres, voire les mythes ? Si Raphael et Lætitia ne s'étaient pas aimés d'un de ces amours qui surmontent tous les obstacles, la princesse mère aurait aisément triomphé d'une passion éphémère et Lætitia aurait épousé un digne aristocrate vénitien ou milanais. Mais c'est parce qu'elle aimait Raphael démesurément qu'elle a épousé votre père – et parce qu'aussi elle a rencontré en lui un être exceptionnel, une autre espèce d'amoureux que son Raphael, un amant prêt à se sacrifier pour celle qu'il chérit plus que son bonheur même. Votre père est un héros de Jane Austen ; Raphael et Lætitia, ceux d'une tragédie shakespearienne – à cette nuance près qu'on peut leur supposer un dénouement heureux. Et à cette autre différence, majeure elle : vous.

— Moi ?

— Vous, oui. Vous êtes le fruit de deux amours hors du commun.

Un grand trouble s'était emparé de Domenico. Il n'avait jamais considéré les choses de ce point de vue. Les choses : ses parents, sa naissance. Sa vie. Il sursauta ; le ballon venait d'atterrir sur sa poitrine. Le gamin l'observait de loin, tandis que sa nounou s'approchait pour le tancer, et il se demandait sans doute si le plus jeune des deux spectateurs était aussi sympathique que son aîné.

— Je crois que si nous ne partons pas, dit Reguer en riant, nous allons être entraînés dans une partie de ballon ! Rendez ce jouet à son propriétaire sous peine de vous retrouver asservi à son désir !

— Ce soir, je vous emmène au concert, reprit Reguer une fois qu'ils se furent éloignés. À Carnegie Hall, une salle extraordinaire ! Ce serait dommage, pour ne pas dire scandaleux, que, venant à New York, vous n'assistiez à aucun concert. Les salles et les orchestres de cette ville sont de tout premier ordre ! Et je pense que le programme de ce soir vous comblera.

— Du Giacolli ?

Le nom du musicien oublié avait ravivé la mélancolie de Domenico.

— Non ! Plus personne ne le connaît, à part quelques chanceux !

— Mais cet Allemand ?

— Jonathan Celnik ? Précisément. Je ne sais pas s'il a conservé une copie des partitions ; je ne le crois pas. Mais il a certainement fait sien cet héritage… Et il est au programme de notre soirée avec sa première symphonie, ainsi qu'un cycle de *Lieder* pour baryton et orchestre, les *Lieder eines verlorenen Gesellen*, les *Chants d'un compagnon perdu* – qui est sans doute cet Alessandro Giacolli, bien que Celnik ne le mentionne nulle part. J'ai déjà eu l'occasion d'entendre la symphonie à Vienne ; elle est magnifique, vous verrez – ou plutôt, vous entendrez ! Quant aux *Lieder*, je suis très impatient de les découvrir. Et en seconde partie, nous aurons le plaisir de réentendre la dernière symphonie de Mr Dvorák, sa « Symphonie du Nouveau Monde », qui a été créée dans la même salle en décembre dernier. C'est un programme étonnant ; malgré son titre, l'œuvre de Dvorák signe la fin d'un monde musical, tandis que celle de Celnik en inaugure un autre, radicalement neuf – en tout cas pour ceux qui n'ont pas eu la chance d'entendre les *opus* de Giacolli… Comme quoi, l'on peut venir des campagnes les plus reculées et être en avance sur les hauts lieux de la culture !

À l'empressement des grooms, Domenico eut la confirmation que son hôte comptait dans la société new-yorkaise. On leur ouvrit les portes d'une loge face à la scène, où Reguer s'installa comme chez lui. Impressionné, Domenico prit place à côté de lui et se pencha pour observer la salle et le public qui commençait à occuper les rangées.

— J'aime arriver en avance au concert, expliqua Reguer ; l'ambiance d'une salle qui se remplit, les musiciens qui arrivent un à un, accordent leurs instruments, reprennent un passage plus difficile, ce brouhaha mêlé de bavardages et de fragments musicaux compose un interlude magique qui permet à merveille de faire la transition entre le tumulte du monde et le monde de l'harmonie !

Domenico feuilleta le programme que l'on avait distribué à l'entrée. On y présentait les œuvres qui allaient être interprétées, ainsi que les compositeurs. La notice sur Dvorák louait un compositeur reconnu, accompli, qui avait accepté l'invitation du Conservatoire de New

York et avait composé sur le sol américain plusieurs œuvres majeures, dont un quatuor et cette symphonie dite « du Nouveau Monde », inspirée par la poésie de Longfellow. Le chroniqueur affirmait que cette symphonie décrivait à merveille le pays et il relevait même certains thèmes repris à des danses indiennes ou à des chants d'esclaves noirs. Ainsi, le scherzo était le tableau d'une fête indienne dans la forêt. Reguer, qui lisait par-dessus son épaule, eut un rire ironique.

— Les critiques sont capables de faire dire n'importe quoi aux œuvres qu'ils analysent ! Ce thème, qu'un scribouillard américain met au compte d'une culture qu'il est bon de considérer comme partie intégrante du patrimoine à l'heure où les soldats américains achèvent d'exterminer ses représentants, ce thème donc n'a pas grand-chose d'indien : il s'agit d'une danse d'Europe centrale ! J'ai eu l'occasion d'en parler avec le compositeur, il y a quelques semaines, lors d'un dîner de gala. C'est un homme aimable, un peu rustre, modeste ; un Tchèque jusqu'aux entrailles. C'est d'ailleurs son unique combat : le nationalisme tchèque. Quand je lui ai fait part, *mezza voce*, de mon sentiment, il a rougi et m'a confié : « Vous avez raison, mais ne dites rien ; si je peux aider les Américains à développer une musique nationale, c'est l'essentiel. » Ce brave homme, obnubilé par son juste combat contre les Habsbourg, ne voyait pas combien cette proximité entre des thèmes indien et tchèque, deux peuples qui n'avaient jamais eu le moindre contact, loin de corroborer les hypothèses folkloristes des nationalistes, démontre l'universalité de la musique ! On retrouve des phénomènes similaires, quoique très différents sur le fond, chez notre ami Celnik ; peut-être vous avait-il confié qu'il est de confession israélite. Or, pour accéder à l'importante fonction de directeur de l'opéra de Vienne, Celnik a été obligé de renier une foi – qui ne l'encombrait guère – et de se convertir au catholicisme. Eh bien, à la barbe de ces imbéciles antisémites, il glisse dans ses œuvres des mélodies des *shtetls*, des ghettos juifs de cette même Europe centrale dont Dvorák se fait le chantre… Mais attendez… montrez, là…

Reguer qui, tout en discourant, avait continué de parcourir des yeux la brochure que tenait Domenico, pointa le doigt sur le paragraphe consacré aux *Lieder* de Celnik. Il s'agissait d'un commentaire de l'auteur lui-même :

> Je dédie ce cycle à un maître qui refuserait que je le nomme. Paradoxalement, cette œuvre lui doit la part qu'il ne m'a pas enseignée : les textes. La musique est mienne, mais ces poèmes sont de la main de celui qui ne croyait qu'en la musique. Écrits en italien, je les ai traduits en allemand.

Le critique, qui citait Celnik et qui avait été prompt, quelques paragraphes plus haut, à attribuer aux Indiens ce qui appartenait aux Tchèques, émettait un doute amusé sur cette déclaration et y voyait une preuve de modestie – ou de coquetterie – de la part d'un jeune compositeur exceptionnel qui ne voulait pas que l'on dût, de surcroît, lui reconnaître un talent de poète. Mais Reguer était très excité par cette découverte, tandis que Domenico, pris par cette fébrilité, parcourait la traduction anglaise de la traduction allemande de ces poèmes en italien qu'il connaissait depuis toujours, sans y avoir jamais prêté grande attention, puisque son père n'en interprétait que la partie pianistique.

— C'est incroyable ! s'enthousiasmait Reguer. Et dire que nous sommes peut-être les seuls à pouvoir nommer ce maître anonyme !

— Ce sont bien les poèmes de Giacolli, confirma Domenico d'une voix émue.

Les lumières baissaient. Les applaudissements saluèrent l'arrivée du chef, accompagné par le baryton.

Celnik avait repris quatre poèmes à Giacolli. Le premier *Lied*, qui s'ouvrait sur un thème très lent à la clarinette, s'intitulait, en anglais « *What do you want ?* ».

> Que voulez-vous
> encore
> que je ne vous aie donné
> que vous ne m'ayez pris ?
>
> Serez-vous
> toujours
> fossoyeurs et pilleurs
> de douleurs trop humaines ?
>
> Ne verrez-vous
> jamais
> le sang sur vos mains,
> la haine qui en suinte ?
>
> Vous avez pris
> mon âme, mes rêves
> mes peines, mes joies ;
> que voulez-vous ?
> Mon corps ?

« *Che volete* », murmura *in petto* Domenico. Le texte était de Giacolli, mais la musique était tout autre, sinon parfois un écho. Domenico ferma les yeux pour se laisser envahir par cette atmosphère si émouvante, des mots qui le ramenaient chez lui par le détour d'une langue étrangère – le baryton chantait évidemment en allemand –, une musique lente, bouleversante, qui donnait au poème une profondeur nouvelle. Des images surgirent, celles qui avaient toujours accompagné Domenico, Arianna penchée sur le bord du ruisseau et pour qui ce poème semblait avoir été écrit… Qu'avait-il voulu d'elle, cet homme qui l'avait épousée sans comprendre la faille qui la traversait, où elle allait s'anéantir puisque nul n'aurait pu la combler ? Mais lui, Domenico, qu'en savait-il ? N'avait-il pas, plus qu'un autre, volé à cette jeune morte la sérénité de l'oubli ? Dans un long soupir de clarinette, le premier *Lied* sombra dans le silence, entraînant dans son sillage la silhouette d'Arianna.

Domenico rouvrit les yeux. Quelques spectateurs toussèrent. La pénombre régnait, seuls de légers halos lumineux dessinaient autour de la salle, à chaque étage, une discrète rivière de brillants jaune pâle. Les paupières de Domenico clignèrent. L'ombre d'une femme se pencha, dans une loge voisine, une longue chevelure sombre aussitôt ravalée dans l'obscurité de son antre capitonné. Domenico frémit, il se sentait, par la grâce de la musique et de l'étrange torpeur mélancolique dans laquelle elle le plongeait, passé dans un univers d'entre-deux, plus enchanteur que la supercherie de la princesse milanaise et de ses tables ensorcelées. Yeux fermés ou ouverts, guidées par la musique, les ombres des deux femmes qui l'accompagnaient depuis si longtemps, qui lui avaient cruellement fait défaut à la mort de son père, pouvaient à présent aller et venir, glisser de ses pensées aux recoins de la salle.

Le chef leva sa baguette, le deuxième chant débuta sur un coup d'archet rageur et résigné. On y parlait de douleur et de douceur, avant de goûter sombrement à la disparition. L'orchestre soupira une seconde fois, de cette respiration oppressée qui n'arrivait pas à faire le plein d'air et retombait, longue, infinie, et qui finissait pourtant. Giacolli avait fui Venise, Lætitia avait fui la villa Bosca ; du premier, Domenico savait qu'il n'avait pas été heureux ; de la seconde, qu'elle avait été portée par un amour exceptionnel, absoute par un autre amour non moins rare. Et lui, Domenico, était resté, rivé à une mémoire qui n'était pas la sienne ; « *Abend und Nacht* », « Soir et Nuit » : ce chant était-il pour Domenico, cloué à son inexistence ?

> Soir et nuit
> aube et jour
>
> épuisé
>
> recommencer,
> tous les jours
> arracher
> l'aube à la nuit ;
>
> tout le jour
> attendre le soir.

Une flûte éleva l'aube très haut, d'où elle chut, bordée par le hautbois, sur le soir ultime. Dans la loge voisine, Lætitia se penchait, surprise de le trouver ici. Qu'était-il venu chercher ? Si tard… Chacun menait sa vie, Domenico, c'était quelquefois si difficile, arracher le bonheur au magma informe des jours indifférents, fugitifs, voleurs d'espoir… Ne s'inventait-il pas son malheur ? Mais je ne suis pas particulièrement malheureux, songea-t-il, ni heureux ; je dors, je n'ai jamais rien fait d'autre, dormir, vivre entre songe et torpeur…

Des applaudissements le firent sursauter. Les lumières de la salle firent discrètement miroiter une perle au coin de ses paupières. Il rejoignit les autres spectateurs dans leur salut enthousiaste.

— Magnifique, non ? lui glissa Reguer à l'oreille. Et ce dernier texte : « Il nous faudra attendre l'adieu pour comprendre enfin que l'on aimait ce qu'à jamais on a perdu » ! Quel constat tragique, non ? Surtout de la part d'un homme qui sait ce que perdre veut dire…

Domenico ne répondit pas. Le soliste revint saluer et savourer les bravos du public, puis il disparut. Le brouhaha monta en attendant le retour du chef. Les gens avaient aimé mais la vie reprenait déjà, l'émotion était maîtrisée, sagement circonscrite au temps qui lui était imparti, celui d'un spectacle consommé dans la pénombre, chacun pour soi.

La première symphonie de Jonathan Celnik débutait par un long, très long sifflement sur quelques notes tenues par les cordes les plus hautes et les flûtes ; aussitôt, Domenico fut happé, entraîné dans un univers entre rêve et réalité, porté par ce souffle douloureux et prégnant qui avait déjà animé les *Lieder*. Domenico ne put dire le temps que dura ce voyage immobile, paupières closes, où la musique ensorcelait ses sens comme dans un songe où l'on veut saisir l'être aimé qui s'enfuit, où notre main retombe, vide, au bord de notre lit. Il y eut une lente marche funèbre sur une ritournelle que l'altération d'une seule note faisait basculer du rire aux larmes ; des éclats de cuivre et de cordes, reflets d'une lutte titanesque dont l'homme ne pouvait être que le témoin impuissant et émerveillé ; un tonnerre d'applaudissements enfin. Domenico mit quelques fragments de seconde pour réaliser qu'ils n'appartenaient plus à la symphonie mais à cette petite partition pour percussions et vivats que le public interprétait avec plus ou moins de fougue et de conviction.

— Cher comte, un autre que moi vous soupçonnerait d'avoir pour le moins somnolé, sourit Thomas Reguer.

Domenico protesta en rougissant.

— Ne vous défendez pas ; vous étiez, je devine,

dans cet état précieux entre tous, entre deux eaux, ou deux airs, auquel la musique seule donne accès. Certains prétendent que les drogues ont un effet similaire, mais je doute que cela soit aussi pur et aussi puissant. Et puis, ces drogues ne sont pas composées par un Celnik ou un Dvorák ! Elles doivent avoir le goût de ces bonheurs standardisés que l'on nous propose de plus en plus. Mais je ne suis pas inquiet ; il y aura toujours des Celnik pour nous offrir de telles émotions !

Il se releva.

— Allons déguster une coupe de champagne en attendant le pétillement du Nouveau Monde !

Durant l'entracte, Domenico demeura silencieux et songeur, laissant Reguer discourir sur les œuvres, les compositeurs, certaines figures aperçues dans le public et qui appartenaient à la meilleure société new-yorkaise. Certains, parmi les plus âgés, avaient-ils connu Lætitia ? Domenico dévisagea les têtes couronnées de blanc, mais renonça à les questionner ; à quoi bon ? La femme qu'ils avaient peut-être fréquentée n'avait rien en commun avec celle que Domenico cherchait – la cherchait-il vraiment ? – ou qu'il risquait de retrouver – mais ne l'avait-il pas réinventée depuis longtemps ?

La symphonie de Dvorák lui procura un plaisir très différent ; les yeux ouverts, il s'amusa à observer la salle, à scruter les visages les plus proches, que la musique transfigurait à des degrés divers, et à rêver aux paysages que la musique faisait surgir, improbables parce que Domenico ne les avait jamais vus, où Lætitia peut-être s'était perdue ou couchée pour boire jusqu'à l'ivresse, jusqu'à l'ultime goutte, le bonheur de sa vie.

Après ce concert, Domenico dormit comme un enfant. Les échos joyeux de la symphonie du compositeur tchèque le ramenèrent dans ces paysages inventés où des pionniers toscans partaient planter des vignes et des oliviers. Montechiarro surgissait dans une plaine sauvage, encerclée d'Indiens, mais pas une flèche ne volait, les guerriers féroces – dont Domenico, depuis son arrivée, avait vu de nombreuses représentations dans les journaux américains – baissaient leurs armes devant le portail de San Stefano où les accueillait une enfant radieuse. Domenico se retournait, attiré par un bruit de pas ; sous la porte de Sienne, sur la route qui descendait vers le cimetière et le val, deux silhouettes de femmes, côte à côte, s'éloignaient. Au moment où, saisi d'une trouble inquiétude, Domenico voulut les appeler par leur nom, une main s'empara de la sienne : c'était l'enfant qui lui souriait et l'attirait à son tour dans l'église où les guerriers, prosternés, le regardèrent passer, guidé par cet ange lumineux jusqu'à l'autel.

Domenico n'avait jamais fait de rêve pareil. Il se réveilla sous la caresse d'un rayon de soleil, léger et dispos comme il ne l'avait plus été depuis longtemps. Il ne chercha pas à analyser les raisons de cet état, par peur que, comme son rêve, il se dissipât.

Au petit déjeuner, Thomas lui apprit que Raphael et Lætitia, après avoir quitté New York, s'étaient installés quelques années en Pennsylvanie, à trois jours de route. C'était là qu'il l'emmenait.

Pour quitter New York, ils empruntèrent Brooklyn Bridge, un édifice gigantesque qui, de loin, avait déjà fortement impressionné Domenico ; une fois dessus, il ressentit un vertige. Il ferma les yeux ; ce fut pire. Heureusement, la voiture, attelée à deux chevaux puissants, passa vite sur l'autre rive et les passagers admirèrent dans leur dos l'île hérissée d'immeubles qui s'éloignait, comme un paquebot chargé d'émigrants qui ne voudraient plus débarquer.

Ils traversèrent des quartiers insolites, sur des avenues qui, devant eux, s'élargissaient et semblaient ne devoir jamais finir ni échapper à cette agglomération ahurissante – comment tant d'individus pouvaient-ils décider de vivre ensemble ? Mais, petit à petit, la taille des immeubles décrut jusqu'à ne plus dépasser que de quelques tuiles le sommet de la voiture. Et alors que la ville avait donné l'impression qu'elle avait phagocyté le pays entier, elle cessa.

L'équipage s'engagea sur une large route de terre sèche, semblable à celles qui sillonnaient la Toscane. La poussière sous le soleil était partout pareille, comme le goût âcre qu'elle déposait sur les lèvres. Autour d'eux, la campagne était calme ; des prairies où paissaient des troupeaux de moutons ou de vaches, des chevaux, des champs de céréales à perte de vue et des forêts de plus en plus nombreuses. De temps en temps, on apercevait, derrière une barrière de buissons, d'arbres ou de planches, le toit d'une maison, simple ferme de planches ou riche demeure avec portique à colonnade et jardin soigné où une fontaine apportait de la fraîcheur à des enfants coquets surveillés par des nounous noires.

Ils traversèrent quelques bourgades aux rares bâtiments de pierre, la plupart de planches, devant lesquels étaient accrochés des chevaux. Domenico repéra quelques enseignes récurrentes, qui signalaient les *General Stores*, les *Saloons* et les *Banks*. Exception faite de la graphie, était-ce très différent de ce qu'il retrouvait dans n'importe quel village toscan ? Manger, boire, s'amuser et payer ; le reste des activités humaines avait-il d'autre fonction que de permettre la réalisation de ces quatre-là, points cardinaux de toute existence ?

Reguer s'était assoupi. Domenico, lui, ne se lassait pas d'observer le paysage qui défilait avec, dans le cœur, les échos de la symphonie de ce Nouveau Monde qu'il découvrait à son tour, quelques mois après le compositeur tchèque.

Ils passèrent aussi dans des villes plus importantes, où des hommes et des femmes très élégants jouaient avec talent le rôle de notables de province, fiers d'être plus proches de la capitale que les notables de la ville suivante. Ils s'arrêtèrent pour nourrir et désaltérer hommes et bêtes. En remontant en voiture, Reguer lui demanda de lui parler de Montechiarro.

D'un ton détaché qui le surprit lui-même, Domenico lui décrivit la localité, ses bâtiments vénérables, vestiges d'un Moyen Âge et d'une Renaissance qui, là, semblaient toujours plus proches que le dix-neuvième siècle – et que dire du vingtième qui s'en venait ? Il remonta la grand-rue qui s'enroulait au cœur de la cité pour mener les visiteurs jusqu'à la place avant de redescendre vers son point de départ, la porte de Sienne. Les palais et les masures populaires, l'école tenue par Adriano Lungo. Ainsi, il glissa des demeures à ceux qui les occupaient sans jamais les posséder tout à fait, et il évoqua son ancien précepteur et son école pour les adultes, où Clara, veuve du notaire, l'avait rejoint. Reguer fut très intéressé par cette initiative qu'il se fit expliquer en détail et qu'il applaudit.

— En Amérique, vos amis auraient reçu le soutien de dix associations caritatives qui les auraient sans doute abandonnés un jour comme votre conseil municipal. Mais ils ont raison : il n'y a pas de développement sans éducation. Dites-moi : qui domine cette petite ville ? Car, dès qu'il y a plus de trois âmes rassemblées, l'une d'entre elles cherche à contrôler les deux autres…

Domenico évoqua Andrea Coniglio, le fils du courageux commerçant qui avait péri avec Bonifacio. Cette conversation aurait dû avoir raison de sa légèreté. Mais Reguer lui offrit à nouveau un cigare, qu'il accepta cette fois. Et, dans le silence recouvré, il se replongea dans le paysage américain, de vallons et de plaines, de prairies et de bois, de routes et de rivières, cette nature douce où l'homme trouve sa place et, grâce à cela, belle et universelle, qu'un Tchèque pouvait chanter et peindre comme un nouveau monde alors que son cœur restait accroché à l'ancien, à des milliers de kilomètres de là et pourtant si proche.

Ils firent étape pour la nuit dans un relais de poste faussement cossu, où des tissus épais cachaient une propreté approximative. Mais Reguer égaya la soirée par d'inlassables anecdotes sur ce pays et ses pionniers. Domenico goûta à une bière épaisse et à un whisky puissant qui le plongèrent dans un sommeil moins enchanteur que celui de la veille, mais aussi profond.

Le lendemain, Reguer évita tout sujet de conversation qui pût ramener Domenico au souvenir de sa Toscane. Ils s'enfoncèrent dans un pays qui ne perdait ni en beauté ni en civilisation ; depuis New York, toutes les villes et bourgades traversées conservaient ce côté provincial et prospère, et seuls quelques cavaliers évoquaient les espaces sauvages plus lointains dont ils amenaient le sable et quelques articles qu'ils venaient vendre ici dans l'espoir d'en tirer un meilleur prix et d'obtenir plus de plaisirs pour leur argent.

Le second relais, bien que plus éloigné de New York, fut plus agréable que le premier. Les aubergistes étaient un couple d'Allemands, installés depuis vingt ans en Amérique. Reguer les questionna sur Raphael et Lætitia, rappelant ainsi à Domenico le but de ce périple ; mais les Allemands n'en avaient jamais entendu parler. La soirée se poursuivit, agréable quoique bavarde et futile. Au moment de gagner leurs chambres, Domenico n'eut pas le cœur d'interroger Reguer sur ce qu'il devait lui apprendre le lendemain.

La pluie les attendait à leur réveil et les accompagna durant la quasi-totalité de leur dernière étape. Reguer ne profita guère de ces instants pour entamer sa révélation.

— Je vous emmène découvrir la *Berliner Mansion*, une magnifique propriété semblable à celles que vous apercevez sur le bord de la route, cachées dans des parcs. C'est là que votre mère a vécu trois ans, avec Raphael, avant de disparaître – et je vous confirme qu'au-delà de ce lieu en Pennsylvanie, je n'ai pu retrouver sa trace. Il y a déjà un élément curieux dans cette histoire : ils se sont installés ici sous un faux nom, Maria et Carl Berliner.

— Pourquoi ce subterfuge ?

— Je l'ignore. Je n'ai rien découvert dans leur vie new-yorkaise qui le justifierait ; il pourrait donc s'agir d'un événement antérieur à leur venue en Amérique. On peut imaginer beaucoup de choses…

Reguer plissa les paupières avec malice.

— À commencer, poursuivit-il, par le simple désir de couper définitivement les ponts avec leur passé.

— S'assurer, interrompit Domenico soudain grave, que je ne la retrouverai jamais…

— Bien qu'elle soit désagréable, on ne peut en effet écarter cette hypothèse.

— Cela n'a pas réussi, puisque vous les avez démasqués. Comment avez-vous procédé ?

— Tout d'abord, et pour autant que cette hypothèse soit la bonne, vous ne pouvez pas affirmer qu'elle a échoué ; ensuite, j'ai eu accès aux archives de la justice…

— De la justice !

— Oui. Comme je vous le raconterai lorsque nous serons arrivés – ce qui ne pourrait tarder à présent –, Raphael von Rüwich, alias Carl Berliner, a eu de sérieux démêlés avec la justice américaine, ce qui nous offre cette fois une raison valide pour expliquer, après leur passage ici, qu'ils aient définitivement disparu.

Domenico en voulut à son guide de retarder encore son récit, mais il lui en fut en même temps reconnaissant ; il pressentait que l'image qu'il s'était forgée de sa mère allait être confrontée à une autre qui pèserait d'un poids de réel difficilement contestable.

La pluie s'apaisa au moment où leur voiture s'engageait dans une allée qui traversait un parc à l'abandon.

— Nous arrivons ! s'exclama Reguer.

Domenico se pencha à la fenêtre. Le chemin était bordé d'arbres splendides, puissants et paisibles à la fois. Dans le lointain, à plusieurs centaines de mètres, se profilait une bâtisse dont les contours se précisèrent lentement. C'était une de ces demeures coloniales, imposantes mais sans ostentation. Un portique en pierre blanche encadrait l'entrée, et un escalier en métal, joliment ouvragé, conduisait les ombres des feuilles vers une galerie couverte qui faisait le tour de la maison. Un toit en bois, soutenu par de fines colonnes en fer forgé et une balustrade du même style que l'escalier, protégeait du soleil. La partie centrale de la façade était une avancée ellipsoïdale, couverte jusqu'au second niveau par la galerie, au-dessus de laquelle un dernier étage exposait des fenêtres hautes et étroites.

La voiture s'arrêta devant le perron et les passagers descendirent, silencieux. Reguer laissa Domenico s'avancer, cérémonieux. Une fenêtre avait été brisée, peut-être par le vent. Domenico monta sur la galerie et, à pas lents, fit le tour de la maison. Le plancher grinçait par endroits, des planches avaient été défoncées. La *mansion* lui parut énorme, bien plus imposante que la villa Bosca. Elle devait compter vingt-cinq mètres de façade et une quinzaine de côté, sur trois plateaux. Il chercha, durant sa ronde, à imaginer la manière dont les pièces se répartissaient à l'intérieur, mais ne put qu'accoler des éléments italiens à une demeure qui était étrangère à ce modèle.

Tout autour, le jardin était en friche. L'herbe avait poussé jusqu'à imiter le foin et seuls les arbres, remarquables et centenaires, échappaient au naufrage. Ils étendaient leur ombre indifférente et presque méprisante sur la bâtisse promise au naufrage.

Il revint à la porte principale, où Thomas l'attendait. Sur son parcours, il avait croisé trois autres portes, à moitié vitrées. Son guide baissa la clenche et lui fit signe d'entrer. Ils furent accueillis par une puissante odeur de renfermé. C'était un hall énorme, dominé, au milieu, par un escalier de bois monumental qui montait vers le premier étage. À gauche, une double porte ouvrait sur un salon ; la pièce était sombre, à cause des volets fermés. Les meubles étaient intacts, même si la poussière seule s'asseyait encore sur leur velours. Un piano en chêne clair qui, depuis quarante ans, n'interprétait plus que la sonate des adieux. Devant une fenêtre, un fauteuil au dossier haut et arrondi, pour mieux protéger celui qui s'y réfugiait, semblable à celui qui se trouvait dans le salon de la villa Bosca. La vue de ce fauteuil émut Domenico ; les lieux étaient-ils si différents, finalement ? Lætitia faisait le lien, et plus encore, la constante recherche de confort, d'intimité et de chaleur des humains.

Domenico resta sur le seuil, Reguer dans son dos, au milieu du hall. Il se retourna et adressa un petit sourire à son compagnon. Puis, il entreprit de gravir les marches en bois, qui craquèrent sous ses pieds. En haut, s'ouvrait un couloir qui partait des deux côtés. Domenico prit à droite. Des portes fermées. Des chambres. Au fond du couloir, une porte était ouverte.

Un lit antique à baldaquin occupait un bon tiers de la pièce. Des meubles en chêne ouvragés supportaient de bonne grâce leur part de poussière et des rideaux à fleurs dormaient devant la croisée close. Sur le mur, face au lit, le portrait ancien d'une très belle femme, aux longs cheveux sombres et aux yeux gris dont un semblait pleurer et l'autre rire. Domenico, sous l'émotion, s'appuya au montant du lit. C'était elle, il l'avait reconnue aussitôt ; et pourtant, peu de beauté différait autant de celle qu'il s'était imaginée, et qui l'accompagnait depuis son enfance. Elle avait le regard fixé sur son fils ; le trouvait-elle ressemblant à ce qu'elle avait imaginé ? Lui rappelait-il son éphémère mari toscan ? Le voyait-elle, seulement ? La gorge nouée, Domenico comprit comme une évidence ce qui l'avait toujours troublé devant son reflet dans le miroir : s'il avait les yeux bleus de son père, son regard, double et changeant, était celui de sa mère.

Thomas ne l'avait pas accompagné dans la chambre. Lorsque Domenico eut retrouvé son calme et effacé sur ses joues les traces de son émotion, il revint dans le couloir. Sans un mot, Reguer le conduisit dans une pièce de l'aile gauche qui avait été un bureau. Des meubles en bois sombre étaient toujours en place, fidèles serviteurs d'une tâche révolue. Une suspension en verre foncé pendait au-dessus de l'austère bureau de travail. Sur un mur, une lithographie ancienne représentait Berlin, et une autre, un paysage toscan. Domenico s'en approcha à pas lents et les observa longuement.

— Je peux comprendre, dit-il enfin d'une voix émue, que ce Raphael ait conservé un souvenir de sa ville natale ; mais pourquoi une vue de Toscane ?

Thomas vint le rejoindre et réfléchit un instant.

— Cette vue – ne serait-ce pas Pienza ? – est peut-être un salut que votre mère vous destinait, au cas improbable où vous arriveriez jusqu'ici. Vous faire savoir qu'elle ne regrettait pas son passage par votre pays, et qu'elle ne l'oubliait pas…

Il se retourna vivement.

— Mais peut-être n'était-ce que pour décorer !

— Allez-vous…

— Oui, mon ami, je vais vous raconter ce que je sais – ou du moins ce que j'ai pu déduire des archives consultées, c'est-à-dire peu de chose, en raison d'un incendie qui détruisit les bâtiments officiels en 1873 et la quasi-totalité des documents qui y étaient entreposés.

Raphael et Lætitia – alias Carl et Maria – s'étaient rapidement intégrés dans la bonne société locale. Cette vie paisible avait été troublée par un antagonisme, que Reguer n'avait pu expliquer, entre le juge du Comté et Raphael. Un soir, après un spectacle, les deux hommes, qui avaient sans doute bu un peu trop, se disputèrent. Peut-être fâchée par ce comportement, Lætitia avait abandonné son amant pour la nuit et était allée dormir chez une amie. Penaud, Raphael était rentré à la *mansion* et s'était couché sans déranger les domestiques.

À l'aube, il avait été réveillé par le shérif : le juge avait été assassiné, alors qu'il était sorti dans son jardin fumer un dernier cigare. La veuve prétendait avoir vu le meurtrier et avoir reconnu Raphael.

Lætitia ne put témoigner, puisqu'elle avait découché. Tout le monde avait vu Raphael se disputer avec la victime et, avant midi, tous jurèrent l'avoir entendu proférer des menaces, de plus en plus explicites au fur et à mesure que les esprits s'échauffèrent.

— Savez-vous que le bonheur effraie, et plus encore celui des autres quand il dure ? On peut considérer le procès de Carl comme un processus rituel, le sacrifice opéré par une tribu primitive punissant une beauté et une félicité qui lui faisaient injure. Carl pouvait pourtant se payer le meilleur avocat de la ville, lequel se désista ; ce dossier aurait été son dernier. Mal défendu, sans alibi, condamné d'avance par une collectivité bornée, il fut promis à la potence…

Le ton de Reguer avait été si enflammé que Domenico ne put réprimer un gloussement entre rire et stupéfaction.

— Et Maria ?

Il ne songeait plus qu'elle s'appelait Lætitia et qu'elle était sa mère.

Reguer eut un mouvement des bras théâtral pour exprimer l'impuissance de la jeune femme.

— Elle était persuadée de son innocence, mais que pouvait-elle pour le sauver ?

— Alors elle est partie seule se faire tuer par les Indiens…

Les yeux de Reguer s'écarquillèrent.

— Qu'allez-vous inventer ? Ne vous ai-je pas dit

qu'ils étaient repartis tous deux et que je comptais vous montrer combien ils s'aimaient ?

— Le suicide peut être une marque d'amour, et c'est certainement une manière de partir.

— Vous m'étonnez ! Je ne soupçonnais pas que vous étiez capable d'un tel romantisme ! Ou d'un tel cynisme… Notez que le geste de votre mère ne fut pas exempt de romantisme, même si elle opta pour une forme de courage qui m'agrée davantage que le suicide : elle fit appel à des mercenaires, des *desperados* comme il s'en trouvait facilement, et organisa de main de maître l'évasion de son amant la veille de son exécution. Et nul ne les a jamais revus…

Spontanément, les yeux de Domenico se tournèrent vers le paysage de Toscane alors que, sur les points de suspension semés par Thomas Reguer, Raphael et Lætitia s'échappaient pour toujours, laissant à qui les suivait le soin d'imaginer les causes les plus farfelues aux actes dictés par le destin.

Sans rien dire, à pas lents, Domenico quitta le bureau et retourna dans la chambre. Était-il vrai que sa mère avait dormi dans ce lit, dans ces draps qu'une main inconnue – peut-être la sienne – avait remis en place ? Qu'elle s'était scrutée dans ce miroir, s'y était admirée ou s'était effrayée des premières marques imperceptibles, sauf à son regard impitoyable, du temps et de l'âge ? Quel peintre avait réalisé ce portrait sévère ? Durant les séances de pose, avait-elle songé à son fils et à cette Toscane qu'elle ne reverrait plus ?

Le cœur de Domenico se serra. Il revint dans la pièce où Reguer n'avait pas bougé, tel un notaire patient. Domenico marcha vers le tableau qu'il décrocha et retourna d'une main tremblante. Une très fine écriture, semblable à celle de la lettre adressée à Bonifacio, y avait tracé ces lignes :

Sul cammino della vita mia
ho lasciato qua
un fanciullo, un ragazzo, un uomo
che di me saprà niente
né le risa a me proibite
né le lacrime da me rifiutate
Qua
in Toscana, dolce val d'Orcia,
ho lasciato parte di me
e la mia vita va camminando
spinta della forza dell'amore nostro.

A te, R., per sempre,
Lætitia[1].

Ses yeux s'embrumèrent. Il s'assit sur le siège que Thomas, attentif, avait avancé.

— Vous… vous saviez ? murmura Domenico.

— Je vous mentirais en prétendant l'inverse.

— Vous m'auriez laissé repartir sans me l'avoir montré ?

Reguer sortit un cigare de sa poche et l'alluma cérémonieusement.

— Je l'ignore… Disons que j'étais confiant. Vous êtes un homme intelligent, sensible et introspectif. Les indices étaient trop nombreux pour que vous ne songiez pas à regarder là… Je vous rassure tout de suite : il n'y a aucun autre message. Ce n'en est d'ailleurs pas vraiment un, ou du moins ne vous était-il pas véritablement destiné.

Reguer avait raison. Domenico recouvrait son calme

1. Sur le chemin de ma vie / j'ai laissé là / un enfant, un jeune homme, un homme / qui de moi ne saura rien / ni les rires à moi interdits / ni les larmes à moi refusées / Là / en Toscane, doux val d'Orcia, / j'ai laissé une part de moi / et ma vie s'en va, cheminant, / poussée par la force de notre amour. À toi, R., pour toujours, Lætitia.

lentement. Il imaginait la jeune femme, pénétrant dans une boutique, attirée par ce tableau posé à terre, le choisissant pour fêter celui à qui elle était enchaînée par un amour plus fort que tout. Le rapportant chez elle tandis que, sur la route, elle mûrissait ces quelques lignes d'un poème aussi libre qu'elle.

— Et…, dit-il en tournant les yeux vers l'autre gravure.

Reguer comprit et alla la décrocher.

— Il y a bien un poème inscrit au dos ; et s'il est de meilleure facture, il n'est pas original. Raphael s'est contenté de recopier un poème de Schiller.

> Nicht forschen will ich, wer du bist – Ich will
> Nur dich von dir, nichts frag ich nach dem andern.
> Dass deine Seele wie dein Ursprung rein,
> Hat mir dein erster Blick verbürget und beschworen,
> Und wärst du selbst die Niedrigste geboren,
> Du müsstest dennoch meine Liebe sein,
> Die Freiheit hab ich und die Wahl verloren [1].

— Les échos de Dante, les souvenirs du *Sturm und Drang*… Les amours d'autrui paraissent souvent si banales ! Et pourtant…

Il se tut et emplit la pièce de volutes odorantes. Domenico se releva et alla remettre le tableau à sa place.

— Vous ne souhaitez pas le reprendre ?

— Pourquoi le ferais-je ? Vous l'avez justement fait remarquer : ce message ne m'est pas destiné. Mais dites-moi, à qui appartient cette maison ?

---

1. Je ne veux point rechercher qui tu es / De toi seule, je te veux avoir, le reste m'est indifférent. / Que ton âme est pure comme ta naissance, / Ton premier regard me l'a garanti et juré. / Et même quand tu serais de la plus humble origine, / Tu serais mon aimée / J'ai perdu la liberté de mon choix.

— Seriez-vous tenté de l'acquérir ? Ce serait amusant ; je compte moi-même acheter une propriété voisine…

Domenico secoua la tête négativement et sourit.

— Non… Je crois que j'ai assez attendu.

Lorsque la voiture s'engagea sur le chemin, il sembla à Domenico que, sur le perron, une silhouette de femme agitait la main en signe d'adieu.

De retour à New York, Thomas Reguer se fit discret et laissa Domenico digérer ce qu'il venait d'apprendre. Le Toscan se promena beaucoup sans véritablement voir la ville qu'il traversait.

Il rendit une visite à Giuletta Caponi, qui en fut ravie. Sans détour, il lui raconta ce qui s'était passé depuis son arrivée.

— Mon Dieu, quelle histoire ! s'exclama la vieille femme, émue et enchantée. Je n'ai jamais entendu parler de votre mère, ici à New York, mais... quelle vie !

Elle se souvint tout à coup de qui elle parlait et plissa les lèvres dans une grimace confuse.

— Je suis désolée ! J'oubliais qu'il s'agit de votre mère et que... Cela doit être douloureux pour vous...

Domenico lui sourit.

— Non, ne vous inquiétez pas. Je suis serein... Je ne sais pas tout à fait ce qu'elle est devenue, sans doute, mais suffisamment. C'était sa vie, pas la mienne. J'ai côtoyé mon père jusqu'à sa mort, et il me semble que j'en sais moins sur lui, aujourd'hui, que sur ma mère. Et puis...

Elle se pencha en avant et lui tendit une assiette chargée de biscuits.

— Et puis ?

— Que savons-nous vraiment de la vie des autres, même de ceux qui nous sont les plus proches ? C'est de la nôtre qu'il faut s'occuper, non ?

Elle se redressa et fit craquer un sablé.

— Je ne vous reconnais pas, Domenico ! Oh, ce n'est pas que je vous connais intimement, mais... Quelle transformation, dirait-on ! Vous...

— Je ne sais pas si j'ai changé, l'interrompit-il. Est-ce possible, qui plus est à mon âge ? Mais je peux essayer. Du moins, si je ne change pas, puis-je m'appliquer à réaliser quelque chose. À vivre. Et à tourner une page. Je ressemble à mon père, mais je suis plus petit que lui. C'était un colosse. À moi de faire en sorte que cette différence ne soit que physique.

La veille de son départ, il retourna dans Central Park. L'assurance dont il avait fait preuve chez Giuletta Caponi se corrompait déjà ; qu'avait-il vu, qu'avait-il appris ? Quelle image devait-il conserver désormais de sa mère : celle qu'il s'était façonnée depuis l'enfance, le portrait de la mère de Whistler, celui de la *Berliner Mansion* ?

Il faisait torride. Sur la pelouse, aucun enfant ne taquinait un ballon. Des élégantes jouaient aux nuages. Domenico se sentit envahi par une profonde lassitude. Depuis leur retour de Pennsylvanie, les ombres familières étaient revenues, fragiles, qu'un coup de vent dissipait, muettes, avec dans le regard une lueur de reproche.

Domenico ne chercha pas à se protéger du soleil. Il marcha sans but, s'arrêta un moment pour contempler les gondoles amarrées. Un marinier lui fit signe, espérant un chaland. Domenico déclina d'un geste et l'autre n'insista pas. La sueur ruisselait sur son front, il faisait moite, lourd. En Toscane, le vent allégeait la canicule. Qu'était-il venu faire ici ?

Il s'assit sur un banc, sur la rive opposée à l'embarcadère, et se laissait gagner par une somnolence pesante. Il ne réagit pas tout de suite lorsque la silhouette aborda le gondolier et, tendant une main délicate, se fit aider pour prendre place. C'était une femme que, malgré la distance, on devinait âgée. Sa robe ressemblait à celle de Ms. Whistler, mais sa chevelure était plus libre, ailes d'argent sur le souvenir de l'air. Domenico se redressa, le cœur battant. Un mirage encore. La gondole glissait vers lui ; la passagère lui tournait le dos. Il se releva et marcha sur la berge. C'était impossible, bien sûr. Vraiment ? Il s'arrêta, attendit que la barque arrivât à sa hauteur, que se dévoilât le visage de cette femme inconnue. La distance était trop grande encore pour être certain, mais assez courte pour douter ; il perçut l'éclat d'un regard couleur de pierre douce, et le salut caressant des paupières. Mais l'avait-elle aperçu, ou saluait-elle un reflet sur l'eau ?

La gondole s'éloigna. Le visage se détourna. Domenico songea à se rendre au débarcadère. Vérifier. Mais son cœur l'en dispensa ; malgré tout ce que lui dictait la raison, il savait, lui, que sa mère, que Lætitia n'était pas morte.

Sans chercher à savoir si cette certitude le réconfortait ou amplifiait sa mélancolie, il rebroussa chemin. Sur le lac, la gondole vint s'amarrer et le marinier aida sa cliente à débarquer. Elle paya sa course d'un geste gracieux et tourna la tête vers la silhouette coiffée d'un or usé, qui s'éloignait et rapetissait.

Quelques jours plus tard, sur le paquebot qui le ramenait en Italie, après une fin de séjour où Thomas Reguer s'était montré le plus exquis des hôtes, une jeune femme aux longs cheveux noirs s'approcha du bastingage. Après un regard douloureux vers Domenico, elle tourna la tête vers le large. Ses épaules se soulevèrent, puis retombèrent, résignées. Un mouvement ; elle disparut, happée par le vide, noyée dans l'écume. Domenico n'alerta personne. Il ferma les yeux et s'assoupit, bercé par le soleil et la brise. Il rêva, entre deux eaux, de cet étonnant personnage qui lui avait fait traverser l'océan pour lui montrer l'amour que sa mère avait porté à un autre que son père – révélation, initiation, apprentissage, peu importait le mot, dont son père avait été l'instigateur et Reguer le magicien. En le quittant sur le quai, tandis que, sur les passerelles menant au pont inférieur, montait la file lente et défaite des refusés, Domenico l'avait salué.

— Adieu, Mr Reguer… ou dois-je dire Asmodée Edern ?

Le vieil homme avait souri malicieusement.

— Je ne vous demanderai pas, cher comte, de me nommer toutes vos ombres… Mais sachez que je suis très honoré que vous m'associiez au souvenir de cet ami précieux ; de la sorte, vous rétablissez vous-même les liens que votre père a tissés et qui vous ont conduit ici, au plus près de votre mère. Je vous souhaite de vivre heureux, Domenico. Et n'oubliez pas de m'envoyer une copie des partitions de Giacolli !

— Notre père, Nicola, tu dois le savoir, était un chevalier, comme Roland le preux et tous ceux qui combattent les Sarrasins et défendent la Seule Foi, sous la bannière de Charlemagne, béni de Dieu.

Le gamin opposa aux paroles de sa sœur un front buté.

— Maman dit que papa était un voleur.

Alicia soupira mais ne cessa pas de sourire. Ses doigts serrèrent l'image pieuse que le curé de San Nicandro lui avait offerte le matin même pour récompenser sa ferveur, aussi pour contrarier sa mère qui tenait l'auberge voisine et qui, en dix ans, n'avait pas une seule fois mis les pieds dans son église.

— Notre père, Nicola, était un chevalier. Tu dois le croire. Mais l'époque des croisades est révolue. Les ennemis se disent chrétiens eux aussi. Et il est difficile de savoir où est le juste combat.

Nicola se renfrogna davantage. Sa grande sœur ne parlait pas comme les autres. Pas comme sa mère qui, quand elle ouvrait une bouche le plus souvent close, déversait des tombereaux d'injures sur tout le monde, à commencer par ses enfants et leur père. Pas comme les gamins du quartier qui juraient sans cesse et se moquaient de Nicola et de sa jambe tordue qui l'empêchait de jouer avec eux. Alicia parlait les yeux tournés vers le ciel, ou au moins la tête ou le cœur, parce qu'elle posait souvent sur son petit frère un regard mouillé. Nicola n'aimait pas quand elle lui racontait ses histoires sur Dieu mais il adorait Alicia. Il se serait fait tuer plutôt que de l'avouer, c'était déjà trop un handicap aux jambes, il n'allait pas avouer une faiblesse de cœur. Et puis, elle avait dix-huit ans et lui onze, il ne fallait pas rêver. Même si elle n'avait pas été sa sœur.

— Notre père s'est égaré. Il a été trompé et il s'est trompé. Mais Dieu ne l'a pas abandonné, parce que Dieu pardonne à tous, Nicola. Même à maman qui refuse de pardonner à notre père qui lui a pourtant offert l'argent pour ouvrir cette auberge et nous envoyer à l'école, et qui nous a donné la vie. C'est le plus beau des dons, Nicola, la vie. Avec la foi. Tu dois lui en être reconnaissant.

Reconnaissant ? À voir. Nicola n'aimait que sa sœur, et c'était la seule qu'il ne pouvait pas aimer comme les gamins disaient qu'un homme devait aimer les femmes. Comme le faisaient les quelques hommes que sa mère acceptait, de rare en rare, dans sa chambre. Qui faisaient des promesses et puis qui partaient. Comme son père. Il n'avait jamais rien promis à Nicola parce qu'il était parti avant que Nicola pût le comprendre, mais il avait dit à Alicia qu'il allait revenir, et il n'était pas revenu. Et Alicia ne lui en voulait pas.

Alicia ne voulait pas non plus de cet amour qui suscitait des rires imbéciles chez les gamins qui se moquaient de Nicola, des rires et des bosses au bas de leur ventre qu'ils saluaient d'un geste du doigt pour faire rougir les filles. Mais Alicia ne remarquait même pas leurs obscénités, les yeux tournés vers les anges qui n'avaient pas ce genre de manifestation, et elle ne notait pas non plus les regards gourmands des jeunes garçons de son âge et des moins jeunes qui se seraient volontiers consolés du temps qui passait sur son corps de blanche pucelle, fille de Dieu ou du diable, selon que le père était nommé par la fille ou la mère. De toute manière, ils n'en parlaient qu'entre eux, à mots couverts, comme les adeptes d'une secte interdite et pourtant déjà déchirée par des schismes et des hérésies. Maria leur avait dit : s'ils parlaient de leur père, don Paolo viendrait les assassiner. Don Paolo, tout-puissant et cruel qu'il pût être, qui s'était retrouvé devant le massacre de sa femme et de ses enfants, devant leurs corps ensanglantés, devant la ruine de toute une vie que n'effacerait pas son immense richesse, plus démuni que Job que Dieu n'abandonnerait pas et qui recevrait une nouvelle femme et de nouveaux enfants, même si ce geste divin ne rachetait pas les morts injustes. Don Paolo qui n'avait plus pour vivre que sa richesse, et que sa richesse pour alimenter sa colère et sa vengeance. Don Paolo qui avait hurlé comme un loup blessé, si fort que les paysans alentour, et même Maria, juraient de l'avoir entendu. Lui, le puissant seigneur, qui, la tête basse, les poings serrés, les pieds grattant la poussière du chemin, avait accompagné les cercueils, sans cesser un instant de pleurer et de crier sa haine pour cet homme qui l'avait trahi, qui l'avait ruiné et qu'il se jurait d'exterminer.

Nicola avait fini par apprendre les motifs de cette terrifiante rancune. Il donnait raison à don Paolo : il avait perdu sa femme et ses enfants, c'était normal qu'il se vengeât sur la femme et les enfants du criminel, même si ce dernier était mort, ainsi que sa famille l'avait appris. C'était Alicia qui s'était renseignée, et elle avait déclenché la fureur de Maria parce qu'elle devinait que sa fille s'était malgré tout confiée à cette vermine de curé. Elle était assez folle pour gober cette absurdité du secret de la confession. « Un jour, tu me retrouveras égorgée et tu porteras toute ta vie le poids de ma mort ! » avait-elle craché à Alicia. Mais la gamine ne s'était pas émue ; d'abord, sa mère maudissait assez sa vie pour qu'Alicia devinât que cette mort ne serait pas pour elle une si grande malédiction. Et puis, Dieu lui pardonnerait et lui ouvrirait les portes du paradis, parce qu'elle avait souffert et que sa fille aurait prié pour elle tous les jours. Et Alicia n'avait pas peur de cette culpabilité dont sa mère brandissait le spectre. La faute était ce petit miracle ignoré qui offrait aux âmes ferventes l'occasion du rachat et montrait le chemin de la sainteté.

— Notre père a commis de lourdes fautes, Nicola, c'est vrai. Mais c'est aussi pour cela que nous devons l'aimer. Et aider son âme à trouver le salut. Tu es d'accord, Nicola ?

Quand elle parlait de ça, Alicia n'avait jamais l'air d'une exaltée, d'une de ces cinglées du crucifix et des instruments de pénitence, qui hurlaient leur amour de Dieu et leur extase mystique comme des putains soucieuses de convaincre leur client de ses pouvoirs. Elle était toujours calme et sereine, Alicia. Ce qui énervait leur mère.

— Tu es grand, maintenant. Cela fait dix ans que l'âme de notre père est privée de repos. Je ne veux plus différer.

Nicola ne voulait pas entendre ces paroles. Il s'y attendait pourtant. Cela faisait longtemps qu'Alicia évoquait cette mission sacrée. Plus devant Maria depuis qu'il était clair que leur mère prenait cette idée pour la pire des mille folies qui pourrissaient dans la tête de sa fille, alors que, jolie comme elle l'était et avec les économies que Maria constituait au prix d'un labeur constant et de sacrifices infinis, elle aurait pu se marier correctement, trouver un bourgeois pas trop regardant sur les origines. Elle redoublait d'imprécations contre ce chevalier maudit qui ne lui avait donné les moyens de sortir de sa pauvreté sauvage que pour lui ravir sa fille avec les sornettes qu'il avait semées et qui avaient poussé tout leur saoul.

Un jour, Alicia partirait sauver l'âme de son père, racheter les fautes qu'il avait commises malgré lui, parce que le siècle n'était plus à l'honneur, à la prouesse, à l'épique. Alicia s'était renseignée ; près du Castello où leur père était né et dont il avait été banni par l'action de deux félons, le chevalier Gioacchino Bruchola était mort, et avec lui son frère, *zio* Guglielmo, et depuis ces deux âmes pleuraient dans les limbes, car il ne fallait pas oublier l'oncle Guglielmo, Nicola. Les félons avaient été punis par Gioacchino, mais c'était la faute principale qu'Alicia devait racheter. Dieu ne voulait pas que l'homme fît justice de la sorte. La justice de Dieu était miséricorde. Gioacchino avait été aveuglé, il avait fait des orphelins, ses enfants d'abord et ceux de ses victimes dont l'un était noble lui aussi, Alicia l'avait appris, un comte qui ne savait pas, sans doute, le mal que son père avait causé au père d'Alicia et de Nicola.

— Tu ne dois jamais oublier, Nicola, que nous sommes d'une grande famille de chevaliers. Notre père n'a pas eu le choix, il s'est marié en dessous de sa condition, mais notre mère ne doit pas en être blâmée, il l'aimait puisqu'il lui a tout donné. Il ne nous a repris que sa présence parce que la vie ne lui a pas permis de rester, mais son affection ne nous a jamais abandonnés, Nicola, je le sens tous les jours comme s'il allait surgir à la porte de l'auberge.

Nicola ne répondit rien. Il ne répéta pas les rages sourdes de Maria qui l'assuraient que son père ne l'avait pas aimé, lui, et qu'il avait de la chance sans doute qu'il fût parti avant d'avoir découvert le défaut du gamin, sans quoi il l'aurait noyé comme un chaton difforme.

— La noblesse doit d'abord être celle de l'âme, Nicola. Nous avons des devoirs dont les autres sont dispensés, car Dieu sait ce qu'il peut attendre de chaque créature. Toi aussi, un jour, tu feras ce qu'il faut.

— Et qu'est-ce qu'il faudra ?

Alicia sourit et caressa la joue de son frère.

— Tu le sauras en temps voulu. Dieu te le dira, d'une manière ou d'une autre, comme il me l'a enseigné.

— Tu vas m'abandonner, comme lui…

Alicia s'accroupit. Nicola plongea les yeux dans le corsage de sa sœur et rosit.

— Je ne t'abandonne pas, Nicola ; j'obéis à mon destin. Peut-être reviendrais-je. Et puis regarde, je te laisse ceci…

Elle lui tendit un livre épais que Nicola connaissait bien : la Bible que le curé lui avait offerte et dont elle ne se séparait jamais.

— Moi, je la connais par cœur. Je suis dans chaque mot et chaque blanc de ce livre, Nicola ; comme ça, je resterai toujours près de toi.

Le gamin prit l'objet avec méfiance ; était-il possible que sa sœur se retrouvât couchée sur ces feuilles plus fines qu'un rayon de soleil ? Et comment cela pouvait être aussi beau que son visage, son sourire, ses épaules, sa gorge ? Des larmes montèrent aux yeux de l'enfant.

— Ne pleure pas, Nico. Tu sais lire, tu pourras te nourrir de ce livre sans lequel ma vie n'aurait aucun sens. Il en ira de même pour toi. Chaque fois que tu te plongeras dans ces pages, que tu boiras ce lait de vérité, je serai près de toi, je te sourirai…

— Et tu m'embrasseras ?

Elle se pencha et ses lèvres fraîches vinrent effleurer le front de Nicola.

— Des baisers plus doux encore…

Elle n'acheva pas et fut prise par une quinte de toux qui la força à se redresser. La crise dura deux minutes au moins, pendant lesquelles, écarlate, cherchant de l'air, tordue par la toux, Alicia, métamorphosée, envahie par un démon mauvais, tâcha de rassurer Nicola d'une main tâtonnante. Nicola avait l'habitude de ces crises. Elles étaient de plus en plus fréquentes. Au début, elles l'avaient fait pleurer, surtout parce que le visage de sa sœur se couvrait lui aussi de larmes. Mais Alicia lui avait expliqué qu'elle ne pleurait pas vraiment, c'était à cause de la toux, Alicia n'était pas malheureuse, c'était une épreuve, un cadeau de Dieu, et elle lui rendait grâce de lui en épargner de pires. Alors, depuis, Nicola ne pleurait plus, il serrait les poings et les dents, et il attendait que cela finît, à chaque fois l'attente était un peu plus longue mais toujours Alicia récupérait son souffle, son sourire et son visage rose et lisse comme une madone d'église.

— Promets-moi de lire la Bible, Nicola…

— Je te le promets, marmonna l'enfant.

— Et d'aller voir le père Alcidio.

— Je ne sais pas.

— Quand tu seras triste.

— Je ne serai pas triste.

Elle l'embrassa à nouveau.

— C'est bien. Tu ne dois pas être triste. Je serai toujours là…

Elle pointa le doigt sur le cœur du gamin et, prenant sa petite main, la posa sur sa poitrine.

— Et toi, tu seras toujours là !

Nicola frémit ; sous sa paume grande ouverte, il devinait le sein de sa sœur, son cœur offert et refusé. Elle allait partir.

— Vas-y… murmura-t-il en grinçant des dents.

Il s'était mis à trembler légèrement. Alicia écarta sa main et se redressa.

— Embrasse maman et veille sur elle. Continue d'aller à l'école, Nicola. Et apprends à prier ; il n'y a pas de paix plus forte.

Elle se retourna et s'éloigna, un baluchon à la main. Nicola nota qu'elle avait chaussé de fines sandales ; elle s'en allait vraiment, pour de bon. Loin.

Elle ne passa plus par l'église. Elle avait fait la veille ses adieux au père Alcidio. Avec un sourire gris, il lui avait dit, après l'avoir bénie :

— Je ne sais pas ce que tu attends de ce périple, ma petite Alicia, mais je suis sûr que Dieu t'accompagne et te protégera. Dans cette paroisse misérable, tu es certainement la préférée…

De qui parlait-il ? Dieu pouvait-il préférer l'un à l'autre ? Alicia n'avait pas interrogé l'homme en soutane, ému par le départ de sa plus gracieuse paroissienne. D'autres le consoleraient. Pas Maria, sans doute. Nicola, peut-être. Et plus rien ne pouvait la détourner de sa mission. Elle avait patienté, le temps que Nicola sût lire et fût assez fort pour affronter cette absence et le face-à-face avec leur mère. Qu'elle n'avait pas eu le courage, elle, d'embrasser une dernière fois. Elle savait d'avance les malédictions qui s'échapperaient de ses lèvres et les bénédictions qui resteraient enfermées, recouvertes par la rancœur. Alicia était sûre de peu de choses, mais rien n'aurait pu la convaincre du contraire ; l'une d'elles était que sa mère avait aimé son père et l'aimait encore quel que fût le poids des injures sous lesquelles elle avait enseveli son souvenir. Une autre : qu'elle devait jalouser l'attachement de sa fille pour cet homme, un attachement sans jugement ni condition qui lui permettait de partir sur les traces du fuyard alors qu'elle, Maria, qui avait reçu cet homme dans son lit, en elle, qui s'était offerte à lui, restait, sans même l'espoir d'un retour, thésaurisant l'héritage sanglant dans la crainte constante que don Paolo apprît, comprît...

Pourquoi Alicia n'avait-elle pas cherché la voie du salut pour l'âme de son père de ce côté-là ? Elle avait hésité. Maria aurait préféré, peut-être. Tant qu'à être folle... Que le salut des morts servît aux vivants, ou que les vivants rejoignissent les morts, une fois pour toutes. Mais Alicia avait opté pour la Toscane lointaine. Parce que c'était là que le malheur avait débuté pour son père. Sans ce malheur, Gioacchino ne serait jamais venu dans le Gargano et don Paolo n'aurait pas pleuré comme un dément sur les corps de sa femme et de ses enfants. Sans cela aussi, Alicia ne serait jamais née, pas plus que Nicola. Pour cela, ce malheur initial avait du bon, car toute vie était une bénédiction, même si Maria maudissait la sienne et celles de ses enfants. Et puis, Alicia avait eu des doutes sur l'ouverture d'esprit de don Paolo. Elle était prête à mourir pour la rémission de son père, mais elle espérait une autre issue que celle-là, qui accroîtrait la culpabilité de don Paolo dont le père Alcidio lui-même concédait que l'âme devait être bien noire. Le comte toscan avait perdu un père ; comme Alicia. Il avait pu profiter mieux et plus longtemps de sa présence. Les gens du Nord étaient plus civilisés, ils ne tiraient pas avant de discuter. Le père Alcidio était formel sur ce point. Le sang qu'Alicia voulait faire couler pour le rachat de son père était celui de la vie. Si elle échouait, alors elle offrirait le sien.

Elle grimpa dans la voiture qui remontait vers Milan. Pendant des mois, elle avait économisé pour payer ce voyage, elle avait prélevé, pièce par pièce, sur les travaux qu'elle effectuait, sur les pourboires à l'auberge, elle avait caché son butin dans la crainte que sa mère le découvrît, le confisquât, déjouât le plan de sa fille. Maria savait pourtant qu'Alicia partirait. Elle croyait peut-être que, sans argent, la jeune fille ne pourrait pas aller loin et qu'elle reviendrait, tête basse, guérie à jamais de ses lubies. C'était aussi une raison de la longue attente : Alicia refusait l'idée de l'échec pour la simple cause qu'elle n'aurait pu arriver à destination.

Elle se coinça entre deux marchands en habits noirs qui reluquèrent avec convoitise cette chair fraîche, innocente et souriante ; mais elle se figea aussitôt dans une attitude qui tint à distance toute tentative de conversation ou de geste déplacé.

La voiture démarra lourdement. Alicia eut un pincement de cœur en songeant à ce qu'elle laissait derrière elle, la forêt profonde du Gargano, les rues sèches et brûlantes de San Nicandro, le regard si doux de son petit frère, le beau visage triste de sa mère quand la colère ne le déformait pas, l'église et sa pénombre que l'on buvait comme une eau claire et froide. Et puis surtout, son livre, sa Bible, laissée entre les mains de Nicola, pût-il en faire bon usage et ne pas la revendre au plus offrant. Mais le chemin qu'elle avait choisi était aussi celui du dépouillement. Celui que le Christ avait indiqué à ses disciples, joyeux de tout quitter pour le suivre. Le Christ était mort, Alicia ne pouvait plus le suivre ; le Christ était ressuscité, et il était mille sentiers pour accomplir la destinée qu'il offrait à ceux qui l'aimaient d'un cœur pur. Pour la Bible, Alicia pouvait en réciter des pages entières de mémoire. Elle devait voyager dans le dénuement, porteuse des seuls effets qu'exigeaient la décence et la promiscuité du périple, arriver vide et blanche, le cœur et l'esprit ouverts, disponibles, et le corps aussi, offert à la vie ou à la mort selon ce que Dieu déciderait, à travers les hommes qu'il choisirait comme instrument de sa volonté.

Le voyage dura de longues journées qu'Alicia vécut et savoura comme une ascèse, un jeûne préparatoire pour une cérémonie majeure. Elle économisa sur la nourriture, effrayée par les prix pratiqués dans les relais, dormit sur la paille des chevaux que ne lui disputaient pas les cochers, émus par cette jeune fille trop belle et trop frêle, à l'évidence promise au sacrifice. Elle pria sans relâche et d'abord pour que la toux l'épargnât tant qu'elle était en voiture, de crainte que les autres passagers, redoutant quelque contagion, ne décidassent de la rejeter sur le bord de la route. Les chevaux n'eurent que quelques frémissements des oreilles et de la crinière lorsqu'une quinte la réveilla en pleine nuit, dans un relais de poste au sud de Rome.

Alicia ne s'arrêta pas dans la ville sainte. Non qu'elle ne voulût admirer le palais du pape et la place Saint-Pierre dont elle avait entendu chanter les merveilles. Mais il ne fallait pas, pour l'heure, se laisser détourner. Si elle s'abandonnait aux plus fols espoirs, elle rêvait de s'y rendre après, pour obtenir la bénédiction papale avant de retourner chez elle, serrer Nicola et Maria dans ses bras, leur confirmer que c'en était fini des malédictions. Mais elle préférait éviter de tels abandons. Une voix sourde en elle lui rappelait qu'il n'y aurait pas de retour et qu'il ne fallait rien regretter, que c'était déjà miraculeux qu'il y eût eu un départ et qu'elle arrivât à destination.

Elle y parvint, au terme de deux semaines éprouvantes. Elle franchit les portes de la Toscane, épuisée, émerveillée par ces paysages, si soyeux, si paisibles, où le soleil du printemps jouait avec une pluie qui engraissait le vert à perte de vue et tissait des arcs-en-ciel insouciants.

— Moi, je ne connais rien de plus beau que la fête des *fracchie*, à San Marco in Lamis ! Chaque Vendredi saint, durant la nuit, on organise une procession de pénitence et l'on sort d'énormes cônes de branches sur des chariots, que l'on enflamme… Ça brûle, ça brûle ! Et quand on voit ça, quand on sent sur son visage la chaleur du feu, quand la peau se dessèche, chauffe, au plus profond de soi on devine… tu imagines ? On est comme purifié, pardonné !

Domenico ne la quittait pas des yeux tandis qu'elle parlait, rayonnante de ces foyers lointains qu'il devinait dans ses iris. Domenico ne la quittait presque pas des yeux depuis qu'elle était arrivée à la villa, deux mois auparavant, en juillet 1899. Elle avait frappé à la porte et c'était lui, par hasard, qui avait ouvert. Il n'y avait plus de hasard quand les anges quittaient l'huis clos des rêves pour frapper au seuil de la réalité. Pour réveiller une réalité engourdie où, chaque soir, une épaisseur nouvelle de poussière venait recouvrir les rêves. Elle avait surgi comme une noyée refuse de sombrer et se dégage de la force funeste qui l'entraîne vers le fond. Elle était là, debout devant lui, souriante, radieuse, pieds nus, vêtue d'une robe misérable, ses cheveux noirs très longs qui tombaient sur ses épaules et glissaient sur sa poitrine. Elle lui avait dit, d'une voix claire, sans la moindre supplique, qu'elle s'appelait Agnese, qu'elle venait du Sud où il n'était plus possible de vivre et qu'elle s'était arrêtée dans ce village, alors qu'elle avait été grugée par un convoyeur qui lui avait promis une place pour l'Amérique en échange de toutes ses maigres économies. Le curé du village voisin lui avait conseillé de venir demander à la villa du comte si, par chance, il n'y avait pas une place pour elle. Elle accepterait toutes les tâches que le comte choisirait de lui confier. Elle avait dit cela avec une telle franchise, de son accent chantant, une phrase si pure alors qu'elle aurait pu sous-entendre de tels ignobles abus auxquels la pauvreté ne peut souvent résister, un sourire si limpide alors qu'une autre aurait pleuré, tendu les mains, une posture si droite, si digne, comme d'une ravissante marchande de fruits gorgés de soleil. Et n'était-ce pas ce qu'elle apportait à Domenico, du soleil dans une existence qui, chaque jour, s'enfonçait dans la grisaille ?

Le rêve new-yorkais que la jeune fille avait ravivé, Domenico l'avait presque oublié. Quelques semaines après son retour en Toscane, il lui avait semblé que ce voyage avait été un songe de plus. Ses visions n'étaient plus revenues, cependant, et il s'était attelé à gérer au mieux le domaine. Seul le souvenir de la femme sur le lac revenait parfois, de plus en plus flou.

Mais pouvait-on ressusciter à son âge, quand, à défaut d'être mort, on découvrait qu'on n'avait pas vécu ? Ses amis ne l'avaient pas questionné sur son voyage et l'avaient observé, heureux d'abord, anxieux ensuite, déçus enfin. La torpeur du pays, de la famille, de son passé l'avait lentement repris sous son aile. Il n'avait pas envoyé la copie des partitions à Reguer et avait jeté les brouillons des lettres qu'il lui avait préparées ; que dire ? Oui, il savait maintenant que sa mère avait été heureuse. Qu'elle avait vécu sa vie. Oui, il refusait de croire qu'elle était morte. Et alors ?

Même le domaine commençait à poser problème. Andrea Coniglio avait réussi à écarter son frère de la société et avait contraint Broncci de racheter leurs parts. Broncci n'avait pas l'argent nécessaire ; il avait alors demandé à Domenico de s'associer. Encore dans la lancée optimiste héritée de son passage à New York, Domenico avait accepté. Mais les affaires avaient périclité, et l'on pouvait deviner la main d'Andrea qui, fort de son rôle politique, s'arrangeait dans l'ombre pour que la région ne se développât guère.

Et puis, elle était arrivée. L'enfant de lumière qui, dans l'église de son rêve, l'avait conduit à l'autel, tandis que, sur le chemin du cimetière, s'éloignaient les fantômes.

— Les *fracchie*, ce sont des cornets de joie ! Ils brûlent et vous rafraîchissent en même temps ! Je suis sûre que le Seigneur rit en les voyant et qu'il pardonne de bon cœur à tous ceux qui accompagnent ces flambeaux jusqu'à l'église !

— Ils ne te manquent pas ?

Elle le regarda avec ses grands yeux brillants.

— Oh non ! Je les emmène avec moi… Et je ne retournerai jamais là-bas.

Son sourire fut brièvement englouti dans une quinte de toux qui la plia en deux.

Domenico avait ouvert la porte et avait accueilli sa visiteuse. Une autre, déjà, avec la même histoire, il n'aurait pu la renvoyer ; alors, elle… Elle rentra dans la villa et l'illumina comme une évidence. La plus improbable des évidences. Domenico devina que ses proches mordaient sur leurs lèvres et se faisaient plus discrets par crainte que ce miracle se dissipât. Personne ne posa de question, personne ne hasarda un commentaire. Agnese, comme elle prétendait s'appeler en l'absence de tout autre nom, prit dans la villa une place qui semblait l'attendre depuis toujours. Elle se chargea du ménage et des repas, suppléa l'antique servante qui n'osait pas faire remarquer à Domenico qu'elle avait vieilli et peinait de plus en plus. Une évidence joyeuse pour tout le monde.

Durant des semaines, Domenico ne sut où elle logeait et n'osa pas s'en inquiéter. Il passait ses journées, quand il n'était pas au travail avec Broncci, à l'observer, ébahi, incrédule.

Avec son arrivée, toute autre vision avait été définitivement anéantie. Agnese flottait dans la maison, dans un sillage chantant, elle fredonnait sans cesse quelque air paysan de son pays, en un patois envoûtant. Domenico ne s'était pas étonné qu'elle sût lire et lui parler dans un italien d'une singulière correction. Elle évoquait parfois un père lettré qui lui avait inculqué les rudiments ; Domenico s'était imaginé un bourgeois adultère, brave homme un peu lâche, qui n'avait pas eu le cœur d'abandonner complètement ses bâtards. Combien d'enfants, chez les paysans du val, n'avaient-ils pas une semblable origine et un géniteur plus veule, qui ne s'était jamais préoccupé d'eux ? Il lui avait ouvert les portes de sa bibliothèque et s'était alors souvenu de Thomas Reguer et de ce roman français dont il lui avait parlé, que Domenico n'avait pas recherché. Il n'avait pas osé, par crainte du ridicule, aller demander à Ulisse Lungo, le fils de l'instituteur qui avait ouvert une petite librairie sur la place de Montechiarro, de lui procurer cette *Éducation sentimentale*.

Son apparition à lui se prénommait Agnese et glissa dans la bibliothèque avec un ravissement gracieux, celui que l'on supposait aux Bienheureux le jour du Jugement, quand s'effaceraient devant eux les vantaux du Royaume. C'était une image qui aurait plu à Agnese, dont la tête était pleine de merveilleux divin et familier. Des livres, ses doigts avaient glissé sur les touches du piano, avec une stupeur respectueuse, et les avaient pressées craintivement. Le vieil instrument avait sursauté, après dix ans de silence. Savait-elle aussi en jouer ? Non. Agnese savait lire et rire, et vivre aussi, mais rien de plus. Sinon prier, bien sûr. Les phalanges d'Agnese étaient libres ; Domenico songea un moment à lui proposer un professeur, elle était si jeune et semblait douée. Mais il y renonça lorsqu'il découvrit les airs simples et magiques qu'elle improvisait, de deux ou trois doigts candides, des mélodies comme des rires d'enfant.

— Comment peut-elle être si joyeuse et insouciante après ce qu'elle a vécu ? s'étonna-t-il un jour devant Piero Mestri.

— On se fait toujours une idée fausse du bonheur et du malheur, avait répondu le vieux maître. Et que sais-tu de son passé ?

Rien. Ils n'avaient, croyait Domenico, su l'un de l'autre que ce qu'ils avaient choisi de se confier, petit à petit. Il lui parla de New York, qui fit briller son regard. Il se surprit à revivre. Elle évoquait parfois un jeune frère resté au pays. Il fallut de longues semaines pour que, de la bibliothèque, elle trouvât le chemin de la chambre de Domenico, pour que ses doigts, des touches d'ivoire, glissassent aux draps et au corps incrédule du Toscan, pour que la fraîcheur d'une jeune femme ressuscitât un homme qui se croyait trop vieux et qui s'étonna, avec un cœur d'adolescent ; comment avait-il pu renoncer à cela, sans même le connaître, sans en rêver lui qui avait tant rêvé, sans pleurer sur ses nuits solitaires, sur sa peau desséchée par le manque de caresses ?

Les rares amis et proches retrouvaient leur souffle. On refusa de penser à tout ce qui aurait pu faire obstacle, ou d'entendre cette toux obscure qui frappait la poitrine de la jeune femme comme un visiteur maléfique. Après une première visite, Agnese refusa de revoir les médecins.

— Quelle importance ? murmura-t-elle dans un sourire qui abolit toute contradiction. Parle-moi encore de New York, de ces immeubles qui chatouillent les nuages… Est-ce bien vrai ? Est-ce possible ?

Et Domenico lui décrivait ses souvenirs sans être vraiment convaincu que, de fait, cela fût vrai. Devant le monument érigé dans le jardin, il lui parla de sa mère. Elle glissa ses doigts sur le front du vieil orphelin.

— Mon père aurait voulu, je crois, que je m'appelle Lætitia. C'est un nom joyeux ; tu ne dois pas être triste.

Leur mariage fut si discret qu'à part les convives, nul n'en sut rien. Agnese n'avait pas de papiers ; pour le comte, on arrangea les choses. La région avait besoin que le domaine durât et, pour cela, il fallait un héritier, n'est-ce pas ? Aux amis, se joignit Rosetti, le nouveau curé de San Stefano, que la foi vibrante et enfantine de la mariée touchait comme une grâce.

Domenico entama une lettre pour Reguer, une autre pour Giuletta. Il renonça ; comment dire ce miracle simple et invraisemblable d'un amour tombé du ciel ? Lui qui n'avait jamais tout à fait vécu, n'était-il pas définitivement entré dans le royaume des songes et des fées ? Agnese en semblait issue, venue du fond de l'Italie pour ouvrir à Domenico la porte de son unique et véritable domaine.

Quand Domenico songea-t-il qu'Agnese avait été une comète dans le ciel noir de sa vie ? Sans doute quand il la vit entourer son ventre rond pour le protéger d'une toux de plus en plus présente et violente. « Ce n'est rien », disait-elle dans un sourire, refoulant les larmes que la mécanique pectorale faisait jaillir. « Regarde ! il a bougé ! Ce sera un garçon, nous l'appellerons Bonifacio. » Une comète et sa traîne de fête, un météore et son voile de deuil. Une réalité plus fragile qu'une vision, une apparition plus fugace que l'énormité du vide qui l'avait précédée et qui resterait. Rester : le destin des Della Rocca. Assis devant Agnese qui riait, qui faisait chanter le piano, qui racontait les fêtes religieuses de son enfance, qui souriait en caressant son ventre comme s'il abritait le Rédempteur revenu sur terre pour goûter à la Toscane, qui s'émerveillait de ce pays dont elle ne se lassait pas, à pied ou en voiture, toujours elle demandait à Domenico de lui faire découvrir les splendeurs qu'il ignorait connaître.

— Comment peut-on souffrir ici ? Pourquoi les gens ne voient-ils pas ce qu'ils ont sous leurs yeux ? Peut-être parce que c'est aussi ce qu'ils ont au fond de leur cœur. Les gens ont peur de leurs sentiments. Ou honte. C'est triste…

Agnese ne jugeait pas. Sa foi naïve était un rayon de soleil qui ne se souciait pas de savoir qui profitait de lui. Un jour, on rapporta la nouvelle d'un suicide.

— Le pauvre fou ! dit-elle, qui ne connaissait pas le malheureux. Tout est simple, pourtant, quand on s'en remet à la vie…

À qui s'en remettait-elle, elle qui ne tint bientôt plus à la vie que par le fil ténu de son sourire ? Domenico regrettait cette grossesse qui l'avait affaiblie et menaçait son existence. Fallait-il qu'il perdît déjà ce qu'il ne réalisait pas encore avoir reçu ? Le médecin revint et hocha la tête, sinistre.

— Pourquoi l'as-tu rappelé ? demanda-t-elle à Domenico.

Ce n'était pas un reproche ; le constat d'une inutilité. Les choses étaient ce qu'elles étaient. Agnese était malade et un enfant allait naître. Une femme de chair était venue se blottir dans les bras d'un homme perdu dans ses chimères, un nourrisson allait bientôt l'y remplacer. Peut-être la toux disparaîtrait-elle, si Dieu le voulait. Peut-être pas. Cela n'aurait aucune prise sur le bonheur passé et présent. Ce qui avait été serait à jamais, inaltérable. Souvenirs désaltérants. Partir est une grâce parfois douloureuse, murmura-t-elle lorsqu'elle serra sur sa poitrine la petite fille qu'elle avait mise au monde. Rester, est-ce une malédiction dont la médiocrité console ? songea l'orphelin devenu veuf, en caressant la joue endormie d'une étoile filante, tandis qu'il berçait de l'autre main celle qu'il choisit d'appeler Agnese, Agnese Della Rocca.

Le vieil homme resserra son écharpe tandis qu'à ses côtés, le sexagénaire aux tempes grises frissonna. Devant eux, le Grand Canal s'élançait mollement vers un horizon qui le laissait de marbre – vert, avec des reflets gris sombre.

— Quand je songe, murmura Domenico, que mon père était ici il y a près d'un siècle…

— N'exagérons pas ! s'écria Mestri, dans une volute de vapeur jaillie de sa bouche. C'était il y a à peine soixante ans ! Tu ne trouves pas que je suis assez vieux ? Et toi par la même occasion ; il y était un an avant ta naissance…

— Vous avez raison… Venez, prenons un vaporetto ; inutile de nous geler sur une gondole. Nos bagages seront livrés à l'hôtel.

Mestri ne se fit pas prier et, de son pas lent, appuyé sur une canne qui, depuis deux ans, avait cessé d'être son unique coquetterie pour devenir son plus fidèle et indispensable soutien, il suivit Domenico.

Ils montèrent à bord et le bateau démarra dans un ronronnement sourd. Ils s'appuyèrent tous deux au bastingage pour admirer le défilé des palais.

— Quelle folie, ce voyage ! gronda Mestri. Mais

quelle splendeur… Il aurait été dommage de mourir sans avoir vu cela ; et pour moi, il était temps ! Toi, tu pourras encore revenir avec Agnese, quand elle sera plus grande.

Domenico secoua la tête.

— Je ne crois pas…

Il n'acheva pas sa phrase. Il ne viendrait probablement pas ici avec sa fille parce qu'il n'en aurait plus les moyens. Mestri avait raison : ce voyage était une folie, mais pas au sens où il l'entendait. Encore que le vieux précepteur devait se douter que la situation financière de son ancien élève ne permettait plus ce genre de dépense. Il n'avait pas refusé, cependant.

Quelques années auparavant, la société Broncci-Della Rocca, qui avait succédé à celle qu'Umberto Coniglio avait créée et tenté de transmettre à ses fils, avait fait faillite. Broncci avait rendu les armes plus tôt ; d'abord en renonçant à ses parts dans une société qui périclitait malgré les efforts de ses propriétaires, ensuite en se laissant dévorer en quelques mois par un cancer dont on ne put dire s'il l'avait poussé à cesser le combat ou s'il avait germé sur cette défaite. En ce printemps 1912, les perspectives d'avenir de Domenico n'avaient plus qu'un nom : Agnese, sa fille, gamine de douze ans qu'il essayait de préserver, dernier vestige du passage éphémère d'un ange lumineux. Combien de temps tiendrait-il encore ? Cette question qui le rongeait, il avait décidé de la reléguer durant quelques jours, le temps d'un périple avec son vieux précepteur, dans cette ville autour de laquelle, d'une certaine manière, sa vie s'était enroulée sans qu'il y fût jamais venu.

— Me diras-tu enfin ce que tu es venu chercher ici, Domenico ? demanda Mestri tandis que le vaporetto glissait avec nonchalance. Le fantôme de ce musicien dont plus personne n'a entendu parler ? Je me suis un peu renseigné… Illustre inconnu ! Ou celui de cet Asmodée Edern qui avait accueilli ton père ?

Domenico ne répondit pas. Il serra dans sa poche l'alliance de son père, sur laquelle avaient été gravés une date et un lieu : cette ville où il venait de débarquer. Cherchait-il quelque chose ? Rien, sinon la paix. Quelqu'un ? Il couvait du regard, tous les jours, les rares survivants du long naufrage qu'avait été sa vie et savait à présent que les disparus ne revenaient pas. Au cours de ces dix dernières années, un astre lumineux avait à jamais dissipé les ombres du passé. Agnese avait grandi ; qu'elle fût heureuse ! Le reste n'importait pas. Sa mère l'avait dit, sibylle improbable d'un destin qui se dérobait, parce qu'il ne se noyait pas dans l'océan du drame : on devait être heureux dans ce pays. Non ; si Domenico guettait quelque chose, c'était une parole. Et encore ; là, sur le tapis ondoyant où se reflétaient les torses de pierre des gloires enfuies, il douta de la force de son désir. Il parla cependant.

— Lors d'un lointain repas, vous m'avez dit que vous devriez un jour me raconter…

Mestri sut que ce n'était pas le vent qui l'avait fait subitement pâlir.

— J'ai dit ça ? gronda-t-il. Je devais avoir bu…

— Un peu.

— Beaucoup.

— Avez-vous oublié ou était-ce… une erreur ?

Mestri devina que son ami lui laissait le choix du mensonge et du silence. Il prit une profonde inspiration et, en accord avec la houle qui se brisait sur la coque du navire, soupira longuement.

— Nous ne sommes plus que deux, dit-il sourdement.

Ce n'était pas une réponse, mais Domenico sut que le vieillard n'avait pas oublié, pas plus qu'il ne s'était trompé, et qu'il acquitterait ici cette antique promesse.

Laquelle avait longtemps assez effrayé Domenico pour qu'il s'abstînt d'en exiger le respect.

Ils n'étaient plus que deux : Adriano Lungo était mort en 1901, lorsque la municipalité, à la demande d'Andrea Coniglio, député influent qui n'avait jamais totalement quitté Montechiarro, avait ordonné la démolition de la porte de Sienne, à laquelle l'instituteur était profondément attaché ; Clara était morte à la fin 1911, à l'âge respectable de quatre-vingt-six ans, sans s'être jamais lassée de son bonheur au côté de Piero ni fatiguée de leur action auprès des pauvres de Montechiarro. Sans non plus s'être jamais réconciliée avec son fils, devenu un notaire imposant et d'une piété qui ne s'étendait pas jusqu'à l'humilité nécessaire pour implorer auprès de sa mère le pardon qu'elle lui accorda sur son lit de mort. Après ce décès, Mestri avait fermé leur petite école, qui, avec les progrès de l'enseignement prodigué aux enfants et les effets du temps qui passe, n'avait plus de véritables raisons d'être, sinon le plaisir de réunir autour de ce couple exemplaire quelques proches devenus amoureux des livres dont ils parlaient.

— Vous m'aviez dit cela le soir où j'avais annoncé que j'allais faire graver le nom d'Agnese sur le monument à la mémoire de ma mère… Vous m'aviez demandé d'attendre. J'ai attendu dix ans.

— Pourquoi Venise ? dévia Mestri.

— N'est-ce pas un peu ici que je suis né ?

Dans un coude du canal, leur attention fut attirée par un majestueux palais blanc, surmonté, de part et d'autre, de deux obélisques gris. Sur le balcon, une femme, dont ils ne distinguèrent pas les traits, regardait passer le temps et son brouillard. Ils se turent. Domenico ferma les yeux ; le vent, le clapotis de l'eau, le moteur du vaporetto, les cris des gondoliers et des mouettes : ne s'agissait-il pas aussi d'une partition oubliée d'Alessandro Giacolli, qui attendait qu'un Jonathan Celnik vînt la repêcher et la transcender ? La voix rauque de Mestri rompit le concert.

— J'ai mis longtemps à admettre que ma véritable vocation n'était pas celle de l'enseignement, mais celle du confesseur. Un confesseur laïc, libéré du secret de la confession et choisi pour cette raison. Combien de gens ne m'ont-ils pas confié un message destiné à autrui, en me chargeant, plus ou moins explicitement, de le transmettre, de préférence lorsqu'ils ne seraient plus là ?

— Et votre étude sur l'âme humaine ?

— L'âme ? Je ne crois pas assez pour cela... Sa nature, oui. Et les raisons qui nous poussent...

— À rechercher ou à fuir la présence de nos semblables... Les avez-vous découvertes ? Est-ce cela, le secret que vous deviez me confier ?

Mestri eut un petit rire que le vent avala.

— Hélas non ! Je n'ai toujours pas compris... C'est peut-être pour cela que tant de gens se sont livrés à moi, malgré l'absence de confidentialité ; se taire ou ne pas comprendre, ce sont sans doute les conditions pour recevoir les secrets d'autrui.

Domenico ne dit rien et songea que, décidément, il n'aurait jamais rien fait comme les autres ; il n'avait dévoilé ni à Mestri ni à personne le secret de ses visions anciennes, ni même ce qu'il avait découvert à New York.

Après un dernier coude, le bassin Saint-Marc apparut, avec ses vaisseaux de bois, de fer et de pierre amarrés aux pieux d'un rêve absurde que la réalité n'avait pas encore réussi à submerger. Les roses du palais des Doges déteignaient sur l'eau sombre du ciel. Un orage montait la toile de son spectacle à l'horizon, un dais magnifique, bleu-noir, rehaussé par l'or rasant d'un soleil faufilé sur la crête des vagues. Domenico songea au Turner de New York. La ville nouvelle était-elle moins folle que l'antique Sérénissime, occupée à se muer en musée en plein air avant de devenir un regret en pleine mer ?

Ils accostèrent. Les deux visiteurs descendirent sur la Piazetta, dans des tumultes polyglottes et futiles. Domenico entraîna Mestri sans lui laisser le temps d'admirer San Giorgio et la Salute, vers la place et le campanile flambant neuf sur lequel quelques ouvriers s'affairaient encore, à la veille de son inauguration. Il avait fallu dix ans pour reconstruire « *dov' era, com' era* », la vieille tour qui s'était effondrée, sans crier gare, un 14 juillet. C'était un article dans la presse, consacré à l'événement, qui avait décidé Domenico à entraîner Mestri dans ce voyage, malgré son âge et la dépense.

Ils se campèrent devant le très élégant clocher, au sommet duquel on avait raccroché la cloche originelle, unique rescapée du désastre.

— La porte de Sienne a été abattue et elle a tué Adriano. Personne ne la reconstruira. Les pierres n'ont pas d'état d'âme… elles restent tant que l'homme ne s'en mêle pas.

Mestri ne répondit pas. Il sursauta à cause d'un vol de pigeons dérangés par la voix stridente d'une Anglaise sophistiquée qui rappelait son mari, demeuré en arrière pour tenter d'allumer, malgré le vent, un énorme cigare. Détruire, construire… songea le vieil homme. Comment pourrait-il confier son secret à Domenico ? Lequel fut pris d'un brusque vertige et d'une angoisse qu'il pensait ensevelie, devant toutes ces femmes qui passaient et que le mélange de bruine et de clarté fondait dans un nuage de sourires et de regards mystérieux. Comment expliquer cela à Mestri ? Il se secoua.

Il fallut ce soir-là, attablé dans un restaurant confortable du quartier de San Marco, plus d'une bouteille de marzemino pour que Mestri se résolût à lever le voile. Si un nom devait être gravé aux côtés de celui de Lætitia, sur le petit monument de pierre que Domenico avait fait ériger dans le parc de la villa, c'était celui-là : Alicia. Précisément : Alicia Bruchola.

Il ressuscita le souvenir de ce soir où une jeune fille radieuse, les jambes nues comme les paysannes qu'il recevait dans son école de fortune, avait frappé à sa porte. Clara était absente et la visiteuse devait le savoir. Elle s'appelait Alicia. Elle venait du Gargano et, depuis un mois, travaillait à l'Auberge des Fleurs, sur la place de Montechiarro. Elle s'était renseignée sur le pays et ses habitants. Les vivants et les morts.

— *Professore*, après toutes mes recherches, je suis arrivée à la conclusion que vous étiez l'homme à qui je devais confier ma vérité. La raison de ma présence ici et de ce que je vais offrir à un homme qui, tant que je serai vivante, ne doit pas savoir qui je suis. Et d'ailleurs, qu'est-ce que cela veut dire ? Je serai ce que je serai pour lui ; c'est peut-être le passé qui m'a conduite chez lui, mais c'est pour ouvrir l'avenir. Et je sais à présent que cet homme le mérite. Et l'âme de mon père sera sauvée. Après, quand je serai morte, vous déciderez : ce que vous direz ou non, à qui, et quand.

Pouvait-on se douter qu'une fée pareille fût animée d'un tel projet, qu'elle eût pu le concevoir seule, dans la misère solitaire de son pays et de son enfance ?

Alicia ne lui avait rien caché : le nom de son père, son origine. Elle lui avait raconté ce qu'elle savait de l'errance et de la folie de Bruchola. Lorsqu'elle avait prononcé ce nom, Mestri avait eu peur : il connaissait assez les mœurs du Sud et celles des Bruchola pour redouter l'engrenage infernal de cette maladie de la mémoire qui se nomme la vengeance. Pour quelle autre raison cette gamine avait-elle tout quitté, traversé la moitié d'un pays pour retrouver le fils de celui que son père avait assassiné ? Mais l'idée ne pouvait résister au spectacle de cette jeune fille, de cette fée frêle et humble, blanche, translucide, qui parlait avec la voix d'un chœur d'anges et déroulait des fresques où des dieux aux visages d'enfants veillaient au bonheur des créatures dans un monde d'harmonie et de beauté. Alicia avait la pureté et la naïveté de tableaux anciens qui auraient ignoré la guerre et les souffrances.

Elle lui avait dit :

— Mon père m'a appris que la devise de sa famille, de notre famille, était : « un jour, triomphera ». Il ne savait pas de quel triomphe il s'agissait, parce qu'il était aveuglé par ses souffrances et ses erreurs. Le triomphe que je cherche ne se clamera pas, *signor* Mestri. C'est celui de l'amour, comme celui que le Christ a offert aux hommes.

Elle s'était interrompue pour le regarder attentivement, sans effacer le sourire qui enjolivait son visage allongé.

— Je devine à votre expression que vous ne croyez pas ; cela n'a pas d'importance ! Je ne suis pas venue pour convertir. Ce que je crois m'appartient, nul ne pourra l'atteindre. L'essentiel est ailleurs, n'est-ce pas ?

Elle était restée quelques jours chez Mestri, pendant lesquels elle n'avait pour ainsi dire pas cessé de raconter : ce qu'elle avait vécu, ce qu'elle avait imaginé et pensé, ce qu'elle allait faire. Passé, présent et futur se déclinaient, entre ses lèvres, avec la même conviction : celle de l'évidence. Les choses se dérouleraient comme elle l'avait prévu, il n'était pas possible d'en douter. Et Mestri finit par s'en convaincre également.

— Vous comprenez, *signor* Mestri ? Mon père a répondu par la mort à sa souffrance ; je répondrai par l'amour. Vous pensez que mon père était un monstre, et j'admets que vous croyiez cela. Mais je peux vous dire qu'il a aimé. Moi, d'abord, mais d'autres aussi. Il ne me l'a jamais dit, mais je l'ai senti. Je ne sais pas qui. Ma mère, sans doute, à sa manière. D'autres femmes, avant. Je l'ignore, mais j'en suis sûre.

Elle secouait ses cheveux pour chasser les doutes qui auraient pu voltiger autour d'elle, et passait sa langue menue sur les lèvres pour les nettoyer des mots indésirables qui auraient pu les souiller.

— Alors, je lui ai parlé de toi, Domenico. J'ai fait confiance à cette improbable apparition. Est-ce que ce rêve pouvait être pire que la torpeur dans laquelle tu sombrais et qui nous inquiétait tellement ? Elle m'a interrogé sur ta vie. Elle a pleuré quand j'ai évoqué le départ de ta mère…

Mestri avait parlé longtemps, sans que jamais Domenico l'interrompît. À la pâleur grandissante de son vis-à-vis, Mestri avait deviné combien ces révélations pouvaient le bouleverser, autant, sinon plus encore, que ne l'avait fait l'arrivée de la jeune fille à la villa, et son entrée dans la vie de Domenico.

Lorsqu'il eut fini, ils restèrent silencieux un long moment. Impressionné, le serveur n'osa pas desservir les assiettes vides. Domenico gardait les yeux baissés sur une main qui jouait distraitement avec un couteau. Mestri chercha à deviner les effets de ses paroles. Enfin, Domenico redressa la tête et ébaucha un sourire triste.

— Est-ce que ma vie aura été gouvernée par des

fantômes ? murmura-t-il si bas que Mestri douta d'avoir bien entendu.

— Des fantômes ? répéta-t-il en se raclant la gorge.

Il resservit à boire.

— Oui, des fantômes… Il y a quelque chose que je ne vous ai jamais avoué, Mestri. Ni à vous, ni à personne, sinon la plus improbable…

Domenico ne fut pas aussi long que Mestri pour confier sa part de secret. Diagnostic d'une maladie curieuse dont il n'avait pas vraiment souffert et qui avait disparu comme elle était venue, sur la pointe des pieds. Mais était-il vrai qu'il n'en avait pas souffert ? Ne l'avait-elle pas, tout compte fait, empêché de vivre ?

— Le geste dément de Bruchola m'a privé de mon père et des ombres qui m'accompagnaient. Ma mère, que je ne connaissais pas ; cette femme, Arianna, elle aussi liée aux Bruchola, dont personne ne connaîtra jamais, sans doute, les motifs du drame qui l'ont d'abord conduite à être mariée à cet homme, ensuite à fuir la vie. Tout ce qu'elle a pu me dire n'est que le fruit de mon imagination, de mon délire. Pourtant, l'une et l'autre me réconfortaient. Bruchola les a tuées, d'une certaine manière. Ou elles m'ont abandonné. Puis, en Amérique, avec cet étrange personnage, j'ai mis un visage sur le rêve de ma mère. Plusieurs visages. J'ai vu des lieux. J'ai approché d'aussi près que possible la réalité de sa vie. Peut-être devrais-je dire : j'ai touché la densité de son absence. Je suis rentré, convaincu d'être guéri. J'allais vivre, enfin ! Je retenais une chose : il fallait assumer mes responsabilités, pour tous ceux qui dépendaient du domaine. Mettre de côté mes divagations, me concentrer sur l'essentiel. Vous connaissez la suite, Mestri : l'association avec Broncci et les efforts que j'ai fournis…

— Tu n'as pas de reproche à te faire, de ce point de vue, interrompit Mestri.

— Je sais, je ne m'en fais pas. Toujours des histoires grotesques de vengeance ! Andrea Coniglio est une ordure, mais je sais qu'il ne s'arrêtera pas. Je l'ai compris trop tard, et maintenant, je ne peux rien… Mais je ne veux pas parler de lui, ce soir !

Il vida son verre de vin, que Mestri remplit aussitôt.

— Avant qu'Agnese – Alicia, pardon – arrive, cet élan s'était déjà essoufflé. J'imagine que vous vous en étiez rendu compte, Clara et vous. Vous n'osiez rien dire, mais je devinais votre inquiétude. Je ne pouvais rien y faire, cependant. Ce voyage à New York était-il plus réel que mes visions ? Lesquelles firent quelques réapparitions. Chez Reguer, j'avais eu un rêve curieux, d'une jeune fille qui chassait les fantômes et, dans San Stefano, me conduisait à l'autel ; quand Alicia a frappé à ma porte, j'ai cru que c'était elle. Elle qui sortait de mon rêve et venait me sauver, enfin. Définitivement. Tant qu'à délirer, cher professeur, ne vaut-il pas mieux choisir le délire le plus ensoleillé, le plus généreux ?

C'était pour cela qu'il s'était laissé envoûter par Alicia. Curieusement, cette vision, cette créature à peine réelle l'avait ancré dans la vie. Elle avait offert à Domenico ce qui lui manquait plus que tout, et qu'il n'aurait pu nommer : l'incarnation.

— Vous vous rendez compte ? Celui qui a assassiné mon père m'a offert, d'une certaine manière, celle qui m'a sauvé ! C'est absurde…

Il se tut. Mestri n'eut pas envie de commenter ou de réfuter le constat. C'était absurde, sans doute, et évident, et beau comme le sourire d'Agnese, qu'elle tenait de sa mère dont elle aussi aurait été privée.

— Qu'avons-nous eu de bon dans notre vie, Mestri ?

Le vieil homme ne réfléchit pas ; la réponse surgit de ses lèvres comme si elle attendait depuis longtemps ce moment :

— Les femmes qui nous auront aimés, Domenico… Et l'amour que nous leur aurons rendu.

Troisième partie

Baptiste Morgan
1985-

Il y a un moment, dans les séparations,
où la personne aimée n'est déjà plus avec nous.

Gustave Flaubert.

Par le Velux de son logement, Baptiste Morgan n'apercevait qu'un ciel uniformément gris et terne. Il aurait pu être n'importe où – n'importe où il n'aurait pas fait beau ; dans un terroir perdu, au cœur d'une métropole trépidante, sur un paquebot nostalgique. Mais il était presque nulle part, au point culminant d'une ville improbable et dérisoire, bâtie en hâte sur des champs noyés par les vents qui coulaient à présent dans les ruelles et se déversaient avec fracas sur les places nombreuses. En se baissant, par une fenêtre plus large que haute et située au niveau du sol, on découvrait le campus qui rompait l'illusion des nues : Baptiste, de son logis, surplombait petitement une cité construite à la campagne, montée sur des pilotis de béton pour tenir éloignées les voitures confinées en des parkings sinistres où quelques jeunes gens plus désespérés allaient se pendre, avant de voir leur mort étouffée par les autorités académiques, soucieuses de créer autour de cette neuve Louvain une mythologie positive, dût-elle être mensongère et oublieuse. Mais en existait-il d'autres ?

Financé par son père, Baptiste logeait dans cet appartement, luxueux en comparaison des chambres habituellement occupées par ses congénères, depuis le début de ses études, trois ans auparavant. Il débutait ses licences ; dans dix-huit mois, il serait diplômé en lettres. Mais il savait déjà qu'il n'irait pas gonfler les rangs des enseignants où se retrouvaient la plupart des étudiants de cette section. Baptiste était plus ambitieux, même s'il s'efforçait de ne mêler aucun mépris dans cette échelle de valeurs ; son parcours scolaire ayant été particulièrement mouvementé, il entendait prouver à ceux qui avaient cru pouvoir le condamner au plus commun des avenirs qu'il irait au bout de ce que le cursus permettait : professeur d'université. Premier sommet à atteindre. Mais ce n'était pas le principal ; depuis son enfance, Baptiste caressait un autre rêve, une passion plus dévorante, un autre espoir de triomphe : il serait écrivain. Pour cela, il écrivait et cherchait un éditeur, désespérément.

Et c'était le découragement qui dominait ce matin-là le cœur de Baptiste. Pas au point d'aller mettre un terme à ses jours dans les sous-sols d'une cité artificielle ; mais assez pour charger son âme d'un air misérable, plus encore de ne connaître personne auprès de qui s'apitoyer. Bien sûr, il avait sa mère ; mais elle était malade et vivait avec un homme, le père de Baptiste, que celui-ci préférait ne plus trop fréquenter. Il ramassa sur la table de verre le pli reçu une demi-heure plus tôt, à l'en-tête d'une illustre maison parisienne, lui signifiant en des mots neutres et cruels que son manuscrit avait été refusé – nonobstant des qualités littéraires dont l'anonyme correspondant n'osait douter. C'était le neuvième de cet acabit, et pas le moins poli – il offrait une issue à son amour-propre, au contraire de ceux qui laissaient clairement paraître que son récit ne valait pas tripette, conclusion logique du refus de le voir figurer dans un catalogue consacrant les œuvres publiées.

Baptiste établit pour la dixième fois la liste des temples à qui il avait confié son opus ; il ne lui restait qu'une chance. Il balançait entre l'espoir et la lucidité, se nourrissant des anecdotes apprises aux cours sur les déboires des plus grands à leurs débuts. Mais ce dont il souffrait le plus, c'était l'impuissance où le confinait l'attente. On était jeudi ; rien ne surviendrait plus avant le lendemain midi, heure à laquelle passait le facteur. Puis ce serait le long week-end, interminable si la réponse du dernier éditeur n'arrivait pas vendredi, catastrophique si elle venait clore l'inventaire des rejets – ce qui était plus que probable.

Il était midi trente. Baptiste avait, comme tous les jours, manqué les cours de la matinée qu'il consacrait au sommeil, dédiant ses nuits à l'écriture et à l'écoute de la musique, son autre passion. À quatorze heures avait lieu l'unique enseignement qu'il suivait, parce qu'il était donné par son promoteur de mémoire, le professeur Augustin François, dont il espérait devenir l'assistant. Baptiste ouvrit son frigo et reçut la confirmation qu'il était vide. Le jeune homme était morose mais il avait faim. Il enfila son imperméable, empoigna le sac dans lequel il rangeait son matériel et sortit.

Au bas de la rampe qui menait à la faculté, une jeune fille aux longs cheveux bruns passa à côté de lui, indifférente, un sourire confiant aux lèvres. Baptiste l'observa s'éloigner, songeur. Pourquoi souriait-elle ? Allait-elle retrouver une confidente ? Un amant ? À quoi avait-elle occupé sa soirée ? Avec qui avait-elle dormi ? On ne pouvait être aussi radieuse, quand on était aussi jolie, sans s'adonner au plaisir toutes les nuits – tous les jours… Baptiste frissonna, sentant monter en lui une de ces vagues de jalousie qui s'emparaient de lui chaque fois qu'une opportunité lui était offerte – et le monde était cruel, qui les multipliait – de confronter sa solitude aux amours triomphantes, ses échecs aux succès immérités, sa richesse méprisée aux médiocrités souveraines.

La fille disparut sans se douter des sentiments qu'elle venait de susciter, et Baptiste se souvint qu'il avait faim. Il sortit de sa poche un baladeur et posa un casque sur ses oreilles. Chopin et ses *Nocturnes* le consolèrent. Il songea que, décidément, sa vie ne tenait qu'à la musique et reprit son chemin vers le centre. Il se mêla au flot des acheteurs de sandwiches. Noyé dans les bras de Chopin, il ne chercha à reconnaître personne et, inconsciemment, adopta l'allure qui confortait au mieux l'image qu'il aimait donner de lui : celle d'un être original, différent, égaré dans son siècle, victime d'une sensibilité trop vive et de l'incompréhension universelle.

Il arrivait cependant que Baptiste ne jouât pas, ce qui lui avait permis d'avoir quelques amis fidèles et d'attirer l'attention de ce professeur qu'il irait écouter dans une heure disserter sur *L'Éducation sentimentale* de Flaubert. Baptiste ne trichait pas quand il écrivait, quand il évoquait ses compositeurs favoris, en de rares instants d'abandon et de confidence – ou lorsqu'il était avec sa mère. Encore que, dans ces occasions, s'il recouvrait quelque authenticité, il mentait par rapport à la maladie dont chacun, chez lui, feignait d'ignorer le caractère inéluctable, à commencer par la principale intéressée. Certaines filles l'avaient trouvé attachant et d'autres, plus nombreuses, l'estimaient assez séduisant, grâce surtout à son regard bleu très vif, mêlé d'or en son centre, qu'il gardait fixé sur son interlocutrice ; mais aucune n'avait durablement résisté aux représentations narcissiques et misérables auxquelles il ne pouvait s'empêcher de s'adonner dès qu'il devinait un public attentif – et qui s'enfuyait aussitôt, le convainquant du bien-fondé de sa complainte. Pour cette raison, il appréciait le cours sur Flaubert : Frédéric Moreau, c'était lui.

Décembre était doux. Baptiste demeura en rue pour son repas. Dans moins de quinze jours, le blocus[1] débuterait, qui éclipserait les fêtes de fin d'année de sa pesanteur soucieuse jusqu'au début de l'an neuf et son rituel d'examens. Baptiste s'était arrangé pour n'en passer aucun. Il entendait travailler à son mémoire, mais surtout entamer l'écriture d'un deuxième roman. Il ne devait pas se laisser abattre par les refus essuyés pour le précédent. Impatient, il était têtu – comme il arrive que deux défauts se combinent en une qualité. Il ne rentrerait pas chez ses parents sinon pour le réveillon de Noël – chez les Morgan, cette fête était devenue une soirée plus sombre et plus sinistre encore que les autres par l'obligation de se montrer joyeux et aimables. Il ignorait encore quel texte pourrait l'occuper ; mais ce serait bien le diable si un récit ne surgissait pas du moment où Baptiste se résoudrait à s'asseoir devant un bloc de feuilles. Il lui suffirait de choisir une musique et de se laisser guider par elle. Dvorák et sa neuvième symphonie l'avaient inspiré pour le précédent ; il pensait se diriger à présent vers Chopin et Liszt. Une cascade fraîche de piano, les matins du monde, une jeune fille qui passe, sourit et s'arrête – car la littérature permettait ce miracle que la réalité refusait à Baptiste.

Il termina son sandwich et regarda sa montre : il lui restait vingt minutes. Il décida de les consacrer à la librairie.

---

1. Terme par lequel, en Belgique, on désigne la période de révision, entre la fin des cours et le début des examens.

C'était risquer de voir son enjouement se dissiper à nouveau. Le spectacle des ouvrages entassés rappelait à Baptiste que, pour récupérer son manuscrit, certains éditeurs exigeaient un chèque. Ces jaquettes lui racontaient toutes une autre histoire que celle, éphémère et sûrement imparfaite, qu'elles recouvraient : celle de son succès futur et de son échec présent. « Un jour, moi aussi je triompherai », songea-t-il en caressant les couvertures qui, aujourd'hui, occupaient le devant de la scène. Mais de ces fantassins de papier, dont la plupart n'avaient d'autre fonction que de créer du volume pour valoriser les vedettes de la maison, combien rentreraient défaits dans les casernes des distributeurs, pour finir massacrés par l'impitoyable pilon ? Baptiste observa les gens autour de lui ; ils attrapaient un livre, jetaient un œil distrait sur le résumé puis le redéposaient, les yeux et l'esprit déjà ailleurs. Agiraient-ils de la sorte avec son œuvre ? Baptiste eut envie de les chapitrer : chacune de ces publications représentait des années de labeur et, plus encore, un morceau d'âme et de vie ! On devait les respecter à défaut de les acheter tous, leur rendre l'hommage de quelques précieuses secondes ! Mais il se tut. Il ne se comportait pas autrement avec les romans des autres. Ce n'était pas tout de naître ; il fallait gagner le droit de vivre.

Le carillon mécanique de la faculté de théologie le fit sursauter ; le cours allait débuter et il n'était pas question d'arriver après le professeur François qui, par chance et habitude, ne démarrait jamais avant quatorze heures quinze.

L'amphithéâtre était rempli. Ne restaient de places qu'au premier et au dernier rangs. Augustin François se tenait derrière le pupitre, feuilletant ses papiers tandis qu'il scrutait son auditoire à la dérobée. Une lourde gourmette en or suivait, avec la paresse que lui conféraient son poids et la lenteur du geste, le mouvement de la main qui commençait à trahir l'impatience du maître. Baptiste n'alla pas s'asseoir devant, car il jugeait cela servile, outre que cela aurait révélé qu'il ne prenait aucune note, préférant étudier dans celles de l'une ou l'autre condisciple. Il s'arrangea cependant pour que son installation au sommet de la salle fût perçue par le principal intéressé. François eut une grimace, entre le sourire et la contrariété, et, de la voix posée du lecteur accompli, entama sa prestation.

Il en était au passage où Frédéric Moreau, retourné vivre dans sa province, ayant reçu la visite de Mme Arnoux et compris combien elle aurait pu l'aimer, combien ils auraient pu être heureux si rien n'avait été comme tout avait tourné, hésite : revient-elle pour s'offrir enfin à lui ? Mais elle est vieillie, ses cheveux sont blancs, son baiser, sur le front de celui qui n'aurait pu être son amant, est celui d'une mère. Le professeur François pistait les indices du texte et les commentait de sa voix profonde et chantante. Baptiste, en l'écoutant d'une oreille, cherchait dans les gradins les visages de celles qui pourraient jouer pour lui le rôle de la belle Mme Arnoux. Il s'était déjà efforcé d'en séduire plusieurs, sans plus de réussite que le héros flaubertien. Même moins ; Moreau, au moins, avait eu quelques liaisons. Au premier rang, Pascale prenait note consciencieusement ; elle avait ri de ses poèmes. Trois places à sa droite, Véronique avait voulu vérifier dans ses bras qu'elle avait raison d'épouser le garçon qu'elle aimait depuis ses dix ans, sans en avoir jamais connu d'autres. La vue d'un pied troublait Frédéric Moreau ; celle des seins de Françoise avait affolé Baptiste, l'année précédente, lorsqu'elle s'était déshabillée devant lui, l'avait laissé la caresser sans rien autoriser d'autre, l'abandonnant gros de sa frustration.

Bientôt, Frédéric se retrouverait avec Deslauriers, au coin du feu de leur vieillesse, au bout des cendres d'une vie tiède, ils se souviendraient du fiasco de leur visite au bordel, dans leur adolescence, et concluraient que c'était là ce qu'ils avaient eu de meilleur ; et Baptiste ?

Le cours prit fin. Baptiste proposa à Catherine, qu'il essayait de séduire depuis plusieurs semaines, d'aller voir avec lui *Mort à Venise*. Mais elle refusa, prétextant que ce film était déprimant.

Il rentra chez lui. Le soleil, que l'on n'avait pas vu de la journée, fit une brève apparition à l'horizon, derrière le lac et les collines avoisinantes, avant de s'enfouir dans le précoce crépuscule hivernal. Baptiste, tout plein encore de Flaubert, se sentait gagné par une nostalgie ambiguë, de celles qui touchent non à un passé heureux mais à un futur tellement improbable qu'il se confondait avec le regret des époques enfuies. Un gros soupir vint conforter cette impression qui, somme toute, le gonflait d'aise. C'était en de tels moments qu'il était le plus assuré de sa valeur et de son état d'artiste. Peut-être irait-il seul au cinéma et, au préalable, au restaurant avec, pour unique compagnon, un livre – *Le Loup des steppes* d'Hermann Hesse, dans lequel il était plongé depuis trois jours. « Noyé », aurait dit Catherine qui considérerait certainement ce roman « déprimant ». Et, tandis qu'il remontait la rampe qui conduisait à son immeuble, dans le sillage du loup surgit une des images qui réconfortaient le plus Baptiste, celle du portrait de Beethoven vieilli d'où jaillissait la voix grave, héritée d'un disque narrant la vie du compositeur et qui avait nourri l'imagination de Baptiste enfant, celle-là même qui ponctuait le tragique « Testament d'Heiligenstadt » : « Ô vous qui me jugez haineux, têtu, misanthrope, ou qui me faites passer pour tel, comme vous êtes injustes ! » Il ne connaissait de ce texte que ce prologue qu'il associait aux vers que Villon adressait à ses frères humains. *Miserere !* Mais les créateurs authentiques n'avaient rien à espérer de la commisération de ces proches qui ne seraient jamais leurs semblables. Ils n'avaient pas opté pour une profession mais pour un destin, lequel les mettait à l'écart des mortels qui près d'eux vivaient. Fausse proximité, source de tous les malentendus ! La déréliction était le lot des apôtres de l'art, la seule religion à laquelle Baptiste était décidé de se consacrer. Il regretta de n'avoir pas emporté une cassette de son concerto préféré, l'Opus 61 de Ludwig Van, et il grimpa rapidement vers le quatrième étage où l'attendait sa discothèque.

Comme il arrivait, il entendit derrière la porte la sonnerie du téléphone. Il chercha fébrilement sa clé et ouvrit, poussé par l'habituelle angoisse de manquer l'appel qui changerait sa destinée – appel qui ne serait lancé qu'une fois et tant pis pour lui s'il le ratait. Mais il pénétra trop tard dans la pièce. Le répondeur remplissait son office de secrétaire zélé. Essoufflé, Baptiste s'approcha pour écouter. Ce n'était pas M. Gallimard mais la mère du jeune écrivain, lequel ferma les yeux, blessé par ce chant frêle dont le tremblement trahissait que la malade, pour supporter ses douleurs, avait bu en cachette du vin pourtant contre-indiqué à cause des médicaments. C'étaient, coupants comme des larmes de verre, les mots simples d'une mère qui voulait son fils heureux et près d'elle, et qui sacrifiait ce second désir pour l'accomplissement du premier. Elle était seule, promise à la mort, et son fils lui manquait, dans l'ivresse triste de la solitude ; elle lui parlait par répondeur interposé, elle le saluait, s'excusait de déranger quand elle n'avait dérangé personne, embrassait, espérait, si possible, un mot, un geste, un signe de sa présence.

Tout s'éteignit sur le sifflement brutal de la machine insensible et efficace. Un claquement suivit, puis le ronronnement de la bande qui reculait. Baptiste rouvrit les paupières. Une diode rouge clignotait pour l'accueillir comme un chien aurait frétillé de la queue, l'avertissant que la technologie avait avec succès pallié l'absence du maître de céans.

Baptiste ôta son manteau et rappela sa mère. Il accepta l'invitation à dîner pour le lendemain soir, prétendit que tout allait bien et conforta son interlocutrice dans l'idée qu'il était submergé de travail. Il ne demanda pas de nouvelles de son père et prit congé assez rapidement, souffrant d'entendre cette voix et la détresse qu'elle dissimulait à peine. Il gravit les marches étroites vers la mezzanine où nichait sa chaîne stéréo et glissa dans le lecteur le concerto pour violon. Il brancha le casque, s'installa dans le profond fauteuil que son père lui avait offert alors que le glas des timbales initiait le plus long adagio jamais composé, courant sur trois mouvements et que Baptiste considérait comme le requiem de Beethoven, un des rares genres où le musicien ne s'était jamais officiellement illustré. Il s'endormit avant la fin de l'allegro (*ma non troppo*), après avoir sombré dans cet état, indécis et délectable, où la musique dominait ses pensées.

Ce fut encore la sonnerie du téléphone qui l'arracha au sommeil, le lendemain matin à onze heures quarante. Il décrocha précipitamment le combiné qu'il avait installé à son chevet. C'était son père qui, à la voix de Baptiste, devina que celui-ci se réveillait à peine. Il le sermonna sur l'importance qu'il y avait, à son âge, d'adopter un rythme de vie plus sain et plus équilibré. Baptiste, de mauvaise humeur, répliqua sèchement qu'il étudiait mieux la nuit, quand personne ne pouvait le déranger ; mais il savait qu'il était vain de chercher à convaincre son interlocuteur. Celui-ci d'ailleurs ne l'écouta pas.

— J'ai parlé au docteur Konis. Les résultats des dernières analyses ne sont pas bons.

La gorge de Baptiste se noua ; pas besoin de préciser de qui il s'agissait : c'était elle, mère et épouse, qui se soumettait aux analyses et eux, fils et mari, qui se disputaient le privilège des lamentations.

— Je veux que tu sois plus présent auprès d'elle. Je ne comprends toujours pas pourquoi tu as préféré aller vivre dans cette ville plutôt que de rester à la maison, alors que nous n'habitons qu'à douze kilomètres de Louvain-la-Neuve. Tu es tellement têtu… Mais il faudra que tu reconsidères les choses, maintenant. Ou du moins que tu passes tous les jours.

« Ô toi qui me juges haineux, têtu, matricide ! » Emporté par sa tristesse et sa colère, Baptiste répondit qu'il s'efforçait déjà de venir presque quotidiennement, qu'au moins il appelait. Ce soir, il serait là pour le dîner. Il faillit poursuivre en demandant à son père pourquoi il persévérait à travailler autant et si tard quand il n'en avait plus besoin et qu'il aurait pu, lui aussi, égayer la détresse d'une femme à laquelle il prétendait tant tenir ; mais il se tut. Embarrassé comme chaque fois que leur conversation prenait une tournure agressive – et c'était presque toujours le cas –, Auguste Morgan s'éclaircit la voix et s'informa de l'avancement des études de son fils. Sur ce terrain neutre, les deux hommes mirent fin à ce bref échange.

Baptiste détestait que son père lui indiquât la manière dont il devait se comporter vis-à-vis de sa mère. Il n'avait rien à se reprocher et estimait faire le maximum – et bien plus que son père. Il l'accusait d'avoir méprisé son épouse durant l'essentiel de leur vie commune et de ne s'en soucier que depuis le déclenchement de la maladie. C'était avant qu'il aurait fallu lui manifester de l'amour ! Sans doute alors ne serait-elle pas tombée malade, car le cancer, Baptiste en était persuadé, puisait ses racines dans le psychisme affaibli de ses victimes. De ce point de vue, il se dédouanait entièrement ; il n'avait que quatorze ans lors de la première alerte et agissait en bon fils. Mais il devait se protéger et avant tout de cette force néfaste qui se dégageait de son père. Baptiste devait vivre ; une œuvre l'attendait pour naître. Sa mère le savait, elle était sûre du succès de son enfant. Que son père ne s'en mêle pas !

Il relança le concerto de Beethoven pour dissiper les

effets désagréables de ce réveil et descendit se préparer un café.

Le facteur devait être passé ; Baptiste ressentit une angoisse qui se mua en fringale, l'obligeant à engloutir une tranche de pain avant d'envisager toute autre action. Le tournis s'estompa, tandis que les graisses et les sucres remplissaient leur fonction, et Baptiste se raisonna. La boîte aux lettres serait vide, assurément. Ou porteuse de mauvaises nouvelles. Il prit sa douche, s'habilla, se brossa longuement les dents.

À côté d'une facture de téléphone, il n'y avait pas un mais deux plis en provenance de Paris et à l'en-tête de prestigieux éditeurs. L'un était celui qui n'avait pas encore répondu, mais la surprise venait de l'autre dont Baptiste avait déjà reçu le refus. Fébrile, il remonta quatre à quatre, refusant de découvrir en un lieu si trivial le contenu de ces missives.

De retour chez lui, il sélectionna soigneusement l'œuvre qui convenait à l'événement. Il hésita longtemps, s'efforçant à la sérénité, et opta pour *La Création* de Haydn. Lentement, du chaos originel, la musique s'éleva et gagna l'harmonie divine. Baptiste s'assit dans son fauteuil, serrant les deux enveloppes dans ses mains qui tremblaient un peu. Par laquelle débuter ? Il y avait peu de chances pour que la dernière maison sur la liste tranchât autrement que ses consœurs. Mais si l'autre éditeur avait choisi de le contacter à nouveau, pouvait-ce être pour une autre raison qu'un revirement ? Baptiste s'écrivit la lettre :

> Monsieur,
> À la suite d'une malencontreuse erreur de manipulation, nous vous avons communiqué une décision qui ne concernait pas votre

> manuscrit, lequel a enthousiasmé notre comité de lecture. Nous espérons que vous nous pardonnerez cet impair inqualifiable et que vous n'avez pas encore signé ailleurs, car nous ne souhaitons rien tant que vous compter aux rangs de nos auteurs, qui furent et sont parmi les plus grands des Lettres françaises.

Et le « L » des Lettres françaises était magnifiquement calligraphié. Baptiste sourit. Ah ça ! Ils attendraient… Ou, photocopie à l'appui, Baptiste ferait monter les enchères. Mais Baptiste n'était pas idiot ; passé l'euphorie d'une telle illusion, il reconnut que ce scénario était hautement improbable. C'était sûrement un rappel pour le chèque nécessaire au renvoi du texte ou l'annonce, en l'absence d'une réponse du plumitif éconduit, de sa destruction – la cérémonie se sera déroulée dans la plus stricte intimité, ni fleur ni couronne. Ou une publicité pour des candidats plus chanceux. Le moral de Baptiste chut et Haydn eut toutes les difficultés du monde pour le remettre à flot. Non, cela non plus n'était pas possible : l'adresse était rédigée à la main, d'une écriture pleine de caractère, certainement celle d'un écrivain. On ne gérait pas un mailing publicitaire de cette manière. Le cosmos se construisait sous la baguette de M. Kuijkens ; ce devait être un membre du comité de lecture fâché d'une décision finale qui ne l'agréait pas, et qui volait au secours du talent incompris. Baptiste tourna et retourna cette hypothèse. C'était la plus plausible ; certes, dans la foulée, cette personne pouvait aussi lui écrire pour l'agonir d'injures. Mais pourquoi un artiste confirmé irait-il gaspiller son temps pour accabler un inconnu déjà condamné à l'oubli ? Une seule chose contrariait cette option : chaque fois que Baptiste avait conçu une issue heureuse à ses démarches éditoriales, il avait été déçu. La poisse appelait la poisse, certains étaient nés pour réussir, d'autres pour échouer, quelles que fussent leurs aptitudes respectives. Allons, ce n'était plus de la probabilité : c'était du défaitisme ! Il suffisait d'un accord, un seul – et le mot lui plut, qui évoquait la musique – pour que tous ces échecs fussent abolis ! Cent fois sur le bureau déposez votre requête… Cent fois sous la hache du bourreau remettez votre tête… « *Und Got sprach !* » Terre ou firmament : Baptiste ouvrit d'abord l'autre lettre avec l'appréhension excitée d'un gamin disposant de deux billets de loterie. Perdu ; c'était effectivement un refus qui s'ajoutait aux neuf autres, avec la même absence de justification et requérant un montant identique pour la récupération du corps délictueux. Baptiste voulut croire que cette déconvenue renforçait ses chances pour le second tirage et sa main trembla fort en déchirant le papier épais. Sur une feuille à en-tête de l'éditeur, une écriture semblable à celle de l'adresse courait, nerveuse, sur toute la surface. Baptiste la lut et n'y comprit rien, cherchant à déchiffrer ce qu'il avait au préalable imaginé. Il cligna des yeux à plusieurs reprises, augmenta le volume de la musique.

On était toujours surpris.

> Cher Monsieur,
> Membre du comité de lecture auquel vous avez confié votre manuscrit, je prends sur moi la liberté de vous contacter personnellement, en une démarche qui, je vous prie de le noter dès à présent, n'engage en aucun cas la maison pour laquelle je travaille – et qui n'est d'ailleurs pas celle dont j'utilise ici, malicieusement, le papier et l'enveloppe. Je ne conteste en outre nullement le rapport défavorable qui vous a été communiqué pour ce roman, porteur de toutes les touchantes mala-

dresses d'un premier opus. Ce n'est pas le texte qui m'importe – dussé-je vous blesser en écrivant cela ! –, mais l'auteur qui se dissimule derrière. Vous m'intriguez et j'aimerais vous rencontrer. Pas à Paris, où je demeure rarement ; ce serait banal et je devine que vous n'appréciez pas plus que moi la trivialité et la facilité. Je possède un petit logement à Venise – rien de très luxueux ; j'ignore si vous connaissez cette ville, autrement que par images interposées. Je vous propose d'être mon hôte, entre le 26 décembre et le 15 janvier – ou plus longtemps si vous le souhaitez, l'appartement étant inoccupé. Installez-vous, je ne vous gênerai pas ; mon emploi du temps est trop complexe pour que je puisse vous fixer un moment plus précis. Je passerai à Venise entre ces deux dates, que vous veniez ou non, et espère vous y retrouver.

Il est inutile de me répondre – et certainement pas aux coordonnées indiquées sur l'enveloppe ! Rendez-vous donc à l'adresse ci-dessous et demandez à la *signora* Bicapi, gardienne des lieux, de vous confier la clef. Elle est un peu bourrue mais m'est extrêmement dévouée.

Au plaisir d'une rencontre à l'ombre des doges,

Cordialement,

Asmodée Edern.

1506 rio terà Farsetti, Canareggio.

C'était proprement absurde. Incroyable, inouï. Inespéré. Baptiste relut dix fois le billet et son extravagante invite. *Veneziana Stravaganza...* Il aurait dû préférer Vivaldi à Haydn ; l'univers qui se créait dans ses oreilles était trop ordonné, trop délicat pour correspondre au déferlement baroque que suscitait cet improbable Asmodée Edern – quel patronyme ! Se jouait-on de Baptiste ? Dieu lui tendait-il la main ? Le sage Joseph Haydn n'avait aucune réponse à lui fournir et Baptiste ne sut trancher si cela était bon.

Qui était cet Asmodée ? Le nom semblait inventé de toutes pièces. Un pseudonyme sans aucun doute. Qui se cachait derrière ? Quel écrivain parisien s'amuserait à tromper de la sorte un inconnu ? Venise était un indice ; Philippe Sollers ! Baptiste ne l'avait pas lu mais il avait eu vent de sa passion pour Venise (où lui-même ne s'était jamais rendu). Il repoussa aussitôt ce scénario. Sollers aimait les femmes plus que les villes et Baptiste n'appartenait pas à cette catégorie, outre que le séducteur renommé n'avait pas besoin de faire son marché parmi les invendus de son éditeur. Un littérateur homosexuel ? Il avait entendu dire que le cas était fréquent – certains prétendaient même que la sensibilité des artistes les prédisposait à ce choix. Asmodée serait déçu : Baptiste n'en était pas, quoiqu'il se défendît de tout ostracisme. Non, c'était ridicule ! Cet Asmodée ne parlait que de littérature et ne connaissait Baptiste que par ce biais. À quoi s'exposait-il ? La cour d'un pervers ? Il était fort, il saurait se protéger. Non : son seul risque était de passer quinze jours à Venise, (presque) tous frais payés. Et l'opportunité d'une entrevue qui serait décisive dans sa carrière. Il songea à son mémoire de fin d'études, qui restait en souffrance. Il emporterait du travail avec lui ; et puis, il fallait établir des priorités et saisir la chance quand elle se présentait ! Mais si on se moquait ? Résisterait-il à une telle déception ? Deux semaines de vacances dans la ville supposée la plus belle du monde compenseraient-elles pareille déconvenue ou ne la rendraient-elles que plus amère ? Les mots sublimes que Rilke adressait au poète en herbe – à lui, donc ! – vinrent à sa rescousse : « Je dois ! » Rien ne triompherait de cette détermination, pas même un Asmodée sorti du diable vauvert. Oui, Baptiste était un romancier et cette lettre en était la confirmation. L'excitation de Baptiste grimpait avec la musique à mesure qu'il se persuadait que cette missive était la meilleure chose qui lui fût arrivée depuis qu'il frappait à la porte du Panthéon. Oui, cela était bon, « *so schön, so wunderbar* » ! Amen ! La création allait enfin commencer. Y avait-il endroit plus propice pour créer ? Haydn se tut. Baptiste bondit vers sa discothèque pour choisir le titre qui célébrerait cet événement ; après *La Création*, il faillit sélectionner *La Chute d'Adam* de Galuppi, un Vénitien. Mais il trouva inopportun de maintenir la roche tarpéienne si proche du Capitole. Le final de Haydn le guidait vers son compositeur préféré : Beethoven et son hymne à la joie – celle de Baptiste, évidemment. Tant pis pour les voisins ! Il poussa le volume et, durant le quart d'heure de l'Allegro *assai*, il dirigea un orchestre invisible.

Le soir, il emprunta la route de la banlieue bruxelloise où son père avait fait bâtir, au début des années soixante-dix, une maison moderne trop grande pour leur famille mais qui, vite, suffit à peine pour accrocher les tableaux qu'il achetait auprès des peintres dont il pensait être l'ami. C'était aussi pour fuir cette demeure, davantage encore que ses occupants, que Baptiste s'était définitivement installé sur le campus universitaire, à Louvain-la-Neuve. Musée-mouroir, ces murs n'avaient jamais connu un rire de petit enfant ; rien que le mutisme obstiné d'un adolescent rebelle et de deux adultes qui n'avaient pas appris à se parler. Les cadres avaient proliféré, métastases colorées sur les briques blanches et indifférentes. Puis ce fut le tour des cellules de sa mère, débordement anarchique dans un corps lactescent qui se demanderait bientôt à quoi il aurait servi. Sinon à mettre Baptiste au monde.

Son père s'évertuait, depuis son enfance, à l'éveiller au goût de la peinture. Baptiste avait l'âme sensible et reconnaissait ses dettes ; mais il négociait les termes du remboursement. L'art pictural, soit, mais pas les Italiens que son père affectionnait au point de lui imposer des stations d'un quart d'heure devant une toile pour en détailler la composition, jamais l'anecdote. L'amour de sa mère, mais pas cette force fatale qui la dévorait et qui le terrifiait. Les Primitifs flamands, voilà les artistes que Baptiste aimait, avec leur exubérance carnavalesque et leurs visages d'épaisse humanité, loin des nuées évanescentes et de leurs hôtes éthérés. Avec leurs ballets macabres, leurs malades hideux, leurs éclopés répugnants. La mort là aussi dansait et gloussait, elle ne faisait ricaner qu'elle-même et ses cohortes infernales de serviteurs tôt ou tard grugés. Baptiste aurait pu devenir peintre, ou musicien. Il n'en avait pas le don, à son regret. Écrivain, alors. Romancier, contre son père et son mépris du détail anecdotique ; pour sa mère, réduite au silence de la vie par la maladie. Aussi pour rédiger, par anticipation, la chronique et les récits de ce décès annoncé, dix ans auparavant, imminent et toujours différé.

La maison était cernée par une légion d'immenses sapins noircis par l'âge, qui mangeaient la lumière qu'une interminable baie vitrée, dans le salon, s'efforçait en vain de mener au centre du logis. Le jour y jouait à l'aquarium et les nuits de vent y paraissaient plus inquiétantes. Baptiste n'avait-il pas fui ces soirées d'adolescence où, ses parents sortis, il errait seul dans la demeure désertée, plus angoissante qu'un château écossais ? Dans cette pièce démesurée où d'autres auraient placé deux appartements confortables, son père avait posé trois canapés et six fauteuils sur lesquels aucun invité ne s'asseyait depuis des lustres. Il se réfugiait avec sa femme dans un recoin contre la fenêtre, radeau dérisoire au cœur d'un naufrage sans fin. Dans l'océan noir, une lampe unique à la droite du maître des lieux creusait son trou d'or pauvre. Auguste Morgan, le crâne chauve et les tempes couvertes de belles boucles blanches, était plongé dans un ouvrage et ne voyait pas, en face de lui, son épouse abandonnée à sa douleur, la main pendant, insignifiante de n'être plus aimée, le long de sa cuisse décharnée, les yeux noyés dans le vide sombre de cet univers qui, chaque fois qu'il y pénétrait, serrait le ventre de Baptiste et lui donnait l'envie de profaner – mais qui le prenait aussitôt sous son emprise et lui faisait courber la tête, rendre gorge des éclats qu'il n'oserait pousser au-delà de ses lèvres.

Quand ils l'entendirent, Baptiste était près d'eux. Son père rabattit le livre qu'il tenait et dont il ne manquerait pas de citer quelque passage pour l'instruction de son fils. Il leva vers lui son beau regard de vieil homme que le monde n'a pas fini d'intéresser ; avec une grimace causée par le supplice imposé à ses os rongés par la maladie, sa mère tourna vers lui, qui arrivait dans son dos, des pupilles écarquillées où se mêlaient la joie, la souffrance et l'ivresse de la solitude, des médicaments et de la peur – un regard que Baptiste, pour n'avoir à le supporter trop longtemps, engouffra dans un baiser très doux avant d'embrasser furtivement la joue, déjà piquante à cette heure, de son père qui s'était pesamment redressé pour l'accueillir.

Il y eut des paroles embarrassées pour maquiller le soir d'une illusoire chaleur familiale dont ils avaient tous tellement soif. On apprécia un *Lied* de Schubert sur le petit appareil posé devant la lampe, Auguste Morgan ayant toujours refusé la dépense d'une installation stéréo digne du lieu où il vivait et de la musique qu'il affectionnait au moins autant que Baptiste. Survint la lecture que Baptiste redoutait et qu'il endura en silence. Il s'efforça d'écouter le moins possible et s'apprêta à acquiescer d'un hochement du menton neutre lorsque son père reposerait le volume et, baissant ses lunettes pour dévisager son fils avec un sourire, lui demanderait de confirmer combien cette réflexion était exceptionnelle. Et, devant les traits fermés de Baptiste, son sourire s'éteindrait, il remonterait ses verres de presbyte et rabaisserait les yeux vers la page ; sa femme séparerait les chiens de faïence et questionnerait le plus jeune sur l'essentielle insignifiance de sa vie. Ils converseraient alors, plus ou moins ignorés du père qui tenterait encore de partager sa trouvaille sans se soucier de la conversation en cours, banale et tellement anecdotique. Enfin, de guerre lasse et pour rompre sans blesser, Baptiste proposerait d'aller en cuisine préparer le repas ; sa mère, après s'être péniblement mise debout, l'accompagnerait tandis que son père demeurerait dans le face-à-face avec son livre, interlocuteur docile dont il se faisait à la fois l'enthousiaste auditoire et le fervent zélateur.

Là, dans l'unique pièce où Baptiste et sa mère se sentaient chez eux, blottis et enfin confidents, tous deux se retrouvèrent, cerclés de paroles sans grandeur peut-être, mais plus chères au cœur de Baptiste que les théories de son père. Il interrogea discrètement sa mère sur son dernier rendez-vous à la clinique et elle lui répondit, fidèle à leur usage, que son médecin se portait bien. Puis, obligée de s'asseoir par une douleur trop aiguë, elle laissa jaillir l'aveu impudique de son calvaire auquel Baptiste n'avait jamais été en mesure de rien objecter – du moins le croyait-il car il découvrirait trop tard que tout, dans son silence, parlait à sa mère, lui clamait sa peur de la voir disparaître, comme jadis, enfant, il se réfugiait dans son lit pour fuir les monstres de ses nuits et qu'elle l'accueillait au sacrifice de son sommeil et au vif mécontentement de son mari que ces intrusions enfantines dérangeaient. Pour cela, pour l'angoisse inexprimée de son fils, elle s'en voulait d'être malade, généreuse jusque-là et ignorant comment concilier l'inconciliable, consciente que sa souffrance ne se dissiperait qu'avec elle et qu'il n'y avait pas d'autre issue pour Baptiste que d'apprendre à vivre cette mort si lente à venir, chimérique et oppressante.

— Ça va ?

Il n'avait pas eu d'autres mots, lui qui se faisait une fierté de jongler avec la langue. Ça va. Non ; ça s'en allait. Mais elle s'efforça de sourire et réprima ses pleurs, redécouvrant ce que chaque fois elle cherchait à refouler : que les visites de Baptiste, tellement espérées, l'épuisaient plus que son absence durant laquelle il lui était offert de ne pas feindre.

— Oui… Donne-moi mon médicament.

Dans une multitude de pots, elle pointa l'analgésique aux dérivés de morphine auquel elle devait recourir de plus en plus fréquemment. Baptiste lui tendit un cachet et un verre d'eau, embarrassé, ballotté comme un fétu entre la compassion et la contrariété née de ce qu'il ne pouvait claironner, avec l'enthousiasme escompté, la grande nouvelle.

— Ça va passer, murmura-t-elle.

Elle faillit ajouter : « moi aussi », mais elle n'avait pas le goût des calembours cyniques. Elle eut soudain envie de parler, vraiment.

— Baptiste, il faudra veiller sur ton père. Il t'adore mais il est incapable de l'exprimer…

— Maman ! gémit Baptiste, les larmes au bord des paupières.

— J'ai tellement mal… Vous serez tristes, d'abord, puis ça s'estompera. Vous oublierez.

— Non !

Il ne savait pas comment se tenir devant elle qui lui demandait d'être un homme, de la libérer de ce harassant fardeau d'être mère pour son garçon comme pour son mari, de l'autoriser à abandonner ce rôle et cette pièce que les autres acteurs ne supportaient pas mais à laquelle ils n'osaient renoncer, par crainte du face-à-face et du vide des coulisses. Il s'accroupit devant elle et lui saisit les mains.

— Tu n'as pas le droit de dire ça, maman… Je ne t'oublierai jamais.

Elle n'eut pas la force de répondre que ce n'était pas ce qu'elle avait cherché à signifier, qu'elle faisait allusion à la tristesse, aux souvenirs d'une maladie avec laquelle elle ne voulait pas être confondue – elle avait tant aimé la vie, ses plaisirs, elle refusait d'être réduite à cette image de momie *dolorosa* au pied d'une croix où son fils prendrait la pose avantageuse du martyr.

— Et puis, les médecins vont te guérir…

Elle n'écoutait plus. Sa supplique avait été rejetée ; pareille à certains oiseaux dont le nom lui échappait, elle devait se laisser dévorer par l'angoisse vorace de sa progéniture.

— L'eau bout.

Et chacun loua le précieux adjuvant dans lequel Baptiste s'empressa de plonger la portion de pâtes à laquelle sa mère goûterait à peine, se battant pour chaque bouchée. Dans le micro-ondes, il plaça un bocal de sauce à la tomate et il sortit du frigo le jambon et le fromage qui compléteraient ce festin. Voyant que sa mère tentait de se relever, il se précipita et la força à rester assise.

— Ce soir, c'est moi qui m'occupe de tout ! déclara-t-il, faussement enjoué.

Il ouvrit une bouteille de vin et dressa le couvert.

— Un verre de rouge ? J'ai une excellente nouvelle !

Elle sursauta, prête à revivre. Elle ne guettait plus que deux bonnes nouvelles : l'accord d'un éditeur, car elle était une lectrice conciliante ; mais surtout celui d'une jeune fille qui la remplacerait dans le cœur de Baptiste. Elle se tut toutefois, soudain soucieuse que ne s'éteignît pas le feu fragile que Baptiste s'efforçait d'allumer sur les brindilles humides de leur soirée.

— Dis-moi !

— Tout à l'heure, trancha-t-il avec un sourire mystérieux.

Les pâtes furent cuites. Baptiste les égoutta, se brûla les doigts avec la sauce qu'il versa sur les spaghetti fumants, puis il prévint son père. Auguste s'en vint, s'attabla en silence et entama son sandwich – il déjeunait au restaurant – sans attendre que Baptiste eût servi sa mère et lui-même. Le fils sentit aussitôt son enthousiasme vaciller et il remplit les verres.

— Et ton mémoire ? questionna le père, la bouche à moitié pleine.

— Ça avance.

— Baptiste a quelque chose à nous annoncer, interrompit-elle, trop enjouée, tandis que d'une fourchette lasse elle chipotait dans son assiette.

Alors il se lança, rappela son attente de réponse – ce que son père ne comprenait pas car écrire, à ses yeux, n'était qu'un hobby –, sa déception – dont sa mère souffrait plus que lui et qui confortait son père dans sa conviction, mû aussi par la crainte d'être blessé à travers son fils qu'il voulait triomphant de tout comme il estimait l'avoir été et l'être encore –, et enfin l'arrivée de cette lettre invraisemblable. Ses parents semblèrent ne pas saisir. Devant leur air incrédule, Baptiste s'inquiéta, s'impatienta, mentit un peu en affirmant que ce correspondant était, il l'avait vérifié, une éminence grise de l'édition parisienne, par qui se faisaient et se défaisaient les gloires les plus retentissantes. Sa mère fut rassurée, la morphine agissait, et elle repoussa discrètement une assiette que son inappétence rendait plus garnie qu'au moment de la servir. Auguste Morgan resta dubitatif.

— Et les examens ?

— Je n'en ai pas en janvier. Et je pourrai travailler à mon mémoire.

Le père vida son verre qu'il remplit à nouveau.

— Tu devras surtout aller visiter les musées. L'Accademia, la Scuola di San Rocco… Tu t'arrêteras à Milan. Les Signori seront ravis de t'accueillir ; tu t'entends bien avec Paolo, non ? Et j'ai des échantillons à lui retourner.

C'était fini. Auguste avait trouvé l'amorce et ne lâcha plus la parole. Il parla de ses clients impossibles et bornés, de son fournisseur italien, gentil garçon mais à qui il fallait sans cesse expliquer les bases de son art et de son métier. Il revint, à mi-mot, sur l'intérêt que Baptiste aurait à revoir son jugement et à rentrer dans sa société qu'il reprendrait un jour s'il en était capable et qui lui assurerait – pour autant qu'il acceptât de suivre son écolage tant qu'Auguste aurait la force de le dispenser – des gains autrement plus confortables que ceux que pourvoirait une carrière d'écrivain. Le visage de la malade se referma et Baptiste serra les dents pour retenir les réponses qui, immanquablement, auraient conduit le débat à l'éclat, préférant subir ce naufrage nauséeux et attendre que la verve de son père touchât seule le fond de vase où ni lui ni sa mère n'iraient la raviver. Son épouse eut une grimace qui fit taire Auguste.

— Rester assise est douloureux, bredouilla-t-elle d'une voix qui tremblait à cause de l'alcool.

Alors Auguste aida sa femme à se relever, attentif, inquiet et presque plus fragile qu'elle. Et, se tenant par le bras l'un et l'autre, ils s'éloignèrent à pas très lents vers le salon, le grand escalier ovale qui menait à leur chambre, après qu'au passage elle eut embrassé son fils et déposé sur sa joue l'écume de ses yeux. Et Baptiste les regarda partir et sentit sa gorge se nouer, orphelin de ses mots et de ses gestes inaptes à l'amour qu'il leur vouait et qui l'étouffait. Il y eut les bruits des pas pesants sur les marches de pierre, d'une plainte mal contenue, d'une porte ; et le silence qui se prolongea et que Baptiste résolut, barbare, en allumant le poste de radio dans l'espoir que le tumulte du monde submergerait l'insupportable quiétude du tombeau. Il entreprit de ranger la table et de laver la casserole.

Son père redescendit après que les nouvelles de la bourse eurent rassuré les investisseurs. Il avait les traits défaits mais Baptiste n'y surprit que la mimique disgracieuse provoquée par le cure-dents qu'Auguste ne perdait jamais et dont il tirait des sifflements qui exaspéraient le jeune homme.

— Tu as vu dans quel état est ta mère… Il faut que tu viennes plus souvent.

Baptiste acquiesça. Auguste Morgan eut un mouvement du corps vers le séjour.

— Tu as encore un peu de temps ? questionna-t-il. J'ai découpé quelques articles du *Herald Tribune* qui t'intéresseront.

Baptiste frémit.

— J'ai du travail à achever ce soir… Passe-les-moi, je les lirai.

— Je ne sais pas si tu comprendras tout. Enfin…

Le cure-dents rejaillit pour masquer la déception. À nouveau, Auguste n'avait pu exprimer qu'il voulait simplement partager quelques instants avec son fils, qu'il redoutait peut-être lui aussi le calme de cette demeure qu'il avait conçue pour l'agrément de leurs vieux jours et sur laquelle planait le sommeil tumultueux d'une malade qui aurait dû, pourtant, lui survivre. Baptiste ne tint compte que de son exaspération devant les lectures paternelles et son refus d'admettre que ses connaissances en anglais pussent être suffisantes pour s'affranchir de sa tutelle.

— J'aimerais que tu trouves un moment, j'ai des choses à te dire.

Baptiste eut envie de s'enfuir.

— Et pour Venise ? trancha-t-il.

— Venise ? Ah oui. Quoi ?

— Est-ce que tu pourrais m'aider ?

Comme à chaque fois, pour détourner leur maladroit besoin d'affection, ils parleraient argent.

— Donne-moi les dates. Mon agence de voyages s'occupera du billet. Et je préviens Piero Signori.

Ce serait le prix à payer pour n'avoir pas à acquitter les frais du trajet. Ils s'embrassèrent, gauches, et Baptiste rentra chez lui.

Baptiste consacra les dix jours qui le séparaient du départ à son mémoire, afin de se libérer au maximum pour ce séjour dont l'importance, à mesure qu'il approchait, ne cessait de croître. Il acheta un guide mais refusa de le consulter ; il voulait arriver à Venise pur et vierge. Était-ce possible ? Il était allé voir *Mort à Venise* et, comme bon nombre de ses contemporains, il était empli d'images de cette ville. Pouvait-il tout effacer ? Non, évidemment. Ne lui restait que la faculté de ne rien ajouter volontairement à ce que son époque, son milieu et son éducation avaient instillé en lui à son insu, voire contre son gré.

La seule chose que Baptiste comptait préparer minutieusement était la musique qu'il emporterait et avec laquelle il arpenterait la cité. Parce qu'il avait vu le film et bien qu'il l'adorât, il rejeta Mahler. Il ne lésina pas, par contre, sur Vivaldi, et principalement ses œuvres religieuses, ayant lu quelque part que le compositeur n'avait guère eu l'occasion de les entendre interprétées de son vivant. Il chérissait le *Stabat Mater* et plus encore le *Nisi Dominus* dans la version de James Bowman. Le « Cum dederit » l'avait fait frissonner la première fois qu'il l'avait écouté – et à chaque reprise depuis. Il opta aussi pour la *Messe du Couronnement* de Mozart – ce serait de circonstance et c'était une messe magnifique. Il compléta avec Beethoven, Dvorák, Haydn, et regretta de ne pouvoir prendre toute sa discothèque.

Il passa quotidiennement voir sa mère et privilégia l'heure de midi où il évitait de tomber sur son père et de perdre trop de temps ; pendant qu'il mangeait son sandwich, sa mère picorait pour l'accompagner. Elle lui raconta sa seule visite à Venise, trente ans auparavant, et ne lui conseilla aucun lieu particulier. Elle lui parla des reflets de l'eau et du visage des gens qu'elle avait croisés. Il y avait aussi eu un concert dans une église froide, mais elle ne se souvenait plus du programme. Elle le questionna sur l'avancement de son écriture et il mentit en répondant que les refus essuyés jusqu'alors l'avaient un peu démotivé mais qu'à coup sûr, après sa rencontre avec Asmodée Edern, il s'y remettrait, voire dès son arrivée dans la lagune. Il ne lui avoua pas que tout ce qu'il écrivait depuis quelques mois n'était qu'anticipations de son prochain trépas, et il se promit que son roman suivant serait *pour* et non *sur* sa mère.

Il s'inquiéta de l'abandonner ; mais elle le rassura et réussit à le convaincre qu'elle se sentait mieux. Elle s'efforça de s'alimenter davantage en sa présence et il était parti quand elle vomissait la plus grande portion de ce mensonge – dès que montait la nausée, elle prétextait sa fatigue et le travail de Baptiste pour fournir à ce dernier l'argument qu'il attendait pour s'éclipser. Elle avait compris la teneur précise de ses appréhensions : qu'une aggravation de son état de santé, voire pire, compromît ce voyage. Depuis six ans, elle savait que, dans son dos, les médecins annonçaient à son mari, qui le répétait à leur garçon, qu'elle n'en avait plus pour longtemps. L'excitation de son fils pour cette étrange entrevue alors qu'il l'avait crue cent fois morte – elle avait déchiffré entre les lignes des textes où il estimait ne pas se trahir – exigeait tacitement d'elle qu'elle continuât à contredire le verdict durant quelques semaines encore. Et elle se persuada, secrètement et mieux que Baptiste à qui un fond de méfiance servait de lucidité, que cet Asmodée offrirait à son enfant une chance qui le consolerait de son décès.

Enfin, il partit. Le train de nuit le déposa à l'aube au cœur de Milan où il déposa les articles chez Signori. Puis, il reprit le train pour Venise.

Après trois heures de voyage monotone, le convoi s'engagea sur le pont qui, depuis 1845, avait mis un terme à l'isolement de Venise. Baptiste, seul dans le compartiment, se laissa submerger par l'émotion de découvrir la ville vers laquelle le pesant cortège semblait naviguer, soudainement aussi léger qu'une fine frégate de mer. « Venise, j'arrive ! » murmura-t-il à la vitre qui se voila d'une buée émue. Que c'était beau ! Le wagon allait accoster bientôt et Baptiste abandonnerait le monde moderne et son passé d'échec ; au cœur d'une cité figée dans son histoire, il écrirait la première page d'un avenir resplendissant, il renaîtrait !

Il se retrouva sur le perron, face à la splendeur du Grand Canal, les yeux mouillés par la pluie glacée qui tombait sur Venise. Avant de sortir de la gare, il avait tout préparé : rembobiné la cassette de la *Messe*, ajusté les écouteurs, monté le volume, respiré fortement. Et il était là, le visage rayonnant, cinglé d'embruns, aussi fier et troublé qu'un explorateur abordant un continent inconnu. Pour les passants qui devaient le contourner, arrêté au milieu du passage, il était un esquif gênant, mais Baptiste n'en avait cure, du moins jusqu'à ce qu'une Italienne, embarrassée par une poussette d'enfant où somnolait un bébé, le fît sursauter et se retourner. Il se bougea aussitôt en articulant force

« *Scusi* » du ton de qui ne pouvait voir son bonheur entamé par un incident aussi trivial.

Au bas des marches, sur le quai, il aperçut deux stations de vaporettos. Il descendit, traînant sa valise mal équilibrée sur des roulettes trop petites et alla se renseigner sur le mode de transport le plus rapide pour se rendre à San Marco. Il avait pensé héler une gondole, mais Signori l'avait mis en garde contre les prix exorbitants pratiqués ; et le froid, de toute manière, l'en aurait dissuadé. Il eut un sourire méprisant pour un groupe de quatre Japonais qui faisaient fi des deux arguments et se répartissaient dans deux embarcations, sous l'œil goguenard des flibustiers à canotier. Les femmes avaient dégainé leurs appareils photo, car le but essentiel de cette promenade réfrigérante serait de prouver aux amis restés au pays qu'ils étaient bien allés à Venise et s'étaient conformés au programme type de visite, sans quoi autant ne pas quitter Tokyo. Tout autour de Baptiste, des appareils photo et des caméras s'adjugeaient leur part de lumière et de souvenirs. Baptiste songea à son oncle, Sébastien Morgan, photographe renommé, frère de son père avec lequel il était brouillé depuis si longtemps que Baptiste ne savait même pas si l'homme avait été averti de la naissance de son neveu. Il s'était éteint cinq ans auparavant, en Italie, et Auguste n'était pas allé à l'enterrement. Baptiste ne photographiait jamais rien. Sa mémoire suffisait, et il transformerait toutes les impressions captées par sa rétine en mots, en phrases, en récits. Pour son art, nul besoin d'artifice ; n'était-ce pas ce qui en assurait la supériorité ?

Un employé maussade et à l'anglais pâteux lui indiqua les lignes 1 et 2, et Baptiste acheta les deux billets requis pour sa valise et lui avant de prendre place dans une file. Bousculé par des touristes plus aguerris et des Vénitiens peu attentifs, il finit par rejoindre le pont du bateau. Le marinier le poussa afin de replacer la barrière métallique et de desserrer l'épaisse corde qu'il avait nouée autour de la bitte. Ballotté par la foule et le roulement des eaux, Baptiste s'accrocha à sa valise, à son bonheur et à sa musique puis entreprit d'avancer vers la proue, s'excusant sans relâche auprès des gens qu'il cognait avec son encombrant bagage – mais il avait acquitté le droit de l'embarquer.

La pointe du navire, balayée d'écume et de pluie, était envahie par un groupe bruyant d'adolescents américains. Baptiste se positionna au mieux pour dévorer le spectacle en évitant ces spectateurs dégradants, dont Mozart, par chance, couvrait en partie le tapage. À chaque halte – rive gauche, rive droite –, il déchiffrait avec curiosité un nom qui ne lui disait rien et le faisait rêver : Basio, San Marcuola, San Stae… Ils croisaient des barques de marchandises, des taxis, des gondoles toutes remplies d'Asiatiques téméraires. Les palais défilaient dans leur parade de bienvenue et Baptiste, enveloppé d'une musique céleste, prenait leurs fenêtres à tesselles comme autant de visages bienveillants inclinés sur son passage pour l'accueillir. Venise en avait vu, des visiteurs ; mais c'était la première fois que Baptiste y pénétrait. Baptiste ne distinguait rien ; pour l'heure, il buvait Venise à petites goulées, s'en imprégnait par tous les sens. Il grappillait ici une corniche, là un frontispice de marbre strié de bruine, une entrée domestique au ras des flots, l'agitation indifférente des transporteurs vénitiens lassés de tant de beautés, les terrasses d'hôtel désertées, les mouettes et les pigeons repus qui se fondaient dans le gris de la pierre et du ciel, les campaniles et les clochers qui se dressaient derrière la façade séculaire d'une richesse mythique. Transis, les Américains lui abandonnèrent la proue et Baptiste s'appuya des deux mains au parapet trempé, commandant au vaporetto de le mener à son destin. Il y eut un virage à quatre-vingt-dix degrés et le jeune homme sursauta en constatant qu'il pouvait être encore surpris ; le Rialto surgit, sous lequel Baptiste glissa en se tordant le cou pour tâcher de ne rien perdre de cette extravagance et du ruissellement humain qui faisait vibrer l'élégant édifice, doigt bagué de courtisane tendu vers un noble amant en témoignage discret de complice pardon. Baptiste filait droit sur l'avenue d'eau. Et les palais, et les bateaux, et les pigeons… Et la pluie, et Mozart, et Baptiste, gonflé d'émotion, passaient en cortège. Il y eut un autre coude et un autre pont, moins impressionnant et en travaux ; l'arrêt fit tressaillir Baptiste en ravivant le souvenir de son père : l'Accademia. Il tourna vivement la tête vers l'avant et ce qu'on y devinait, l'évasement du Canal, l'évasion vers le Bassin, la Salute et San Marco enfin, le palais ducal qui se profilait, rose et gris, qui s'avançait vers Baptiste – Santa Maria del Giglio, Salute, derniers ricochets avant l'étonnement de Baptiste qui découvrit qu'il lui fallait descendre – la station où ils allaient accoster portait distinctement la mention de « San Marco » – alors qu'à l'évidence la place se trouvait à une centaine de mètres au-delà. Il empoigna sa valise et entreprit de bousculer des gens et d'écraser des pieds pour parvenir à s'échapper sur l'embarcadère instable, mouillé, essoufflé, mais toujours ravi, comblé, déterminé. Il suivit le flot des arrivants jusqu'à la rive ferme et y attendit que tous se fussent éloignés.

Il éternua violemment et ressentit la morsure du froid. En reniflant, il partit vers San Marco. La crainte de s'être enrhumé et le poids de son bagage le conduisirent à ne pas s'attarder sur la place encombrée de passerelles, à cette heure inutiles. La clarté, déjà faible, baissait avec le jour et Baptiste eut soudain hâte d'installer ses affaires dans l'appartement d'Asmodée.

Il pénétra dans le bar de la Tour de l'Horloge, dont il vit à peine l'amusant carillon, et il s'effondra sur une des rares chaises de l'endroit. Un garçon vint prendre sa commande sans le regarder. Baptiste ôta ses écouteurs, abandonna Mozart et choisit un Martini blanc, chahuté par les bruits citadins qu'il découvrait seulement. Baptiste mit son manteau à sécher, puis déplia la lettre d'Asmodée, lue et relue, pour s'assurer du nom de la rue. Après quoi, il ouvrit pour la première fois le guide et rechercha un plan. Celui-ci s'étalait sur une dizaine de pages à la fin du volume, précédé d'un index. Baptiste y chercha le rio terà Farsetti, mais ne l'y trouva pas, ni à la lettre F ni à la lettre R. Il déploya le plan du centre et, tournant autour de la Basilique en des cercles concentriques toujours plus larges, se mit en quête de la rue. Il en était au Rialto lorsque le serveur posa son verre. Baptiste se résolut à lui demander de l'aide.

— *Cosa cerca ?*

En s'efforçant au meilleur accent possible et aux « r » les mieux roulés, Baptiste nomma la rue et ajouta, en un français qui se voulait proche de l'italien, que ça devait être dans le voisinage. Le garçon fit une moue et lança l'adresse à son acolyte resté derrière le bar. S'ensuivit un échange auquel Baptiste ne comprit rien, sinon qu'un vieil homme, assis dans le fond de la salle, semblait localiser le rio. Le barman se retourna vers son client.

— *Non è qui… Not here. Vicino la stazione, not far from the train station.*

D'autorité, il saisit le guide de Baptiste, l'apporta au vieux qui chaussa ses lunettes et finit par indiquer un point sur lequel le serveur posa le doigt pour ne pas le perdre avant de revenir à Baptiste.

— *Qui…*

Et il désigna à Baptiste, consterné, une rue à deux pas de la gare. Le jeune touriste imprudent bredouilla un remerciement et garda les yeux écarquillés sur la carte, évaluant la distance qui le séparait de son port. Il but deux gorgées, ne sachant ce qu'il convenait de faire : reprendre le bateau ou remonter à pied jusque-là. Baptiste n'aimait pas rebrousser chemin. De plus, cela entachait son arrivée d'un mauvais présage. Après tout, on découvrait une ville en la parcourant : et à bien considérer le plan, ce n'était pas insurmontable, même avec une valise. Il acheva son Martini, régla et ressortit.

Il constata avec plaisir que la pluie avait cessé avec la tombée de l'obscurité. Il se mit en route, tâchant de se frayer un passage dans la foule dense qui, pour l'essentiel, se dirigeait vers San Marco et contre laquelle, dès lors, marchait Baptiste. Il s'arrêta pour remettre ses écouteurs et puiser dans la musique la force de progresser ; mais les piles, vieillies par l'usage et l'humidité, produisirent un son ignoble auquel Baptiste préféra renoncer.

Il se perdit. Et si Venise était sans dénivellation, il fallut franchir de nombreux ponts. Il transpirait d'abondance, malgré le froid qui lui piquait le visage. Après vingt minutes de dédale, il tomba dans la Strada nuova et n'eut pas le cœur de sourire à cette coïncidence qui rattachait Venise à Bruxelles par la plus laide de ses artères commerçantes. Il y avait moins de monde, et surtout moins de touristes à ce qu'en put juger Baptiste. Des groupes immobiles jonchaient son itinéraire, où des Vénitiens se retrouvaient après leur journée de travail. La Strada nuova était rectiligne et pavée de longues dalles sur lesquelles la valise de Baptiste roulait à peu près convenablement. Il fut choqué de découvrir une grande surface et des fast-foods mais convint que les autochtones avaient le droit de s'approvisionner comme n'importe quel autre Italien et que le fait de vivre dans une ville historique ne les contraignait pas à se revêtir, sinon durant le Carnaval, des déguisements conformes aux stéréotypes en vigueur sur la Sérénissime. C'était sans doute un peu décevant, mais il fallait aussi assurer le service et la maintenance du décor et des touristes, parmi lesquels un nombre considérable était imperméable aux finesses de la gastronomie locale.

Après un quart d'heure de plus, Baptiste parvint, épuisé, sur le campiello dell'Anconetta, où il n'eut même pas un regard pour le ravissant palais gothique. Il devinait l'écurie et sentait sûrement le fauve. Enfin, il déboucha sur le rio terà Farsetti et se mit en quête du numéro indiqué sur la lettre d'Asmodée Edern, qui se trouva être au bout de la rue, au bord d'un canal. Sur une plaque en cuivre, six sonnettes étaient alignées. Baptiste aperçut le nom de Bicapi et appuya sur le bouton. La fenêtre voisine claqua brutalement et une voix rauque aboya :

— *Cosa c'è ?*

Un visage de Méduse se pencha vers le visiteur qui balbutia, en guise de sésame, le patronyme d'Asmodée Edern, redoutant pour la première fois qu'il ne s'agît d'une très mauvaise plaisanterie, voire d'un traquenard. Et il n'avait même pas donné l'adresse à ses parents ! Mais la Bicapi s'adoucit et referma après avoir glapi presque civilement : « *Aspetta !* » La porte devant lui s'effaça et il se retrouva confronté à une vieille femme sèche qui tourna les talons après avoir grogné quelque chose qui devait être une invite à la suivre, ce que Baptiste s'empressa de faire. Il s'enfourna dans un couloir mal éclairé qui conduisait à un escalier branlant où sa guide s'était engagée en ahanant. Il puisa dans ses dernières ressources pour soulever son bagage et entamer l'ascension. Par malchance, Asmodée avait élu domicile au sommet du bâtiment. Pendant cette ultime épreuve, Baptiste découvrit les odeurs et les bruits de son logis, mélange de pâte, d'huile et de rance, de paroles stridentes et de télévision ; sur le coup, il eut la nostalgie du pays. Enfin, il rejoignit son hôtesse qui avait ouvert une porte et s'impatientait déjà pour lui remettre la clé et prendre congé.

— *Ecco…* dit-elle en désignant d'un geste de la main la pièce que l'on devinait au-delà du palier. *Se c'è un problema…* ,

Mais Baptiste comprit à son air rogue que mieux valait qu'il n'y eût aucun problème ou qu'il tâchât de les résoudre seul. Elle le bouscula pour redescendre.

Désemparé, il poussa la valise dans l'appartement, tâtonna sur le mur à la recherche d'un interrupteur qui déversa une lumière jaune. Baptiste s'assit sur la première chaise, en nage. Il ne s'attendait pas à une suite au Danieli, mais l'accueil de Bicapi et la vétusté des lieux, en plus de leur éloignement de San Marco, de la marche forcée pour y arriver, tout cela fit monter dans sa gorge un sanglot de dépit qu'il s'efforça de ravaler. Il ôta son manteau. Haut les cœurs ! Il n'allait pas se plaindre, quand même ! Le salon-cuisine dans lequel il se trouvait ne manquait pas de charme. Une fenêtre donnait sur le rio. À côté de l'entrée, une autre porte communiquait avec une chambre dotée d'un lit bâtard idéal pour des amoureux frileux. De là, on accédait à une minuscule salle de bains. C'était fonctionnel et propre. Il y avait même un téléviseur posé sur un coffre et une chaîne hi-fi rudimentaire qui permettrait à Baptiste d'économiser les piles que son baladeur dévorait à un rythme effréné. Il tapa dans ses paumes. Le chauffage fonctionnait bien. Se réchauffant, il découvrit qu'il mourait de faim. Il se doucha, mit des habits secs et sortit en quête d'une pizzeria.

À minuit, Baptiste avait été réveillé par les bruits d'une dispute dans l'appartement du dessous. Deux femmes – l'épouse et la maîtresse ? deux sœurs ? une mère et sa fille ? un couple ? – s'étripaient à coups de jurons et de hurlements. Puis, une porte avait claqué, des pas précipités avaient emporté le tumulte dans leur fuite. Baptiste s'était demandé si le cerbère des lieux allait se laisser déranger de la sorte. Puis, il s'était rendormi, bercé par ces rumeurs si différentes de celles de Louvain-la-Neuve. Et pourtant, songea-t-il en ouvrant les yeux, il s'agissait de deux cités piétonnes, perchées sur pilotis pour maintenir les envahisseurs à distance… Pourrait-on transformer un jour un campus en une nouvelle Venise ? L'idée le fit rire, et il se leva de bonne humeur.

Contrairement à ce qu'il avait redouté en se couchant, après une pizza jugée excellente et un demi-litre de vin propice à l'assoupissement, il ne gardait aucune séquelle de l'humidité subie la veille, laquelle semblait d'ailleurs n'être qu'un mauvais souvenir : dehors, par la fenêtre, il apercevait une vive clarté signe d'un soleil rayonnant. Mais se posa alors la question : qu'allait-il faire ? Partir visiter la ville ? Mais si Asmodée passait durant une de ses absences ? Cela dit, il ne resterait pas enfermé ; il collerait un papier sur l'huis lorsqu'il sortirait, indiquant une heure de retour à laquelle il se tiendrait rigoureusement.

Il consacra néanmoins sa première matinée à tourner en rond dans son logement, sursautant au moindre bruit dans la cage d'escalier. Vingt fois, percevant des pas qui montaient, il avait entrouvert la porte et avait attendu, le cœur battant, que se profilât la silhouette de cet Asmodée – qu'au demeurant il ne savait comment imaginer, jeune ou vieux, grand, petit, fort, frêle… Mais personne ne grimpa jusqu'à ce dernier étage, qui n'était occupé par aucun autre appartement.

Il écouta durant ces premières heures une cassette de Vivaldi et disposa ses livres et son stylo sur la table. Il relut plusieurs fois les dernières pages du carnet de notes où il consignait autant ses projets que ses impressions sur ses échecs passés et sur un univers éditorial impitoyable. Il compléta quelques idées et, parmi les suggestions éparses dans ce cahier, il décida de retravailler un roman déjà écrit mais refusé par les éditeurs avant de l'être par Baptiste en personne, racontant le retour dans son village de l'unique rescapé d'un cataclysme nucléaire. La seule chose qu'il conserverait des états antérieurs de ce texte – il en était à deux tentatives – serait le titre : *Nature morte* qu'à l'instar des peintres qui pratiquaient des séries, il pourrait numéroter. La prochaine serait donc la troisième. Mais il lui fallait encore un réceptacle adéquat pour mettre au monde ce roman, et ce n'était pas le cas du livret bon marché qu'il avait apporté. Alors, aiguillonné par la faim, il sortit un peu avant midi et rédigea l'avis prévu. Il songea un moment qu'il ferait mieux d'apposer le message en bas, sur la sonnette, pour éviter à Asmodée – qu'il vit alors en vieillard – une escalade inutile. Mais outre que rien ne confortait cette hypothèse, il devina que la gardienne n'apprécierait pas cette décoration et risquait de l'arracher. Il colla donc son feuillet sur la porte et s'aperçut qu'il n'était pas possible de la verrouiller. Il haussa les épaules : il n'avait avec lui aucun bien de valeur. Il en informerait Edern.

Dehors, il fit en sens inverse le chemin emprunté la veille et le long duquel il avait repéré des commerces en suffisance. Il acheta de quoi se préparer un sandwich ; le soir, il irait manger un plat de pâtes dans une des trattorias du quartier. Il dénicha surtout une échoppe, sur la Strada nuova, où l'on vendait des carnets reliés en cuir qui lui parurent le plus bel encouragement au chef-d'œuvre. Les couvertures récupéraient d'anciennes gravures – des cartes, des partitions grégoriennes – et le papier, à l'intérieur, couleur d'ivoire, semblait chaud, doux à la caresse. Baptiste entra dans le magasin comme en un temple et, fasciné, il manipula longuement les différents articles proposés aux amateurs – car il s'agissait certainement d'une adresse réservée aux connaisseurs, et non d'une de ces boutiques destinées à gruger le touriste –, s'interrogeant sur les dimensions qui conviendraient le mieux à son roman, la reliure, la couleur de la peau. Le propriétaire des lieux était en grande conversation au téléphone et le surveillait du coin de l'œil. Baptiste s'efforçait de manifester tout le respect qu'il portait à ces objets précieux et artisanaux. Une chose l'arrêtait : le prix très élevé de chacun de ces livres – car n'offraient-ils pas cet autre avantage d'être déjà des livres dans leur aspect avant même qu'on y ait tracé la moindre lettre ? Le père de Baptiste lui avait donné une somme suffisante pour couvrir ses frais quotidiens, et le jeune homme disposait en outre d'une rente mensuelle versée sur son compte ; mais c'était une dépense importante et il n'était qu'au début de son séjour. Cependant, il n'attendrait pas la veille de son départ pour commencer à écrire et cet achat était un investissement professionnel. Le vendeur reposa le combiné et Baptiste, qui était là depuis une bonne dizaine de minutes, eut peur qu'il se méprît sur ses intentions. Il tenta un commentaire élogieux et l'autre sourit brièvement avant de répondre au téléphone qui requérait à nouveau son attention, au vif soulagement de Baptiste. Il finit par se décider pour un carnet imitant un volume ancien, à la tranche marquée de trois nerfs et qui comportait plus ou moins trois cents pages – jamais Baptiste ne s'était lancé dans un format pareil. L'homme, qui avait raccroché, emballa l'article dans une feuille de papier épais et encaissa les billets que son client lui tendit cérémonieusement.

Ensuite, il téléphona chez lui. Sa mère avait une bonne voix. Oui, le voyage avait été agréable ; oui, l'appartement était confortable (il ne précisa pas qu'il était éloigné du centre) ; oui, il y avait du soleil ; non, il n'avait pas encore vu Asmodée Edern, mais c'était normal. Elle ne devait pas s'inquiéter. Quant à elle, non, elle n'allait pas trop mal, oui, elle mangeait assez, non, elle ne s'embêtait pas, oui, elle avait de la lecture. Elle n'avoua pas qu'elle attendait son appel depuis la veille, qu'elle aurait voulu le lire, lui, que tenir le combiné provoquait une douleur grandissante dans son épaule et qu'elle ne résisterait plus très longtemps, heureusement les appels internationaux coûtaient cher, elle l'embrassa, il l'embrassa, ils raccrochèrent et il réalisa qu'il n'avait pas pris de nouvelles de son père.

Il rejoignit les rues animées. D'après son plan et les flèches jaunes, il lui suffisait de tourner à droite, en redescendant vers le campo, pour aboutir au Rialto qui l'avait tellement impressionné lors de sa descente du

Grand Canal ; aujourd'hui, il irait admirer les vaporettos. Il se fraya un passage dans la foule compacte, snoba les boutiques peu intéressantes qui s'étaient installées sur le pont au sommet duquel il contempla avec émotion la vue qui s'offrait de chaque côté. Ici encore, ici surtout, des touristes par dizaines se succédaient devant la rambarde pour figer ce qu'ils ne prenaient pas même le temps de regarder à présent ; ils voyageaient en deux étapes, songea Baptiste : une pour emmagasiner clichés et souvenirs kitsch, une pour découvrir les prises et reléguer les bibelots au fond d'un grenier. L'idée lui plut, il sortit son vieux cahier et l'y inscrivit, en se servant d'un bout de balustrade laissé libre. Puis il releva les yeux et se concentra, pour fixer au plus profond de sa mémoire le tableau exceptionnel qui se dévoilait devant lui, indifférent au mitraillage incessant dont il était la cible, pareil à ces femmes trop belles qui ne s'offusquent plus d'être déshabillées du regard par tous les passants. Mais il se rappela brusquement qu'il avait indiqué sur le billet collé à sa porte qu'il serait de retour à quatorze heures trente ; il lui restait à peine trente minutes pour faire ses courses et remonter chez lui. Ce soir, il irait jusqu'à San Marco ; il rebroussa chemin jusqu'au supermarché de la Strada nuova. Il acheta des céréales, du café, du lait, du pain, du fromage, de la charcuterie, des chips et des bonbons, de l'eau pétillante et du vin rouge, sans oublier des piles pour son baladeur. Et ce fut la deuxième fois qu'il parcourut la route lourdement chargé, se disant que ce ne devait pas être évident de vivre au quotidien dans cette ville.

Rien ne permettait de croire qu'Asmodée était passé durant son absence, et Baptiste en fut soulagé et déçu. Il mangea rapidement et déballa le précieux carnet dans lequel il était décidé, sans attendre, de rédiger un nouveau roman. Il remplit son stylo d'encre et ouvrit le livre vierge à la page de garde au milieu de laquelle il transcrivit le titre prévu et, dans le coin supérieur droit, le lieu et la date, départ officiel de son ouvrage. Lorsqu'il l'aurait achevé, il porterait les mêmes mentions sur ce même feuillet, dans l'angle inférieur – un autre endroit, il était peu vraisemblable qu'il parvînt à noircir trois cents feuillets en dix jours. Il relut ses notes et, comme un nageur résolu à battre le record de la traversée de la Manche, il plongea dans son récit avec fougue et enthousiasme. Pour l'accompagner, il avait opté pour Mozart et la *Messe du Couronnement*.

Celle-ci fut célébrée à six reprises durant cette première après-midi vénitienne, offrant à l'écrivain une ivresse que sa plume renforçait, déversant un flot de mots. Lorsque, vers seize heures, il s'interrompit avant une septième écoute, il vérifia qu'il n'avait pas rêvé : il avait bien numéroté une dizaine de pages emplies de son écriture petite et dense qui ne laissait aucune marge. Jamais cela n'avait coulé avec une telle aisance ! Il était euphorique. Il aurait voulu qu'à cet instant Asmodée frappât à sa porte ; mais l'immeuble était parfaitement silencieux. Sur le campus, il aurait pu visiter l'une ou l'autre ; ici, personne n'était en mesure même de le comprendre. Il était toutefois probable que, restant à Louvain-la-Neuve, il n'aurait jamais écrit autant, ni si bien ; Venise, la lumière qui courait sur les façades, de l'autre côté du rio, le carnet acheté ce matin ; tout cela, certainement, avait concouru à la réussite. Celles-là, sa mère les lirait ; il n'y parlait pas d'elle, son héros bien sûr avait perdu sa mère, mais il n'y avait pas qu'elle, l'humanité entière était détruite, sauf lui, ou presque, qui recréerait le monde. Mais sa mère n'était pas là non plus, et ce souvenir rembrunit Baptiste. S'il téléphonait à présent, il risquait de tomber sur son père. Il attendrait le lendemain. Au moins il aurait quelque chose à dire, si Asmodée n'était pas encore venu.

Il devait sortir ; à défaut de partager sa joie, il fallait qu'il célébrât cet exploit de digne manière. Il décida d'aller relire ce prologue en un lieu dont le nom mythique était adapté à la situation. Il griffonna un autre message à l'attention d'Asmodée Edern : « Je suis au Florian. Serai de retour vers vingt-deux heures. »

Dehors, le soleil déclinait et le froid reprenait ses droits. Quelques nuages s'étaient formés et une légère brume commençait à se répandre dans les rues, pleines déjà d'Italiens en conversation, et de touristes stakhanovistes épuisés. Baptiste avait vissé ses écouteurs sur les oreilles et Mozart lui faisait la visite d'une ville qui n'existait que pour lui, par la grâce de cette rencontre unique entre des images fugitives que Baptiste happait au gré de sa marche et de cette musique qui n'avait pas été écrite pour Venise. Avec des ingrédients aussi anciens, aussi éculés, le jeune garçon créait quelque chose de totalement neuf ! Pourquoi chercher plus loin ? Il souriait, satisfait, flottant dans une bulle musicale où les gens autour de lui semblaient les acteurs d'un film poétique au ralenti, aussi illusoires que les pigeons qui s'envolaient, lourds et silencieux, au dernier moment. Non, il n'avait pas besoin d'aller dans les musées ! Cette cité, ces venelles, ces canaux suffisaient ; Venise était en elle-même un musée, magnifique, vibrant ! Baptiste arpentait Venise avec l'assurance d'un barbare annexant la capitale d'un empire effondré, plein de respect pour la dépouille de son adversaire vaincu et résolu à la momifier et à la vénérer sans pour autant jamais tenter de percer ses secrets ou de connaître mieux ce passé qui l'avait rendue si fascinante à ses yeux, au point de motiver la conquête et le pillage. Il traversa d'un pas rapide le campo San Bartolomeo, se faufilant à travers les groupes de Vénitiens, soucieux de montrer, par sa détermination, qu'il ne se confondait pas avec les troupeaux dolents de touristes ; il était de la légion des créateurs qui, de tout temps, étaient venus ici contribuer à l'édification de la gloire vénitienne, nouveaux doges d'un gouvernement de l'art, sans plus aucune de ces autres viles préoccupations qui avaient causé la perte de la Sérénissime.

Le soleil se couchait lorsqu'il arriva sur la place San Marco où les lumières publiques jouaient avec la brume pour plaire aux amoureux. Un rayon échouait sur les échafaudages masquant les chevaux que le guide de Baptiste affirmait admirables. Le jeune homme trouva cependant le spectacle grandiose, bouleversant. Mozart y mettait tout son génie, toute sa grâce ; il se hâta jusqu'à la Piazzetta pour contempler le crépuscule sur la lagune : mais il découvrit que l'astre ne plongeait pas derrière San Giorgio, ce qui aurait été fort beau, mais du côté opposé, celui du Grand Canal et de la gare dont, par chance, on ne percevait rien. Ce n'était pas vilain non plus, bien que cela ne correspondît pas à son attente. Il attendit la fin de l'*Agnus Dei* pour gagner le café Florian où il avait rendez-vous avec les grands esprits.

L'établissement était très couru à cette heure et Baptiste patienta jusqu'à ce qu'un garçon volubile voulût le conduire à une table exiguë, au fond d'une salle lointaine et que Baptiste estima de second ordre, entre une tablée de Japonais – décidément, ils étaient partout ! – et une autre d'Américains aux enfants forcément obèses et bruyants. Baptiste demanda s'il n'y avait pas un coin plus tranquille, mais le serveur hocha du chef négativement : c'était donc à prendre ou à laisser. Il prit, conscient que ce n'était pas demain qu'il serait reconnu comme artiste dans cet endroit dégénéré par le tourisme. Il avait pourtant sorti son livre, attribut indiscutable ; mais il avait dû être trop discret. Un peu contrarié, Baptiste s'assit après avoir évalué que les Américains étaient proches du départ, vu l'état désastreux de leur table. Les Japonais, par contre, attendaient encore leur consommation mais parlaient peu et à voix basse. Baptiste opta pour un *spumante* et ouvrit son carnet, décidé à ne pas se laisser désarçonner. Un jour viendrait…

On lui livra une minuscule flûte de vin pétillant au moment où les cow-boys retournaient à l'assaut d'une culture occidentale dont Baptiste les jugea définitivement indignes lorsqu'il surprit l'aîné des gamins qui glissait une petite cuiller dans sa poche sous le regard admiratif de son frère. Avant de découvrir les successeurs de ces sauvages, Baptiste reprit, avide, une lecture qui le fascinait. Un cri lui fit lever la tête ; le père du voleur revenait en tenant son fils en pleurs par l'oreille et l'obligeait à rendre au serveur l'objet dérobé. Le Vénitien eut un rire généreux, suivi par ses collègues à l'évidence plus désireux de consoler le morveux que de renforcer l'édifiante leçon de morale que son justicier de père avait voulu lui infliger. Décontenancés, les deux Américains repartirent, calmés l'un et l'autre. Baptiste sourit de la scène et recommanda d'un geste complice un deuxième *spumante*, sans éveiller toutefois la moindre lueur de connivence chez l'homme qui le servit.

Baptiste acheva sa lecture. Il avait, de-ci de-là, apporté quelques retouches mineures, mais il était satisfait de son travail. Cela démarrait fort, il y avait un ton ; s'il parvenait à garder le rythme, les éditeurs ne pourraient pas refuser ce manuscrit. Et comme il n'y avait aucune raison d'imaginer qu'il faiblît… Il referma le cahier dont il caressa la couverture, comme un cavalier flatte sa monture après un obstacle bien franchi. Il observa les gens autour de lui, les décorations, les miroirs et les boiseries, les fauteuils désuets ; dans la salle contiguë, de vieilles Vénitiennes réduisaient à néant un plateau de mignardises colorées. Elles parlaient à voix haute et semblaient se soucier comme de leur premier bridge des touristes qui les entouraient et les dévisageaient avec des sourires convenus. Baptiste vida son verre et se sentit proche de ces honorables dames qui passaient, tête droite, à travers toute cette folie qui avait transformé leur ville en parc d'attractions pour troupeaux ignares. Baptiste n'était pas de ce cheptel ; certes, il n'était pas encore un parent de ses voisines, mais ne logeait-il pas déjà dans un lieu authentique et non dans une chambre d'hôtel ? Et il lui parut du coup qu'Asmodée avait été bien inspiré de ne pas s'installer dans le centre – à supposer qu'il en eût les moyens ; c'était dans ces quartiers reculés que l'on retrouvait l'âme vénitienne, là où les touristes pressés n'allaient pas.

Les vieilles dames se levèrent dans un nuage de caquètements et de fourrures. Baptiste décida qu'il était temps pour lui aussi. Les Japonais avaient été remplacés par un couple scandinave qui ne pensait qu'à s'embrasser et la table des Américains avait été accaparée par un groupe de Français très cultivés et très critiques, qui prenaient grand soin de traiter avec désinvolture des sujets qui leur tenaient à cœur et avec une emphase presque tragique les pires futilités. Devant l'addition, Baptiste convint qu'il ne pourrait pas, dans les limites de son budget, venir tous les soirs fêter son travail accompli ; mais c'était le premier jour et il ne fallait rien regretter. Il ne laissa cependant aucun pourboire et sortit rapidement.

Dehors, il frissonna et remonta le col de sa veste. L'hiver se rappelait aux insouciants abusés par le soleil de l'après-midi. La brume s'étendait, évidemment magique, mais froide. Baptiste retourna vers San Marco, pour un dernier coup d'œil au Grand Canal naissant et à la lagune. Un air d'opéra l'accueillit près des colonnes, qu'il reconnut aussitôt : « *Follie !* », le défi tragique et magnifique de Violetta. Folie que cette histoire, que cette invitation, que cette ville ! Folie que le désir irrépressible du créateur face à la vanité de tout et la médiocrité de tous ! « *Sempre libera !* » s'écria Baptiste, ce qui fit s'envoler les pigeons et rire une silhouette qui passait près de lui. Il se calma, dégrisé. Folie… C'était le mot (il l'avait noté dans son carnet) qu'il avait utilisé quand, à quatorze ans, il n'avait pas réalisé que l'étrangeté du comportement de sa mère était causée par une souffrance qu'elle tâchait de dissimuler. Si la folie tenait à l'incompréhension, à quoi servait de créer ? Certainement pas à guérir sa mère. Peut-être à la comprendre, une folie englobant l'autre. Les épisodes de la vie d'une malade, de la progression de son mal ; les chapitres d'un livre. Où était la mesure ? Nulle part. On ne pouvait glisser que d'une inadéquation à l'autre. Folie…

Les deux jours suivants, Baptiste écrivit beaucoup. Il se sentait l'âme inspirée. Il se promenait, après son travail, avec le sentiment enivrant du devoir accompli. Il marchait sans but et avait adopté une stratégie qui lui plaisait beaucoup : il repérait un promeneur, qui de préférence ne semblait pas être touriste, et le suivait distraitement jusqu'à sa destination. Il lui fallait ensuite retrouver son chemin en veillant à ne pas revenir sur ses pas ; le mieux était d'enchaîner sur un autre piéton. Après un repas quelconque, il avait poussé ses pas jusqu'à la place voisine du Ghetto. Il avait lu dans son guide que le terme et le concept avaient été forgés ici ; la découverte du campo englouti dans la brume étoilée de jaune l'avait profondément impressionné et ému.

Il téléphona scrupuleusement à sa mère, l'informa de l'avancement d'un nouveau roman. Le temps fut variable, il y eut même une averse qui le contraignit à se réfugier dans une église qu'il explora, mais sans rien y noter de mémorable. À une reprise, il tomba sur son père. Il avait oublié que c'était samedi. Leur échange fut aimable, même après que Baptiste eut avoué n'avoir pas encore mis les pieds à l'Accademia ou à la Scuola – mais il n'y manquerait pas, pour l'heure il s'imprégnait de la ville. Il ne lui dit rien de son roman ; Auguste Morgan n'aurait certainement pas compris que son fils préférât écrire à visiter des musées aussi prestigieux.

Le nouvel an approchait. Asmodée ne s'était toujours pas manifesté. Et ce n'était pas la concierge qui aurait renseigné Baptiste sur son hôte mystérieux.

Par le hublot, Candice Elenord aperçut, miniaturisés comme pour un parc d'attractions, le campanile et le palais ducal, les courbes des canaux et leurs rives de palais réduits par la distance à cette même sobriété que les doges avaient jadis imposée aux gondoles dont la surcharge décorative, outre qu'elle finissait par menacer la flottabilité de ces embarcations essentielles à la circulation lagunaire, devenait une offense au goût. La nature, pour les compétitions, avait déterminé génétiquement les atours que les mâles pouvaient arborer pour triompher de leurs rivaux et dans le cœur des femelles émues par ce rituel immuable mais toujours particulier quand c'était leur tour d'en profiter ; l'homme, qui depuis la grotte s'évertuait à s'affranchir des règles naturelles, n'avait posé en ces luttes séductrices que les limites de son industrie, autrement dit aucune. Cela avait donné Versailles, Venise, la tour Eiffel, l'ascension de l'Everest, la conquête de la lune, la maîtrise de l'atome, Auschwitz et Hiroshima.

Candice sourit en se rappelant les mots que Thomas avait utilisés pour lui parler de Venise, alors qu'un ami gondolier leur offrait une visite à laquelle aucun touriste n'aurait osé rêver. C'était il y a cinq ans. Elle était une toute jeune flûtiste déjà engagée dans une carrière professionnelle qui menaçait de l'emporter comme un fétu, à cause d'un talent trop précoce et de l'attirance fatale que les lumières vives exercent sur les âmes tendres comme sur les moustiques. Venue pour une série de concerts en Italie, Candice, qui excellait dans le répertoire vivaldien, était passée par Venise. Lors d'une soirée brillante sous les lustres d'un palais, grisée de champagne et de compliments, elle avait vu s'approcher un curieux personnage, mélange de simplicité et d'aristocratie, vieux sans aucun doute mais dont l'éclat des yeux transformait tous les autres convives en vieillards moroses guettant un trépas bienfaisant. Il avait plongé pour une petite révérence et avait saisi la main que la jeune fille lui tendait pour l'effleurer des lèvres.

— J'admire votre virtuosité, mademoiselle. Vivaldi n'en était lui-même pas dépourvu au jeu du violon.

Ce qui avait aussitôt frappé Candice, c'est que l'homme ne se référait pas à ce que tout le monde avait appris sur le prêtre roux, mais l'évoquait comme s'il se fût agi d'un familier. Impression absurde qui s'était renforcée lorsque l'inconnu avait poursuivi :

— Vous plairait-il de le rencontrer pour qu'il vous raconte, au-delà de la technique, les histoires qui nourrissent sa musique, et le souffle, venu de la mer par les canaux, qui en anime les soupirs ?

Ce fut une manière polie de lui signifier ce que personne, autour d'elle, n'osait révéler ou ne constatait, à une époque où la performance primait : « Votre jeu est dénué de musicalité réelle, et si vous ne la découvrez pas maintenant, vous ne l'acquerrez jamais. » Et on se lassait rapidement des athlètes de l'art. Candice avait compris sur-le-champ ; une émotion d'une intensité rare l'avait submergée, et des larmes avaient noyé ses yeux verts, qu'une longue pratique des mondanités avait eu du mal à contenir sur les orbes cristallins. Dans un geste d'une parfaite discrétion et d'une grande élégance, le vieil homme lui avait tendu un petit mouchoir de dentelle qui semblait n'avoir été prévu qu'à cet usage, et il avait conclu :

— Si vous acceptez, je passerai vous chercher demain matin vers dix heures et vous présenterai à Vivaldi, ou du moins à celle qui parle aujourd'hui en son nom : une certaine Venise que peu de visiteurs ont la chance de rencontrer.

Elle avait acquiescé d'un hochement de tête, incapable de prononcer un mot, tandis que son vis-à-vis s'inclinait à nouveau et prenait congé.

L'avion toucha la piste cerclée d'eau et de mouettes impassibles. Aujourd'hui, Candice Elenord revenait à Venise, pour la première fois depuis ce contact qui avait bouleversé sa vie. Le prétexte était un enregistrement avec une formation mondialement réputée, qui serait suivi d'un concert au début janvier. Programme : Mozart, Vivaldi et Haydn. Mais une seule question lui importait : Thomas Reguer se manifesterait-il, alors que, depuis cinq ans, elle n'avait plus eu la moindre nouvelle de lui ?

Dès qu'elle eut franchi la douane, elle aperçut Francesco Contessan, le chef avec qui elle avait déjà joué lors de son précédent passage ici et qui devait l'accompagner encore. C'était un Italien, issu d'une vieille famille vénitienne, âgé d'une trentaine d'années, séducteur évidemment, brillant, vif et drôle. Elle aurait besoin de ce tourbillon pour dissiper la mélancolie, redoutée dès que ce voyage avait été fixé et fidèle au rendez-vous. Francesco se précipita vers elle et l'embrassa.

— Candice, tu es encore plus ravissante que la dernière fois ! *Dio !* Les Vénitiennes vont te détester !

Comment veux-tu qu'elles résistent ? Tu es belle, jeune, douée et intelligente ! Comblées celles qui possèdent seulement deux de ces qualités ! *Mamma mia !* Je ne sais pas si je serai en mesure de contrôler mon orchestre !

Il éclata de rire.

— Alors, comment tu me trouves dans mon numéro de macho local ?

— Quoi ? Ce n'était pas sincère ?

— *Cara !* Tu es magnifique ! Suis-moi, *taxi's waiting*.

Il prit le chariot et entraîna Candice vers la sortie, l'accablant de questions insignifiantes sur le vol, sa vie, le temps à Bruxelles, comme s'il avait senti qu'il ne fallait pas laisser la musicienne dans le silence.

— J'aurais voulu te loger au Danieli, c'est la moindre des choses ; mais notre impresario commun a des arrangements avec le Londra. C'est bien aussi, ne t'inquiète pas, et tu as une chambre – une suite – avec vue sur le bassin.

Pendant qu'il confiait ces informations cruciales, ils étaient parvenus à l'embarcadère peu fréquenté des bateaux-taxis, la majorité des arrivants optant pour le vaporetto, voire l'autocar qui les déposerait piazzale Roma. Il faisait froid et Candice se réfugia au chaud, dans la cabine, tandis que Francesco s'arrangeait avec le chauffeur pour l'embarquement des valises. Il la rejoignit et ils s'éloignèrent du petit port.

— Je t'aurais bien hébergée chez moi, mais tu sais ce que c'est ; la plupart des Vénitiens habitent dans des appartements pourris, quand ils ne sont pas contraints de quitter leur ville ! Les grandes et vieilles familles revendent leurs palais, heureuses quand l'État peut leur racheter plutôt qu'une compagnie étrangère. La mienne est vieille mais n'a jamais été grande. Je crois que je vais aller m'installer ailleurs. Milan, sans doute. Je louerai à des touristes allemands ! Ça devient d'ailleurs gênant de vivre dans Disneyland ; je redoute toujours, quand je me promène, que des Américains m'arrêtent pour un autographe et une photo aux côtés de leurs gamins ! Tu ricanes ? Ça ne t'est jamais arrivé ! À moi non plus, note ; mais ça me pend au nez !

Disneyland… Jamais Candice n'avait songé à cette association plus que sacrilège, mais dont elle comprenait la logique. Pour elle, cependant, Venise était à jamais liée à Thomas, tant il était vrai aussi qu'on ne connaît jamais d'une ville que les histoires que l'on y vit ou que l'on vous y a racontées. Retrouverait-elle cette Venise-là ? Une stupide chanson trottait dans sa tête, voulant que Venise fût dans un autre pays que le sien, mais qu'elle fût blottie dans un temps précis. Ce temps, pour Candice, était passé ; depuis, Thomas et sa Venise logeaient dans l'absence. Pourrait-elle ressusciter l'alchimie de l'heure et du lieu, retrouver la ville et son maître ?

— C'est fou, tu n'es plus revenue ici depuis cinq ans ! Comment est-ce possible ?

— Rassure-toi, je ne suis pas allée non plus à Disneyland.

— C'est parce que tu n'as pas d'enfants encore ! Enfin… *È vero, no ?*

Elle rit de bon cœur.

— Non, pas d'enfants !

— Et un fiancé ?

— Non plus. Tu sais…

— Oui, la carrière, les tournées, les concerts… Nous sommes mariés à la musique, surtout vous, les solistes. Moi, je suis attaché à mon orchestre, je pourrais emmener ma femme… si tu es d'accord, évidemment !

Mais Candice ne releva pas l'allusion, ce qui conduisit Francesco à un silence, le premier depuis leurs retrouvailles. Par la fenêtre ruisselante, Candice cherchait à apercevoir Venise. Peut-être avait-ce été une erreur d'accepter que Francesco vînt ; la rencontre qu'elle espérait tenait à si peu de chose... Mais sans lui, aurait-elle eu la force, à Marco Polo, de s'embarquer ? Francesco avait raison ; un amour exclusif et égoïste l'asservissait à la musique. Durant ces cinq années, elle avait été d'une fidélité monacale, à l'exception de l'une ou l'autre aventure que sa beauté et sa jeunesse n'avaient pas pu ou voulu éviter. Thomas lui avait dévoilé une faille ; elle avait œuvré à la combler. Cela suffisait-il ? Non. Thomas n'avait pas parlé que de musique. Ou plutôt si, il n'était jamais sorti de ce sujet, mais avait laissé entrevoir les innombrables facettes de ce labyrinthe où l'on ne se trouvait qu'à condition de se perdre sans fuir. Et là, dans le taxi qui rebondissait durement sur les vagues, elle réalisa qu'elle s'était peut-être surtout protégée, durant cette première étape.

— Est-ce que tu...

— Ton fameux Reguer ? Thomas Reguer ! Inconnu au bataillon. Personne n'est inscrit sous ce nom dans le registre national et personne à Venise ne le connaît... Tu es sûre que tu n'as pas rêvé ?

— Peut-être, répondit-elle, évasive.

— Et tu n'as même pas une adresse ?

Après quatre ans et dix mois de secret absolu, à quelques semaines de son départ, elle avait flanché et écrit à Francesco pour qu'il enquêtât sur un mystérieux admirateur rencontré lors de son précédent passage. Elle n'avait pas tout révélé, cependant.

— Si tu m'avais dit que c'était un beau et jeune Vénitien, je l'aurais retrouvé pour le noyer. Mais tu m'as dit qu'il était vieux, alors j'ai cherché, en vain. *Ma*... tu ne manques certainement pas de fans ! Et tu peux toujours compter sur moi, *no* ?

Le taxi laissa le Lido à sa gauche et bifurqua vers

San Marco. Bientôt, sur la droite, Candice aperçut les jardins publics et la Biennale, puis le musée naval et l'Arsenal et, face à elle, gorgées d'eau, les silhouettes de San Giorgio, de la douane de mer, de la Salute et des palais.

— Ah, c'est toujours aussi somptueux ! s'exclama Francesco. Comment vivre sans ça ?

— Tu parlais pourtant de partir…

— Tu sais ce que c'est : on s'invente des histoires pour partir et on trouve des prétextes pour rester.

Pouvait-on vivre sans ça ? « Ça » quoi ? Venise, la musique, la beauté ? Sans… Le taxi dessina une courbe et réduisit les gaz.

— Londra Palace, terminus !

Il lui tendit la main pour l'aider à se relever et à sortir. Le chauffeur avait déjà débarqué les valises et hélait un portier de l'hôtel pour qu'on amenât un chariot. Francesco conduisit Candice jusqu'à la réception où on lui remit sa clé. Ils convinrent qu'il passerait la chercher le lendemain à dix heures, pour une première prise de contact avec les musiciens et les techniciens, puis elle l'embrassa et gagna la suite où ses bagages l'attendaient.

Elle fit le tour des deux grandes pièces luxueuses qu'on lui avait réservées, un salon fleuri et une chambre au lit immense, une corbeille de fruits et une bouteille de champagne pour compagnons. L'univers auquel, en dehors de chez elle, il fallait qu'elle s'habituât. Elle croqua dans un abricot importé et insipide, puis se rendit dans la salle de bains et fit couler l'eau dans la baignoire. Elle revint dans le salon, ouvrit la porte-fenêtre qui donnait sur la riva degli Schiavoni. L'air glacé se précipita sur elle et une larme jaillit, aussitôt emportée par le vent qui l'avait provoquée. San Giorgio et le vieux religieux qui gardait, débonnaire, l'escalier du campanile où Thomas l'avait menée voir la ville de haut avant de replonger avec elle dans les quartiers les plus populeux… Sans y croire, elle scruta la foule qui couvrait la rive, guettant la silhouette trapue du vieil homme. Elle frissonna, referma la fenêtre et entreprit de se déshabiller.

Elle abandonna son bain à regret lorsque l'eau fut froide. Francesco n'était plus là pour la forcer à bouger, à parler. Elle savait ce qu'elle devait faire : marcher. Aller à la rencontre d'un souvenir, d'une jeune femme troublée par les leçons d'un vieillard et lui demander si elle n'avait rien oublié, si son cheminement, depuis leur séparation, ne s'était pas trop écarté de celui qu'ensemble, ils avaient tracé. Mais qu'avaient-ils défini ? Thomas n'avait rien dicté ; il l'avait simplement poussée dans le dos, d'une pression légère, amicale – et décisive.

Dehors, elle s'efforça d'interrompre le flux de pensées qui ne cessait, depuis son départ de Bruxelles, de la harceler. Elle fixa son attention sur le concerto qu'elle s'apprêtait à enregistrer, en duo avec une harpiste italienne dont Francesco lui avait vanté les mérites, regrettant sa corpulence, ses cinquante ans et son mari.

Au milieu de la place San Marco, elle sourit et tourna sur elle-même, respirant profondément l'air frais et salé. Ne penser qu'à la musique… Elle rouvrit les yeux et tomba sur le campanile et trois enfants qui couraient derrière des pigeons repus. Elle rit et reprit sa route, fredonnant les premières mesures, joyeuses et mystérieuses, du concerto de Mozart.

À pas lents, elle passa sous l'aile que Napoléon avait érigée pour clore la place, en remplacement d'une ancienne église, longea San Moïse où Thomas… non, pas de paroles. Rien que la musique et les images, celle du vieil homme, mais surtout celles des rues, de ces palais qu'elle cherchait à reconnaître comme des amis perdus de vue, une devanture de magasin où une robe, jadis, lui avait plu mais qu'elle n'avait pas achetée et qu'elle avait ensuite regrettée – mais Thomas aurait dit… Elle appela à son secours Mozart, l'image de la grosse harpiste la fit sourire, assez pour déboucher dans la calle larga XXII Marzo où des restaurants essayaient d'attirer le chaland.

La file devant l'entrée de l'Accademia n'était pas trop étendue. Candice tâchait de renouer le fil musical si souvent rompu ; mais après tout, que Thomas fût partout présent, que sa voix sans cesse se superposât aux visions de Candice telle que, cinq années auparavant, elle l'avait enchantée, qu'en un mot Thomas fût toujours aussi vivant était une bonne nouvelle. Comme dans une certaine littérature l'évocation des fantômes suffisait à les raviver, ces échos pouvaient être l'annonce que Thomas l'attendait et la rejoindrait pour reprendre leur conversation.

Elle venait à l'Accademia pour une seule toile, *La Présentation de la Vierge au Temple* de Titien, devant laquelle ils avaient passé de longs instants, en quête de quelque mystère dans les détails qui auraient jusque-là échappé aux experts les plus avertis. Ils avaient ri comme des gamins, ce qui avait choqué le vieux gardien que Thomas s'était empressé de rassurer. Pour amusante qu'elle fût, la présentation par son guide n'en avait pas moins été extrêmement érudite. Tout semblait l'intéresser, il paraissait tout connaître. Ce qui aurait cependant fait fuir un homme instruit et attentif aux règles du savoir était ce qui avait fasciné Candice : il était impossible de distinguer, dans la verve de Thomas, ce qui relevait de l'érudition ou de son imagination. Ainsi, il lui avait présenté un à un tous les membres dirigeants de la Scuola della Carità, commanditaires de l'œuvre et représentés par le peintre dans la foule de spectateurs à gauche de la fresque. La mendiante porteuse de l'enfant à moitié nu tandis qu'un fils plus âgé tend la main vers le patricien ému qui dénoue sa bourse, sur la gauche du tableau, symbolisait, quant à elle, la condition de l'artiste obligé de mendier auprès des puissants pour vivre. « Le geste de l'enfant, c'est celui du peintre ! Ajoute un pinceau entre ses doigts… Observe encore le jeu des mains : dans cette scène, cinq mains groupées – celles de l'enfant, du patricien, les deux de la mendiante, et une de son bébé –, sur une surface infime, toutes pointées vers la bourse et l'argent, le siècle dans ce qu'il a de plus trivial. La main du riche donne, mais elle est fermée. Et à l'opposé, réparties sur plus de la moitié de l'œuvre, les cinq mains de la grâce, de l'inspiration, de la spiritualité : du doigt tendu, au bas de l'escalier, par l'élégante en rouge dont le regard, contrairement à son doigt, fait le lien avec le premier ensemble de mains, on monte à la Vierge. Une main relève le pan de la robe et l'autre est grande ouverte devant le prêtre dont les paumes accueillantes referment le mouvement initié par la femme et oriente le regard du spectateur non plus sur le vil métal mais sur l'âme vive par excellence ! Mais qu'aperçoit-on d'abord dans cette fresque étonnante ? La Vierge nimbée d'or ? Ne serait-ce pas plutôt cette horrible vieillarde au premier plan qui nous dit que l'essentiel n'est pas ce que l'on croit ? Vois les mains de cette femme, synthèses des deux groupes : une ouverte, une fermée. Mais son regard mauvais est tourné vers la gauche, la foule qui se presse, la mendiante et les riches donateurs. Il n'y a pas que cette vieille ; elle est elle-même au centre d'un autre triangle, négatif de celui dont la Vierge est le centre. Cela commence en haut, à droite : cette figure effrayante, cerclée de noir, qui se penche à la porte du temple ; son regard conduit à la marchande dont les yeux sont braqués sur – regarde, à l'extrême gauche ! – cette espèce de spectre dont même le visage est mangé d'ombre. Et que vise son regard assassin ? Le gamin qui mendie et qui représente l'artiste ! »

Devant le tableau, Candice frissonna. La Vierge enfant était toute transcendance ; mais elle était isolée, retranchée des humains, cependant que dans la foule, juste au centre de la composition, un garçonnet de son âge joue avec un chien qu'il excite d'un anneau de bois. Celui-là, il y a peu de chances qu'il ait consacré sa vie à la spiritualité ; et même les puissants et riches commanditaires, au-dessus de la porte de gauche, dont la poutre supérieure rognait une partie de leurs jambes, se souciaient de la Vierge comme de leur première obole, préoccupés par la présentation de leur profil le plus avantageux, ou fixaient les spectateurs droit dans les yeux comme pour leur signifier qu'ils avaient mis personnellement plus dans l'affaire que les autres.

Thomas était-il intervenu dans la vie de Candice pour qu'elle pût loger dans des suites de palace ? Seule comme la Vierge, soumise à l'argent comme le gamin mendiant ? Entre ces deux enfants, l'insoucieux au chien, à côté des notables composant un autre groupe de cinq mains dont la particularité – la voix de Thomas, toujours dans son oreille… – était de pointer dans toutes les directions sans en privilégier aucune, opportunistes en même temps que vaines par la courbe qu'elles traçaient, de la première – le poing fermé de celui qui scrutait les visiteurs – à la dernière, du vieil homme, sur l'épaule d'une vieille femme –, base d'un cercle de vanité ou d'une échappée vers la boule plantée à l'extrémité d'un obélisque pyramidale, ouvrage prétentieux et inutile s'il en fut. Thomas… Candice ferma les paupières. Lorsqu'elle les ouvrit, un groupe de touristes pénétrait dans la salle, sous la houlette d'un guide à l'anglais approximatif qui entreprit ses ouailles du caractère sacré de la représentation. Candice s'enfuit.

Cette visite l'avait émue plus encore qu'elle l'avait redouté. Elle n'eut pas la force de se promener davantage dans son passé et embarqua dans le vaporetto qui accostait alors qu'elle sortait du musée. À la proue du bateau, cinglée par un air glacé qui venait de plus loin que la mer, elle laissa ses larmes ruisseler sans honte. Le concerto de Mozart s'était dissipé dans les embruns, il lui sembla qu'elle ne s'en rappelait plus la moindre note et ne chercha pas à se le remémorer. *Absolve... dissolve...* Cela ne dura pas. Les jambes frêles, Candice descendit aux Schiavoni, accueillie, dès qu'elle eut posé le pied sur la terre ferme, par l'ouverture vive du concerto. On n'oubliait rien, tout finissait par se rappeler à vous.

Le soir, après une sieste et une partita de Bach, elle ressortit et, sans plan, se rendit à l'autre bout de Venise, vers le petit appartement que Thomas Reguer occupait alors. Avant d'être entraînée dans le tourbillon des répétitions et des enregistrements, il fallait qu'elle fît cette démarche, qu'elle eût, si possible, le cœur net.

Lorsque l'on avait frappé à sa porte, timidement, Baptiste n'avait pas tout de suite réalisé. Dans son esprit, la poigne d'Asmodée devait être ferme, assurée – n'était-il pas chez lui ? Il attendait une entrée en scène précédée de coups aussi puissants que l'ouverture de la cinquième de Beethoven – « ainsi frappe le destin à la porte », aurait dit le compositeur – ou que l'arrivée du Commandeur à la fin de *Don Giovanni* – perspective plus effrayante, cependant, et plus funeste. Le bruit qui avait perturbé son apéritif solitaire tenait plus du grattement de souris que du lever de rideau magistral. Il s'était, qui plus est, glissé dans le bref intervalle entre deux mouvements d'un concerto de Vivaldi. Mais sa conscience en alerte avait détecté l'inaudible perturbation.

Il n'était pas à la dernière révision des scénarios prévus : au lieu de l'homme âgé escompté, ce fut une ravissante jeune femme aux longs cheveux châtains, au visage tendu et qui ne parut pas moins surprise que lui. Se pouvait-il qu'Asmodée fût une femme ?

— Excusez-moi…

Puis, se rendant compte qu'il était incongru de s'exprimer dans cet idiome, elle s'était informée de la langue vernaculaire de son vis-à-vis, qui lui confirma en bredouillant que le français, par chance, lui convenait tout à fait. Pendant qu'elle parlait, ses yeux couraient par-dessus l'épaule de Baptiste, à la recherche d'un élément qui la confortât. Elle n'était pas Asmodée, elle cherchait un certain Thomas Reguer rencontré quelques années auparavant et qui vivait ici.

— En êtes-vous sûre ? interrogea Baptiste. Je veux dire, que c'était bien à cette adresse ?

— Oui. Je reconnais d'ailleurs la pièce, même si la décoration et les meubles ne sont plus les mêmes.

Elle reculait déjà.

— Je vous prie de m'excuser. Thomas a dû déménager. Au revoir…

Avant qu'il ait pu la retenir, elle s'était engouffrée dans l'escalier sombre. En chaussettes, vêtu d'un simple t-shirt, Baptiste n'eut pas même le réflexe de la rappeler. Que lui aurait-il dit ? Il demeura ainsi, hébété sur le seuil, écoutant les pas qui tombaient dans la nuit jusqu'à ce que la porte, tout en bas, se refermât.

La fenêtre donnait sur le canal ; la mystérieuse apparition s'était évaporée. Le concerto prit fin, et le claquement du lecteur de cassette, en bout de course, fit sursauter Baptiste. Que s'était-il passé ? Il guettait un homme, et une ravissante demoiselle, francophone de surcroît, venait frapper à sa porte ! *Stravaganza !*

Baptiste ne s'était même pas enquis de son nom. En hâte, il se chaussa, remit chemise et pull et enfila son manteau.

Contrairement à ce qu'il avait follement espéré en dévalant les marches, l'inconnue ne l'avait pas attendu. Était-elle partie vers la droite ou avait-elle rejoint, par le petit pont à gauche, les quartiers rectilignes que Baptiste n'avait encore guère arpentés ? Il se sentit très découragé, mais tâcha de procéder par élimination. Elle n'était pas vénitienne ; la majorité des étrangers logeaient à l'hôtel ; Baptiste courut jusqu'au campiello. Mais là ? Vers le centre, San Marco et ses hôtels coûteux ? Vers la gare et ses pensions bon marché ? Elle était jeune – argument en faveur de la gare – mais vêtue avec élégance – argument pour San Marco. Peut-être encore prenait-elle un train pour Mestre. Baptiste baissa les bras ; autant choisir à pile ou face. Tout bien considéré, l'option de la gare était la plus vraisemblable ; Baptiste reprit sa course vers la droite, franchit sans s'arrêter le joli pont du Canareggio, tournant la tête en tous sens pour découvrir les visages de celles qui auraient pu être son inconnue.

Il déboucha, essoufflé, sur le perron de la station, vérifia qu'elle n'attendait pas un vaporetto puis se rua sur les quais. Un train s'éloignait, indifférent à sa rage, le narguant de ses feux rouges. Il s'effondra, en nage, sur le premier banc, se maudissant de cet esprit d'escalier qui avait donné à la jeune fille le temps d'en descendre un autre et de disparaître, sans doute à jamais. Dans les contes de fées, des adjuvants précieux ne se présentaient pas deux fois. Dans l'énervement et la déception qui s'étaient emparés de lui, il sembla à Baptiste que ce voyage déjà se soldait par un échec ; Asmodée s'était dissous dans l'ombre enfuie de la merveilleuse apparition – de la tragique disparition, eût-il fallu dire. Retrouver une aiguille dans une botte de foin quand l'aiguille était une vision magique et la botte, une ville grouillante de touristes tristement et lourdement réels !

Il resta ainsi quelques minutes puis admit la vanité d'une telle station. Elle ne surgirait pas et personne ne viendrait le consoler. Baptiste se redressa, il était fou de s'être emporté. De telles fables étaient bonnes pour les fictions ; mais lui vivait dans la réalité, laquelle était présentement dominée par un roman dont l'avancement procurait à son auteur les plus vives satisfactions, et par l'attente d'un homme providentiel nommé Asmodée Edern. Il s'était un moment égaré dans une histoire qui ne le concernait pas ; il devait se ressaisir, ne pas laisser les déboires des autres menacer sa propre réussite. Certes, l'intruse était très belle ; mais il y avait d'autres jolies filles. Ici, à Venise. Était-elle d'ailleurs si jolie ? Il faisait sombre, sur le palier. Elle était couverte d'un manteau ample, qui dissimulait peut-être une poitrine volumineuse – et Baptiste avait horreur des gros seins. Il fallait se reprendre en main, marcher un peu pour se laver l'esprit et retourner à son travail. Il se releva, étira les bras comme s'il se réveillait d'un mauvais somme et délaissa la gare. Il inspira profondément et noya son regard dans la brume qui recouvrait le Grand Canal.

Il remonta en flânant la lista di Spagna et s'attarda quelques minutes au sommet du pont : la brume s'épaississait. Il s'arrêta dans un bar pour lamper au comptoir un verre de blanc. Il prenait des habitudes d'authentique Vénitien. Pour confirmation, il en commanda un deuxième, puis regagna la rue, déterminé cette fois à progresser dans son roman.

Il était à une vingtaine de mètres de chez lui lorsque, dans une ruelle, il entendit un remue-ménage et des voix agressives, suivies d'un cri de femme. Il s'immobilisa. Il y eut un autre cri. Baptiste n'avait jamais été confronté à de telles situations – à la possibilité d'être héroïque. Il hésitait encore lorsqu'un troisième cri, plus strident, le décida. À l'aveuglette – la venelle n'était pas éclairée –, il s'avança bruyamment, espérant que cela suffirait à disperser les agresseurs. Il appela. En réponse, le silence se fit ; puis, la femme répondit à son appel et il marcha plus avant, bien que ne discernant toujours rien. Soudain, il sentit un choc violent dans son ventre, tandis qu'une ombre le bousculait et s'enfuyait vers la rue d'où il venait. Il tomba à genoux, le souffle coupé, les yeux ruisselants, les bras pliés sur son ventre douloureux. Il perçut un autre pas, plus léger, qui s'approchait et, d'instinct, se blottit contre le mur. Une voix s'éleva et il reconnut celle de la femme en détresse. Un visage se pencha vers lui.

— *Comè sta ?* s'enquit cette voix, très grave et rugueuse.

— Ça va… lâcha-t-il entre deux halètements.

— Oh, vous êtes français ! reprit-elle, avec un accent que Baptiste eut quand même l'esprit de trouver extrêmement sensuel. Venez, je vais vous aider…

Elle le prit par le coude et Baptiste se redressa. Sa respiration avait retrouvé un rythme normal et seule la douleur du coup le tenait un peu courbé. Ils regagnèrent le rio Farsetti et la lumière d'un réverbère permit à chacun de découvrir les traits de leur compagnon d'aventure. Baptiste vit une très belle femme, très italienne, sombre et rayonnante à la fois, qui devait avoir une élégante cinquantaine. Elle lui sourit et se recoiffa d'un mouvement expert d'une main où brillait un diamant.

— Vous êtes très courageux, monsieur. D'autres que vous ne se seraient pas risqués dans ce boyau…

Elle parlait un français très pur qu'enjolivaient la gravité de son ton et le chant de son accent. Avant même qu'elle ne se présentât, Baptiste soupçonna une représentante de cette vieille aristocratie qu'il connaissait par la littérature et le cinéma.

— Je suis la princesse Alba Malcessati. Venez, je vous prie de m'accompagner chez moi, pour vérifier que vous n'êtes pas blessé… Monsieur ?

— Baptiste Morgan.

— Alors, monsieur Baptiste Morgan, suivez-moi, ce n'est pas très loin. Vous m'avez sauvée !

Baptiste eut quelques paroles modestes – il logeait à côté et avait entendu du bruit en rentrant chez lui.

Ce n'était pas si près. Ils remontèrent toute la Strada nuova à pas lents. À plusieurs reprises, elle s'assura qu'il ne souffrait plus. C'était la première fois qu'elle subissait une agression, Venise était un petit village paisible ; elle était sûre qu'il s'agissait d'un étranger à la cité, et elle plaignit les jeunes de ce temps qui avaient perdu tout repère à cause de parents démissionnaires et de la drogue. Mais à l'évidence, ce n'était pas le cas de son sauveur, qui ne put que confirmer que son père n'avait pas démissionné de sa fonction. Elle le fit parler, il se proclama écrivain, ce qui intéressa la princesse.

— C'est magnifique ! Avez-vous déjà publié ? Vous semblez si jeune…

Baptiste avoua ses vingt et un ans et son catalogue vierge, mais il précisa qu'il travaillait, ici et maintenant, et qu'un éditeur… Il se confia ainsi à une inconnue à qui il avait sauvé le sac et qui parut trouver son récit passionnant.

— Est-ce que le nom d'Asmodée Edern vous dit quelque chose ?

Elle hocha la tête négativement.

— Non. Je ne prétends pas connaître tout le monde à Venise, mais je peux vous certifier que ce monsieur n'appartient ni à la noblesse ni aux artistes vénitiens. À mon avis, ce doit être un homme de lettres français qui se cache derrière un pseudonyme, non ? Plusieurs sont amoureux de cette ville – plus que la plupart des Vénitiens ! Jean d'Ormesson, Philippe Sollers… Ma parole, c'est tout un roman !

Cette remarque laissa Baptiste songeur. Il revit la visiteuse, faillit demander à la princesse si elle avait entendu parler d'un Thomas Reguer, mais eut peur d'être ridicule avec ces apparitions et il détourna la conversation sur l'endroit où ils se rendaient.

— Je vous emmène dans le quartier des Santi Apostoli, dans un des palais les plus anciens de cette ville. John Ruskin l'adorait…

Baptiste, qui entendait prononcer pour la première fois ce nom, exprima un « Ah… » parfaitement adapté à ce type de situation.

— Il est aujourd'hui en piteux état, malheureusement ! Nous occupons le premier étage, *il piano nobile*. La Ca' da Mosto a une histoire qui devrait plaire à un romancier ! Un explorateur y a vécu, jadis, et le futur tsar Paul Ier y a séjourné avec sa jeune épouse. Ce furent les dernières fêtes grandioses que connut cette demeure ! Elle ne s'est jamais remise du naufrage généralisé que Venise a subi au siècle dernier, à cause des Français et des Autrichiens… Surtout des Autrichiens, rassurez-vous !

— Je ne suis pas français, précisa-t-il, je suis belge…

La précision l'amusa. Elle avait des amis à Bruges – « La Venise du Nord, n'est-ce pas ? » – et avait passé une semaine à Bruxelles, en 1968, où son mari traitait des affaires.

Ils arrivèrent aux Santi Apostoli et passèrent sous les arcades qui, après le pont, menaient dans la direction du campo San Bartolomeo. Mais elle s'écarta de l'itinéraire touristique et, par un lacis de ruelles si étroites qu'on n'y pouvait tenir côte à côte, le dirigea jusqu'au portail vermoulu d'une bâtisse qui, dans la nuit tombée et le brouillard, ne semblait guère à même d'éblouir qui que ce fût, même un Ruskin.

— Faites attention où vous mettez les pieds. Le rez-de-chaussée a été utilisé pour des entrepôts, comme toujours dans ces habitations. Ils sont plus ou moins à l'abandon, j'ignore à qui ils appartiennent. Mon mari le sait sûrement…

La princesse appuya sur un interrupteur et une lumière vive éclaira un escalier poussiéreux. Baptiste la dévisagea en détail et la trouva décidément « admirable », le mot lui convenant à merveille.

— Venez, monsieur Morgan. Ce n'est pas dans les habitudes vénitiennes d'inviter des inconnus le soir chez soi ; mais vous m'avez sauvée et vous ne connaissez personne ici, ce qui mérite bien que je vous offre un verre de vin et vous présente à mon mari et à ma fille !

Ce dernier terme intrigua Baptiste et dissipa le reste de gêne qu'il gardait au bas des côtes. À quoi ressemblait la fille d'une femme aussi remarquable ?

La princesse Malcessati sortit une clé de son sac et l'engagea dans une lourde serrure. Le battant s'ouvrit sur un vestibule couvert de boiseries et de miroirs qui renvoyaient les scintillements d'un lustre en cristal.

— Alba !

Une voix sèche et désagréable les accueillit, jaillie des profondeurs d'une pièce voisine. Un homme apparut, assez petit mais aussi élégant que la princesse, à l'allure tellement italienne que l'on ajoutait à son nez les lunettes solaires qu'il ne portait pourtant pas. Il avait l'air énervé de celui qui a perdu quelque chose ou qui attend quelqu'un fort en retard. En découvrant Baptiste, il avorta sa phrase et toisa l'intrus avec un mépris qui lui donna envie de disparaître au plus vite. Mais, parfaite mondaine, la princesse lui répondit en italien, puis poursuivit en français.

— M. Morgan m'a sauvée alors que je me faisais agresser par un vagabond. Il a été blessé !

Son époux l'écoutait, sceptique, et maintenait sur Baptiste un œil méfiant. Mais c'était aussi un homme du monde et il s'inclina.

— Dans ce cas, je vous remercie, monsieur Morgan… C'est très courageux…

Il conclut sur un sourire qui fit frissonner Baptiste. Son français était plus rocailleux que celui de sa femme et, à l'évidence, il n'entendait pas prolonger l'exercice de conversation au-delà de ce remerciement. Mais la princesse avait promis à boire et elle invita Baptiste à se débarrasser. Comme celui-ci, intimidé par cet accueil, ne bougeait pas, elle interpella son mari.

— Giancarlo, prends le pardessus de M. Morgan et introduis-le dans le séjour. Il y a du cognac et du porto. Je reviens…

Elle s'engagea dans un couloir obscur, laissant les deux hommes face à face.

— Letizia est-elle là ? lança-t-elle.

Il eut un grognement affirmatif. Il saisit le manteau que Baptiste lui tendait et l'accrocha dans une penderie dissimulée par une porte de bois léger qui gardait les traces d'une décoration ancienne. On y distinguait le visage d'une nymphe dans un enchevêtrement d'arbres et, sur la plage au premier plan, l'ombre délavée d'une femme à qui un faune jouait un air de flûte, tandis que, sur la mer, une voile s'éloignait. Mais Baptiste n'eut guère l'occasion d'approfondir son analyse et il suivit son hôte dans un salon sombre. Une lumière jaune et insuffisante s'étalait sur des meubles anciens auxquels on avait marié, non sans une certaine audace, des éléments modernes du design italien. Sur les murs, des toiles que Baptiste affecta d'admirer ; mais Giancarlo ne prêta qu'une attention réduite à ses compliments et lui remplit d'autorité un verre de porto. Baptiste remarqua que l'homme promenait son regard et ses mains partout, visiblement en quête de quelque chose.

— Ce sont des croûtes ! proféra Giancarlo. Ma femme y tient sous prétexte qu'elles proviennent de ses ancêtres. Je les ai soumises à une expertise : elles ne valent rien.

La princesse les rejoignit à cet instant et prit un ton enjoué.

— Mon mari a pour sa belle-famille des sentiments qui faussent son jugement artistique ! Il ne faudrait jamais regarder un tableau en songeant à la belle-mère qui vous l'a transmis !

Elle se servit un cognac et but à la santé de Baptiste.

— Et puis, il n'y a pas que les experts pour attribuer de la valeur aux choses… Sans quoi, que deviendrions-nous ?

Baptiste songea aux tableaux que collectionnait son père et qui seraient un jour jugés aussi sévèrement par le conjoint d'un arrière-arrière-petit-enfant inconnu de l'initiateur de la galerie familiale.

— La chair s'efface. Ce que nous transmettons, c'est un peu d'âme dans les objets que nous avons aimés et les murs où nous avons vécu, non ?

Baptiste hocha vaguement la tête et accepta que la princesse le resservît de porto. Il la dévisagea plus en détail, à présent qu'elle était débarrassée de son manteau et que la lumière était plus satisfaisante ; elle était trop belle encore pour s'inquiéter de la dissolution des chairs mais il ne trouva pas les mots pour une galanterie adaptée. Il n'en aurait pas eu l'occasion, de toute manière, car Giancarlo les interrompit.

— Alba, tu n'oublies pas que nous sommes attendus ce soir…

— Non, *caro*. Je n'ai plus qu'à me maquiller. Mais je t'ai demandé si Letizia était là.

— Je t'ai répondu. Elle est dans sa chambre…

Giancarlo fut sur le point d'ajouter quelque chose, mais ses yeux croisèrent Baptiste et il se tut. La princesse poursuivit, impassible.

— Quand tu iras te changer, préviens-la que nous avons un visiteur et qu'il faut aussi qu'elle s'apprête.

À cet instant, son mari ouvrit un tiroir et poussa une petite exclamation de satisfaction. Il en sortit un carnet, similaire à celui que Baptiste avait choisi pour rédiger son roman. Baptiste aperçut sur la couverture une tache sombre qui venait gâcher l'effet de la gravure ancienne. La princesse se remit à parler des pères et du passé ; mais Baptiste ne l'écoutait plus que d'une oreille distraite. Giancarlo glissa le livret dans sa poche et se retourna vers lui, le visage transfiguré par le sourire carnassier du fauve serrant enfin les mâchoires sur les os de sa proie. Il marcha vers Baptiste et lui tendit la main.

— Je suis ravi d'avoir fait votre connaissance, monsieur Morgan, et je vous suis infiniment reconnaissant d'avoir sauvé ma femme ! J'espère vous revoir. Je vous prie de m'excuser, je dois m'apprêter…

Il s'inclina rapidement et disparut, laissant Baptiste abasourdi.

— Le prince est… balbutia-t-il.

— Le prince ? Mon dieu, non ! Giancarlo n'est pas même baron. C'est un produit de la meilleure bourgeoisie milanaise… Mais la noblesse de Venise ne s'est pas constituée autrement !

— Vous…

— Ma famille n'a jamais vécu à Venise, répondit-elle sans attendre la question qui pointait. Je suis la première… La première aussi à épouser un roturier ! Nous sommes originaires des lacs du Nord. Garda, vous connaissez ?

— Non…

— N'y allez jamais, à moins de voyager dans le temps. C'est aujourd'hui infesté de touristes teutons et d'hôtels hideux.

Elle paraissait brusquement avoir hérité de la nervosité de son mari et frottait ses mains en tous sens.

— *Letizia*, murmura-t-elle, *chè cosa fai ?*

Puis, d'une voix stridente :

— *Letizia, vieni qui !*

On entendit, dans un couloir invisible, une porte qui s'ouvrait à contrecœur. La princesse se calma aussitôt.

— Je suis désolée de ne pouvoir vous garder à dîner ; nous sommes conviés chez des amis. Mais promettez-moi de revenir. Ah, Letizia !

Baptiste resta figé par l'apparition qui, dans l'embrasure, attendait, froide et butée, que sa mère la remarquât et disposât d'elle. La princesse lui dit quelques mots en italien, puis poursuivit en français.

— Monsieur Morgan, je vous présente Letizia, ma fille. Vous devez avoir le même âge, à peu près.

Elle tendit une main glacée, qu'il saisit maladroitement, étonné qu'elle fût si légère.

— Enchanté…

— Moi aussi, monsieur Morgan, dit-elle d'une voix plus grave encore que celle de sa mère, et aussi coupante que celle de son père.

Et Baptiste demeura là, hébété par cette troisième beauté de la soirée, qui condensait en elle les charmes de toutes les autres, mais semblait aussi inaccessible qu'une vestale murée dans un temple. Elle ne prêta aucune attention à son trouble et s'éloignait déjà pour embrasser sa mère, tandis que celle-ci continuait de parler comme si rien ne s'était passé – et que s'était-il passé d'ailleurs ?

— J'organise un dîner, mercredi prochain. Je n'aime pas les fêtes programmées, alors je célèbre la nouvelle année le 2 janvier. Je vous invite ; il n'y aura que des gens intéressants, des artistes, d'authentiques Vénitiens… Un monde qui ne peut que passionner un écrivain, non ? Et qu'il vous serait impossible de fréquenter si vous n'y étiez introduit.

— Mais…

— Allons, ne refusez pas ! J'ai une dette terrible envers vous !

Letizia tourna vers lui un regard étincelant qui le fit d'instinct reculer d'un pas.

— M. Morgan m'a sauvé la vie, Letizia ! J'ai été agressée dans la rue, tu te rends compte ?

Elle dévisagea sa mère avec une expression dubitative, qui parut presque cruelle aux yeux de Baptiste mais dont la princesse ne se formalisa aucunement.

— Je vous enverrai un carton d'invitation. Letizia, trouve-moi un crayon et un bloc-notes !

La jeune fille se dirigea vers le tiroir où son père avait retrouvé son carnet égaré et l'ouvrit.

— Donnez-moi votre adresse…

La question de la princesse le surprit dans son observation et il ne put dire si Letizia avait vraiment marqué un moment d'hésitation avant de prendre un Bic et une feuille de papier qu'elle porta à sa mère, le visage toujours aussi impavide. La proximité des deux femmes renforçait la beauté singulière de chacune, et Baptiste fut frappé par ce qu'il formula spontanément : « une différente ressemblance ». D'autres descriptions suivirent, qui servirent à calmer son esprit affolé : une « dissemblable ressemblance », une « similitude paradoxale » et de nombreuses autres qui finirent par ne plus rien signifier mais qui créèrent une petite musique apaisante. Il précisa son adresse que la princesse transcrivit d'une main rapide.

— Voulez-vous encore un verre ?

Aurait-il été dépourvu de la moindre éducation, Baptiste n'en eût pas moins décliné l'offre tant il avait son saoul d'émotions.

— Donc, c'est d'accord, vous serez des nôtres !

Elle le raccompagna vers le vestibule, tandis que Letizia le saluait d'un mouvement du menton et disparaissait dans le trou d'ombre d'où elle avait surgi. Baptiste s'embarrassa dans les manches de son manteau en essayant de l'enfiler le plus rapidement possible. Alba Malcessati lui tendit une main qui pendit curieusement dans l'air. Maladroit, Baptiste chercha à s'en saisir, ne sachant par où, jusqu'à ce qu'elle modifiât l'angle et permit une poignée de main satisfaisante.

— Mille mercis, encore, monsieur Morgan ! dit-elle en souriant.

— Ce n'était rien, vraiment…

— À mercredi !

— Oui… Passez un bon réveillon… enfin, je veux dire…

Elle eut un rire plutôt aimable et, sans le laisser s'empêtrer davantage, ouvrit la porte et alluma dans la cage d'escalier.

— Vous trouverez le chemin, je crois. Faites attention de ne pas tomber ! Bonne soirée, monsieur Morgan.

Une fois dehors, il s'injuria copieusement ; il avait été ridicule, incapable de baiser la main d'une princesse, pataud, grotesque ! Qu'avaient pensé de lui ces gens admirables, raffinés, cultivés ? Et Letizia… avait-il jamais vu créature plus splendide ? L'inconnue devant son appartement ? Oserait-il se présenter à l'invitation de la princesse ? Jamais ! C'était hors de question ! D'ailleurs, il était évident qu'on ne lui enverrait aucun carton après cette pitoyable prestation.

Le froid et la marche firent leur effet. Avant de quitter la Strada nuova pour le rio terà Maddalena, Baptiste avait entrepris de se réconforter. Tout cela était bien extravagant – ce mot, il l'avait souvent utilisé depuis la lettre d'Asmodée ! – et on ne pouvait lui faire grief de son trouble. Et puis, n'avait-il pas vraiment sauvé cette princesse ? Du moins l'avait-elle répété à maintes reprises. Et elle lui offrait une opportunité exceptionnelle de pénétrer dans un monde inaccessible. Baptiste saurait se montrer à la hauteur. Cela ne coûtait rien d'essayer, de toute manière. Un écrivain devait aussi nourrir son imagination…

Une étrange sensation le cueillit à son réveil, de joie et d'angoisse mêlées. Il avala en hâte un bout de pain et une tasse de café, après quoi il choisit une musique qu'il voulut adaptée aux événements récents ; mais il n'avait pas emporté de cassettes en suffisance et il les avait déjà toutes écoutées depuis son arrivée et associées à l'un ou l'autre moment de ces premiers jours. À défaut d'en dénicher une qui pût, outre le plaisir, marquer la nouveauté et la surprise introduites par les trois femmes rencontrées la veille, il revint à ce qui lui parut le plus approprié : la *Messe du Couronnement*, qu'il s'efforça, en beurrant sa tartine, d'entendre avec une oreille renouvelée. Les visages de l'inconnue, de la princesse et de sa fille, qui avaient hanté son sommeil, vinrent brouiller son écoute, trinité peu conforme au recueillement et à l'élévation spirituelle.

Lorsqu'il eut déposé dans l'évier sa tasse et son assiette, il reprit son carnet, l'ouvrit, relut et dit que cela était bon ; il décapuchonna son stylo, prêt à plonger pour une traversée qui durerait jusqu'à l'heure du déjeuner. Mais, au premier mot, il fut arrêté, comme retenu par une algue mutine. Il s'ébroua, tâcha de repousser l'obstacle, refit un saut. L'algue était toujours agrippée à sa plume. Il se leva pour diminuer le volume, se rassit, replongea. L'algue avait laissé place à un filin d'acier, relief probable d'un navire naufragé. Il émit un petit cri de dépit. Ce devait être Mozart. Mais il ne trouva rien pour le remplacer. Dépité, il réduisit au silence orchestre, chœur et solistes. Le silence était parfois nécessaire, pardon Wolfgang. Il craqua les jointures de ses doigts et regagna le plongeoir, respira largement. L'encre fit quelques brasses. Voilà. Ça y était. Un instant d'ascèse sonore. Mais les traits d'une sirène muette surgirent ; le nageur sursauta et la phrase coula. C'était très mauvais, jugea Neptune. Une rature rageuse ramena l'esquif au rivage. La voix rauque d'Alba monta, mondaine et futile. Puis celle de Letizia. De l'inconnue. De Giancarlo. Mozart, à l'aide ! Le stylo semblait enchanté, tendu plus vers une esquisse féminine que vers une description de la solitude vécue par un pauvre survivant post-nucléaire. Baptiste revint à ses cassettes et envoya Vivaldi se battre contre les ensorceleuses. *Nisi Dominus*… Un mot, deux lettres. Une troisième rature. Tempête sur la lagune. Pas d'esquive possible. Les femmes-poison, devant Baptiste médusé, se pétrifièrent en échouerie où vint se briser le navire des mots. Encre et plume abdiquaient. Désespéré, Baptiste tenta de s'échapper, une envolée vers l'azur. Mais sa main retomba. Il gémit, se lamenta. Se résigna. Il y avait des jours, après certaines nuits… Dehors, au moins, le soleil brillait. N'avait-il pas été imprudent de commencer cette journée comme si elle ne différait en rien des précédentes ? Évidemment ! Il lui fallait se familiariser avec ces images neuves et le trouble qu'elles suscitaient en lui. Et puis, ce soir, c'était la Saint-Sylvestre et Baptiste avait bien travaillé depuis son arrivée. Il pouvait se reposer un peu. Une promenade sans doute s'imposait. L'air frais le calmerait. Peut-être reverrait-il la princesse ou sa fille, ou la visiteuse mystérieuse. Une heure suffirait. Ce fut ce qu'il inscrivit sur le papier rituel collé sur la porte. Les écouteurs sur les oreilles, Mozart réhabilité, il sortit.

À défaut d'avoir été invité par la princesse, et puisque Asmodée ne s'était pas encore manifesté, il décida d'étudier les propositions de menus affichées par les restaurants dont l'allure lui semblait digne d'un tel événement. Mais les tarifs le firent réfléchir ; et ne serait-ce pas aller à l'encontre des préférences de celle qui lui offrait de pénétrer la société vénitienne la plus secrète ? Il opta pour un plat de pâtes, simple mais toujours délicieux, agrémenté d'une bouteille de rouge d'une qualité à peine supérieure à celle qui composait son ordinaire. Il choisit un petit traiteur, dans une impasse étroite près de la Ca' da Mosto. Peut-être la princesse y venait-elle pour ses achats courants. Il traîna ensuite dans le voisinage, sans toutefois pousser jusqu'au vieux palais.

Après une mauvaise pizza et un mauvais pichet de vin, il rentra et fit une sieste. Il était trois heures trente lorsqu'il retourna à son carnet, l'esprit embrumé par le sommeil trop long et les reliefs d'alcool. Il bâilla, s'étira, fit jouer Mozart. Écrivit quelques mots. Des phrases s'enchaînèrent, machinalement. Après la tempête de haute mer, il cabotait petitement de banalités en stéréotypes. Après deux pages, il se relut et vit que c'était plutôt médiocre, voire franchement lamentable. Ce n'était décidément pas le jour. Autant se mettre en cale sèche jusqu'au lendemain, jusqu'à l'année prochaine, avec ses résolutions grandioses. Il sortit à nouveau pour téléphoner à sa mère.

Il tomba sur son père. Il s'enquit de ce qu'ils avaient prévu pour ce soir-là et serra les dents lorsque jaillit la réponse qu'ils ne prévoyaient rien, *évidemment*.

Auguste Morgan était de méchante humeur et son fils ne chercha pas à en connaître la raison. Sa mère prit la relève. Avec un empressement un peu forcé, il lui annonça qu'il avait rencontré une personne – non, pas encore Asmodée – qui allait lui donner accès au Tout-Venise, et son interlocutrice parut s'en réjouir. Ils s'embrassèrent et se souhaitèrent une bonne soirée, sans allusion aux vœux de santé, parce qu'il ne fallait pas briser l'illusion. Il promit à sa mère de lui rapporter un agenda, pour lui permettre de perpétuer cette étrange habitude qui consistait à y consigner les événements échus plutôt que les rendez-vous à venir. À l'aune du mal qui la rongeait, cet achat tiendrait autant du défi que de l'incantation superstitieuse, comme une promesse de douze mois de sursis supplémentaire. Mais de sursis pour qui, sinon pour Baptiste – et de souffrances inutiles pour elle ?

Sur le chemin de retour, Baptiste s'arrêta dans un bar pour un verre de *spumante*, afin de dissiper les échos de la voix de sa mère. Il rechercha ceux de la princesse et de sa fille mais en vain, alors qu'ils l'avaient poursuivi lorsqu'il aurait aspiré au calme. Celui-ci revint au second verre.

Il rentra chez lui, réchauffa le plat de pâtes, ouvrit la bouteille et se coucha tôt.

À minuit, il fut réveillé en sursaut par les premières explosions des feux d'artifice. Il chercha à se protéger des éclats sonores de cette manifestation vulgaire en se mettant la tête sous l'oreiller, mais fut tiré du sommeil jusqu'à l'aube, chaque fois qu'il parvint à se rendormir.

Après une nuit pareille, il ne lui fut guère possible de respecter ses bonnes résolutions. Il relut ce qu'il avait écrit depuis son arrivée, et lorsqu'il lui parut que tout était mauvais, alors qu'il savait qu'il n'en était rien, il décida de se conformer au décret de la princesse, voulant que l'année ne commençât qu'au lendemain de sa soirée. Il prit un livre pour son mémoire, un de ces ouvrages de théorie littéraire, assez sec et ardu pour vaincre les visions les plus troublantes. Il se promena beaucoup, emportant avec lui le penseur dont il reprenait la lecture à chaque arrêt dans un café. Le brillant théoricien ne pouvait toutefois l'empêcher de baisser régulièrement l'objet de son studieux ennui pour observer les gens autour de lui. Le temps de s'assurer qu'*elles* n'étaient pas là, et il retournait à sa recherche.

Précédé par le carton d'invitation promis, le 2 janvier ne fut pas long à venir. La pluie confina Baptiste dans son appartement. Il dressa l'inventaire de sa garde-robe, car il devinait que la réception serait élégante. Un moment il songea à téléphoner chez lui pour obtenir le crédit nécessaire à l'achat d'un costume de circonstance, puis se dit que son blazer bleu marine suffirait, avec une chemise blanche, un pantalon de Tergal gris et une cravate de la même couleur. C'était l'uniforme d'examen de Baptiste ; mais ceux qu'il rencontrerait à Venise l'ignoraient. Et puis, l'habit ne faisait pas l'artiste.

Après le déjeuner, Baptiste réalisa qu'il convenait pour le moins d'apporter un bouquet de fleurs – l'idéal aurait sans doute été une œuvre dédicacée, mais il n'allait tout de même pas offrir son manuscrit. Il acheva sa lecture érudite après une collation légère sans alcool. Asmodée ne vint pas, mais Baptiste ne s'en préoccupa presque pas.

La soirée débutait à vingt heures trente ; il avait le temps de se mettre en quête d'un bouquet. Et de téléphoner chez lui. Peut-être même de repasser dans la boutique où il avait trouvé son carnet pour y choisir un agenda pour sa mère. Mais une des premières choses que celle-ci lui annonça, lorsqu'il l'eut au bout du fil, était que son père lui en avait rapporté un, offert par sa banque. Baptiste, vexé, s'indigna de ce qu'elle pût se satisfaire d'un objet si laid alors qu'il en avait vu de splendides à Venise. Mais elle avait l'habitude de refuser que l'on dépensât de l'argent pour elle. Elle était comblée avec le cadeau bancaire, qui lui permettait en outre de ne pas attendre le retour de son fils pour le compléter. Baptiste se demanda si elle songeait aussi que le gaspillage serait sans importance s'il ne lui était pas donné d'atteindre le trois cent soixante-cinquième compte rendu d'une vie sans autre péripétie que les consultations à l'hôpital et les progrès d'un mal que l'on ne consignait nulle part sinon dans sa chair et ses pupilles.

Il fut long à dénicher un fleuriste à son goût. Par chance, la vendeuse parlait français. Il expliqua ce qu'il désirait et précisa l'identité de la destinataire du présent, ce qui dirigea aussitôt la fleuriste vers des espèces rares et distinguées. Un peu effrayé, il l'observa qui, d'autorité, composait une pièce dont le prix serait, à l'évidence, princier lui aussi, voire royal. Ce fut impérial. Baptiste félicita l'artiste d'une voix nouée et se réjouit de ce que les banques réalisassent encore assez de bénéfices pour offrir à leurs clients des agendas, au demeurant pratiques et de bonne qualité. La jeune fille lui conseilla de mettre le bouquet dans l'eau, et Baptiste, tenant délicatement son précieux chargement, retourna chez lui, appréhendant à chaque pas une catastrophe qui aurait fait du gaspillage une perte sèche.

À vingt heures quinze, il était au pied de la Ca' da Mosto. Sa peur d'être en retard l'amenait toujours à être en avance ; mais si cela ne posait pas trop de problèmes à ses amis belges, il devina que ce serait indélicat chez la princesse. Peut-être même seyait-il que d'autres convives eussent au préalable franchi le seuil. Baptiste rongea son frein jusqu'à l'heure indiquée sur le carton. Personne. Il se contraignit à patienter encore dix minutes. Seul un chat parut, qui ne s'arrêta même pas. Baptiste piaffait. Il convint d'attendre le prochain être humain et bondit en percevant un bruit de pas. Un homme approchait. Il ne ralentit pas et passa devant Baptiste, la tête enfoncée dans le col d'un manteau de piètre facture. Alors, Baptiste fut pris d'une vive inquiétude : et si, contrairement à ce qu'il avait cru, les usages ici voulaient qu'on arrivât trop tôt ? Il serait alors le dernier ! Il était quarante-huit à sa montre ; le cœur battant, il marcha vers la porte et appuya sur la sonnette.

Il était le premier. La princesse l'accueillit avec la plus parfaite courtoisie et remercia pour le bouquet. Elle portait une robe resplendissante en soie incarnate tressée de brillants, ceintrée à la taille par une large ceinture noire, qui acheva de confondre Baptiste. Un domestique surgit et débarrassa la maîtresse des lieux de l'encombrant cadeau. D'autres compositions florales, plus somptueuses encore, étaient déjà rangées dans des vases de cristal.

— Veuillez m'excuser, monsieur Morgan, je ne suis pas encore tout à fait prête. Entrez, Luigi va vous servir à boire. Mon mari va arriver…

Elle disparut. Un autre laquais lui proposa une flûte de champagne. Giancarlo survint, vêtu d'un costume de la plus impitoyable élégance italienne. Il tendit chaleureusement la main à Baptiste.

— Monsieur Morgan, je suis content de vous revoir ! Alba m'a appris que vous êtes écrivain en plus d'être courageux ! Vous verrez, nos invités seront ravis de faire votre connaissance ; il y aura des musiciens, des collègues et d'autres dont l'occupation exclusive est d'être vénitiens et de s'ennuyer ! Que voulez-vous : toutes les villes d'importance ont leur zoo. À Venise, c'est dans les salons qu'on a installé les espèces les plus rares.

Il eut un rire qui fit frissonner Baptiste, incapable de dire s'il préférait, chez son hôte, cette jovialité cruelle ou l'agressivité de leur première rencontre. Par chance, le timbre de la sonnette retentit.

Durant les dix minutes qui suivirent, le salon ne cessa de se remplir. Il serra des mains, sourit, bredouilla joliment, effaré de ces tenues et plus encore de la sienne qui paraissait terne même à côté des livrées blanches du personnel. La princesse était revenue et embrassait ses amis avec de grandes exclamations. Tout se déroulait à présent en italien, sauf lorsqu'on présentait Baptiste – le romancier belge qui avait sauvé Alba, et Baptiste eut vite l'impression, aux regards ironiques des gens qui le saluaient rapidement avant de reprendre leur conversation, d'être l'unique bête curieuse de la soirée. Il cherchait des yeux Letizia, sans savoir toutefois si la glaciale beauté lui serait de quelque secours. Elle n'était pas là, quoi qu'il en soit, et Baptiste recula progressivement vers un coin de la salle. Mais la princesse le récupéra.

— Venez, monsieur Morgan. Ne vous cachez pas ! Vous aurez bientôt quelqu'un à qui parler en français…

— Votre fille ?

— Non, malheureusement, la pauvre Letizia est souffrante. Elle ne pourra être des nôtres ce soir. Mais j'ai invité une de vos compatriotes, une musicienne talentueuse dont vous avez sans doute entendu vanter les mérites : Candice Elenord. Elle joue de la flûte traversière comme une déesse ! Elle doit avoir plus ou moins votre âge. Elle est ravissante, douée, intelligente et… – la princesse se pencha vers lui pour murmurer – célibataire !

Elle se redressa pour rire.

— Ne me prenez pas pour une entremetteuse ! Mais je suis sûre que vous apprécierez cette compagnie.

Baptiste ne savait que répondre. Lui qui se targuait d'être mélomane n'avait jamais entendu ce nom – à sa décharge, il ne goûtait pas trop la flûte traversière et se méfiait des jeunes talents.

— Vous ne comprenez pas du tout l'italien ?

— Non, enfin oui, un peu... J'aime beaucoup l'opéra...

— *O Dio !* Quelle joie ! Quelqu'un qui apprend l'italien avec Mozart et Verdi ! Vous me charmez, monsieur Morgan ; j'admire tellement l'opéra. D'ailleurs...

Elle s'interrompit ; un nouveau groupe se profilait sur le seuil.

— Les voilà ! Venez, que je vous présente. Francesco Contessan, qui l'accompagne, est le chef d'orchestre vénitien le plus doué et le plus prometteur de sa génération. Il a à peine trente ans, et il maîtrise parfaitement le français lui aussi.

Baptiste se laissa entraîner mais, lorsqu'il aperçut les arrivants, il se figea, comme s'il se vidait brusquement de tout son sang.

— Que se passe-t-il, monsieur Morgan ? On dirait que vous avez vu un fantôme !

C'était elle. Si invraisemblable que cela fût, cette flûtiste virtuose était la jeune fille qui était venue frapper à sa porte quatre jours auparavant. Il s'était remis en mouvement, pour ne pas devoir expliquer les motifs de sa confusion. De son côté, Candice ne paraissait pas moins surprise de le voir ; elle plissait les paupières comme pour se convaincre – ou peut-être simplement pour retrouver le souvenir de ce jeune homme dont le visage évoquait quelque chose, car Baptiste ne se faisait pas d'illusion, il ne l'avait sûrement pas autant impressionnée qu'elle ne l'avait fait.

— Francesco ! poursuivait Alba en français. Quel plaisir de vous revoir ! J'ai reçu vos fleurs ce midi, elles sont magnifiques ! Une symphonie d'odeurs et d'éclats ! Et vous avez amené votre amie !

Elle serra la main de Candice, qui quitta Baptiste des yeux et répondit au salut avec un ravissant sourire.

— Je suis si heureuse de vous rencontrer enfin ! Et je suis très impatiente d'entendre les merveilles que vous allez produire ensemble !

— Francesco et sa formation sont excellents, répliqua simplement Candice. C'est un régal pour moi de les accompagner.

Son regard revint furtivement sur Baptiste comme pour s'assurer qu'elle ne se trompait pas.

— Voici un de vos concitoyens, Candice – vous me permettez de vous appeler Candice, non ? Baptiste Morgan, écrivain chevaleresque qui m'a sauvée d'une terrible embuscade !

Toujours muet, Baptiste serra les mains qui se tendaient. Francesco, qui n'avait aucune raison d'être troublé, s'enquit des détails d'un épisode aussi héroïque. Comme le sauveur semblait dépossédé de ses facultés linguistiques, Alba Malcessati répondit à sa place avant de conclure :

— Je vous le confie ! Il ne parle pas italien mais adore la musique…

— Alors, monsieur Morgan, reprit avec entrain le chef d'orchestre qui saisit au passage une flûte de champagne, qu'écrivez-vous lorsque vous ne courez pas à la rescousse de belles princesses en détresse ?

Puis, devant l'air ahuri de Baptiste qui ne trouvait pas ses mots :

— Vous parlez français ?

Baptiste sursauta.

— Bien sûr, évidemment !

Il crut percevoir une ombre ironique sur les lèvres de la musicienne. Francesco poursuivait, pas du tout embarrassé.

— Ne vous offusquez pas ; mais comme je sais que des Belges s'expriment en flamand… Alors, racontez-nous : qu'écrivez-vous ? Des romans ?

— Oui… enfin, je n'ai encore rien publié mais…

— Si vous étiez italien, notre amie vous introduirait aussitôt chez le meilleur éditeur !

— Notre amie ?

— Alba ! Elle connaît tout le monde. Et elle serait morte de rage si elle avait dû attendre davantage pour faire la connaissance de Candice ! Car elle est mariée à la musique… Pollini vient jouer chez elle, en privé.

Pendant quelques minutes encore, Francesco tint la partie soliste dans ce curieux concert de silences. Puis, ne pouvant plus longtemps nier l'embarras grandissant entre les deux jeunes gens, il s'interrompit :

— Eh bien, Candice, on dirait que la vue d'un de tes compatriotes te trouble ! Monsieur Morgan, vous dégagez un charme particulier ; je n'ai jamais réussi à impressionner autant une femme !

L'un et l'autre rougirent violemment, mais la musicienne se ressaisit.

— C'est simplement un hasard singulier…

— Vous vous connaissez, c'est ça ? continua Francesco, toujours badin.

— Oui, murmura Baptiste. Enfin, je crois…

— Ah, ça m'arrive souvent ! Je croise quelqu'un à l'étranger, on se tourne autour, convaincus l'un et l'autre d'avoir gardé les moutons ensemble ; on cherche, on s'interroge, on convoque nos souvenirs. Parfois, c'était des moutons, parfois des vaches et souvent des illusions !

Mais Candice fit mine de ne pas l'avoir entendu et reprit d'une voix grave.

— C'est vous qui logez dans l'appartement de Thomas Reguer, n'est-ce pas ?

Baptiste acquiesça avant de corriger le titre de propriété des lieux.

— Je suis navré, mais ce nom m'est inconnu.

Francesco se frappa le front, drôle et tragique.

— *Mamma*, revoilà ton Thomas ! Je finirai par imaginer que c'est un truc que tu as inventé pour séduire les jeunes gens romantiques ! Méfiez-vous, monsieur Morgan !

— Arrête, Francesco, coupa-t-elle un peu trop sèchement. J'ai retrouvé l'adresse sans hésitation, c'était le même studio, bien que tout ait changé à l'intérieur…

— Bon, j'admets, dit Francesco que le sujet commençait à lasser. Un logement, ça se revend. Votre ami l'a racheté à Thomas Reguer ; il pourra certainement renseigner Candice.

— C'est que… Je n'ai pas rencontré M. Edern.

— Ah, une location touristique…

— Non ! s'écria Baptiste.

Francesco plissa les yeux, à nouveau malicieux.

— Comment ? Vous squattez ?

— Non plus ! rétorqua Baptiste qui rougit derechef.

Il expliqua maladroitement les relations qu'il entretenait – ou plutôt qu'il n'entretenait pas – avec Asmodée, en omettant de signaler que le contact s'était noué au terme d'une série de refus éditoriaux. Il comprit qu'il avait là une chance d'intéresser Candice – et qu'elle lui plaisait infiniment.

— Nous devons nous voir prochainement. Si vous voulez, je m'informerai au sujet de votre ami.

Le mot utilisé transformait ce Thomas en rival, comme d'ailleurs le chef d'orchestre. Grand ou petit ami ? Le rapport de taille était, en la matière, inversement proportionnel à celui de l'amour. Candice accepta sa proposition avec une légère moue dubitative qui titilla sa susceptibilité et sa jalousie. Il vida son verre et décida de se montrer brillant ce soir. Un coup d'œil lui confirma qu'elle ne portait pas d'alliance.

Le salon était plein. Le bruit des conversations noyait jusqu'au lustre étincelant. Baptiste avait réussi à orienter l'échange sur la musique et les concerts que Candice – et Francesco – préparaient. Il manifesta beaucoup d'intérêt pour la session d'enregistrement en cours, ce qui lui permit de déclarer son goût pour la musique classique et l'ampleur de sa discothèque. Il vanta la qualité du label producteur, évoqua de mémoire l'un ou l'autre titres qu'il commenta avec des éloges qui crûrent artificiellement lorsque Francesco lui apprit qu'il avait dirigé l'orchestre pour l'un d'eux – enterrant ses préventions contre les jeunes solistes.

— Tu vois, *cara*, on ne prête aucune attention aux chefs ! Si tu avais joué sur ce disque, je suis sûr que Baptiste ne l'aurait pas oublié !

Un peu déstabilisé par l'ironie de l'Italien, Baptiste se rattrapa en demandant à Candice si elle avait également enregistré.

— Comment ! s'exclama Francesco. Vous dites cela pour vous excuser de votre oubli ; si vous aimez la musique vous ne pouvez pas ne pas avoir l'enregistrement de référence des sonates de Bach ! Elle enfonce Nicollet, Rampal et Kuijken !

Il prononça ce dernier nom avec un tel accent que Candice éclata de rire. Baptiste était à nouveau confus. Il avoua ne pas détenir ce disque mais précisa aussitôt qu'il ne possédait aucune autre version de l'œuvre.

— Alors, je vous pardonne à moitié pour Candice ; mais vous aggravez votre cas par rapport à Bach ! C'est une œuvre magistrale !

— Allons, Francesco, tu embarrasses M. Morgan, dit-elle avec un sourire très doux qui enchanta Baptiste comme un premier baiser.

Alba Malcessati, qui frappait dans les mains, mit fin au round. Elle invita ses hôtes à passer dans la salle à manger dont les fenêtres donnaient sur le miroitement du Grand Canal. Baptiste redouta d'être séparé de Candice – et aspira à l'être de Francesco. Mais la maîtresse des lieux s'approcha des deux Belges et leur dit à voix presque basse qu'elle les avait placés l'un à côté de l'autre, tout près d'elle. Puis, elle indiqua à tous qu'un carton les renseignait sur le siège qui leur avait été alloué. Baptiste était ravi : Alba Malcessati présidait à un bout de la longue table – son mari s'assit à l'autre extrémité – et avait installé Candice à sa droite. En outre, les jeunes gens profitaient de la vue sur le Canal. Francesco était sur l'autre rive, au milieu de la rangée d'inconnus. Le musicien semblait n'en manifester aucune tristesse, ce qui encouragea Baptiste. Il n'y avait peut-être rien entre Candice et lui. Et le fameux Thomas était absent… Disparu ! Des conversations, suscitées par les nouveaux voisinages, démarrèrent aussitôt, tandis que les domestiques protocolaires servaient le vin. Alba Malcessati avait entrepris Candice et Baptiste s'efforça d'écouter, guettant l'occasion d'intervenir judicieusement. Mais la princesse parlait trop vite, même en français, détaillant tout ce qu'elle savait de la carrière de Candice – et qui paraissait être plus que ce qu'avait en mémoire la jeune femme. Sur ce terrain, Baptiste avait attesté son incompétence ; il préféra se taire et prendre note d'informations qu'il entendait utiliser ultérieurement – et le problème, ainsi qu'il l'avait déjà clairement identifié, résidait bien là : se garantir ce soir la possibilité de revoir Candice.

On distribua une symphonie de spécialités : il y avait de minuscules crevettes et coquillages frits, du foie à la vénitienne, des légumes grillés nappés d'huile, des champignons, du jambon translucide…

— Je vous avais promis de vous présenter Venise, monsieur Morgan, fit la princesse en désignant les plats : en voici un des principaux aspects ! Alors, vous êtes belges tous les deux et vous vous rencontrez pour la première fois à Venise !

Elle lança ses convives sur le sujet neutre de la géographie ; puis, assurée que la conversation était entamée à sa droite et qu'elle était de nature à lui permettre un retour à tout instant, elle se tourna vers son autre voisin et le questionna en italien.

Baptiste expliqua qu'il vivait à Louvain-la-Neuve ; Candice lui avoua ne pas aimer ce campus qu'elle trouvait froid et artificiel. Il mit beaucoup d'ardeur à plaider pour sa ville, concluant qu'il serait ravi de l'inviter pour qu'elle en découvrît les charmes. Elle ne refusa pas. Elle était installée à Bruxelles, à Uccle précisément, et Baptiste s'empressa de lui apprendre que c'était une coïncidence ; il était né dans cette commune. Ce n'était toutefois pas dans le même quartier, et si les Morgan avaient émigré en 1972, Candice ne s'y était installée qu'en 1974, ayant auparavant beaucoup voyagé du fait d'un père diplomate.

On poursuivit sur cette voie de garage, car il fut bientôt évident qu'ils avaient peu d'avis à échanger sur leur pays d'origine : ce n'était, pour Candice, qu'un lieu où résider entre des tournées qui s'annonçaient de plus en plus fréquentes, une base de repli, un village retiré où la culture comptait si peu qu'on ne l'y importunait pas. Elle avait tranché : la Belgique était une terre de repos, ce qui avait laissé Baptiste songeur et oppressé. Il entrevit, dans une vision fulgurante, son pays transformé en hospice de vieillards illettrés et défendit avec une fougue presque désespérée le point de vue qu'un artiste ne pouvait y demeurer sous peine d'asphyxie.

— C'est peut-être vrai pour les écrivains, répliqua Candice sans manifester la moindre émotion à la perspective de l'exil qui attendait Baptiste et qui l'éloignerait d'elle. Il y a la langue et les gens lisent de préférence des ouvrages publiés à Paris. Mais la musique…

Baptiste acheva ce qu'elle offrait au silence : la musique était un langage universel et les musiciens composaient une grande fraternité cosmopolite, communauté idéale où régnaient l'harmonie et l'entente.

— Ah ! soupira-t-il. Si les écrivains pouvaient être aussi solidaires que les musiciens !

— Qui vous a dit qu'ils étaient solidaires ?

— Mais… Il le faut, non ? Vous jouez ensemble, vous… et Francesco…

— Sans doute, mais vous idéalisez. Vous devez aussi avoir quelques amis écrivains, non ?

— Non, répondit Baptiste, fier et sombre.

— C'est parce que vous n'êtes pas encore édité.

— Mais avec Francesco…

— Nous travaillons…

La princesse revint brusquement vers eux, comme avertie par une oreille espionne et aguerrie que l'on s'écartait des balises qu'elle avait posées.

— Travailler ? Mon Dieu, nous ne sommes pas là pour parler travail !

Candice lui résuma leurs échanges. Elle élargit le débat à toute l'assemblée.

— Vous êtes vraiment chevaleresque, monsieur Morgan ! Les musiciens se détestent d'autant plus qu'à l'exception de certains solistes ils ont besoin des autres pour exister ! Pourquoi croyez-vous qu'il y ait des chefs d'orchestre ?

Baptiste cherchait une repartie, mais la princesse, qui n'en attendait aucune, enchaîna.

— Pour surveiller ces garnements qui ne pensent qu'à une chose : supplanter les autres !

Il y eut des rires et Francesco s'écria :

— *È vero !*

— Moi, je connais surtout le monde de l'opéra, poursuivit Alba Malcessati. Vous aimez l'art lyrique, non ?

— Énormément…

— Eh bien, la prochaine fois, munissez-vous de jumelles et soyez très attentif aux expressions des solistes au moment des applaudissements ; observez leurs grimaces ou leur jubilation ! Ils ont en eux un applaudimètre très précis, absolu et relatif : la moisson qu'ils reçoivent, et la part qu'elle représente par rapport à leurs « collègues ». Ils ne veulent pas être ovationnés : ils veulent l'être plus que les autres.

Elle avait tenu sa tirade en français. Certains rires venaient plus tard, par l'effet de traductions simultanées improvisées à l'attention de ceux qui avaient opté pour la langue de Stephen King et non celle de Marcel Proust. Mais on comprit que tout ceci n'avait pour fonction que de préparer le terrain à l'annonce que la princesse fit alors, en italien mais en prenant soin d'articuler le plus distinctement possible.

— Mes amis, certains d'entre vous le savent, j'ai participé à la production d'un très bel opéra que mon ami Guardini a exhumé, œuvre d'un des plus brillants compositeurs vénitiens, même s'il est aujourd'hui, comme bien d'autres, éclipsé par Vivaldi : comme la Fenice, maudite par les dieux, n'est pas près de rouvrir ses portes – il y eut des murmures autour de la table –, nous avons choisi le théâtre Malibran pour cet opéra de Benedetto Marcello, *Arianna* ; une pure merveille !

On applaudit.

— Et j'ai le plaisir d'offrir à chacun de vous une place pour la première, qui aura lieu dans une semaine.

On lui fit un triomphe. Elle se pencha vers Baptiste.

— J'espère que vous serez toujours à Venise. Connaissez-vous Marcello ?

La question s'adressait aux deux jeunes gens. Baptiste, qui détestait être pris en flagrant défaut de connaissance sur un sujet qu'il prétendait aimer, s'apprêtait à produire une de ces réponses transparentes qui laissaient à l'interlocuteur la possibilité d'un jugement négatif ou clément. Mais Candice répondit de la façon la plus simple qu'elle n'en avait entendu parler que la veille, par Francesco qui avait évoqué ce prochain spectacle.

— Francesco connaît bien Marcello ; il a collaboré avec Guardini.

Le chef d'orchestre s'était d'ailleurs lancé dans un discours sur le compositeur, mais Baptiste n'y comprit pas grand-chose, le conférencier impromptu ne se souciant pas d'adapter son débit. Francesco conclut en portant un toast à Marcello.

— *Bravo, dottore !* s'exclama-t-on.

Et les discussions reprirent. Baptiste chercha à rétablir la sienne avec Candice.

— Vous avez suivi ce que Francesco a dit ? demanda-t-il, au risque de paraître idiot.

— Oui. Mais c'est vrai qu'il a une élocution très rapide. Il faut être habitué…

Le cœur de Baptiste se pinça : habitué à qui, à quoi ? Mais la flûtiste ne le laissa pas gamberger et lui résuma l'essentiel du propos sur Benedetto Marcello, à ne pas confondre avec son frère Alessandro, noble vénitien en charge de hautes fonctions, musicien « amateur » au sens le plus positif du terme.

— Pour quelqu'un qui ne le connaissait pas hier, vous dominez parfaitement votre sujet ! complimenta-t-il.

— Je ne fais que synthétiser les commentaires de Francesco. Il vous faudra l'interroger pour en apprendre davantage.

Que voulait dire précisément Candice ? N'y avait-il pas, dans la manière dont elle avait prononcé le prénom du chef, des nuances de tendresse ? Le sentiment qui s'était emparé de lui était, dans la littérature et l'Histoire, capable de susciter de grandes choses ; chez Baptiste, la jalousie abrutissait. Il ne parvint plus à mener une conversation cohérente avec sa voisine qui devisa avec la princesse et d'autres convives, dans un italien très pur et un peu lent, chantant et mélodieux, que la princesse accompagna à plusieurs reprises de commentaires élogieux, et qui mirent Baptiste au supplice, imaginant ce qu'elle pouvait susurrer à son amant dans cette langue merveilleusement sensuelle. Alors, pour se protéger, Baptiste chercha à se raisonner ; était-elle si jolie ? Oui… mais un peu froide. La beauté n'était pas tout. D'ailleurs, dans son souvenir, la fille de la princesse était infiniment plus belle. Le mot ne suffisait pas : splendide, resplendissante. Non, pas resplendissante : Candice était lumineuse, mais Letizia était une grâce tendue d'ombres, un éclat noir et inquiétant. Captivant. Candice était transparente, voilà. C'était évident qu'elle couchait avec Francesco, avec ce Thomas. Avec d'autres peut-être. Avec lui ? Baptiste n'entendait pas partager. Candice était accessible ; Letizia était un mystère qui se cachait quelque part dans ce palais. Peut-être les observait-elle par quelque ouverture secrète dans la paroi… On lui resservit du vin. L'épiait-elle ? Se demandait-elle ce qui se tramait entre Candice et lui ? Il s'emballait. Devant lui, derrière les tesselles dépolies, les lueurs du Canal composaient un kaléidoscope fantastique, un bal des lumières où les pensées de Baptiste tournoyèrent, folles, bientôt incontrôlables.

Le repas s'acheva. Sur l'invitation de la princesse, une partie des convives se leva et repassa dans le salon, tandis que Giancarlo restait à table avec ses voisins proches. En passant le seuil derrière la princesse, Baptiste crut percevoir un regard irrité qu'elle décocha à son mari, lequel fit une moue peu amène.

— Giancarlo ne s'arrête jamais de travailler ! commenta-t-elle à l'adresse du jeune homme, d'un ton badin. Il ne consent à ces soirées qu'à condition d'y inviter des collègues avec lesquels il finit immanquablement par se retirer pour discuter de leurs affaires… Ne devenez jamais *business man*, monsieur Morgan !

Candice, qui était à côté d'eux, répondit à sa place.

— Cela me semble peu probable !

Interloqué, Baptiste la dévisagea ; mais son sourire ne trahissait aucune malignité. Il se ressaisit tout à fait.

— Et pourquoi ça ? Mon père est un commerçant qui rêve que j'intègre sa société…

Candice plissa les paupières et le fixa, ce qui raviva son trouble.

— C'est pour cela, sans doute, que vous n'en ferez rien… Et puis, vous êtes écrivain, non ?

Un déluge d'émotions le submergea, comme s'il venait d'être adoubé par une princesse, par une fée. Tout fut oublié de ce qui avait gâché la fin de son repas et il sourit à l'ange qui le regardait toujours.

— Vous avez sûrement raison…

Oui, il était écrivain et livre à la fois, dans les pages duquel Candice lisait la vérité de son âme, de sa vie ! Ils furent interrompus par Alba Malcessati.

— Il est minuit trente, mes amis ! *Buon anno ! Auguri !*

On rit, on se congratula, certains s'embrassèrent, ce qui gêna Baptiste qui ne sut que faire vis-à-vis de Candice, laquelle se contenta de sourire, indulgente pour les caprices de la princesse.

— Vous viendrez à l'opéra ? demanda Baptiste à Candice, dans les remous des rires.

— Sans doute.

— Comment, sans doute ? s'indigna Francesco qui les avait rejoints. Évidemment, tu viendras ; sinon, je renonce à notre concert ! Et puis, j'imagine que nous aurons cette fois la chance de voir la fille d'Alba... Une splendeur ! Hélas ! encore plus sauvage que toi ! L'avez-vous rencontrée, monsieur Morgan ?

— Je l'ai entraperçue, répondit Baptiste, le cœur battant.

— Magnifique, non ?

— C'est que je l'ai à peine...

— Ça suffit ! *Bellissima, no ?*

— Oui, enfin... je...

Il hésita à préciser que Letizia ne lui semblait certainement pas plus ravissante que Candice ; mais ce serait une manœuvre un peu grossière et il laissa sa réponse dans le flou.

Quelques invités prenaient congé. Candice réprima un bâillement.

— Excusez-moi ; je suis fatiguée et je dois répéter demain matin.

— Nous avons fêté la nouvelle année à la date officielle, contrairement à la princesse ! ajouta Francesco, souvenir qui déplut à Baptiste parce qu'il ne le partageait pas. Bon, je te raccompagne...

— Je pense que je vais vous suivre, enchaîna précipitamment Baptiste. Je dois écrire, et j'aime m'y mettre le plus tôt possible...

Il savait donc mentir. Mais qui vérifierait ? Ils se dirigèrent vers la sortie, et Baptiste chercha le moyen de la revoir avant le bal. Ils allèrent saluer la princesse.

— Comment ? Vous partez déjà ?

Candice exposa ses motifs.

— Je comprends. La vie d'artiste est un sacerdoce ! Mais il faut revenir, Candice ! Je n'ai pas eu le temps de vous parler ! Il y avait trop de monde ; je vous inviterai à dîner en tête à tête !

Candice accepta la proposition en souriant délicieusement et Baptiste, après avoir espéré que la princesse lui fournirait l'occasion qu'il guettait, fut navré qu'elle ne l'incluât pas dans ce tête-à-tête.

Ils se retrouvèrent dans le froid et l'obscurité, glissant, silencieux, dans les ruelles désertes. Baptiste désespérait et la présence de Francesco ne lui facilitait pas la tâche.

— Vous logez dans quel hôtel ?

— Près de San Marco, répliqua-t-elle évasivement.

Il ne lui restait que dix mètres.

— Je… cela me ferait plaisir de vous revoir… pour parler de votre ami Thomas…

C'était idiot ; il ignorait tout de cet homme, ce que Candice lui fit observer d'une voix assez sèche.

— Et puis, je dois me réserver pour mon travail…

Francesco intervint.

— Mais vous pouvez venir nous écouter au studio ! Il se situe calle Pietà, derrière San Marco et San Zaccaria.

Profitant de la lueur d'un réverbère, Baptiste épia la réaction de Candice. Elle ne marqua aucune contrariété.

— Oui, c'est une bonne idée, répondit-elle en souriant.

Baptiste se retint pour ne pas laisser éclater sa joie.

— Magnifique ! Vous verrez, je ne vous dérangerai pas…

Francesco lui tendit une carte avec l'adresse du studio et lui proposa de passer le lendemain, en début d'après-midi.

— Mais cela va vous distraire de votre écriture, dit-elle avec une pointe de malice.

— Non ! La musique m'a toujours inspiré !

— Méfie-toi, Candice : tu vas te retrouver personnage de roman !

Ils se séparèrent ; n'osant pas l'embrasser comme il l'aurait naturellement fait avec une jeune femme de son âge à Louvain-la-Neuve, il lui serra la main.

La première pensée de Baptiste, lorsqu'il s'éveilla et découvrit qu'il était près de dix heures, fut que Candice devait être occupée à jouer depuis longtemps. Il fut surpris et presque choqué de constater qu'il n'avait pas rêvé d'elle. Ni d'elle, ni de la princesse, ni de sa fille ; à tout prendre, il lui semblait n'avoir pas rêvé. Et comme il savait que ce n'était pas possible, il jugea que, comme cela arrivait fréquemment, ces images avaient dû se dissoudre durant la remontée à la surface quotidienne, mais qu'il ne pouvait pas avoir rêvé d'autre chose. Et il se consola de la perte de ces visions par l'assurance qu'il pourrait, dans quelques heures à peine, se gorger de nouvelles impressions plus précieuses encore, puisque Candice serait plongée dans sa passion, la musique, et que l'on n'était jamais plus beau qu'en ces instants-là. Baptiste, du coup, se demanda si écrire l'embellissait, ce qui le fit rire, parce qu'il n'était orgueilleux que sur les questions où il n'était pas assuré de ses chances ou de ses succès.

Pendant que la petite cafetière chauffait, il se remit à son manuscrit. Il avait rédigé sans difficulté un long paragraphe lorsque le sifflement de la machine se fit entendre. Baptiste était satisfait : comme il se l'était fixé, il se sentait prêt à reprendre son roman. Alba

Malcessati avait procédé à l'inauguration d'une année, mieux, d'une ère nouvelle pour Baptiste. Tout, à partir de maintenant, allait réussir. Écriture, amour, carrière bientôt… Il but son café, songea au rendez-vous de l'après-midi. Il ne lui restait plus beaucoup de temps pour écrire.

Cette fois, et pour autant que l'après-midi se déroulât selon ses espoirs, il ne rentrerait pas avant la soirée. Il décida de ne laisser aucun message. Cet Asmodée l'avait assez fait attendre. Baptiste sortit le cœur léger.

Le vent renforçait l'impression de coupure que le froid plaquait au visage. Baptiste songea qu'il lui fallait téléphoner chez lui. Il réfléchit au meilleur programme ; le studio, comme il l'avait constaté sur le plan, se situait derrière San Marco. Il téléphonerait de la poste, campo San Bartholomeo. Pour le repas, il aviserait ; il prévoyait en effet de débarquer au studio vers treize heures, soit une heure « après midi », *stricto sensu,* ce qui lui laissait une chance, si les musiciens avaient travaillé tard, de les accompagner pour déjeuner. Sinon, il tiendrait jusqu'à ce soir.

À sa mère, il décrivit, euphorique, une fête resplendissante, une jeune femme ravissante, belge, gentille, qu'il allait retrouver sitôt qu'il aurait raccroché. Il avait toujours confié à sa mère ses émois amoureux, sachant combien cela la réjouissait, et faisait avec elle la mise au net de sentiments surgis dans le huis clos de son âme éprise. Il attendait le sourire de sa mère, l'éclat de joie dans l'éreintement de sa voix, pour recevoir la confirmation de la justesse de sa passion – et peu importait qu'elle fût encore purement personnelle et que rien dans l'attitude de Candice n'eût pu laisser entrevoir la moindre réciprocité. Il avait lu chez Hermann Hesse – ou était-ce chez Rilke ? – qu'aimer comptait plus qu'être aimé. Et sans doute oui, il aimait.

Tout en lui, jusqu'au tremblement de ses doigts qui serraient le cornet du téléphone, le confirmait. Il abandonna sa mère grosse d'un espoir qui la laissa épuisée sur le divan du salon où elle passait à présent ses journées.

Il rejoignit San Marco. Le soleil était sorti des nuages, mais il ne modifiait guère la température glaciale. Sur les larges *masegni*, ces grandes dalles de pierre usées par la mer et les pieds des passants, les enfants et les pigeons poursuivaient leur éternel ballet, à la plus vive satisfaction des marchands de graines et de films photographiques. Baptiste songea qu'il devrait envoyer une carte postale à ses parents ; il n'était que douze heures trente. Il se mit en quête du rituel rectangle de carton, en choisit un qui ne lui parut pas trop cliché, demanda un timbre et retourna au Florian pour y inscrire quelques phrases anodines et filiales. Un constat de bonheur loin d'eux, des vœux qui, chacun le savait, n'engageait personne et certainement pas la maladie qui avait pris possession de la maison et de ses habitants. Que mettre de plus ? une maladresse à gauche, une adresse à droite. Baptiste vida son verre de *spumante*.

Pour rejoindre Candice, il lui faudrait remonter le long de la riva degli Schiavoni, passer devant les palaces où il aurait un jour sa chambre habituelle, sourire devant le pont des soupirs et ses cohortes de capteurs rétiniens ou argentiques, jusqu'à la calle de la Pietà. Là, implorer l'amour de… Non ! Baptiste n'implorerait pas ! il gagnerait sans pitié pour les rivaux. Il n'y avait rien entre Candice et Francesco, croyait-il à présent ; mais le musicien comptait dans le cœur de Candice, du moins y avait-il sa place depuis plus longtemps que Baptiste. Un concurrent donc. Le temps, en l'affaire, n'était pas toujours un avantage ; à trop longtemps prétendre, on lasse. Pour enlacer, il faut emballer ! Baptiste apprécia la formule, tapa de la paume sur le marbre. Il emballerait. Elle l'avait séduit en quelques minutes. Certes, Baptiste se savait prompt à s'enflammer ; mais le coup de foudre – réciproque – serait-il devenu une effroyable banalité littéraire et psychologique s'il n'avait quelque existence réelle ? L'homme n'est pas fait pour les drames ! Pas Baptiste, en tout cas. Il réclamait sa part de bonheur et de gloire. Mais comment percer les secrets du cœur de Candice ? Ces choses-là finissaient vite par se trahir. Et si elle n'était pas encore amoureuse de lui, il saurait la persuader. Il se sentait bien, sûr de lui, rassuré. Il songea à sa carrière – d'écrivain, d'universitaire. N'y avait-il pas là une complémentarité heureuse, malgré ce qu'en disait le professeur François ? Même si les ventes étaient tout de suite exceptionnelles, n'était-ce pas préférable de conserver une activité différente ? Et, dès lors, celle de professeur de lettres était la plus indiquée. Pour ce faire, il faudrait satisfaire aux obligations d'un doctorat. Baptiste avait des idées pour cette thèse : à travers la littérature (il restait à préciser la période), découvrir, analyser et comprendre les raisons qui poussent les uns à rechercher la compagnie de leurs semblables et les autres à la fuir. Sans doute faudrait-il affiner la perspective, mais à cette heure vénitienne, il parut à Baptiste qu'aucun sujet ne pouvait ouvrir de perspectives plus stimulantes.

Il signa la carte, paya sa consommation, colla le timbre et ressortit au soleil de son prochain triomphe.

Le studio avait été aménagé au second étage d'un immeuble terne que Baptiste ne put dater. Personne, à l'entrée, ne renseigna le visiteur. Il avait, en hésitant, poussé la lourde porte vermoulue et s'était engagé dans un corridor aussi sombre que celui du rio Farsetti, aussi désordonné que celui de la princesse. Une plaque, au nom du studio, signalait qu'il fallait grimper l'antique escalier jusqu'à une porte qui, elle, n'était pas d'époque : blindée, grise, couverte d'affiches annonçant des concerts révolus. Baptiste se fit mal au doigt en essayant de frapper. Étouffées par l'épaisseur du métal, des rumeurs désarticulées de musique le convainquirent que personne ne l'avait entendu. Nulle sonnette n'y suppléerait. L'inquiétude le prit : allait-il devoir passer son après-midi sur le palier, en attendant que quelqu'un, sortant ou rentrant, l'aperçût ? Du plat de la main, comme un voleur néophyte, il appuya sur la clenche et poussa ; ce n'était pas fermé. Il fit pivoter la porte et tomba dans un hall plus sombre encore. Sur la gauche, un assemblage de tables de mixage ; devant lui, une autre porte close, surmontée d'un voyant lumineux vert qui, malgré les sons qu'il percevait plus distinctement, indiquait qu'aucun enregistrement n'était en cours ; à droite enfin, un rideau jaune sale derrière lequel des gens devaient manger, à en juger par les bruits. Il reconnut la voix de Francesco et se décida, après une profonde inspiration, à soulever le voile qui les séparait.

— Baptiste ! s'écria Francesco en l'apercevant. C'est bien d'être venu, entrez !

Sans se lever ni lâcher le morceau de hamburger qu'il acheva aussitôt, il désigna un tabouret libre devant une table rustique autour de laquelle trois Italiens mal rasés engloutissaient leur part de graisse et de protéines. Candice n'était pas là.

— Vous avez mangé ? lui demanda Francesco en lui présentant un reliquat de frites froides.

Baptiste refusa d'un geste tandis que Francesco en quelques mots expliquait aux autres qui il était. Il y eut des grognements et des sourires qui devaient signifier que Baptiste était bienvenu au studio.

— Prenez à boire, quand même.

Francesco se leva pour prendre un verre et désigna les bouteilles d'eau et de Coca.

— Pas de vin pendant le travail ! Si vous voulez, je peux regarder s'il y a de la bière dans le frigo.

— Non, ne vous dérangez pas ! Du Coca, c'est parfait.

Baptiste se détendit : l'accueil de Francesco était très amical – était-ce parce que le chef ne le prenait pas pour un rival sérieux ou parce qu'il n'avait, finalement, aucune vue sur Candice ? Après tout, il avait peut-être une petite amie, une fiancée vénitienne…

— Et Candice…

— Elle ne mange presque rien à midi ! Les jeunes femmes, vous savez… Toutes plus ou moins anorexiques !

Les autres, qui devaient avoir quelques notions de français – du moins pour le vocabulaire qui touchait au sexe féminin –, rirent et Baptiste les imita.

— Elle répète dans le studio. Nous allons la rejoindre, c'est l'heure de se remettre au travail…

Ils se levèrent, suivis par Baptiste qui vida son verre d'une traite.

— Qu'enregistrez-vous ?

— On n'enregistre pas encore ! Nous travaillons aujourd'hui le concerto pour flûte et harpe de « Wolfie », comme il faut l'appeler maintenant.

Et Francesco partit dans le rire tonitruant que, depuis la sortie du film de Forman, on attribuait à Mozart. Il prit Baptiste par l'épaule et le guida.

— Vous verrez, c'est vétuste mais l'acoustique est excellente et les voisins sont tous sourds ou morts, ce qui, pour nous, revient au même !

Le studio occupait tout le reste de l'étage. Des fenêtres aux carreaux gris livraient à contrecœur une lumière que l'exiguïté de la ruelle raréfiait déjà ; le sol, en *terrazzo alla Veneziana*, était voilé d'une pellicule sombre qui se moquait des torchons et serpillières ; le plafond, à plus de quatre mètres de là, avait peut-être connu des fresques. Quant aux murs, les nécessités de l'acoustique les avaient recouverts de panneaux disgracieux en matières incertaines.

L'essentiel de l'espace était occupé par l'effectif, pourtant réduit, de l'orchestre. Tous les musiciens n'avaient pas encore repris leur place ; de petits groupes, enfumés et silencieux, regardaient le temps couler avec morosité. Baptiste fut surpris, en les voyant, de ne pas leur trouver le visage rayonnant de ceux qui pratiquent le plus enivrant des arts – et qui lui parut être celui qu'arborait Candice, les lèvres entrouvertes sur son instrument, concentrée, absente. À côté de Candice, assise derrière son gracieux instrument, une femme épaisse, qui semblait aussi peu faite pour la musique que le local où ils se trouvaient, laissait courir ses doigts merveilleusement agiles sur un réseau de fils.

Lorsque les musiciens aperçurent Francesco, ils éteignirent leur cigarette, regagnèrent leur place avec la bonne volonté de potaches en récréation priés de regagner la classe. Candice rabaissa sa flûte et sourit au visiteur.

— C'est gentil d'être venu… mais j'espère que vous avez pris de la lecture ; vous verrez, rien n'est plus ennuyeux qu'une séance de répétitions !

Baptiste l'assura qu'il apprécierait, il aimait tellement la musique, ce serait merveilleux. Francesco invita chacun à prendre place ; elle ne répondit pas et désigna à Baptiste une chaise en plastique noir, vestige de la décennie précédente.

Le chef commenta le travail du matin, donna quelques instructions et indiqua la mesure où il souhaitait reprendre. L'orchestre se mit en marche, rapidement suivi par la harpe et la flûte. Baptiste fut propulsé au milieu d'un concerto que sa connaissance de Mozart lui rendait familier.

Cela dura deux heures, au cours desquelles il ne lui fut pas permis d'entendre plus de cinq minutes ininterrompues ; chaque fois, il tentait de se couler dans le charme de la musique, les yeux fermés ou braqués sur Candice, guettant chez elle un regard qui lui prouverait qu'elle pensait ne serait-ce qu'un peu à lui, que certaines de ses notes, de ses intonations lui étaient destinées.

Le siège était particulièrement inconfortable ; Baptiste ne savait comment se positionner pour être le moins mal assis et osait à peine bouger. Tout en s'efforçant d'atteindre Candice en esprit, il déplaçait un pied, faisait pivoter une jambe, glisser une fesse. Durant quelques secondes, il pensait avoir enfin trouvé la position idoine qui lui permettrait d'oublier son corps, sa lourdeur, de se dédier tout entier à sa pensée ; mais vite une crampe, une douleur dans le dos, la cuisse ou le mollet élevait entre Candice et lui une barrière infranchissable – et dont le plus pénible était de songer que Candice elle-même n'en prenait aucunement conscience. Il comprit alors que la musique qu'il aimait tant, qui lui avait toujours paru le langage par excellence, universel, l'éther où les âmes communiaient sans effort, dans une pure harmonie, cette musique conçue pour l'amour et la paix ne suffisait pas à susciter les passions dont elle semblait issue.

Lorsqu'un peu avant quinze heures Francesco donna le signal de la trêve, Baptiste se releva fourbu comme s'il avait lui-même assuré les deux parties solistes. La harpiste se releva avec peine et lança un mot qui fit rire tout le monde, mais que Baptiste ne comprit pas. Candice, elle, paraissait n'avoir pas entendu et errait encore, plus solitaire que jamais, dans les méandres d'un concerto qui ne correspondait que de très loin à celui voulu par Mozart, et où les souvenirs tenaient la partie soliste davantage que la flûte.

Profitant de ce que Francesco discutait avec le premier violon et de ce que les autres instrumentistes, sans se soucier le moins du monde de lui, s'égaillaient dans la pièce comme des fonctionnaires quittant leur bureau, Baptiste s'avança vers Candice et attendit qu'elle soit revenue parmi eux pour l'accoster.

— C'était… magnifique, dit-il d'une voix trop émue.

— Vous êtes gentil, mais il ne s'agit que de répétitions ! C'est très loin d'être parfait…

Ils furent interrompus par Francesco.

— Alors, Baptiste, qu'avez-vous pensé de cette expérience ? J'imagine que pour un mélomane comme vous, c'est aussi pénible qu'une dissection pour un hédoniste !

— Pas du tout ! On découvre la musique sous un angle nouveau.

— Bravo ! Mais venez, j'ai soif…

Il les entraîna d'autorité vers le réduit où Baptiste les avait découverts et sortit du frigo une bouteille de vin blanc qu'il déboucha avant de remplir trois verres.

— Alors, à la santé de Mozart, de ses interprètes et de ses auditeurs ! Et de Marcello, que nous aurons le plaisir de découvrir bientôt !

— Au fait, de quoi parle cet opéra ? questionna Candice qui buvait tranquillement son verre.

— *Arianna* ? Mais d'Ariane, évidemment ! Celle-là même qui permit à Thésée de sortir vivant du labyrinthe construit par son père, le roi Minos… Avant d'être abandonnée par le même Thésée qui lui préfère Phèdre, la sœur d'Ariane !

Il y eut un blanc et Baptiste évita de relancer le chef. Candice achevait son vin, elle avait l'air heureuse, simplement, sans que Baptiste pût dire si sa présence contribuait à ce bonheur ou, au contraire, le restreignait. L'évocation de ces figures mythologiques semblait l'entraîner vers des rêveries réjouissantes, enthousiasmantes, alors qu'elles suscitaient chez Baptiste l'inquiétude qui s'emparait de lui chaque fois qu'il prenait la mesure de son ignorance. Il décida de quitter l'Olympe pour ne pas perdre ses chances d'atteindre au paradis qu'il s'était assigné.

— Pourrais-je vous remercier de cette après-midi en vous invitant au restaurant, ce soir ?

— Il est encore tôt ! Si nous allions visiter un musée ?

Baptiste réprima de justesse une moue dégoûtée et essaya de faire valoir, d'une voix timide, que s'il était trop tôt pour le restaurant, il était tard pour une visite.

— Il y a un musée qui vous conviendrait à merveille ! dit Francesco sans préciser sur quoi portait exactement cette adéquation. La Ca' d'Oro ! Moi, je dois vous laisser ; mais je peux vous accompagner jusque-là.

Devant l'air ravi de Candice, Baptiste se rallia à la proposition, convaincu que ce serait le prix à payer pour obtenir un tête-à-tête au restaurant. Et puis, il pourrait dire à son père, demain, qu'il avait enfin exaucé son vœu, même si cette Ca' d'Oro n'était jamais apparue dans la liste des recommandations paternelles.

Le vaporetto rebondissait paresseusement vers le Grand Canal. Il y avait peu de passagers. Prenant ce moyen de transport pour ce qu'il était avant tout – une utilité –, Francesco avait pris place sur une des banquettes de la cabine, et Baptiste n'avait pas osé suggérer d'aller savourer sous le vent glacial une vue qui était devenue coutumière à l'Italien. D'autant que Candice l'avait suivi sans hésiter et ne semblait en marquer aucun dépit. Cela n'empêcha pas Francesco de poursuivre sa visite guidée en pointant, à travers une vitre que la crasse et la pluie opacifiaient, tel ou tel palais dont il relatait quelque anecdote. Baptiste l'écoutait à peine, déçu de n'avoir pas le courage d'aller seul à la proue – peut-être Candice attendait-elle qu'il se levât pour le suivre ? Mais il ne bougeait pas, ne disait rien, buvant la chaleur moite de l'habitacle comme un alcool anesthésiant.

Ils glissaient sous le Rialto lorsque l'attention de Baptiste fut attirée à nouveau par le discours de Francesco.

— Faites attention ; nous allons bientôt passer devant la Ca' da Mosto de notre adorable princesse… et de sa ravissante fille !

Était-ce cette dernière précision et ce qu'elle pouvait contenir d'insinuation ? Baptiste ressentit un frisson déplaisant qui tentait de s'immiscer entre Candice et lui. Mais Francesco pointait le doigt sur une masse sombre que le jour déclinant achevait de rendre floue.

— C'est à la fois un des plus purs et un des plus misérables du Grand Canal ! Moi, je l'adore, et pas seulement parce que la princesse l'occupe pour l'heure. Il y a en lui quelque chose de grandiose et de pitoyable qui résume tout Venise… du moins celle que je crois connaître. Venise n'existe plus au singulier.

Le vaporetto avait poursuivi sa course et s'apprêtait à accoster. Francesco les poussa vers la sortie.

— Et voilà la Ca' d'Oro !

Ils se retrouvèrent sur le côté d'un palais gothique aux délicieuses colonnades mais dont rien, en apparence, ne laissait supposer un lien avec un nom qui suscitait, dans les rêves de ceux qui ne l'avaient pas encore vu, des espoirs d'éclats et de magnificence. Baptiste marqua son étonnement avec l'espoir que Candice partageait ce désappointement et renoncerait à la visite.

— Au *Quattrocento*, les éléments décoratifs de la

façade étaient dorés ; les crénelures, les lions, les cimaises, les encadrements des patères de marbre, les serpentins et porphyres… Ça brillait ! Il fallait ça pour faire valoir une façade, à l'époque !

Tout en parlant, Francesco les invita à le suivre dans une ruelle étroite.

— Ce palais, comme de nombreux autres, a souvent changé de propriétaire. Pour son malheur – et le nôtre – le prince Troubetzkoy l'a offert, au siècle passé, à une célèbre ballerine, Maria Taglioni, plus douée pour les entrechats que pour l'architecture. Elle a massacré les lieux. Heureusement, la Ca' d'Oro est revenue aux mains d'un Vénitien qui l'a restaurée puis léguée à l'État après y avoir installé une magnifique collection. Ce sont les plus beaux musées, d'après moi. Ils ont la cohérence du goût d'un seul amateur ! C'est sa création qu'il expose, somme toute. Bien sûr, il n'a pas le talent pour produire les toiles que son argent lui a permis d'acquérir ; mais cet ensemble, c'est son chef-d'œuvre, *no* ?

Baptiste songea à son père et se demanda si Auguste Morgan aurait lui aussi, un jour, l'idée de tout léguer à un État qu'il jugerait plus digne de comprendre et de préserver son œuvre que son fils. La médiocrité des politiciens belges en matière de culture lui laissait une chance, mais cette perspective lui fit entrevoir que, peut-être, il tenait plus qu'il le pensait à l'héritage de son père.

— Voilà, l'entrée est ici, poursuivit Francesco en désignant une porte très simple derrière laquelle on ne devinait pas que se cachait un musée. Je vous laisse ; vous m'en direz des nouvelles !

Candice l'embrassa, Baptiste lui serra la main et ils le regardèrent s'en aller pour n'avoir pas, sans doute, à se dévisager. Au bout du goulet, Francesco se retourna et leur fit un signe puis disparut. Alors, Baptiste osa se tourner vers elle et prit l'initiative de pousser la porte.

— C'est vraiment un garçon étonnant ! commenta-t-il en la laissant passer devant lui. On se demande parfois si ce qu'il raconte est vrai ou s'il l'invente…

— Détrompez-vous : sur ces questions, Francesco est on ne peut plus sérieux et fiable.

Elle avait répondu d'un ton calme, sans manifester d'humeur particulière à la remarque de Baptiste.

— Comme on dit, il faut se méfier des apparences, poursuivit-il du ton le plus énigmatique, dans l'espoir que la jeune femme comprendrait tout ce qu'il pouvait y mettre de sous-entendus avantageux.

Elle ne répondit que d'un mouvement de tête, lui aussi peut-être plein d'implicites ; mais ceux des autres étaient toujours moins agréables que les siens.

Une des premières œuvres devant laquelle ils s'arrêtèrent était un saint Sébastien percé de flèches, une toile dont Baptiste avait déjà aperçu quelques déclinaisons et qui lui semblait le sommet du grotesque : d'abord, il éprouvait quelque jalousie devant toute représentation d'un homme athlétique ; ensuite, cet air d'extase alors que l'on devait souffrir le martyre ! Le peintre s'était appliqué à rendre le chemin de la flèche sous l'épiderme, et le sang qui coulait des plaies semblait davantage le foutre travesti d'un orgasme que chacun feignait d'ignorer. Cette idée amusa Baptiste et il songea à la faire partager à Candice ; mais elle affichait cet air sérieux des visiteurs de musée et il redouta sa réaction devant un commentaire aussi impudique. Elle se taisait. Après le Mantegna, ils passèrent dans de petites salles où Baptiste se réjouit prématurément : il y avait ici des peintres flamands.

— J'adore ces peintres ! s'exclama-t-il à voix basse,

devant une scène d'auberge où un violoniste réjouissait deux ivrognes.

— C'est amusant, répondit Candice. Mais à côté de Titien, quelle lourdeur...

Il fut vexé mais ne dit rien. Candice procédait à de longues stations devant les toiles, toujours muette. Baptiste se souvint des visites avec son père. Les fourmis dans ses jambes, les bâillements que son père ne voyait pas, les frottements de pieds qu'il n'entendait pas. Ses commentaires, ses leçons. Au moins Candice se taisait.

Après les Flamands, ils revinrent aux Italiens. Baptiste regardait à peine les toiles. Il attendait. L'émotion de la jeune femme le touchait davantage. Ne serait-ce pas une occasion unique pour oser un geste ?

Ils se retrouvèrent devant des fresques à moitié effacées par le temps. Dans un craquellement gris et noir, on devinait la silhouette d'une femme nue, dont ressortaient surtout les taches sombres des yeux, des narines, de la bouche, des tétons et du nombril. Le galbe des seins et des hanches. Candice songeait-elle, en la voyant, au temps qui noyait la beauté ? Baptiste allait de l'une à l'autre, et le plus souvent s'attardait sur le profil de Candice. Elle avait la netteté de la vie, de la jeunesse. Il était rassuré : ses seins avaient un volume idéal. La pensée de son corps nu émut davantage Baptiste que toutes les fresques rassemblées. Il jeta un œil à sa montre. Le temps piétinait, comme si les outrages accumulés sur ces œuvres défigurées l'avaient rassasié.

La silhouette d'un éphèbe s'estompait, se réduisait en lueurs éteintes : un oubli sans plus de colère, un feu dans l'âtre qui s'endort, sursaute de rare en rare et, résigné, s'éloigne. Candice contemplait, immobile. Ses doigts pendaient, inertes. Baptiste songeait à la façon dont il pourrait s'en saisir, au moment qui serait le plus propice. Il allait se décider, mais elle se déplaça et passa à la fresque voisine.

La fresque du fond était une apothéose d'abstraction et d'effacement. Les iris de Candice vibraient d'un étrange plaisir. Baptiste eut finalement l'audace incontrôlée de prendre le coude de la jeune femme. Son cœur battit à tout rompre. Candice sursauta, se dégagea vivement.

— Vous m'avez effrayée…

Baptiste s'excusa en bredouillant.

Ils achevèrent la visite plus silencieux encore. Baptiste conservait à présent une distance honorable. Il regardait longuement les dernières toiles insignifiantes, et ne les voyait pas. Ses tempes vibraient, il avait été idiot. Idiot de tenter ce geste, et puis d'abdiquer aussitôt. C'était normal, qu'elle réagît de la sorte. Il l'avait surprise. Mais cela ne voulait pas dire que… Il n'osa plus rien cependant.

Ils marchèrent vers la sortie. Le sourire de Candice s'était estompé comme les fresques, ses lèvres dessinaient une courbe triste que Baptiste désespérait de corriger. Il comptait sur le restaurant pour dissiper cette mélancolie. Il cherchait la phrase qui lui permettrait de réamorcer le dialogue et maudissait les musées pour la nostalgie qu'ils suscitaient chez les jeunes femmes.

Ils se retrouvèrent dehors sans qu'il ait trouvé quoi que ce soit. Une pluie fine achevait de dissoudre les ors éteints des palais et des espoirs de Baptiste. Sur le seuil du musée, malgré la pluie, ils hésitèrent, immobiles.

— Vous… Y a-t-il un restaurant que vous préférez ?

Elle le regarda avec surprise.

— Un restaurant ?

— Nous étions convenus de… après le musée…

Elle eut une grimace qu'il s'efforça de prendre pour un sourire.

— Ah… c'est vrai. Mais je suis épuisée, et j'ai un mal de tête effroyable.

Cette scène, il l'avait vue mille fois au cinéma, et déjà vécue à quelques douloureuses reprises, ce qui n'atténua pas sa déception.

— Je comprends, murmura-t-il, incapable de manifester autrement son dépit.

La moue de Candice devint un véritable sourire – petit, empreint d'une certaine commisération, mais presque maternel.

— Je suis désolée… je ne serais pas une convive agréable.

Puis, après une hésitation :

— Demain soir. Je vous promets que ça ira mieux.

Aussitôt, le mal fut effacé et Baptiste rayonna.

— D'accord ! Je passerai vous prendre… À quel hôtel logez-vous ?

Elle lui nomma le Londra, ce qui l'impressionna. Ils se mirent d'accord sur vingt heures et se séparèrent, gauchement. Au bout de la ruelle, comme le chef d'orchestre, Baptiste se retourna ; mais pas Candice.

La nuit était tombée. Le jeune écrivain marchait à pas lents, songeur, oscillant entre l'aveu d'échec et la promesse d'une victoire. Il manquait d'assurance, ce qui le rendait poète mais l'affolait. Au point peut-être de ne plus pouvoir écrire. Il se morigéna et tâcha, mais en vain, de rire. La pluie le fit taire. Il enfila des ruelles sans y prêter attention, certain d'avancer dans la bonne direction – celle, hélas ! qui l'éloignait de Candice. Soudain, à un angle de rue, la silhouette d'une jeune fille se dessina entre les gouttes d'eau et de lumière d'un lampadaire ; le cœur de Baptiste s'émut, croyant reconnaître

Letizia. L'apparition fut aussitôt engloutie par la nuit. Baptiste hâta le pas jusqu'au carrefour ; il n'y avait plus personne, que l'écho pointu d'un pas qui s'éloignait rapidement.

De son côté, calfeutrée dans la cabine, Candice retourna à son palace, emplie d'une émotion que les beautés du musée et le souvenir de Thomas n'expliquaient pas entièrement, mais que les maladresses de Baptiste ne suffisaient pas à ruiner.

Il mit quelques instants – minutes ou secondes ? – à réaliser que les bruits sourds ne provenaient pas de l'effroyable pugilat qui opposait Candice et Letizia au rez-de-chaussée d'un palais dévasté, au marbre recouvert d'une eau trouble et nauséabonde. Quand il en eut pris conscience et qu'il eut entrepris d'ouvrir les paupières, laissant ces furies à l'arbitrage de son père juché sur des caisses pourries, il poursuivit son analyse et comprit qu'il s'agissait d'un visiteur qui tambourinait à sa porte. Un œil à son réveil : huit heures. Qui pouvait venir si tôt ? Il bondit, le cœur affolé, espérant qu'une des héroïnes de son rêve serait sur le seuil. Les coups avaient cessé et, redoutant d'arriver trop tard, Baptiste ouvrit précipitamment. Foin de jouvencelles ; un vieil homme d'assez haute stature, le cheveu blanc et épais et le sourire carnassier, le dévisageait avec une évidente bonne humeur.

— Vous semblez surpris, monsieur Morgan ! lança son visiteur d'une voix grave et puissante. Moi aussi : je m'apprêtais à partir. Ah ! jeunesse insouciante qui ne sait pas encore qu'elle risque de se réveiller trop vieille ! Le matin devrait lui être réservé, et elle le délaisse au profit d'une vieillesse insomniaque et morte d'ennui…

Allons… On dirait que vous ne me reconnaissez pas. Ou du moins que vous vous attendiez à… autre chose !

L'éclat de malice qui jaillit des yeux couleur de pierre acheva de confondre Baptiste et de lui faire prendre un peu la mesure de son ridicule, le cheveu défait, dans un pyjama de fortune aussi peu seyant qu'un survêtement de joggeur.

— Monsieur Edern, balbutia-t-il pour tout accueil.

— Bien ! Je constate avec plaisir que le jour se lève pour vous aussi ! Permettez ?

Asmodée Edern fit un pas pour entrer et Baptiste se recula vivement pour laisser entrer le propriétaire des lieux qui jeta un épais manteau de fourrure sur une chaise avant de se diriger vers le réchaud.

— Ne prenez pas cet air inquiet, jeune homme ! Vous n'êtes pas en train de passer un examen… je vais vous aider à achever votre réveil. Allez vous doucher, je prépare le café. Avez-vous de quoi manger ?

Il examina le carton de céréales d'un air dubitatif.

— Des *corn-flakes*… Fichtre ! Bon, je vais quérir quelque aliment plus approprié !

Et, se retournant vers Baptiste qui n'avait pas bougé :

— Ne vous souciez pas de moi ; avec votre permission, je rentrerai sans frapper.

Il remit sa pelisse, donna une tape amicale sur l'épaule de Baptiste et disparut.

Le jeune homme resta immobile quelques instants encore, incapable de trancher laquelle des deux visions matinales était la plus réelle, ni même la plus vraisemblable. Puis il sursauta : celui pour et par lequel il était venu à Venise était enfin apparu ! La première rencontre avait dû lui laisser une impression déplorable ; il fallait se ressaisir, profiter du répit et récupérer le coup. Il se précipita dans sa chambre, qu'il prit soin de fermer pour masquer le tumulte, jeta son pyjama sur le lit et l'enfouit sous les draps qu'il remit en place d'une main nerveuse avant de se ruer sous la douche. Il se frictionna d'abondance de la tête aux pieds, exercice périlleux dans un espace aussi exigu et glissant, laissa couler l'eau sur son visage pour recouvrer ses esprits, sa raison, les phrases mille fois préparées pour l'occasion et qui semblaient à jamais dissoutes dans le déferlement impromptu de l'actualité. Puis, devant le minuscule miroir, il se scruta plus minutieusement qu'il ne l'aurait fait avant un rendez-vous avec Candice, et le souvenir de sa promesse – le restaurant, ce soir ! – vint raviver son angoisse. Il lissa ses cheveux, se rasa en prenant soin de ne pas se blesser, s'aspergea d'après-rasage et de déodorant, se brossa les dents et revint dans la chambre pour s'habiller. Il tendit l'oreille ; le sifflement de la cafetière lui indiqua qu'Edern était de retour.

Asmodée était assis devant la table sur laquelle Baptiste, pour travailler, avait déposé son carnet et son outillage. Le vieil homme avait rangé ce matériel artistique sur l'étagère voisine et avait rendu au meuble sa fonction conviviale en y disposant deux tasses et deux assiettes.

— Ah ! fit-il en se relevant. Vous surgissez en même temps que le café !

Asmodée saisit l'ustensile en inox et le posa sur un paillon, au milieu de la table, à côté d'un panier à pain en osier garni de trois croissants et de deux rosettes.

— Installez-vous, Baptiste. Vous permettez que je vous appelle Baptiste ? Voici un déjeuner éclectique ; le café est vénitien, sans doute, italien du moins. Le croissant est une vengeance péninsulaire à l'encontre de l'Autriche : le fourrer de marmelade est le plus sûr moyen de dénaturer cette pâtisserie prétentieuse supposée déjouer l'angoisse des Viennois durant le siège ottoman. Quant à ces petits pains délicieux, qui nous viennent de Rome, ils sont aussi élégants et creux qu'une église baroque !

Il invita Baptiste à s'asseoir en face de lui.

— Alors, dites-moi, à quoi avez-vous occupé vos journées depuis votre arrivée ?

— Je… je vous attendais et…

Il se mordit les lèvres, craignant, par ces premiers mots, d'avoir commis une grossière maladresse.

— Mon Dieu, c'est trop d'honneur ! s'exclama Edern dans un éclat de rire qu'il referma sur la pointe d'un croissant. Mais rassurez-moi ; avez-vous meublé cette attente agréablement ? J'ai cru deviner, en rangeant la table, que vous avez écrit. Soyez sans crainte, je n'ai pas ouvert ce précieux carnet, que je devine d'acquisition récente et dispendieuse. Mais les artistes ont le pouvoir de métamorphoser les objets les plus triviaux en œuvres d'art, non ? En quoi, le Christ des Évangiles – qui n'est peut-être pas le vrai, mais c'est une autre histoire – n'était pas un artiste, sinon il aurait fait de la camelote vendue dans le Temple des objets de culte à la gloire de son père putatif !

Baptiste entreprit d'expliquer, pêle-mêle, les circonstances de cet achat et le projet romanesque dans lequel il s'était fièrement embarqué. Pour se donner des forces, il avait déjà vidé une tasse et engouffré un croissant. Asmodée l'écouta en s'attaquant à une rosette qu'il ouvrit comme un crustacé et dont il tapissa les parois blanches et lisses de confiture aux fraises.

— Bien, bien ! C'est aussi dans ce but que je vous ai convié à Venise ! Quel écrivain ne s'est-il pas senti inspiré par cette cité ?

— C'est que…

Baptiste s'empressa de préciser que le roman entamé n'avait aucun rapport avec Venise.

— En êtes-vous sûr ?

— Tout à fait !

— On n'écrit jamais tout à fait l'histoire que l'on projette. Lorsque vous relirez votre roman, une fois que vous l'aurez achevé, vous découvrirez que Venise s'y est infiltré aussi sûrement que l'eau de la lagune dans les soubassements des palais !

Baptiste voulut protester en résumant le sujet de son roman. Mais pendant qu'il parlait, retrouvant un peu de cette assurance dont il estimait avoir le plus grand besoin, la phrase de Francesco lui revint à l'esprit et il trébucha.

— Vous avez peut-être raison, admit-il. Il faut accepter d'être surpris par ce que nous écrivons…

— Exactement ! Je constate que vous avez déjà progressé depuis le moment où vous aviez achevé l'écriture du roman que j'ai eu la charge de lire…

Il avait dit : la charge. Pas l'honneur, ni même le plaisir. Sans doute n'avait-il renoncé à « corvée » que par courtoisie. Après cette fulgurante analyse, Baptiste opta pour le reniement.

— Oh ça… fit-il, dédaigneux. Un… péché de jeunesse.

Asmodée finit sa tasse.

— Pourquoi alors l'avez-vous jugé digne d'intéresser les meilleurs éditeurs de Paris ? Car je présume que la maison qui m'emploie n'est pas la seule à avoir reçu de vous la mission d'examiner et d'entériner par une édition les qualités de ce manuscrit ! Attendez, ne me dites rien : un chapelet de refus a su vous convaincre et vous ouvrir les yeux ? Ce serait la marque d'une modestie et d'une lucidité peu communes pour un jeune auteur ; d'habitude, ces rebuffades le convainquent de son talent, incompris évidemment. Échapperiez-vous à cette règle ? Seriez-vous de la race des modestes ?

Il fut impossible à Baptiste de déterminer la part d'ironie dans cette question.

— Non… enfin… c'est que votre lettre…

Asmodée se recula contre le dossier de sa chaise et le bois craqua.

— Quoi ma lettre ? Mon cher Baptiste, permettez-moi, pour éviter tout malentendu, de préciser ce que je pensais avoir pourtant explicité assez clairement ; je doute que ce roman soit publiable. Tous les écrivains, même les plus grands, doivent en écrire de pareils ; cela tient probablement d'un rituel de purification ou, pour recourir à des métaphores moins mystiques, à un processus très commun d'apprentissage. J'imagine ce qu'il y a de choquant dans mes propos : ce roman, même si la raison vous conduit à en reconnaître les imperfections, vous y tenez ; comme on dit couramment, c'est une part de vous que je mets à mort ! Admettons ; mais reconnaissez alors qu'il fallait qu'elle meure pour que l'écrivain en vous ait une chance de naître. Et puis, quand je parle de mort, c'est tout relatif ; un roman n'est pas une part de vous, il n'en est que la formulation toujours incomplète – sans quoi, quel besoin d'écrire, n'est-ce pas ?

Ébranlé, Baptiste avala un dernier morceau de croissant.

— Sans doute, murmura-t-il. Je suis d'accord avec vous, je vous l'ai dit, je ne pense pas que ce texte… Mais pourquoi alors…

— Pourquoi vous ai-je convié ? Pour faire votre connaissance. Serez-vous un jour au Panthéon des lettres ? Je l'ignore. Vous en rêvez, comme chacun, sinon on n'écrirait pas – et méfiez-vous de ceux qui prétendent l'inverse ! L'hypocrisie joue la carte de la modestie et de l'humilité. Donc, je ne sais ce que vous vaudrez à l'aune du temps et de la gloire. Ce peut être tout, ce peut être rien ; cela n'a foncièrement aucune importance, comme toutes les choses sur lesquelles nous n'avons pas de prise. Une chose compte : réaliser son travail, son œuvre du mieux qu'on peut ; c'est notre responsabilité, la seule pour laquelle nul ne peut nous remplacer.

Il se resservit du café, après avoir vérifié que Baptiste n'en voulait pas, puis il reprit.

— Autrement dit, mon cher Baptiste Morgan, nous allons faire connaissance !

— Qui êtes-vous ?

La phrase avait surgi, encouragée peut-être par la dernière affirmation de ce curieux personnage ; mais Baptiste la regretta aussitôt. Asmodée Edern éclata de rire.

— Celui qui vous a invité à Venise ! Pour le reste… imaginez ce que bon vous semble, il y aura toujours une part de vérité. Mais n'exagérez pas mes pouvoirs ; je n'apporte pas l'assurance du Nobel dans mes valises ! Alors… nous n'allons pas rester calfeutrés dans cet appartement ; je veux me promener avec vous et parler.

— Parler ?

— De vous, essentiellement. C'est pour vous que nous sommes là, non ? Et pour Venise. Qu'en avez-vous déjà vu ? Racontez-moi ; ou plutôt, allez vous habiller plus chaudement, nous sortons. Il y a grand soleil, mais il fait froid.

Asmodée avait dit vrai pour le temps. Ils se mirent à marcher, le cadet dans les pas de son guide lequel, pour l'heure, se montra aussi discret qu'il avait été disert ; il écouta Baptiste qui lui raconta ses journées passées à Venise. Si, au début, Baptiste avait eu la tentation de résumer ce temps sinon à l'essentiel, du moins à cela seul qu'il voulait en confier – l'attente, l'écriture –, il en vint, poussé par d'anodines et habiles questions, à développer des détails surpris lors de ses promenades et dont il s'étonna de se souvenir avec tant de précision. Mais il évita de parler de la princesse autant que de la musicienne. Asmodée ne fit aucun commentaire, ce qui acheva de mettre Baptiste en confiance.

— Quel plaisir pour un écrivain que d'avoir le sentiment de pénétrer dans le roman d'un autre !

Asmodée ne précisa pas s'il s'agissait d'une observation liée aux propos de Baptiste, ni à quel roman de quel autre il faisait allusion. Peut-être, d'ailleurs, démarrait-il de la sorte une nouvelle dissertation, sans lien aucun avec ce qu'il venait d'entendre. Ils étaient arrivés devant la haute porte de bois de la Scuola di San Rocco.

— Êtes-vous déjà venu ici, Baptiste ?

Le jeune homme regarda autour de lui.

— Ma foi, il se peut que, dans mes promenades sans but, je sois passé par…

— Je ne vous parle pas de ce quartier, mais de l'endroit où je vous mène à présent !

Il pointa du doigt le bâtiment et prononça, cérémonieux comme un aboyeur :

— La Scuola di San Rocco !

Le nom fit frissonner Baptiste, en souvenir de son père. Mais Asmodée ne parut pas noter son trouble.

— Lieu remarquable s'il en est ! La plupart des chefs-d'œuvre qui sont ici, et qui comptent parmi les plus beaux de l'Occident, n'ont jamais bougé, pour l'excellente raison qu'ils ont été réalisés en ces lieux !

Une file de touristes débordait de l'entrée et témoignait, par sa patience et sa résistance au froid, de l'intérêt d'une telle visite qui laissait pourtant Baptiste de marbre, plus encore à l'idée de devoir piétiner sur place pendant, à vue d'un nez glacé, une bonne demi-heure. Mais Asmodée l'entraîna à l'intérieur, passant devant tout le monde avec une telle autorité que nul ne songea à s'offusquer. Il glissa une carte et quelques mots au gardien patibulaire qui contrôlait l'accès, et aussitôt le visage du fonctionnaire s'illumina.

— *Benvenuto, Dottore !*

Asmodée répondit à cet accueil amical par un billet qui disparut en un clin d'œil. Il fit signe à Baptiste et l'emmena dans les escaliers monumentaux jusqu'au premier étage.

— Vous semblez connu…

— *Silenzio…* ne vous fiez pas à ce que vous voyez ! Profitez simplement de ce que cela nous a fait gagner un peu de temps et de chaleur. Pour ce qui est du temps, ce ne serait rien si je n'avais envie de vous montrer d'autres choses ; et pour la chaleur, ces lieux ne sont guère mieux chauffés que la rue ! Rassurez-vous ; j'ai deviné à votre regard que vous n'aimiez guère les musées ; nous ne verrons que deux toiles…

Baptiste essaya de corriger cet aveu fait à son insu. Il clama son amour pour les peintres flamands et évoqua son père.

— Votre père, oui. Il me semblait bien, se contenta de répondre Asmodée, énigmatique.

Puis, sans laisser le temps à Baptiste d'approfondir ;

— Puisque vous aimez les peintres du Nord, vous finirez par apprécier le Tintoret, qui a marié leur influence au génie italien. Regardez !

Ils venaient d'arriver dans une énorme salle et Asmodée désigna une toile monumentale qui faisait face à l'entrée et accueillait les visiteurs en leur administrant la plus essentielle des leçons du christianisme.

— Cette crucifixion doit beaucoup à la gravure allemande… Mais je ne vais pas vous ennuyer avec ces considérations d'historien de l'art, ce que je ne suis d'ailleurs qu'au titre de dilettante…

— Le gardien vous a appelé *Dottore*…

— Connaissez-vous si mal l'Italie ? Cet homme n'aurait pu m'appeler autrement sans manquer au plus élémentaire respect qu'il entendait manifester à mon âge ! Bien introduit, vous serez bientôt *professore* ! Mais regardez plutôt…

Ils s'approchèrent lentement, sans se préoccuper des touristes qui circulaient, un œil sur leur guide et un autre sur les toiles.

— Le Christ, tel qu'on nous le présente, n'est acceptable que jusqu'au jardin des Oliviers. Mais sa soumission absurde et cette mort qui est, appelons les choses par leur nom, un suicide, ça non !

Baptiste, surpris, haussa les sourcils.

— Aurais-je heurté vos convictions religieuses ?

— Non, je ne suis pas croyant, mais… je croirais entendre mon père…

— Au ton de votre voix, cette similitude n'est pas à porter à mon actif ! Il faudra que vous me parliez de votre père… Mais nous en aurons l'occasion plus tard ! Pour l'heure, poursuivons notre visite ; et, pour vous plaire, je vous épargnerai mes commentaires théologiques, qui n'ont au demeurant rien de très original. Parlons peinture… Ce que je trouve admirable, chez le Tintoret, c'est qu'il mène la couleur aux limites de la monochromie, et la représentation aux lisières de l'abstraction. Voyez, ces blancs, ces transparences… Ce sera plus flagrant encore dans l'autre toile que je veux vous montrer, et magistral dans un chef-d'œuvre que vous irez admirer seul à l'Accademia, *L'Enlèvement du corps de San Marco*. La scène est hantée de spectres, de visions… Là, les deux Orientaux ; des esquisses, croquées sans doute en quelques minutes, mais tout y est, tout est dit ! Ne semblent-ils pas plus vivants que les Hérode et Pilate, tout de soies et d'armures, pétris d'importance au premier rang ? Et, au pied de la croix infâme, ce grand enchevêtrement de douleur et de larmes… Qui est la mère, dans ce tumulte, la *Mater dolorosa juxta crucem lacrymosa* ? On le sait : celle à qui Nicodème, l'homme en rouge et à la barbe blanche, baise la main. Marie, au cœur d'une trinité défaite de femmes... Cet homme aura su se faire aimer !

— Cet homme ?

— Jésus, Yeshoua de Nazareth ! ou quel que soit son nom véritable... Les visages de ces femmes sont mangés d'ombres ; à leur côté, un personnage de dos, porteur d'un linceul où les couleurs, comme la vie, s'éteignent... Mais dans cette nacre grise et irréelle, autre chose commence ; derrière le récit officiel, net et coloré, Tintoret nous susurre en demi-teinte un second récit, second mais pas secondaire, au contraire ! sans doute le seul qui importe à ses yeux...

— Lequel ? questionna Baptiste qui avait du mal à suivre Asmodée dans ses explications et qui déjà s'impatientait.

— Celui que vous inventerez, évidemment ! Et dont Jacopo n'avait pas la plus petite idée !

— Jacopo ?

— Robusti, dit le Tintoret... Vous avez bien résisté aux leçons de votre père, dirait-on...

— Mon père n'aime pas les anecdotes, riposta Baptiste, se surprenant.

— Un nom serait-il anecdotique ? Pourquoi dès lors a-t-il songé, votre père, à le perpétuer ?

Baptiste resta sans voix jusqu'à ce que retentît le rire d'Asmodée.

— Allons ! Ne vous laissez pas impressionner de la sorte ! Venez, je vous conduis dans la salle du chapitre ; l'appellation du lieu doit plaire à un écrivain, même si elle n'a rien à voir avec la division de vos romans. Et il y a sur le plafond des fresques magnifiques qui évoquent les épisodes de la vie de Moïse. Autres anecdotes, autre père... mais quelle destinée ! Bien sûr, on peut considérer l'art dans sa seule perspective esthétique, refuser comme votre père l'anecdote. On peut se délecter de la composition, du jeu des coloris comme d'autres savourent les péripéties d'un récit ; l'un semble plus noble que l'autre. Sans doute. Disant cela, que dit-on ? Rien, vraiment. Tout cela est un peu vain, vaniteux même, vous ne trouvez pas ? Moi, j'ai besoin des deux plaisirs, qui m'amènent à un troisième, fruit des deux premiers, quelque chose qui tient à cette fusion particulière de la forme et du fond – pour reprendre une distinction grossière – et que l'on appelle une œuvre accomplie. Tout nous parle, tout nous raconte ! Et nos gloses les plus savantes ne sont que des anecdotes qui s'ignorent, plus ennuyeuses que les autres. Mais ce n'est pas ce que l'on vous enseigne en faculté…

Baptiste eut à peine le temps d'articuler le début d'une réponse.

— Vous subissez les derniers feux du sacro-saint structuralisme, mon pauvre ami ! Avec votre père qui surenchérit en maudissant l'anecdote comme Moïse le peuple élu qui a méprisé la manne céleste… Regardez !

Ils étaient arrivés dans une salle énorme dont le sol était tissé d'un damier de marbre, échiquier d'un jeu complexe, aux règles perdues à jamais, où les pouvoirs s'affrontaient dans une lutte à mort. De larges fenêtres cerclées de colonnes élégantes en ogive, au-dessus de sombres boiseries servant de dossier à des banquettes sommaires et inconfortables, donnaient à cette salle surchargée de marbre, de stucs, de toiles qui couvraient autant les murs que le plafond, une légèreté improbable et surprenante. Suivant le doigt d'Asmodée, Baptiste se croqua le cou pour découvrir le gigantesque trompe-l'œil. Mais déjà Asmodée l'entraînait.

— Ce n'est pas par cette toile qu'il faut commencer… Structure et anecdote, intimement liées ! Voilà, commençons par ici ; regardez ! Dieu offre la manne céleste à son peuple affamé. Ce sont des hosties qui tombent du ciel, bien sûr ; premier élément de la structure chrétienne : l'Ancien Testament n'aurait de sens que s'il préfigure le Nouveau ! Et cela ne fera qu'ajouter aux crimes de ce peuple déicide, châtié dans la toile suivante non seulement pour avoir méprisé le don divin mais, du coup, pour profanation d'hosties ! Dans la troisième, Moïse, avec l'aide de Dieu, offre à boire à son peuple assoiffé. Nourrir ; châtier ; désaltérer. Mais le châtiment terrible, une pluie de serpents, porte la promesse de la guérison : le serpent d'airain qu'érige Moïse se transforme en croix – celle du salut, bien entendu ! En attendant, les victimes succombent et tombent presque dans nos bras ! 1575 : anecdote ou structure plus large ? La peste ravage Venise. Saint Roch sera invoqué, comme toujours, pour chasser le fléau. La mission de la Scuola : nourrir et soigner. Peste et serpents : châtiment divin ? Quoi qu'il en soit, clé de voûte de la sacro-sainte culpabilité sans laquelle les Églises s'effondreraient et les hommes seraient libres ! Tintoret craint pour sa famille ; il offre pour ainsi dire ces toiles dont l'une est inaugurée presque le jour où meurt Titien, emporté par la peste. Tintoret et les siens en sortent indemnes ; pour une rente modeste de cent ducats par an, Tintoret offre de passer le restant de sa vie à décorer la Scuola – ce qu'il fera. Quelle dévotion, direz-vous ! C'est vrai, il a eu peur durant l'épidémie, il croit que Dieu l'a épargné, ainsi que sa famille. Il paie sa dette à saint Roch. Mais quelle liberté il y gagne ! C'est vrai, alors, que les sujets représentés sont anecdotiques ; mais ce qui ne l'est pas, ce sont les leçons que les uns et les autres en tirent… Vous voyez ! Toutes les structures s'entremêlent et se croisent, aucune en soi n'est importante, mais ensemble elles tressent un enchevêtrement de significations, elles campent, comme Tintoret dans ces scènes presque blanches qui s'insinuent dans la pesanteur du drame, un récit parallèle qui, une fois encore, n'appartient qu'à vous ! Vous reviendrez ici admirer ces toiles – et les autres – en songeant à ce que je vous ai dit et vous verrez… vous verrez !

Il avait insisté sur ce dernier mot comme un imprécateur annonçant une apocalypse salutaire ; mais son regard, qu'il braqua sur Baptiste, était tout ironie, ce qui acheva d'embrouiller le jeune garçon.

— Vous semblez épuisé, mon pauvre ami ! Je vous avais annoncé deux tableaux, et nous voilà déjà au double… Je suis impardonnable ! Dès que je me retrouve ici… Soit, je ne vous ferai pas souffrir outre mesure. Passons en vitesse par la salle du rez-de-chaussée, où les pauvres attendaient – qui, quoi ? Un miracle ? À manger ? Des soins ? Tintoret a peint là des toiles magnifiques, toutes inspirées cette fois des Évangiles, scènes de souffrance pour apprendre aux pauvres à subir les leurs sans protester, de crainte que le Dieu terrible peint sur les voûtes ne les accable davantage ! Et plus encore les commanditaires de ces toiles, de la charité desquels ils dépendaient directement.

Les retrouvailles avec le soleil apportèrent à Baptiste une illusion de chaleur nécessaire pour dissiper l'étrange malaise dans lequel l'avait plongé la visite. Il suivit Asmodée sans chercher à savoir où il l'emmenait ni même regarder par où ils passaient. Le vieil homme silencieux paraissait songeur, mais un léger sourire donnait à sa bouche la marque bonhomme qui rassurait ceux que ses discours auraient pu inquiéter.

Ils tournèrent dans une ruelle si étroite qu'on n'aurait pu s'y croiser, et qui finissait sur un petit canal. Juste avant, Asmodée poussa une porte de bois vert et entraîna Baptiste dans une salle basse garnie de quelques tables anodines. Il n'y avait personne. Un homme sans âge, maigre et édenté, surgit et Asmodée le salua en italien. Le patron s'approcha de ses clients et répondit ; s'ensuivit un échange auquel Baptiste ne comprit rien, mais dont il subodora qu'il mènerait à la composition d'un menu qu'aucune carte ne semblait consigner. L'homme s'éloigna enfin.

— Et maintenant, Baptiste, expliquez-moi pourquoi vous visez une carrière universitaire alors que vous rêvez d'être écrivain !

La question embarrassa Baptiste. Il parla de ses études secondaires tumultueuses, des pressions de son père pour l'empêcher de suivre les voies faciles d'études professionnelles ; de la revanche que constituerait pour lui l'accession au poste de professeur, contre la volonté des enseignants médiocres qui avaient jadis juré sa perte. Puis il évoqua son père, son athéisme radical, sa passion pour la raison, sa détestation de l'anecdote, sa crainte des émotions.

— Très intéressant, très intéressant ! ponctua Asmodée en caressant sa barbe. Vous êtes très cérébral, non ? Mais dites-moi, n'utilisez-vous que votre cerveau pour aimer ?

Baptiste trébucha et demeura quelques instants médusé. Que voulait-il dire ?

— Allons, ne vous vexez pas ! reprit Asmodée en le voyant pâlir. Il y a si peu de gens qui réfléchissent ; je ne vous reprocherai certainement pas de faire usage de ces facultés ! Simplement, à vous entendre, j'ai l'impression – mais je me trompe sans doute – que vos émotions vous effraient aussi, comme vous le dites de votre père… De quoi vous protégez-vous ?

Là-bas, dans l'immense maison, couchée dans le canapé, une mère attendait la mort, attendait son fils, une parole, une caresse… Baptiste frissonna, sa gorge se serra et il sentit ses yeux qui se mouillaient.

— Ma mère… murmura-t-il.

— Oui ?

— Elle… elle est atteinte d'un cancer. Depuis huit ans. Depuis mes quatorze ans, on me dit que ma mère va bientôt mourir ; et depuis, elle lutte et résiste. Et je ne sais pas quoi faire…

Ils laissèrent le silence conclure. Le patron débarrassa. Asmodée s'essuyait les lèvres, visiblement satisfait et repu. Une heure trente s'était écoulée.

— Ce que vous venez de me confier – et je vous remercie de votre franchise et de votre confiance – confirme ce que j'avais perçu dans la lecture de votre manuscrit…

— Mais… je n'y parle absolument pas de ça !

— De ça ? de quoi donc ?

— De moi, de ma famille…

— Et comment l'aurais-je vu, si vous n'en parlez pas ? Vous rétorquez qu'il est facile de prophétiser après coup ; mais je pourrais ajouter des éléments qui vous confirmeraient que votre manuscrit parle d'autre chose que de ce que vous croyez. Par exemple, que l'idée de la mort de votre mère vous terrifie et vous fascine en même temps. Elle vous justifie dans votre personnage…

Baptiste reçut la charge en blêmissant. Peut-être, en d'autres occasions, se serait-il levé pour abandonner sur-le-champ un hôte aussi indélicat. Mais il se sentait tétanisé sous le regard d'Asmodée, et pas seulement parce que ce curieux personnage l'avait invité et que Baptiste mettait en lui d'infinis espoirs. Le vieil homme poursuivit, d'une voix basse et chaude.

— Ne vous scandalisez pas de mes propos. Je ne vous juge pas. Rien n'est plus difficile, hormis la souffrance elle-même, que d'assumer celle des autres, qui plus est celle d'une mère. Lorsque la douleur nous frappe, nous ne pouvons que réagir de manière plus instinctive que consciente, et tout choix nous est à peu près retiré. Tandis que celle de nos proches nous laisse indemnes et libres, donc potentiellement coupables. Pourquoi et comment un fils devrait-il accepter sereinement que sa mère endure un martyre sans raison, frappée en cette part d'elle si intime, dont il est issu ? Comment ne pas se croire responsable, ne fût-ce que partiellement, de cette maladie ? Par sa naissance, par le conflit inépuisable et épuisant entre son père et lui ? Il cherche à aimer, à témoigner de cet amour, mais aussi de sa douleur. Et il cherche à se protéger. C'est ce qu'elle veut d'ailleurs, et il serait logique qu'elle souhaite disparaître au plus vite, pour mettre un terme à cette interminable attente de l'inéluctable imminent et toujours différé – que son fils, libéré de cette station mortifiée au chevet du désespoir, retrouve lui aussi, au terme du deuil, la joie de vivre qui est son plus précieux héritage, menacé par cette maladie absurde ?

Il se tut et fixa avec sympathie les yeux de Baptiste noyés de larmes.

— Comment savez-vous tout cela ? murmura Baptiste, d'une voix étranglée, à peine audible.

— Je vous ai lu. À travers tous les textes que vous m'offrez à lire, à commencer par votre regard et la maladresse de vos paroles…

Il était quinze heures trente lorsqu'ils regagnèrent le soleil et le froid de la rue. Baptiste était ivre et le vin n'était pas seul en compte. Il suivit à nouveau son guide qui ne semblait affecté en rien. Asmodée lui avait annoncé, pour seul programme, en sortant du restaurant, qu'il l'emmenait dans le ghetto.

— Savez-vous que la rue où vous logez, rio terà Farsetti, comme son nom l'indique, était autrefois un des canaux qui contribuaient à isoler le quartier juif ? Venise, comme tout l'Occident, avait besoin des Juifs ; un bon chrétien ne pouvait se salir les mains avec l'argent, mais bien avec le sang de ses créanciers lorsque ses dettes atteignaient des sommets inacceptables pour sa vertu. En outre, les Juifs furent de précieux auxiliaires auprès des pays d'Orient sans lesquels la Sérénissime n'aurait au mieux été qu'un misérable port de pêche insalubre. Venise a posé les piliers du monde moderne : le commerce et le pouvoir comme valeurs suprêmes, et la culture pour faire diversion. Sans oublier le ghetto.

Ils avaient marché dans les ruelles étroites où seules quelques boutiques israélites témoignaient d'un passé mis à mal, positivement par le décret napoléonien supprimant les inégalités dont souffraient les communautés juives, négativement par les nazis qui avaient procédé, à partir de 1943, à la déportation des israélites italiens que le fascisme mussolinien avait plus ou moins épargnés jusque-là. Sur la place, Asmodée détailla les bas-reliefs en bronze que l'on avait apposés sur le mur d'un hospice pour commémorer cette page tragique.

— Voilà qui doit nous rappeler que ce n'est pas nous qui avons souffert… Les disparus ont été des vivants privés de ce bien précieux entre tous : la vie. C'est cela que nous leur devons. Ils ne nous demandent pas de passer notre existence à pleurer leur sort ; ils veulent vivre à travers nous, et rire, et aimer. La joie est plus forte que le malheur. Mais il est trop tôt pour entendre ce que je vous dis. Vous avez soif de douleur. La pose du martyre n'est belle qu'en peinture ; vous finirez par le comprendre.

Baptiste suivait Asmodée sans rien dire, entre l'agacement et le débordement affectif, prêt à s'effondrer, sanglotant dans les bras du vieil homme puis, l'instant d'après, à planter là cet énergumène exaspérant. Cela dura longtemps encore. Après le ghetto, Asmodée l'entraîna dans d'autres quartiers, intarrissable de détails et d'analyses. Baptiste n'en pouvait plus ; yeux, oreilles et jambes étaient épuisés. Il regarda sa montre : dix-sept heures passées. Il se rappela Candice et la soirée, et se mit à craindre que cet insupportable Asmodée contrecarrât ses projets. Ce dernier, en effet, ne semblait pas prêt à renoncer à ses discours ni à ses visites, et paraissait considérer que le temps de son hôte lui appartenait à discrétion.

Ils avaient regagné les rives du Canareggio lorsque Asmodée le poussa dans un bar minuscule où, d'autorité, il commanda deux cafés.

— Mon cher ami ! vous semblez décomposé... Je l'admets, ma conversation a pu contribuer à vous rendre mélancolique. Mais votre jeunesse saura balayer ces paroles incongrues ! Non pas que je renie mes propos... Laissons cela pour l'heure – dût-elle durer des années ! Et dites-moi ; se peut-il que vous n'ayez rencontré personne depuis votre arrivée ?

— Vous semblez connaître d'avance les réponses à vos questions...

— C'est qu'elles sont confondantes de banalité ! La probabilité et les statistiques jouent pour moi. Ce que confirme votre réaction ; alors, de qui s'agit-il ?

À contrecœur, Baptiste lui parla de la princesse et de sa fille, évitant d'abord de nommer Candice. Asmodée l'écouta avec un plaisir évident.

— Vous avez certainement rencontré les personnages parmi les plus surprenants qui se donnent à voir dans Venise – quoique le verbe « donner » soit peu approprié, à moins de préciser la parcimonie de ce don. Le mari de la princesse est un homme curieux, que je connais trop mal pour en parler ; j'ai entendu sur son compte des anecdotes tellement contradictoires qu'on aurait peine à croire qu'elles concernent le même individu si l'on ne savait pas, par ailleurs, quelle complexité peut recouvrir l'âme humaine.

Baptiste raconta l'accueil qu'il lui avait réservé lors

de leur première rencontre puis le brusque revirement une fois retrouvé le petit carnet. Ce détail suscita chez Asmodée un vif intérêt, celui d'un lecteur de roman policier flairant un indice astucieusement glissé par l'auteur à l'attention des plus attentifs. Il prolongea cette pensée secrète par une remarque *mezza voce* que Baptiste ne comprit pas.

— C'est peut-être une fausse piste…

— De quoi parlez-vous ?

Asmodée sursauta.

— De rien, de rien ! Votre récit me captive et me voilà déjà embarqué dans une aventure qui n'existera jamais que dans mon esprit !

— N'êtes-vous pas écrivain ? Faites-en un roman…

Baptiste se surprit de son aplomb, qui disparut devant le rire de son vis-à-vis.

— Écrivain ? Moi ? Il est vrai que j'ai taquiné la plume, jadis, mais je n'en suis plus là. Ce n'est plus de mon âge. Vous êtes écrivain, profitez-en ! La famille Malcessati semble n'exister que pour nourrir l'imaginaire d'un de vos semblables ; pourquoi pas vous, puisque vous avez eu le privilège de la rencontrer – et dans quelles circonstances ! Ce que je sais de l'histoire ancienne de cette famille est extravagant et captivant – mais je ne vous en dévoilerai rien ! À vous d'investiguer… C'est étonnant d'ailleurs que vous l'ayez rencontrée à Venise car, s'il est vrai que certains des épisodes clés de cette saga se sont déroulés ici, les Malcessati ne sont pas vénitiens.

Baptiste chercha à faire parler le vieil homme – mais en vain. Asmodée se contenta d'aiguiser son appétit et évoqua Letizia, dont il semblait goûter la splendeur avec la nostalgie d'un Casanova décati.

— Elle est une énigme de chair qui ne pouvait manquer de captiver un auteur comme vous.

Cette remarque émut Baptiste, mais Asmodée poursuivit et réduisit sa satisfaction.

— Il faudrait cependant, pour cela, que vous ouvriez votre imaginaire à autrui. Vous êtes, pour l'heure, enfermé dans le microcosme de votre moi – où je range vos parents qui ne sont encore que des reflets de votre conscience, ou plutôt les adjuvants de son élaboration. Letizia aussi, mais ce qu'elle doit affronter est d'une tout autre nature ! Sans vouloir minimiser les difficultés que vous affrontez et le drame de la maladie de votre mère…

— Que voulez-vous insinuer ? demanda Baptiste, à la fois mortifié et intrigué.

— Bien des choses que je ne vous dirai point ! Libre à vous de prendre ceci pour un délire sénile. Vous verrez ou vous ne verrez pas ; cela n'a, somme toute, aucune importance. D'ailleurs, en vous écoutant, et plus encore par l'observation de votre regard, j'ai cru percevoir que cette ravissante et sombre déesse n'occupait pas le premier plan de vos pensées. Elle vous paraît inaccessible et sans doute l'est-elle – ou du moins s'efforce-t-elle de le paraître. Mais je devine une autre personne…

Baptiste eut un mouvement d'irritation. Cela prenait des tournures d'interrogatoire, et Asmodée ne l'avait-il pas espionné pour si bien le deviner ? Le rire d'Asmodée, cette fois, ne le calma pas.

— Mon ami ! Je devine à vos yeux que vous me soupçonnez une fois encore capable – ou coupable ! – d'une divination qui n'aurait rien à voir avec des moyens paranormaux ! Rassurez-vous : je ne vous fais pas suivre par les fantômes des espions de la Sérénissime… C'est le résultat d'un de vos traits de caractère que je suis enclin à prendre pour une touchante et précieuse qualité : vous ne savez ni dissimuler ni mentir.

Cela, sans doute, vous rend fragile, et vous pourriez peut-être apprendre rapidement à devenir comme la plupart de vos semblables, en particulier dans les milieux universitaires que vous vous apprêtez à fréquenter, où cela s'avérera d'une grande utilité pour accéder à ces petits pouvoirs que recherchent avidement les hommes. Je vous le déconseillerais pourtant ; vous y perdriez plus que votre âme. Cela dit, ne redoutez pas non plus d'être à ce point transparent. J'ai une pratique des êtres peu commune et rares sont ceux qui regardent vraiment leur interlocuteur. L'aveuglement des autres est le plus efficace des voiles pour cette émouvante nudité !

Comme toute allusion à son intimité, cela fit rougir Baptiste. Mais Asmodée poursuivit.

— Donc, je subodore quelque personne… *Odor di femmina…*

— *Che odorato perfetto !* répliqua Baptiste, soulagé et ravi de pouvoir se raccrocher à cette branche de culture sur laquelle il pouvait s'asseoir comme en territoire conquis.

— Bien ! Je me doutais que *Don Giovanni* de Mozart n'avait pas de secrets pour vous ! Mais, en l'occurrence, il siérait mieux d'échanger nos rôles ; vous êtes le séducteur, non ? Ou, du moins, le séduit…

Baptiste chercha à lire l'heure sur sa montre avant de répondre.

— Il est dix-huit heures et sept minutes, précisément. Si vous avez un rendez-vous, dites-le-moi sans détour ; je m'en voudrais de vous retenir. Je suis moi-même requis pour la soirée…

Était-ce par tact qu'il se libérait ainsi ? Baptiste réalisa alors qu'il ne s'était même pas demandé si son hôte n'avait pas prévu de le garder pour la soirée aussi, à quoi il n'aurait pu se soustraire – n'était-il pas à Venise pour et par Asmodée Edern ? Il se souvint aussi qu'il avait promis à Candice de se renseigner auprès d'Asmodée sur ce Thomas Reguer. Alors, après avoir toussé, il parla de Candice et relata leur première rencontre et la méprise qui en était la cause.

— C'est curieux, en effet… J'ai acheté cet appartement *via* un ami qui a joué les intermédiaires – j'étais rarement en Italie à l'époque, il y a deux ans à peine. Je possédais un petit capital et souhaitais un pied-à-terre dans cette ville où je projetais – et projette toujours, hélas, car le temps m'a manqué – quelques travaux. Le nom de ce Thomas Reguer ne me dit rien – mais je ne suis pas vénitien ! Si vous voulez, je consulterai, à mon retour parisien, les documents officiels auxquels je n'ai prêté aucune attention à l'époque. Logiquement, les noms des propriétaires précédents s'y trouvent consignés. Mais ce monsieur a pu simplement louer les lieux. Cependant…

Il laissa la phrase en suspens.

— Je ne connais aucun Thomas Reguer mais le nom de Candice Elenord ne m'est pas inconnu ; je suis de près l'actualité musicale et j'ai acheté à sa sortie son interprétation des sonates de Bach. Très bel enregistrement, une maîtrise technique tout à fait sidérante… Et une très jolie fille, à en juger par la photo sur la pochette. Un tout autre genre de beauté que Letizia Malcessati, et qui correspond sans doute davantage à vos goûts nordiques. Vous êtes d'ailleurs compatriotes.

Baptiste ne put s'empêcher de percevoir une ironie moqueuse dans cette remarque, qui déprécia aussitôt le charme qu'il prêtait à la flûtiste. Mais il se reprit : Candice était ravissante et disposée à le voir – ce qui n'était pas le cas de Letizia. Il n'eut d'ailleurs pas l'occasion de se défendre – de quoi au demeurant ? ; Asmodée se relevait et enfilait son manteau. Ils allaient se quitter. Baptiste réalisa alors que le vieil homme ne lui avait rien dit de ce qu'il attendait, rien proposé pour sa carrière. Sa sensibilité, mise à rude épreuve par cette journée, laissa sourdre une humidité dépitée aux coins de ses paupières.

— Que se passe-t-il, Baptiste ?

— Vous… vous partez ?

— N'est-ce pas vous qui avez un rendez-vous galant ? Vous ne me demanderiez tout de même pas de jouer les chaperons !

— Non, mais… nous…

Asmodée lui broya l'épaule.

— Ah, je comprends… Rassurez-vous : je reviendrai vous voir. Nous avons procédé aujourd'hui à une première prise de contact.

Baptiste demeura longuement sous sa douche, essayant de dissiper le malaise dans lequel le laissait la rencontre avec Asmodée. Il n'avait pas téléphoné à sa mère – et que lui aurait-il dit ? Cette rencontre tant attendue, que fallait-il en penser ? Il avait deviné que sa mère y plaçait autant d'espoirs que lui ; mais allait-il lui dévoiler la teneur des conversations qu'il avait eues avec ce curieux personnage ? Que retenir de tout ce bavardage ? Une visite de musée – voilà pour plaire à son père – et des analyses qui séduisaient, il fallait l'admettre, mais qui, avec le recul, pouvaient s'avérer de la pure fumisterie. Baptiste n'aurait d'ailleurs pas été capable d'en répéter le moindre mot. Seules quelques images arrachées aux tableaux dansaient dans sa mémoire et recomposaient une impossible toile que le maître aurait à coup sûr reniée. Ses souvenirs les plus précis portaient sur les allusions – peu nombreuses au demeurant – relatives à la princesse et à sa famille. Et cela ne contribuait pas peu à le troubler, avant son rendez-vous avec Candice. L'heure avançait. Il téléphonerait demain, ses idées seraient plus claires, et il aurait peut-être une autre – bonne – nouvelle à annoncer.

Il changea de sous-vêtements tout en se répétant qu'il était idiot de croire qu'il pourrait être amené, ce soir, à les dévoiler devant un autre regard que le sien, une fois rentré bredouille dans son petit appartement. Il s'aspergea néanmoins de déodorant et d'eau de toilette et se mit en route. En marchant d'un bon pas, il ne lui faudrait pas beaucoup plus de temps qu'en vaporetto ; dans les deux cas, il serait en avance. La marche lui permettrait de poursuivre le travail de décantation nécessaire pour qu'il retrouvât son aplomb et se montrât sous son meilleur jour auprès de la jeune musicienne. Le soleil s'était couché, laissant la cité en prise avec un froid glacial.

Quand il déboucha sur la place San Marco accompagné par l'*Agnus Dei* de la *Messe du Couronnement*, le nez humide et les joues rougies, son pas était redevenu triomphant ; Baptiste avait recouvré sa vigueur et ses certitudes. Il était une demi-heure en avance et décida d'aller prendre un verre de *spumante* au comptoir du bar sous la Tour de l'Horloge. Vingt minutes plus tard, il franchissait le seuil du Londra Palace et tâchait de dissimuler combien il était impressionné par le luxe que la jeune femme se permettait. Le verre de pétillant l'y aida et il marcha d'un pas résolu vers la réception où il demanda qu'on l'annonce à Mlle Elenord. Le préposé décrocha un combiné et signala qu'un certain Baptiste Morgan venait d'arriver. Alors qu'il avait arboré une expression plutôt sévère face au jeune homme, il ne cessait de sourire depuis que, contre son oreille, vibrait la voix de Candice. Baptiste le jugea obséquieux et le détesta tout à fait lorsque, après une dernière courbette devant son interlocutrice invisible, il expliqua d'une voix assez sèche que la *Signorina* n'était pas prête et priait le visiteur de l'attendre au bar, endroit qu'il lui désigna d'une main dédaigneuse. Baptiste ne dit rien cependant et se contenta de s'éloigner sans un mot de remerciement. Il s'assit au comptoir et commanda un autre verre de pétillant. Il jeta un œil à la carte du restaurant déposée là pour appâter le client et la trouva alléchante jusqu'à ce qu'il ait converti les prix en francs, opération qui rendit le menu beaucoup trop salé.

— Bonsoir, comment allez-vous ?

Si seulement tout pouvait être aussi simple et naturel que cette petite phrase anodine prononcée par la voix charmante de la flûtiste ! Baptiste allait bien, très bien, est-ce qu'elle voulait prendre l'apéritif ici, et elle, comment allait-elle, les répétitions, le concerto – une pure merveille... Ils prirent place dans des fauteuils profonds autour d'une table et le barman vint déposer avec force sourires une coupe devant Candice. Elle avait revêtu une ravissante robe de soie rouge intense à côté de laquelle la mise de Baptiste semblait bien misérable. Ils burent à la santé de Mozart et de Venise, de la musique et de la littérature. Candice évoqua brièvement les répétitions qui avançaient ; mais elle semblait ne pas avoir grand-chose à en dire, ses phrases étaient courtes et superficielles, comme si ce qu'elle avait ressenti ne pouvait s'exprimer autrement que par son jeu. Baptiste devinait que, tôt ou tard, elle s'informerait à son tour de sa journée et, pour éviter de dévoiler trop tôt le peu qu'il avait à en dire, il posait des questions microscopiques auxquelles elle prenait le temps de répondre, mais en un nombre de syllabes chaque fois plus restreint. Tout fut vide bientôt : les questions, les réponses et, par chance, les verres.

— Où m'emmenez-vous ? demanda-t-elle sans renoncer à son sourire.

Baptiste reconnut son incompétence en la matière et demanda à Candice de suggérer une adresse, en insistant sur le fait que, comme convenu, c'était lui qui invitait.

— Nous pouvons aller à l'Angelo ; c'est à deux pas de San Marco.

C'était une trattoria d'aspect correct, mais pas luxueuse. Des tables simples, des assiettes et couverts sans extravagance et un service distant et efficace, comme partout à Venise. Des bougies, bienvenues, donnaient au lieu une intimité et une chaleur à bon compte qui plurent à Baptiste, rassuré par l'examen rapide du menu affiché à l'entrée. Ainsi, on pouvait fréquenter des palaces et être raisonnable.

— C'est charmant, commenta-t-il en entrant à la suite de Candice. Et c'est tellement plus typique que ces établissements d'hôtels !

Elle ne répondit que d'un sourire et prit place à la table que leur proposait le serveur, près d'une fenêtre. Baptiste aurait préféré une table plus en retrait, mais son invitée était déjà assise et il ne se sentait pas en mesure d'affronter le maître de cérémonie qui s'était contenté de savoir qu'ils n'attendaient personne d'autre pour leur imposer ce choix. Baptiste parcourut la salle du regard ; un quart, à peu près, était occupé, essentiellement par des couples de touristes qui semblaient s'ennuyer et implorer de leur assiette une conversation que leur convive ne paraissait plus en mesure de leur accommoder. Tous ces gens étaient déjà morts ! jugea-t-il en posant ses fesses sur la paille de la chaise, et il ramena ses yeux vers l'adorable Candice. Puis fixa le fond de son assiette en cherchant désespérément ce qu'il pouvait dire. Il s'était décidé pour une interrogation sur la qualité de son hôtel, lorsqu'elle le devança.

— Et vous, Baptiste : avez-vous enfin rencontré votre hôte ?

Il ne put mentir ou différer davantage et se lança dans le récit de sa journée, récit interrompu par le serveur, le choix des plats, le serveur à nouveau, la dégustation du vin… Sa narration porta davantage sur ce qu'il aurait voulu vivre que sur ce qu'il avait vécu. Candice l'écoutait sans se départir de sa bonne humeur qui, avec le vin, finit par affranchir définitivement le conteur.

— Vous savez, pour un écrivain, ce genre de rencontre peut être décisive. Mais si on n'a rien à montrer, *rien dans le ventre*, cela ne sert à rien, autant ne déranger personne. Je présume que c'est pareil dans votre métier. Des gens de cet acabit sont sans cesse sollicités ; s'ils sont trop souvent déçus, ils ne rencontreront plus personne, et ce serait dommage, dramatique même pour les jeunes artistes, je veux dire, les vrais, qui ont… une œuvre en eux. Je ne peux pas décevoir Asmodée Edern…

En parlant, Baptiste se surprenait ; mais c'était un phénomène qu'il avait déjà constaté : une situation nébuleuse ne se clarifiait que lorsqu'il avait l'occasion de l'expliquer à un tiers. De l'exposition surgissait la compréhension. Alors qu'au sortir de sa journée il ne savait absolument plus pour quel motif abracadabrant un être pareil s'était intéressé à sa petite personne, il ne faisait plus aucun doute, à présent qu'Asmodée était reparti et que Candice le remplaçait à une table de restaurant, que cette rencontre s'était déroulée de la meilleure des façons et qu'elle répondait entièrement aux attentes de Baptiste qui, de surcroît, ne pouvait avoir déçu celles d'Asmodée – à supposer qu'il en eût. Le sourire de Candice dont, porté par son enthousiasme croissant, il ne perçut pas la progressive extinction, le confortait dans ce bilan positif, bientôt triomphal. Sa faconde lui fit éviter soigneusement la visite au musée et le mena jusqu'aux portes d'une prestigieuse maison d'édition, derrière laquelle l'attendaient, serviteurs en haie d'honneur, les prix littéraires, une presse dithyrambique et des lecteurs fanatiques, Asmodée présidant à cette consécration, ce *Te Deum* à la gloire du seul dieu en qui Baptiste voulait croire : son talent. Il eut un repli qu'il jugea très élégant, en énonçant qu'il lui fallait travailler pour parachever cette grande œuvre. Et la transition se fit naturellement.

— Je lui ai demandé s'il connaissait votre ami Thomas Reguer.

Candice sursauta. Cela faisait quelques minutes qu'elle n'écoutait plus vraiment la péroraison de son vis-à-vis, mue par un processus de sauvegarde dont dépendait la qualité de la soirée. Elle préférait ne pas se poser de questions, et surtout pas celle qui se pressait derrière les sensations dont elle essayait de saturer son esprit – le goût des plats, l'ivresse du vin : pourquoi avait-elle accepté cette invitation ? Mais le nom de Thomas avait anéanti ce fragile processus ; elle ouvrit les yeux et les oreilles. Baptiste n'avait rien à lui apprendre sur son vieux maître et en revenait déjà à son Asmodée, bouffi de l'importance qu'il croyait pouvoir attribuer à cette rencontre providentielle. Avait-elle été semblable à lui cinq ans plus tôt ? Elle ne le pensait pas ; face à Thomas, elle s'était sentie minuscule. Il lui avait fallu des mois pour reconstruire une relative assurance, qui ne se traduisait en outre que lorsqu'elle tenait son instrument dans les mains. Elle ne savait pas parler d'elle. Elle ne pouvait pas déterminer ce qu'elle valait, faisant confiance aux impresarios dont c'était le curieux métier. Et lui, qui ne pouvait encore se prévaloir d'aucune publication, fût-elle confidentielle, s'encensait déjà, dévorant à belles dents le pain blanc d'une réussite dont il semblait ne pas douter ! Fallait-il admirer cette confiance ou en rire cruellement ? Un peu grisée par le vin, Candice ne pouvait trancher. Elle écoutait Baptiste comme s'il s'agissait d'un instrument bâtard, un cuivre aux échos de bois ; derrière la solennité victorieuse, elle croyait percevoir la fragilité d'un piccolo, à peine audible, relégué aux confins d'un orchestre soumis à la loi du *Gloria*. Elle allait finir par le trouver odieux après avoir cessé de le trouver touchant. Il avait embrayé sur le sujet de la musique.

Elle se calma. Il en parlait bien, on sentait que, sur ce terrain où il n'avait d'autre prétention que d'aimer, il perdait en superbe ce qu'il gagnait en sincérité. Tout en n'étant pas d'une originalité débordante ; parlant d'un orchestre tchèque, il avait évoqué le public qui, par préjugé, s'était empressé de trouver l'interprétation éminemment slave, alors que lui y avait noté un je-ne-sais-quoi de typiquement britannique. À plusieurs reprises, il avait affirmé détester les clichés ; à cette remarque, Candice comprit que, malgré cette détestation affichée, il ne pouvait s'en passer et substituait à la banalité la plus évidente une autre qui, parce qu'elle provenait d'un réservoir différent de celui où baignait la conversation ambiante, pouvait paraître originale. Il multiplia les éloges sur son interprétation du concerto de Mozart et elle retrouva le leitmotiv de l'agacement. Il la flattait et ses intentions étaient évidentes. Bien sûr, elle s'en était doutée dès le premier instant ; elle savait qu'il n'avait pensé à rien d'autre durant leur visite à la Ca' d'Oro et elle n'allait pas jouer la candide s'il avait l'audace de se déclarer plus ouvertement, par un geste ou par une phrase. Mais comment réagirait-elle ? Elle le dévisagea, fixant son regard bleu et brillant. C'était un beau garçon. Bien élevé – tiens, il n'avait pas parlé de ses parents. Seul. Comme elle, beauté, bonne éducation et célibat. Deux artistes – un restant à confirmer, mais pourquoi douter ? Voilà où elle en était. Thomas… Qu'avait-il vraiment cherché à lui apprendre ? Que penserait-il de Baptiste ? Les minutes passèrent, le restaurant se vidait. Baptiste parlait toujours, ils buvaient tous deux un peu plus que de raison. On vanta les qualités du sabayon. Ils se turent sur le café. Un voile qu'elle prit pour de la tristesse voila l'azur des yeux de Baptiste.

— À quoi pensez-vous ? hasarda-t-elle, imprudente.

— Oh…

Il eut un mouvement de la main comme pour signifier que cela n'avait aucune importance, information contredite cependant par son regard et le triste sourire qu'il afficha pour répondre.

— Rien… Je pensais juste que je n'avais pas eu le temps aujourd'hui de téléphoner à ma mère…

Sa mère ? Elle l'interrogea. Il répondit, oubliant les propos d'Asmodée. Elle se souvint qu'il avait évoqué son père au dîner chez la princesse. Il parla de l'une et de l'autre. Une fibre vibra en elle. Elle eut pitié. Elle entretenait d'excellentes relations avec ses parents, lesquels se portaient bien. Elle avait, somme toute, beaucoup de chance. Tandis que Baptiste… Était-ce la raison de cet orgueil difficilement supportable ? Une mère condamnée, un père castrateur ; c'étaient des excuses. Pour Baptiste, ce n'étaient que des arguments. Candice s'apitoya et le jeune homme reçut ses paroles comme un compliment, avec un doux sourire plein d'humilité. Elle ne devait pas s'en faire, ce n'était pas lui qu'il fallait plaindre, mais sa mère. Laquelle ne voulait pas qu'on la plaignît. Il y eut un silence recueilli durant lequel le serveur glissa l'addition dont Baptiste se saisit.

Pourquoi, ensuite, en vint-il à parler de Stravinsky ? Elle ne le comprit jamais et ne songea pas que c'était pour dissiper l'étrange malaise dans lequel la présentation de ses parents l'avait plongé, avec un sentiment de ridicule comme dans ces rêves où la pudeur est outragée sans que l'on puisse rien y opposer. Il proclama son admiration du compositeur, dont il avait lu qu'il avait été enterré ici, à Venise – mais il n'était pas encore allé s'incliner sur sa tombe. Il se mit à déraper lorsqu'il exprima son incompréhension pour le ballet moderne. Il prétendait avoir vu – « subi » – une représentation de la Compagnie de Maurice Béjart et semblait considérer qu'y survivre tenait d'un acte de bravoure. Il cherchait à la prendre à témoin ; mais elle répondit brièvement qu'elle n'avait jamais assisté à une représentation, bien que ce qu'elle en connût, par la télévision, lui parût digne d'intérêt.

Elle manifesta le désir de quitter l'établissement. Qu'il se taise... Ils enfilèrent leur manteau, sortirent et remontèrent vers la place San Marco sous une pluie fine et glaciale. Baptiste ne parlait plus et marchait tout près de Candice qui devinait, à une certaine radiation, qu'il aurait voulu avoir le courage décisif de prendre son bras. Elle fut traversée par un tremblement qu'elle choisit de mettre sur le compte de l'agacement – une autre hypothèse l'aurait davantage encore agacée. Sur la place, il n'y avait qu'un chat qui glissait à pas rapides, sans un regard pour les pigeons trempés qui traînaient encore là à la recherche d'un relief. De l'eau sourdait des *masegni*. Candice frissonna. Florian et le Quadri étaient fermés. Ils s'étaient arrêtés à quelques pas de la Tour de l'Horloge, au pied d'une passerelle. Pourquoi eut-elle l'idée de revenir à Stravinsky et aux ballets ? Souhaitait-elle la mort du pécheur ? Baptiste avait trop bu, il n'osait pas se taire et prendre simplement Candice par les épaules ; il crut qu'elle l'approuvait dans son mépris pour la danse moderne et s'emballa dans un petit délire anodin sur les planches des trottoirs surélevés, pour illustrer par le geste maladroit tout le mal qu'il pensait de ces simagrées. Il émit même un croassement censé apparenter les danseurs aux pigeons de la place. Ce fut grotesque et fit tomber le rideau sur la soirée, remisant tous les autres sentiments de Candice au rebus des accessoires inutiles.

— Arrêtez, Baptiste !

Il demeura un instant en équilibre précaire, puis retomba sur la pierre, piteux et pénitent. Elle s'en voulut, mais, ce ne fut pas suffisant.

— Je suis fatiguée et je dois me lever tôt, poursuivit-elle d'une voix plus calme mais froide comme le crachin.

Elle lui tendit la main et s'efforça à un sourire.

— Merci beaucoup. C'était délicieux.

Elle parlait des plats. Il tenta, maladroit :

— Je vais vous raccompagner…

— Ce n'est pas la peine. C'est à deux pas, mais cela vous éloigne de chez vous ; à cette heure, il n'y aura sans doute plus de vaporetto et il pleut…

Il n'osa pas insister. Ils se séparèrent et il la regarda s'éloigner sans se retourner, se demandant où il avait commis une erreur – tout s'était si bien passé ! Se pouvait-il qu'elle aimât Béjart ? Elle disparut au coin de la Piazzetta. La pluie ne faiblissait pas. Déçu, le cœur gros, Baptiste rebroussa chemin jusqu'aux lisières du ghetto, sans un regard pour les rares passants empressés qu'il croisa. Il était trempé en arrivant chez lui et éternua bruyamment dans la cage d'escalier. Avant de s'endormir, il conclut que c'était une jolie fille mais un peu coincée et pas très drôle. Le méritait-elle ?

Des coups violents le tirèrent du sommeil lourd et confus dans lequel il flottait comme un naufragé. Il se redressa et tendit une oreille hésitante ; c'était bien à sa porte qu'on frappait avec insistance. Le cœur battant, il enfila précipitamment un pantalon et alla ouvrir. Devant lui, dans le reflet de l'ampoule jaunâtre qui éclairait l'escalier, Letizia Malcessati, les cheveux et le visage ruisselant de pluie et, peut-être, de larmes.

— *Per carità, lasciatemi entrare !*

Le désir instille le don des langues ; Baptiste comprit et s'empressa de s'effacer pour lui laisser le passage. Il referma la porte après avoir jeté un coup d'œil vers le bas – personne n'avait suivi la jeune fille. Elle s'était blottie dans le seul fauteuil de la pièce et tremblait comme un chiot terrorisé. Baptiste restait indécis, même si la surprise l'avait totalement éveillé, maladroit, à moitié nu devant cette beauté sombre que la peur avivait encore. Il ne chercha pas à être original.

— Que se passe-t-il ?

De sa voix rauque, elle lui répondit en français.

— J'ai besoin de me cacher… J'ai peur. Je ne connais que vous…

Tout cela était invraisemblable, il le sentait ; mais, en même temps, il n'était pas possible de douter de la frayeur de Letizia et de sa présence. Après tout, tant de choses invraisemblables avaient lieu… Il se ressaisit et alla chercher un tee-shirt et une serviette de bain.

— Tenez, séchez-vous. Donnez-moi votre manteau, il est trempé.

Elle hésita un instant puis, sans un mot, obéit. Il enfila le tee-shirt puis proposa un café qu'elle accepta d'un mouvement de tête, avant de reprendre sa position défensive dans le fauteuil. Baptiste s'efforça de paraître maître de lui et rassurant.

— Ici, vous ne craignez rien. Détendez-vous… Racontez-moi…

Mais jusqu'à ce que le café fût servi, il ne put rien tirer d'elle, sinon qu'elle avait peur. Il posa les tasses sur la table pour la forcer à bouger, ce qu'elle fit à contrecœur. Il prit place en face d'elle et la dévisagea tandis qu'elle se réchauffait les doigts et le visage aux vapeurs de café. Elle parut se détendre. Elle rejeta vivement en arrière ses longs cheveux noirs, les yeux clos, ce qui provoqua chez Baptiste un frisson curieux, entre douleur et plaisir, un frisson pour rien, coup d'épée dans l'eau trouble de ses sentiments. Ce fut pire lorsqu'elle ouvrit les paupières et le fixa longuement de son regard d'acier, le déshabillant plus qu'il ne l'était lorsqu'il l'avait accueillie, comme pour vérifier qu'elle avait eu raison de venir.

— Vous devez me prendre pour une folle, non ? reprit-elle de sa voix caverneuse.

Elle ne prêta aucune attention à sa pitoyable dénégation.

— Vous pouvez le croire si cela vous rassure… Je ne sais pas par quel hasard insensé vous avez rencontré ma mère et pénétré dans notre famille…

— Était-ce une erreur ?

Sa bouche dessina une moue ironique.

— Sûrement… Mais le hasard ne se trompe jamais.

Baptiste chercha à retrouver contenance en relançant la discussion.

— Seriez-vous fataliste ?

Elle eut un petit rire cruel.

— Non… Une erreur suppose un choix. Le hasard, on ne le choisit pas…

— J'ai choisi de venir à la rescousse de votre mère, osa-t-il en se redressant sur sa chaise.

Elle retrouva son regard impudique et impitoyable.

— Peut-être… J'oubliais ça. Et à présent, vous pouvez sauver la fille…

Elle acheva sa tasse, se carra en arrière sur le dossier et reprit, plus détendue.

— Notre famille ne connaît pas le hasard… Une de mes aïeules, il y a près de cent cinquante ans, s'est retrouvée à Venise où sa mère l'avait traînée pour fuir un jeune garçon. Un Berlinois, rencontré par hasard, lui aussi. Elle s'opposait au mariage de sa fille. On n'a jamais su pourquoi. Cette amoureuse éperdue s'appelait Letizia. J'ignore comment elle a rencontré ici un gentilhomme toscan et pourquoi elle a accepté de l'épouser. Par hasard ? Pour mettre un terme à la fuite infernale où l'entraînait sa mère et où la poussait le zèle de l'amant éconduit ?

Elle se tut et se replia sur la table, laissant ses cheveux retomber et voiler son visage, tandis que l'on devinait ses yeux braqués sur ses doigts et une bague, très simple, qui ornait l'annulaire de sa main droite.

— Est-ce que vous comprenez pourquoi ? reprit-elle, à peine audible.

— Pourquoi… quoi ? balbutia Baptiste.

— Pourquoi une mère s'oppose avec une telle rage à l'amour de sa fille pour un jeune homme d'excellente famille ?

Baptiste ouvrit les mains et la bouche, mais ne trouva rien à répondre de mieux que l'effroyable banalité que lui dictait sa connaissance de la littérature du dix-neuvième siècle.

— Sans doute les deux amoureux avaient-ils, sans le savoir, la même mère… Ou le même père.

Le ricanement cruel et douloureux de Letizia rejaillit.

— *Certo !* C'est l'évidence… Mais est-ce que vous ne trouvez pas que la plupart des évidences sont suspectes ? Un tel acharnement, tant de la part des amants que de la mère… Parce que l'histoire ne s'arrête pas là. Lui, il s'appelait Raphael. Il la poursuit jusqu'en Toscane. Il apprend qu'elle va avoir un enfant. Après la naissance, il va la voir. Et ils partent, à deux. Elle abandonne son fils au pauvre gentilhomme…

— C'est terrible ! murmura Baptiste, captivé par le récit.

— Terrible ? Incompréhensible, oui…

— Et on…

— Ils sont partis en Amérique. Jamais revenus. Jamais.

Baptiste frissonna.

— Le pauvre…

Letizia leva vers lui des yeux surpris.

— De qui parlez-vous ?

— De cet enfant, abandonné par sa mère…

Sa voix était nouée et Letizia le dévisageait, sourcils froncés. Puis, elle haussa les épaules.

— Oh, ça… tôt ou tard, de toute façon… L'absence, c'est la réalité, Baptiste. On fuit, on fuit… Et puis, l'impasse.

Elle se tut. Baptiste, dont l'esprit s'était égaré en Toscane et en Amérique, aurait voulu poursuivre mais elle baissa la tête et enfouit ses yeux dans la pluie endeuillée de ses cheveux.

— De quoi avez-vous peur ? osa-t-il lorsqu'il crut

que la jeune fille allait se refermer complètement s'il ne parlait pas.

— De tout, répondit-elle sans relever les yeux. Ne cherchez pas à savoir. Dites-vous simplement que je suis folle. Comme ma mère et mon père. Non… pas comme eux. Ils n'ont pas peur, dans leur folie. Ou ils ne le montrent pas. Pas à des inconnus. Moi, je n'ai qu'un inconnu pour me confier.

— Vous confier ?

Ses yeux chargés d'ironie resurgirent.

— Vous avez raison, pas pour me confier. J'abuse de vous. Je viens me cacher chez vous et je ne vous explique rien. Au contraire, je vous embrouille avec une histoire romantique…

Baptiste, ému et intrigué, balaya cela.

— Êtes-vous en danger ?

La question dissipa toute ironie dans les iris gris et Letizia retrouva l'angoisse de son arrivée.

— Êtes-vous poursuivie ?

Déjà, Baptiste échafaudait des scénarios. Letizia était-elle menacée par l'assaillant de sa mère ? Redoutait-elle, au contraire, l'un de ses parents ? Pourquoi avait-elle fui la Ca' da Mosto ? Pourquoi se réfugiait-elle chez lui ? Elle n'avait sûrement pas fait ce récit par hasard. Une malédiction ancestrale qui se répétait, cent cinquante ans plus tard ? Ou – et l'esprit cartésien de Baptiste reprit un moment le dessus – une mise en abyme dans le roman d'une folie singulière ?

Elle ne répondit pas à sa question ni à celles qui suivirent, se repliant progressivement sur elle, sur ses fantômes et leurs secrets. Baptiste gardait les yeux fixés sur elle, passant de cette bague sur laquelle couraient les doigts nerveux de Letizia à ses cheveux et aux ombres de visage qu'ils laissaient filtrer. Il finit par ne plus oser la déranger et le silence de la ville submergea la pièce et ses occupants. Baptiste songea alors que c'était la nuit, que Letizia lui demandait l'asile et qu'il fallait penser à l'organisation. L'idée de la jeune fille dans son lit l'émut, mais il se ressaisit.

— Vous devez être épuisée... je vous laisse mon lit. Ici, vous serez tranquille. Personne ne vous dérangera.

Il s'inclut chevaleresquement dans la liste. Letizia accepta d'un hochement de tête déjà lourd d'un sommeil promis aux cauchemars. Il la conduisit jusqu'à la chambre, lui indiqua la salle de bains.

— Et vous ? demanda-t-elle d'une voix inexpressive.

— Ne vous inquiétez pas pour moi ; je dormirai dans le fauteuil du salon. Je dors n'importe où...

Elle balaya la pièce des yeux. Baptiste attendit encore quelques secondes, mais rien ne vint. Il murmura un « bonne nuit » que Letizia ne parut pas entendre et referma la porte. Il gagna le fauteuil inconfortable qu'il s'était alloué pour une nuit qui, à défaut de quiétude, serait mémorable. Sa nature lui permit de s'endormir rapidement, mais il rêva bien sûr de Candice et de Letizia, ne sachant plus, d'image en image, laquelle lui semblait la plus désirable et la plus adorable, critères par ailleurs peu compatibles, du moins dans l'univers onirique où ses préférences s'élaboraient sans entraves. Des ennemis masqués ou reconnaissables – le père de Letizia surgissait le plus souvent – venaient sans relâche troubler ses tentatives ; mais il se montra courageux et défendit ses dames vaillamment, jusqu'au jour.

Il se réveilla courbaturé. Quelque chose l'avertit que Letizia ne l'avait pas attendu pour disparaître. Son regard fut attiré par un objet posé sur la table, surmonté d'une feuille couverte d'une écriture torturée. Il reconnut aussitôt le carnet du père de Letizia, entouré d'une bande de papier serré.

> Oubliez ce que je vous ai dit mais ne m'oubliez pas. Cachez ce carnet. Cachez-le bien mais ne l'ouvrez en aucun cas. Jurez-le-moi. Je vous fais confiance. Son contenu est trop terrible. Je ne peux le conserver. C'est trop dangereux pour moi. Je ne sais si je pourrai résister. Ne vous y risquez pas. Je vous aurai prévenu.
> Je vous fais confiance, je n'ai personne d'autre. Je le répète : ne le lisez pas ; vous seriez en danger aussi.

Il prit le carnet et le retourna en tous sens. En plus de la bande protectrice, Letizia – ou quelqu'un d'autre – avait collé des morceaux d'adhésif transparent sur chaque tranche. Baptiste était déjà passé par un large spectre de sentiments depuis la veille, mais la peur l'avait jusqu'alors épargné ; elle s'empara de lui, bondissant de ce livre si semblable, extérieurement, à celui qu'il tentait d'écrire depuis son arrivée. Affolé, il regarda autour de lui, à la recherche d'une cachette. Ses yeux s'arrêtèrent sur la télévision et le coffre sur lequel elle était placée. Il déposa le poste par terre avant de soulever le couvercle. Des remugles d'histoires anciennes lui montèrent à la gorge et le firent tousser. D'abord, il ne vit rien ; puis il distingua, tout au fond, trois masses sombres, qu'il sortit précautionneusement, avec l'émotion d'un archéologue pénétrant au cœur d'une pyramide – mais l'image du pilleur de tombe aurait mieux convenu à la situation. Le premier objet était un pistolet ancien, de petite taille, à la crosse en bois arrondie achevée par une pièce de métal doré. Baptiste n'était pas passionné par les armes, mais celle-là avait le charme des pièces antiques que l'on finit par trouver belles quand elles deviennent impuissantes. Il y avait aussi une enveloppe cachetée et une liasse de partitions musicales, le tout visiblement ancien. Il déplia soigneusement les partitions et les admira sans rien y comprendre toutefois, n'ayant jamais voulu apprendre à déchiffrer cette écriture merveilleuse dont la lecture – par autrui – l'enchantait au plus haut point, comme s'il craignait qu'avec le mystère s'envolât une part de son plaisir. Il pourrait les montrer à Candice ; c'était un bon prétexte pour la rejoindre – ils s'étaient quittés sans nouveau rendez-vous. Il s'intéressa ensuite à l'enveloppe et la fit tourner entre ses doigts. Elle ne portait aucune mention et avait été décachetée ; rien sinon la pudeur ne pouvait l'empêcher d'en extirper le contenu pour en prendre connaissance. Cette indiscrétion compensait heureusement la frustration causée par le départ de Letizia. D'un doigt délicat, il souleva le rabat, craignant que le vieux papier, épaissi encore par les ans, ne se rompît. L'enveloppe contenait de nombreux feuillets que Baptiste ramena au jour et posa cérémonieusement sur la table avant d'en entamer la lecture. C'était une lettre, mais l'adresse – « *Caro Amico* » – ne permettait pas d'en connaître le destinataire. Une date et un lieu, en haut du premier feuillet, permettaient cependant d'avoir quelques précisions ; 9 juillet 1879, villa Bosca. En fait d'éclaircissement, il n'y avait que la date ; Baptiste ne connaissait aucune « villa Bosca » et cette indication ne lui serait d'aucune utilité, même si ce nom raviva le souvenir du récit que lui avait fait Letizia, la veille. Mais des « villas Bosca », on pouvait en trouver partout en Italie et une telle coïncidence qui, dans un roman, aurait fait le délice d'un lecteur aurait été tout à fait impossible dans la réalité. Il s'efforça alors de déchiffrer le contenu de la lettre, mais n'y parvint pas, sa méconnaissance de l'italien se doublant de la difficulté à décrypter l'écriture minuscule de ce destinateur inconnu, caché derrière une signature illisible. Baptiste, déçu, replia la lettre et la remit dans son enveloppe. Il la redéposa au fond du coffre et y adjoignit le carnet de Letizia. Il referma le couvercle et remit la télévision en place. Et à présent ? Il aperçut son manuscrit et songea qu'il devait se remettre au travail ; mais la similitude avec celui qu'il venait d'enfouir dans le ventre de bois ne l'y encourageait guère.

Il fit un effort prolongé, jugé finalement infructueux. Son regard revint aux partitions ; il était douze heures trente, Candice était sans doute au studio. Francesco serait aussi intéressé par ces pages. De toute manière, Baptiste était incapable d'écrire. Une promenade, en passant par le quartier de la princesse, lui offrirait peut-être l'occasion de croiser Letizia ; et il était sûr de trouver la musicienne au bout. Sa déambulation trancherait entre les deux femmes qui se partageaient ses pensées, sinon son cœur. Pouvait-il vraiment croire cela ? Il se souvint de ce que Letizia avait dit du hasard. De la balade comme jeu de « pile ou face »... Et tout dépendrait peut-être du premier pied posé sur le trottoir, ou sur la première marche, ou la septième. Pied gauche, Letizia ; pied droit, Candice. Une des deux, en tout cas. Ou aucune. Pourquoi chercher à rencontrer les gens, pourquoi les fuir ? Baptiste n'était pas en train d'écrire un doctorat, et l'absence que creusaient les deux jeunes femmes recouvrait et amplifiait celle, attendue et redoutée, d'une mère qu'il avait pourtant abandonnée sans scrupule pour venir à Venise.

Il parvint à San Marco sans avoir aperçu Letizia ni ses parents. Ce n'était pas faute d'avoir traîné, dans le quartier des Santi Apostoli, ni d'avoir sursauté à chaque silhouette évoquant celle de Letizia. Baptiste réalisa alors combien la mémoire était lente à fixer les traits des gens, même ceux dont on tombait amoureux. Peut-être était-ce ce qui contribuait au puissant trouble des premiers jours des passions, qui s'effaçait avec la peur de ne pas en reconnaître l'objet au premier coup d'œil. Le ciel changeait, alternant des lambeaux de soleil froid et des écharpes de brume glacée. Sur la place, Baptiste se rappela confusément le spectacle ridicule qu'il avait imposé à Candice et lui donna rétrospectivement raison de l'avoir planté là. Il s'était mieux comporté avec Letizia – mais il ne pouvait s'en vanter auprès de la musicienne et avait somme toute évité la faute en s'abstenant de tout geste, de toute initiative, hormis son effacement. Il haussa les épaules ; si Candice devenait intraitable, il resterait Letizia, laquelle avait eu besoin de lui. Et si Letizia ne réapparaissait pas ? Il convaincrait Candice. Pour l'heure, il n'allait pas tenir davantage compagnie aux pigeons et aux touristes repus, et il se mit en route vers le bassin et son vent réfrigérant, résolu à passer d'abord par le Londra.

Baptiste déclina l'offre de laisser un message et reprit le chemin du studio. Il avait glissé sous sa veste l'épaisse liasse de partitions, qu'il voulait précieuses. Un vent liquide venu du Lido et de la mer le contraignit à baisser la tête, menton collé contre son écharpe, sans un regard pour San Giorgio et les bateaux du bassin. La faim se fit sentir et il espéra que les musiciens auraient travaillé tard ce matin pour les accompagner dans leur repas.

Mais personne ne vint lui ouvrir. Il colla l'oreille contre la porte et ne perçut aucun son. Étaient-ils tous sortis manger dans un restaurant ? Il avait cru comprendre, lors de sa première visite, que ce n'était pas l'habitude. Il n'avait pas croisé Letizia et Candice ne l'attendait pas au bout de son parcours… La veille, la flûtiste l'avait renvoyé sèchement chez lui, et une princesse avait couché, seule, dans son lit avant de disparaître. Le découragement fondit sur lui, relayé par la faim qui, cette fois, ne se nourrissait plus d'aucun espoir. Il eut envie de s'asseoir par terre, devant la porte, et d'attendre le temps qu'il faudrait, jusqu'au retour de Candice. Mais si elle ne revenait pas aujourd'hui ? Et puis, il aurait encore une fois l'air ridicule. Mieux valait faire le tour des restaurants voisins : s'il ne les y apercevait pas, il en choisirait un où il mangerait une pizza. Il repasserait ensuite au studio.

Les relents d'ail d'une pizza *frutti di mare* trop cuite et solitaire l'accompagnèrent, une heure plus tard, tandis qu'il remontait l'antique escalier menant au studio. Personne n'était arrivé entre-temps. Il se laissa tomber lourdement sur le paillasson, les idées et le souffle courts. Il regretta de n'avoir pas emporté son manuscrit et un stylo : il aurait pu trouver un café tranquille et y écrire, en attendant le retour de Candice. Il aurait laissé un mot sur la porte du studio à son attention. Mais, à présent, il ne se sentait plus la force de retourner chez lui et douta même un bref instant pouvoir retrouver sa route. S'il retournait au rio Farsetti, il se coucherait pour dormir, n'écrirait rien et ne reviendrait plus, le soir, à la recherche de Candice ou Letizia, « *whatever comes the first* ».

Baptiste se décida à ne pas rester là. Première étape décisive. Il songea à Asmodée, se souvint de leur visite à la Scuola, puis du coup de fil en retard à sa mère, puis de son père et enfin de l'allusion d'Asmodée à un tableau de l'Accademia, *L'Enlèvement du corps de saint Marc* s'il se souvenait bien, que son guide avait qualifié de « chef-d'œuvre d'abstraction », ou quelque chose comme ça. En attendant – et il s'étonna, non sans sourire, de cette résolution – il irait à l'Accademia, pour admirer – tout au moins observer – un tableau, rien qu'un. Sur son chemin, par acquit de conscience, il s'arrêterait au Londra et, le cas échéant, laisserait un message.

Ce qu'il fit, Candice étant toujours absente.

La file devant l'Accademia était raisonnable. Après une demi-heure, Baptiste put entrer et il se rendit directement au pied du Tintoret. Il convint aussitôt qu'Asmodée avait raison : c'était une toile spectaculaire, dominée par le blanc, l'ocre et le noir, où des volutes sépulcrales étaient comme les réminiscences d'une autre scène, d'un autre drame resurgi en filigrane. Baptiste s'assit face à l'œuvre, décidé à l'observer suffisamment longtemps pour pouvoir en parler à Asmodée lorsqu'il le reverrait. Il fut dérangé par un groupe de touristes accompagné par un guide qui parlait fort, avec un accent italien prononcé. Baptiste, n'ayant pas envie de bouger, fut contraint de l'écouter, convaincu qu'il ne pouvait s'agir que de banalités – mais avec l'espoir d'y puiser, ne serait-ce qu'*a contrario*, quelque commentaire original qui ferait mouche auprès du vieil homme.

Ce tableau faisait partie d'une série de trois toiles consacrées à saint Marc et commandées par la Scuola au Tintoret dans les années 1560. Sur les trois, le peintre avait représenté le commanditaire, Tommaso Rangone. Puis, le guide insista sur un détail de la composition du tableau ; la travée de dalles qui conduisait vers l'église du fond traçait une ligne qui se situait au milieu du tableau. Mais Tintoret avait introduit un déséquilibre, conforme au maniérisme caractéristique de sa démarche : cette ligne n'était pas parfaitement centrée.

Le guide se tut. Le troupeau devant lui, les mains croisées dans le dos, hochait lourdement la tête et prenait des poses convaincues qui suscitèrent chez Baptiste un sourire méprisant. Que tout cela était indigent ! Le berger donna le signal ; lourdement, tous se mirent en route vers une salle voisine.

Baptiste se releva et s'approcha du tableau. N'y avait-il pas une certaine ressemblance entre ce Rangone et Asmodée ? Mais tous les vieux se ressemblaient. Cependant, c'était une bonne idée ; il partirait, dans son exposé à Asmodée, de cette similitude improbable pour bâtir une histoire où… Où quoi ? Ce n'était pas si simple. Il fallait maîtriser le langage de la peinture autant que la grammaire de son commentaire, si original soit-il. Il resta encore de longues minutes, planté devant le tableau, cherchant des liens, des structures, des constructions ; plus il fouillait la toile, moins il la voyait. Son esprit vagabondait, fuyant comme les ombres – infidèles certainement ! Un agacement prodigieux monta en lui, comme un orage couvrant la ville avant d'éclater ; il sentait, il savait qu'Asmodée ne tarirait pas, de même que son père ; il devinait que cette toile bruissait de voix qui, dans un tumulte de moins en moins distinct, cherchaient à lui souffler des pistes, des histoires, des idées ; mais il n'entendait rien, ne comprenait rien, ne voyait rien. Il revenait sans relâche au corps nu du martyr, à son auréole discrète qui dessinait une ombre radieuse sur le cœur de Rangone – serein dans la tempête. Et cette maîtrise, ce sourire ironique exaspéraient Baptiste comme si, à travers la représentation de ce donateur depuis quatre siècles réduit en poussière, Asmodée se moquait de lui, de même que Candice, la princesse et son mari, Letizia et les cohortes de touristes, consommateurs placides et sans scrupule d'une culture morte. Oui, le cadavre, là, prêt à être chargé sur ce chameau grotesque – un chameau ! –, c'était la représentation de cet art prétentieux réservé aux élites instruites ou aux masses ignorantes ! Qu'en avait-il à retirer, lui qui se battait pour ressusciter cette culture exsangue, pour la raviver d'un souffle neuf ? Que l'on conduise les cadavres au tombeau et les œuvres consacrées au musée ! Décidément, il avait été stupide ; stupide de se laisser embobiner par les boniments d'Asmodée, stupide de venir seul. De ne pas rester chez lui pour écrire son roman. De courir après des fantômes nimbés de céruse.

Mais son regard s'immobilisa sur la main droite du saint qui pendait dans l'abandon de la mort ; et ces doigts pâles, sans qu'il sût pourquoi, l'émurent tant que sa colère se mua en un sanglot qu'il contint au fond de sa gorge. Rien n'est plus difficile à représenter qu'une main, prétendait son père. Il fit le tour de celles qui apparaissaient sur la toile, guidé par le cheminement qu'elles pointaient, celles qui montaient, celles qui descendaient, celle unique, qui tombait ; toutes ces mains qui s'agrippaient désespérément à une corde, un drap, au cadavre, crispées sur la peur de perdre, sauf celle du martyr, détendue, guérie des peurs et des vaines possessions, souple dans la grâce de l'abandon, le soupir de l'âme qui renonce à ses craintes. Un geste d'adieu simple et pur comme le merci d'un enfant.

Étourdi, il retourna s'asseoir, incapable de quitter la toile des yeux, mais ne voyant plus rien que ces doigts, que ces mains. Il s'efforça de fermer les paupières pour recouvrer son calme.

Lorsqu'il sortit, les noces du soleil et de la brume étaient scellées. Le jour déclinait dans le brouillard naissant, Venise s'emplissait des spectres du Tintoret. Baptiste, calmé, ne savait plus que penser de sa visite. Avait-il vu quoi que ce soit ? Sa morgue était rompue par l'ignorance et l'émotion. Soudain, il s'arrêta, pétrifié : devant lui, à quelques pas seulement, mais comme derrière un voile qui lui aurait permis de voir sans être vu, deux femmes marchaient et parlaient à voix claires et joyeuses, une mère et sa fille se tenant par le bras, complices et insouciantes. La princesse et sa fille. Elles déambulaient comme si elles étaient sorties faire des courses insignifiantes. Elles ne le virent pas et semblaient d'ailleurs ne se soucier de personne, traversant la place comme la scène d'un spectacle joué pour elles seules dans le plus cinglant mépris du public. En fait de public, au demeurant, il n'y avait que Baptiste ; les autres personnes ne leur prêtaient aucune attention. Si quelqu'un pouvait attirer la curiosité, c'était plutôt lui, planté au milieu du passage, abasourdi comme si un spectre du Tintoret était venu lui demander la direction pour fuir la ville au plus vite. Les deux femmes disparurent, s'élevant gracieusement sur les marches du pont. Baptiste resta quelques instants encore immobile. Courir derrière elles ? Qu'aurait-il dit ? Et à présent qu'elles n'étaient plus là, le doute le prit, presque réconfortant ; n'avait-il pas rêvé ou confondu ? Il ne franchit pas le pont de l'Accademia mais se laissa glisser dans les ruelles du quartier de San Polo, sans plus suivre personne sinon les ombres échappées du musée, fantômes sans main dont la fuite désordonnée ne lui indiquait aucune direction.

Il passa devant une cabine téléphonique. Le moment n'était pas idéal, mais y en aurait-il aujourd'hui ? Et puis, dans le naufrage, ne cherchait-on pas toujours à entendre, cachée dans le tumulte de la tempête ou le calme assourdissant des icebergs, la voix d'une mère vouée à nous tirer vers notre passé, le port d'attache de notre naissance – que l'on n'aurait jamais dû quitter ? Mais l'homme joue au marin ; et Baptiste appela sa mère en PCV. Ce fut elle qui décrocha, qui attrapa la bouteille lancée à l'onde et elle, souffrante, qui serra les dents, qui tut sa tristesse de n'avoir pas entendu son fils depuis deux jours, qui broda sur sa joie de l'entendre enfin, qui l'écouta bien qu'il ne pût rien dire de cohérent, qu'il s'exaspérât de ne pas trouver les mots pour raconter tout ce qui s'était passé. Il faudrait qu'elle comprenne seule, qu'elle console, qu'elle rende courage et confiance, que l'inépuisable amour maternel recharge l'amour de soi épuisé par le doute. Elle ressuscita son fils cloué sur la croix de l'insatisfaction et resta, mère plus exsangue que jamais, au pied de cette perfusion vocale qui permettait du moins de ne pas devoir mentir aussi dans son expression, de laisser son corps clamer à la solitude qui l'entourait, impassible, son désaccord, sa disharmonie radicale avec cette mélodie criminelle où le chanteur, toujours, meurt en scène pour le plaisir de son public. Auguste Morgan, alerté, la retrouva à bout de souffle et prit la relève, au désagrément de Baptiste. Mais l'oisillon avait retrouvé des forces et il put affronter son père, lui annoncer fièrement qu'il avait triomphé des musées et que le Tintoret lui plaisait presque autant que Van Dijck ; cela ne voulait rien dire mais ils surent l'un et l'autre s'en satisfaire. Pour le reste, Baptiste ne voulait pas abuser, ce genre d'appel coûtait cher, il avait raconté à sa mère sa première rencontre avec Asmodée, tout allait on ne peut mieux.

Quand il raccrocha, le brouillard était complet mais Baptiste se sentait revigoré, des lueurs d'orgueil perçaient l'opacité du monde. Avait-il parlé à sa mère de Candice et de Letizia ? Il ne le savait plus. Peut-être. Cela n'avait d'ailleurs pas d'importance.

Il ignorait où il se trouvait et reprit sa route au hasard. Le brouillard et le soir précoce avaient englouti jusqu'aux fantômes. Sur un pont, Baptiste fit à nouveau une station inspirée. Un vaporetto venait de s'éloigner, le monde était blanc, baigné du seul bourdonnement des bateaux lointains. L'eau, tendue de haut en bas, noyait la perspective ; Baptiste ne pouvait dire si un bateau s'approchait ou s'éloignait. Soudain, désintégrant en quelques secondes le voile lacté, une barge de transport surgit sous ses yeux. Tenant le gouvernail, une masse emmitouflée dans des épaisseurs de tissu et de laine semblait dormir. Baptiste aperçut le sommet d'un crâne coiffé d'un bonnet usé, puis tout disparut à nouveau.

Il était dix-neuf heures lorsqu'il franchit, pour la troisième fois, le seuil de l'hôtel. Candice n'était toujours pas là. Le préposé lui précisa qu'elle n'était même pas repassée depuis qu'il avait pris son service, à midi.

— Je vais l'attendre au bar. Vous lui direz que je suis là…

Et Baptiste se retrouva devant une coupe de *spu-*

mante qu'il jugea on ne peut plus méritée après les kilomètres, les émotions et les déceptions. Il laissa monter en lui le réconfort que prodigue l'alcool. Candice n'allait plus tarder ; il lui montrerait les partitions, lui raconterait sa journée. Il se surveillerait, pèserait chacun de ses mots et de ses gestes. Au deuxième *spumante*, il eut un instant d'inquiétude ; et si Letizia l'attendait devant sa porte ? Mais il revit les deux femmes, complices et joyeuses, et se convainquit que, de ce côté-là, on se moquait de lui ou que du moins on jouait le jeu d'une société qui n'était pas la sienne et dont il ne maîtrisait pas les règles. Avec Candice, c'était tout différent ; certes, la musicienne ne semblait pas encore séduite, mais elle appartenait à son monde, il partageait ses paysages et sans doute aussi une part de ses idées, sinon de ses préjugés. Baptiste devait s'appliquer ; il ne s'agissait plus de séduire une fille de son cours, une gamine sans expérience, arrivée à la lisière de l'âge adulte au terme d'une traversée bucolique au bras d'un aussi niais qu'elle, rencontré à six ans et aimé dès l'adolescence ; Candice était une femme, une artiste reconnue, sans doute un peu plus âgée que lui, mûre, qui s'attendait à rencontrer des hommes responsables. Pas des enfants. Il ferait des efforts. Il parlerait même du Tintoret.

Baptiste poursuivit sur cette lancée jusqu'à vingt heures. Candice n'était toujours pas arrivée. Où était-elle ? Elle n'avait pas travaillé aujourd'hui, du moins pas au studio. Serait-ce que… ? Non, il devait y avoir une raison valable pour cette absence prolongée, c'est-à-dire un motif professionnel. Baptiste sentit sa tête qui tournait un peu trop. Il avait faim. Dans le restaurant, les tables se remplissaient. Un pianiste, dans la véranda chauffée qui débordait sur la Riva, venait de s'installer et jouait un mélange de transcriptions d'airs connus et de pièces classiques populaires, de cette musique que la plupart des gens n'écoutaient pas et qui n'avait pour fonction que de meubler joliment les silences des convives et le bruit de leurs mandibules. Les tables près du piano étaient encore désertes ; les clients, des couples essentiellement, voulaient quand même pouvoir échanger quelques phrases. Baptiste eut pitié du pianiste pour ne pas en avoir de lui-même et se décida à ne plus attendre Candice au bar. Il alla corriger son message à la réception et pénétra dans la salle feutrée du restaurant.

Devant l'air surpris du serveur, il répéta qu'il souhaitait la table contre la fenêtre, à côté du piano. Il se mit face à la lagune, après avoir vérifié qu'il pouvait, de là, surveiller l'entrée de l'hôtel.

Il avait faim, il avait beaucoup marché. Il méritait un repas conséquent. Mémorable. Royal. À l'italienne. *Antipasto* : une assiette de jambon de Parme. *Primo piatto* : *Risotto al nero di seppia. Secondo piatto* ; il hésita. Viande ou poisson ? Il opta pour un chateaubriand aux cèpes – *funghi porcini* – accompagné d'épinards et de pommes de terre rissolées. Le serveur nota sa commande sans sourciller. Pour le vin, Baptiste demanda conseil. On fit appel au sommelier qui toléra un même rouge pour l'entrée et la viande mais exigea un blanc pour le risotto. Il y avait des demi-bouteilles de blanc, mais pas de rouge. Baptiste accepta. Le sommelier repartit avec un sourire radieux, assurant à Baptiste qu'il serait ravi.

Il le fut. Sous ses yeux, San Giorgio n'était qu'un filament lumineux dans le velours du brouillard. Des nids dorés vibraient le long de la rive, indiquant une frontière illusoire entre des liquidités que peu de chose distinguait encore. Des ombres furtives et pressées bousculaient les reflets flottant dans l'air. Baptiste dégustait à bouchées lentes et appliquées les plats qu'il avait commandés. C'était ce qui s'appelait une consolation –, de celles qui donnent envie d'avoir à être consolé. Il songea au professeur François, si accoutumé à manger seul dans les meilleurs restaurants ; que l'université lui semblait loin ! Était-il vrai qu'il devait achever son mémoire et qu'il projetait de devenir professeur ? Comment ? Il n'allait pas rester à jamais ici, à Venise, englouti dans la féerie du brouillard qui faisait des lampadaires des rivières de diamants précieux, à la conquête de deux jeunes beautés, deux déesses contraires qui se battaient autour de lui, à travers lui ? Pauvre et ridicule Frédéric Moreau, dont l'existence insignifiante n'aurait été qu'un prétexte littéraire pour faire valoir le talent de Flaubert ! Mais lui, Baptiste, n'était manipulé par aucun démiurge, il était maître de son destin ! Candice allait arriver…

En attendant les pâtes, il feuilleta les partitions qu'il avait déposées à la place de l'assiette voisine. Quel mystère recelaient-elles ? Baptiste savait que des chercheurs découvraient encore des œuvres de Bach et d'autres grands compositeurs ; avait-il mis la main sur un document aussi précieux ? Ou s'agissait-il d'œuvres mineures ? On lui fit goûter le vin blanc, délicieux. Après tout, comme il le préciserait d'emblée, il ne savait pas déchiffrer la musique.

Le plat suivit, le riz baignant dans un liquide noir où flottaient des coquillages et des morceaux de poulpes et de scampis. Une forte et merveilleuse odeur d'ail monta vers lui et il ferma les yeux de plaisir, jusqu'à ce qu'il songeât que ce condiment n'était pas sans effets secondaires susceptibles de gâcher sa soirée si Candice survenait. Mais c'était trop bon, et Candice n'était pas là. Baptiste se sentait heureux de vivre. Le musicien à ses côtés enchaînait Aznavour et Chopin, tout était parfait. « Là où tout n'est que beauté... », songea-t-il. Il fit traîner autant que possible les dernières bouchées. Dehors, le brouillard semblait s'intensifier. Baptiste imagina en souriant que Candice insisterait pour qu'il dormît là ; il risquerait de se perdre en rentrant, de tomber dans un canal. Sur la dernière bouchée, il eut un moment d'inquiétude : et s'il lui était arrivé quelque chose ? Non. Personne ne se perdait dans Venise, sauf dans les films. Et puis, elle était avec Francesco. Cette pensée l'assombrit. Était-elle avec Francesco ? Chez Francesco ? Il les imagina dans un lit, riant du brouillard qui les obligeait à rester ensemble pour la nuit. Non. Candice allait arriver. Peut-être mangeait-elle avec le chef dans un autre restaurant. Était-ce suffisant pour rendre Baptiste jaloux ? Il s'en défendit en achevant la demi-bouteille de vin blanc. Elle ne pouvait pas savoir qu'il l'attendait ici. On desservit. La bouteille de rouge revint. San Giorgio avait largué les amarres.

La pièce de viande arriva sur l'air de « Comme d'habitude ». De l'assiette s'élevait un fumet capiteux qui fit saliver Baptiste. Il ne se souvenait pas d'avoir jamais mieux mangé. Le vin rouge était exceptionnel, il ne regrettait pas d'avoir dû prendre une bouteille entière. Les lumières du restaurant accompagnaient Baptiste dans son festin, il ne fallait pas qu'il regrettât d'être seul, et au diable le prix de tout cela, Baptiste vivait un moment unique et peu importait pour l'heure que ce fût un prélude ou une apothéose. Grand prince, il demanda discrètement au serveur d'offrir un verre de vin au pianiste, qui le remercia en baissant la tête. Baptiste leva son verre à sa santé et mima un applaudissement silencieux à la fin du morceau, alors que l'artiste buvait une gorgée et lui rendait son salut. Baptiste eut une brève crainte qu'il se levât et vînt trinquer en sa compagnie. Mais l'homme avait un contrat, chacun tenait un rôle.

Celui du serveur fut de signaler que les meilleurs plats avaient une fin, mais qu'il y avait encore les desserts pour prolonger la fête. Baptiste fut fidèle au sabayon. Le pianiste lui demanda discrètement s'il désirait entendre un morceau en particulier. Baptiste fut inspiré et proposa les *Songes d'amour* de Liszt, choix qui parut combler l'interprète. Ce fut une harmonie idéale. On vint fouetter les œufs et le vin à côté de la table, tandis que des rêveries amoureuses se mêlaient aux fragrances chaudes du Marsala ; et Baptiste fit fondre sur sa langue la crème onctueuse au parfum fort et sucré.

Candice n'était toujours pas rentrée. On mangeait vite lorsqu'on était seul, mais Baptiste avait su faire durer le plaisir, il était passé vingt-deux heures. Le sabayon succomba avec Liszt et le fond de vin rouge. On proposa un café et un pousse-café. Une grappa ambrée fut désignée pour le final. Le pianiste fit une pause et disparut ; mais Baptiste était gavé de musique, nul besoin d'en entendre encore pour s'en jouer à l'intérieur, comme Beethoven, n'est-ce pas ? Pour accompagner le café, on offrit un plateau de biscuits variés, dont des macarons aux amandes d'abricot que Baptiste adorait. Il fut déraisonnable et comblé. Le pianiste revint en même temps que l'addition. Baptiste préféra ne pas s'y attarder, pas plus qu'il ne chercha à identifier la marche funèbre entonnée par l'instrument noir et laqué. Il se délesta de ses dernières lires. Candice ne savait pas ce qu'elle avait manqué ; Baptiste, dans son ivresse, supputa ce qu'il avait épargné.

Il s'efforça de marcher dignement jusqu'au comptoir de la réception. On lui confirma que la flûtiste fuguait toujours. Il demanda une feuille de papier puis se ravisa et prit les premières feuilles de partition, demandant que l'on déposât ces précieuses partitions dans sa chambre, de sa part.

Il finit par se retrouver dans son lit, sans savoir par quel chemin. Il jeta les partitions rescapées dans le coffre. Un marin fou largua les amarres et le navire prit le large d'un sommeil agité à très agité. Son passager, agrippé aux draps, se laissa sombrer dans la houle tumultueuse.

L'avantage des bons vins est qu'ils laissent peu de séquelles. L'avantage de la jeunesse est qu'elle est capable de triompher des pires piquettes. Lorsque Baptiste finit par entendre les coups sur sa porte, il ne ressentit qu'un trouble léger, un résidu de brouillard qui lui fit croire un instant à un retour à la nuit précédente. Mais il se ressaisit, bondit à nouveau dans son pantalon et alla ouvrir, non sans avoir contrôlé l'heure : dix heures vingt-trois. Il fut surpris de découvrir Candice, et plus encore de la trouver dans un tel état d'énervement. Elle tenait les partitions en main et, sans paraître remarquer à sa tenue qu'elle l'avait certainement réveillé, elle l'interrogea.

— C'est vous qui êtes passé déposer ceci à l'hôtel ?

Baptiste sentit son cœur se gonfler d'aise. Il acquiesça et lui proposa de rentrer, faisant comprendre qu'il avait froid. Elle parut se calmer et le suivit dans la pièce. Baptiste enfila une chemise et un pull tout en expliquant qu'il était repassé la veille, au studio et à l'hôtel, dans l'espoir de la rencontrer et de pouvoir lui remettre ces partitions. Il proposa un café puis insista sur le fait qu'il avait attendu jusqu'à vingt-trois heures. Sans qu'il ait rien demandé, elle expliqua qu'ils avaient répété toute la journée dans la salle où aurait lieu le concert, dans quelques jours, et qu'il y avait eu des complications, comme toujours, précisa-t-elle.

— Vous avez dû travailler bien tard…

— Non. Le directeur de la salle nous a invités à dîner, répondit-elle d'un ton sec.

— Tout l'orchestre ?

— Non, rien que… Mais qu'est-ce que ça peut vous faire ?

Baptiste battit en retraite aussitôt.

— Excusez-moi… J'étais si impatient de vous montrer ces partitions hier ; j'étais déçu de ne pas vous trouver.

Elle tâcha de radoucir sa voix.

— Où les avez-vous dénichées ?

Baptiste ne parla pas de Letizia et du carnet, mais seulement d'une curiosité qui lui avait fait soulever le couvercle du coffre, sous la télévision. Cette information fit pâlir Candice.

— Vous voulez dire que ces partitions se trouvaient dans cet appartement ?

— Mais oui…, répondit-il, surpris par la question.

— Savez-vous de qui elles sont ?

— Non ; je suis incapable de lire une note et je n'ai pas su déchiffrer de signature…

— L'auriez-vous pu que ce nom ne vous aurait rien dit. Ce sont des œuvres d'Alessandro Giacolli, un compositeur vénitien du dix-neuvième siècle totalement tombé dans l'oubli, en partie par sa faute.

— Comment le connaissez-vous, alors ?

— C'est Thomas Reguer qui m'en avait parlé, reprit-elle d'une voix émue.

Elle s'anima.

— Écoutez, Baptiste, je ne sais pas ce qui se passe, pourquoi vous… Enfin, je veux dire qu'il y a là quelque chose de très surprenant, vous ne trouvez pas ?

Baptiste avait peut-être mal évalué les séquelles de

la soirée. Il fit une moue perplexe qui parut agacer Candice. Il s'empressa de servir le café.

— Thomas a vécu ici. Vous prétendez qu'un certain Asmodée Edern est aujourd'hui propriétaire des lieux et vous y a convié. Or, dans un coffre qui lui appartient, vous retrouvez des partitions de Giacolli…

— Le coffre appartenait peut-être à votre ami…

— Je ne l'ai jamais vu.

— Thomas vous avait-il montré ces partitions ?

— Non ! Il les disait perdues à jamais.

— Il peut s'agir d'une coïncidence, osa-t-il encore.

Elle se releva d'un bond.

— Il n'y a pas de coïncidence ! Il faut que je rencontre cet Asmodée.

— C'est que… je ne sais pas quand il reviendra… Pourquoi voulez-vous le voir ?

— Je suis sûre qu'il connaît Thomas, ou…

— Ou ?

— Que c'est lui.

Elle avait dit cela d'une voix blanche qui les surprit tous les deux. Elle semblait bouleversée, comme si cette hypothèse venait de surgir.

— Mais… c'est un très vieux monsieur…

— Thomas aussi.

Cette affirmation, donnée pourtant sur un ton solennel, soulagea Baptiste. Ils burent en silence, Baptiste se demandant ce qu'il pouvait dire, Candice perdue dans un songe plus mélancolique que jamais.

— Ce serait quand même…

La suggestion de Candice ouvrait pour l'un et l'autre des perspectives importantes ou exaltantes selon les cas. Pour Baptiste, cela établissait un lien privilégié entre Candice et lui. Asmodée l'avait fait venir ici pour lui faire franchir les portes de l'édition, mais aussi pour lui permettre de la rencontrer. Il ne semblait toutefois pas acquis que Candice était prête à adhérer à ce scénario.

— Qu'est-ce que ces partitions ont d'exceptionnel ? demanda-t-il du ton le plus détaché possible.

Candice sursauta.

— Elles sont magnifiques… Francesco me l'a confirmé…

Le cœur de Baptiste se serra. Il fit un calcul rapide.

— Il les a déjà vues ?

— Oui, je les lui ai aussitôt montrées !

Thomas éliminé comme rival, Francesco revenait. Les sentiments humains fluctuaient si vite. Candice avait pu céder à ses avances – peut-être même la maladresse dont Baptiste avait fait preuve l'autre soir l'avait-elle précipitée dans les bras du chef d'orchestre.

— Quand ? ne put-il s'empêcher de demander.

— Ce matin… Je suis rentrée tard hier soir et je ne les ai découvertes qu'à mon réveil.

Était-il à ses côtés ? Avaient-ils déchiffré cette musique côte à côte dans leur lit ? Baptiste s'en voulut d'imaginer cela, il savait que cela ne le regardait pas ; mais il était obnubilé par cette image. Il biaisa.

— Vous les lui avez portées directement au studio ?

— Oui, répondit-elle d'une voix absente.

Puis, elle sursauta et l'observa, énervée.

— Mais qu'est-ce que vous cherchez à savoir ?

Baptiste, satisfait par la réponse arrachée, protesta de ses bonnes intentions et présenta un appât pour sortir la conversation de l'ornière.

— Si cela vous intéresse, il y en a d'autres.

Son visage s'anima.

— C'est vrai ? Montrez-les-moi !

Baptiste s'avança cérémonieusement vers le coffre qu'il ouvrit comme le tabernacle du Temple. Il blêmit. Les partitions étaient toujours là, de même que l'enveloppe et le pistolet, mais le carnet de Letizia avait disparu. Candice perçut son trouble et lui demanda ce qu'il y avait. Il prit les partitions précipitamment, espérant que le carnet avait glissé en dessous ; mais il s'était bel et bien évaporé. Il sentit la sueur perler à son front, mais il se releva et fit face à Candice.

— Rien... Des douleurs dans le dos... Tenez, voici le reste.

Elle garda un instant le regard fixé sur lui, circonspecte, puis plongea sur les partitions.

— Si vous voulez, je m'apprête et nous allons les montrer à Francesco...

Ils prirent le vaporetto et demeurèrent silencieux durant presque tout le trajet. Baptiste avait laissé les partitions à Candice, qui n'avait interrompu sa lecture que pour se perdre dans des pensées dont elle ne dévoila rien à Baptiste. Lui se demandait ce qu'il était advenu du carnet. Une hypothèse prévalait : quelqu'un l'avait dérobé. Qu'il n'y eût aucune trace d'effraction ne signifiait rien ; la porte ne fermait pas. Mais qui ? L'objet volé réduisait la liste des suspects : en premier lieu, ce pouvait être Letizia elle-même. Auquel cas, il ne s'agissait pas d'un vol et Baptiste ne devait rien se reprocher. Mais ce pouvait être aussi celui, celle ou ceux dont Letizia avait voulu se cacher en venant chez lui, auquel cas le jeune homme aurait failli à sa parole et trahi la confiance que la jeune fille désespérée avait placée en lui. Autre hypothèse : Asmodée Edern. Ne fallait-il pas, depuis la découverte des partitions, s'attendre à tout avec ce personnage ? Dans ce cas, il était probable que les choses s'arrangeraient. Des trois hypothèses, seule la deuxième était inquiétante. Elle n'était pas la moins probable, que du contraire. Assis à côté de Candice, Baptiste ne cessa de songer à Letizia, à la menace qui semblait peser sur elle, dont il ignorait tout et qui étendait à présent son ombre sur lui. La flûtiste serait-elle prise dans la tourmente ? Pour l'heure, l'eau du Grand

Canal n'était agitée que par les remous des bateaux. Une pluie fine glissait sur les carreaux sales. En passant sous le Rialto, il ressentit un tel étouffement qu'il se tourna vers Candice.

— Vous ne m'avez presque rien dit de ce Thomas Reguer…

À son regard il devina qu'elle était en train de penser à lui. Elle eut un moment d'hésitation, puis lui raconta sommairement dans quelles circonstances ils s'étaient rencontrés. Elle ne dévoila qu'à peine l'importance qu'il avait exercée dans sa carrière et, plus encore, dans sa vie, et n'évoqua pas davantage les visites faites ensemble. Moins encore le manque dans lequel elle se trouvait plongée par la disparition du vieil homme et le trouble grandissant que suscitaient la rencontre de Baptiste et l'ombre de cet Asmodée. Baptiste l'écouta, perplexe, rattachant ces bribes d'information à ses croyances et expériences.

— Vous avez de la chance, conclut-il.

— Pourquoi ?

— Votre ami vous a aidée ; il vous a donné le moyen de faire carrière. Je ne crois pas qu'Asmodée et lui soient la même personne…

Elle le dévisagea, stupéfaite, mais Baptiste poursuivit, tournant les yeux vers la ligne trouble des palais.

— Je me demande si Asmodée ne se moque pas de moi…

Il n'y avait jamais pensé auparavant. Mais c'était envisageable. Du moins, il l'envisageait. Une question se profila sur les lèvres de la jeune fille, mais elle la ravala et ne dit rien, ce qui désarçonna Baptiste.

— Enfin, je ne sais pas… poursuivit-il, coupé dans son inspiration. Il est sans doute trop tôt pour le dire.

— Sans doute, oui, reprit-elle d'un ton assez froid.

Ils se turent à nouveau.

Francesco était en train de travailler un passage lent avec l'orchestre. Dès qu'il les vit, il donna congé à ses musiciens, ce qui attesta à Baptiste l'importance qu'il accordait à ces partitions. Les yeux du chef avaient aussitôt accroché avec une lueur joyeuse la nouvelle liasse que portait Candice. Il accueillit Baptiste à bras ouverts.

— Baptiste ! Quel plaisir vous me procurez ! Vous ne pouvez pas imaginer...

L'écrivain rougit d'aise. Francesco avait pris les pages des mains de Candice et entamait leur lecture, parcourant avec une excitation croissante les feuillets raidis par le temps.

— C'est extraordinaire... extraordinaire...

Puis il releva la tête, rayonnant.

— Venez ! Je vous invite à manger pour fêter cette résurrection !

Le mot fit forte impression sur Baptiste. Candice ne dit rien. Ils ressortirent, après que Francesco eut trouvé un cartable en cuir grenat qu'il vida brutalement de son insignifiant contenu pour y ranger les manuscrits.

Ils se retrouvèrent dans une salle voûtée meublée de tables très simples, accueillis par une matrone avec laquelle Francesco paraissait en excellents termes. Il lui dit quelques mots incompréhensibles puis il entraîna ses hôtes vers une table reculée.

— Venez, Costanza s'occupe de tout ! Ce sera un festin vénitien en l'honneur d'Alessandro Giacolli. Le premier, sans doute ; car je présume que vous n'aviez jamais entendu parler de lui avant ce voyage à Venise, n'est-ce pas ?

Baptiste admit et Francesco, très en verve, se lança dans un exposé brillant, rendu plus pétillant encore par le vin que Costanza servit d'autorité.

— Moi-même, je n'avais jamais entendu parler de

lui jusqu'à ce que Candice me rapporte ce que Thomas Reguer lui avait dit. Pas grand-chose d'ailleurs… J'avoue que j'ai d'abord cru à une blague, à une invention. Puis je n'y ai plus prêté attention jusqu'à la découverte d'un texte manuscrit de Gustav Mahler, à l'authenticité contestée par les experts, que le compositeur aurait rédigé à la fin de sa vie. Pour les spécialistes, c'est un faux, et je pense que c'est en grande partie à cause du contenu. Les graphologues, eux, sont partagés ; certains affirment que c'est une maladroite imitation, d'autres – moins nombreux – que c'est bien l'écriture de Mahler mais altérée par la maladie. Pour ceux qui estiment qu'il s'agit d'un document authentique, il aurait été rédigé durant l'éprouvant voyage qui le ramena, mourant, de New York à Venise, au début 1911.

— Et qu'y a-t-il de si surprenant dans ce document ? demanda Baptiste qui aimait beaucoup Mahler.

— Un court paragraphe, au milieu de considérations très amères sur la vie et sur l'antisémitisme montant. Il parle aussi de sa fille morte quelques années plus tôt, des disputes avec Alma.

— Et ce paragraphe ? questionna Baptiste en jetant un œil sur Candice, assise à côté de lui, qui suivait avec le même intérêt ce que Francesco racontait.

— Je le connais par cœur ! « Je dois tout à Alessandro Giacolli, et sans doute ai-je contribué à l'enfoncer dans un oubli dont il ne sortira plus jamais. J'ai honte. Sa musique dort-elle toujours à Venise ? Le vieux fou doit être mort. Tout est perdu, vraisemblablement. Ma musique lui doit tant… »

Francesco se tut pour juger de l'effet de sa tirade et dut être satisfait des expressions captées sur les deux visages qui lui faisaient face.

— Le vieux fou ? demanda Baptiste stupéfait.

— Oui, le vieux fou… Je ne sais pas à qui il fait

allusion. Ce doit être Giacolli. Mais tu te rends compte, Candice ; si tu ne m'avais pas parlé de lui, je me serais sans doute rangé dans le camp majoritaire de ceux qui voyaient dans cet autographe de Mahler un faux grossier ! Cela dit, je n'avais aucun élément tangible, à part cette parole. Ton Thomas avait pu lire le document mahlérien et, à partir de là, broder une fable. Mais aujourd'hui ces partitions bouleversent tout ! Non seulement on exhume un compositeur vénitien du dix-neuvième siècle, alors que l'on croyait la ville exsangue, mais on devra revoir toute l'approche de la musique de Mahler !

Baptiste, captivé par le récit, battit des mains.

— C'est incroyable ! C'est une découverte capitale !

— Un instant, tempéra Francesco. Il faut encore étudier ces partitions, établir leur authenticité. Ce sera long. Puis, il faudra trouver d'autres éléments permettant de prouver l'existence de ce Giacolli. C'est un travail très stimulant, que je réaliserai avec plaisir !

Une pensée obscurcit Baptiste.

— C'est que…

Les deux autres se tournèrent vers lui, surpris et inquiets.

— Ces partitions ne nous appartiennent pas. Elles étaient dans le coffre de mon hôte qui ne sait pas que… Je devrais les y remettre…

Et le souvenir du carnet volé resurgit. Francesco fit la moue.

— Oui, je comprends. Si vous le permettez, je vais faire des photocopies et je vous les rendrai. Mais promettez-moi d'en parler à votre ami. Je suis prêt à les lui acheter au prix fort !

Baptiste, troublé, promit.

Ils mangèrent, étourdis chacun par cette histoire surprenante qui tissait entre eux des liens puissants et improbables. Entre les plats, Francesco reprit les partitions et établit un premier sommaire : il y avait là des chants composant un cycle dont le titre semblait être : « La chanson de l'oubli », un septuor, une messe, des sonates et des pièces courtes sans autres titres qu'une mention globale « Venezia » reprise sur certains feuillets. C'était la même écriture mais, selon Francesco, cela ne prouvait pas grand-chose. Baptiste demanda si ces œuvres étaient belles. Francesco s'emballa à nouveau, fredonna quelques passages.

— Autant que je puisse en juger par un premier déchiffrage à vue, c'est surprenant !

— Surprenant ?

— Pour l'époque, du moins celle que l'on peut déduire par rapport à l'autographe de Mahler. Cet homme était très en avance. Trop sans doute, ce qui pourrait expliquer pourquoi il est resté inconnu.

— Vous croyez vraiment qu'un génie authentique peut rester méconnu aussi longtemps ? s'enquit Baptiste que la perspective angoissait.

— Vaste débat ! Personnellement, je ne le crois pas, et c'est la raison pour laquelle je conserve une part de réserve par rapport à ces manuscrits. Mais tout est possible, non ?

Candice fut la première à revenir à la réalité ; elle jeta un œil à sa montre et décréta qu'il était temps de se remettre au travail. Elle embrassa Francesco et tendit la main à Baptiste qui se leva.

— Vous ne prenez pas un café ?

Elle lui sourit.

— Non, c'est gentil.

Puis se tournant vers Francesco :

— À tout à l'heure ?

— Oui, je repasserai par le studio…

Baptiste devina qu'il n'était pas invité. Elle disparut

et ils se retrouvèrent face à face, devant les cafés que Costanza leur servit, toujours sans avoir demandé leur avis.

— Vous pensez vraiment que cette musique pourrait bouleverser notre lecture de Mahler ? demanda-t-il pour rompre le silence qui s'installait.

— Je ne sais pas… Même si tout est authentique, il ne faut pas oublier qu'il était déprimé, mourant. Romantiquement parlant – romanesquement ! –, l'hypothèse bien sûr est plaisante : rendre justice au génie bafoué et pillé, détruire le piédestal des supercheries ! Mais quoi qu'il en soit des influences – tous les grands créateurs en ont, c'est leur école ! –, Mahler est seul responsable et propriétaire de ses œuvres.

Baptiste resta songeur.

— Pensez-vous qu'il serait possible que j'en entende ne serait-ce que quelques mesures ?

— Ça dépend de vous ! Si vous me laissez le temps de les photocopier et si vous me promettez de plaider ma cause auprès de votre Asmodée… J'ai repéré une sonate pour violon qu'il devrait être possible de transposer pour flûte. Je pourrais faire cette surprise à Candice, qu'en pensez-vous ?

Baptiste ne sut comment interpréter le clin d'œil que lui fit Francesco mais il s'empressa de trouver l'idée excellente et réitéra son accord pour les deux conditions posées.

— Ce serait merveilleux, ajouta-t-il.

Le silence revint. Baptiste se demandait s'il oserait accompagner le chef au studio pour écouter les répétitions de Candice. Pour retarder l'échéance, il lança un autre sujet de conversation, qui lui tenait certainement autant à cœur que les compositions de ce Giacolli.

— Connaissez-vous bien les Malcessati ?

— Un peu…

— Le mari de la princesse n'est pas noble, je crois…

— C'est le moins qu'on puisse dire ! Son nom – et donc celui de sa fille – est Branquilla. Il fait « des affaires », et je crois qu'il vaut mieux ne pas chercher à en savoir davantage ! On le dit évidemment lié à la mafia, voire à un parti néofasciste. Moi, je le connais à peine… Cela dit, il peut être brillant en société et très jovial.

— Très grossier aussi, ajouta Baptiste, rêveur.

— *Vero !* Comme on dit, mieux vaut être son ami…

— S'entendent-ils ?

— Qui ?

— La princesse et lui ?

Francesco éclata de rire.

— Comme le lierre et l'arbre qui le porte ! La princesse est sa parure sociale ; il pourvoit à ses dépenses fastueuses. Il est très riche, elle est très noble : un très beau mariage ! Jusqu'à quand… *Nessun lo sa !*

— Et… Letizia ?

L'Italien plissa les paupières sans cesser de sourire.

— Un chef-d'œuvre… Celui qui la séduira ne me semble pas encore de ce monde, et c'est tant mieux pour lui sans doute, car c'est une nature… aussi sombre que complexe ! Méfiez-vous !

Baptiste se défendit maladroitement de toute intention, ce qui raviva le rire de Francesco.

— On la prétend folle. Certains racontent qu'elle passe plus de temps en hôpital psychiatrique que chez elle. Mythomane, paranoïaque, psychotique, schizophrène ; j'ai entendu tous les diagnostics à son propos, y compris la possession, l'envoûtement et, bien entendu, l'anorexie. Quant à ses rapports avec sa mère… L'aînée est pure comme une statue que les siècles ont débarrassée de son faux lustre ; la plus jeune semble une épure tracée d'une main affermie dans l'encre d'un sang bouillonnant. On dirait qu'une haine sourde les unit mieux que tout serment d'amour ! Ah… il y a de quoi appâter un écrivain, non ?

Baptiste hocha la tête, ne sachant que penser de ces révélations surprenantes.

Francesco repartit avec les partitions, après avoir promis de les apporter le soir même.

Songeur, Baptiste revint lentement chez lui. Il lui parut que la situation lui échappait, mais il convint aussitôt qu'il ne l'avait jamais dominée. Il appela brièvement sa mère et ne lui parla ni des partitions, ni du carnet. La pluie avait cessé, le soleil perçait par endroits. Et si le responsable de tout ce simulacre était Asmodée ? Le même qui, jadis, s'était moqué de Candice sous le nom de Thomas s'en prenait aujourd'hui à lui. Deux victimes dont les points communs étaient l'âge et la nationalité. Non, c'était absurde. Thomas avait aidé Candice. Et on ne pouvait être puissant au point de manipuler des fils dont l'enchevêtrement était aussi complexe. Baptiste se rappela la kyrielle de pathologies mentales dont on chargeait la pauvre Letizia. Il se rappela la scène surprise à la sortie du musée. N'était-ce pas la folie de la jeune fille l'hypothèse la plus vraisemblable ? Elle était revenue prendre le carnet. Ou son père… Un mafieux fasciste…

Il retrouva son manuscrit et avança laborieusement, cherchant dans la musique un dérivatif aux questions qui le harcelaient. À vingt heures, Francesco passa en coup de vent lui rapporter les partitions. Baptiste chercha à le retenir pour le repas, mais Francesco était attendu – par sa mère, précisa-t-il. Baptiste mangea seul, chez lui, et se coucha après avoir achevé une bouteille de vin.

Le lendemain, Baptiste se leva tôt et se mit immédiatement à l'ouvrage, sans laisser le temps à ses pensées de reprendre le contrôle. Il réussit à noircir quatre pages. Lorsque le soleil se manifesta, Baptiste s'étira, prit une douche et partit se promener dans l'aube naissante.

Il se sentait bien, plongé dans un univers improbable entre la campagne dévastée de son roman et une Venise dont les franges populaires et laborieuses s'ébrouaient sans hâte. Loin des quartiers visités, il gagna les immeubles modernes qui, derrière le ghetto, bordaient la rive qui faisait face au continent et à Mestre. Des visages apparaissaient aux fenêtres, las d'une journée qui ressemblerait aux précédentes. Le regardait-on ? Le prenait-on pour un Vénitien ? On pouvait…

Il prit un café au comptoir d'un bar rempli d'ouvriers qui s'interpellaient chaleureusement et s'efforça de sourire, complice d'un monde qui l'ignorait et qu'il ne comprenait pas. Puis il se remit en route et prit le chemin de son appartement.

Une silhouette massive devant l'entrée de son immeuble lui fit accélérer le pas. L'homme se retourna vers lui et l'accueillit en écartant les bras ; c'était Asmodée.

— Ah ! Je me disais bien que vous ne pourriez être longtemps absent ! Un écrivain n'abandonne jamais son texte, n'est-ce pas ? Encore qu'il faille vivre pour avoir de quoi écrire. Et j'ai cru comprendre que vous aviez envie de vivre certaines expériences, ici… Je risquais donc de vous rater ! mais d'où venez-vous ?

— Une balade à la pointe du jour…

— Excellent ! Vous m'offrez un café ?

Lorsqu'il pénétra dans l'appartement, Asmodée en fit le tour d'un regard et Baptiste l'observa à la dérobée pour tenter de voir les réactions du propriétaire des lieux.

— Vous n'aimez pas la télévision, dirait-on, commenta le vieil homme en pointant du menton l'objet encombrant déposé par terre.

Il s'attendait à ce que, passant de la télévision au coffre, Asmodée soulevât le couvercle de cette boîte de pandore ; mais il se contenta d'ôter son manteau en poussant un énorme soupir et s'assit dans le fauteuil. Baptiste vint poser les tasses sur la table, fuyant le regard perçant de son visiteur.

— Eh bien, mon jeune ami, vous semblez embarrassé ! Pensez-vous que je vous en veuille d'avoir détrôné ce dieu moderne ? Ou y a-t-il autre chose…

— J'ai… j'ai ouvert le coffre.

— Ah ah ! s'écria Asmodée malicieux.

— J'y ai trouvé une enveloppe, un pistolet et des partitions…

— Effectivement… Vous ne manquez pas de curiosité, qualité indispensable pour un écrivain ! Et qu'en avez-vous fait ?

Baptiste avoua n'avoir rien compris à la lettre, avoir laissé l'arme en place et montré les partitions à Candice et Francesco. Il rapporta ce que le chef d'orchestre lui avait appris sur Giacolli, de plus en plus intimidé par le silence et l'attention de l'homme en face de lui.

— Votre Francesco a raison : Alessandro Giacolli a non seulement bel et bien existé, mais il fut effectivement un incomparable musicien à une époque où Venise ne faisait plus appel qu'à des mercenaires pour ses opéras, de Rossini à Wagner, en passant, évidemment, par le héros national que fut Verdi. Ces partitions sont peut-être les seuls exemplaires rescapés d'une musique vouée à l'oubli…

— Comment est-ce possible ? questionna Baptiste que l'enthousiasme d'Asmodée avait achevé de rassurer.

— Il y a les événements historiques, les rencontres, les hasards, les ennemis… Mais Giacolli fut sans doute son premier ennemi, et le plus acharné. Je vous autorise à confier ces partitions à ce chef musicologue ; cela fait plus d'un siècle qu'elles attendaient leur aube. Qu'y a-t-il ? Vous semblez surpris…

— Oui… Je me demande… Si vous aviez ces partitions et saviez leur provenance et leur intérêt, pourquoi n'avez-vous pas cherché vous-même à les faire connaître ? J'aurais pu ne jamais ouvrir ce coffre, ne pas rencontrer quelqu'un pour qui ce Giacolli n'était pas un inconnu…

— Sans doute, répondit Asmodée avec un sourire facétieux. Mais ce n'est pas mon rôle d'intervenir aussi directement dans les affaires… des gens. J'aime susciter des rencontres et prendre le risque qu'elles ne se produisent pas. C'est comme pour les champignons : la rencontre des mycéliums relève de lois qu'à défaut de connaître on nomme hasard ou coïncidence.

— Où avez-vous trouvé ces partitions ?

— Quel interrogatoire ! C'est bien, très bien ; soyez curieux. L'arme est un héritage familial. Un lointain ancêtre menacé par un individu dont la petite noblesse ne l'empêcha pas de devenir une authentique brigand… Cette fois, le vainqueur fut mon aïeul, qui conserva ce trophée abandonné par le scélérat dans sa fuite. Quant aux partitions, je ne les ai pas trouvées ; on me les a données.

— Avec la lettre ?

— Oui… L'avez-vous lue ?

— Non. Enfin… je n'ai rien su déchiffrer. Vous est-elle adressée ?

— Elle date de la fin des années 1870… Mais le plus important est cet Alessandro Giacolli. Que vous en a dit Francesco Contessan ?

Baptiste résuma les quelques informations dont il disposait.

— J'ignorais que Mahler avait écrit cette lettre, bien que j'aie toujours – du moins depuis que j'ai pris possession de ces partitions – deviné une filiation. Filiation ; toujours des pères, toujours des fils ! Mais je sais que Giacolli a traversé la révolution vénitienne de 1848-1849, sous la houlette de Daniele Manin, sans y prendre part véritablement. Puis, il a fui Venise qui n'a plus jamais entendu parler de lui. Certains prétendent qu'il aurait toutefois été enterré à San Michele ; mais ce n'est pas dans une concession éternelle car aucune tombe ne porte son nom, j'ai vérifié. Connaissez-vous cet épisode de l'Histoire vénitienne ? Non ? Il est admirable, cependant ; dans le Printemps des Peuples, ce fut peut-être le plus bel arbre de liberté – malheureusement arraché par l'effroyable empire autrichien. L'Autriche ne s'est d'ailleurs jamais consolée de la perte de son empire ; c'est en partie pour cette raison qu'elle a accueilli Hitler comme un sauveur… Enfin…

Asmodée siffla sa tasse de café d'un mouvement de coude rapide.

— Est-ce que…

— Oui ? dit-il en levant vers Baptiste ses yeux rieurs.

— Candice Elenord souhaiterait vous rencontrer… à propos de son ami, Thomas Reguer, dont je vous ai parlé. Celui-ci avait évoqué Giacolli devant elle, dans cet appartement… Elle croit…

Baptiste s'interrompit, effrayé.

— Qu'imagine cette ravissante et talentueuse flûtiste ? Que je suis ce Thomas ? Rassurez-la et répétez-lui ce que je vous ai déjà dit ; je n'ai jamais vu cet homme et je le regrette car, s'il connaît Alessandro Giacolli, ce doit être quelqu'un d'intéressant.

— Mais avouez que cela fait beaucoup de coïncidences !

— Oh là ! L'amour vous rend fougueux !

Il n'en fallut pas davantage pour faire rougir Baptiste jusqu'aux oreilles.

— Allons, ne vous offusquez pas ! Je ne vous interrogerai pas sur votre vie sentimentale ! Mais laissez de côté les coïncidences : il y a une explication logique qui devrait satisfaire votre amie : ces partitions étaient dans ce coffre, lequel se trouvait dans l'appartement lorsque j'en ai fait l'acquisition. D'une certaine manière, si je ne suis pas Thomas Reguer, je puis en être le légataire, non ?

— Candice n'a jamais vu ce coffre chez lui.

— Qu'est-ce que la vérité sinon un mensonge bien raconté ? Et qu'importe ! Cette jeune femme a besoin d'être rassurée, à défaut de pouvoir retrouver son Thomas ; c'est ce que je vous propose de faire. Dites-lui que ces partitions étaient cachées dans une armoire de la chambre, ou sous un plancher. Avez-vous encore un peu de café ?

Baptiste vida le fond de la cafetière dans la tasse que lui tendait Asmodée.

— Vous semblez troublé, monsieur Morgan… Y

aurait-il autre chose ? J'ai l'impression, lorsque nous avons soulevé le couvercle de cette confidence, qu'il n'y gisait pas seulement une vieille lettre et des partitions…

Alors Baptiste, soumis à cette lucidité étrange, raconta l'épisode de Letizia, du carnet et de son vol. Asmodée battit des mains.

— Décidément, vous vivez un vrai roman ! Dans quel drame avez-vous mis les pieds ? Prudence, prudence ! Allons, ne faites pas cette tête ! Et soyez déjà sûr d'une chose, même si je devine que cela ne vous rassurera pas : je n'ai pas subtilisé ce carnet. Mais que contenait-il ?

En parlant, Asmodée s'était mis à jouer avec celui dans lequel Baptiste écrivait son nouveau roman.

— Je n'en sais rien…

— Voilà qui doit titiller l'écrivain en vous ! Ne pas le savoir – comme cette lettre que vous ne pouvez déchiffrer – compte plus que si vous en aviez une connaissance précise… C'est la frustration qui vous guide, qui vous motive ! Vous, par rapport à votre père ; quand on lit votre premier roman, c'est flagrant ! Vous cherchez à inventer pour combler ses silences et ses omissions, et vous fuyez les trop-pleins dont il vous a gavé, croyant bien faire ; n'est-ce pas ?

À contrecœur, Baptiste admit, bien qu'il n'appréciât pas de voir son père resurgir sans arrêt dans le sillage d'Asmodée. Ne fallait-il pas conclure que c'était un comédien engagé par Auguste Morgan pour provoquer chez son fils une crise supposée salutaire ? Cette pensée le ramena à l'Accademia et au tableau, qui lui parut un bon moyen de dévier la conversation.

— Je suis allé voir *La Translation du corps de saint Marc…*

— Ah ! Une merveille, non ? Et qu'en avez-vous pensé ?

Maladroit comme un lycéen interrogé et qui a mal étudié sa leçon, Baptiste composa un commentaire touffu où il insista sur le détail des mains.

— Fort bien observé ! Les mains, élément capital ! Avez-vous remarqué que, sur cette toile, on ne voit aucune paume à plat ? À peine si on devine celle de l'homme couché, dans le coin gauche inférieur. Et impossible d'apercevoir la moindre main, le plus petit doigt d'un païen en fuite ! La main est chrétienne ; ou plutôt, la chrétienté récupérant le corps de saint Marc reprend la main ! C'est bien, Baptiste, vous progressez ! Votre père sera heureux de vous entendre parler de peinture !

— Ce ne sont pas ces choses-là que mon père apprécie dans l'art, répondit Baptiste sombrement.

— Peu importe ; il appréciera que vous en parliez. J'ai cru comprendre qu'il était homme de la parole ; d'accord ou non, ce qui compte à ses yeux est de pouvoir argumenter. Je me trompe ?

Baptiste ne put réprimer un mouvement de mauvaise humeur.

— Je sais que vous en donnez l'image d'un homme qui n'aime pas le dialogue, qui ne laisse jamais son interlocuteur parler.

— Mais pourquoi dites-vous cela ? Vous ne connaissez pas mon père !

— Grâce à vous, plus que vous ne le pensez… mais je ne vous ai pas invité à Venise pour vous réconcilier avec votre père, si tant est que vous soyez vraiment brouillés ; c'est comme les partitions enfouies : les choses arrivent au moment opportun.

— Ou n'arrivent pas…

— C'est juste. Mais les remords et les regrets sont des sentiments néfastes, n'est-ce pas ? Tonnerre ! Regardez comme le ciel s'est brusquement plombé !

En effet, par la fenêtre, qui offrait cette diversion bienvenue, Baptiste devina l'effacement du soleil par une chape nuageuse, chargée d'électricité comme le confirma un premier éclat de foudre. Une pluie lourde se mit à courir sur le toit.

— Misère ! Moi qui comptais vous emmener revoir les Tintoret ! Tant pis… Mais puisque la littérature – et plus particulièrement la vôtre – est le prétexte de notre rencontre, vous pourriez lire le début de ce nouveau roman, sous les *pizzicati* de la pluie et les timbales de l'orage !

— Mais… balbutia Baptiste que la proposition avait pris de court… ce n'est qu'un premier jet !

— Tant mieux ! C'est la version la plus sincère. Et lire son texte à voix haute est le meilleur travail que l'on puisse faire pour débusquer les déséquilibres, les dissonances… Allez, ne jouez pas les jeunes vierges effarouchées ! Je serai indulgent…

Cette dernière remarque terrifia plus encore l'écrivain qui n'osa pas, toutefois, refuser à son mentor l'exercice imposé.

Baptiste ouvrit le carnet à la première page, s'éclaircit la gorge et se mit courageusement en route, en compagnie de son héros, Dominique Hardenne, un brave paysan un peu borné, seul rescapé d'un désastre atomique, cheminant vers son village natal sous l'étouffante protection d'un scaphandre de survie. Comme les muscles du marcheur, la voix du lecteur s'aguerrit, se réchauffa ; mot à mot, pas à pas, Baptiste se glissa sous la combinaison et épousa les sensations du soldat déboussolé. Il crut le rencontrer pour la première fois, lier connaissance par la chair et par le souffle. S'il avait pensé, aux lisières du récit, n'en lire qu'une ou deux pages, il s'emballa et enfila les pages, regrettant par anticipation de n'avoir pas écrit davantage et d'avoir organisé, par sa paresse, la frustration qui s'annonçait. Asmodée avait fermé les yeux, mais Baptiste sentait qu'il ne perdait pas un mot du récit, que pas une goutte de sueur de Dominique ne lui échappait. Il marchait lui aussi sur cette route lourde de cendres et de morts, comme l'ombre que lançait au sol un soleil indifférent. Aux kilomètres du retour, s'enchevêtraient les souvenirs d'avant, du temps des hommes et de la fraternité ; et le temps de la mémoire rejoignait le présent de l'absence lorsque Dominique, enfin débarrassé de ce sarcophage paradoxal, arrivait à l'entrée de son village.

Il releva le nez du cahier, fatigué comme s'il avait tous ces kilomètres dans les jambes et ces morts sur les bras, mais heureux, heureux comme Dominique qui, pourtant, ne retrouverait que des fantômes. Asmodée ne se releva pas tout de suite, et Baptiste lui en fut reconnaissant ; il fallait faire précipitamment le chemin qui les ramenait à Venise, où la pluie s'estompait avant de laisser la place au brouillard. Après quelques instants, Edern ouvrit les paupières et plongea aussitôt les yeux dans ceux de Baptiste.

— Bravo… Vous vous êtes enfin éloigné de vous… Il vous faut encore tuer père et mère, mais Camus n'a-t-il pas écrit que nous avons tous, un jour, souhaité la mort de ceux qui nous sont les plus chers ?

Le vieil homme s'étira, comme si lui aussi ressentait les courbatures de la pérégrination.

— Il vous faut encore conclure ; mener ce roman jusqu'à son terme sans jamais ralentir… Mais cela ne me semble pas hors de portée !

Baptiste se tendit sur sa chaise comme les jours de remise de prix, à la fin de l'année scolaire. Avait-il bien entendu ? Asmodée était en train de lui dire que c'était bon ! Très bon, même !

— Alors, vous croyez que…

— Quoi donc ? Que vous pourrez publier ce roman ? Je n'en sais rien ! Comme vous l'avez annoncé, ce n'est qu'un premier jet, inachevé qui plus est ; ne pensez pas à autre chose qu'à l'horizon de votre aventure littéraire... Aventure d'une écriture ou l'inverse, la question n'est pas aussi capitale que ce que certains terroristes intellectuels ont voulu le faire croire. Vivez cette aventure, écrivez-la ; lorsqu'elle aura abouti, alors seulement, vous pourrez vous poser la question de son édition. Bon... j'entends que la pluie a pris fin. Je vais vous laisser vous remettre à la tâche, car je devine que cette lecture vous a mis en appétit et vous a rendu confiance. Il est presque treize heures et des amis m'attendent pour déjeuner. Combien de temps comptez-vous encore rester à Venise ?

— Je... je ne sais pas. Ça dépend de vous...

— De moi ? s'étonna Asmodée en enfilant son manteau.

— Je suis chez vous...

Le vieil homme balaya la remarque d'un geste.

— Cela n'a pas d'importance. J'ai d'autres endroits pour me loger à Venise. Mais vous avez raison de ne pas vous enterrer ici : vos cours, votre mère... Restez autant que vous le voudrez mais ne perdez pas de vue que le temps galope.

Ils se serrèrent la main et Asmodée était déjà sur le seuil quand Baptiste sursauta.

— Vous reviendrez ?

Asmodée fit demi-tour et le dévisagea avec une ironie plus amicale que cruelle.

— Rassurez-vous. Nous nous reverrons.

Et il disparut, laissant Baptiste plutôt décontenancé par ce brusque départ. Son premier geste fut de se rasseoir à la table, devant son carnet qu'il ouvrit à la dernière page remplie, et de saisir son stylo. Mais il était treize heures pour lui aussi ; il avait faim et son frigo était vide.

Le brouillard maintenait en suspension les échos liquides de la pluie. Baptiste, décidé à mettre en application les paroles d'Asmodée, choisit d'aller au plus près, campiello dell'Anconeta, acheter du pain et de la charcuterie. Mais lorsqu'il déboucha sur la petite place, à quelques pas de chez lui, il aperçut une silhouette qui s'engouffrait dans une ruelle, à droite d'un ravissant palais gothique, laquelle remontait vers le canal qui coulait au bas de son appartement. Son cœur s'accéléra ; les cheveux noirs et longs, le corps frêle, la démarche surtout, mélange d'effroi et de détermination, ne pouvaient appartenir qu'à Letizia Malcessati. Aussitôt, Baptiste oublia son sandwich et sa faim, autant que son roman et ses résolutions ; il s'engagea dans le passage étroit.

Ils passèrent un petit pont, puis bifurquèrent à droite, fondamenta della Misericordia. Il y eut encore deux ponts successifs, un virage à gauche, un autre pont, un tournant à droite puis de nouveau à gauche. Letizia marchait d'un pas rapide. Elle ne semblait pas se douter qu'elle était suivie et ne se retournait pas. La rue où ils se trouvaient était plus large que la plupart des voies vénitiennes et Baptiste se souvenait d'être déjà passé par ici ; devant eux, il y avait, sur la droite, l'église des Jésuites. Après, ce serait les fondamente Nuove et, qu'ils n'apercevraient pas aujourd'hui à cause du brouillard, l'île cimetière de San Michele.

Une fois sur le quai, Baptiste dut se rapprocher de Letizia ; la foule était plus dense et il eut peur qu'elle lui échappât. La jeune fille marcha droit vers l'embarcadère de l'ACTV d'où partaient les vaporettos pour Murano, Burano et Torcello. Elle monta sur le ponton et attendit, parmi d'autres passagers frigorifiés. Baptiste acheta un billet et s'apprêta à la suivre sur le bateau. Ne ferait-il pas mieux de se démasquer ? Après tout, cela n'aurait rien de scandaleux : il l'avait aperçue ; une heureuse coïncidence les rassemblait sur le même bateau. Mais une curiosité, peut-être un peu malsaine, l'en retint. Le vaporetto accosta ; des gens descendirent puis d'autres montèrent. Baptiste se mit en queue de file ; il vit que Letizia s'engageait dans la cabine et il décida, malgré le froid, de rester sur le pont, caché dans les replis de la brume. Où allait-elle ? Que ferait-il quand elle serait arrivée à destination ?

À part le pont et la balustrade métallique, Baptiste était encerclé par l'eau. Parfois, émergeant au gré de la marche du navire, un piquet surgissait, guidant le pilote entre les bancs de sable. On entendait des mouettes invisibles, contrepoint au grondement sourd et régulier du moteur. Les gens se taisaient ou se murmuraient des paroles que le brouillard absorbait. Baptiste était transi de froid, enfoncé aussi profondément que possible dans son col et son écharpe. Au régime qui ralentissait, il devina qu'on approchait du premier arrêt, l'île cimetière dont les contours sombres émergèrent bientôt, telle une terre promise assurée de tenir parole. Baptiste se recula, le regard sur la porte de la cabine. Des gens se mirent à sortir, l'air grave ; une vieille femme portait des fleurs en plastique qu'elle arrosait déjà d'une larme précoce, au risque de se retrouver l'œil sec devant la sépulture à laquelle elle destinait son chagrin fleuri. Un homme au visage sévère tenait deux enfants par la main, lesquels affichaient le front têtu des gamins que l'on traîne chez des grands-parents rébarbatifs – morts ou vifs, la différence était mineure. Enfin, dernière du groupe, la tête baissée, parut Letizia. Elle glissa sans relever les yeux et ne vit pas Baptiste qui laissa passer d'autres visiteurs avant de s'engager à son tour sur la passerelle. Il s'en voulut : Letizia venait sur la tombe d'un proche, de quel droit s'immisçait-il dans cette sphère si sensible de sa vie privée ? Mais il n'allait pas poursuivre jusqu'à Torcello. Il était trop tard pour reculer ; il aurait dû se poser cette question au premier pas derrière la jeune fille. Il se souvint des paroles d'Asmodée sur le musicien ; bien que le vieil homme eût assuré que la tombe de Giacolli n'était plus répertoriée, Baptiste en chercherait la trace ; et s'il croisait Letizia au détour d'une allée, il donnerait cette explication. L'endroit, l'émotion inclineraient peut-être la belle aristocrate à quelques confidences. Devant lui, la procession s'écoulait à travers la porte d'entrée du cimetière. Baptiste suivit le rang. Il n'apercevait plus Letizia. Il pénétra dans le petit cloître derrière la vieille femme aux larmes artificielles.

Il déboucha sur une étendue de croix blanches qui paraissaient, dans leur multitude, noyées de brume, toutes semblables, à l'exception, quand on se penchait sur elles, d'un nom et d'une date, souvent surmontés d'un médaillon contenant une photographie. Étourdi par cette immensité mortuaire, Baptiste déambula à travers les allées. D'autres hôtes illustres dormaient ici, parmi lesquels Stravinsky, ce qui lui rappela combien il avait été ridicule avec Candice. Et au moment où le visage de la flûtiste se formait dans son souvenir, sévère et courroucé, il perçut un bruit furtif de pas derrière lui et une main qui se glissait entre son bras et son torse pour s'y agripper. Letizia se pressa contre lui, sans le regarder, la joue appuyée contre son épaule ; et lui, tétanisé, demeura ainsi, muet, monument à la mémoire d'une mort prochaine.

— Qui cherches-tu ? demanda-t-elle de sa voix rendue plus grave par l'écho des croix.

Baptiste déglutit et parla d'Alessandro Giacolli,

musicien improbable dont il songeait faire un personnage de roman – du moins venait-il d'y penser pour se justifier. Et il n'osa pas retourner la question. Ils s'étaient remis à marcher. Letizia le tenait toujours fermement par le bras. Elle lui dit que San Michele était une terre infidèle pour ceux qui n'avaient pas la richesse, seule susceptible, même dans le trépas, d'assurer la gloire et la renommée. Puis il n'y eut que le silence des tombes. Ils arrivèrent sur le côté du cimetière, dans une enceinte où les stèles et les croix semblaient des navires naufragés dans un port dévasté. Des arbres avaient éventré certaines sépultures ; d'autres sombraient, ne laissant que des fragments d'épitaphes. Letizia lui présenta les habitants de ce lieu étrange, cimetière au carré où la mort semblait recommencer tous les jours, sous la protection du monument, le seul qui fût intact, d'une famille vénitienne gardienne de ce troupeau d'errants venus, par accident, mourir loin de chez eux. Ils saluèrent Ezra Pound, dont le nom n'était pas inconnu à Baptiste, bien qu'il ne pût trancher s'il s'agissait d'un homme ou d'une femme – un grand écrivain, quoi qu'il en soit. Ils s'arrêtèrent un long moment devant une pierre inclinée dont la terre mangeait une part du message :

THOU HART GONE TO THE GRAVE
BUT WILL NOT DEPLORE THEE
FOR GOD WAS THY RAMSON THY GUARDIAN
AND GUIDE
HE GAVE THEE HE TOOK THEE
AND HE WILL RESTORE THEE
AND DEATH HATH NO STING FOR…

Les connaissances en anglais de Baptiste ne lui suffirent pas pour traduire précisément l'épitaphe, mais il fut touché par ce naufrage et cette parole mutilée comme celle d'un agonisant privé de la consolation d'un dernier adieu à l'amour de sa vie. Letizia le tenait toujours par le bras, ce qui lui interdisait à son tour de la prendre par la taille ou les épaules. Il sentait la chaleur et la détresse de son corps, plus ému peut-être que lorsqu'il avait serré sa première maîtresse.

Ils reprirent leur route sans but et passèrent dans l'enclave voisine. C'était là que reposaient les époux Stravinsky et Noureïev : des chaussons de danse étaient accrochés à la tombe du chorégraphe et la notoriété des trois Russes, plus vivace que celle de Pound, balayait les allées et nettoyait les demeures souterraines qui paraissaient éclatantes. Baptiste fut frappé par l'extrême simplicité de la tombe du compositeur. Le sang de Letizia vibrait contre son bras – et il maudit l'hiver qui imposait tant d'obstacles entre leurs corps.

— Je suis peut-être folle…

Il ne réalisa pas tout de suite qu'elle s'était remise à parler – à murmurer.

— Ils ont fermé San Clemente, poursuivit-elle, l'île des fous. Où pourrais-je aller ?

Sa voix était un vent imperceptible qui se faufilait entre les tombes et qui glaçait Baptiste. Il savait ce qu'elle allait répondre, ce qu'elle répondit ; ne restait que San Michele. Il voulut dégager son bras, mais elle resserra sa prise pour l'en empêcher.

— Viens, rentrons…

Ils repartirent sans un mot vers la sortie et l'embarcadère. Une brise légère commençait à dissiper la brume mais Baptiste devina que le jour aurait sombré avant. « Il ne me restera que San Michele », cette phrase terrifiante, dramatique, Letizia l'avait-elle vraiment prononcée, ou n'était-elle que le fruit de l'imagination morbide de l'écrivain en herbe ?

Sur le ponton, ils retrouvèrent la vieille, débarrassée de ses fleurs mais chargée de nouvelles larmes, le père et ses enfants que le soulagement de la corvée accomplie rendait remuants, malgré la colère de leur géniteur qui finit par en gifler un. Baptiste crut lire dans les pupilles de l'enfant blessé une haine pour celui qui l'avait frappé, mêlée du désir de le voir, lui aussi, couché sous une de ces milliers de croix ; il songea qu'il lui fallait encore téléphoner à sa mère, si du moins Letizia lui en laissait l'occasion, car il s'était résolu à suivre la jeune fille aussi longtemps qu'elle l'accepterait dans son sillage.

Le vaporetto accosta. Ils allèrent s'asseoir sur la dernière banquette, à l'extérieur, et elle se blottit contre lui, décuplant son émoi. Elle se remit à parler et il dut se pencher vers ce visage posé contre sa poitrine pour l'entendre par-delà les bruits de la lagune et du moteur. Elle reparla de cette aïeule venue à Venise et qui se prénommait Letizia comme elle. Elle fit glisser de son doigt sa bague, qu'elle affirma avoir été celle des noces entre cette Letizia et le gentilhomme toscan rencontré ici. Elle la donna à Baptiste pour qu'il déchiffrât l'inscription gravée à l'intérieur : « L. & B., 13/XII/1849 ~ Venezzia ». Baptiste nota la graphie curieuse mais se dit que c'était peut-être l'usage à l'époque ; Letizia n'y fit aucune allusion.

— C'est curieux, non ? Cette alliance, c'est d'abord la preuve que sa mère a gagné. Letizia n'a pas épousé Raphael. Mais c'est devenu aussi la trace de sa défaite. Elle s'est séparée de ce bijou, et le voilà… Je suis sûre que tu juges cette mère. Un monstre… Et Letizia aussi. Mais le véritable monstre, c'est lui…

Baptiste sursauta. Sans raison, le pronom avait fait surgir le visage de Giancarlo, d'autant qu'il avait eu le curieux sentiment, lorsque la jeune fille évoquait son aïeule, qu'elle parlait d'elle-même.

— Lui ?

— Raphael.

— Mais… Tu m'as dit qu'il était fou amoureux !

— Fou, oui. Amoureux, peut-être. Peut-être pas. Pour moi, c'est un assassin.

Baptiste frissonna, confondant toujours le père de Letizia avec l'amant de l'ancêtre.

— Pourquoi penses-tu cela ? Est-ce que…

Elle se raidit dans ses bras.

— Je ne sais pas. Une idée. Ce n'est rien…

Elle se tut, le temps que se noient les souvenirs inventés, puis se remit à parler.

— Sais-tu que, chaque année, le doge venait renouveler les épousailles de Venise et de la mer, source de sa puissance et de sa richesse ?

Avant que Baptiste eût pu réagir, elle reprit l'anneau et, pareille aux doges disparus, elle lança la bague qu'on ne vit pas toucher l'eau, comme une illusion qui se serait dissoute dans les airs. Baptiste ne put réprimer un cri de stupeur, mais elle posa un doigt sur ses lèvres et le fixa, pour la première fois depuis le cimetière ; il ravala son étonnement, figé par le désespoir et la dureté de ces iris sombres. Puis elle écarta sa main et détourna la tête vers le sillage d'écume, comme s'il était en son pouvoir de retrouver l'anneau sacrifié et d'en annuler la perte.

Les ombres de Venise se rapprochaient, Letizia s'était tue. Baptiste sentait ses cheveux qui frôlaient son menton, quand il baissait la tête, et songeait qu'il lui serait impossible, sans doute, de transcrire cette expérience dans son roman. Le vaporetto ralentit, et Baptiste en ressentit un grand dépit : tant qu'ils voyageaient, il était assuré de garder Letizia blottie contre lui ; mais qu'adviendrait-il une fois atteint le rivage ? Il se concentra pour savourer l'abandon inespéré de ce corps contre le sien, il ferma les yeux dans l'espoir puéril d'arrêter le cours du monde. Mais il perçut le raidissement de ses muscles au moment où elle se redressait, électrisée, à nouveau tendue, comme cette nuit où elle était apparue sur le seuil de sa porte. Elle le regarda, surprise presque de le trouver là, contre elle, puis essaya de sourire, mais sans succès. L'accostage était imminent ; les yeux de Letizia quittèrent ceux de Baptiste, elle se mit debout et il n'osa garder sur elle même le bout d'une main. Elle épiait le quai et ses passants, les passagers qui attendaient de prendre leur place à bord ; tout ce qui venait à l'esprit de Baptiste était des images controuvées de biche aux abois et il comprit sourdement qu'il l'avait déjà perdue, qu'il restait lourd, paralytique, figé sur le bastingage alors qu'elle prenait son envol. Peut-être aurait-elle voulu qu'il ait la force de l'accompagner, et son cœur aussi le désirait ; mais son âme était étroite, plombée, et il lui était impossible de faire taire en lui cette voix, à tort prise pour celle de la raison et qui était son pire ennemi. C'était elle qui lui brodait l'illusion qu'il pouvait tout comprendre, tout maîtriser, tout analyser. C'était la voix orgueilleuse d'un fils en guerre contre un père trop intelligent, en lutte contre l'inadmissible maladie de sa mère. C'était celle d'une défaite annoncée qui le laisserait brisé, nu et fragile, livré à sa seule sensiblerie. Là, sur les rives, en face de San Michele où il avait suivi une ombre et cherché un disparu, il eut le sentiment fugace, à peine conscient – un éclair dans sa chair, un frisson dans ses yeux –, que c'était ce qui l'attendait, ce qu'il espérait, la voie de son salut. La raison de son séjour ici. Mais cela se dissipa dans le choc du navire contre les pieux du ponton. Letizia s'éloignait déjà, inquiète, alerte. Il fit un geste pour retenir sa main, mais elle se dégagea vivement.

— Ils sont là ! Surtout ne me suis pas !

Elle était loin alors qu'il cherchait dans la maigre

foule ceux qu'elle avait désignés. Il laissa passer tous les voyageurs, la vieille éteinte jusqu'à sa prochaine visite, le père et ses enfants aux joues rougies. Quand il fut sur la rive, il regarda autour de lui ; Letizia avait disparu.

Baptiste vécut les deux jours qui le séparaient de la représentation d'*Arianna* dans un état d'hébétude et de prostration qui l'étonna lui-même. Il ne sortit pour ainsi dire pas de chez lui sinon chaque matin pour téléphoner à sa mère. Se rendit-elle compte de quelque chose ? C'était probable ; elle n'osa aucune remarque cependant. Baptiste, de son côté, s'efforçait de paraître badin ; tout allait bien, il avait revu Asmodée, il écrivait. Tout avançait dans le bonheur. Il ne raconta pas sa visite à San Michele. En fait, il ne dévoila rien de l'essentiel, rien de ce qui s'était vraiment passé. Pas tant pour protéger sa mère d'une vaine inquiétude que pour se prémunir, lui : il redoutait qu'une parole de l'un ou de l'autre ne vînt rompre l'illusion, cette chimère douloureuse qui causait aussi son délice. Il avait serré Letizia contre lui, elle avait dormi dans son lit. Était-ce un rêve ? Et Candice ? Il connaissait tous les adages qui auraient dû l'inciter à la prudence, sur le danger de courir plusieurs lièvres, de préférer l'ombre à la proie ; mais qu'avait-il tenu dans ses bras ? Une ombre plus qu'une proie. L'une le battait froid, l'autre était insaisissable ; et son cœur en déroute allait du souvenir de l'une à l'image de l'autre. Dans quelle catégorie de sa recherche devrait-il les ranger, si elles étaient personnages de roman et non femmes de chair ? Celles qui cherchaient la compagnie de leurs semblables, ou celles qui la fuyaient ? Les choses pouvaient-elles être si simples, si binaires ?

Parler à sa mère ne le soulagea pas ; il lui en voulait presque de ce cérémonial de l'appel quotidien, mais il savait qu'elle n'avait rien imposé. Souhaitait-il la mort de sa mère ? Non. Oui. Cherchait-il ou fuyait-il sa présence ? Il ne savait pas, il voulait ne plus y penser, et il remontait dans son appartement, quelques vivres sous le bras, inquiet à l'idée d'avoir manqué une visite. Il s'enfermait face à son cahier où rien n'avançait. Il passait des heures, stylo à la main, et accouchait parfois d'une phrase médiocre. Il ne retrouvait plus le souffle des premiers jours, et le feu, rejailli après la lecture à haute voix pour Asmodée, avait été éteint par le brouillard sur San Michele et ses fantômes qui laissaient, contre sa poitrine, un autre poids d'absence douloureux et obsédant. Sans parler de cette histoire confiée par Letizia, au souvenir de laquelle il ne pouvait s'empêcher de revenir, où le masque amoureux du jeune Allemand devenait, jour après jour, celui d'un effroyable meurtrier…

Un carton de la princesse vint préciser les détails : la représentation débuterait à vingt heures, au théâtre Malibran. Aucune indication sur la tenue à adopter pour le spectacle. Baptiste dormit mal et but trop. Candice ne vint pas. Il eut l'idée d'aller au studio avec le prétexte des partitions à confier à Francesco ; mais l'idée que Letizia pouvait venir, qu'elle pouvait avoir besoin de son aide ou de sa protection l'en dissuada. La jeune fille ne lui avait rien demandé, pourtant ; mais il s'imaginait lié par un serment d'allégeance.

Il arriva au théâtre avec une heure d'avance. Les portes étaient fermées encore, mais la température s'était adoucie ; il fit les cent pas dans les ruelles étroites qui entouraient le Malibran. Dans un café, il prit un verre de blanc au comptoir. Il vit arriver des hommes et des femmes en noir, portant des boîtes de tailles diverses ; les musiciens, songea-t-il. Enfin, à dix-neuf heures trente, Alba Malcessati grimpa à pas rapides les marches du perron. Les portes s'ouvrirent devant elle et Baptiste se précipita dans son sillage.

Il la retrouva au milieu du hall, délaissant son manteau de fourrure à une employée et dévoilant une robe étincelante en soie émeraude, complétée par une étole qui couvrait ses épaules nues.

— Ah, vous n'êtes pas italien, quel plaisir ! Si tous les gens étaient comme vous, les spectacles pourraient commencer à l'heure. Mais ce ne sera pas le cas, hélas ! J'ai encore mille détails à vérifier ! Je vous ai choisi une excellente place, dans une loge avec Candice et Francesco.

Elle s'engouffra dans un tumulte de soie derrière une haute porte vitrée, où l'on devinait les velours empoussiérés des salles de concert et de leurs escaliers.

Des employés aux visages contrariés se répandaient dans le hall ; l'un d'eux disposa sur une table des livres que Baptiste alla feuilleter : c'était le livret accompagné d'une présentation de l'œuvre, de l'auteur ainsi que de quelques illustrations montrant des détails de la mise en scène ou reproduisant des documents d'époque, en italien et en anglais. Le jeune homme chargé de la vente lui signala que ces programmes coûtaient vingt mille lires. Baptiste reposa l'objet avec un sourire embarrassé et s'éloigna. Il espérait que la princesse avait prévu un exemplaire pour chacun de ses invités. De toute manière, ces fascicules étaient rarement intéressants et rien n'était plus mal écrit qu'un livret d'opéra – exception faite pour ceux que Da Ponte avait offerts à Mozart. La musique lui suffirait ; ne s'agissait-il pas toujours de la même histoire, mille fois reprise ? Des couples faussement soumis aux lois divines ou sociales et qui n'ont d'autre préoccupation que leur plaisir sous les dehors de la respectabilité.

Baptiste guettait l'arrivée de Letizia, redoutait celle de son père ; et il aperçut Candice qui marchait à pas vifs au côté de Francesco. Ils se saluèrent avec des sourires un peu embarrassés, seul le chef paraissant, une fois encore, tout à fait à l'aise. Baptiste posa quelques questions sur l'avancement des répétitions et Francesco l'invita au concert qui aurait lieu dans une semaine.

— J'ai une bonne nouvelle pour vous, annonça Baptiste, regrettant aussitôt cette annonce qui l'obligerait à décevoir Candice dans la foulée.

Mais il était trop tard pour reculer ou inventer quelque chose, et il confirma au musicien l'accord d'Asmodée relatif aux partitions de Giacolli. Francesco battit des mains.

— *Bravissimo !* Votre ami est un sage... Dites-lui de venir au concert également ; Candice et moi vous préparons une surprise !

Baptiste fut troublé par l'expression de Candice, mélange d'interrogation et de tristesse ; il détourna les yeux en rougissant.

— C'est que... je ne sais pas quand je reverrai M. Edern. Il ne m'a donné aucune date... C'est quelqu'un de très occupé, je pense...

C'était une manière de répondre anticipativement à la question qui devait brûler les lèvres de Candice.

— Il m'a assuré ne pas connaître votre ami. Je crois vraiment que tout ceci est une coïncidence. Une incroyable coïncidence, certes, mais...

Devant le regard de Candice, il ne poursuivit pas.

Par chance, Francesco entreprit de leur brosser de rapides portraits satiriques des invités qui, à présent, se pressaient dans le hall de marbre. Candice – s'était-elle résignée à ne rien attendre de Baptiste ? – s'était recomposé un visage souriant et mondain que Baptiste détailla à la dérobée, tandis qu'il scrutait la foule à la recherche de Letizia, en feignant d'y repérer les victimes du caricaturiste. Comme pouvait-il être épris de ces deux beautés si dissemblables ? L'absence de l'Italienne et plus encore le souvenir de la pression de son corps rendaient Candice un peu terne, convenue ; elle était de ce modèle que Baptiste connaissait bien, sans exotisme, aux allures sages, une beauté prévisible. Était-elle vraiment jolie ? Oui, assurément. Un peu froide, sans doute. Réservée, du genre qui mesure ses gestes et se contrôle sans relâche, surtout en public. Pas de celles qui s'abandonnent sur votre épaule pour s'évader ensuite. Baptiste se demanda s'il pourrait lui prendre la main durant le spectacle, puis s'il en avait envie. Il y avait chez Candice quelque chose de rassurant. De naturel. Letizia était effrayante, indomptable. Des images animales revinrent à l'esprit du jeune homme et il s'en voulut, honteux de ces métaphores ridicules qu'il devinait injurieuses pour l'une et l'autre. Les comparer déjà était indigne. À quoi osait-il prétendre ? Était-il à Venise pour faire son marché sentimental ? Croyait-il que la décision lui appartenait ? Il se tança vertement, impitoyable.

Francesco mit un terme à cette autocritique factice en dirigeant d'autorité leur petit groupe vers les vestiaires. Il acheta au passage le programme et les guida dans les couloirs avec l'aisance d'un maître de maison. La princesse leur avait attribué une petite loge de face, parfaitement située pour l'acoustique comme pour la vue, expliqua Francesco visiblement flatté de ce traitement de faveur. Il laissa aux deux Belges les places de la première rangée et s'assit dans leur dos. La salle se remplissait paresseusement, des bouffées d'italien montaient jusqu'à eux tandis que, dans la fosse, les plus consciencieux révisaient quelque passage plus ardu. Francesco avait offert le programme à Candice, expliquant qu'il le connaissait par cœur, y ayant contribué. La flûtiste se plongea dans la lecture du synopsis, tandis que Francesco s'était éclipsé pour saluer d'autres personnalités. Baptiste parcourait des yeux les rangées en contrebas. En se penchant, il apercevait les deux loges voisines, mais seulement les premiers fauteuils ; le fond de l'alcôve, à moins de se pencher excessivement, ce qui aurait été aussi inconvenant que périlleux, demeurait hors de portée. N'était-il pas à craindre que ce soit là justement que Letizia irait se blottir – pour autant qu'elle vînt ? Candice acheva sa lecture et proposa le livret à Baptiste qui refusa poliment.

— C'est toujours la même histoire, non ? L'essentiel, c'est la musique et la mise en scène…

Elle ne répliqua pas, sinon par un de ses sourires ambigus qui embarrassaient Baptiste. Il y eut un silence, durant lequel il détailla les épaules dégagées, blanches et fines, de la flûtiste, sa robe, simple mais élégante, d'un bleu nuit profond. Candice gardait, elle, les yeux fixés sur les corbeilles ou le rideau soigneusement tiré, qui ne laissait rien deviner du décor. Baptiste tenta d'amorcer une conversation mais Candice répondit de façon si distante qu'il renonça et se recula sur sa chaise, vexé.

Où était donc Letizia ? Il y eut des remous dans la loge voisine et des regards, dans la salle, se braquèrent sur elle. Baptiste aperçut la princesse, accompagnée de son mari et qui, parfaite diva mondaine, salua ses admirateurs. Il y eut quelques applaudissements. Baptiste lui rendit son sourire et se tordit le cou pour essayer d'apercevoir ne serait-ce que l'ombre de la fille sur les épaules de la mère ; mais en vain.

Francesco regagna la loge au moment où l'éclairage déclinait. Les premiers accords de la *Sinfonia* d'ouverture retentirent, Baptiste ferma les yeux dans l'espoir de trouver, dans la musique, quelque réponse qui pourrait lui indiquer la voie à suivre, l'amour à poursuivre. Rien ne lui semblait mieux adapté à la situation que cette musique baroque qu'il adora dès les premières mesures. Il sentit croître en lui un profond bien-être et devina que lui succéderait cette torpeur qui ne manquait pas de le saisir au spectacle, le menant parfois aux lisières du sommeil, dans cet état merveilleux entre tous où la musique couvrait tout le champ de sa conscience, reléguant au trouble du rêve la salle qui l'entourait et les pensées confuses qui montaient, en arrière, comme une marée alanguie. Mais la pensée que Candice pût croire qu'il dormait pour de bon le retint de s'abandonner entièrement et vint contrarier son plaisir…

Après le troisième mouvement de la *Sinfonia*, le rideau dévoila la scène ; une plage avec un pavillon à l'antique, portes entrouvertes ; une mer étale peinte au fond du plateau. Quelques bateaux étaient accostés, autour desquels attendaient, aussi immobiles que les vagues, des marins aux vêtements trop propres. Du côté droit apparut un couple, tandis que le chœur des matelots l'accueillait et que chacun entreprenait de s'affairer à bord d'un navire, dont à l'évidence on envisageait un prompt appareillage. S'ensuivit un duo entre les amoureux – il ne pouvait s'agir d'autre chose, même si le physique rébarbatif de l'un et de l'autre ôtait à cette lecture l'essentiel de son charme. Baptiste devina que l'homme avait hâte de partir et qu'évidemment, elle hésitait. L'objet de cette tergiversation parut être une autre jeune femme, plus jolie et qui était endormie dans le pavillon. Malgré l'impatience de son galant, la grosse dame éveillée s'approcha de la frêle dormeuse. Baptiste distingua quelques mots, repères de tout opéra italien : « *tradita* », « *piangerai* », « *infedeltà* ». Il avait eu raison : toujours la même histoire, les mêmes plaintes, relayées par une musique lente où celle qui partait et trahissait – à moins qu'elle fût trahie – n'en finissait pas de faire ses adieux tandis que rien ne devait perturber le sommeil profond de l'autre. Laquelle était Ariane ? Sans doute la fugueuse, et tant pis si l'autre était plus belle.

Enfin, la troupe, installée dans le navire de carton, s'éloigna vers l'horizon marin, tandis que l'orchestre couvrait imparfaitement le bruit de la machinerie chargée de pallier l'absence de vent favorable. Dans le même mouvement, un autre navire apparut, chargé de créatures extravagantes, satyres et diablotins en tous genres, menés par un colosse ventru et barbu, coiffé d'une couronne de laurier et tenant en main une jarre de vin. La bande de noceurs débarqua dans un bel accord de trompettes, tandis qu'un soleil éclatant se levait, salué par le chœur dans une débauche bigarrée d'éclairages. Le personnage couronné, plein de son importance, offrit à boire à tous et s'élança sur le sable suivi d'un long escogriffe coiffé de deux cornes, vêtu d'une peau de bête et chaussé de sabots fourchus.

La dormeuse, éveillée par le bruit des arrivants, sortit du pavillon. Avait-elle rêvé ? Non, à l'horizon, un navire achevait de s'éloigner, qui signait la perte d'un amour et la naissance d'un impuissant désespoir qui la jeta au bord du rivage funeste. Alors, sortant de sa cache, le géant arrêta la malheureuse et sembla lui proposer son aide. Ce n'était pas le premier venu ; il fit obéir la mer : les vagues s'agitèrent et la lourde machinerie fit marche arrière, ramenant vers le rivage et le naufrage les amants insouciants et cruels. La dramaturgie l'exigeait et le sort le voulut : ils ne périrent pas.

La torpeur gagna à nouveau Baptiste. Il se recula sur sa chaise, et ferma les yeux. Les récitatifs le menèrent dans cet état entre deux mondes où des lambeaux de songes vinrent suppléer le spectacle que masquaient les paupières closes. Il perçut, au loin, la belle abandonnée qui entonnait un nouvel air ; mais ce fut le visage de Letizia qui apparut et le brouillard répandu sur le cimetière qui les recouvrait comme une étole de noces. Il s'enfonça dans la lagune avec la princesse aux cheveux de nuit, à la recherche d'un anneau magique englouti et profané. À plusieurs reprises, comme bercé par des flots capricieux, Baptiste sentit sa tête partir en arrière ; chaque fois, un sursaut redressa son chef mais laissa le rêve se poursuivre, de plus en plus profond, où la musique reculait, tel un voile orange scellant le sort du jour.

Un bruit sec et violent vint perturber cette harmonie délicieuse où sombrait le rêveur ; Baptiste crut à l'orage, puis fut tiré à la surface par les battements précipités de son cœur. La première chose qu'il vit en ouvrant les yeux fut le visage de Candice tourné dans sa direction : aurait-il ronflé ? Mais elle ne le regardait pas, ses yeux sondaient l'obscurité de la loge voisine, source du chahut : quelqu'un était pris d'une terrifiante quinte de toux. Baptiste se pencha ; ce n'était ni la princesse ni son mari. Il reconnut le souffle de Letizia mais ne la distingua pas. Il y eut un mouvement, une porte qui s'ouvrit et la toux qui s'éloigna précipitamment. Le calme se rétablit. Candice était retournée au spectacle. Le géant couronné y faisait le fier devant la belle, lui promettant à l'évidence monts et merveilles si elle acceptait de l'aimer. On connaissait la chanson : Don Juan était la synthèse de tous ces mâles sûrs de leur pouvoir, et les opéras regorgeaient de ces roucoulades auxquelles les femmes feignaient de résister pour le plaisir de les prolonger et de céder, repues de chants et avides de caresses. Après son boniment, le galant se retira et abandonna sa proie aux bons soins du Leporello local à qui incombait la tâche de peaufiner le travail et de faire l'article pour son maître. Ne manquait que le livre des records amoureux. Les récitatifs, dans la frénésie amoureuse naissante, raccourcissaient ; le serviteur se lança presque aussitôt dans un air qui parut impressionner la belle, laquelle enchaîna aussitôt pour exalter son trouble et ses émois. Mais Baptiste était distrait ; Letizia – il était sûr que c'était elle – avait été assise là, presque à portée de main, il avait rêvé d'elle ; puis, une fois de plus, elle s'était enfuie. Impensable de se lancer à sa poursuite ; il faudrait attendre l'entracte. Il y aurait Candice, Francesco, la princesse. Il tenta de se réintéresser au spectacle ; le chœur était venu épauler le serviteur zélé et entourait la jeune femme de rubans et de chants qui semblaient la charmer. Baptiste se dit que, durant la pause, il lirait le synopsis ; cela lui permettrait de suivre mieux et peut-être, restant seul dans la loge, aurait-il la chance de voir Letizia apparaître. Il ne savait pas où elle était, mais elle avait toujours su où le trouver. Cette perspective le tranquillisa ; il s'abandonna à la musique et au spectacle baroque et quand, après un ultime unisson, le rideau s'abaissa, il joignit ses mains aux applaudissements enthousiastes de la salle. Candice se tourna vers lui, souriante et détendue, et il lui rendit son sourire. Il avait toujours aimé ce moment du spectacle où le public apportait sa contribution – décisive – au succès de la soirée.

— Magnifique, non ? s'enthousiasmait Francesco en se penchant vers eux. Marcello n'a rien à envier à Vivaldi !

Comme la plupart des spectateurs, une fois cette première salve d'ovations éteinte, ils se levèrent.

— Venez ; on sert sûrement du champagne !

Baptiste jeta un œil vers la loge voisine ; elle était déjà vide.

— Je crois que je vais plutôt profiter de ces quelques minutes pour lire le programme, dit-il.

— Cela vous aidera sans doute à maintenir votre attention, sourit Candice en passant devant lui.

Baptiste rougit violemment et tenta d'expliquer qu'il n'avait pas dormi, qu'au contraire il s'était concentré sur la musique.

— Pourquoi alors lire le synopsis ? poursuivit-elle sans attendre une réponse qui, d'ailleurs, ne vint pas.

Elle sortit avec Francesco, laissant Baptiste indécis ; qu'avait-elle voulu signifier ? Espérait-elle qu'il les accompagnerait plutôt que de rester là ? La pensée de Letizia fut plus forte et il s'assit, le programme de Candice entre les mains. Il en entreprit la lecture, tout en se penchant régulièrement vers la loge de la princesse. Il constata avec plaisir qu'il s'était trompé : la grosse cantatrice n'était pas Ariane mais sa sœur, Phèdre, préférée par Thésée l'infidèle à qui Ariane avait pourtant permis de sortir de l'infernal labyrinthe de son père, le roi Minos, et qui se trouvait à présent courtisée par Bacchus. Après quoi, tout finissait bien ; Ariane pardonnait à Phèdre et Thésée, elle épousait Bacchus qui promettait d'immortaliser sa beauté réalisée à travers la constellation qui porte son nom.

Baptiste referma le programme, un peu déçu. Tout cela était convenu. Anecdotique, dirait son père. Les gens étaient prêts à toutes les compromissions pour peu qu'on y mît le prix, et les dieux – pluriel ou singulier – se moquaient des humains. Car quoi ? Ariane oubliait l'affront et le désir de vengeance uniquement parce qu'elle découvrait qu'en échange de Thésée – héros mais mortel –, elle gagnait Bacchus – un dieu bon vivant ? Des pensées crues et peu flatteuses pour le sexe féminin lui traversèrent l'esprit et il songea à quelques jeunes filles de son cours qui lui avaient préféré un futur notable de province. À chacun son idée de l'Olympe ! Ni Thésée, ni Bacchus ; à quoi pouvait prétendre Baptiste ? Ni vengeance, ni passion ; ce qu'il éveillait chez Candice – et chez d'autres – tenait plus de la compassion. Seule Letizia se distinguait ; mais que lui offrait-elle ? Pas grand-chose, sinon ce manque nouveau, inconnu, ce vide qui lui semblait énorme. Qui la faisait paraître absente quand elle était dans ses bras et jamais aussi présente que lorsqu'elle avait disparu.

Les fauteuils se remplissaient à nouveau. Une sonnerie retentit. Candice et Francesco revinrent, très joyeux, achevant une conversation dont Baptiste ne put rien deviner.

— Alors, l'entreprit Francesco avec jovialité, vous savez maintenant comment naissent les étoiles ! *A star is born !* Les Américains n'ont rien inventé ; personne d'ailleurs n'invente rien ! On recrée, on réinterprète, on adapte… Plus que jamais, nous aurions besoin d'être classiques, vous ne croyez pas ?

Baptiste fut surpris par ce raisonnement auquel, d'instinct, il refusa d'adhérer, surtout pour ce qui touchait à l'invention. Il riposta à voix basse que, par exemple, la littérature traitant d'univers post-atomique imaginait quelque chose de radicalement neuf. Les lumières baissaient déjà. En posant la main sur son épaule, Francesco chuchota dans un sourire :

— Homère n'a pas attendu Oppenheimer ni Hiroshima… Je vous le dis : la modernité est dans le classicisme ! À condition de se débarrasser de l'idéologie du classicisme !

La princesse et son mari reprirent leur place, adressant quelques sourires alentour. Aucune ombre, aucun bruit dans leur dos, aucun de leurs gestes ne put laisser deviner la présence de Letizia.

Le rideau se leva sur le face-à-face entre Phèdre et Ariane – que Baptiste ne confondit plus cette fois. Il n'avait pas poussé la curiosité jusqu'à lire le livret, mais il comprit aisément le sens de la confrontation. Devant l'air de Phèdre, les mots clés se détachèrent : « *cuore, amore, infedele, crudele* ». Rien de neuf sous le soleil de la passion ; de ce point de vue, Francesco avait raison. Baptiste ne parvenait pas à entrer dans le spectacle. La musique était pourtant magnifique et les décors ne manquaient pas d'attraits. Les interprètes étaient de très bon niveau, le public, averti, toussait peu. Et Letizia avait à nouveau disparu. Ariane ne se consolait pas. Candice écoutait, attentive. Phèdre se torturait. Après sa complainte, elle quitta la scène et Thésée apparut – mais toujours pas Letizia. Délaissant la scène, Baptiste parcourait du regard les rangées de spectateurs pour tenter d'y déceler la silhouette sombre de la fugitive. Devant son époux infidèle, sur le sable rare et froid, Ariane désespérée s'agenouilla. Letizia n'était nulle part. Un court silence se fit et puis un frisson saisit Baptiste, qui lui remonta du bas du dos jusqu'à la racine du cou.

Un duo de flûtes, en un tempo très lent et saccadé, couvrit la salle, bientôt rejoint par de rares cordes. Les flûtes se lançaient l'une vers l'autre un chant très pur et douloureux sur lequel Ariane éplorée vint tisser celui de son amour déçu. Immobile, sourd et muet, Thésée achevait de s'éloigner d'elle. Ne l'avait-il aimée que par intérêt, pour sauver sa peau ? Et pour quelles raisons à présent lui préférait-il une autre qui lui était si semblable ? En fait de vengeance, cette beauté trahie était prête à se perdre pour un être aussi abject et lui offrait un émouvant *lamento*. Bouleversé, Baptiste oublia tout et concentra son attention sur Ariane.

« *Come mai puoi / Vedermi piangere ?* » Le cristal des mots se mêlait au souffle des flûtes. Une femme, sans colère, demandait à son amant infidèle de lui laisser au moins la pudeur de sa tristesse, à moins qu'il souhaitât la voir morte ? Après tout, n'était-ce pas tellement plus simple pour être quitte des gens qui nous pesaient ? Les voir mourir, d'une manière ou d'une autre, repartir serein, avec la certitude que plus jamais leur présence n'encombrera notre existence. Baptiste sentit sa main se crisper sur le vide. Cette voix lui faisait mal, mais il ne pouvait pas la faire taire, et l'aurait-il voulu ? Elle entraînait dans son sillage le visage de sa mère dont les yeux le suppliaient…

À côté de lui, il devina que Candice, attirée par l'instrument, vibrait d'un même émoi. Il sentit une larme sourdre au coin de sa paupière et se tourna vers la musicienne à l'instant où elle aussi choisit de chercher son regard ; ils se sourirent très doucement, comme le silence revenait sur Ariane abandonnée. Puis les flûtes reprirent *da capo*, car le drame est une douleur que l'on cherche à apaiser par la reprise incessante de sa mélodie. Cela dura ; les notes se prolongeaient, la voix d'Ariane naissait sur les fils des flûtes ; ses pleurs s'enroulaient sur leurs stries, c'était comme des bras de deuil qui se croisaient et se décroisaient sans fin ni apaisement. Mais Baptiste n'osa pas suivre son cœur et poser sa main sur celle de Candice.

L'air prit fin, les flûtes se turent. Baptiste resta cependant envoûté et ne perçut rien de la suite ; la dispute, la grandiloquence vaine de Thésée, le coup de théâtre de Bacchus, le revirement d'Ariane semblable à celui de Zerlina prompte à abandonner son niais de Masetto dès que don Juan la désire pour épouse, le duo triomphant de Phèdre et Thésée (mais Phèdre ne ressent-elle pas quelque dépit ? Le plaisir de conquérir le héros ne tenait-il pas à la satisfaction de le voler à sa sœur ? Et que vaut un homme face à un dieu ?), les conclusions royales des chœurs pendant que Bacchus entraîne Ariane, muette de bonheur, vers sa destinée stellaire. Le rideau tomba tandis que les applaudissements et les acclamations s'élevaient, propulsant Baptiste sur la scène du réel, l'esprit toujours accaparé par ce miracle musical.

Candice battait des mains avec force, Francesco s'était déjà levé pour crier « *Brava !* » tandis qu'Ariane venait saluer. Baptiste se mit à l'unisson, applaudissant avec une fougue grandissante. Candice tourna vers lui un visage radieux, celui d'une Ariane qui aurait tout de suite et sans artifice reconnu la pureté de l'amour. Baptiste savait qu'une brume trouble mouillait toujours son regard et le faisait briller. Il songea encore à prendre la main de Candice, mais c'était trop tard, et rendu impossible par les vivats, par la présence de Francesco debout dans leur dos, par les lumières ravivées.

Les saluts du public durèrent un bon quart d'heure. Baptiste espéra que l'on bisserait cet air inouï, mais le rideau finit par ne plus se relever, au moment où le public se fatigua de son enthousiasme.

— C'était… sublime, dit Baptiste dès que le calme fut revenu dans la salle, tandis que Candice demeurait, mains serrées, face à la scène refermée.

— N'est-ce pas ! s'exclama Francesco sans paraître noter que Baptiste ne s'adressait pas à lui.

Sa voix fit tressaillir Candice. Baptiste aurait voulu être seul avec elle, lui murmurer, complice : « Vous aussi, l'air à la flûte… » ; mais la valse du monde reprenait, Candice s'avançait, Francesco discourait. Baptiste laissa passer sa voisine, se tordit le cou pour voir si Letizia n'apparaissait pas. Candice et Francesco discutaient sur un ton badin, insouciant ; ce n'était donc pour eux qu'un spectacle de plus ? Il leur en voulut de cette attitude profanatrice, il aurait voulu prolonger sinon la musique par un *da capo* éternel, du moins lui accorder au-delà du terme un silence recueilli, des paroles senties, mesurées, pures et retenues comme le chagrin d'Ariane et les consolations des flûtes. Il jeta un dernier regard dans la salle qui se vidait puis se résolut à suivre les deux autres, qui prolongeaient leur conversation sans se soucier de son silence. Ils firent ainsi la file au vestiaire. Puis, pendant que Francesco était happé par une quelconque mondaine, Candice se tourna vers Baptiste.

— Vous semblez bien songeur…

Il sursauta.

— C'est que… je reste sous le charme de cet air d'Ariane… Vous savez, avec cet accompagnement de flûte…

— Oui… répondit-elle d'une voix basse. Ce doit être superbe à interpréter.

— Oh ! J'aimerais beaucoup pouvoir vous entendre !

Elle eut un petit rire.

Francesco revint, Alba et Giancarlo à ses côtés. Ils échangèrent quelques compliments sur le spectacle, puis Candice et le chef s'éclipsèrent, sans que Baptiste pût tenter quoi que ce soit pour retenir la flûtiste.

— Et vous, Baptiste, le spectacle vous a-t-il plu ?

— C'était magnifique…

— N'est-ce pas ? répondit Alba. Si vous saviez le mal que j'ai eu pour mettre cela sur pied… Il y a trois jours, je croyais tout annuler ! Thésée était en dessous de tout…

— Je l'ai trouvé… tenta Baptiste.

— Passable ! Le drame, avec des créations d'œuvres qui ne sont pas les « classiques » du répertoire, c'est qu'il est impossible d'engager un remplaçant au débotté. Et celui que nous avions prévu comme doublure est pire encore ! Phèdre, ça allait ; Clara est une grande soliste, même si elle s'évalue bien au-dessus de ce qu'elle vaut.

— Ariane… essaya encore Baptiste.

— Mon cauchemar ! Ne m'en parlez pas… Cette fille n'a pas de voix, elle devrait se reconvertir dans le mime.

Giancarlo jeta un œil de biais et éclata de rire.

— Allons, Alba, ne détruis pas le plaisir que tu as voulu offrir à nos amis ! Ce pauvre jeune homme est effondré !

— Mon Dieu, je suis incorrigible ! reprit la princesse d'un ton désinvolte. Je vous prie de m'excuser, Baptiste ; il ne faudrait jamais dévoiler l'envers du décor, les trucs de la construction… Est-ce que l'on vous demande si vous avez écrit de telle ou telle manière, dans la joie ou la douleur ? Oui, on vous le demande, hélas ! Les gens s'intéressent au superficiel, à l'anecdotique… Et moi-même…

Baptiste tenta une diversion.

— Letizia n'est pas là ? Il me semblait l'avoir aperçue…

Giancarlo et Alba se rembrunirent, mais la mondanité reprit rapidement le dessus.

— Vous avez surtout dû l'entendre, expliqua sa mère ; elle a eu une effroyable crise de toux. Elle est rentrée au palais. Je ne sais ni où ni comment elle s'est enrhumée de la sorte.

La nouvelle atterra Baptiste, qui songea que Letizia s'était rendue malade lors de cette escapade à San Michele – et l'expression populaire d'« attraper la mort » lui traversa l'esprit et le fit frémir.

— J'espère que ce n'est pas trop grave…

Alba Malcessati eut un geste très élégant.

— Rassurez-vous ! La jeunesse guérit de tout…

D'autres mondains accaparèrent Alba et Giancarlo. Pas à pas, Baptiste fut écarté. Il tenta de retrouver Francesco et Candice, mais lorsque le hall du théâtre fut presque désert, il dut conclure, non sans amertume, qu'ils ne l'avaient pas attendu. Il se retourna ; peut-être la princesse inviterait-elle ceux qui restaient à un cocktail, un dîner, n'importe quoi qui pourrait ouvrir à Baptiste les portes de la Ca' da Mosto. Mais eux aussi avaient disparu.

Baptiste se retrouva seul devant le théâtre. Il pleuvait. Pourquoi s'attachait-il à des gens qui lui accordaient si peu d'attention, si peu d'affection ? Il chercha à raviver le miracle de cet air sublime en errant dans les rues désertes. Mais le souvenir du visage de sa mère, surgi sur la détresse d'Ariane, la pluie froide et un malaise général qui confondait le sourire de Candice et le visage grave de Letizia le poussèrent à rentrer chez lui.

Il fut à peine surpris de trouver, roulée contre sa porte, une jeune femme couverte d'un manteau grossier. Sans un mot, elle alla cacher ses larmes dans le lit et Baptiste s'installa dans le fauteuil, torturé par des pensées contradictoires et de moins en moins claires. Il finit par s'endormir comme une brute.

En sortant du théâtre, Candice avait insisté pour que Francesco ne fît pas le détour pour la ramener jusqu'à l'hôtel et rentrât directement chez lui. Il devait être fatigué et elle avait envie de marcher un peu, seule.

Elle s'en voulait d'avoir ainsi filé à l'anglaise, après le spectacle. Rien n'avait été volontaire. Francesco l'avait présentée à plusieurs amis, ils avaient suivi le mouvement de la foule. Et quand elle avait réalisé qu'ils étaient dehors, elle n'avait pas eu la force de faire demi-tour pour chercher Baptiste. La force, ou le courage. Ou l'envie. Avec Francesco, ils s'étaient éloignés du théâtre. Chaque pas rendait plus ardue une volte-face. Alors, elle avait préféré être seule.

Ses pas rapides ricochaient sur les murs et les flaques, et créaient des fantômes qui la troublaient. Elle accueillit la pluie fine sur son visage comme une consolation et ne chercha pas à s'en protéger. Elle remonta les rues désertes jusqu'à la place San Marco où seuls veillaient le campanile et les pigeons. Baptiste… Pourquoi ce nom sonnait-il en écho à sa marche, accompagné par le duo lent des flûtes qui les avaient émus tous deux ? Avait-elle espéré que le jeune écrivain, parti à sa recherche, la rattraperait, essoufflé par une course qui aurait été un aveu ? Mais un aveu de quoi ? Et elle, qu'avait-elle avoué en fuyant ainsi et qu'aurait-elle avoué si elle était retournée au théâtre ?

La tête lourde et mouillée, elle déboucha dans le hall du Londra. Baptiste n'avait pas couru derrière elle. On lui tendit sa clé avec un sourire qu'elle oublia de rendre. Dans sa suite, elle abandonna son manteau trempé et ses vêtements de soirée. Elle avait besoin d'être nue. De cela seulement ? Elle alla faire couler un bain fumant, s'efforçant de ne plus songer à rien, de ne laisser aucune image se figer dans son esprit. Elle s'immergea dans l'eau trop chaude et observa sa peau claire rougir aussitôt. Elle ferma les yeux. Ses mains glissèrent sur ses seins, son ventre, sa toison. Elle amorça une caresse puis renonça, laissant ses doigts inertes partir à la dérive. De quoi avait-elle envie ? « Peut-on vivre sans amour ? » ; qui lui avait murmuré cette phrase ridicule ? Thomas ? Baptiste ? Baptiste ! Son bras s'agita dans l'eau. Pas de pensée, pas d'images, pas de noms. Ne pas se demander si, sur ses joues, c'était de la vapeur qui se condensait. Elle se laissa flotter ; sa tête parfois glissait sous le niveau et elle s'abandonnait à l'ivresse de la noyade, ses cheveux éparpillés comme une couronne mortuaire à la surface de son linceul translucide. Mais son corps réagissait, ses jambes, par un mouvement mesuré mais suffisant, se redressaient et ramenaient sa bouche vers cette nourriture que réclamaient ses poumons. Elle vogua ainsi jusqu'à ce que l'eau fût froide. À contrecœur, elle sortit, s'enveloppa dans le peignoir blanc aux armes de l'hôtel et alla s'étendre sur son lit. Ne pas penser, ne rien imaginer. N'appeler personne, surtout. Qui l'entendrait ? Un mauvais sommeil la gagna et son corps, rassuré, la laissa enfin sombrer.

Le réveil, quelques courtes heures plus tard, la retrouva embrouillée dans les mêmes sentiments. Elle avait, en dormant, fait l'effort de se dévêtir et de se glisser dans ses draps ; à présent, elle n'en voulait plus bouger. D'un œil désabusé, elle contempla le luxe qui l'entourait et, au-delà, la silhouette de San Giorgio qui découpait la clarté d'un soleil retrouvé. À quoi bon ? Ce fut la première pensée qu'elle formula et elle sentit que c'était une erreur ; mais elle n'en avait aucune autre à lui opposer. Elle se retourna vers le mur avec un petit gémissement exaspéré. Thomas ! À quoi rimait tout cela ? Elle était sûre que cet Asmodée – quel nom idiot ! – et Thomas ne formaient qu'un seul être, c'était évident : trop d'indices, à commencer par l'appartement. Mais alors pourquoi refusait-il de la revoir ? Car c'était ce qu'il fallait comprendre à travers les propos rapportés par Baptiste avant l'opéra. Cinq ans auparavant, il la guidait dans Venise et, par-delà, dans sa vie ; et maintenant, il faisait de même avec ce… ce quoi ? Ce sale gamin ! Elle mordit dans son oreiller et sentit une larme couler sur l'arête de son nez. Quel sentiment indigne était en train de la submerger ? Elle était jalouse. Jalouse ! Que Thomas s'intéressât, après elle, à un être aussi pusillanime et orgueilleux. Elle, elle était une artiste ; Thomas l'avait aidée à améliorer son jeu, son âme, même si elle se retrouvait aujourd'hui dominée par un manque qu'elle ne devait pas nommer pour l'identifier. Tandis que Baptiste… Qu'était-il sinon un jeune homme prétentieux, mégalomane, égocentrique ? Non ! Thomas ne pouvait pas être Asmodée ! Toutes les preuves s'effaçaient devant cette conclusion insupportable. Thomas ne pouvait pas juger Baptiste aussi digne de lui que Candice… Elle se redressa, se débarrassa de ses couvertures et s'assit, le dos contre la tête de lit, bras croisés autour de ses jambes repliées, les seins écrasés contre ses cuisses. Elle se balança très lentement pour se calmer, laissant à son corps le soin de la raisonner. De quel droit se croyait-elle plus digne de Thomas et de ses conseils ? Oui, Baptiste avait des côtés insupportables, mais elle le connaissait à peine ; et n'était-elle pas plus orgueilleuse encore de se considérer plus artiste que lui ? Il créait ; elle interprétait. Elle était reconnue ; il n'avait rien publié. La modestie de son art valait bien la vanité de ses prétentions.

Petit à petit, son esprit fut dompté par le balancement. Si Thomas n'était pas Asmodée, il avait disparu et elle ne devait pas compter le revoir. Si Thomas et Asmodée ne formaient qu'un, Baptiste avait alors un rôle à jouer, ne fût-ce que celui du messager inconscient. Une conclusion s'imposait : Thomas ne voulait ou ne pouvait plus la voir. Que ce fût ou non planifié, il lui avait légué tout ce qu'il pouvait ; elle devait se débrouiller seule. Mais alors, Baptiste ? Sa seule fonction était-elle de lui faire parvenir les partitions d'Alessandro Giacolli ? Ce serait ridicule ; ces partitions intéressaient davantage Francesco. Elles n'émouvaient Candice que parce qu'elles lui rappelaient Thomas. Si Thomas était Asmodée, il devait avoir une bonne raison de s'intéresser à Baptiste, comme il en avait eu d'approcher Candice. Il fallait même considérer cela comme l'hypothèse principale ; Thomas-Asmodée s'était intéressé à Baptiste sans penser qu'il rencontrerait Candice. Elle n'avait rien à voir dans cette histoire, elle était une intruse ; jamais elle n'aurait dû revenir à Venise. Sinon, pourquoi Asmodée refuserait-il de la rencontrer ?

Tout le calme retrouvé s'estompa devant cette pensée et des larmes revinrent tandis qu'elle mordillait nerveusement ses genoux. À nouveau, elle s'insurgea ; que valait Baptiste ? Une douche… Son corps la guidait, médecin patient, et réclamait une ablution encore, mais revigorante. Elle se déplia vivement et se rendit dans la cabine où elle ouvrit le robinet. Le jet froid la fit japper comme un petit chien, mais elle ne modifia pas le réglage du mitigeur. Sa peau s'accoutuma à la température et son esprit y trouva son compte. Elle était ridicule. Sur quoi jugeait-elle ? Baptiste était maladroit, qu'est-ce que cela signifiait ? Rien. Combien d'artistes authentiques n'étaient pas invivables ? Il fallait juger sur d'autres éléments ; ne venait-il pas l'écouter ? Il aimait la musique ; elle l'avait observé pendant qu'elle jouait et mieux encore durant l'opéra. C'est vrai, il s'y était endormi ; mais elle savait que c'était une manifestation de cet amour, tout comme certains amants s'endorment dans les bras de l'être aimé. Cette idée la fit frissonner. Elle éteignit la douche et se précipita dans le second peignoir prévu par l'intendance hôtelière. Elle était décidée : elle demanderait à Baptiste de lui montrer certains de ses textes. Alors, elle pourrait juger. Il était huit heures. Elle avait mal et peu dormi. Francesco avait exceptionnellement fixé le début des répétitions à dix heures trente. Elle pouvait se recoucher et essayer de dormir un peu. Mais elle était trop énervée, elle voulait savoir. Savoir ce que valait Baptiste, si elle faisait partie du projet de cet Asmodée, si Baptiste était un dernier message – un cadeau ? – de Thomas.

Vingt minutes plus tard, elle arpentait d'un pas résolu les dalles de la rive. Elle prit le vaporetto et tâcha à nouveau de faire le vide en elle. Elle s'agrippa au souvenir de cet air qui semblait avoir si fort impressionné Baptiste. Les rangées de palais sous le soleil jouèrent le rôle des deux flûtistes se répondant, mélancoliques, tandis qu'entre ces haies de larmes glissait la voix désespérée de l'amante reniée. Ariane avait-elle raison de vouloir se venger de Thésée, de continuer à l'aimer malgré l'évidence de sa forfaiture ? Candice aurait voulu discuter de cela avec Thomas. Avec quelqu'un.

Pas Francesco. Seule, elle ne pouvait trancher. Elle ne comprenait pas, ou trop viscéralement. Et Phèdre ? Gavée d'amour, de naissance trop divine ou pas assez humaine, condamnée à finir par ses propres mains – du dépit d'avoir vu Bacchus choisir sa sœur ? Candice secoua ses cheveux au vent du Grand Canal et tâcha de revenir à la musique seule ; elle n'était pas faite pour les exégèses, ces digues que la raison érigeait pour se protéger des marées du sentiment. Mais elle regrettait celles de Thomas, et celles de Francesco l'amusaient. Et Baptiste ? La musique… Les paroles d'Ariane, qu'elle avait fixées dans sa mémoire. « *Come mai puoi / Vedermi piangere ?* » Personne ne la voyait pleurer à la proue du vaporetto ; personne ne la voulait morte, sans doute – mais qui la pouvait rendre vivante ? Amoureuse comme Ariane, comme Phèdre, aimée d'un Bacchus, d'un Thésée même… La musique ! Elle serra la mâchoire ; devant ses yeux brouillés, les façades s'éloignaient, emportant avec elles les flûtes et l'orchestre, la voix d'Ariane se noyait dans le bourdonnement du moteur et celui, plus pernicieux encore, de ses pensées rebelles qui revenaient à l'assaut, profitant de toutes les brèches – lesquelles se multipliaient comme d'une cale en naufrage.

Les coups à la porte réveillèrent en sursaut Baptiste qui faillit tomber du fauteuil où, au gré d'un mauvais sommeil, il avait adopté une position particulièrement précaire. Il essaya, durant ces quelques secondes, de recomposer le fil des événements de la veille, mais n'eut le temps d'arrêter aucune certitude, pas même celle qu'il devrait peut-être se méfier avant d'ouvrir. Il n'eut pas davantage le loisir de gloser sur la curieuse grimace de Candice qui, sans attendre son accord, pénétra d'un pas décidé dans l'appartement.

— Baptiste, je dois vous parler…

En avançant, elle se retrouva dans l'axe de la chambre dont la porte était restée ouverte. Dans le lit, innocente et endormie, elle aperçut une fille ravissante dont les draps laissaient voir les épaules dénudées et deviner le reste. Candice s'interrompit brusquement, tandis que Baptiste se souvenait de tout en se rendant compte de la méprise vaudevillesque qui était en train de se jouer. Il la vit rougir et ses lèvres trembler.

— Excusez-moi, je vous dérange…

Baptiste s'élança derrière elle, mais elle s'engageait déjà dans l'escalier.

— Attendez ! cria-t-il. Ce n'est pas ce que vous croyez !

Tout à fait réveillé, il jura. C'était ridicule ! Il attrapa sa veste et se précipita derrière la fugitive qu'il rattrapa dans la rue.

— Attendez… dit-il un peu essoufflé, en lui saisissant le bras et en la forçant à lui faire face. Je vais vous expliquer.

Il crut deviner qu'elle se retenait de pleurer.

— Je vous en prie, Candice, il faut que vous m'écoutiez… Ce n'est pas du tout ce que vous croyez. Je ne sais d'ailleurs pas de quoi il s'agit véritablement. Je suis… je suis assez perdu. J'ai besoin de votre aide.

— De mon aide ? répliqua-t-elle d'une voix qui s'efforçait en vain au cynisme.

— De votre écoute, au moins.

Elle parut se calmer, bien que Baptiste notât qu'une de ses mains battait la mesure d'une musique muette.

— J'ai besoin d'un bon café, pas vous ?

Elle acquiesça et ils s'en allèrent au premier café où il était possible de s'asseoir, au pied du pont du Canareggio.

— Ce que je vais vous raconter vous paraîtra sans doute invraisemblable… Je vous demande pourtant, avant de commencer, une double promesse : me croire et garder tout ceci secret…

— Je peux vous promettre la confidentialité ; pour le reste, il faut voir… Vous êtes écrivain, après tout, donc capable d'inventer…

— Je n'ai pas le cœur à jouer, je vous l'assure. Et je suis sans doute un piètre écrivain ; je n'aurais jamais imaginé pareil imbroglio…

Elle sembla émue par la confidence et se garda de répondre, le laissant entamer son récit. Il raconta alors, du mieux qu'il put, ce qu'il pensait avoir compris de l'histoire de Letizia – mais il tut les sentiments, au demeurant troubles, qui l'animaient à son égard. Ce fut un récit laborieux, décousu, entrecoupé de digressions. Il cherchait ses mots, affûtait sa mémoire pour préciser les détails. Candice l'écoutait en plissant les sourcils, entre perplexité et amusement, et cela l'énervait parce qu'il sentait qu'il ne la convainquait pas. À plusieurs reprises, il insista sur le fait qu'il ne s'était *rien* passé entre Letizia et lui et lorsqu'à la troisième fois, elle lui répondit avec un sourire agacé que de toute manière cela ne l'intéressait pas et qu'il était libre, il crut comprendre que l'information avait quand même son importance pour la jeune femme.

— Est-on libre ? fit-il, philosophe. Moi, je vous avoue que, depuis mon arrivée à Venise, j'en doute… En ce qui me concerne, du moins. Pour être libre, il faut comprendre et maîtriser les événements…

— Ou se laisser emporter sans résistance, répondit-elle, songeuse et comme surprise par ses propres paroles.

Il avait fini, il avait tout raconté, jusqu'à l'arrivée de Candice une heure plus tôt. Il recommanda un cappuccino et ils restèrent silencieux à nouveau jusqu'à l'arrivée des tasses.

— Alors, questionna-t-il, anxieux.

— Quoi ?

— Vous me croyez ?

Elle hésita puis sourit.

— C'est assez abracadabrant, non ? Mais après tout… Nous sommes à Venise ! Tout est possible…

Se moquait-elle de lui ? Sans doute perçut-elle son inquiétude car son sourire perdit toute son ambiguïté.

— Je n'ai aucune raison de ne pas vous croire, Baptiste.

— Que me conseillez-vous ? demanda-t-il soulagé.

Elle but avant de répondre, soufflant légèrement sur la mousse de lait.

— Je resterais en dehors de tout cela… Prudence… Bien que j'ignore quels sont vos sentiments pour cette jeune fille…

Baptiste eut un mouvement et ouvrit la bouche mais elle l'interrompit, un peu trop sèchement.

— Oui, je sais, vous n'avez pas…

Elle cala sur les mots crus qui suivaient et ne sut comment répéter, à sa manière, l'aveu insistant de Baptiste.

— Ça ne veut rien dire, conclut-elle.

Baptiste, embarrassé, protesta.

— Non, je vous assure ! Je… je crois que vous avez raison…

Ils se turent à nouveau, incapables d'ajouter quoi que ce soit.

— Vous vouliez me dire ou me demander quelque chose ? reprit enfin Baptiste, heureux d'avoir trouvé de quoi faire diversion. Mais elle parut ne pas comprendre.

— Votre visite, ce matin…, précisa Baptiste.

— Ah oui…

Elle hésita avant de poursuivre.

— Je voulais simplement vous demander si vous aviez emporté certains de vos textes… J'aimerais les lire. Vous venez m'écouter ; c'est la moindre des choses…

Bien qu'elle s'efforçât de présenter sa démarche comme un simple échange de politesse, son embarras enchanta Baptiste. Oui, il avait quelques nouvelles avec lui, il pouvait aller les chercher tout de suite, Candice pouvait l'accompagner…

— Non… Je suis attendue pour nos répétitions. Mais vous pouvez me les apporter en fin de journée au studio… Si du moins vous êtes libre.

C'était la perspective d'un repas ; Baptiste accepta avec enthousiasme. Elle se leva et il régla la note au comptoir. Au moment de sortir, il prit une grande inspiration et se lança.

— Dites… Nous avons le même âge, et… On pourrait se tutoyer, peut-être…

Elle le regarda, étonnée, puis sourit.

— Si vous voulez.

Elle rit.

— Je veux dire : si tu veux !

Elle lui tendit la joue qu'il effleura de ses lèvres, et elle s'éloigna en lui faisant un dernier salut de la main.

Il resta un moment immobile jusqu'à ce que le rire du serveur, qui les observait depuis le café, le fît sursauter.

— *L'amore !* lança le Vénitien goguenard.

Baptiste, ravi, s'éloigna. Ce matin était radieux, il était sûr que Candice l'aimait. Ou qu'elle était sur le point de l'aimer. Et là-haut, dans son lit, Letizia reposait… Il pensa téléphoner à sa mère pour lui confier cette soudaine fortune sentimentale, mais il eut peur que sa sauvageonne ne s'éclipsât une fois de plus et il s'empressa de remonter chez lui, guilleret.

Sa joie se dissipa dès qu'il eut atteint le palier ; la porte de l'appartement était grande ouverte, et le désastre était visible de loin. Tout avait été renversé ; le cahier, les stylos, les cassettes, les livres. À pas lents, Baptiste rentra, passa une tête par la porte de sa chambre, puis de la salle de bains ; Letizia était partie. La peur s'empara de lui ; qu'était-il arrivé à la jeune fille ? Était-on venu la kidnapper ? Que se serait-il passé s'il avait été présent ; aurait-il pu la défendre, aurait-il été blessé ? Tué ? Il fallait avertir la police ! Au bord de la panique, Baptiste revint dans le séjour et buta sur quelqu'un. Il hurla mais devint muet en découvrant Giancarlo, le père de Letizia. Il lui parut plus imposant que jamais, vêtu d'un long manteau de cashmere noir. Revenait-il pour le tuer ? Baptiste recula en tremblant et trébucha sur une chaise renversée.

— Allons Baptiste, on dirait que vous avez peur de moi… Que s'est-il passé, ici ? On dirait…

— Vous… Vous le savez bien, non ?

D'où lui venait cette témérité ? Il avait cessé de reculer et glissait vers le tiroir de la cuisine où se trouvait un grand couteau. Mais la voix de Giancarlo était franche et son étonnement semblait sincère.

— Moi ? Comment le pourrais-je ? Je viens d'arriver…

Il ôta ses gants et déboutonna son manteau en poussant un profond soupir. Sans faire attention aux manœuvres de Baptiste, il releva la chaise et y prit place.

— À vous voir, j'imagine ce que l'on vous a raconté sur mon compte… Vous êtes écrivain, vous avez dû… extrapoler encore ! Mais je peux vous assurer que je n'ai rien à voir avec ce désordre. Avez-vous du café ? Je n'ai pour ainsi dire pas dormi, et…

Baptiste, troublé par cette voix, renonça au couteau et vérifia que la cafetière était encore en état.

— J'aurais dû y penser tout de suite, reprit Giancarlo d'une voix sourde.

— À quoi ?

— Que ma fille serait chez vous.

Baptiste protesta maladroitement.

— Mais je n'ai jamais…

— Calmez-vous, Baptiste. Je ne vous reproche rien, et je serais même heureux d'apprendre qu'elle a pu trouver auprès de vous un peu d'équilibre… Lorsque nous sommes rentrés, hier soir, elle n'était pas là. J'ai craint le pire. Alba, évidemment, a fait mine de ne rien voir. J'ai couru dans les coins secrets de la ville où elle a coutume de se cacher, je suis même allé dans les commissariats… Vous vous êtes rendu compte, si vous la connaissez un peu, que ma fille est… qu'elle souffre de troubles psychologiques graves…

— Letizia ?

— Elle ne s'appelle pas Letizia. Son véritable prénom est… Peu importe. C'est en rentrant chez moi, ce matin, que j'ai songé à vous. Je connais ma fille mieux que personne ; je me suis rappelé certains de ses regards, lorsque Alba parlait de vous, sa nervosité quand elle a su que vous occupiez la loge voisine. Elle est… fantasque ; vous êtes un jeune homme plaisant, un écrivain, vous ne ressemblez pas aux jeunes qu'elle rencontre ici – et ils ne sont pas nombreux. Alors, j'en ai déduit que… J'ai raison, non ?

Baptiste ne se sentit pas la force de nier, ému et impressionné par les confidences de cet homme qui lui semblait toujours redoutable, sans doute, mais qu'il ne redoutait plus autant. La cafetière siffla une opportune diversion.

— Mais elle a disparu, ce matin… Je suis sorti quelques minutes et, quand je suis revenu, j'ai découvert l'appartement vide, dans cet état…

— C'est sans doute elle… Ou sa mère. Je ne sais pas quoi faire pour la soustraire à son influence… maléfique !

En disant ces mots, il frappa la table du plat de la main, ce qui fit sursauter Baptiste. Mais l'Italien se calma aussi vite qu'il s'était emporté.

— Alba est une vraie démente… Je ne devrais pas vous le dire, mais puisque Letizia semble compter pour vous, il faut que vous sachiez certaines choses. Je suis sûr, par exemple, qu'elle vous a raconté cette histoire d'une supposée aïeule portant ce prénom de Letizia et fuyant un amour interdit…

Baptiste acquiesça.

— Elle m'a même montré une alliance…

Giancarlo ricana amèrement.

— C'est sa mère qui lui a mis ces inepties dans le crâne ! Je connais l'histoire des Malcessati ; et d'abord, dites-moi comment une jeune femme disparue comme cette supposée Letizia aurait pu avoir une descendance dont seraient issues Alba et ma fille ?

— Je… Je ne sais pas, reconnut Baptiste qui s'était laissé prendre par le récit de la jeune fille. Une sœur ? Une cousine ? Et elle a parlé d'un fils abandonné en Toscane…

— Grotesque ! J'ai étudié l'arbre généalogique que j'ai fait vérifier par des spécialistes ; il n'y a jamais eu de Letizia Malcessati à l'époque supposée de cette fable, ni aucune Malcessati d'ailleurs qui aurait épousé un Toscan pour disparaître ensuite dans la nature ! Je suis le premier roturier à pénétrer dans ce sanctuaire ! Avant moi, il n'y eut que des princes, des ducs ou des marquis, jamais rien de moins, pas même un comte. Alba est une mythomane et… Letizia est tellement influençable !

Giancarlo but son café d'une traite.

— Je suis désolé de vous voir embarqué dans cette histoire… Vous n'auriez jamais dû nous rencontrer. Sans cette agression ridicule ! Mais, à présent, vous êtes peut-être mon plus précieux auxiliaire. Je suis navré des dégâts causés par ma fille – ou sa mère. Tenez…

Il sortit son portefeuille et extirpa une liasse de billets.

— Si cela ne suffit pas, faites-le-moi savoir discrètement. Mais ne dites surtout pas à Alba que je suis venu, que je suis au courant. Dieu seul sait ce dont elle est capable… Dieu, ou Satan plutôt ! Si Letizia revient chez vous, prévenez-moi, ne la laissez plus s'échapper. Nous devons la protéger d'elle-même et de sa mère. J'ai tardé, j'en ai peur ; maintenant, j'espère seulement qu'il est encore temps…

Il se releva et fixa Baptiste droit dans les yeux, suppliant.

— Vous m'aiderez ?

— Oui, répondit-il d'une voix nouée. Mais…

Giancarlo fronça les sourcils.

— Si son vrai prénom n'est pas Letizia, quel est-il ? Et pourquoi l'utilisez-vous ?

L'homme eut un petit sourire triste.

— J'ai été obligé de jouer ce jeu grotesque par crainte de la perdre. Dans l'histoire de cette aïeule, une chose est vraie, mais au présent ; Alba peut disparaître du jour au lendemain, emportant ma fille. Et si je vous révèle son vrai prénom, vous risqueriez de l'utiliser, même par mégarde ; si elle apprend que nous nous sommes vus, elle ne reviendrait plus jamais chez vous. Sa mère l'a montée contre moi à un point que même un écrivain ne pourrait soupçonner. Sous sa contrainte, presque sous sa dictée, Letizia a rempli un carnet avec des insanités à mon propos – un vrai roman de malade ! Je ne lui en veux pas, je sais qu'elle n'est pas responsable ; tout ce que je souhaite, c'est pouvoir la faire soigner et la mettre à l'abri.

Baptiste, mal à l'aise à cause de l'évocation du carnet, songea à la confidence terrible de Letizia sur San Clemente, mais il se tut. Giancarlo laissa les billets sur la table et se baissa pour ramasser un livre.

— Souhaitez-vous que je vous aide à ranger ?

— Ça ira… Il n'y a pas grand-chose.

Giancarlo lui tendit la main.

— Alors, c'est promis ? Vous m'aiderez à la sauver ?

— Oui…

— Tenez, poursuivit-il en tendant une carte de visite, c'est l'adresse de mes bureaux, près de San Marco. Ma femme n'y vient jamais.

Baptiste prit la carte, tandis que Giancarlo s'éloignait.

— Ne la laissez pas traîner…

— Quoi donc ?

— La carte…

Et il disparut dans l'escalier, laissant Baptiste perplexe.

Il glissa la carte et l'argent dans son portefeuille – il n'avait pas eu le temps de refuser, mais c'était absurde, la somme était excessive, rien ne semblait cassé, il en avait pour une petite heure de rangement. Puis, pour ne pas se laisser submerger par les pensées contradictoires qui l'envahissaient, il se mit à la tâche.

Ce qui ne l'empêcha pas de gamberger. Devait-il croire Giancarlo ? Cela semblait tellement incroyable ! Mais l'homme paraissait sincère. Qu'était devenue Letizia ? Alba était-elle cette folle manipulatrice ? Son goût du théâtre, ces allures fantasques ; beaucoup d'éléments convergeaient et semblaient accréditer cette hypothèse. Mais Baptiste se souvint des confidences de Francesco sur Giancarlo, de l'accueil que celui-ci lui avait réservé lors de sa première visite… Tout dépendait donc du regard porté sur les êtres ?

L'appartement fut bientôt en ordre, comme si rien ne s'était passé. Pas une feuille ne manquait. C'est alors que Baptiste songea au coffre demeuré clos ; il se précipita et l'ouvrit. Les partitions n'avaient pas bougé mais la vieille enveloppe avait disparu. Baptiste refit le tour des lieux à quatre pattes pour s'assurer qu'elle n'avait pas glissé sous un meuble, mais il dut l'admettre : « on » avait dû la voler. « On ». Letizia ? Sa mère ? Giancarlo ? Que faire ? Qui croire ? Il revit le sourire simple et calme de Candice lui conseillant de se tenir en dehors de ces histoires. Candice… que la vie devait être simple avec elle ! Elle était la clarté, la blancheur, alors que Letizia… Quoi, Letizia ? Il songea au poids de son corps contre lui, sa main sur son bras ; qui était-elle ? À quoi jouait-elle ? Se moquait-elle de lui ? Baptiste ne pouvait s'y résoudre. Letizia était un aiguillon douloureux qui s'était fiché en lui ; il commençait à comprendre qu'il ne pourrait pas s'en débarrasser facilement. Il poussa un énorme soupir et feuilleta son manuscrit ; il fallait renoncer au projet de le poursuivre à Venise, à moins de ne plus quitter cette ville. Mais il y avait la vie en Belgique, la vie et la mort, sa mère, son père, à qui il n'oserait rien avouer au téléphone, de crainte de les inquiéter, de s'entendre intimer l'ordre de rentrer immédiatement. Voilà ce que son père lui répondrait ! Il aurait mieux fait de ne visiter que les musées ; maintenant, il ne devait pas rester une heure de plus dans cet imbroglio absurde – « abracadabrant » avait tranché Candice. Candice plairait à ses parents. Letizia les effraierait. Baptiste gémit, se prit la tête entre les mains. Il devait se calmer. Que pouvait-il compter pour sûr ? Candice, à nouveau. Elle lui avait demandé ses textes.

Il sortit de sa valise les quelques nouvelles qu'il avait photocopiées avant son départ pour les donner à lire à Asmodée. Il en ferait une copie pour Candice, au cas où le vieux fou accepterait de les prendre – ce dont Baptiste commençait à douter. Mais Letizia ? Il n'allait pas rester à l'attendre ; chaque fois qu'il l'avait guettée, elle avait joué au fantôme.

Une heure plus tard, il était au studio. Derrière les battants clos de la salle d'enregistrement, on entendait Mozart ; l'équipe de techniciens était à la console, les oreilles cachées sous les coquilles noires de leur casque. L'un d'eux aperçut le visiteur et le reconnut. Il lui fit signe de venir s'asseoir derrière eux, sur une chaise vide. Baptiste obtempéra. De là, il put observer à loisir Candice, derrière la vitre épaisse, qui jouait la cadence du premier mouvement. Elle aussi baissait les paupières pour mieux entendre… Baptiste se coiffa du casque que lui tendit l'ingénieur et les notes cristallines de la harpe et de la flûte coulèrent sur lui, pour le purifier. Il gardait les yeux ouverts, fixés sur Candice ; tout le reste s'effaçait et ce qui demeurait était simple, beau, évident – parfait. Il ne pensa bientôt plus à Letizia, aux documents volés – tout cela n'était qu'un mauvais roman. La vie, la vraie ! Elle était là, devant lui, dans cette jeune femme très belle qui domptait le plus élégant des instruments.

Cela dura longtemps. Il n'y eut jamais un mouvement entier ; Francesco interrompait souvent, plus ou moins vivement, et donnait ses consignes pour accentuer tel effet, rendre plus sensible telle nuance. L'orchestre et Candice ne discutaient jamais et s'efforçaient de le satisfaire.

Enfin, vers dix-sept heures, Francesco donna le signal de l'arrêt. Il s'épongea le front et remercia chacun. Leur travail accompli, les fonctionnaires du rêve rangèrent leur instrument et s'éclipsèrent. Baptiste s'avança vers Candice. Elle l'accueillit chaleureusement et lui demanda s'il était là depuis longtemps. Il avoua.

— C'était… merveilleux ! Je ne pensais pas qu'il fallait tellement travailler…

Elle avait entrepris de démonter sa flûte et de la nettoyer soigneusement, et Baptiste l'observait avec la même fascination que sa mère quand elle tricotait, hypnotisé par le travail rapide et précis des doigts.

— Sans le chef, nous serions presque des aveugles… Et Francesco est incomparable pour sa façon de mettre en valeur des nuances que personne avant lui ne semble avoir perçues !

À cet instant, Francesco, qui était allé s'entretenir avec la harpiste, revint.

— Tu cherches à me flatter ! Pourquoi ? Tu veux une augmentation ?

Il éclata de rire en serrant la main de Baptiste.

— Mais il ne faut pas la croire, poursuivit-il en continuant d'écraser les phalanges de l'écrivain ; sans l'orchestre et les solistes, nous sommes irrévocablement muets ! Alors, dites-moi, avez-vous apporté les partitions ? J'en ai déjà parlé à un ami, qui dirige la Libreria Marciana, la plus prestigieuse bibliothèque de Venise – c'est chez lui que nous avons trouvé des éléments importants pour l'*Arianna*, même si la copie principale provenait de Florence. Il est ravi et curieux de découvrir ces partitions et ce musicien, qu'il croyait jusqu'à présent tenir plus de la légende que de la réalité.

Baptiste tendit la liasse à Francesco en prenant soin de faire remarquer à Candice qu'il y avait autre chose.

— Je t'ai aussi apporté ce que tu m'as demandé, poursuivit-il en s'assurant que Francesco entendrait la remarque et noterait le tutoiement.

Candice le remercia et referma le couvercle de sa boîte.

— J'aimerais aller prendre une douche et me reposer, mais si tu veux, on peut manger ensemble ce soir…

C'était dit de la plus simple des manières, comme Baptiste aurait pu le vivre à la sortie d'un cours, à Louvain-la-Neuve. Était-ce la magie du tutoiement, ou quelque chose de plus important s'était-il passé ce matin ? Baptiste exultait et s'empressa d'accepter, non sans noter avec une bouffée d'orgueil le regard étonné puis amusé de Francesco.

— Je ne pourrai pas me joindre à vous, malheureusement, commenta ce dernier, non sans ironie. Mais peut-être que tu ne m'invitais pas, *cara*…

C'était encore pour rire, la vie était belle et simple,

rien ici ne pourrait la gâcher. Rendez-vous fut pris dans le hall de l'hôtel.

Dans un bar, Baptiste prit un Campari, puis affronta le froid pour savourer le coucher de soleil. Il y eut un doigt rosé sur les boucles de la Salute et un éclat doré au faîte de San Giorgio. De frêles gondoles d'ambre se couchèrent sur les vaguelettes, entre les piquets colorés où leurs sœurs de bois hoquetaient doucement en attendant le sommeil. Un rang de petites filles en uniforme se pressa sur la rive, puis traversa la place comme si quelque diablotin les poursuivait. Plus loin, vers le Londra, on entendait les bruits d'une fête foraine où l'on vendait du *filo zucchero*. Baptiste en dégusta un en regardant les enfants à qui l'on offrait un dernier tour de manège, emmitouflés dans des couches de laine et de plumes ; seuls, leurs visages rayonnants surgissaient au passage devant les adultes frigorifiés qui battaient le pavé en attendant que messe se passe – ou que vieillesse se fasse.

Candice lui proposa de manger à l'hôtel et le soulagea en précisant que, cette fois, c'était son tour de l'inviter.

Ils parlèrent de ce musicien exhumé, des répétitions. L'un et l'autre slalomaient entre les écueils réels ou imaginaires où ils ne souhaitaient pas, pour des raisons différentes, voir s'enliser la conversation. Elle n'y perçut plus aucune flatterie ; Baptiste avait passé l'après-midi à les écouter et ce qu'il disait correspondait à ce qu'elle-même ressentait. Elle révéla que Francesco avait réalisé l'adaptation pour flûte d'une sonate de Giacolli et qu'ils la joueraient ensemble, dans deux jours, au concert. Concert auquel Baptiste était invité, bien entendu. S'il était toujours à Venise. C'était probable, il ne savait d'ailleurs pas ce qu'il allait faire. L'épisode du père de Letizia les occupa un bon quart d'heure et Baptiste réalisa que, durant son attente, il n'avait pas songé à rentrer chez lui, vérifier si Letizia y était revenue. Elle pensait toujours que cette histoire était invraisemblable et que, plus que jamais, Baptiste ferait bien de s'en tenir éloigné. Il rentrerait bientôt en Belgique, ses études l'attendaient. Baptiste sourit ; elle avait raison. En Belgique, tout serait plus clair, plus serein. Ils se reverraient, évoqueraient ce séjour vénitien en riant. Elle le regardait ; dans ses beaux yeux, elle croyait percevoir une lueur particulière quand ils nommaient Letizia, et elle en ressentait… quoi ? Du dépit ? De l'envie ? De la jalousie ? Elle n'avait jamais rencontré la fille de la princesse. Elle ne l'avait vue qu'une fois. Nue, dans le lit de Baptiste. Elle insista sur les dangers qu'elle supposait à cette histoire – et faillit dire : « à cette liaison ». Baptiste était-il amoureux d'elle ? Attiré, certainement. C'était normal. Mais ça l'énervait.

Alors, elle parla de sa vie professionnelle, insista sur les voyages incessants. Il hasarda que ce devait être difficile à combiner avec une vie de famille. À ces mots, elle ressentit une grande tristesse, qu'elle détourna sur Baptiste : quelles étaient les nouvelles de sa mère ? Surpris, mais ravi, Baptiste revêtit son masque de futur orphelin. Ils déclinaient leurs solitudes : celle de la soliste, celle de l'artiste, celle de la souffrance. Le sommelier ouvrit une seconde bouteille de vin. Baptiste, qui se croyait encouragé dans cette voie, fut prolixe. Il expliqua que les nouvelles – petit tapotement sur l'enveloppe pour la rappeler au bon souvenir de Candice – étaient toutes, d'une certaine manière, une anticipation de ce décès. Pour cela, il n'osait pas les montrer à sa mère. Il commença à s'apitoyer. Quand elle s'en rendit compte, il était trop tard – elle allait à nouveau le trouver insupportable. Elle ne put, cependant, redresser la conversation. Il y eut des silences de plus en plus longs. Les regards de Baptiste étaient ceux d'un petit chien. Plus il se concentrait pour en intensifier l'éclat dramatique, plus elle s'exaspérait. Mais elle tâchait de ne rien laisser paraître. Elle ne se comprenait pas, elle s'échappait, elle se perdait. Elle se détestait – de ne pas savoir, de ne pas comprendre, de ne pas se fier à ses sentiments. Mais quels sentiments ? Elle vit la main du jeune homme qui glissait sur la table en direction de la sienne, mais elle ne bougea pas, tétanisée, ivre aussi. Un premier doigt effleura son ongle verni ; ce fut une décharge électrique. Sans qu'elle eût le temps de réaliser, sa main s'était blottie contre son menton, à l'abri de l'effroyable prédateur. Il la dévisageait, désolé, comme un joueur qui perd, à deux doigts du but, navré, larmoyant. Elle aurait dû rire, et lui aussi. Ils se turent, et le silence, se prolongeant, anéantit la soirée. Un mal de tête opportun surgit ; elle se leva, tâchant de recouvrer quelque civilité. Il la remercia, pataud, pour le délicieux repas. Elle signa l'addition, il remercia encore. Ils se levèrent, s'embrassèrent maladroitement. Elle emporta malgré tout les nouvelles. « Tu n'es qu'une vieille coincée », se morigéna-t-elle dans l'ascenseur ; « Mais quel empoté ! » Quant à Baptiste, sous la pluie, il songea que la vie était difficile pour les âmes simples. « Tu ne sais pas parler aux femmes, convint-il ; mais elle a un problème, ce n'est pas possible autrement ! »

En attendant, ils se retrouvèrent seuls, chacun dans son lit.

Baptiste s'éveilla avec deux certitudes : un mal de tête douloureux et la décision de confirmer la date de son départ. La nuit avait été mauvaise ; la soirée avec Candice, à peine moins désastreuse que la première ; Letizia n'était pas revenue. La marche dans les rues désertes, sous la pluie, avait éveillé des fantômes, Baptiste avait même eu peur par endroits. Il allait devenir fou. Il se donnait encore cinq jours. Plus précisément, il les donnait à Asmodée. À Letizia. À Candice. Dans deux jours, le concert. Si rien ne se passait endéans ce délai, il conclurait qu'il s'était laissé duper – par Asmodée, Letizia et Candice. Non, pas par Candice. Il fallait être honnête. Et puis, il pourrait la revoir à Bruxelles. Il la sentait plus malheureuse qu'il l'avait cru, plus fragile. Mais pour le reste, pas d'illusions. Si Asmodée ne reparaissait pas, il lui laisserait un mot où il lui exprimerait sa déception.

Il prit une longue douche, un café serré et deux cachets d'aspirine. L'un pour Candice, l'autre pour Letizia. Il était assuré de revoir Candice, et celle-ci avait gardé ses textes. Letizia n'était peut-être qu'un songe. On la prétendait folle. C'était possible. Elle était plus jolie que Candice. Baptiste avait deviné ses seins nus sous les draps du lit – de son lit ! Mais Candice était très belle aussi. Et Baptiste pouvait s'acheter des magazines pleins de poupées nues comme Letizia. Sauf qu'il n'avait jamais osé en acheter. L'aspirine soulagea la céphalée mais le café renforça sa nervosité. Il délirait. Il prit son baladeur et voulut en extraire la cassette. Quelque chose coinçait le mécanisme. Baptiste s'impatienta, força l'ouverture du boîtier qui rompit brusquement. Il jura, essaya de réparer le mal avant de reconnaître l'inéluctable : l'appareil était mort. Bien que cela fît plusieurs jours qu'il ne s'en était pas servi, cette défection le blessa, comme un ultime mauvais présage au seuil d'une grande résolution.

Le train était complet pour le jour souhaité. Idem les jours précédents et les trois qui suivaient. Moyennant supplément, il pouvait toutefois obtenir une place en première classe, wagon-lit particulier. C'était cher. Il haussa les épaules ; rester quatre jours de plus lui coûterait cher aussi. Pas s'il mangeait chez lui ; mais il se sentait déprimé, il avait besoin de se rassurer. Le restaurant l'avait toujours réconforté. Il fit un chèque pour régler et se demanda quel musée il pourrait visiter ce matin pour faire passer la note auprès de son père.

Sur le quai, devant la gare, le soleil brillait sur la même agitation que le jour de son arrivée. Se sentait-il moins étranger à présent ? Sans doute. Moins émerveillé aussi. Il observa avec mépris un couple de touristes obèses qui léchait une glace commune malgré le froid. Des Américains – ou des Anglais – tiraient une fillette qui hurlait ; une nouvelle journée de cauchemar en perspective, à traîner un boulet dans des églises et des musées. Deux amoureux scandinaves s'embrassaient goulûment sur les premières marches du pont ; les baisers étaient-ils plus savoureux, plus profonds à

Venise ? Tout était truqué, étriqué, stéréotypé. Décourageant. La vie ne nous était pas donnée ; il fallait encore se battre pour l'obtenir, et plus encore pour en faire quelque chose d'intéressant. Quoi ? Baptiste ne le savait pas précisément ; mais pas ça. Pas ce troupeau venu consommer des clichés pour s'en repaître bruyamment dans les repas de famille. Être allé à Venise, à New York, rouler en voiture allemande, acheter le dernier Sollers, lire le dernier Sullitzer ; ce n'était pas cette vie qui l'appelait, ni cette Venise qui l'attirait. Laquelle, alors – de vie, de Venise ? Impossible à dire. Il était saturé de tout : images, noms, sensations. Pour l'heure, il le sentait, il ne pourrait plus qu'emmagasiner, se gaver. Après, dans quelques mois peut-être, il saurait ce qu'il avait vécu ici. Il en reparlerait avec Candice. S'il la revoyait. Elle avait beaucoup insisté, la veille, sur les difficultés engendrées par sa profession ; pourquoi ? Était-ce une main tendue, un appel à l'aide, une fin de non-recevoir ?

Il restait là à gamberger sous le soleil, devant le tableau du Grand Canal, sa procession de palais, ses navettes noires qui tissaient du mythe à bon compte pour des foules vite satisfaites. En fermant les yeux, on entendait du Vivaldi – restez en ligne, on recherchait votre cliché correspondant. Canaletto, Vivaldi, spaghetti, *gondolieri*. Un zeste de mort, de décadence. Le kitsch du carnaval. Baptiste se sentit gagné par une ivresse acide et se remit en route.

Puis, il appela sa mère et lui annonça son prochain retour. Non, tout allait bien : son roman avançait, il devait revoir une dernière fois M. Edern pour une rencontre qui serait décisive, à n'en pas douter. Lui avait-il déjà parlé de cette adorable flûtiste ? Très gentille, ravissante aussi. À Bruxelles. Il faisait froid, oui, le temps changeait souvent. Il n'y avait que la neige qui lui avait été épargnée, encore que le spectacle ne devait pas manquer de charme. Elle avait l'air heureuse de l'entendre, de ce retour prochain. Elle parlait de petites choses, de questions sans importance pour maintenir le contact. Baptiste répondait d'une voix calme, elle ne voyait pas sa jambe qui battait la mesure de plus en plus vivement. Peut-être le percevait-elle toutefois, à certaines inflexions ; mais, pour une fois, elle refoulait cette intuition maternelle, elle voulait parler, tant pis si ce n'était que du bavardage. Baptiste l'imaginait, couchée dans l'énorme divan brun sous la baie vitrée et l'aquarium du jardin sombre. Il lui dit qu'il faudrait qu'elle l'accompagne à Venise, c'était magnifique, un beau mensonge, et elle, bien sûr, mais en attendant, il fallait que Baptiste sache, et là la voix changeait, le bavardage s'interrompait, il n'avait servi qu'à aplanir les sentiers pour l'aveu difficile, il fallait que Baptiste sache, qu'il apprenne des lèvres de sa mère qu'elle ne serait pas à la maison lors de son retour, mais à la clinique Bordet – le « bordel » dit-elle en s'essayant à rire – il ne devait pas s'inquiéter, c'était une opération de la hanche pour la soulager, elle était prévue, on l'avait avancée de quelques semaines, et Baptiste ne sut pas pour quelle raison, peut-être tout simplement pour permettre au clinicien de profiter d'une promotion pour un séjour de rêve, à Venise pourquoi pas, où il viendrait embrasser éperdument une infirmière ravie tandis que ses patients charcutés en hâte sombreraient dans les canaux puants de son amnésthésie. Baptiste ne devait pas s'inquiéter, surtout pas, et il promit, il ne s'inquiéterait pas, sans les mensonges la terre depuis longtemps en aurait eu assez de tourner et Venise de tenir ses palais hors de l'eau ; il viendrait la voir directement, il essaierait même de rentrer plus tôt, mais elle ne voulait pas, d'ailleurs, il savait que ce n'était pas possible, il n'y avait pas de place, à moins que par l'avion… Elle trancha, elle ne voulait pas qu'il raccourcisse son séjour ; ce n'était rien, sa voix se raffermit, elle n'était pas mourante, dans cinq jours, il arriverait le jour de l'opération, c'était parfait comme ça. Il ne discuta pas ; elle sembla subitement épuisée. Il l'embrassa, raccrocha, abasourdi par l'annonce. Il était comme un permissionnaire qui se rappelait que la guerre continuait sans lui. Il hésita à peine et appela aussitôt son père, au bureau.

À sa voix sèche, il comprit qu'il le dérangeait en plein rendez-vous avec un client. Auguste lui demanda de le rappeler plus tard, mais Baptiste répondit que ce serait difficile ; son père haussa la voix mais Baptiste lui dit qu'il venait de parler à sa mère, qu'elle lui avait annoncé l'opération, qu'il voulait savoir si c'était grave, s'il devait rentrer plus rapidement en avion, si… Son père l'interrompit : oui, c'était grave, sinon on n'aurait pas avancé la date de l'opération qui n'était encore qu'une hypothèse quinze jours plus tôt ; non, ça ne servait à rien de payer une fortune pour un billet d'avion, puisque Baptiste estimait que ce voyage était tellement important, qu'il reste jusqu'au bout, chacun ses priorités, lui était là pour s'occuper d'elle. Pour le reste, il faudrait qu'ils en parlent, si Baptiste n'avait pas l'occasion de le rappeler, il le ferait à son retour. Est-ce qu'il faisait beau à Venise ? Et on raccrocha.

Baptiste était furieux, en rage, impuissant, coupable et refusant de l'être – de cette façon, du moins, à croire que son père était content de le prendre en faute, de pouvoir se plaindre de lui, de jouer la victime auprès de ses amis – vous vous rendez compte ? Ce gamin prend des vacances alors que sa mère est en train de mourir et que je dois assumer ça tout seul, à mon âge, avec mon cœur, et mes clients… Mais une chose était vraie : elle allait être opérée, c'était grave et Baptiste ne serait pas là. S'il lui arrivait quelque chose durant l'opération, il ne se le pardonnerait jamais ! Il lui sembla entendre la voix d'Asmodée : pourquoi donc ? En quoi sa présence changeait quoi que ce soit ? Il ne voulait pas rater le spectacle ? *Stabat filius dolorosus ?* En rentrant plus tôt, il inquiéterait sa mère, elle l'avait dit. Les malades du cancer sont les premiers à se leurrer sur leur véritable état de santé. La vie pour eux n'est plus qu'une question de prolongation. Qui durait parfois longtemps. Cela faisait des années à présent que sa mère risquait de mourir ; cela n'avait pas empêché Baptiste de partir à Venise. Des milliers d'autres personnes étaient mortes. Lui-même pouvait disparaître dans un accident. La vie continuait, et elle continuerait après. Mais Asmodée n'était pas là, Baptiste était à Venise, sa mère en Belgique et son père… Il ne fallait pas compter sur lui pour visiter des musées ! De toute manière, il savait qu'à son retour, on n'en parlerait pas, cette opération obnubilerait son père quel qu'en soit le résultat.

Il marcha dans les rues comme aux premiers jours, sur les pas d'un inconnu. Mais la filature était distraite, il perdait souvent le fil. Il avançait la tête basse et tâchait au moins de suivre ses pensées, sans guère plus de résultats. Il s'assit au bord d'un canal, les pieds pendant au-dessus d'une eau verte et opaque. Une odeur de vase et de pourriture monta jusqu'à lui. Le poids du monde se concentra sur ses épaules, il sentit ses jambes tirées vers le bas. Il suffirait… C'était une pensée étrange, qu'il avait déjà eue, plus jeune, une idée somme toute réconfortante. Il suffirait de peu pour le salut du rien. Annihiler la culpabilité, la retourner à l'expéditeur. Un coup de rein, un coup pour rien, un rond dans l'eau. Que penserait Candice ? Asmodée ? Letizia ? Leurs remords seraient le seul bénéfice possible de cet acte, rendu perte sèche par le même acte. Baptiste n'avait même pas une œuvre posthume à laisser derrière lui. Il n'y pensait pas vraiment d'ailleurs. Il n'aimait pas beaucoup sa vie, mais il aimait la vivre. Digne de Malraux. Ou plutôt, il présumait encore qu'il était possible de bâtir une vie digne d'être appréciée. Il fallait lutter pour cela. Sa mère se battait davantage pour un résultat moindre ; il n'avait pas le droit de se laisser aller. Sans doute ne devait-il rien attendre d'Asmodée, sans doute Candice serait-elle reprise par sa vie de vedette, sans doute Letizia resterait-elle un rêve piquant qu'il poursuivrait sa vie durant. Mais il continuerait à écrire, à harceler les éditeurs. Impatient mais obstiné. Un personnage de roman, peut-être, pourrait céder à la tentation du canal. Pas Baptiste.

Il se releva, se fit peur en glissant et se remit en route. Il n'était pas perdu, il reconnaissait l'endroit. Il arriva sur le campo dei Mori. Ensuite, il poursuivit sa route, tout droit. Là, il n'était pas encore allé. Au bout de la rive, il bifurqua à gauche et tomba sur un lieu surprenant ; une sorte de grand cirque entre des falaises faites de vieilles et hautes bâtisses décrépies. On aurait dit qu'un quartier complet avait, ici, été englouti. Une passerelle de bois avançait sur l'eau, desservant quelques barques amarrées avant de s'interrompre brusquement. Devant lui, on apercevait les murailles de briques du cimetière, posé sur la dalle de granit gris de la lagune polie par un ciel d'orage. Du linge en lambeaux pendait à un fil tendu dans le vide, le vent soufflait et tournait en carrousel dans cette enclave d'eau. C'était subitement une autre ville, flottant sur une autre mer, un village lacustre déserté à l'annonce d'une armada barbare dont San Michele aurait été le vaisseau amiral et funeste. Baptiste en eut le souffle coupé ; il s'assit lourdement sur les marches d'un petit pont de pierre.

Candice estima qu'elle n'avait pas dormi plus de trois heures. Lorsqu'elle était rentrée, exaspérée par le geste de Baptiste, elle s'était sentie ridicule. Elle avait songé courir derrière lui ; mais la peur de se tromper, de le voir triompher et de le trouver plus insupportable encore l'en dissuada. Elle recourut alors à la meilleure médecine pour calmer ses états fébriles : un bain long et bouillant. L'efficacité en fut, cette fois, médiocre. Elle ne parvenait pas à dompter son esprit qui, s'il revenait sans cesse à Baptiste, oscillait entre le désir et la répulsion – en passant par les échos nostalgiques de Thomas. Elle retrouva sur son lit l'enveloppe du jeune écrivain. Elle l'ouvrit et entreprit la lecture. La première nouvelle était un quadruple monologue dédié à Orphée : d'abord, Orphée décidait, après son échec, de redescendre tenter sa chance ; amusé, le dieu le laissait passer une seconde fois, en posant toujours les mêmes conditions ; puis Orphée se lamentait : il était remonté sans se retourner une seule fois, même lorsqu'il avait senti la main d'Eurydice glisser de la sienne ; enfin Eurydice, déçue, pleurait l'amour perdu de son amant qui ne s'était même pas retourné sur elle lorsqu'elle s'était arrêtée.

Il y avait d'autres textes, plus courts encore, des dialogues cruels entre un père et un fils, entre des amants peut-être trop vite venus à la haine, entre des parents au bord d'une tombe où l'on devinait leur enfant. Deux textes très ironiques campaient un romancier en proie aux pièges éditoriaux parisiens, aux monstres sacrés de ce monde impénétrable. Ils firent sourire Candice, que la lecture des textes précédents avait troublée malgré elle. Elle s'endormit sur une feuille et se réveilla en sursaut, bousculée par un Orphée qui ressemblait trop à Baptiste et qui l'invitait à remonter avec lui jusqu'à sa chambre. Elle reprit la lecture. Jusqu'à l'aube se poursuivit ce jeu de rêve et de lecture mêlés.

Elle n'avait pas fermé les rideaux. Les premiers rayons d'un jour qui s'annonçait sans nuage la surprirent, glissant autour du rocher de San Giorgio, alors qu'elle achevait sa lecture du recueil disparate. Elle soupira, s'étendit sur le dos pour laisser la lumière monter sur son corps. Mais elle était trop frêle pour le réchauffer, et son esprit était trop troublé pour se laisser charmer par un romantisme aussi convenu. Elle se sentait agacée, fatiguée, trahie – mais par qui sinon elle-même ? Elle avait cherché à Venise ce qu'à l'évidence elle ne retrouverait pas ; et elle avait découvert ce qu'elle ne pensait pas chercher. Quoi donc ? Rien, peut-être, sinon qu'elle plaisait aux hommes – elle ne l'ignorait pas. Non… Baptiste… Baptiste ! Mais celui qu'elle avait découvert dans ces pages.

Elle prit une douche mais l'eau la trahit à nouveau. Elle traîna encore dans sa suite princière, dépitée, insatisfaite, malheureuse. Elle se contempla dans un haut miroir et se reconnut jeune et jolie. « À quoi bon ? » murmura-t-elle, pensée qui l'énerva au plus haut point, car elle ne supportait pas de se retrouver dans une déprime de midinette frustrée. Elle tenta de se secouer, s'habilla et appela Francesco pour lui dire qu'elle ne viendrait pas à la répétition ce matin. Comme il s'inquiétait, elle lui expliqua qu'elle était prête pour le concert prochain, que l'enregistrement était pour ainsi dire achevé. Ce n'était pas ce qui le perturbait, elle le savait ; mais elle ne lui laissa pas l'occasion de la questionner davantage. Elle raccrocha un peu trop vivement et crut un instant avoir gagné un certain soulagement. Mais elle sut aussitôt que ce serait éphémère si elle demeurait enfermée.

Baptiste resta de longs instants assis sur la pierre froide, le regard perdu sur ce quartier insolite, ces escarpements gris et déchiquetés au front d'une mer faussement impassible. Venise y anticipait son naufrage, à moins que cette crique fût la scène où se jouait le psychodrame de sa perte pour conjurer le sort. Il n'y avait rien ici qui ressemblât à la Venise que cherchaient les touristes : pas de ruelles entrelacées, pas d'églises glorieuses ou de palais triomphants, pas de gondoles en représentation. Et pourtant, si Baptiste restait ainsi, ému et figé, n'était-ce pas parce que cette face d'eau cernée par des bras de briques lui semblait une image plus fidèle – non pas de Venise, mais de cette ville qu'il avait rencontrée, visitée presque sans s'en apercevoir ? Il avait cru voir ce à quoi tout le monde s'attendait ; mais, pas à pas, jour après jour, des images, des sensations, des bruits, des odeurs s'étaient accumulés en lui, qui surgissaient à présent, révélés par cet endroit, et dessinaient, sur le papier glacé de son âme, le cliché d'une ville qui n'appartenait qu'à lui. Et peut-être était-ce cela le plus douloureux : comment partager ? En écrivant ? La description n'était pas son fort. Il rêvait d'amener Candice ici ; il la prendrait par les épaules et ne lui *dirait* rien. Elle comprendrait. Non, elle ne comprendrait pas ; ce qu'elle verrait serait si différent ! Sans doute même connaissait-elle déjà l'endroit. Tout le monde le connaissait ! La place San Marco de la lagune ! À voir le peu de passage, tout le monde s'accordait pour ne concéder aucun intérêt au lieu. Tant pis… Comme il aurait pu recueillir un pauvre chat, laid et bâtard, Baptiste se sentait pris d'affection pour cet endroit.

Un formidable éternuement lui fit réaliser qu'il s'enrhumait. À contrecœur, il se releva et se remit en route, non sans un long adieu, debout au tournant du pont, à cet endroit rare qui l'avait ému.

À peine fut-il éloigné de quelques pas qu'une pensée saugrenue s'empara de lui ; et s'il ne s'agissait que d'une vision, d'une fantasmagorie ? Il eut un instant l'envie de retourner précipitamment sur ses pas pour s'en assurer mais il haussa les épaules en souriant ; à tout prendre, ce serait encore plus beau. Et n'était-ce pas d'ailleurs ce qui risquait d'arriver, même si, respectueuse du réel, la baie demeurait ?

La vie serait-elle malgré tout un songe agréable ? Il le crut quand, au fond de la ruelle, une silhouette mangea sa part de lumière. Candice… Le rêve improbable – elle devait répéter, le concert approchait –, la féerie se prolongeait. À l'hésitation de son pas, Baptiste devina que l'apparition, elle aussi, doutait de l'image que ses yeux lui transmettaient.

Ils se rejoignirent, embarrassés de ce hasard et heureux de cette coïncidence. Ils se surprirent l'un et l'autre en une heure de fragilité qui les avait laissés dépouillés du superflu, des apparences et des faux prétextes que l'on se donne pour saborder ce qui pourrait sauver nos vies. Ils marchèrent d'abord en silence puis, d'une voix fragile qu'il dut aller pêcher presque à sa source, en se penchant, elle lui dit qu'elle avait lu, qu'elle avait été touchée ; et il l'écouta, la gorge serrée, laissant monter en lui une joie douce comme une consolation inespérée, savoureuse comme une reconnaissance que l'on n'attendait plus. Il ne triomphait pas, il écoutait tout simplement, entre rêve et conscience, le cœur gonflé d'émotion. Oui, elle l'avait compris, débusqué derrière les phrases et les mots. C'était donc possible, cette magie de l'art qui disait l'essentiel entre des mots qui parlaient d'autres choses, d'un autre que soi ! Et il songea qu'elle aussi se dévoilait dans son jeu, il se jura d'écouter mieux encore, lors du concert, de la traquer pour débusquer cette jeune femme si sensible, qui avait su faire ce chemin vers lui – et si elle l'avait fait, n'était-ce pas parce que… ? Baptiste se mordit les lèvres de joie et s'interdit de poursuivre cette pensée. Pendant qu'ils déambulaient, pendant qu'elle parlait en phrases brèves et espacées, il passa son bras autour de ses épaules presque inconsciemment, et elle le laissa faire – peut-être ne s'en aperçut-elle pas.

Ils se retrouvèrent dans un quartier populaire et désert, au bord d'un rio sur lequel veillait un palais décati qui semblait envier les échafaudages qui supportaient un bâtiment voisin. Il constata qu'elle s'était tue, mais ne put dire depuis combien de temps. Il resserra un peu son étreinte et elle s'abandonna contre son épaule. Alors, le cœur tremblant comme un collégien, suivant le scénario usé à la corde où le jeune homme interrompt la marche, opère un mouvement giratoire en direction de sa compagne et penche la tête vers ses lèvres en fermant les yeux à moitié, il guida leurs bouches l'une vers l'autre. Elles se frôlèrent. Il crut mourir. Mais une voix intérieure, en elle, cria : « Coupez ! » Elle se recula. Il mourut. Gentiment, elle hocha la tête négativement. Mais elle souriait. Il ressuscita. Se repencha. Elle posa un doigt sur ses lèvres.

— Non…

— Pourquoi ?

Ils murmuraient. Le moteur d'une caméra invisible s'était remis en marche et Baptiste savait déjà qu'il passerait des heures à revisionner cette séquence.

— Parce que…

Pour les dialogues, il faudrait retoucher, postsynchroniser dans une veine plus inspirée. Mais cela avait la saveur de la vérité. Elle dit : parce que, pas maintenant, chacun avait ses fantômes, et il acquiesça d'un clignement de paupière, sans poser de questions, ne rien briser, ne pas dépoussiérer ces fantômes qui pourraient raviver l'inutile, à commencer par celui de Letizia – et il ferma les yeux un moment pour que Candice ne surprît pas le spectre de la jeune Italienne.

— Je dois aller répéter… Tu viendras au concert ?

Évidemment qu'il irait. Ils se sourirent. Elle partait. Elle l'embrassa vivement sur la joue et s'éloigna. Elle se retourna avant de tourner le coin :

— Je suis contente de t'avoir rencontré aujourd'hui…

— C'est un signe, murmura Baptiste.

Mais elle avait déjà disparu.

Ils se revirent brièvement, le soir de leur promenade, Baptiste l'avait rejointe au studio, plein d'appréhension et d'espoir mêlés : regretterait-elle son relatif abandon du matin, ou serait-ce le départ d'une relation plus intime ? Ce ne fut ni l'un ni l'autre ; elle l'accueillit avec un adorable sourire mais ne fit pas un pas de plus. Elle était fatiguée, elle devait se reposer pour être en forme pour le concert. Francesco qui se doutait peut-être de quelque chose – lui en avait-elle parlé ? – les regardait avec une sympathie ironique qui gonfla Baptiste de fierté. Mais il ne passa pas la soirée avec Candice qui l'abandonna après lui avoir donné son billet pour le spectacle et fait comprendre qu'il ne serait pas possible de se voir avant. Francesco signala qu'à l'issue de la représentation il y aurait un cocktail auquel, bien entendu, Baptiste était convié.

Le lendemain, après une nuit paisible, il travailla sans relâche à son roman et écrivit une quinzaine de pages dans un état de concentration et d'excitation croissant. Suffisait-il d'être amoureux pour accéder à cet état de bien-être où le travail se réalisait sans effort, fructueux et serein ? Sans doute pas : cela devait tenir aussi à la personne aimée et, plus encore, à un sentiment de réciprocité. Être aimé comptait plus, pour l'artiste, qu'aimer ; Baptiste en était à présent convaincu. À défaut de pouvoir encore se balader en musique, il profita de la minichaîne de l'appartement et s'enivra de musique et de mots. Il songea avec calme à sa ville qui l'attendait, à son mémoire qu'il ne tarderait plus à achever, au professeur François à qui il pouvait apporter un éclairage assurément neuf sur *L'Éducation sentimentale*. Candice était Mme Arnoux, à cette nuance près qu'elle n'était la femme de personne. Baptiste avait cet avantage inouï sur Frédéric Moreau de rencontrer une créature d'exception, pure et droite, avant qu'un homme abruti et médiocre mît la main dessus pour lui gâcher la vie. Le mérite en revenait sans doute à ce siècle qui permettait aux jeunes filles de s'affranchir et de prendre en main les rênes de leur destin. La pensée de l'horrible échec du personnage flaubertien découvrant, trop tard, qu'ils auraient pu s'aimer, cette pensée épouvantait Baptiste. C'était maintenant qu'ils devaient s'aimer, quand la jeunesse et la santé ne leur marchandaient pas leurs plaisirs. Candice avait dit oui... Non, elle ne l'avait pas dit. À défaut d'impératif, Baptiste conjuguait leur amour au conditionnel. Elle n'avait pas dit non. Oui, elle l'avait dit : pour le baiser. Il fallait traduire ce refus : pas encore. Elle avait évoqué des fantômes, des blessures anciennes. Elle couvait un mystère qui la rendait plus désirable encore. Baptiste prendrait le temps.

C'était fini, le rêve de Letizia ! Il n'y pensa plus ou peu s'en faut. Il avait été ridicule, on ne l'y prendrait plus. Sans doute même l'avait-il échappé belle. Belle... c'était le mot ! Tant pis. Splendide et insaisissable. Un rêve, un délire. Un roman, un songe. Il souhaitait à la jeune princesse de trouver la paix – mais elle évoluait dans un univers trop différent du sien, il ne pourrait jamais l'aider, ni même la comprendre ! Tandis que

Candice et lui partageaient un même monde, nourri de musique, dans un pays à l'écart des excès et des fièvres.

Le concert avait lieu dans une ravissante salle baroque. Candice avait offert à Baptiste une excellente place que le jeune homme investit une demi-heure à l'avance.

Il se pencha vers la salle encore déserte. Candice lui avait attribué un fauteuil en premier rang de loge – en souvenir de l'opéra ? – mais sur le côté gauche. Il pourrait mieux la regarder, et sans doute le son serait-il meilleur. Il songea que sa mère devait être heureuse : avant de venir ici, il l'avait appelée et lui avait raconté son aventure avec cette flûtiste de renommée internationale, autant pour se convaincre qu'il ne rêvait pas que pour offrir à la malade des forces avant l'opération. La voix de Jacqueline Morgan avait trahi son émotion. Baptiste était sûr de convaincre Candice de rendre visite à sa mère dès son retour à Bruxelles.

Baptiste sursauta lorsque la porte de sa loge s'ouvrit ; mais les personnes qui le saluèrent avant de prendre place à ses côtés lui étaient totalement inconnues. Qu'aurait-il fait si ç'avait été la princesse ou son mari ? Car maintenant qu'il était là, il se rappelait l'enthousiasme d'Alba Malcessati pour Candice : il était probable qu'elle serait présente, tant au concert qu'à la réception. Cela n'avait pas d'importance. S'il ne pouvait les éviter, il serait aimable. Il n'avait rien à se reprocher.

La lumière baissa. Dans la loge en face de la sienne, Alba Malcessati parut, drapée dans une robe noire étincelante, comme d'un deuil triomphal. Leurs yeux se croisèrent ; elle lui adressa le plus mondain des saluts et s'assit. Personne ne la rejoignit dans la loge. La lumière, comme confortée par l'arrivée de la princesse, décrut encore. Une porte s'ouvrit et Candice, suivie de Francesco, avança sous les applaudissements. Ils saluèrent. Baptiste applaudit plus que les autres, guettant le regard que Candice pourrait lui adresser – elle savait où il se trouvait. Mais la jeune femme se contenta d'un œil vague sur le parterre puis elle se replia derrière son pupitre, tandis que Francesco prenait le pouls de son orchestre.

Le programme débutait par le concerto de Haydn. Baptiste était comblé, pour une fois il n'avait aucune envie de fermer les yeux ; il se gorgeait du spectacle de Candice qui ondulait, les doigts volant sur cette branche d'argent, prolongation mélodieuse de son sourire – du sourire à lui dédié. Le premier mouvement passa comme un songe, et le deuxième plus vite encore.

Alors que l'orchestre entamait l'Allegro final, quelque chose détourna l'attention de Baptiste : la princesse, visiblement peu intéressée par la musique, se penchait au balcon et scrutait la salle. Qui guettait-elle ? Cela rompit le charme ; irrésistiblement, Baptiste se mit lui aussi à sonder les ombres, en face, en bas, en haut. Une silhouette, au dernier rang du parterre, lui parut être celle de Giancarlo. Il observa la princesse qui semblait l'avoir également repérée et établir le même diagnostic. Du moins cessa-t-elle son investigation et s'adossa-t-elle à sa chaise. Les applaudissements firent sursauter Baptiste ; il n'avait rien entendu du dernier mouvement et il en voulut à la princesse. Pour compenser cette trahison, il battit des mains frénétiquement. Candice eut un mouvement de la tête sur la droite et Baptiste se pencha pour se manifester mieux encore. Il discerna une nuance nouvelle dans son sourire gorgé de « *brava !* ». Elle l'avait vu, il en était sûr ! Mais déjà elle quittait la scène, suivie par Francesco, tandis que l'orchestre, impassible, demeurait. Baptiste consulta le programme : la première partie du concert finissait avec la vingt-cinquième symphonie de Mozart. Candice n'était plus là, Baptiste revint à la salle.

La princesse s'était noyée dans l'ombre solitaire de sa loge et seul l'éclat intermittent d'une pierre la trahissait. Giancarlo, si c'était lui, semblait s'être assoupi. Baptiste s'appuya sur le rebord pour profiter d'un meilleur angle de vue dans les rangées supérieures. Dans une loge de face, un mouvement attira son regard ; une silhouette massive à l'imposante chevelure claire lui rappela Asmodée Edern. Se pouvait-il que le vieux sorcier fût là ? Le cœur de Baptiste se mit à battre plus fort ; si Asmodée était là, il fallait qu'il le retrouve et le force à rencontrer Candice ! Dès l'entracte, il se précipiterait vers cette loge pour en avoir le cœur net. Mais la salle était plongée dans l'obscurité ; peut-être Baptiste était-il victime d'une illusion. Il s'arrêtait sur toutes les nuques de jeune fille : Letizia était-elle présente ? Il s'en voulait d'y songer et ne pouvait dire s'il le désirait ou le redoutait. Ces longs cheveux noirs et ces bras frêles, presque à l'aplomb de sa loge, était-ce elle ? L'éclat de ces pupilles, imaginé plus qu'aperçu à la porte de la salle, était-ce le sien ? Ce frôlement dans le couloir, derrière la porte close de la loge, était-ce l'écho de sa fuite ? Baptiste ferma les yeux, pris de vertige ; toutes les ombres du théâtre allaient finir par lui ressembler et, qui sait, à la faire renaître pour lui permettre, une fois de plus, de disparaître.

La symphonie était courte. La lumière apparut. C'était bien Giancarlo, assis loin de sa femme, laquelle agitait élégamment les mains et l'air qui les entourait. Mais dans la loge où Baptiste avait cru apercevoir Asmodée, il n'y avait plus personne. En dessous de lui, les cheveux noirs se levèrent ; c'était une femme d'âge avancé, sèche et bardée de strass. Baptiste sortit dans le couloir et se fraya un chemin dans la foule, tâchant de retrouver Asmodée et d'éviter la princesse. Il n'échoua qu'à moitié et douta d'avoir vu le vieil homme.

Une sonnerie retentit ; il regagna sa place. Au moment d'entrer dans sa loge, il aperçut, quelques portes plus loin, une silhouette frêle de déesse sombre. Letizia ! C'était elle, il en était sûr. Mais ses voisins attendaient derrière lui, la sonnerie insistante poussait tout le monde vers sa place et Baptiste n'eut pas l'audace de partir à contre-courant. Il alla s'asseoir précipitamment et se pencha autant qu'il le put pour apercevoir la loge où il estimait que Letizia était entrée. Il ne vit rien. Des applaudissements : Candice, accompagnée cette fois de la harpiste, arrivait. Baptiste battit des mains distraitement. Enfin, il ramena son regard vers la scène et crut croiser celui que Candice détournait à l'instant. L'avait-elle vu ? Avait-elle été déçue qu'il ne lui accordât pas toute son attention ? Baptiste se morigéna et se jura de ne plus la lâcher des yeux, de ne plus penser à rien d'autre qu'à la musique.

Il y réussit partiellement durant le premier mouvement ; s'il se concentra sur la musique, ce ne fut pas tellement sur l'élégant duel de la harpe et de la flûte conçu par Mozart que sur la complainte d'Ariane mêlée aux échos de flûte. Ne l'ayant entendue qu'une fois, Baptiste n'en gardait qu'un souvenir imprécis, un profil sonore associé à quelques images – celles du spectacle, bien sûr, mais plus encore les fragments, réels ou recomposés, d'événements vécus depuis son arrivée à Venise : le visage de Letizia nimbé de pluie et désespoir, lorsqu'elle était apparue la première fois sur le seuil de l'appartement ; le sien encore, au cimetière ;

son geste pour offrir la bague de l'aïeule à une lagune indifférente ; le sourire de Candice au restaurant, sa mélancolie lors de leurs retrouvailles dans les rues ; le tremblement de ses cils lorsqu'il s'était penché sur elle pour l'embrasser. De la même manière qu'un sentiment d'oppression respiratoire s'emparait de lui à l'écoute de certaines phrases lentes de Mahler, une sensation de déchirement, de partage inconciliable monta en lui, qui s'amplifia lorsque les échos lointains de Marcello se fondirent dans l'Andantino de Mozart. Quelques larmes vinrent brouiller sa vision et renforcer son écoute ; dans l'étrange lumière de la scène, les traits de Candice semblaient fondre et se mêler aux images réveillées par le duo de flûtes. Qui jouait ? Baptiste se pencha sur le rebord, ses yeux tournèrent rapidement vers le gouffre à sa gauche ; Letizia cherchait-elle aussi à le découvrir ? Ses paupières clignèrent. L'ombre d'une femme se pencha, dans une loge voisine, une longue chevelure sombre aussitôt ravalée dans l'obscurité de son antre capitonné. Baptiste frémit. En face, les traits de la princesse étaient tendus ; ne regardait-elle pas dans cette direction ? Une silhouette trapue s'était glissée à côté d'elle, Mozart à nouveau refluait dans la conscience de Baptiste ; n'était-ce pas Asmodée ? Que faisait-il près de la princesse qui prétendait ne pas le connaître ?

Le Rondeau bondit, lumineux, iconoclaste. Baptiste passa un doigt sur ses paupières et plissa son front ; il ne vit plus que la princesse. Les ombres refluèrent. C'était Candice qui flirtait, sensuelle et joyeuse, avec sa flûte, Candice et nulle autre. La princesse réprima un bâillement avec élégance. Le public, ravivé par le dernier mouvement, s'était redressé et fourbissait ses vivats. Ultimes accords, signature mozartienne inimitable et tellement imitée ; les mains claquèrent, les cris jaillirent et les plus enthousiastes se levèrent. Baptiste, frénétique, sentit rougir ses paumes et hurlait presque « *brava !* », s'étant accoutumé à la grammaire italienne avec le plaisir d'y trouver le moyen de distinguer avec précision à qui s'adressait ce vibrant éloge. Candice semblait ravie, elle saluait, tenant Francesco par la main gauche et la harpiste par la droite. Elle tourna la tête vers Baptiste qui redoubla de zèle. On bissa. Ils revinrent sur scène, suivis par des fillettes chargées de fleurs. Puis une fois encore. Baptiste pensait commander à la salle, se mettant à la cadence martiale dès que les vedettes avaient disparu dans les coulisses, rompant le pas pour un galop frénétique dès qu'elles réapparaissaient. Le programme indiquait que c'était fini ; pouvait-on espérer un bis ? La porte s'ouvrit. Francesco et Candice revinrent, accompagnés d'un homme en noir qui se dirigea vers un piano disposé dans le coin de la scène et auquel Baptiste n'avait pas prêté attention. Les violonistes se déplacèrent pour laisser le passage à l'encombrant instrument et, tandis qu'on l'installait, Francesco fit un mouvement des mains pour obtenir le silence.

— Grâce à un jeune écrivain belge, dit-il en italien, j'ai eu l'inestimable chance de restaurer les partitions d'un musicien vénitien du dix-neuvième siècle dont je ne pouvais, jusqu'à ce jour, que supposer l'existence, toutes ses partitions ayant disparu. Certes, il reste à faire un travail musicologique pour en vérifier l'authenticité ; quoi qu'il en soit, la musique que j'ai pu découvrir est magnifique. Alessandro Giacolli, ou qui que ce soit d'autre, a créé des œuvres qui, si leur datation se confirme, étaient en avance d'un demi-siècle. Quand on connaît les bouleversements musicaux du Novecento, on mesure combien il était précurseur. Je considère – et certains éléments me confortent dans cette interprétation – que Gustav Mahler a été directement influencé par ce Giacolli. Pour autant, je le répète, que son existence soit confirmée, ce que je vais m'efforcer de faire dans les prochains mois. Je n'ai cependant pas résisté au plaisir de réaliser une transcription pour flûte d'une sonate pour violon, que Candice Elenord et moi souhaitons vous interpréter en première mondiale. Il se peut que Venise n'ait jamais entendu ces notes ; peut-être sombrera-t-elle d'émotion…

Il y eut quelques rires.

— Quoi qu'il en soit de l'existence de ce Giacolli, cette musique existe et vous allez pouvoir la savourer. À défaut d'être authentique, c'est pour le moins remarquable. Et s'il s'agissait d'une imposture et que son auteur se trouve dans cette salle, je lui tire mon chapeau et je l'invite à se manifester au plus vite auprès de sa société d'auteurs ; je lui promets rapidement de grosses rentrées en droits !

Il y eut d'autres rires qui masquèrent, aux yeux du public, l'émotion de Candice. Elle avait écouté Francesco avec un sourire embué, serrant son instrument, comme prise par un trac retardataire – le concert était achevé, il ne s'agissait plus que d'un bonus. Baptiste n'avait pas compris tout le discours de Francesco ; il avait cru s'entendre désigné et en avait ressenti une fierté sans limite, s'attendant à voir la salle se tourner vers lui pour l'ovationner. C'eût été indu ; sa responsabilité, en l'occurrence, était des plus anecdotiques. Il s'avança et posa avec une élégante désinvolture les avant-bras sur le velours usé du rebord. On applaudit Francesco qui s'assit en face du clavier. Il jeta un regard à Candice qui avait disposé la partition sur le lutrin. Ils commencèrent.

Dès les premières notes, il fut évident que la salle fut saisie par une émotion imprévue. La majorité des spectateurs était en confiance ; le programme était sans surprise et ce que l'on était susceptible d'y ressentir était balisé par des siècles de culture et une bonne éducation. Mais ce qui surgit là, annoncé par les propos du chef d'orchestre qui en avaient accru l'insolite, était d'une autre espèce, comme l'intrusion dans une soirée mondaine d'un clochard flamboyant dont il est évident à la fois qu'il doit partir aussitôt sous peine de ruiner la fête, et qu'il vaut plus que tous les convives assemblés. Et qu'après son départ, l'ambiance sera celle d'une veillée funèbre. Le frisson qui courut fut visible ; les gens s'agitèrent sur leur siège soudain inconfortable, remuèrent pour dissiper le malaise ou s'assurer qu'ils ne rêvaient pas, que leurs oreilles ne les trahissaient pas. Baptiste crut être le seul à vibrer autant, et chacun peut-être eut cette impression ; c'était une musique inédite qui donnait à tous l'illusion qu'elle s'adressait à lui seul, qu'elle lui susurrait de vieux secrets jamais avoués – des hontes refoulées, des joies mortes de n'avoir pu être partagées, des projets noyés au nom d'un mensonge confondu avec un destin. Pour Baptiste revinrent à son esprit, plus vives encore, les images déjà surgies pendant le concerto, mêlées cette fois à des scènes de canal, des visions de palais où pourtant il n'avait jamais pénétré, des fragments de tableaux dont il ne savait plus s'il les avait découverts au musée ou s'ils n'étaient que fantasmes. Il lui sembla entendre sa mère pleurer et lui faire des adieux, son père, anéanti par le sort, recroquevillé sur lui, sur sa douleur et son orgueil, incapable de dire à son fils les mots qu'ils attendaient l'un et l'autre et dont la musique de Giacolli se faisait le témoin impuissant. Une femme assise derrière Baptiste renifla. Penchée sur sa flûte, qui sonnait plus frêle et plus pure que jamais, Candice, les yeux mi-clos, ondoyait lentement et l'on sentait son souffle noué. Avait-elle parlé de fantômes ? À l'évidence, elle les affrontait là, et d'avoir répété ce morceau ne semblait guère l'avoir préparée au choc de ces retrouvailles. Alors que Francesco entamait un passage solo, elle baissa son instrument et leva les yeux vers une des loges d'apparat situées sur le côté, au-dessus de la scène. Baptiste la vit blêmir et chercha à voir ce qu'elle avait perçu ; dans la pénombre de l'alcôve, il devina la silhouette d'Asmodée – tandis qu'à l'évidence Candice y reconnaissait un autre. La masse s'avança fugacement et son visage apparut pour dissiper le doute : Asmodée Edern souriait, comme souvent ; mais ce sourire était plus doux, plein d'une fierté généreuse dont le vieil homme n'était pas la source. Cela ne dura pas deux mesures ; puis il tourna la tête et cligna des yeux, malicieusement, en direction de Baptiste avant de se reculer et de disparaître. Déjà Candice avait repris sa partie ; sans doute y avait-il eu un léger flottement car Francesco avait levé vers elle un regard inquiet. Mais elle recouvra sa maîtrise au moment où Asmodée disparaissait.

Les applaudissements mirent quelques interminables secondes pour démarrer. Il n'y eut d'abord que des claquements de paumes plus ou moins charnues, vague crescendo où quelques voix, emportées par une émotion plus prompte, fusèrent bientôt. La salle fut vite debout, ovationnant Francesco et Candice qui ne cherchait plus à masquer les bijoux éphémères et cristallins qui paraient ses joues. Cela dura longtemps, plus longtemps sans doute que la sonate responsable de ce chahut magnifique. Les artistes s'éclipsèrent et revinrent saluer à plusieurs reprises. On quémandait un bis en sachant que cela ne serait pas possible, que ce qui avait été joué et entendu ne pouvait être répété sur-le-champ sous peine de déclencher, peut-être, un cataclysme. On pouvait même douter de tout ce qui venait de se passer et qui ne se raccrochait à presque rien de connu – l'on devinait combien l'allusion de Francesco à Mahler avait eu pour fonction première de rassurer les témoins de cet événement qui, dans quelques minutes, semblerait sans doute n'avoir été que le fruit d'une habile hypnose collective. Enfin, les solistes disparurent, suivis par les membres de l'orchestre, demeurés sur scène et qui s'étaient eux aussi levés pour acclamer le prodige. Les applaudissements continuèrent jusqu'à ce que l'on comprît que c'était bel et bien fini et qu'il fallait abdiquer – provisoirement – au nom du temps qui passe et de la fragilité de l'âme humaine, incapable de prolonger une telle émotion.

Baptiste fut long à revenir à cette terne réalité, celle des gens qui se mettaient en route vers la sortie et dont on devinait que, pour certains, la magie se serait définitivement dissipée à peine la rue regagnée.

Enfin, alors qu'à ses pieds le parterre s'était vidé, Baptiste se décida. De nombreux spectateurs, qui échangeaient leurs impressions, attendaient encore de trouver leur place dans le courant indolent de l'escalier. Baptiste y prit sa place, étourdi, heureux de si mal connaître l'italien. Ne parlant à personne, il glissa plus rapidement vers l'issue. Il songeait qu'il lui fallait gagner la réception à laquelle Candice l'avait invité ; il cherchait en vain les phrases pour communiquer à la jeune femme ce qu'il avait ressenti et qu'il ne pouvait même s'expliquer en son for intérieur, où les mots peuvent rester bruts et imparfaits. Soudain, son attention fut captée par une chevelure noire qui descendait quelques marches en dessous de lui. Letizia. Elle avançait plus vite que ses voisins, comme pour fuir. Baptiste, sans réfléchir, essaya à son tour d'accélérer pour la rejoindre. Il la perdit de vue dans un mouvement d'escalier, la retrouva, la perdit de nouveau avant de l'apercevoir qui filait vers la rue glacée. Il bondit sur ses pas.

Le froid de la nuit lui coupa le souffle. Il scruta

autour de lui pour apercevoir l'éternelle fugueuse et devina une ombre qui s'engouffrait dans une ruelle étroite. Il courut en l'appelant. Elle se retourna alors qu'il n'était plus qu'à quelques pas et ce qu'il vit de ses traits dans la clarté étique d'un lampadaire l'effraya.

— Letizia… tenta-t-il comme on le fait avec un chien menaçant.

— Voleur ! Tu m'as trahie !

Baptiste trébucha sous le coup des injures. Il tendit les paumes pour témoigner de son innocence et de son incompréhension.

— Tais-toi, cracha-t-elle. Le carnet ; où l'as-tu mis ? Je t'avais interdit de le lire. Tu l'as volé !

Maladroit comme tous les innocents accusés, Baptiste voulut lui expliquer qu'il n'y était pour rien, qu'il n'avait rien dérobé.

— C'est toi qui as tout renversé chez moi ?

Elle le fixa avec un regard hargneux et ne répondit rien. Soudain, il fut submergé par le froid et se mit à grelotter pitoyablement.

— Tu dois me croire, Letizia, implora-t-il. Je ne t'ai rien volé, je n'ai rien lu… Qu'y a-t-il dans ce carnet qui…

Elle ne le laissa pas achever.

— Toi aussi, tu me prends pour une folle ! Ne nie pas, je le vois dans tes yeux… C'est toujours la même lueur que je retrouve chez ceux qui m'approchent et qui finissent par me craindre avant de me fuir. Tu ne comprends rien… Tu ne peux pas comprendre ! Comment le pourrais-tu ? Tu es si sûr de toi, convaincu que tout, jusqu'à ta mort, se déroulera selon un ordre dévolu à ta gloire et à ton ambition !

Il recevait les gifles sans réagir. Oui, sans doute, elle était folle et, comme toutes ses semblables, elle criait au complot ! Mais il y avait aussi cet éclat de sincérité, comme la manifestation d'une vérité qui demeurait hors de portée de sa compréhension. C'était juste, elle avait raison : il ne comprenait pas. Que faisait-il là, dehors dans le froid, sans manteau, après une course sur les traces de celle à laquelle il pensait avoir renoncé, alors que Candice, à qui il voulait désormais se dévouer, l'attendait au chaud, dans une salle de ce théâtre où il venait d'entendre une musique plus prodigieuse que toutes les frasques dont cette gamine perturbée devait être capable ? Ferait-il toujours les mauvais choix ? Il dévisagea Letizia et, malgré l'hostilité qu'elle lui manifestait, il fut submergé par la splendeur tragique de cette jeune fille qui semblait à la fois si sûre et si perdue.

— Letizia, tu dois me croire…

— Croire qui ? Si tu l'as lu, tu m'as trahie ; si tu l'as égaré ou si on te l'a volé, aussi.

Elle eut un mouvement de tête violent, tourna les talons et s'enfuit en courant. Il l'appela, désespéré, mais n'eut pas le courage de s'élancer derrière elle. Elle disparut bientôt.

Penaud et transi, il s'en revint au théâtre.

Durant son absence, la majorité des spectateurs s'en était allée. Baptiste découvrit ce qu'il n'avait pas eu l'occasion de voir tandis qu'il s'élançait derrière Letizia : les tables dressées avec le buffet et les plateaux de verres et de toasts qui circulaient à présent parmi les invités. Au milieu du hall, Candice et Francesco recevaient les félicitations de leurs invités, de même que la harpiste qui s'était, elle, postée près du buffet. Baptiste resta un instant immobile sur le seuil, cherchant autant à se réchauffer qu'à recouvrer ses esprits. Candice l'aperçut et une expression – inquiète ou contrariée – suspendit brièvement le sourire qu'elle adressait à son interlocuteur. Elle se dégagea poliment et s'avança vers lui.

— Où étais-tu ? lui demanda-t-elle avec un ton de reproche, qui acheva de ramener Baptiste à la réalité.

Il allait s'engager dans une explication embrouillée quand il fut interrompu par la voix forte d'Alba Malcessati.

— *Brava !* C'était magnifique ! Mozart bien sûr, et Haydn ; mais cette sonate de Giacolli… Inouïe ! Francesco est trop prudent, trop rigoureux : c'est évident que cet homme a existé et qu'il est vénitien, vous ne trouvez pas ?

Candice n'avait pas su masquer tout de suite son irritation devant l'intrusion de la princesse, mais celle-ci ou ne s'en souciait pas ou n'avait rien remarqué. Candice se maîtrisa, acquiesça et remercia avant de prétexter que d'autres invités l'attendaient, et de s'esquiver. Baptiste se demandait comment la rattraper pour reprendre son explication mais la princesse n'entendait pas le lâcher. Elle le prit par le bras et l'entraîna dans un coin.

— Ce que je dois vous dire est délicat. Vous n'auriez d'ailleurs jamais dû être mêlé à ça ; les vieilles familles, et surtout en Italie, sont des huis clos pesants et incompréhensibles même pour ceux qui y croupissent !

Pour énoncer ce constat violent et cru, elle ne s'était pas départie de son sourire mondain.

— Je ne comprends pas…

— Mais oui, vous comprenez… Je ne veux pas vous questionner, rassurez-vous ; seulement vous mettre en garde.

— En garde ?

— Contre mon mari, oui. Méfiez-vous de lui. Il peut être extrêmement dangereux. Il a causé beaucoup de souffrances à notre fille.

— Letizia ? Mais…

— Je n'en dirai pas plus ! Vous êtes écrivain, vous avez de l'imagination, non ? Et puis, il y a des réalités qu'il vaut mieux ne pas regarder en face. Croyez-moi sur parole, je suis votre amie, *no ?*

Effaré, Baptiste tourna la tête en tous sens.

— Rassurez-vous, il n'est pas là ce soir.

— Pourtant, je l'ai aperçu dans la salle, durant le concert…

Elle eut un haussement de sourcil contrarié.

— C'est impossible ; vous l'avez constaté, j'étais seule dans la loge.

— Pas dans la loge ! Dans les fauteuils, la dernière rangée.

Elle pinça les lèvres.

— Non. Vous avez confondu…

— Je…

— De toute manière, trancha-t-elle en retrouvant son visage lisse et impassible, vous ne devez rien redouter ce soir. Il y a trop de monde, il craint l'esclandre. Il sait que je suis capable de me défendre – et ceux qui sont mes amis…

— Et Letizia ?

La princesse le regarda avec étonnement, comme si elle ne comprenait pas le rapport – ou la bêtise de Baptiste.

— Elle va très bien. Elle n'aime pas la musique, malheureusement. Elle refuse presque tous les concerts. Mais elle… *Andrea, comè stai ?*

Elle venait de lever le bras pour attirer l'attention d'un quinquagénaire gominé qui passait près d'eux.

— Je vous laisse, dit-elle à Baptiste en lui serrant le poignet en guise d'adieu. Je dois absolument parler à mon ami Andrea Buonconto ; c'est mon banquier ! Amusez-vous !

Et elle s'éloigna comme si elle n'avait rien dit de grave ou de sérieux.

Baptiste demeura éberlué, la regardant se hâter vers un nouveau conciliabule mondain avec le banquier – lequel exerçait peut-être une tout autre profession. Candice était accaparée par une foule d'admirateurs et passait d'un groupe à l'autre. Il essaya de s'approcher d'elle mais eut l'impression qu'elle s'éloignait dès qu'elle le voyait. Lui en voulait-elle vraiment ? Quel idiot il faisait ! Il traîna alors, épiant les visages ; s'il pouvait retrouver Asmodée, voilà qui le sauverait aux yeux de Candice ! Mais le vieil homme n'était pas là et sans doute ne l'avait-il jamais été. Pourtant, il y avait eu l'émotion de Candice pendant la sonate, lorsque la silhouette était apparue dans la loge…

Enfin, le nombre d'invités décrut et Candice se trouva accessible. Baptiste prit deux flûtes de champagne et s'avança d'un pas résolu vers elle. En trébuchant sur les mots, il lui expliqua ce qui s'était passé : Letizia, leur confrontation dans le froid. Elle l'écouta sans broncher. Puis il voulut lui dire combien le concert l'avait ému, en particulier la sonate. Elle le laissa parler sans jamais répondre, et l'embarras du jeune homme s'amplifia jusqu'à le plonger dans le silence.

— C'est étonnant, pour quelqu'un qui écrit ce que tu as écrit, d'être à ce point incapable de communiquer ses sentiments… Au moins, tu ne sais pas mentir.

Il se demanda si c'était un reproche ou l'ébauche d'un pardon et se jura de rédiger rapidement une nouvelle, dédiée à Candice, pour lui faire comprendre tout ce qu'il avait ressenti pendant le concert.

— Tu sais, poursuivit-il, je pense aussi avoir aperçu Asmodée Edern…

Il guetta l'expression de Candice à cette information. Son visage se durcit et elle pinça sa lèvre supérieure.

— C'est derrière lui que tu aurais dû courir… murmura-t-elle.

— Tu… Tu l'as vu aussi, n'est-ce pas ? demanda-t-il, le cœur battant.

Elle détourna la tête, mais Baptiste eut le temps d'apercevoir que ses yeux brillaient. Elle allait répondre, peut-être, lorsque Francesco surgit.

— Alors Baptiste, qu'avez-vous pensé de votre trouvaille ? Je ne sais pas si vous l'avez compris, mais je vous ai présenté à la salle comme celui à qui nous devions la découverte de cette merveille ! *Splendido, no ?* Mais ça a épuisé Candice ! *Povera*... Cette musique est dangereuse pour les âmes trop sensibles... Peut-être faudra-t-il bientôt regretter de l'avoir extirpée du néant ! Ce Giacolli était peut-être très lucide ; mais alors, il aurait dû tout détruire ! Candice, ça va ?

Il prit par le bras la jeune femme qui avait pâli.

— Ça va... Je suis épuisée, c'est tout. Tu me ramènes ? Marcher me fera du bien... Je vais chercher nos manteaux.

Elle s'éloigna sans attendre de réponse.

— Si on n'est pas musicien, reprit Francesco d'un ton enjoué, on ne peut pas comprendre les risques que l'on prend à interpréter certains morceaux... Déjà, à l'écoute, certains sont... terrifiants ! Alors... Mais on s'endurcit avec le temps. Après une bonne nuit, elle ira mieux...

Il n'y avait plus grand monde autour d'eux. Baptiste vérifia rapidement que la princesse avait disparu. Une petite troupe s'était formée autour de la harpiste qui, de toute évidence, avait acquis un haut degré d'endurcissement et projetait de prolonger la fête ailleurs. Ils voulurent convaincre Francesco de les accompagner, mais il déclina en riant. Candice reparut. Elle fit face à Baptiste, hésita à lui dire quelque chose puis renonça.

— Au revoir, Baptiste.

Elle l'embrassa superficiellement et entraîna Francesco vers la sortie, saluant à la volée les collègues qui demeuraient.

Le cœur gros, Baptiste passa au vestiaire récupérer sa veste et sortit. Il pleuvait. La tête basse, il se mit en route.

— Eh bien, mon jeune ami, on peut dire que vous êtes un curieux spectateur !

Baptiste sursauta et fit volte-face. Asmodée l'observait, hilare.

— Ressaisissez-vous ! On dirait que vous venez d'apercevoir un spectre !

— Vous étiez au concert ?

— Bien sûr ! Vous m'avez tellement parlé de cette jeune femme dont la réputation était venue jusqu'à moi, je vous l'ai dit. Je n'aurais pas voulu rater ce concert, d'autant que ce fut l'occasion de révéler au monde – pour l'heure, seulement le beau monde vénitien, mais le reste suivra – la musique du *maestro* Giacolli ! Mais que se passe-t-il, mon ami ? Vous semblez subitement désespéré !

Ce n'était pas faux. Baptiste lâcha la bonde à ses doutes et à ses émotions.

— À quoi tout cela rime-t-il ? conclut-il, des sanglots dans la voix tandis que la pluie ruisselait sur ses joues.

— Allons, calmez-vous… Lorsque je vous ai vu, appuyé au rebord de votre loge, vous m'avez fait penser à ces statues de lion « *in molecca* », comme on en voit beaucoup à Venise. Savez-vous d'où vient cette expression et ce qu'elle signifie ? Elle est d'abord attachée à un crabe de la lagune, et plus particulièrement au moment de l'année où sa carapace devient molle pour lui permettre de grandir – au risque d'une vulnérabilité passagère. Tout ce que vous vivez ici fait de vous un crabe – ou un lion, si cette métaphore vous blesse – *in molecca* !

— Mais c'est absurde !

— Quoi donc ?

— Tout ! Letizia, sa mère… Vous !

— Moi ? s'écria Asmodée, feignant l'indignation.

— Oui, vous ! Pourquoi m'avez-vous invité ?

— Encore cette question ! Pourquoi ? Le regrettez-vous ? Ne répondez pas, je devine votre doute. Il est général, d'ailleurs. Que sont vos certitudes devenues, qui vous avaient de si près tenu ? Ne regrettez rien, mon cher, mais ne cherchez pas à tout comprendre sur-le-champ. « Il y a plus de choses dans le ciel et sur la terre, mon cher Horatio, que ne le conçoit ta philosophie. » Shakespeare… Tout peut arriver aux âmes curieuses !

— Mais…

— Mais quoi ? Je vous le dis : ouvrez-vous au doute, abandonnez-vous-y.

Baptiste sentit la colère l'envahir.

— Douter ? Vous croyez que je ne me pose pas assez de questions ?

— Allez-y, citez-m'en quelques-unes…

Baptiste le dévisagea un instant, cherchant à voir s'il ne se moquait pas de lui. Sa rage subite retombait déjà.

— Suis-je un écrivain ? Serai-je publié ? Qui dois-je aimer ?

— Je suis navré… Ce sont d'excellentes interrogations, mais je ne dispose d'aucune réponse.

Il afficha son sourire espiègle qui irrita Baptiste.

— Et Candice ? cria-t-il.

— Oui ? répondit Asmodée imperturbable.

— Vous êtes Thomas, n'est-ce pas ? Elle vous a aperçu dans la loge, elle a blêmi.

— Vous l'a-t-elle confirmé ?

— Non, mais j'en suis sûr !

— Je pensais que vous n'étiez plus sûr de rien…

— Mais à cela, vous pouvez répondre ! Venez avec moi à l'hôtel de Candice, maintenant !

Baptiste s'approcha du vieil homme qui recula, toujours souriant.

— Allons, Baptiste, calmez-vous. Je vous assure que cela ne servirait à rien. Quand repartez-vous ?

— Dans deux jours, répondit Baptiste, décontenancé par la question.

— Alors, ne perdez pas de temps avec des détails secondaires. Vous aurez peut-être le sentiment que ce voyage aura été vain, et rien ne prouve que vous aurez tort… Vous découvrirez la réponse à cette question plus tard. Ou plutôt, vous la façonnerez, cette réponse. Mais j'ai plutôt confiance…

— Vous m'aiderez ?

Asmodée eut un rire fraternel.

— Mais qu'ai-je fait jusqu'ici ? Je vous le répète, Baptiste, je ne suis pas un magicien…

Il se retourna et s'éloigna. Au bout de la rue, il refit face.

— Vous laisserez la clé à la Bicapi !

Et sans attendre de confirmation, il tourna les talons.

Était-ce un adieu ? S'étaient-ils tous donné le mot pour se moquer de lui, pour le ridiculiser ? Ne pas perdre son temps avec des choses secondaires ! Des larmes de rage se mêlèrent à la pluie. Il fit une rapide estimation ; la discussion avec Asmodée n'avait pas duré plus de cinq minutes. En courant, il pouvait gagner l'hôtel de Candice avant qu'elle fût endormie – peut-être même avant son arrivée. Il se secoua et se mit en route, alternant le pas de charge à la course. Mais il connaissait mal le quartier. Il crut s'engager dans un raccourci et se retrouva coincé dans un cul-de-sac, au bord d'un canal. Sur la berge, en face de lui, une silhouette aux longs cheveux noirs se glissa, monta quelques marches d'un escalier privé et disparut.

— Letizia ! cria-t-il.

L'écho de sa voix fut noyé par la pluie et les canaux

complices. Il regarda autour de lui pour voir s'il pouvait rejoindre l'autre rive, puis il se gifla violemment.

— Imbécile !

Et il rebroussa chemin.

En se fiant scrupuleusement aux flèches jaunes, il arriva en nage et trempé au Londra. Au regard méfiant du préposé, il devina qu'il ne devait pas avoir l'air très rassurant. Il demanda néanmoins si Candice était rentrée.

— Oui, Monsieur, répondit l'homme en hésitant. Il y a vingt minutes.

— Puis-je l'appeler ?

— Je crains que non… Elle semblait très fatiguée et… et il est tard. Vous pouvez laisser un message, je lui remettrai demain matin…

— Elle était seule ?

La question était stupide, il ne savait même pas pourquoi il l'avait posée ; mais elle acheva de le rendre suspect aux yeux du gardien. Baptiste réalisa qu'il ne pourrait rien obtenir. Penaud, il griffonna un billet, dans lequel il disait avoir vu Asmodée. Il battait en retraite lorsque la porte de l'ascenseur s'ouvrit sur Francesco.

En le découvrant, dépité et pâle sans doute, le chef partit d'un rire joyeux et vint à lui.

— Baptiste, que faites-vous là ? *Mamma mia*, vous semblez en piètre état ! Ne me dites pas que c'est la musique de Giacolli qui vous met dans cet état, ou je n'oserai plus jamais l'inscrire au programme !

— Je… J'aurais voulu parler à Candice…

— La pauvre est épuisée… Elle allait prendre un bain et se coucher. Oh là, mon ami, quel regard désespéré ! Que se passe-t-il ?

Baptiste expliqua alors qu'il venait de croiser Asmodée et qu'en se dépêchant, ils auraient pu le retrouver.

C'était absurde, incohérent, il le comprit devant le sourire compatissant de Francesco.

— Écoutez, Baptiste, ces histoires de Thomas et d'Asmodée m'ont toujours paru… bizarres…

— Vous ne me croyez pas ? s'indigna Baptiste, à nouveau au bord des larmes.

Francesco le prit par l'épaule.

— Mais oui, je vous crois, Candice et vous ! Je dis simplement que c'est bizarre, *no* ? Vivez votre vie, c'est déjà assez complexe. Et puis, comment pourriez-vous le retrouver ? S'il ne veut pas rencontrer Candice, il ne vous aura pas attendu… d'autant qu'il pleut ! Allez, venez, je vous offre un verre pour vous remettre de vos émotions !

Baptiste fut réconforté par la sollicitude que lui manifestait l'Italien, mais il déclina l'invitation.

Il prit le vaporetto jusqu'à la gare. La pluie avait cessé et la température semblait s'être légèrement adoucie. Il regretta la défection de son baladeur et tenta de se rejouer la sonate de Giacolli et l'air de Marcello. C'étaient des bribes sans liens qui accrurent sa mélancolie. Alors qu'il s'engageait sur le campo, une silhouette se dessina dans la clarté jaunâtre d'un réverbère. Elle marchait à pas rapides, angoissés – jugea Baptiste, qui frissonna. Letizia, évidemment. Plus rien ne l'étonnait, plus rien ne lui semblait intelligible.

Il la suivit à distance respectueuse, redoutant qu'elle se retourne et le reconnaisse autant que de la voir s'évaporer à nouveau. Letizia traversa deux ponts, bifurqua à droite. Baptiste reconnaissait dans la noirceur humide le chemin qui l'avait mené aux confins de la ville et à l'épaule de Candice. Ils passèrent l'un et l'autre sous le nez poli du Maure, sans ralentir. Qu'allait-elle faire dans cette impasse ? Baptiste songea qu'au bout de la rue, elle tournerait à droite, passerait sur le pont et retournerait vers les quartiers moins déserts ; mais elle s'engouffra sur la gauche. Baptiste hésita : il savait que, dans ce cul-de-sac aquatique, il n'y avait aucune issue. Letizia y disposait-elle d'un autre asile ? Ou l'attendait-elle – lui ou un autre – assise au bord d'un quai glissant ? Il aurait pu rebrousser chemin, mais il refusa cette lâcheté. Au coin, il eut une ultime hésitation, puis il se lança.

Les réverbères trouaient de lumière cette place aquatique où le marbre était d'eau et de vieilles barques pourries. Au loin, d'autres lampes indiquaient les murailles de San Michele. Il n'y avait personne, ni sur le quai ni sur les passerelles.

Il attendit une dizaine de minutes. Personne ne vint, aucune lumière n'éclaira une fenêtre. Pas un cri, pas d'autre son que le clapotis fatigué des vagues sur les piliers. Le froid se fit à nouveau sentir et quelques gouttes de pluie s'écrasèrent sur sa tête. Il rentra la nuque dans ses épaules et, le dos voûté, déçu, il fit demi-tour, à pas lents, et revint vers la Strada nuova, peu pressé de retrouver son lit. Il était bientôt minuit, tout était fermé. Dans la rue commerçante, il aperçut un homme qui venait dans sa direction à pas rapides et l'identifia lorsqu'il fut trop tard pour l'éviter : Giancarlo l'avait aussi reconnu et accélérait encore pour le rejoindre.

— Ah ! Baptiste…

L'homme semblait essoufflé et inquiet. Il était décoiffé et sa prestance s'était évanouie, comme s'il avait été éveillé brutalement par l'annonce d'une catastrophe. Il prit les deux mains de Baptiste et les serra fortement.

— Je cherche Letizia… Il faut absolument que je la retrouve, elle est en danger…

Baptiste se souvint de l'avertissement de la princesse, proféré sur un ton d'une telle mondanité qu'il ne pesa pas lourd devant l'évidente détresse de son mari.

— L'auriez-vous aperçue ? De grâce, aidez-moi !

Le jeune homme lui révéla alors ce qu'il croyait avoir vu, tout en précisant que la disparition de la personne qu'il suivait le faisait douter que ce fût bel et bien Letizia. Giancarlo se fit préciser le lieu.

— Il faut que j'aille voir, conclut-il lorsqu'il fut sûr d'avoir bien compris.

— Voulez-vous que je vous accompagne ?

Giancarlo s'efforça à sourire.

— Merci, Baptiste, mais ça ira. Ce que vous m'apprenez me rassure. Nous vous avons causé assez de soucis et d'émotions…

Et, sans attendre, il le salua et s'éloigna rapidement.

Absurde, absurde, absurde… Baptiste aurait voulu, en cet instant, être chez lui, loin de cette aberration de pierres, d'eaux et d'êtres fantasques. Il se remit en route, erra jusqu'à tomber de sommeil. Un clocher sonna la première heure d'un jour encore englouti dans la nuit. Alors, titubant de fatigue, il remonta l'escalier qui menait à son lit, songea avec soulagement que tout cela, bientôt, serait fini.

Avait-il dormi ? Il en doutait. Était-il éveillé ? C'était encore moins sûr. Dans un songe ou dans les brumes du matin, il s'était résolu à se rendre chez la princesse. Pourquoi ? Pour savoir. Ce qu'il y avait à savoir. Rien peut-être, au demeurant. Une expression lancinante l'avait accompagné : « le cœur net ». Formule idiote en l'occurrence : comment pouvait-il espérer mettre son cœur au net dans un tel imbroglio sentimental ?

La porte du palais qui donnait sur la rue avait été tendue de noir et les deux battants ouverts montraient un passage funèbre vers l'escalier. Personne, cependant, n'était là pour accueillir les visiteurs. L'esprit hagard de Baptiste ne résista pas à cette macabre mise en scène ; il gravit les marches comme un revenant. Dans le salon, que l'on avait débarrassé de ses meubles, un catafalque drapé de noir supportait un cercueil blanc encore ouvert. Stupéfait, Baptiste resta figé dans le vestibule jusqu'à ce qu'un bruissement le fît sursauter et se retourner. C'était Alba qui jamais n'avait plus mal porté son clair prénom, elle aussi engloutie dans le deuil. En quelques sanglots élégants, elle plongea Baptiste dans le drame : on avait repêché à l'aube le corps de Letizia dans la sacca della Misericordia. Baptiste poussa un cri d'effroi. Était-ce ce lieu étrange où il l'avait suivie la veille ? Alba confirma. La police parlait d'un suicide. En larmes, Baptiste voulut s'avancer vers la bière, mais Alba Malcessati l'en retint.

— Non ! C'est trop horrible... Il faut que vous conserviez d'elle le souvenir de son extrême beauté.

Baptiste aperçut un objet sombre devant le cercueil et reconnut le carnet. Il se sentit mal et s'assit précipitamment. Pêle-mêle, cédant à l'émotion terrifiante qui le submergeait, il raconta sa filature de la veille, la rencontre avec le père, le carnet et son vol. La princesse s'était assise à côté de lui sur un petit canapé Empire et l'écoutait, figée dans son masque funèbre. Quand il eut fini, quand le flot de mots se tarit, elle respira profondément et posa sa main fine sur le bras du jeune homme.

— C'est vrai que je vous ai mis en garde contre Giancarlo, mais ce que vous supposez est impossible. Il a pour sa fille une adoration sans limite. Excessive, peut-être ; mais jamais il ne pourrait lui faire de mal. Non... Il sera désespéré lorsqu'il apprendra...

— Il n'est pas au courant ?

— J'ignore où il se trouve. Ma pauvre Letizia ! Elle vous appréciait. Elle vous faisait confiance. Hélas ! Cela n'a pas suffi à lui rendre goût à la vie. À le lui donner, en fait ; elle ne l'a jamais eu, malgré tous nos efforts...

— Je l'ai trahie ! Le carnet...

Baptiste songeait aussi à Candice et se détestait.

— Non, ne vous faites aucun reproche. Quant à ce carnet... C'est le mauvais roman d'une gamine follement amoureuse de son père, un panégyrique à la gloire de Giancarlo ! Quant à moi, qui me suis sacrifiée pour elle, j'y suis injuriée, conspuée, maudite... C'est le drame des parents ! On croit transmettre le meilleur de nous-mêmes, et vos enfants le filtrent pour en extraire un poison que vous ne soupçonniez pas...

C'est moi qui l'ai volé chez vous. Je vous prie de m'en excuser. Je savais bien des choses avant que vous me les confiiez… Je l'enterrerai avec cette malheureuse enfant. Par contre…

Elle se leva et prit, sur une commode ancienne, une enveloppe que Baptiste reconnut.

— C'est Letizia qui vous l'avait dérobée. Je l'ai trouvée dans sa chambre, ce matin, avec un mot : « À Baptiste ». C'est tout. Rassurez-vous, je ne l'ai pas ouverte.

Baptiste s'en saisit d'une main tremblante. La princesse s'était remise à parler, les yeux tournés vers le catafalque. Elle évoquait la paix de San Michele et des anges tristes dont elle entendait orner le fronton du monument qu'elle ferait ériger pour sa fille et pour elle, qui ne tarderait pas à la rejoindre. Baptiste regardait cette enveloppe récupérée et s'y cramponnait comme au seul élément qui lui permettait encore de garder la tête hors de l'eau.

— Quand aura lieu l'enterrement ? réussit-il quand même à demander.

Elle sursauta et se retourna vers lui, surprise.

— Vite, vite ! Mais ce sera en privé, la plus stricte intimité, vous comprenez… Je ne peux pas, je ne peux pas…

Elle ne précisa pas son impuissance.

— Vous devez me laisser à présent, Baptiste… Je n'oublierai jamais ce que vous avez fait pour nous. Vous avez sauvé la mère ; hélas ! Vous n'étiez pas là pour la fille, nul ne peut vous en blâmer. Personne n'aurait pu, personne…

Baptiste se releva en chancelant. Elle le raccompagna, ferme et civile, jusqu'à la porte. Baptiste se retourna une dernière fois vers le cercueil blanc, pris par l'envie de se précipiter ; mais le regard de la princesse l'en dissuada à nouveau. Il salua comme il put et s'enfuit.

Un rayon de soleil filtrait des nuages quand il franchit le seuil tendu de voiles. Il eut envie de crier, de hurler mais demeura muet et inerte. Letizia était morte ! S'était-elle tuée, comme l'affirmait sa mère ? N'était-ce pas un de ces infernaux secrets de famille ? Giancarlo ou la princesse pouvait être infanticide ! Ou quelque mafieux… N'était-il pas fréquent, dans ces milieux, de se venger sur les enfants de ses ennemis ? Chaque pensée menait Baptiste sur la piste d'un nouveau scénario, chaque fois plus abracadabrant que le précédent. Ne devait-il pas se rendre immédiatement à la police ? Pour dire quoi, et en quelle langue ? Après l'émotion, la peur s'empara de lui. Il fallait confier cela à quelqu'un de confiance. Il ne pouvait pas téléphoner à sa mère ni à son père. Ne restait que Candice. En courant, comme s'il était poursuivi, il partit vers San Marco et le Londra.

En arrivant en vue de l'hôtel, il ralentit, essoufflé. Giancarlo sortit à cet instant d'un bateau privé et marcha vers lui en ouvrant les bras.

— Baptiste, je suis content de vous voir ! Je dois vous remercier…

L'Italien avait l'air épuisé mais semblait enchanté. Baptiste se souvint que la princesse avait dit que le père n'était pas au courant et il se demanda s'il lui appartenait de faire cette sinistre annonce. Giancarlo ne lui en laissa pas le temps.

— Grâce à vous, j'ai pu retrouver et sauver A… je veux dire Letizia, hier soir. Je viens de la conduire en avion privé dans une clinique en Suisse, à l'abri de sa mère. Ce sera long mais je crois que le plus dur est fait ; il fallait que je me résolve ! Mais qu'y a-t-il ? Vous semblez atterré !

Il n'était plus question de tergiverser. D'une voix

blanche, Baptiste décrivit ce qu'il venait de voir. Giancarlo jura.

— Comment peut-on monter mascarade aussi répugnante ? Elle est folle, complètement folle ! Je suis navré que vous ayez dû subir quelque chose d'aussi indécent… Avez-vous vu le corps de Letizia ?

Baptiste reconnut que non.

— Évidemment ! Le cercueil était vide. Encore heureux qu'il n'y ait pas eu d'autre victime innocente de cette mise en scène macabre ! La seule chose qui m'inquiète, c'est qu'Alba soit en possession du carnet. Je vous ai dit ce qu'il contenait. Ma fille a promis de rédiger une lettre pour rétablir la vérité. Je suis désolé de vous voir mêlé à cette histoire sordide ! Vous avez deviné que notre couple est mort et que notre famille couve un de ces secrets terribles que l'on préférerait garder entre les murs de la demeure familiale, fût-ce un palais pourri.

— Pourrai-je rendre visite à Letizia ?

Giancarlo fit une moue puis sourit.

— Je crois que vous feriez mieux d'oublier toute cette histoire. Je veux la protéger, à présent, et surtout de son passé.

— Mais…

— Vous devez comprendre… Pour elle, c'est vital. Pour survivre, il faut parfois oublier, faire table rase…

Ils demeurèrent immobiles et muets durant quelques instants. Baptiste croyait devenir fou. Giancarlo fut le premier à bouger. Il pressa l'épaule de Baptiste.

— Allons, faites ce que je vous conseille. Croyez-moi… À présent, je dois vous laisser. Je quitte ma femme, et il y a certaines choses à régler. Ce que vous me dites ne fait que me conforter, hélas ! Adieu, cher ami !

Et, sans attendre, il s'éloigna à pas rapides vers la Piazzetta.

Baptiste se traîna jusqu'à l'hôtel. Ce fut Francesco qui le recueillit.

— Mon Dieu, Baptiste ! Si je ne vous connaissais pas, je vous soupçonnerais d'avoir abusé d'alcool, ou pire !

— Où est Candice ? balbutia-t-il, heureux cependant de rencontrer un saint-bernard secourable.

— Elle est rentrée à Bruxelles ce matin. Elle m'a confié cette lettre pour vous… Mais racontez-moi, que s'est-il passé pour que vous soyez dans cet état ?

Sans répondre, Baptiste arracha presque l'enveloppe, la déchira pour l'ouvrir et lut le message que lui laissait la flûtiste. Il dut s'y reprendre à trois fois, tant les mots dansaient devant ses yeux sans qu'il pût les déchiffrer ou trouver un sens aux phrases.

> Baptiste,
>
> Ne m'en veux pas de ce départ. Je suis épuisée, moralement et physiquement. Je ne sais plus où j'en suis. J'étais venue à Venise pour retrouver Thomas et achever l'apprentissage qu'il m'avait offert. À sa place, je t'ai rencontré… Toi et cet Asmodée qui, sans doute, était Thomas. Je ne comprends pas : pourquoi il t'a choisi, pourquoi il m'a fuie. Ou plutôt, j'ai compris que je ne devais plus chercher à le revoir. Si l'un et l'autre de nos « maîtres » ne sont qu'une même personne, attends-toi sans doute à ne plus le revoir. Sommes-nous les seuls, ou procède-t-il ainsi régulièrement ? Mieux vaut sans doute l'ignorer.
> Tenait-il à ce que nous nous rencontrions ? Je ne pense pas. Pourquoi ? Je ne le vois pas jouer aux agences matrimoniales. Il était trop fin et généreux pour manipuler ainsi les êtres. Je ne sais pas d'ailleurs ce qu'il adviendra de

nous – toi et moi, et ce « et » qui n'a peut-être pas de raison d'être.
Je ne sais pas non plus ce que je ressens pour toi. Tu es touchant. Je sens que tu souffres à cause de ta mère. Et de ton père. Mais cela ne suffit pas – la pitié ; ce n'est pas ce que tu attends. J'aime tes textes. J'aimerais que tu leur ressembles, et que tu sois moins ce personnage que tu joues et qui peut être parfois… agaçant. Excuse-moi, je n'ai pas le droit de te dire ça. Nous ne nous connaissons pas.
Tout cela est extrêmement incohérent. Je ne peux pas faire mieux. J'ignore ce qui ressortira de ce séjour, pour moi comme pour toi. Je comprendrais que tu me prennes pour une folle, que tu me chasses de tes souvenirs.
Mais si tu veux, nous pouvons nous revoir, dans quelques semaines, à Bruxelles. Je te laisse mes coordonnées. Je ne te promets rien. Prends soin de ta mère, mais de toi aussi. Ne te laisse pas engloutir par cette morbidité.
Pardon.

C'était trop. Baptiste ferma les yeux et se laissa envahir par une vague qui se mua en un fou rire irrépressible sur lequel des passants se retournèrent, tandis que Francesco, embarrassé, essayait de le calmer. Lentement, Baptiste retrouva son souffle.

— Ne pas me laisser engloutir, murmura-t-il. C'est absurde ! Si vous saviez ce que j'ai vécu ces dernières heures…

— Racontez-moi, dit Francesco… Cela vous aidera sûrement.

Au terme d'un récit décousu, ce fut au tour du chef d'orchestre de rire.

— *Dio !* Quelle ignoble mise en scène ! Giancarlo

est un personnage complexe, mais je suis sûr qu'il a raison. Sa femme est folle ! Et vous êtes le meilleur public qu'elle pouvait rêver ! Cela ne tient pas debout : il n'est pas possible, en si peu de temps, que Letizia se soit suicidée, qu'elle ait été repêchée, mise en bière dans un tel décorum. Impossible ! Réfléchissez…

Les mots du musicien et même la lettre de Candice ramenaient Baptiste à plus de bon sens. Francesco devait avoir raison, tout comme Candice quand elle lui conseillait de se tenir à l'écart de la princesse et de sa famille.

— Attendez ici… Je vais donner quelques coups de fil pour vérifier… Vous ne bougez pas, *capito ?*

Baptiste acquiesça et se laissa aller en arrière dans le fauteuil. Il commençait à se rassurer. Le cauchemar allait prendre fin. Letizia n'était pas morte, tant mieux pour elle. Elle était folle, sa mère aussi. Fini. Tirer un trait. Un livre peut-être, plus tard. À Bruxelles, revoir Candice… Il passa dans un demi-sommeil incohérent mais serein, dont la voix éclatante de Francesco le tira.

— Voilà ! J'avais raison… J'ai appelé un ami policier : aucune noyée cette nuit, aucun décès enregistré sous le nom de Letizia. On vous a joué une sinistre comédie ! Je n'ai jamais très bien compris pourquoi vous étiez venu à Venise ; mais vous y avez au moins développé votre imaginaire ! *Se non è vero…*

Un grand vide s'emparait de Baptiste, un vide apaisant.

— San Michele, dit-il simplement.

Francesco fronça les sourcils.

— Baptiste… Laissez cela, je vous en prie ! On s'est moqué de vous…

— Je vous crois, répondit-il en se relevant. Mais j'aimerais juste y aller… Une dernière fois…

L'Italien hésita puis haussa les épaules.

— Alors, je vous accompagne…

Ils ne dirent rien durant le trajet en vaporetto. Malgré le froid, et pour achever de se ressaisir, Baptiste s'était dirigé à la proue, suivi par Francesco qui s'était emmitouflé dans son manteau. Dès qu'ils furent débarqués, ce dernier alla interroger un gardien tandis que Baptiste se dirigeait à pas lents vers l'enceinte. Il le rattrapa au milieu du champ de croix blanches, en se frottant les mains pour chasser le froid.

— Si besoin était, le gardien m'a confirmé qu'aucun enterrement n'a eu lieu ce matin. La princesse n'a pas demandé qu'on creuse une tombe ou qu'on érige un mausolée.

La princesse avait pourtant murmuré « San Michele »… Baptiste remercia Francesco et lui demanda de le laisser seul dix minutes.

— Je vous attends à l'embarcadère, répondit-il de mauvaise grâce. Mais… pas de bêtise, hein, promis ?

Baptiste sourit, touché par la sollicitude de celui qu'il avait jadis – quand ? dans une autre vie ? – pris pour un rival et partit vers la tombe en naufrage où Letizia l'avait rejoint – quand ?

La pierre n'avait pas bougé. Au pied de la tombe, dans une flaque, un carnet achevait de prendre l'eau. Plus rien ne pouvait surprendre Baptiste. Il le saisit délicatement et l'ouvrit ; l'encre délavée ne formait plus qu'une aquarelle où surnageaient, ci et là, quelques résidus verbaux, quelques branches déchiquetées de lettres. Bien sûr… Il leva le nez vers le ciel, ferma les yeux, respira profondément.

THOU HART GONE TO THE GRAVE BUT WILL
[NOT DEPLORE THEE
FOR GOD WAS THY RAMSON THY GUARDIAN
[AND GUIDE

Il étouffa un petit rire et se remit en route.

Sur le débarcadère, Francesco n'était pas là. Baptiste s'assit sur un banc et posa le carnet gorgé d'eau à côté de lui. Il aperçut le chef qui arrivait en même temps que le vaporetto.

— *Scusi*… Un besoin urgent…

Ils montèrent à bord et s'assirent au chaud. Un autre vaporetto croisa leur route. Baptiste ne distingua que des formes floues. Y avait-il à bord une femme et sa fille unies dans un rire complice ? Et le carnet ? Il palpa sa veste et réalisa qu'il l'avait oublié sur le banc.

— Rentrez en Belgique, Baptiste ! Vous avez de quoi écrire un fameux roman…

— Personne ne me croira…

— *Certo !* Il faudra… arranger cela, sans doute ! Ah, je suis content de constater que vous vous ressaisissez ! Vous verrez, une fois rentré… Et vous irez embrasser Candice de ma part en lui disant que je lui en veux de son départ précipité ! *Ma*… Vous devrez revenir !

Francesco continua à parler. Il évoqua Giacolli et, malgré ses affirmations de la veille, ses doutes quant à l'authenticité de ces partitions. Il répéta que cela ne changeait rien à la beauté de la musique – sinon qu'il aurait été moins génial de l'écrire aujourd'hui qu'au milieu du siècle précédent. Baptiste l'écoutait tristement. Il pensait à son retour, à ses parents, à Candice.

Il descendit aux fondamente Nuove, tandis que Francesco poursuivait jusqu'à une station qu'il ne précisa pas. Ils se serrèrent la main chaleureusement.

Baptiste remonta chez lui. Demain, il prendrait le train. Il allait ranger ses affaires et peut-être laisser un mot à Asmodée. Adieu et merci pour tout. Tout quoi ? N'était-ce pas, après tout, une incroyable mise en scène orchestrée par le vieil homme ? S'il repassait à présent chez la princesse, peut-être trouverait-il des déménageurs occupés à démonter le décor, Giancarlo, Alba et Letizia en train de boire une coupe de champagne avec Asmodée les félicitant de leur interprétation. Et Candice ? Et Francesco ? Pourquoi aurait-on prodigué tant d'efforts et dépensé tant d'argent uniquement pour lui ? Il rit tout seul.

Il rangea la lettre dans le coffre, hésita, la reprit. Réfléchit un instant. Et ressortit. Il commença par photocopier la longue missive à laquelle il ne comprenait toujours rien, puis il revint à pas lents et cérémonieux jusqu'à la crique où il avait aperçu pour la dernière fois Letizia. Sacca della Misericordia… Miséricorde : oubli généreux qui se souvenait des promesses tuées par la vie.

Par la fenêtre de la voiture, il regarde à travers les perles de pluie la grisaille bétonneuse de sa ville. Son père, à sa gauche, conduit toujours aussi distraitement, accélérant par à-coups, ce qui donne la nausée à Baptiste, alors qu'il n'a jamais ressenti le moindre malaise sur les vaporettos. Les vaporettos... Y a-t-il jamais mis les pieds ? Le train l'a ramené, quinze minutes plus tôt, sur les quais de Bruxelles. Auguste Morgan roule sans regarder les autres voitures, il se concentre sur ce qu'il veut dire à son fils. Après les questions rituelles sur le voyage – confortable, en première classe, et Baptiste a déjà fait une allusion au supplément de prix – il a sans ménagement orienté la discussion sur le sujet de sa femme. L'opération s'est bien déroulée, du moins n'y a-t-il pas eu de complications. Mais ce que les médecins ont trouvé n'est pas bon. Pas bon du tout. Baptiste est parti longtemps, sa mère a fort décliné. Auguste ne dit pas que le deuxième constat est la conséquence du premier, mais Baptiste croit deviner qu'il le pense. La radio, mal réglée, diffuse un concerto de Vivaldi. Ne pourrait-on passer autre chose ? Benedetto Marcello, Alessandro Giacolli... A-t-il vraiment entendu ces morceaux ? Dans sa poche, la lettre de Candice qui lui prouve qu'il n'a pas rêvé. Ou plutôt, qui ne le lui aura prouvé que lorsqu'il entendra, dans le combiné, la voix de la jeune femme. Après tout ce qu'il a vécu à Venise, ne doit-il pas craindre que ce numéro ne soit pas attribué ?

En attendant, il n'est pas près de pouvoir appeler Candice. Son père le conduit à la clinique où sa mère se réveille, lentement – à contrecœur, mais cela ni Auguste ni Baptiste ne le savent. Bientôt, ils seront à son chevet, l'implorant, chacun à sa manière, de rester, de ne pas lâcher prise. De ne pas se reposer enfin. Et pourtant, elle ne souhaite rien d'autre : une absence où ses proches pourraient la réinventer, lui rendre la vie douce comme un songe. L'opération n'a soulagé que la conscience de son médecin. Il aura fait tout ce que l'art commandait. Il l'a claironné, très fier : sans cette intervention, sa patiente mourait endéans la semaine. Elle n'a rien répondu mais elle s'est retrouvée dans la peau d'une petite fille à qui l'on refuse un cadeau sous un fallacieux prétexte censé transformer cette trahison en présent inespéré. Dans quelques jours, elle rentrera chez elle ; Baptiste lui racontera en détail son séjour vénitien, et elle écoutera patiemment – que de problèmes à cet âge sans souci ! Elle a deviné, lors de son dernier coup de fil, que ce voyage ne lui aura rien apporté de particulier, en tout cas rien de ce qu'elle aurait souhaité. Qui était cette flûtiste ? Elle l'ignore. L'espoir est faible. Tout est faible en elle. Elle se sent un radeau, un esquif pourri lancé à l'eau en un baptême cruel, et qui sombre, goutte de perfusion à goutte de sang. Par la fenêtre de sa chambre, elle voit, à travers les lambeaux de la morphine, le ciel de granit, comme la répétition de ses funérailles.

La porte s'ouvre, ils sont là, ils rentrent, elle essaie de sourire et de se redresser mais déjà Auguste la rabroue, elle ne doit pas faire d'efforts. Elle devine à l'air terrifié de son fils qu'elle a plus vieilli encore qu'elle le craignait. Ils restent dans le silence des banalités réconfortantes et insignifiantes. Venise est belle, il faisait froid. Il a bien travaillé. Devant Auguste, on ne parle pas de Candice, de Letizia. De qui ? Et puis le silence où l'on observe les machines et leur vie inquiétante. On ne peut pas rester trop longtemps. Ils partent.

Le soir, dans la grande maison. Un repas acheté chez le traiteur, réchauffé au micro-ondes. Auguste se soulage de ces longues journées durant lesquelles il a été seul face à la maladie. Il a fait sa liste de griefs. Primo, secundo, tertio. Baptiste serre les dents et vide son quatrième verre de vin. *Dieci, venti, trente, trenta-sei… Quaranta-tre*. Les noces de la mort et de la culpabilité, au nom d'un amour maladroit qui s'effraie lui-même et n'ose se dire. À quoi bon ? Baptiste essaie de ne pas écouter, de ne pas entendre, il se raccroche à ce qu'il peut, ces souvenirs de Venise ou les images de sa mère dans le lit d'hôpital. Mais Venise s'estompe, Venise est un doute qui enfle, submergé par l'*aqua alta* du réel recouvré. Alors reste sa mère dont le visage crispé flotte sur les vagues de la voix aigre de son mari, de sa litanie de reproches, et Baptiste aimerait lui rétorquer : tu ne peux pas simplement dire que tu es triste, que tu as mal, que tu souffres de voir ta femme mourir ? Pourquoi noyer ton chagrin en m'accablant ? Mais il sait que ce serait vain, chacun n'entend que sa douleur et en fait son miel. En fera-t-il son art ? Il a envie de pleurer, Baptiste, de pouvoir se réfugier dans ces bras qu'il sait amis mais qu'une pudeur insensée tient fermés. Un jour, ils pleureront tous les deux. Resteront-ils alors à distance l'un de l'autre ? Ils n'en savent rien et refusent de se poser la question. Baptiste ne sait pas ce que pense son père – et ce qu'il en imagine est parcellaire, incomplet. Il se tait, ressert du vin. Auguste a achevé sa liste. Il veut que Baptiste soit présent, pour sa mère et pour lui. Qu'il sache que la fin est proche – comme elle l'est depuis ce jour où, à quatorze ans, un fils a appris que sa mère avait été élue par la maladie, la vie a donné, le crabe a repris. Mais que donne la vie sinon ce que prête la mort ? Le silence des grandes cérémonies s'installe. Baptiste cherche les mots pour expliquer à son père ce qu'il ressent, pour lui exprimer sa peine, sa sympathie. Auguste mange, Baptiste se crispe, il a toujours détesté les bruits que son père fait en mangeant. Alors, il ravale les ébauches de phrases. La bouche à moitié pleine, Auguste lui demande ce qu'il a pensé de Véronèse. Baptiste répond en parlant de Titien. Il mélange ses impressions aux commentaires d'Asmodée. Le verdict tombe : des détails, des anecdotes. Véronèse et la couleur, quel miracle !

Plus tard, Baptiste évoque Giacolli. Auguste répond par Mahler. La conversation alors ne dévie plus de ce sujet et lorsque Baptiste s'avoue vaincu et se lève pour rentrer, Auguste, heureux de ce qu'il estime avoir été un échange intéressant, embrasse son fils en lui tapotant la joue et lui demande à quelle heure il compte passer à la clinique le lendemain. Et Baptiste répond que cela dépendra de ses cours, il n'a pas l'horaire en mémoire, il faut qu'il passe voir son promoteur, le professeur François.

Il ne voyagea plus.

Il connut la mélancolie des souvenirs, quand ils se jouent de vous et semblent un rêve sournois qui s'est moqué de vous.

Il revit Candice.

Ils se fréquentèrent épisodiquement. L'ombre de Letizia troublait un peu son âme durant ces rencontres ; et puis, quelque chose de la magie avait à jamais disparu, la fleur même des sensations troubles de Venise était perdue. Candice se consacrait à sa carrière, qui prenait une tournure considérable ; Baptiste en était fier et un peu jaloux.

Elle le préférait ainsi, à l'échelle de leur pays. Elle s'inquiétait de sa mère. Il la lui présenta un jour et la jeune femme en acquit pour Baptiste une affection durable, où se mêlait plus de compassion que de passion véritable, malgré ce qu'elle lui avait écrit. Elle rencontra aussi Auguste qui apprécia la jeune femme pour sa beauté et ce qu'il supposait de sa sagesse. Elle aima bien Baptiste. L'une ou l'autre fois, au terme d'une soirée plus intime, ils firent l'amour sagement. Elle ne lui avoua jamais qu'elle en ressortit peu satisfaite. Peut-être parce qu'elle voyait son amant comme un fils. Peut-être parce qu'il n'était pas un bon amant.

Peut-être parce qu'elle préférait réserver ses lèvres à son instrument et son amour à la musique.

L'un et l'autre se demandaient parfois : est-ce ce qu'Asmodée – ou Thomas – voulait ? Qu'ils se rencontrent et s'unissent ? C'était idiot. Ils se turent. Et restèrent amis.

Des mois passèrent. Tous les jours, il rendait visite à sa mère qui ne quittait plus le divan, sauf pour de rares visites chez ses médecins, voir s'ils se portaient bien. Elle n'irait pas à l'hôpital, voulait une mort artisanale. Chaque fois qu'il l'embrassait pour prendre congé, Baptiste se demandait : la reverrai-je ? Chez lui, quand le téléphone sonnait, son cœur se serrait. Mais lorsque retentissait à l'autre bout du fil la voix de son père, c'était pour égrener la litanie de ses reproches.

Les ambitions d'esprit de Baptiste se réalisèrent petitement : il acheva sa licence et devint l'assistant du professeur François. Il peaufina son projet de thèse et entama ses lectures. Il en avait pour de longues années. Il acheva son roman, aussi, et l'envoya chez différents éditeurs, qui le refusèrent tous de la même manière que le précédent. Pourtant, Candice et sa mère l'avaient lu et apprécié. Elles l'encouragèrent et le réconfortèrent. La flûtiste le poussa à l'envoyer chez un éditeur belge. Il fit la moue. Elle insista. Ce serait un début ; après, il serait mieux armé pour passer à Paris. Il hésita, puis se laissa convaincre.

Il attendait la réponse lorsqu'un appel de son père rompit l'illusion. Dans la nuit, l'état de santé de sa mère s'était brusquement détérioré.

Dans la trop grande maison, la mort avait pris ses quartiers et y déroulait le dais sombre de sa magie.

C'était le terme d'une longue maladie, pour laquelle le cérémonial avait été infini comme le point d'orgue de l'impuissance médicale. Pas le presto violent des mères déchirées par la naissance d'un fils assassin, l'allegro sinistre du meurtre ou l'orgueilleuse marche funèbre des suicides. Tout s'était préparé par effacement progressif et imperceptible ; ne restaient que peu de forces et d'humanité, les miettes d'une vie et d'une affection qu'un dernier souffle allait disperser, dissiper dans l'air des mémoires blessées. Alors, le tableau final de l'absence surgirait et la mort, en artiste consommée, se retirerait sans attendre d'autre hommage que la densité particulière du silence prolongeant le désaccord ultime.

Ils se retrouvèrent à son chevet, le père et le fils impuissants. Quand la malade ouvrait les yeux, elle tâchait de rire. Elle parlait des chauves-souris qu'elle voyait virevolter devant la grande fenêtre sombre. Des infirmières qui étaient si gentilles avec elle. Elle se rendormait, noyée par la morphine, puis se réveillait, les yeux étonnés d'être encore là. Le jour glissa. Auguste prétendit qu'il était fatigué et qu'il allait se coucher. Il attira son fils dans la cuisine :

— Il ne faut rien changer à l'habitude… Elle ne se rend pas compte. Rentre chez toi…

Baptiste haussa les épaules. Non, il resterait. Son père ne chercha pas à discuter. Chacun ses illusions, sa mauvaise foi, ses excuses.

Il revint seul s'asseoir près d'elle.

— Hier, murmura-t-elle, j'ai eu un rêve… Mon père… Je rêve souvent de lui, tu sais. Il est mort il y a longtemps, mais… Je sentais sa main glacée sur mon bras qui me tirait. Et ma mère le retenait en disant : « Pas encore, laisse-la encore un peu… »

L'infirmière lui avait apporté une robe de grossesse,

pour qu'elle ne souffre pas trop des escarres. Elle la fit admirer à son fils, fière et rieuse. Ravie. C'était un peu se moquer de la mort, que de l'attendre dans cet habit.

Puis elle s'endormit. Baptiste, pour ne pas s'assoupir, prit du papier et écrivit. Dehors, au-dessus des hauts sapins, le ciel encore gris-bleu. La nuit d'été tolérait ces lambeaux de jour déchus.

À plusieurs reprises, elle se réveilla, chercha à changer de côté.

— Je veux chasser le cancer… prononçait-elle d'une voix sourde.

Baptiste écrivait. Croyait-il que la vie de sa mère tenait à sa plume ? C'était idiot.

Vers quatre heures du matin, elle se réveilla.

— Ton amie sera gentille avec toi ?

Baptiste ne voulut pas lui expliquer que Candice n'était pas « son » amie, juste « une » amie et qu'il ne fallait pas…

— Bien sûr, répondit-il.

— Je suis à la fois heureuse et triste que tu restes… Tu es si petit, tu ne crois à rien…

Baptiste prit sa main et ne répondit pas.

Elle sombra dans un mauvais sommeil et lâcha la main de son fils. L'aube se profila. La cage d'escalier était restée éclairée ; durant toute la nuit, elle avait été le seul reflet sur le grand mur de verre. Un escalier dans les sapins qui montait aux nuages. Dans l'ivresse de l'insomnie, Baptiste, les yeux troublés, crut y voir grimper des ombres, des femmes jeunes et vieilles qu'il ne pourrait plus suivre.

À six heures, la mourante eut un sursaut. L'air lui manquait. Baptiste se précipita, serra la main de sa mère. Ses yeux affolés cherchaient à s'accrocher aux moindres branches d'humanité. Sa bouche sèche s'ouvrit sur des mots incompréhensibles. Pendant de longues minutes, elle parla. Et Baptiste ne comprit rien à ces ultimes volontés, à ce secret verrouillé. Il n'essaya pas de refouler ses larmes. Sa mère était au-delà de la peur.

Enfin, elle se calma. Résignée, avec peut-être la conscience sereine d'avoir confié ce qu'elle voulait et l'inconscience de son échec, elle laissa glisser sa tête sur l'oreiller et s'endormit.

Baptiste s'assoupit enfin, épuisé.

Quand il s'éveilla, il sursauta. La main qu'il n'avait pas lâchée était froide, comme le front de la femme vaincue et triomphante. Elle était partie. Pas d'effet, pas de signe, pas de théâtre. Le soleil brillait à présent, les oiseaux gazouillaient dans un quotidien insouciant. Baptiste avait toujours cru qu'à l'instant de cette mort, l'univers serait ébranlé. Mauvaise nouvelle pour la littérature.

Il fallut assumer. Le désarroi et la détresse de son père. Les formalités. Candice abrégea un voyage pour assister à l'enterrement. Baptiste lui en fut reconnaissant, mais Auguste aussi, ce qui énerva le jeune homme. Il assista sans rien dire, les dents serrées, à la sortie du cimetière où le vieil homme prit le bras de la flûtiste. Candice lui décocha un de ses sourires simples et lumineux, et Baptiste soupira, puis laissa jaillir ses larmes.

Une lettre d'Asmodée arriva, qui le surprit et raviva les souvenirs de ce voyage extravagant. Comment ce diable d'homme avait-il été averti ?

> Je ne vous ferai pas croire que votre mère vous attend quelque part, ni même qu'en ce lieu improbable, elle veille sur vous. Ou plu-

tôt si, à condition que vous acceptiez que ce lieu n'est autre que votre cœur.
Faites-lui une place et vivez. Écrivez aussi, pour conjurer l'absence.

Baptiste, ému, ressortit du tiroir où il l'avait enfermée l'enveloppe ramenée de Venise, avec cette lettre incompréhensible. N'était-ce pas l'écho de papier des derniers instants, des ultimes paroles de sa mère ?

Asmodée n'avait pas laissé d'adresse. Baptiste aurait pu lui écrire à Venise, mais il ne le fit pas. Pas même lorsqu'il reçut la réponse de l'éditeur, qui acceptait son manuscrit.

Je tiens à remercier les personnes suivantes pour leur aide :

Albéric de Bideran, pour ses encouragements constants ;
Karina Hocine, pour m'avoir fait confiance et offert un extraordinaire travail d'éditrice ;
Philippe Joannes, pour son aide, ses relectures et son amitié ;
Hubert Roland, pour la recherche du poème allemand et sa traduction ;
Costantino Maeder et André Buytaers, pour les corrections italiennes ;
Stéphane Desrousseaux, qui travaille à la CGF, section des monnaies modernes françaises, et qui m'a permis d'établir avec précision le montant et la monnaie de la partie d'échecs entre Asmodée Edern et Gioacchino Bruchola.

Si Alessandro Giacolli n'existe pas, Benedetto Marcello est tout à fait réel, de même que son opéra *Arianna* dont il existe un bel enregistrement chez Chandos. L'air d'Ariane (« Come mai puoi… ») a également été repris dans une cantate « Arianna abandonata », disponible sur un disque Tactus, *Lo specchio della Nostalgia*, dans une version où les flûtes sont remplacées par deux violons. C'est une pure merveille…

D'autres renseignements peuvent être trouvés sur le site de Vincent Engel : http://www.vincent-engel.com.

Vincent Engel
dans Le Livre de Poche

Les Angéliques n° 30645

13 juillet 1788 : un terrible orage secoue la France du Sud au Nord, semant la désolation dans un pays déjà éprouvé par la sécheresse, la famine et les incuries de la Cour. Au fond d'un val perdu, le tyrannique vicomte Baptiste de Ruspin, châtelain de la Follyre, tue l'un de ses paysans. Son fils Népomucène, jeune homme nourri de la lecture des Philosophes, saisit aussitôt ce prétexte pour l'arrêter et mettre en place la société démocratique à laquelle il aspire. Entouré de quelques amis sûrs, il proclame, le 14 juillet 1788, la République d'Avau. Mais il est difficile de donner aux hommes ce qu'ils ne peuvent ou ne veulent recevoir. Durant cinq ans, sous l'œil méprisant de son père emprisonné, Népomucène se bat contre tous, jusqu'à ce que la France républicaine redécouvre cette Follyre isolée dans sa vallée, et la reprenne sous son aile froide et sanglante…

Oubliez Adam Weinberger n° 30129

Avant, c'est la longue enfance d'Adam Weinberger dans un monde qui ne devine pas encore la menace qui pèse sur lui. L'enfance d'un amoureux des illusions, qui rêve de changer le monde et de libérer ses proches du poids d'une tradition qu'il juge insupportable. L'adolescence d'un jeune garçon qui ne sait comment traduire son amour pour Esther, son admiration pour son oncle, sa tendresse pour sa mère. L'impuissance d'un jeune homme qui constate que le rêve et la fiction ne peuvent enrayer la destruction de ce monde et de ses habitants. Après, ce sont des fragments de récits, le miroir brisé où se reflète, par des intermédiaires plus ou moins attentionnés, la fuite de cet enfant devenu homme, qui ne croit plus au rêve, qui ne croit plus aux mots. Qui s'est réfugié dans les gestes – ceux de son métier, la médecine, ceux de son ultime passion, la construction de bateaux en bouteilles. Et qui fuit les mots et les êtres jusqu'à la perte de son identité. Entre les deux, il y a là-bas, dont on ne parle pas. Et puis, à la fin, après l'oubli, au terme de toutes les fuites, il y a l'enfance qui revient par-delà la mort, et l'unique vérité d'une fiction – d'un récit de vie.

Requiem vénitien n° 30128

Qu'est-ce qui pousse Alessandro Giacolli, vieux musicien exilé à Berlin, à envoyer son disciple Jonathan à Venise, où se déroula sa jeunesse ? C'est le secret que le jeune homme tente d'arracher à la ville des doges. Il lui faut pour cela se plonger dans les souvenirs du Risorgimento des années 1848-1849, époque au cours de laquelle les patriotes groupés autour de Daniele Manin tentèrent de secouer la tutelle autrichienne, et retrouver les protagonistes d'un drame passé : Federico, le librettiste d'opéra, ami d'Alessandro ; le méprisant marquis Bulbo ; la belle Donatella, qui ne sut qui aimer... C'est toute l'Italie fascinante, romantique, éprise d'art, d'amour et de liberté, qui revit ici, somptueusement reconstituée par le romancier de *Retour à Montechiarro*.

1855. Adriano Lungo, un jeune orphelin, arrive dans la magnifique propriété du comte Della Rocca, au-dessus du village de Montechiarro, en Toscane. Sous la protection bienveillante de cet homme brisé par un chagrin d'amour, Adriano va faire des études et, devenu maître d'école, s'impliquer dans le destin collectif d'une Italie en pleine unification. 1919. Dans l'Italie en proie à la crise économique, Agnese, la petite-fille du comte Della Rocca, se voit contrainte, pour sauver la propriété familiale, d'épouser le riche Salvatore Coniglio, aux sympathies fascistes déclarées. Sa rencontre avec le photographe Sébastien Morgan bouleversera sa vie. 1978. Laetitia revient à Montechiarro. Elle est la descendante directe de l'autre Laetitia, celle dont la fuite a désespéré, cent trente ans plus tôt, le comte Della Rocca. Dans l'Italie des « années de plomb », elle ne sait rien des espoirs, des combats et des déchirements qui ont fait le destin de la petite cité. Trois volets, trois époques : ainsi revit toute l'histoire de l'Italie moderne, dans une saga puissante où les destins individuels, à chaque page, s'entrecroisent avec les enjeux et les bouleversements de l'Histoire.

Du même auteur :

Romans

UN JOUR, CE SERA L'AUBE, Paris, Les 400 coups, 2005 (rééd.).

RAPHAËL ET LAETITIA, ROMANSONGE, Paris, Mille et une nuits, 2004 (rééd.).

LA VIE OUBLIÉE, Québec, L'instant même, 1998 (sous le pseudonyme de Baptiste Morgan).

OUBLIEZ ADAM WEINBERGER, Paris, Fayard, 2000 (Prix des lycéens).

RETOUR À MONTECHIARRO, Paris, Fayard, 2001 (Prix Rossel des jeunes et Prix des libraires).

MON VOISIN, C'EST QUELQU'UN, Québec, L'instant même ; Paris, Fayard, 2002 (sous le pseudonyme de Baptiste Morgan).

REQUIEM VÉNITIEN, Paris, Fayard, 2003.

LES ANGÉLIQUES, Paris, Fayard, 2004.

LE DON DE MALA-LÉA, Bruxelles, Le Grand Miroir, 2006.

Essais

POURQUOI PARLER D'AUSCHWITZ ?, Bruxelles, Les Éperonniers, 1991.

L'HISTOIRE DE LA CRITIQUE LITTÉRAIRE, DU XIXe AU XXe SIÈCLE, Ottignies, Academia, 1998.

FRÉDÉRIK TRISTAN OU LA GUÉRILLA DE LA FICTION, Le Rocher, 2000.

FICTION : L'IMPOSSIBLE NÉCESSITÉ, Ohain, Asmodée Edern, 2005.

Recueils de nouvelles

LÉGENDES EN ATTENTE, Québec, L'instant même, 1993 (prix Franz de Wever).

LA VIE MALGRÉ TOUT, Québec, L'instant même, 1994 (prix Renaissance de la nouvelle).

LA GUERRE EST QUOTIDIENNE, Québec, L'instant même ; Ottignies, Quorum, 1999.

Composition réalisée par IGS-CP

Acheve d'impimer en avril 2008 en France par
MAURY Imprimeur
45330 Malesherbes
Dépôt légal 1re publication : mai 2008
Librairie Générale Française - 31, rue de Fleurus - 75278 Paris Cedex 06

31/2175/3